W0023253

Kai Meyer
Das Buch von Eden

Mit Illustrationen von
Tina Dreher

Kai Meyer

Das Buch von Eden

Die Suche nach dem verlorenen Paradies

Roman

Gustav Lübbe Verlag

Gustav Lübbe Verlag ist ein Imprint
der Verlagsgruppe Lübbe

Deutsche Originalausgabe

Deutsche Erstausgabe 2004 im Gustav Lübbe Verlag
In Zusammenarbeit mit der Michael Meller
Literary Agency, München
Lektorat: Anne Bubenzer
Satz: Bosbach Kommunikation & Design GmbH, Köln
Gesetzt aus der Berkeley Oldstyle
Druck und Einband: Ebner & Spiegel, Ulm

Printend in Germany
ISBN 3-7857-2174-9

5 4 3 2 1

Sie finden uns im Internet unter
www.luebbe.de

Manche von uns haben Lieblingsbücher, die sie
nie gelesen haben. Manche sogar welche,
die nie geschrieben wurden. Dieses hier ist eines
von meinen, und deshalb schreibe ich es auf.

Prolog

»Diese Pflanze«, sagte der Mann im Schein des Kaminfeuers, »die *Lumina*, ist das letzte überlebende Gewächs des Gartens Eden. Daran gibt es nicht den geringsten Zweifel. Wir müssen sie dorthin zurücktragen, wo sich einst der Garten Gottes befunden hat. An den Ort, an dem sie vor langer Zeit aus einem Samenkorn entsprungen ist. Nur so werden wir einen neuen Garten Eden schaffen und der Menschheit eine Zukunft schenken. Neue Unschuld. Ein zweites Paradies auf Erden.«

Die Frau starrte ihn an. »Und daran glaubt Ihr wirklich?«

»Mit meinem Leben«, sagte er. »Mit meiner Seele.«

Hüter der Lumina

Erstes Buch

Worin wir von Ungeheuerlichem erfahren. Und eine Ahnung von den Wundern der Welt erhalten.

Libuse im Winterwald

Die Eifel
Anno domini 1257

s hatte aufgehört zu schneien, während der junge Mönch auf das Mädchen wartete.
Satt und schwer lag der Winter über den Wäldern. Längst war der Schnee durch das Dach der Tannenwedel und laublosen Äste gesunken und bedeckte kniehoch den zerklüfteten Boden. Fichtenwipfel verbargen sich unter weißen Hauben, spitz und Ehrfurcht gebietend wie Henkerskapuzen. Hin und wieder rieselten Vorhänge aus Eiskristallen in die Tiefe, wenn sich irgendwo ein Tier regte.

Das Mädchen kam spät an diesem Tag.

Aelvin rieb sich ungeduldig die steif gefrorenen Finger. Gewiss, er konnte ihr schwerlich einen Vorwurf machen; sie wusste ja nicht, dass er sie erwartete. Vielmehr wäre sie wohl gar nicht erst aufgetaucht, hätte sie geahnt, dass er sie aus seinem Versteck im Unterholz beobachtete. Oder, nein, verbesserte er sich im Stillen, sie wäre sogar ganz *bestimmt* gekommen – allerdings mit einem starken Knüppel in der Hand, und ehe er sich's versah, hätte sie ihm wohl eine Tracht Prügel verabreicht.

Der Gedanke daran hätte ihn schmunzeln lassen, wären seine Züge nicht längst zu einer eisigen Maske erstarrt. Vor einer Weile hatte seine Haut zu brennen begonnen. Seine Finger und Füße taten weh, aber immerhin spürte er sie noch. Was in Anbetracht der Umstände durchaus ein Grund zur Freude war, Gott sei's gedankt.

Libuse – das war ihr Name. Er hatte ihn aufgeschnappt, als sie einmal mit ihrem Vater zur Abtei gekommen war. Es geschah nicht oft, dass der Furcht einflößende Alte seinen einsamen Turm in den Wäldern verließ, um die Mönche zu besuchen. Dass er dieses eine Mal gar seine Tochter mitbrachte, hatte tagelang für Gesprächsstoff gesorgt. Später wurde gemunkelt, er habe den Abt gebeten, das Mädchen am Unterricht der Novizen teilnehmen zu lassen. Was dieser – wen wundert's? – unter schärfstem Protest abgelehnt hatte. Erzürnt hatte Libuses Vater daraufhin mehrere Monate lang nichts mehr von den Mönchen gekauft. Erst seit einer Weile verließ er gelegentlich wieder die Wälder, um im Kloster das Nötigste zu besorgen und auf seinen mächtigen Ochsenschultern davonzutragen. Manchmal ward er wochenlang nicht gesehen, dann wieder erschien er innerhalb weniger Tage gleich mehrfach an der Klosterpforte, wortkarg und nie um einen finsteren Blick verlegen, wenn ihm einer der Mönche zu nahe kam.

Aelvin zog den Rand der Kapuze unter seinem Kinn zusammen, damit sie sich noch enger um seinen Kopf legte. Nicht, dass es einen Unterschied machte. Der messerscharfe Wind drang durch den groben Wollstoff und schnitt in seine Ohren. Odo hatte ihn gewarnt, dass es Wahnsinn sei, sich bei solch einer Kälte im Wald auf die Lauer zu legen, nur um einen Blick auf Libuse zu erhaschen. Eine Hexe sei sie, erzählten manche im Kloster, weil sie es nicht ertrugen, junges Mädchenfleisch in ihrer Nähe zu wissen. Eine Hexe, jawohl, und mit dem Leibhaftigen im Bunde. Warum sonst kröche sie nachts in die Träume der braven Zisterzienser, um sich ihnen in Sünde feilzubieten?

Aelvin war nicht sicher, ob das, was ihm bei Libuses Anblick durch den Kopf ging, tatsächlich sündig war. Zugegeben, er schämte sich dann und wann dafür – so hatte man es ihn in den vergangenen Jahren gelehrt –, und in seinen Gebeten bat er den Herrn um Vergebung. Aber er hatte es sich abgewöhnt, das Mädchen in der Beichte zu erwähnen. Nicht so sehr aus Furcht vor Strafe oder dem mahnenden Blick seines Beichtvaters, sondern weil er fürchtete, sie in noch größeren Verruf zu bringen.

Aelvin war sechzehn, noch ein Novize, und wie alle Zisterzienser trug er außerhalb des Chors eine weiße Kutte mit schwarzem Skapulier, ein schulterbreites Wolltuch, das von der Kapuze herabfiel und Rücken und Vorderseite des Körpers bedeckte. Das Cingulum, ein schmales Lederband, gürtete Kutte und Skapulier in der Körpermitte; es war das Zeichen mönchischer Keuschheit und Würde. Abt Michael hatte einmal zornig vorgeschlagen, Aelvin das Cingulum lieber um den Hals zu schnüren: Vielleicht geriete ihm seine tiefere Bedeutung dann nicht gar so oft in Vergessenheit. Das war vor einem halben Jahr gewesen, als Aelvin dem Bruder Benediktus, Küchenmeister und ewig geizig mit dem Honig, frische Pferdeäpfel in die Kapuze gelegt hatte – was diesem erst aufgefallen war, als er sie im Beisein des Abtes hochgeschlagen hatte. Kindisch? Ganz sicher. Den Ärger wert? Himmel, ja! Das Ganze war eine alberne Wette gewesen, mit Aelvins Freund Odo, der zwar so groß und breit war wie ein Bär, aber mit dem Mut einer Maus gestraft.

Weiße Atemwolken nebelten um Aelvin empor und verdeckten seine Sicht, weil der Wind in dem rauen Waldland aus den unmöglichsten Richtungen wehte, sogar aus den Tälern und tiefen Senken herauf. Aelvin würde Acht geben müssen, dass Libuse die weißen Schwaden nicht entdeckte, sonst wäre sein Versteck keinen Pfifferling mehr wert.

Herrgott noch mal, wo blieb sie nur?

Sie kam immer an den Montagen und stets in der Stunde vor der Vesper. Das gemeinsame Abendgebet der Mönche war die feierlichste Zeit des Tages, und es würde keine Entschuldigung für Aelvins Abwesenheit geben. Was bedeutete, dass ihm eine harte Strafe ins Haus stände, falls Libuse nicht bald auftauchte und er nach einem kurzen Blick auf sie geschwind zum Kloster zurückkehren konnte. Er wagte viel mit diesem verbotenen Ausflug in die Wälder; aber zudem auch noch die Vesper zu verpassen, das überstieg seinen Wagemut, Verliebtheit hin oder her.

Verliebtheit. Aelvin schluckte und schlug schuldbewusst die Augen nieder, beinahe als beuge sich der Herr selbst aus den Schneewipfeln der Bäume herab, um ihn zu rügen.

Ganz unvermittelt horchte er auf, als das Geräusch stapfender Schritte ertönte. Irgendwo links von ihm brach die Eiskruste, ein fernes Scharren und Rascheln, das geschwind näher kam.

Sein Herzschlag hämmerte und pumpte heißes Blut bis in die Ohren. Für einen Augenblick vertrieb wallende Hitze den Frost aus seinen Gliedern. Alles drehte sich in seinem Kopf, und das nicht nur, weil er abrupt die Luft anhielt.

Libuse kam. Die schöne, süße, überirdische Libuse.

Aelvin entwich ein leises Keuchen, als er sie endlich, endlich, *endlich* erblickte.

Und fuhr abermals zusammen.

Libuse war nicht allein.

~

Die Luft schien zu knistern, der Wind für einen Augenblick zuzunehmen, um dann vollständig innezuhalten. Sogar die Welt vergaß das Atmen, als Libuse zwischen den Bäumen hervortrat, über den Rand eines Schneewalls kletterte und in die Senke unterhalb von Aelvins Versteck schlitterte. Selbst das tat sie mit einer Grazie, die womöglich allen Frauen angeboren oder aber Gottes Geschenk an dieses eine besondere Geschöpf war; Aelvin wusste es nicht, denn seit er im Kloster in den Eifelbergen lebte, war ihm kein anderes weibliches Wesen unter die Augen gekommen. Abgesehen von ein paar klobigen Bauersfrauen, aber die zählten nicht. Jedenfalls nicht, wenn man zuvor die Schönheit Libuses gekostet hatte.

Ein Großteil der Senke, in der Libuse nun niederkniete, wurde vom verschlungenen Wurzelwerk einer mächtigen Eiche eingenommen. Ihr Stamm war so breit wie sechs Männer – acht, legte man das Maß der mageren Zisterziensermönche zugrunde –, und das Alter hatte sich mit Furchen, Knoten und Schrunden in ihre Rinde gefressen. Die Zweige des Baums breiteten sich wie ein Dach über die Mulde an ihrem Fuß. In wärmeren Monaten war das Erdreich zwischen den Wurzeln ein guter Nährboden für Pilze, manchmal auch für seltsame Beeren, die man besser nicht probierte.

Da war noch jemand jenseits des Schneewalls, auf der anderen Seite der Mulde.

Aelvin war ganz sicher. Er hatte Schritte von mehr als nur einem Menschen gehört, wenngleich keine Stimmen; er hatte ein tiefes Schnauben vernommen, rasselnd und laut und äußerst unangenehm. Konnte das ihr Vater sein? Falls Odo und die anderen Recht behielten, dann mochte dort drüben der Teufel höchstselbst auf der Lauer liegen.

Aber sogar das war Aelvin jetzt gleichgültig. Libuse schaute sich um. Ihr Blick strich für einen Moment über das Geäst vor seinem Versteck. Ihre Blicke berührten sich, ganz kurz nur.

Sie hat mich bemerkt!, durchfuhr es ihn. Sie muss mich einfach bemerkt haben.

Aber dann wanderte ihr Blick weiter, ohne jedes Zeichen von Unruhe. Sie trug ein grobes braunes Kleid, das bis auf ihre derben Stiefel fiel. Über der Hüfte hatte sie es wie immer eng gegürtet. Heute war allerdings von ihrer zarten Gestalt unter all dem groben Webwerk wenig zu sehen. Sie hatte eine dicke Weste aus grauem Schaffell übergezogen, bedeckt von einer Kruste aus Eis. Zudem trug sie Handschuhe, so formlos wie all ihre Kleidung zu jeder Jahreszeit. Im herrlichsten Gegensatz dazu stand die Anmut ihrer Züge. Unter dunklen

Augenbrauen leuchteten große, hellgrüne Augen. Ihr Gesicht war schmal, doch nicht so zerbrechlich wie das der geschnitzten Muttergottes hinter dem Altar der Abteikirche.

Libuse sah aus wie ein Mädchen, das auf dem besten Wege war, eine Frau zu werden. Aelvin hoffte, sie würde immer so bleiben, wie sie an diesem Tag war; und immer wieder in diesen Wald zurückkehren, zu diesem Baum; und niemals bemerken, dass er sie beobachtete, oder, Gott, vielleicht doch, und dann würde sie lächeln und mit ihm sprechen und vielleicht gar ein wenig näher kommen, noch ein wenig, und, ja, dann würde sie seine Hand nehmen oder er die ihre, und dann, in jener fernen oder auch nahen – hoffentlich, *hoffentlich* nahen – Zukunft, würde er sehen, wie sich ihre Lippen ganz leicht öffneten, nur für ihn, und dann würde er den letzten Schritt gehen und –

Libuse begann mit der Beschwörung.

Er wusste nicht, wie sie es tat, nicht einmal genau, was sie da tat. Es war das Gleiche, jedes Mal, wenn sie herkam.

Aber heute ist sie nicht allein, vergiss das nicht. Nicht allein.

Sie kauerte zwischen den Wurzeln der Eiche. Der Schnee knirschte und gab nach. Die Kälte schien ihr nichts anhaben zu können. Mit ihren Handschuhen scharrte sie das Eis beiseite, bis das schwarzbraune Wurzelholz zum Vorschein kam wie Adern unter totenbleicher Haut. Sie legte die Hände auf zwei armdicke Stränge und beugte den Kopf vor, so weit, dass ihr dunkelrotes Haar sich wie ein Schleier vor ihre Züge legte und die gewellten Spitzen den Schnee berührten. So kniete sie da, reglos, wortlos, mit tief gebeugtem Rücken, und lange Zeit bewegte sich nichts mehr dort unten. Sie hätte tot sein können, erfroren, wären da nicht die weißen Atemwölkchen gewesen, die in ruhigem, gleich bleibendem Rhythmus unter der Haarflut empordampften und verrieten, dass noch Leben in ihr war.

Vergiss nicht, jemand ist hinter dem Wall! Irgendwer versteckt sich dort. Vielleicht um sie vor heimlichen Beobachtern zu schützen.

Aelvin wusste, was als Nächstes geschehen würde. So war es immer, wenn sie den alten Göttern des Waldes huldigte.

Die Veränderung vollzog sich langsam.

Aelvins Herz dagegen schlug immer schneller.

Die Schatten unter Libuses Körper versickerten zwischen den Wurzeln der Eiche, wie Tinte in den Dielen des Skriptoriums, wenn Aelvin oder einer der anderen Schreiber ein Gefäß umstieß.

Nach wenigen Atemzügen waren die Schatten fort. Aus dem Holz der Wurzelstränge, aus der schartigen, borkigen Rinde, stieg ein Lichtschein auf, ein sanfter goldener Schimmer, der erst Libuse beschien, das Innere ihrer Haarflut zum Glühen brachte und schließlich in den sattgelben Tönen des Sonnenaufgangs die Senke erfüllte. Das Licht strahlte aus den Winkeln der Wurzeln, dort, wo sie ineinander mündeten, verschlungen waren, sich kreuzten oder miteinander verwuchsen.

Es war kein Feuer, nichts, das verzehren oder brennen konnte; es war pures, reines Licht, und es kam aus dem Inneren des Baumes. Der goldene Schein stieg aus den Tiefen seines uralten Holzes herauf, durchbrach die Rinde in Spalten und haarfeinen Rissen und badete die Senke und das rothaarige Mädchen in Helligkeit und Wärme.

Der Schnee begann zu schmelzen, rund um den Baum, rund um Libuse. Rinnsale reflektierten den überirdischen Glanz. Wasser sammelte sich und wurde aufgesogen, durchadert von Gold.

Aelvin sah kaum auf das Licht, denn er kannte es längst. Sah nicht auf den Baum, denn auch er war ihm vertraut. Er starrte nur Libuse an, die wundersame, verzauberte Libuse auf den Knien inmitten des Gleißens und Glosens, umspielt von Strahlen, die jetzt als breite Fächer zwischen den Wurzeln flirrten.

Laute ertönten. Hinter Aelvin!

Ein Schnauben und Fauchen. Scharrende Füße.

Dann das Brechen von Zweigen, gefolgt von einem infernalischen Toben. Das Unterholz explodierte.

Aelvin wirbelte herum. Zweige schlugen ihm ins Gesicht, eine Wolke aus Schnee und vertrocknetem Laub. Er stolperte rückwärts, aus seinen Träumen von Libuse gerissen wie von einer kräftigen Hand, die ihn an der Kutte packte und aus dem goldenen Licht in die frostklirrende Wirklichkeit zerrte.

Ihr Vater, schoss es ihm durch den Sinn. Er hat mich entdeckt.

Aber es war keine Hand. Und es war nicht ihr Vater.

Noch während ihm das bewusst wurde, traf sein Fuß nichts als Leere. Das verwobene Unterholz in seinem Rücken fing ihn auf, hielt ihn mehrere Herzschläge lang in der Schwebe – und gab nach.

Schreiend stürzte er hinterrücks in die Senke. Wärme empfing ihn, der Bronzeschein aus dem Inneren des Baumes, dann klatschte er mit dem Hinterteil in geschmolzenen Schneematsch, überschlug sich mit schlenkernden Armen und Beinen, spürte etwas Hartes über seinen Rücken schrammen, stieß sich schmerzhaft die Schulter und fiel weiter. Nochmals eisiger Schlamm, jetzt in seinem Gesicht, dann ein Schlag gegen seinen Hinterkopf, als er irgendwo anstieß, an einem der Wurzelstränge vielleicht.

Sie sieht mich, durchzuckte es ihn. Sie weiß genau, dass ich hier bin.

Natürlich, Dummkopf, wahrscheinlich bist du gerade *auf* sie gefallen!

Der Aufprall fuhr ihm durch alle Glieder. Er unterdrückte ein Stöhnen, keuchte nur leise und öffnete die Augen.

Grau. Weiß. Und schattiertes, unebenes Schwarzbraun.

Rinde und Schnee. Rinnsale, auf denen sich der Abenddämmer zwischen den Baumkronen spiegelte. Ein leises Plätschern und Tropfen von Schmelzwasser, das bereits versiegte und wieder erstarrte.

Keine Wärme mehr. Kein Licht.

Libuse war fort. Und mit ihr auch das große dunkle Etwas, das ihn von hinten angegriffen hatte. Kleine schwarze Augen. Stinkender Atem, ausgestoßen in gewaltigen Wolken. Verklebtes strähniges Haar oder, eher noch, Pelz. Und Zähne, Hauer … Gott, diese Hauer! Lang und gelb und gebogen. Viel zu groß.

Kein Mensch, ganz bestimmt nicht.

Aelvin war auf dem Rücken zu liegen gekommen, den Kopf auf einem verwachsenen Wurzelarm. Seine Füße hatten Furchen in den matschigen Schnee gestrampelt. Sein Mantel und das schwarze Skapulier waren völlig durchnässt. Am schlimmsten aber stand es um seine Kutte, deren weißer Stoff nun dem Waldboden unter dem aufgewühlten Schnee nicht unähnlich war. Er würde eine Menge zu erklären haben, wenn er zurück ins Kloster kam.

Wo aber war Libuse?

Dort, wo sie gekniet hatte, sah er eine seichte Mulde im Schnee, fast glatt geschmolzen. Auf der anderen Seite der Senke führten verwischte Stapfen die Schräge hinauf und über den Schneewall hinweg. Auch die Bestie im Unterholz zeigte sich nicht mehr, sie war gemeinsam mit dem Mädchen verschwunden.

Es herrschte völlig Stille.

Aelvin ließ den Kopf mit einem tiefen Seufzer nach hinten sinken. Er hatte alles verdorben. Er würde sie niemals wieder sehen. Selbst wenn sie noch einmal herkäme – was er bezweifelte, immerhin gab es im Umkreis zweier Tagesreisen Zigtausende alter Eichen –, konnte er sich hier nicht mehr sehen lassen. Sie war gewarnt. Sie würde vorsichtig sein.

Schlimmer noch: Ihr Vater würde ins Kloster kommen, um ihn zur Rede zu stellen. Ihr Vater, von dem die Brüder erzählten, er sei einst Ritter im Dienste des Erzbischofs gewesen. Ein Unhold von einem Mann, ein Troll nahezu, der zweifellos wusste, was man mit Kerlen machte, die jungen Mädchen nachstellten. Einer, der gewiss ein Schwert daheim hatte, und ganz bestimmt kein kleines.

Aelvin war so schlecht, dass er glaubte, sich übergeben zu müssen. Doch statt noch länger in seinem Elend zu schwelgen, riss er sich zusammen, stemmte sich mühsam und mit verhedderter Kutte auf die Füße und erklomm nach kurzem Zaudern die Schräge. Oben angekommen blickte er sich um, sah aufgewühlten Schnee und zerbrochene Haselnusszweige, wandte sich schaudernd ab und machte sich auf den Heimweg.

Er sah nicht zurück, nicht ein einziges Mal, denn er fürchtete, dass sie ihn beobachteten. Beide, das Mädchen und das Ungeheuer. Noch einmal ihrem Blick zu begegnen brachte er nicht über sich. Vor Scham wäre er am liebsten auf der Stelle gestorben, doch das hob er sich für später auf, wenn der Abt ihn zu sich zitieren und ihn Rosenkränze beten lassen würde, bis ihm die Finger bluteten.

Es sei denn, ihm käme vorher eine Idee.

Ein Einfall musste her. Auf der Stelle.

~

Odo erwartete ihn unter dem Mahnmal des Raubritters.

Wie hätte es anders sein können? Odo, der sich um ihn sorgte und versuchte, ihm die Flausen auszutreiben; der auch dann noch zu ihm hielt, wenn alle anderen die Köpfe schüttelten und drei Vaterunser für Aelvins Seelenheil beteten.

Unruhestifter, nannten sie Aelvin. Gotteslästerer und Schlimmeres. Er hatte jeden Fluch gehört, den ein Mönch zustande brachte, und das waren weit mehr, als das fromme Volk außerhalb der Klostermauern annehmen mochte.

Nur Odo war immer auf seiner Seite. Auch dann, wenn Aelvin selbst überzeugt war, dass er zu weit gegangen war. Wie damals, vor vier Jahren, er war gerade zwölf gewesen, als aus dem winzigen Feuer, an dem er sich in seinem Geheimversteck in den Ställen hatte wärmen wollen, ein böser Brand geworden war, der fast ein paar Rinder das Leben gekostet hatte. Er hatte sich schuldig gefühlt, wirklich schäbig. Alle anderen waren derselben Meinung gewesen, natürlich. Nur Odo nicht. Odo hatte versucht, ihn zu verteidigen, sogar vor dem Abt, der nicht einmal zugehört hatte. Aber Odo hatte geredet und geredet, hatte Stein und Bein geschworen, dass alles nur ein Missverständnis wäre. Vergeblich, natürlich. Und doch – Odo hatte ihn schützen wollen.

»Dafür sind Freunde schließlich da«, hatte er gesagt.

Auch heute wartete Odo auf ihn, frierend auf der Hügelkuppe, an dem hohen Pfahl mit der Ritterrüstung.

Der Erzbischof Konrad von Hochstaden hatte den Ritter dort aufhängen lassen, vor über zehn Jahren, wie es hieß; ein Raubritter sei er gewesen, dem die Mönche Unterschlupf gewährt hatten. Zwar hatte sich der Erzbischof überzeugen lassen, dass die Zisterzienser nichts von der Schuld ihres Gastes geahnt hatten – und das war die Wahrheit, jeder wusste das, auch von Hochstaden selbst, als er den Abt beschuldigt hatte –, dennoch hatte er verfügt, dass der Leichnam in voller Rüstung vor dem Tor des Klosters aufgepflanzt wurde. Dort sollte er hängen, bis der Allmächtige selbst ihn herabhob. Womit er womöglich Wind und Wetter gemeint hatte. Doch diese Gnade blieb den Mönchen versagt. Seither hing die Rüstung dort oben, lange schon ohne ihren Besitzer, denn ihn hatten bald die Krähen gefressen. Bei starkem Wind klapperten die mürben Knochen im Inneren des Harnischs, das hohle Scheppern einer Totenglocke. Der Rest war längst herabgefallen und von Tieren davongeschleppt worden. Keiner kannte den Namen des Toten, außer vielleicht dem Abt, und so hatten die Novizen ihm einen neuen gegeben, vielleicht das einzige Geheimnis, das auch nach zwei Generationen von Klosterschülern eines geblieben war. Den Leeren Ritter Ranulf nannten sie ihn, und niemand wusste so recht, warum Ranulf und nicht Wilhelm oder Ludwig oder, Gott bewahre, Konrad, wie der gnadenlose Erzbischof.

Es hatte wieder zu schneien begonnen, während Aelvin durch die Wälder zurück zum Kloster gestapft war. Einsam lag es auf einer Anhöhe über den Eifelwäldern.

Odo hatte seinen Mantel eng um den Körper gerafft und trat von einem Fuß auf den anderen. Ranulfs Harnisch schwebte eine gute Mannslänge über ihm, bizarr verdreht und gehalten von schweren rostigen Ketten, mit denen man den Leichnam einst dort oben befestigt hatte. Ein Wunder, dass die Einzelteile des Eisenpanzers überhaupt noch zusammenhielten.

»Aelvin!«

Odo kam ihm auf dem letzten Stück entgegen, seltsam schwankend von seinem eigenen beträchtlichen Gewicht, aber auch von den Schneemassen, die das Laufen außerhalb der Pfade zu einer Tortur machten. »Bist du wahnsinnig geworden? Es wird nicht mehr lange dauern, ehe irgendwer nach dir sucht. Und wenn erst der Abt davon erfährt …«

»Hat mich jemand vermisst?«

»Nein, ich glaube nicht.« Odo baute sich vor ihm auf, ein Hüne von einem Mönch, mit Schultern und Oberarmen, die ihn für gröbere Arbeit als ausgerechnet den Dienst am Herrn befähigten. Odo war nicht fett, auch wenn man ihn auf den ersten Blick dafür halten mochte. Unter seiner Kutte, das wusste Aelvin, verbargen sich erstaunliche Muskelmassen. Er war stark wie ein Stier, obgleich er diese Stärke nie einsetzte. Als Kind hatte Odo einmal einen Mann geschlagen, weil der vom Marktstand seiner Mutter einen Laib Brot gestohlen und ihr im Gerangel die Nase gebrochen hatte; einen einzigen Schlag hatte Odo, damals acht, in den Magen des Diebes gelandet, und das hatte ausgereicht, den Kerl umzubringen. Pech, gewiss. Vielleicht hatte er ein Organ getroffen, das schon zuvor verletzt gewesen war. Doch das hatte keinen interessiert, auch nicht seine Mutter, die sogleich den Allmächtigen um Beistand anflehte und ihr »unseliges Mörderkind« bald darauf in die Obhut der Zisterzienser gab. »Sie war wohl froh, ein Maul weniger stopfen zu müssen«, hatte Odo einmal zu Aelvin gesagt, kopfschüttelnd mit den roten Wangen geschlackert und das Thema gewechselt.

»Du siehst schrecklich aus.« Odos breites Gesicht glühte unter der Kapuze. »War *sie* das?«

Aelvin grummelte ein »Nein« zwischen halb geschlossenen Lippen.

»Wer dann?« Odo ergriff einen Zipfel von Aelvins Skapulier und zerrieb mit einigem Widerwillen den Schmutz zwischen Daumen und Zeigefinger. »Schwarze Erde«, flüsterte er. »Teufelserde.«

»O, ich bitte dich … Der Teufel hatte nun wirklich nichts damit zu tun.«

Über ihnen knirschte rostiges Eisen im Wind. Schüttelte der Leere Ritter Ranulf den Kopf? Der Helm, in dem wohl noch immer ein Totenschädel auf ein christliches Begräbnis wartete, hatte sich halb aus einer Kettenschlaufe gelöst. Wahrscheinlich würde er bald herunterfallen, und dann wollte Aelvin nicht daneben stehen. Kein Zweifel, wem Abt Michael die Schuld an der Schändung des Toten geben würde, ganz gleich, wie oft Aelvin beteuern mochte, dass der Wind allein den Helm herabgeweht hatte.

»Komm«, sagte er, »lass uns reingehen.«

Odo schüttelte energisch den Kopf. »So kannst du den anderen nicht unter die Augen treten.«, sagte er naserümpfend.

»Du siehst aus, als hätte dich eine Kuh überrannt. Mitten im Schweinekoben.«

Aelvin zögerte und blickte zum Kloster hinüber. Die Stallungen, von denen es eine ganze Menge gab, drängten sich außerhalb der Mauer, ein schäbiges Spalier aus Hütten rechts und links des Weges. Das Tor stand offen, weil immer noch vereinzelte Bauern aus der Gegend ein und aus gingen; arme Schlucker, die den Mönchen ihre Rinder verkauften, damit diese aus der Kuhhaut Pergament für ihre Codices herstellen konnten.

Das Kloster bestand aus einer Ansammlung hölzerner Gebäude, die sich um eine schlichte Kirche scharten, das einzige Bauwerk aus Stein – mit Ausnahme der Mauer, durch die man die alte Holzpalisade ersetzt hatte, die während eines Sturms auseinander gebrochen war. Ein Sturm, der allerdings den klappernden Ritter Ranulf auf seinem Pflock gänzlich unbeschadet gelassen hatte.

Im Süden, gleich neben der Abtei und ihrer hohen Mauer, klaffte eine tiefe Schlucht. Die Kante der Steilwand war unbefestigt, und jeder, der im Kloster aufgenommen wurde, musste als Erstes eine Litanei von Warnungen über sich ergehen lassen, dem Abgrund nicht zu nahe zu kommen. Gefährlicher aber noch als die brüchige Felskante war das uralte römische Aquädukt, das sich auf hohen Steinsäulen über die Klamm zog, rund hundert Schritt von einer Seite zur anderen. Dort drüben führte es in den Wald, ein hellbraunes Band, das alsbald unter Moos und Gestrüpp verschwand. Auf der Klosterseite reichte die Wasserleitung bis nah an die Mauer und brach dort ab, sodass man in ihr Inneres blicken konnte – ein rabenschwarzer Tunnel, nur knapp anderthalb Schritt hoch und gerade mal einen breit. Sie war bogenförmig gemauert, mit dicken Wänden, was sie von außen weit geräumiger erscheinen ließ als von innen. Es hieß – noch eine dieser Geschichten, um die Novizen zu erschrecken –, ein junger Mönch habe sich einmal dazu hinreißen lassen, in das Aquädukt hineinzuklettern, geradewegs über den Abgrund hinweg. Allerdings sei er nie auf der anderen Seite angekommen, denn auf halber Strecke war er stecken geblieben, unerreichbar für jede Hilfe von einem der beiden Enden. Dort habe er tagelang geschrien, bis der Herr sich seiner erbarmte und ihn zu sich nahm. Seine Gebeine lagen angeblich noch immer irgendwo im Dunkeln, hoch über der Schlucht, weil danach niemand je gewagt hatte, hindurchzuklettern. Mittlerweile war das Mauerwerk baufällig, und nach jedem Winter warteten die Mönche darauf, dass die Säulen nachgaben und die Wasserleitung hinab in die Tiefe stürzte.

»Also?« Odos Zähne klapperten vor Kälte. »Was willst du tun?«

Aelvins Blick wanderte von seinem Freund zu den Ställen hinüber. Auf dieser Seite der Holzhütten war niemand zu sehen. Hinter einem windschiefen Gatter stand ein einzelnes dürres Schaf im Schnee und starrte aus dunklen Augen zu den beiden Novizen herüber. Irgendwo jenseits der Hütten bellte ein Hund.

Odo redete weiter auf ihn ein, machte Aelvin Vorwürfe, schimpfte auf das Teufelsmädchen aus den Wäldern, auf Aelvins Dummheit und über den Leichtsinn, mit dem er sein warmes Lager im Kloster aufs Spiel setzte.

Aelvin lächelte plötzlich. »Warmes Lager? Bei Gott, Odo, das ist es!«

Sein Freund runzelte die Stirn. Er ahnte, dass, was immer Aelvin in den Sinn gekommen war, nur zu weiteren Katastrophen führen würde.

»Ein warmes Lager!« Aelvin sah von Odo zum Schafstall, dann hinüber zum Aquädukt. »Wir werden erzählen, ich hätte zufällig beobachtet, wie ein Schaf ins Innere der Wasserleitung gelaufen sei. Natürlich bin ich sofort hinterhergelaufen und habe es unter Einsatz meines Lebens und mit dem Beistand des Herrn gerettet.« Er strahlte. »Nur mein Ornat ist etwas schmutzig geworden. Und mein, sagen wir, linker Fuß ist verstaucht. Tja, da werde ich die Nacht wohl im Infirmarium verbringen müssen.«

Odo starrte ihn mit offenem Mund an. »Das ist die abwegigste Ausrede, die ich jemals gehört habe. Selbst von dir.«

»Ach was.« Aelvin winkte ab.

»Der Abt wird dich aus dem Kloster jagen!«

»Von wegen. Ein gemütliches Feuer, weiche Decken, vielleicht ein Becher heißer Honigwein.« Das Infirmarium, das Krankenquartier des Klosters, versprach alle nur denkbaren Annehmlichkeiten – jedenfalls für einen Novizen wie Aelvin, der die ersten Jahre seiner kirchlichen Erziehung in einer Bettlerabtei der Dominikaner zugebracht hatte. Erst mit elf war er zu den Zisterziensern übergetreten – nicht ganz freiwillig.

Nun aber sah er die Freuden des Infirmariums schon deutlich vor sich, ja, er spürte beinahe, wie die wohlige Wärme des Weins durch seine Glieder kroch. »Das ist das Paradies auf Erden, Odo! Das Paradies!«

»Das Paradies wirst du vielleicht sehen, wenn dir der Abt erst den Kopf abgerissen hat.« Odo bekreuzigte sich. »Du kannst dich nicht *schon wieder* krank stellen.«

»Warum nicht?«

»Weil niemand dir abnehmen wird, dass du in drei Wochen zum zweiten Mal das Bett hüten musst. Niemand schläft so oft im Infirmarium wie du.«

»Vielleicht friert einfach keiner so sehr wie ich.«

»*Ich* schon.«

»Nicht genug. Sonst hättest du längst die Nase voll von zugigen Novizenzellen und kratzenden Decken voller Flöhe.«

»Das ist es nun mal, was uns zusteht.«

»Papperlapapp!« Aelvin begann sogleich, seinen Plan in die Tat umzusetzen. Er raffte seine Kutte ein Stück nach oben und stiefelte durch den Schnee auf das Gatter zu, hinter dem das Schaf ihn neugierig anglotzte. »Alle werden begeistert sein, dass ich das arme Tier gerettet habe. Nicht mal die Verletzung, die ich mir im Aquädukt geholt habe, hat mich von dieser Heldentat abhalten können.« Und sogleich begann er, demonstrativ das linke Bein nachzuziehen.

Odo verdrehte die Augen. »Das wird übel enden.«

»Statt herumzuunken, solltest du lieber aufpassen, das uns keiner sieht.«

Odo schlug abermals ein Kreuz, sandte ein knappes Stoßgebet zum Himmel und folgte Aelvin widerwillig und leise vor sich hin brummelnd zum Zaun. »Der Herr wird uns strafen, falls es der Abt nicht tut. Beide werden sie uns strafen, auf Erden und – gelobt sei der Herr – im Himmel!«

»Der Herr ist auf meiner Seite, das siehst du doch!« Aelvin deutete aufwärts in die dichter fallenden Schneeflocken. »Bei dem Wetter wird niemand nach Spuren suchen. Das ist perfekt!«

Er blickte sich ein letztes Mal nach unliebsamen Zeugen um, dann öffnete er das Gatter und hob das magere Schaf vorsichtig mit beiden Armen quer vor seine Brust. Das Tier machte ein überraschtes Geräusch, wehrte sich aber nicht; es schien eher verdutzt über so viel Aufmerksamkeit als verängstigt. Aelvin redete beruhigend auf das Schaf ein und stapfte dann ungelenk durch den hohen Schnee Richtung Klostertor. Er hatte das Gewicht des Tiers unterschätzt, und so drohte er bei jedem Schritt zu stürzen.

»Sie nehmen's dir nicht ab«, sagte Odo überzeugt. »Niemals glauben sie dir solch eine Geschichte.«

»Wenn ... ein anderer ... sie bestätigt, dann schon«, keuchte Aelvin mühsam.

»Dann lass mich raten, wer dieser andere sein soll.«

Aelvin schenkte ihm über den Schafsrücken hinweg ein angestrengtes Lächeln. »Du hast was gut bei mir, Bruder Odo.«

»Ich habe mehr gut bei dir, als du jemals zurückzahlen kannst, Bruder Aelvin.«

»Du kannst dafür mein Abendessen haben.«

»Ich bin aber nicht hungrig.«

»Später wirst du es sein.« Aelvin verlagerte stöhnend das Gewicht des Schafs. »Kein anderer schleicht nachts so oft in die Küche wie du. Nicht mal ich.«

Odo kratzte sich unter der Kapuze im Nacken. »Das ist harmlos im Vergleich zu –«

Aelvin stolperte und hätte das Tier beinahe fallen lassen. Nun begann es zu strampeln.

»Herr im Himmel!«, entfuhr es Odo ungeduldig. »Wer kann das schon mit ansehen!« Er nahm Aelvin das Schaf kurzerhand aus den Armen und trug es Richtung Tor. »Komm schon! Und, beim heiligen Benedikt, vergiss nur ja das Humpeln nicht.«

ERDLICHT

Augen beobachteten Libuse aus der Dunkelheit zwischen den Bäumen. Große, schwarze Augen ohne menschliche Regung.

»Ich weiß, dass du hier bist«, rief sie, während sie durch das Unterholz preschte, unter eisbeladenen Fichtenzweigen hindurchtauchte und Stolperfallen im Schnee auswich. Sie kannte jeden Fingerbreit ihres Weges, jede Wurzel, jeden Erdspalt, jeden Baum. »*Du* warst das! Du hast den Jungen aus seinem Versteck getrieben, nicht wahr?«

Sie wusste, dass sie keine Antwort bekommen würde. Der Schatten, der ihr in einigem Abstand folgte, sprach niemals zu ihr.

Es war ein Eber. Größer als jedes andere Tier in diesen Wäldern. Und sie vertraute ihm, denn sie kannten einander schon lange, seit Libuse ihm als Kind zum ersten Mal im Dunkel eines Tannenhains begegnet war. Damals hatte sie ihm einen Namen gegeben: Nachtschatten.

»Ich hab dich nicht gebeten, das zu tun … den Mönch aus den Büschen zu scheuchen.« Ihr Atem jagte, eher vor Aufregung als vor Anstrengung von ihrem Lauf durch den stillen Winterwald. »Ich hab gewusst, dass er sich dort versteckt. Hast du gedacht, ich merk das nicht? Ich wäre auch allein mit ihm fertig geworden!«

Rechts von ihr brach etwas durch das Unterholz. Äste knackten, Schneemassen prasselten aus der Höhe herab. Irgendwo dort lief der Eber, jetzt parallel zu ihrem eigenen Weg. Wäre sie stehen geblieben, dann wäre auch er verharrt; aber weil sie rannte, stürmte er ebenfalls durch den Wald. Sie konnte ihn als schwarzen Schemen zwischen den Stämmen sehen, fünfzehn oder zwanzig Schritt entfernt, ein Umriss, der die Schatten verwischte und stets ein wenig davon mitzureißen schien.

Manchmal machte Nachtschatten ihr Angst, aber nicht an diesem Tag. Sie war viel zu wütend, um sich vor irgendetwas zu fürchten. Wütend auf ihn, wütend auf sich. Und auf den jungen Mönch, diesen Dummkopf.

Ihr Vater hatte sie gewarnt, es zu weit zu treiben. Sie hatte ihm versprochen, nie wieder das Erdlicht heraufzubeschwören. Und, ja, sie hatte ein schlechtes Gewissen, weil sie es trotzdem tat. Aber es fühlte sich so gut an; es wärmte jede Faser in ihr, besänftigte ihre Unruhe und vertrieb alle Fragen, die in ihr tobten und auf Antworten drängten. All die Fragen an ihre tote Mutter.

Das Erdlicht, der Schein aus dem Inneren der Bäume, war etwas Gutes. Es gab keinen Grund, es zu meiden. Libuse hatte das Talent, es zu wecken, und warum, zum Teufel, sollte sie es nicht nutzen? Früher hatte sie geglaubt, ihr Vater sei neidisch, weil er selbst keine Macht über das Erdlicht besaß. Jetzt wusste sie, dass das nicht stimmte. Es hatte ihn geschmerzt, dass die Mönche seine Bitte ausgeschlagen hatten, Libuse in ihrer Schule zu unterrichten. Und nun fürchtete er, dass sie in ihrer Angst vor Fremdem noch weiter gehen würden, falls sich herumsprach, welche Fähigkeiten sie besaß.

»Sie werden behaupten, du seiest eine Hexe«, hatte er ihr erklärt, ihr dabei seine mächtigen Pranken auf die Schultern gelegt und ernst in die Augen geblickt. »Eine Hexe, Libuse! Und wenn sie dich erst fürchten, dann werden sie irgendwann kommen und fordern, dass ich dich herausgebe.«

»Herausgeben?«, hatte sie damals gefragt.

»Sie werden dich auf den Scheiterhaufen bringen. Oder dich aufhängen. Das ist es, was sie tun, mit Menschen, die anders sind als sie.«

Sie hatte damals nicht verstanden, weshalb irgendwer sie würde aufhängen wollen, nur weil sie das Licht aus dem Holz der Bäume hervorlocken konnte und weil da eine Verbindung bestand zwischen ihr und dem Wald. Und dem, was zwischen seinen Stämmen umging, uralt und unsichtbar. Weshalb sollte jemand ihr deshalb den Tod wünschen?

Mit sechzehn Jahren war sie inzwischen alt genug, vieles über die Welt außerhalb des Turms, außerhalb der Wälder zu wissen. Nun war sie froh, dass sie nicht in die Schule der Mönche hatte gehen dürfen, denn ihr lag nichts an dem, was man ihr dort beigebracht hätte. Alles, was sie wissen wollte, konnte sie hier draußen im Wald lernen. Von ihrem Vater, von den Tieren, den Bäumen und dem Wind, der zu ihr wisperte.

Und dann war irgendwann dieser Junge aufgetaucht. Der Novize.

Er kam aus der Abtei wie die anderen, aber damals, als sie mit ihrem Vater dort gewesen war, war er ihr nicht einmal aufgefallen. Er war nur einer von vielen, die dort lebten, fünfzig oder sechzig waren es wohl. Und er war so einfältig wie sie alle, vielleicht sogar ein wenig zurückgeblieben, wenn man bedachte, wie grob und unbeholfen er sich im Wald bewegte. Hatte er denn nicht gelernt, so zu schleichen, dass selbst der Fuchs ihn nicht witterte? Konnte er kein Versteck finden, in dem ihn der Adler nicht erspähte und das Reh nicht hörte? War er zu plump, sich vor Hase und Luchs und Eule zu verbergen?

Sie hatte mit ihm gespielt, hatte ihm das Erdlicht gezeigt, damit er Angst bekam. Sie hatte nicht geglaubt, ihn nach dem ersten Mal je wieder zu sehen. Tatsächlich hatte sie sich mit Vergnügen ausgemalt, wie er zitternd und schlotternd zu seinen Brüdern zurückkehren und ihnen von der dunklen Zauberin im Wald berichten würde. Dann aber hatte sie vor lauter Schadenfreude den Fehler begangen, ihrem Vater davon zu erzählen, von ihrem Triumph über den Mönch und wie sie Furcht in seinem Herzen gesät hatte.

Der Vater war zornig geworden und hatte sie schwören lassen, das Erdlicht niemals wieder zu wecken. »Sie werden es sein, die zuletzt lachen, wenn du dummes Ding dich am Strick im Wind drehst.« Er hatte noch einiges mehr gesagt, in einem Ton, den sie nur selten von ihm hörte, und zuletzt war sie so eingeschüchtert gewesen, dass sie allem zugestimmt hatte.

Kein Erdlicht mehr. Niemals wieder.

Ein paar Monte lang hatte sie sich daran gehalten, aber dann hatte sie ihr Versprechen gebrochen, weit genug vom Turm entfernt, damit er es nicht bemerkte. Sie war vorsichtig geworden, achtsam wie die Elster, die Silberschmuck vom Fensterbrett stibitzte. Aber wenn sie abends nach Hause kam, zurück zum Turm über den Wipfeln, dann hatte sie ihm angesehen, dass er es wusste. Er sprach sie nie wieder darauf an, aber seine Blicke sagten mehr als jeder Vorwurf. Er war enttäuscht, und er hatte Angst um sie.

Und dennoch konnte sie nicht vom Erdlicht lassen.

Erst recht nicht, als der Junge zum zweiten Mal aufgetaucht war. Und zum dritten, vierten und fünften Mal.

Sie hatte ihn unterschätzt. Statt ihm Angst einzujagen, hatte sie ihn neugierig gemacht, und so hatte sie die Regeln ihres Spiels geändert. Sie war bald sicher gewesen, dass er niemandem von ihr erzählte, sonst wären die anderen längst gekommen und hätten bei ihrem Vater vorgesprochen oder sie eingefangen. Nein, sie war sein Geheimnis, so wie das Erdlicht das ihre war. Was sie auf seltsame Weise zu so etwas wie Verbündeten machte.

Obwohl er so unbeholfen war, ein grober Schleicher und

gewiss ein tumber Tor, fühlte sie sich ihm verbunden. Zwei Menschen, die sich nicht kannten, nie ein Wort gewechselt hatten, und die doch so etwas wie ein stummes Abkommen geschlossen hatten. Ein Mönch und ein Mädchen, die von der Neugier immer wieder in den Bann des Verbotenen gezogen wurden, ob sie wollten oder nicht.

Bestimmt hatte auch er ein schlechtes Gewissen, wenn er zu ihr in die Wälder kam. So wie Libuse sich vor den Blicken ihres Vaters schämte, wenn er wieder einmal ahnte, dass sie sein Vertrauen missbraucht hatte.

Und nun hatte Nachtschatten alles zunichte gemacht.

»Dummes, dummes Wildschwein«, fauchte sie im Lauf, obgleich sie natürlich wusste, dass Nachtschatten so viel mehr war als nur ein Wildschwein oder gar ein besonders großer Eber. Er war der Beschützer, den die alten Waldgötter ihr zur Seite gestellt hatten – daran glaubte sie ganz fest. So wie das Mönchlein einen Schutzengel haben mochte, so hatte sie Nachtschatten, der über sie wachte. Konnte sie ihm deshalb einen Vorwurf machen? Ja, verflixt, er wusste doch von dem Jungen, hatte seine Nähe zuvor schon ein halbes Dutzend Mal ignoriert. Warum also hatte er ihn ausgerechnet an diesem Tag in seinem Versteck aufgescheucht? Nun würde der Novize nie mehr wiederkommen, und was sie anfangs noch gehofft hatte, machte sie nun … traurig?

Pah, dachte sie, sie würde doch nicht um einen dummen Pfaffen trauern! Nicht die Erbin der weiten Wälder, Kind der Wildnis, Tochter des Corax von Wildenburg.

Sie blieb stehen, trat in stummer Wut gegen einen abgebrochenen Ast und sah zu, wie loser Pulverschnee von den Zweigen rieselte. Es hatte wieder zu schneien begonnen, sie roch es in der Luft, sah hier und da auch ein paar Flocken durch das Dach der Baumwipfel fallen. Die Senke am Fuß der Eiche würde bald wieder in unberührtem Weiß daliegen und alle Spuren des Erdlichts wären verwischt.

Der Wald um sie herum war in vollkommener Stille erstarrt. Nachtschatten, wo immer er sein mochte, regte sich nicht. Kein berstendes Unterholz, kein Schnauben mehr aus dampfenden Nüstern. Sie glaubte seinen Blick zu spüren, aus einer Gruppe eng beieinander stehender Tannen, durch deren Nadeln kein Lichtstrahl fiel. Irgendwo dort wartete er, bis sie sich wieder in Bewegung setzte. Er folgte ihr niemals bis nach Hause, ließ sie immer auf dem letzten Stück allein.

Sie sprang mit einem übermütigen Satz über den gestürzten Ast hinweg und legte die letzten fünfzig Schritt bis zum Waldrand zurück. Dann sah sie den Turm vor sich, grau und düster vor dem dämmernden Abendhimmel.

Für ihren Vater, der auf einer Burg aufgewachsen war und sein früheres Leben an Höfen und in steinernen Festungen zugebracht hatte, war dies ein ärmlicher Ort. Für Libuse aber bedeutete es das einzige Zuhause, das sie kannte.

Der Turm war aus Holz gebaut, aus dicken, festen Stämmen. Genau genommen hatte das Bauwerk mehr Ähnlichkeit mit einem Haufen aneinander gelehnter Baumstämme als mit einem echten Gebäude. Erst bei näherem Hinsehen waren die vereinzelten Fenster zu erkennen, so schmal wie Schießscharten, und die Tür, die eine Mannslänge über dem Boden ins Holz eingelassen war und nur über eine schmale Treppe zu erreichen war.

Corax von Wildenburg war ein Kämpfer gewesen, bevor er sich mit seiner Tochter in die Wälder zurückgezogen hatte, ein Ritter im Dienste edler Herrn. Den Instinkt, sich im Notfall verteidigen zu können, hatte er nie ganz ablegen können, obschon er von sich behauptete, kein Ritter mehr zu sein und Blut nur noch während der Jagd zu vergießen.

Eine Hand voll Krähen hockte auf den Vorsprüngen und Kanten in den unregelmäßigen Wänden des Turms. Einige stießen schnarrende Schreie aus. Ein Fuchs stob von rechts nach links durch den Schnee und verschwand wieder in den

Wäldern. Die meisten Tiere schienen zu wittern, dass ihnen hier keine Gefahr drohte, denn Libuse und ihr Vater jagten niemals so nah am Haus.

»Ich will den Tod nicht vor meiner Tür«, hatte Corax gesagt, als Libuse alt genug gewesen war, ihn zum ersten Mal auf die Jagd zu begleiten. Sie hatte sich gefragt, ob das nicht selbstverständlich sei. Damals hatte sie noch nicht viel über die Vergangenheit ihres Vaters gewusst.

Der Schneestreifen zwischen Turm und Waldrand maß etwa zwanzig Schritt. Sie rannte darüber hinweg, blinzelte die nassen Schneeflocken aus den Augen und stieg vorsichtig die Treppe zur Tür hinauf. Sie hatte die zehn Stufen am Morgen mit Asche aus der Feuerstelle bestreut, damit sich niemand auf dem vereisten Holz die Knochen brach. Doch inzwischen ging schon die Sonne unter, und die Asche war längst von frischem Schnee bedeckt.

Normalerweise rief sie nach ihrem Vater, wenn sie zur Tür hereinkam, doch heute Abend ließ ihr schlechtes Gewissen sie schweigen. Es konnte ihr nur recht sein, wenn sie ihm nicht gleich nach ihrer Heimkehr unter die Augen treten musste.

Vielleicht war er gar nicht zu Hause, sondern jagte noch irgendwo in den Wäldern. Doch es wurde langsam dunkel und Corax von Wildenburg hasste die Dunkelheit.

Libuse durchmaß die untere Halle mit raschen Schritten. Durch die schmalen Fensteröffnungen fiel der letzte Dämmer des Tages, ein Großteil des Raumes lag in Finsternis. Stützbalken spannten sich als schwarze Streifen durch das fahle Grau. In der Feuerstelle glommen nur noch ein paar rote Funken, deren Schein kaum über die steinerne Umrandung hinausreichte.

Libuse entzündete in der ganzen Halle die Kerzen, für den Fall, dass ihr Vater tatsächlich jetzt erst nach Hause käme; er wurde ungehalten, wenn ihn das Haus mit Dunkelheit empfing. »Zu viele Schatten«, pflegte er zu sagen. Auch deshalb hatte sie dem Eber den Namen Nachtschatten gegeben, denn ihr Vater mochte das Tier nicht. Damals hatte sie sich kämpferisch gefühlt, aber Corax hatte nur stumm den Kopf geschüttelt, als sie ihm mit trotzig vorgerecktem Kinn davon erzählt hatte.

Kerzenschein erhellte den Tisch mit den beiden Stühlen unweit der Feuerstelle. Der Kessel mit Suppe, den sie am Morgen vorbereitet hatte, stand bereit, um am Haken über dem Feuer eingehängt zu werden. Bevor sie die Treppe hinauf nach oben lief, schürte sie die Flammen. Ihr Vater würde hungrig sein, wenn er heimkam. Ihr selbst war der Hunger vergangen.

Die beiden Kammern im ersten Stock waren die seinen. In der kleineren schlief er, in der anderen bewahrte er Dinge auf, die aus der Zeit vor seinem Rückzug in die Wälder stammten. Waffen und Rüstzeug; Kleidung, wie er sie bei Hofe getragen hatte; allerlei Werkzeug, das nicht mehr in den überfüllten Schuppen passte, in dem er die meiste Zeit des Tages verbrachte; außerdem schwere lederne Codices und Schriftrollen, viele mit arabischen Zeichen beschrieben. Ihr Vater hatte Libuse das Lesen und Schreiben gelehrt, denn er verstand sich auf die Schriften des Abend- und Morgenlandes. Er hatte lange genug in den Kreuzfahrerstaaten im Heiligen Land gelebt, um die Sprache der Ungläubigen zu erlernen und ihre Schriften zu lesen; jedoch weigerte er sich, Libuse in diesen Zeichen zu unterweisen. Latein, gewiss, sogar ein Hauch von Griechisch, wie man es im alten Reich von Byzanz gesprochen hatte. Doch das Arabische verweigerte er ihr, und natürlich interessierte sie sich gerade deshalb dafür am meisten. Womit sonst, außer mit Suppekochen, sollte sie sich den lieben langen Tag in dieser Einsamkeit beschäftigen? Durfte er sich da wundern, wenn sie sich die Zeit mit dem Erdlicht und den Tieren des Waldes vertrieb?

Er sagte oft, sie sei störrisch wie ein Esel und sturer als der älteste Ziegenbock. Außerdem widerborstig wie … nun, wie ein erwachsenes Weib. Wobei ihm entgangen zu sein schien, dass sie eben dies längst war. Erwachsen. Eine Frau.

Im zweiten Stock des Turms lag ihre eigene Kammer, gleich unterhalb der Zinnen. Hier gab es keine Tür, die Stufen führten durch den Raum und endeten vor der Luke, durch die man hinauf auf die Plattform gelangte.

Zwei Dutzend Augenpaare starrten Libuse an, als sie die Kammer betrat. Vierundzwanzig Masken aus Lehm und Holz und Stroh gefertigt, manche bemalt, andere in irdenem Braun oder Grau. Sie hingen an den Wänden und Balken, einige verstaubt, weil sie nie von ihren Haken genommen wurden, andere abgegriffen von häufigem Anfassen. Da ragten Äste heraus wie Hahnenkämme, Bärte oder bizarre Dornenkronen; dort waren sie mit Kieselsteinen, Tannenzapfen und Baumrinde verziert.

Libuses Masken. Ihre Vertrauten. Ihre Freunde.

Sie grüßte sie, machte jedoch auf der Treppe nicht Halt, sondern hob mit beiden Händen die Luke nach oben. Schnee rieselte ihr entgegen. Ein eiskalter Windstoß öffnete den Fächer ihres flammend roten Haars wie das Feuer unten in der Halle. Mit einem leisen Fluch stieg sie hinaus auf das Dach des Turms, ein Quadrat von fünf mal fünf Schritt, dick verschneit. So weit oben war der Wind noch viel stärker, pfiff über die Tannenwipfel und fegte Schleier aus Eiskristallen heran. Der Schneefall hatte wieder nachgelassen, ein ewiges Hin und Her, als könne sich der Winter nicht entscheiden, ob er die Eifel unter sich begraben wolle oder nicht. So ging das schon seit Wochen.

Im Osten hatte sich der Himmel längst schwarz gefärbt, während im Westen die Schneewolken sachte zu glühen schienen, ein milchiges Rotgrau, das die Umrisse der Berge rahmte. Die Sonne war jenseits der Wälder versunken, aber noch reichte ihre Kraft, um den Horizont zum Leuchten zu bringen, selbst bei diesem Wetter.

Libuses Blick suchte ihre Spur im Schnee, aber es war bereits zu düster am Fuß des Turms, um die Fußstapfen von hier oben aus zu erkennen. Das Gesicht des Mönches kam ihr wieder in den Sinn, vor Schreck verzerrt, als er hinterrücks in die Senke stürzte. Er musste längst zurück im Kloster sein, nass und schmutzig und sicher mit einer Menge Schwierigkeiten, die er sich durch seinen Ausflug in die Wälder eingehandelt hatte. Es sei denn, er hatte sich eine gute Ausrede zurechtgelegt. Aber dazu war er gewiss zu dumm und ungeschickt.

Sie schaute nach Norden, wo sich jenseits der Schlucht das Kloster befand. Eine waldige Hügelkuppe verdeckte den Blick darauf. Wollte man dorthin gelangen, musste man einen weiten Umweg in Kauf nehmen, denn die Klamm, über die die römische Wasserleitung verlief, ließ sich nur mühsam durchqueren. Nach der Schneeschmelze würde es dort wieder Sturzbäche geben. Irgendwann würden wohl die Wassermassen die Stützpfeiler des Aquädukts mitreißen und das mürbe Konstrukt zum Einsturz bringen. Als Kind hatte sie einmal versucht, darauf zu klettern, doch ihr Vater hatte sie zurückgerissen und ihr klar gemacht, dass sie mit solcherlei Spiel ihr Leben riskierte. In der Zwischenzeit, beinahe zehn Jahre später, mussten die Steine noch brüchiger geworden sein, der uralte Mörtel aus den Fugen gebröckelt. Außerdem mochte der lange dunkle Tunnel über den Abgrund hinweg wilden Tieren als Unterschlupf dienen, denen nicht mal Libuse begegnen wollte.

»Hier bist du also.«

Die Stimme ihres Vaters ließ sie herumwirbeln.

»Ich war im Wald«, sagte sie und merkte sogleich, wie abwehrend sie klang. Als hätte sie etwas zu verbergen. Sie war eine so erbärmliche Lügnerin.

»Was hast du den ganzen Nachmittag getrieben?«, fragte er.

»Nachtschatten«, sagte sie rasch, obgleich sie wusste, dass ihm auch dies nicht gefallen würde. »Ich war mit Nachtschatten unterwegs.«

»Ein Wildschwein ist kein Freund für ein Mädchen.«

»Kennst du einen besseren?«

Er sah sie ernst an, dann lächelte er plötzlich. »Du bist bissig geworden wie eine Schlange.«

»Und du besorgt wie eine Glucke. Ich kann selbst auf mich aufpassen.«

»Ja«, murmelte er beinahe ein wenig widerwillig, als fiele es ihm schwer, sich das einzugestehen. »Ich weiß.«

Corax von Wildenburg war ein Riese. Viele Jahre lang war er der einzige Mann gewesen, den Libuse gekannt hatte, und als er sie schließlich mit zum Kloster genommen hatte, war sie erschüttert gewesen, wie klein und schmächtig die Mönche dort waren. Bis sie allmählich begriffen hatte, dass nicht der Körperbau der frommen Männer ungewöhnlich war, sondern vielmehr der ihres Vaters. Manchmal kam es ihr vor, als sei er doppelt so groß wie sie, immer noch; sie wusste, dass dies nicht stimmte, und doch erschien es ihr, als überrage er sie so hoch wie der Turm, wenn man unten am Eingang stand. Sah man nur Corax' Umriss, so wie jetzt als Silhouette vor dem grauen Abenddämmer, konnte man meinen, er trüge einen Harnisch, so breit wirkten seine Schultern. Und obwohl er bereits das fünfzigste Jahr überschritten hatte, besaß er noch immer die Kraft eines Bären.

Er hatte weißes Haar, das ihm bis auf die Schulter fiel, und einen grauen, kurz geschnittenen Bart, durch den sich eine einzelne schwarze Strähne von der Unterlippe bis zum Kinn zog. Gezackte Falten lenkten den Blick auf seine Augen, die so stählern blau waren wie der Himmel an einem eiskalten Wintermorgen. Er trug ein ledernes Wams, das sich über seinem gewaltigen Brustkorb spannte, Beinzeug mit gekreuzten

Nähten und einen Umhang aus Schafsfell und Leder. Sein Haar war trocken, ohne eine Spur von Eis. Also war er bereits zu Hause gewesen, als Libuse kam.

Sie hatte Mühe, seinem bohrenden Blick standzuhalten. Hatte er den Schein des Erdlichts von hier aus beobachtet? Reichte es so weit hinauf in die Bäume? Dieser Gedanke kam ihr nicht zum ersten Mal, und sie fragte sich, ob das der Grund war, weshalb er stets über ihre Beschwörungen Bescheid zu wissen schien, auch wenn er es nicht aussprach. Seine Augen hatten im Alter nicht gelitten, wie überhaupt sein ganzer Körper nur ganz allmählich erste Anzeichen von Gebrechen zeigte.

Er musterte sie noch ein paar Herzschläge länger, dann trat er mit einem Ruck an ihr vorbei, legte beide Hände in den Schnee auf die Brüstung und blickte hinaus in die näher rückende Nacht.

»Ich habe in der Halle die Kerzen angezündet«, sagte sie und betrachtete ihn aufmerksam von der Seite. »Mach dir keine Sorgen wegen der Dunkelheit.«

»Das ist es nicht.«

»Aber über irgendwas machst du dir Gedanken. Das kann ich sehen.«

»Die Wälder sind in Aufruhr.«

Sie runzelte die Stirn. War nicht sie diejenige, die das hätte feststellen müssen? Ein Stich durchzuckte sie, fast ein Anflug von Eifersucht. Das waren ihre Wälder. Die Bäume, die Tiere, der Wind im Laub – das waren ihre Gefährten, ihre Geschwister.

Unsinn, sagte sie sich dann. Er lebt genauso lange hier wie du. Er kennt die Wälder ebenso gut.

Aber er versteht sie nicht. Er hört nicht auf ihre Stimmen.

»Es sind Wanderer dort draußen«, sagte er, ohne den Blick von den Hügeln zu nehmen. »Und Reiter. Die einen laufen davon. Die anderen folgen ihnen.«

Im schwächer werdenden Licht bot sich die Landschaft als formlose Zusammenballung aus Schwärze und vereinzeltem Schneeschimmer dar.

»Wie kommst du darauf?«

»Ich habe Spuren entdeckt«, sagte er. »Im Westen. Zwei Menschen zu Fuß, in einem ziemlichen Zickzack, so als hätten sie sich verlaufen.«

»Hast du sie gesehen?«

Er schwieg eine Weile, dann nickte er langsam. »Von weitem.«

Sie legte eine Hand auf die seine. Die Haut fühlte sich an wie Eis.

»Was ist los, Vater? Warum sagst du es mir nicht?«

»Nachdem ich sie gesehen hatte, bin ich hier heraufgestiegen. Und da hörte ich das Schnauben eines oder mehrerer Rösser, sehr weit entfernt. Dann schneite es wieder heftiger, und alles wurde still. Ich denke, die Reiter lagern jetzt irgendwo.«

»Und du denkst, sie verfolgen die Wanderer?«

»Die beiden hatten es eilig, das konnte ich an ihren Spuren sehen. Sie haben mehrfach die Richtung gewechselt, wahrscheinlich haben sie im Schnee die Orientierung verloren. Aber sie haben keine Rast gemacht, sie sind immer weitermarschiert.«

»Wer waren sie?«

»Sie waren vermummt.«

Kein Wunder bei dem Wetter. »Glaubst du, sie wollen zur Abtei?«

»Wohin sonst?«

Zu uns, lag ihr auf der Zunge, doch das verkniff sie sich. Vielleicht wirkte ihr Vater so besorgt, weil er dieselbe Vermutung hatte. Fast als fürchtete er, nicht die Wanderer könnten eingeholt werden, sondern er selbst. Von seiner Angst.

Der letzte Schimmer am Horizont verblasste.

Corax atmete tief durch. »Lass uns nach unten gehen.« Ins Licht, aber das musste er nicht aussprechen. Trotz seiner hünenhaften Statur, seines behänden Geistes und seiner Ausbildung zum Kämpfer gab es eines, das Corax von Wildenburg mehr fürchtete als den Leibhaftigen selbst – die Nacht. Das Dunkel. Vollkommene, lichtlose Schwärze, wie sie in diesen Augenblicken zwischen den Bäumen emporkroch.

Einmal, nur einmal, hatte Libuse miterlebt, was die Finsternis ihm antun konnte. Als verstörtes, zitterndes Bündel hatte er am Boden gekauert, kaum in der Lage, zu sprechen. Das war vor vielen Jahren gewesen. Seitdem sorgte sie dafür, dass es im Turm niemals ganz dunkel wurde. Nie wieder wollte sie ihn in einem Moment absoluter Schwäche erleben. Sein Anblick, seine verstörten, leichenblassen Züge hatten sich zu tief in ihre Erinnerung geätzt.

Damals hatte sie ihn gefragt, woher seine Angst rührte. Doch sie hatte keine Antwort erhalten. Wie auf so vieles andere auch. Auf die Fragen nach ihrer Mutter beispielsweise. Libuse wusste nur, sie war rothaarig gewesen wie sie selbst. Corax war ihr fern von hier im Morgenland begegnet, und dort war sie gleich nach Libuses Geburt gestorben. Corax war mit dem Kind in seine Heimat zurückgekehrt, hatte seine Ritterwürde abgelegt und sich in diesen Winkel der Wildnis zurückgezogen.

»Wenn die Wanderer unterwegs zum Kloster sind, dann sind sie vielleicht Mönche«, schlug sie vor, um sich selbst auf andere Gedanken zu bringen.

»Möglich.«

Die Kälte tat jetzt so weh an ihren Fingern, dass sie die Hand zurückzog. Seine aber blieb unverändert auf der Zinne liegen.

»Vater«, sagte sie sanft. »Deine Hand.«

»Hmm?« Er blinzelte verwundert, blickte dann auf seine Linke herab und hob sie aus dem Schnee. Er ballte sie zur Faust, als wollte er einen Stein zwischen den Fingern zerquetschen. Dann drehte er sich abrupt zur Luke um. »Komm«, sagte er, »ich habe den Kessel übers Feuer gehängt. Die Suppe müsste bald heiß sein.«

Sie nickte und folgte ihm die Stufen hinunter. Die Luke fiel hinter ihr zu, und abermals stob Schnee auf sie nieder.

Mitten in ihrer Kammer stand ein irdener Kerzenleuchter, den Corax jetzt aufhob; er musste ihn auf dem Weg nach oben dort abgestellt haben. Der wandernde Lichtschein erweckte die Masken an den Wänden zum Leben. Der Blick leerer Augenhöhlen folgte den beiden auf ihrem Weg nach unten, bis das Kerzenflackern mit ihnen verschwunden war und zwei Dutzend Augenpaare zurück in die Finsternis sanken.

Schritte rissen Aelvin aus dem Schlaf. Ein Traum von Schnee und Eis zerschmolz in seiner Erinnerung. Obwohl im Kamin des Infirmariums ein Feuer brannte, fröstelte er.

Mit Ausnahme seines eigenen Lagers war das Krankenquartier unbenutzt. Sechs Betten gab es in dem lang gestreckten Raum, drei auf jeder Seite. Aelvin lag in einem der beiden hinteren. Am gegenüberliegenden Ende, neben der Tür, befand sich die offene Feuerstelle, in der Flammen über glühende Holzscheite tanzten. Auf der anderen Seite des Eingangs standen mehrere Regale mit Tiegeln und Schalen, ein Tisch voller Codices und ein dreibeiniger Schemel. Bruder Marius, der Heil- und Kräuterkundige der Abtei, hatte sich vor einer Weile in seine Zelle zurückgezogen, nachdem Aelvin ihm versichert hatte, dass es ihm an nichts fehle. Beim Gedanken an den gutmütigen Marius meldete sich Aelvins schlechtes Gewissen wenig und nagte arg an der Genugtuung über das Gelingen seiner trefflichen List.

Er rieb sich die Augen. Horchte.

Schritte, die vor der Tür der Kammer verharrten.

War sein Betrug aufgedeckt? Kamen sie, um ihn zu holen? Abt Michael würde ihn womöglich davonjagen, sogar in der Nacht, wenn er erfuhr, dass Aelvin gelogen hatte.

Odo hatte gewiss nichts ausgeplaudert. Hatte irgendeiner der Brüder gesehen, wie Aelvin das Schaf aus der Umzäunung getragen hatte? Dabei war bisher doch alles so gut gegangen. Selbst die Mär vom verstauchten Fuß hatten sie ihm abgenommen. Bruder Marius hatte darauf bestanden, den Knöchel zu bandagieren, nachdem er ihn abgetastet und Aelvin im rechten Moment überzeugend aufgestöhnt hatte.

Freilich gab es neben Odo noch einen weiteren Zeugen. Einen, dem nicht das Geringste entging. Aber hatte der Allmächtige keine anderen Sorgen, als dem Abt während ihres allabendlichen Zwiegesprächs vom Betrug eines Novizen zu berichten?

Aelvin bekreuzigte sich und bat um Vergebung, ließ die Hände jedoch rasch wieder unter der Decke verschwinden und schloss die Augen, als die Tür des Infirmariums geöffnet wurde.

Zwei Gestalten erschienen im Rahmen. Genau genommen waren es drei, denn einer der beiden Männer, die in das warme Licht der Feuerstelle traten, trug einen schlanken Körper in den Armen.

Den Träger erkannte Aelvin nicht. Wohl aber den anderen. Die tief liegenden Augen des Abtes wirkten im schwachen Licht noch schattiger.

Aelvin blinzelte durch halb geschlossene Lider. Der zweite Mann trug eine ehemals weiße Kutte mit dunklem Überwurf. Er hatte die Kapuze hochgeschlagen, nur die untere Partie seines Gesichts war zu erkennen. Ein scharf geschnittenes Kinn. Schmale Lippen, fast farblos – womöglich von der Kälte, denn so verschmutzt, wie sein Ornat war, musste der Mann eine lange Wanderung hinter sich haben.

Die dritte Gestalt, leblos in den Armen des Wanderers, war in weite Gewänder gehüllt. Auch sie trug eine Kapuze, ihr Gesicht war der Brust des Mannes zugewandt, sodass Aelvin keinen Blick darauf erhaschen konnte.

Er versuchte, sich nicht zu rühren und so gleichmäßig wie möglich zu atmen. Was nicht ganz einfach war angesichts seines Herzklopfens. Außerdem kam es ihm vor, als höbe sich die warme Wolldecke über ihm wie ein Blasebalg. Auf und nieder. Jeder Atemzug erschien ihm verräterisch. Sein Schicksal, daran zweifelte er nicht im Geringsten, war ein für alle Mal besiegelt.

»Wir sollten Bruder Marius wecken«, sagte Abt Michael leise.

Himmel, wollten sie etwa seinen Knöchel einer zweiten Untersuchung unterziehen?

»Er wird wissen, was zu tun ist«, setzte der Abt hinzu.

Der zweite Mann schüttelte unter seiner Kapuze den Kopf. »Nicht nötig, ehrwürdiger Abt.« Auch seine Stimme war kaum mehr als ein Flüstern. »Dem Mädchen fehlt nichts außer ein paar Stunden Schlaf und einem warmen Lager.«

Mädchen?, dachte Aelvin.

»Legt sie gleich hier ans Feuer.« Der Abt schlug die Decke eines der vorderen Betten zurück. »Hier hat sie es warm und ist in Sicherheit. Wünscht Ihr etwas zu essen für sie? Ich kann jemanden in die Küche –«

»Bemüht euch nicht, Bruder. Schlaf benötigt sie im Augenblick mehr als alles andere. Wir haben unterwegs gegessen, ein karges Mahl während der Wanderung. Nahrung konnten wir uns leisten, nicht aber eine Ruhepause.«

»Wie Ihr wünscht, Bruder.«

Aelvins Stirn kräuselte sich, ehe ihm bewusst wurde, wie verräterisch das war. Die Stimme des Fremden kam ihm bekannt vor. So bekannt, dass er unter der warmen Wolldecke eine Gänsehaut bekam.

War das möglich? Dass *er* es war?

»Was ist mit dem Bruder dort hinten?«, fragte der Fremde, nachdem er das verhüllte Mädchen auf dem Bett abgelegt hatte. »Er hat keine ansteckende Krankheit, hoffe ich.«

»Aelvin? Ach was, er hat sich am Knöchel verletzt.« Abt Michael seufzte. »Er wird tief und fest schlafen, wie ich ihn kenne. Obgleich er sich die Ruhe heute verdient hat. Ein Nichtsnutz mag er sein, mit tausend Flausen im Kopf, aber heute hat er –«

Der Neuankömmling unterbrach ihn. »Aelvin?«

O nein, durchfuhr es Aelvins Sinne. Er ist es.

»In der Tat, Ihr kennt ihn«, sagte der Abt, dem die Lage unangenehm zu werden schien.

»Aelvin«, murmelte abermals der Fremde, der mit einem Mal keiner mehr war. »Was ist mit ihm geschehen?«

»Er hat ein Schaf vor dem sicheren Tod gerettet.«

Aelvin hörte, wie der Mann seine Kapuze zurückschlug, wagte jedoch nicht, die Augen auch nur einen Spaltbreit zu öffnen. Jetzt näherten sich feste Schritte quer durch den Raum, an den leeren Betten vorbei genau auf das seine zu.

»Gerettet, sagt Ihr?« Die Stimme erklang nun gefährlich nah an Aelvins Lager. »Das scheint mir so gar nicht zu ihm zu passen. Der Aelvin, den ich Euch vor ein paar Jahren geschickt habe, war ein Unruhestifter, der es mit den Regeln des heiligen Benedikt nicht allzu genau nahm.«

»Nun«, begann der Abt gedehnt, dem es am wenigsten um Aelvins Ruf ging. Er fügte noch etwas hinzu, so leise, dass Aelvin es nicht verstand. Der Mann roch nach feuchter Wolle, nach Erde und dem Schweiß eines langen, mühsamen Marsches.

Aelvin konnte ihn atmen hören, als er sich zu ihm herabbeugte. Vermutlich hatte er ihn längst durchschaut, wusste schon, dass er wach war und jedes Wort mit angehört hatte.

»Und er hat was getan, sagt Ihr?« Sein Atem roch säuerlich.

Der Abt sprach jetzt ein wenig lauter und beflissener. »Unter Einsatz seines eigenen Lebens hat er eines der Schafe gerettet.«

»Hat das jemand mit angesehen?«

»Ob es Zeugen gibt? Gewiss, einen zweiten Novizen.«

»Hmm«, machte der Mann. »Einen zweiten Novizen, so, so. Der gute Aelvin war schon früher ein Meister darin, schlichtere Geister in seine Schelmenstücke mit einzubeziehen.«

»Er ist nur ein Junge, Bruder Albertus. Kein Grund, Euch Sorgen zu machen.«

Mit einem abrupten Rascheln richtete sich der Mann wieder auf. Aelvins Herz sprang fast aus der Brust, strampelnd und panisch wie ein Ferkel im Angesicht des Schlachters.

»Meine Sorge gilt nicht ihm, ehrwürdiger Abt, sondern allein dem Mädchen. Ihre Sicherheit ist wichtiger als … nun, ihre Bedeutung ist für die Sache des Herrn unermesslich. Ihr versteht das, nicht wahr?«

Zum ersten Mal klang auch der Abt eine Spur schärfer, er fühlte sich angegriffen. »Ihr mögt Provinzialprior der Dominikaner sein, Bruder Albertus, doch das gibt Euch nicht das Recht, irgendetwas in Zweifel zu ziehen, das ich Euch versichere.«

Albertus stieß einen Seufzer aus, und als er wieder sprach, klang er viel sanftmütiger. »Verzeiht, Bruder Abt. Die lange Reise … und die Sorge um das Mädchen … Glaubt mir, es stand nicht in meiner Absicht, Euch zu beleidigen. Vergebt mir.«

Seine Schritte entfernten sich. Aelvin hatte das Gefühl, sich vor Erleichterung übergeben zu müssen. Sein ganzer Körper schien verrückt zu spielen, und nun überkam ihn die absurde Furcht, seine Glieder könnten ihm nicht mehr gehorchen, sich verselbstständigen und womöglich grundlos zu zucken beginnen.

Mach dich nur verrückt, redete eine innere Stimme ihm zu. Das ist sicher der beste Weg, dass alles offenbar wird.

»Dem Mädchen darf nichts geschehen, koste es, was es wolle«, sagte der Dominikaner. »Ihr Leben ist mir wichtiger als mein eigenes.«

Aelvin wollte gerade die Augen eine Winzigkeit weit öffnen, als Albertus hinzusetzte: »Und was den Jungen angeht, so täte er gut daran, sich in dieser Nacht nicht von seinem Lager zu bewegen!« Er sprach so laut und bestimmend, dass kaum Zweifel bestand, dass die Worte an Aelvin selbst gerichtet waren.

Er weiß es, dachte Aelvin zitternd. Er weiß, dass ich wach bin.

Doch in der wundersamsten aller Wendungen dieser Nacht war es abermals der Abt, der ihm zu Hilfe kam. »Sorgt Euch nicht wegen Aelvin. Sein Knöchel ist verletzt, er kann keinen Schritt tun, ohne vor Schmerz aufzuschreien.«

Albertus brummte etwas, dann raschelte das Bett des Mädchens. Aelvin öffnete mit größter Vorsicht ein Auge und lugte über den Rand seiner Decke zu den Männern hinüber. Zu seinem Erstaunen war der Kopf des Dominikaners kahl; von früher hatte er ihn anders in Erinnerung. Und doch gab es keinen Zweifel, dass er es war. Der Magister Albertus von Lauingen, den manche auch Albertus Magnus nannten, Oberhaupt des Dominikanerkonvents zu Köln und persönlich dafür verantwortlich, dass Aelvin vor vier Jahren von dort verwiesen und ins Kloster der Zisterzienser abgeschoben worden war.

»Ihre Tracht ist nass vom Schnee«, stellte der Magister fest. »Wir können sie so nicht schlafen lassen. Seid so gut, und wendet Euch kurz ab.«

Abt Michael wandte das Gesicht zur Tür, merklich nervös, während der Magister daranging, das Mädchen auszuziehen, in ein Nachtgewand der Mönche zu kleiden und schließlich fest in der wollenen Decke zu verpacken. Einmal, ganz kurz nur, sah Aelvin den Schimmer einer schlanken, weißen Fessel.

»Bittet einen der Brüder, das hier zu waschen und zu trocknen«, sagte Albertus zum Abt, nachdem dieser sich ihm neuerlich zugewandt hatte. Feuerschein glänzte auf seiner schweißfeuchten Stirn.

»Noch heute Nacht?«, erkundigte sich der Abt. »Heißt das, Ihr wollt gleich morgen früh weiterziehen?«

»Lasst Euch Zeit«, sagte Albertus kopfschüttelnd. »Vor übermorgen reisen wir nicht ab. Es gibt jemanden in diesen Wäldern, dem ich einen Besuch abstatten muss. Nur deshalb haben wir den weiten Umweg auf uns genommen.« Auch sein Kahlkopf schimmerte, aber noch immer bekam Aelvin nur einen vagen Eindruck seines Gesichts. Buschige weiße Augenbrauen, eingefallene Wangen – und Bartstoppeln, die einem hoch gestellten Geistlichen wie ihm keineswegs gut zu Gesicht standen. Wie es schien, hatte er sich während der Wanderung nicht einmal Zeit für eine Rasur genommen.

Die beiden Mönche wandten sich zur Tür. Noch einmal blickte Albertus über die Schulter zurück zum Bett des Novizen. Diesmal wagte Aelvin nicht, das halb geöffnete Auge zu schließen, aus Angst, die Bewegung könnte ihn verraten. Die Entfernung war hoffentlich zu groß, als dass der Magister es bemerkte.

»Vielleicht solltet Ihr den Jungen doch in eine andere Kammer bringen lassen.«

»Vertraut mir«, sagte der Abt mit einem Naserümpfen, denn nun fühlte er sich wirklich in seiner Ehre gekränkt. »Er kann nicht laufen. Sicherlich noch zwei, drei Tage lang. Außerdem kennt Ihr ihn – die Trompeten der Erzengel müssten zum Jüngsten Gericht blasen, damit er freiwillig ein warmes Bett verlässt.« Bei den letzten Worten schmunzelte er, und Aelvin glaubte zu seinem Erstaunen beinahe so etwas wie Wohlwollen darin zu entdecken. Hasste der Abt ihn nicht gar so sehr, wie er angenommen hatte?

»Nun gut«, sagte Albertus und folgte Abt Michael hinaus auf den Gang. »Wie Ihr meint.«

Sie zogen die Tür des Infirmariums hinter sich zu. Von außen wurde ein eiserner Riegel vorgeschoben, der nur benutzt wurde, wenn einer der Mönche krank wurde und Bruder Marius eine Gefahr für die übrigen Mönche befürchtete. Dann kam es vor, dass der Kranke eingeschlossen wurde, damit er sich nicht im Fieberwahn erheben und die gesamte Bruderschaft anstecken konnte.

Aelvin atmete so tief durch, dass es zu einem lauten Seufzer geriet. Nicht einmal heute Nachmittag, im Angesicht der Bestie im Wald, hatte er solche Angst gehabt wie in den Minuten zuvor.

Albertus von Lauingen. Hier im Kloster! Über sein Bett gebeugt!

Er schlug die Decke zurück, schwang die Beine über die Bettkante und blieb wie erstarrt sitzen, die Ellbogen auf die Knie gestützt, das Gesicht in den Händen vergraben. Erst mal sammeln. Durchatmen. Warten, bis sich sein Herzschlag beruhigt hatte.

Dann erst hob er den Kopf und blickte durch den Raum zu dem zweiten belegten Bett hinüber. Das Mädchen ruhte mit dem Gesicht zum Feuer. Aelvin konnte nur ihren Hinterkopf erkennen, eingerahmt von Decke und Kissen.

Erneut beschleunigte sich sein Puls. Er hörte seine Herzschläge hämmern.

Ein Mädchen. An der Seite des Magisters.

Du musst es tun, lockte ihn seine innere Stimme. Du findest ohnehin keinen Schlaf mehr.

Sehr langsam, sehr vorsichtig erhob er sich von seinem Bett. Erst zögernd, dann entschlossener, lauschend, bebend, fiebernd vor Neugier, schlich er hinüber zum Bett des Mädchens.

~

Aelvins Eltern waren bei einem Feuer ums Leben gekommen. Damals war er noch ein Kind gewesen. Sie waren Händler in der Bischofsstadt Köln gewesen, doch gut genug gestellt, um ohne beträchtliche Sorgen zu leben. Aelvin war ihr einziger Sohn, und somit war es beschlossene Sache, dass er dereinst den Tuchhandel am Rheinufer erben würde.

Dann war das Feuer ausgebrochen. Eine umgestürzte Kerze, ein Fass mit Öl zum Fetten von Segeltuch, ein Haus aus Holz und ein langer, trockener Sommer hatten ausgereicht, Aelvins Leben in neue, ungeahnte Bahnen zu lenken.

Die Brüder seines Vaters hatten den neunjährigen Jungen nicht aufnehmen wollen. Der Dominikanerkonvent schien ein sauberer Weg zu sein, das Kind loszuwerden. Eine Spende für einen Anbau; ein wenig Jammern und Wehklagen über die vielen Mäuler, die man bereits zu stopfen habe; dann eine Eingabe beim Prior und eine weitere milde Gabe für den Ausbau des Skriptoriums – und schon war aus dem Waisenkind Aelvin, vormals Händlersohn, Aelvin der Dominikanernovize geworden.

Eine Weile lang hatte es ausgesehen, als würde sich alles zum Guten wenden. Aelvin erwies sich als gelehriger Schüler, vor allem im Umgang mit Feder und Pinsel, und bald lobten ihn seine Lehrer für sein Feingefühl beim Zeichnen und Kopieren von Schriften. Einem festen Platz im Skriptorium stand nur eines im Wege: Aelvin wollte sich nicht fügen. Er betete, weil man es von ihm erwartete, doch er tat es nur selten von Herzen. Er gab vor, dem Herrn zu dienen, wenn man ihn danach fragte, aber er spürte keine echte Liebe zu Gott – nicht nach dem, was seinen Eltern widerfahren war. Und er verstieß, was das Schlimmste war, gegen die Regeln der Konventgemeinschaft. Nicht böswillig und nur selten so schwer, dass es zu ernsthaftem Schaden führte. Und doch waren die Streiche, die er den älteren Brüdern spielte, die kleinen Diebereien aus der Speisekammer, das gelegentliche Widerwort und die verbotenen Ausflüge in die Stadt Grund genug, dass ihn eines Tages das Oberhaupt des Konvents zu sich zitierte.

Der Magister Albertus von Lauingen galt als gerechter Mann, wenn auch allzu sehr seinen Lehren, Forschungen und Studien verpflichtet, um sich ernsthaft um die Regularien und Abläufe des Klosters zu kümmern. Irgendwann aber waren die Geschichten vom Treiben des Novizen Aelvin auch an sein Ohr gedrungen, und weil er womöglich keine Zeit mit weiterem Ärger, den Beschwerden von Aelvins Oberen oder gar dem Nachsinnen über Bestrafungen verschwenden wollte, fällte er ein Urteil.

An einem stürmischen Herbsttag wurde Aelvin in die Studierstube des Magisters befohlen. Der Wind jammerte um die Mauern des Konvents, die groben Glasscheiben in den Fenstern bebten und schepperten, und ein eiskalter Luftzug pfiff durch alle Gänge und Treppenschächte des Gebäudes. Aelvin zitterte, als er dem Magister gegenübertrat. Er gab vor, dass es an einer Erkältung läge.

»Mein Junge«, begann Bruder Albertus und schaute nur widerwillig von seinem Studierpult auf, als wäre Aelvin eine Fliege, die ihm bei seiner Arbeit um den Schädel schwirrte. »Ich habe manch Gutes über dich gehört, vor allem über deine Fähigkeiten im Skriptorium, was ein gehöriges Kompliment ist für einen Novizen deines Alters.« Damals war Aelvin elf gewesen, und er wusste nur zu gut um sein Talent. »Doch mir wurde auch anderes über dich zugetragen. Dinge, die mein Ohr weit weniger erfreuen.«

Aelvin fühlte sich sehr klein und, vielleicht zum ersten Mal, wahrhaft schuldig im Angesicht dieses Mannes. Etwas sagte ihm, dass es diesmal nicht mit dem Beten einiger Rosenkränze, dem Ausschluss von Mahlzeiten oder dem Schrubben der Aborte und Zellenböden getan sein würde. Der Blick des Magisters verhieß Übles, das dunkle Glosen in seinen Augen, der Schatten seiner buschigen Augenbrauen.

»Du wirst den Konvent verlassen«, sagte der Magister, »und zwar zu deinem eigenen Besten.«

»Verlassen?«, entfuhr es Aelvin.

Albertus nickte, denn sein Entschluss war endgültig. »Ich will nicht, dass du der Christenheit verloren gehst bei all deinem Talent für schöne Schriften und Illuminationen. Aber ich kann auch nicht zulassen, dass du noch mehr Unruhe in die Reihen der Brüder bringst. Wir Dominikaner sind ein Bettelorden, das weißt du, vollkommener Armut und Besitzlosigkeit verpflichtet. Einen einzelnen Bruder, der sich wieder und wieder über die Regeln hinwegsetzt, kann ich nicht dulden.«

»Aber –«

»*Unterbrich mich nicht!*« Von einem Herzschlag zum nächsten schlug Albertus' Freundlichkeit in Zorn um. Er ließ beide Hände auf die Platte des Studiertischs krachen und erhob sich. Er war ein großer Mann, und nun blickte er dräuend auf Aelvin herab. »Wage es nicht noch einmal, mir ins Wort zu fallen, Junge! Was ich entschieden habe, wird geschehen. Du wirst Köln verlassen, und du wirst dem Orden den Rücken kehren. Die Stadt bietet einem wie dir zu viele Lockungen und Ablenkungen. Anderswo, in einer ruhigeren Umgebung, wirst du vielleicht zu Gott finden und deine Pflichten ernster nehmen.«

Aelvin stand da, als hätte Albertus sein Todesurteil verhängt. Er spürte seine Beine nicht mehr und, genau genommen, auch nicht den Rest seines Körpers.

Den Orden verlassen. Köln verlassen.

»Du wirst zu den Zisterziensern gehen. Sie haben sich ebenso der Armut verpflichtet wie wir Dominikaner. Aber sie haben ihre Regeln gelockert, seit sie in ihren abgelegenen Klöstern zu bescheidenem Besitz gekommen sind.« Da war ein Anflug von Missfallen im Ton des Magisters, doch er schwand rasch. »Zudem sind sie bekannt für die Qualität der Codices, die sie in ihren Werkstätten und Skriptorien herstellen. Ich habe bereits einen Brief an den Abt eines

Zisterzienserklosters gesandt, und weil ich persönlich meine Empfehlung ausgesprochen habe, ist er bereit, dich aufzunehmen.«

Um Aelvin drehte sich die Studierstube. Braunes Holz, dunkle Schatten, der jaulende Wind vor dem Fenster. Ein Strudel, der ihn tiefer und tiefer in einen Abgrund saugte.

Die Stadt verlassen. Seine Heimat aufgeben.

Aber hatte er das nicht bereits getan, als er dem Orden beigetreten war?

»Du reist morgen ab. Bis zur Abtei der Zisterzienser in der Eifel sind es mehrere Tagesmärsche. Es ist eine karge, unwirtliche Gegend, in der nur wenige Menschen leben. Dort gibt es nichts, das dich erneut vom rechten Weg abbringen könnte. Und wenn doch, nun, dann liegt die Verantwortung nicht länger in meiner Hand.«

Albertus ließ sich zurück auf seinen Schemel sinken, schlug die Seite eines Buches um und fuhr fort, darin zu lesen, so als habe das Gespräch nie stattgefunden. Er war nicht weiter an Aelvin oder dessen künftigem Wohlergehen interessiert. Vielmehr schien es, als habe er dem Drängen der anderen Brüder nachgegeben und sich widerstrebend um diese Angelegenheit gekümmert – auf die einfachste und schnellste Weise.

»Du darfst dich entfernen, Aelvin.« Der Magister blickte nicht von den Seiten auf, bereits ins nächste theologische Problem vertieft. »Geh rasch, mein Sohn, und geh mit Gott.«

~

Das Mädchen lag noch immer so da, wie die beiden Mönche es zurückgelassen hatten. Ihr schwarzes Haar war vor nicht allzu langer Zeit bis auf die Kopfhaut geschoren worden, doch nun war es auf einen Fingerbreit nachgewachsen, strubbelig und ein wenig wild. Ihr Körper unter der braunen Wolldecke wirkte ungemein schmal und zerbrechlich. Sie war nicht groß – kleiner als Libuse, schätzte Aelvin, und sein Herz machte einen Hüpfer –, und weil sie auf der Seite lag, hob sich ihr Hüftknochen scharf umrissen unter der Decke ab.

Aelvin wagte nicht, sich über sie zu beugen, aus Angst, sie könne erwachen. Oder schlimmer noch, Albertus und der Abt könnten zurückkommen und ihn nicht nur gesund auf beiden Beinen, sondern auch noch *am Bett des Mädchens* ertappen. Die Strafen, die das nach sich ziehen würde, wagte er sich nicht auszumalen. Ohnehin würde ihn vermutlich ein Blitz des Herrn treffen und seiner elenden Existenz gleich auf der Stelle ein Ende bereiten.

Blieb ihm nur, das Bett zu umrunden, näher ans Feuer heran, um so einen Blick von vorn auf die Schlafende zu riskieren.

Er war verwirrt, vollkommen durcheinander. Sein ganzes Inneres war in Aufruhr, seine Knie fühlten sich an wie warmes Kerzenwachs, und sein Herzschlag wollte sich ohnehin schon seit Minuten nicht mehr beruhigen.

Odos Züge erschienen vor seinem inneren Auge, mit erhobener Augenbraue, wie mahnende Engel, die manche Illuminatoren auf die Schultern von Sündern malten.

Tu's nicht, riet Odo in seinen Gedanken, und nun fehlte ihm wahrlich nur noch ein Heiligenschein über dem rotwangigen Gesicht. *Geh zurück ins Bett. Tu so, als sei nichts geschehen. Du hast nichts gesehen, nichts gehört.*

Nichts gesehen! Von wegen. Wie hätte er das übersehen können? Ein Mädchen im Kloster. Im selben Zimmer. Und was ihn beinahe mehr beschäftigte als ihre Anwesenheit, war der Umstand ihrer Ankunft, bei Nacht und an der Seite des gestrengen Magisters.

Viele Rätsel auf einmal. Zu viele jedenfalls, um sich die Decke über den Kopf zu ziehen und so zu tun, als sei nichts gewesen.

Mit vorsichtigen Schritten schlich Aelvin näher heran. Die

Hitze des Feuers nahm ihm hier vorne, so nahe bei den Flammen, fast den Atem. Aber ihr würde sie gut tun, nach einem Marsch durch die eisigen Wälder. Gott allein wusste, wie lange sie dort draußen gewesen war. Zusammen mit diesem unnahbaren Unhold, der vermutlich auch heute noch nichts anderes als seine Studien im Sinn hatte. Damals hatte er Aelvin kühl, beinahe beiläufig abgeurteilt. Wenn er heute vorgab, sich um dieses Mädchen zu sorgen, dann lag das gewiss nicht an seiner Zuneigung zu ihr. Es musste einen anderen Grund geben.

Sogar im Feuerschein wirkte sie blass. So schwarz wie ihr Haar waren auch ihre feinen Brauen. Aelvin fragte sich, welche Augenfarbe sie hatte, und brachte sein eigenes Gesicht noch ein wenig näher an ihres, als könnte er so durch ihre Lider blicken. Dabei entdeckte er, dass ihre Augen wild umherzuckten, Anzeichen eines unruhigen Traumes. Ihre langen dunklen Wimpern flatterten leicht, hoben sich aber nicht. Sie hatte einen kleinen Mund und volle Lippen, die von der Winterkälte rau und rissig geworden waren. Es wäre wohl das Mindeste gewesen, sie nach der Reise mit Fett zu bestreichen, damit sie schneller heilten, doch daran hatten wohl weder der Abt noch Albertus einen Gedanken verschwendet.

Aelvin blickte zu Bruder Marius' Tisch hinüber. Dutzende von Schalen und Tiegeln standen da, und bestimmt würde er dort finden, was er suchte. Dann aber schüttelte er stumm den Kopf. Das konnte er nicht tun. Er durfte nicht einfach ihre Lippen berühren, ganz gleich, wie gut gemeint es war.

Stattdessen betrachtete er sie neugierig. Die Wärme des Feuers drang durch sein Nachtgewand und breitete sich in ihm aus wie ein Schluck von Bruder Jakobs selbst gebranntem Beerenelixier. Oder kam die plötzliche Hitze von ihrer Nähe? Ein ähnliches Gefühl hatte er verspürt, als er Libuse zum ersten Mal gesehen hatte. Diese Erkenntnis irritierte ihn vollends.

Ein schöner Mann Gottes bist du, Aelvin. Wenn dich der Anblick jedes weiblichen Wesens derart aus der Fassung bringt, dann bist du hier im Kloster wahrlich am besten aufgehoben.

Die Decke hob und senkte sich sanft. Das Mädchen atmete ruhig, trotz des erregten Zuckens hinter den Lidern. Aelvin entdeckte, dass ihre linke Hand ein Stück weit unter dem Wollrand hervorschaute. Sie trug hellbraune Handschuhe aus feinem Leder, die eng wie eine zweite Haut anlagen. Warum hatte man sie ihr zum Schlafen nicht abgestreift? Sie schienen ohnehin kein rechter Schutz gegen den Frost draußen in den Wäldern zu sein, gewiss hatte sie noch ein zweites Paar darüber getragen. Aber warum hatte sie diese hier dann noch an? Verbargen sie etwas? Vielleicht Brandwunden oder Narben?

Er war gebannt von ihrer schutzlosen Feingliedrigkeit, der Zartheit ihrer Züge. Der Wunsch, sie zu berühren, wurde übermächtig. Ganz zaghaft nur, ganz vorsichtig. Nur herausfinden, wie sie sich anfühlte.

Er huschte hinüber zum Tisch und fand nach kurzem Stöbern eine Schale mit Fett. Damit kehrte er zu dem Mädchen zurück, verrieb ein wenig auf seiner Fingerspitze und streckte die rechte Hand aus. Sein ganzer Arm bebte bis hinauf zur Schulter. Allein das Hämmern seines Herzens hätte sie schon wecken müssen. Längst spürte er den kalten Boden nicht mehr unter seinen nackten Füßen, und selbst seine Furcht vor den Konsequenzen verschwand hinter einer flugs errichteten Mauer aus Neugier.

Aelvins Zeigefinger berührte die Unterlippe des Mädchens. Gott, wie weich sie war, obwohl die Kälte sie hatte spröde werden lassen. Ihr Gesicht wäre vielleicht schön gewesen, hätte da nicht eine Spur von Auszehrung, von Hunger und Verzweiflung in ihren Zügen gelegen. Sie hatte Entbehrungen erduldet, die Unbill des Winters und eine lange Wanderung bis zur völligen Erschöpfung. Ihr Schlaf glich beinahe einer Ohnmacht, sonst hätte sie spätestens jetzt erwachen müssen.

Ganz sanft verstrich er das Fett auf ihren aufgesprungenen Lippen, hauchdünn nur. Er hatte noch niemals den Mund einer Frau berührt.

Ihre Augäpfel rollten.

Ihre Lippen lösten sich voneinander, brachen auf wie die Eiskruste über einem zugefrorenen See. Erschrocken riss Aelvin die Hand zurück.

Seine Finger hatten nicht länger als vier, fünf Herzschläge lang ihre Haut berührt. Doch das war genug, einen Sturm ungeahnter Empfindungen über ihn hereinbrechen zu lassen. Die feine Glätte ihrer Haut. Die Hitze unter seinen Fingerspitzen. Das Feuer, das seinen Arm emporloderte und geradewegs in Hirn und Herz fauchte.

Wer war sie? Was tat sie hier?

Und was tat sie mit ihm?

Mit dir?, höhnte es in seinem Kopf. Sie liegt da und schläft. Du bist es, der etwas tut, und du benimmst dich dabei wie ein gottverdammter Dummkopf.

Sie wurde unruhig. Ihre Lippen öffneten und schlossen sich kaum merklich, so als murmelte sie Worte, die nicht hervorkommen wollten. Etwas hatte sie im Schlaf in höchste Aufregung versetzt, vielleicht ein wilder Traum, gerade in jenem Moment, als Aelvin sie berührt hatte.

Er musste sich zwingen, einen Schritt zurück zu machen, trat zu nah an den offenen Kamin und wich rasch zwei weitere Schritte zur Seite, um der Reichweite der züngelnden Flammen zu entkommen.

Sehr weit entfernt schien sie ihm jetzt. Das Band zwischen ihnen war gerissen – falls denn da wirklich eines gewesen war und er es sich nicht nur eingebildet hatte. Er atmete durch. Sie war nur ein Mädchen, nicht mehr. Ein Schützling des Magisters. Und sie würde Aelvin nichts als Unglück einbringen, wenn er noch länger hier stand und sie anstarrte.

Von der Tür drang ein Scharren herüber.

Der Riegel an der Außenseite glitt zurück.

Aelvin stieß ein Keuchen aus und rannte los, quer durch den Raum, vorbei an den leeren Betten, zurück zu seinem eigenen, das ihn mit verdrehter Decke erwartete und auf einmal so fern schien wie die Heiligen Stätten zu Beginn einer Pilgerfahrt.

Er schaffte die Hälfte der Strecke, ehe in seinem Rücken die Tür aufschwang.

Jemand betrat das Infirmarium.

~

Im Nachhinein dachte er, dass er hätte gewarnt sein müssen.

Er hätte die Schritte hören müssen, und zwar schon eine ganze Weile zuvor. Klappernde Füße auf dem Gang. Dann das allererste Knirschen des Riegels, das Ruckeln des rostigen Eisens in seiner Verankerung.

All das hätte er bemerken müssen, denn wenn auch der Herr ihn nicht mit großem Glauben gesegnet hatte, so doch mit einem guten Gehör. Nachts hörte er die Tauben unter den Dächern der Klosterbauten rascheln, belauschte die Holzwürmer bei ihrem knisternden Mahl, horchte auf die Schreie der Eulen in den Wäldern.

Doch in dieser Stunde hatte ihn sein Gehör verlassen. Ob es an der Nähe des Mädchens lag; an ihrem seltsam erregten und doch so tiefen Schlaf; an dem Gefühl ihrer Haut unter seinen Fingern, das einfach nicht weichen wollte, auch Minuten danach; oder aber schlichtweg an seiner eigenen Zerfahrenheit angesichts so neuer, wundersamer Eindrücke – er wusste es nicht.

Fest stand, es war zu spät.

Er war entdeckt.

»Aelvin!«

Immer noch mehrere Schritte von seinem Lager entfernt blieb er stehen, schloss mit einem Seufzen die Augen und drehte sich um. Dann erst fiel ihm auf, dass es nicht die Stimme des Abts gewesen war. Und ganz gewiss nicht jene des Magisters.

Er riss die Augen auf. »Odo!«

Sein Freund drückte behutsam die Tür des Infirmariums hinter sich ins Schloss. In der linken Hand hielt er zwei Brotfladen; einer war angebissen.

»Was dachtest denn du, wer …« Er brach ab, denn im selben Moment fiel sein Blick auf das schlafende Mädchen. Vor Schreck ließ er die beiden Fladen fallen und schlug rasch ein Kreuz.

»Himmel!«, entfuhr es ihm leise.

»Was tust du denn hier?« Aelvin ging zögernd auf ihn zu, so als könnte jeden Augenblick noch jemand zur Tür hereinkommen. Jeder andere Mönch, sogar der gutmütige Bruder Marius, würde Aelvins Betrug unverzüglich dem Abt melden.

»Küche«, stotterte Odo und konnte seinen Blick nicht von dem Mädchen nehmen. »Brot. Dachte, du … hast Hunger …«

Aelvin hob die beiden Fladen auf und biss herzhaft in jenen, den Odo unversehrt gelassen hatte. Schon am Mittag war der Geruch von frisch gebackenem Brot durch die Räume des Klosters geweht. Aelvin hätte sich denken können, dass Odo dem nicht widerstehen konnte.

»Wer ist sie?«, flüsterte Odo.

Aelvin ließ ihn schmoren, bis er den Bissen hinuntergeschluckt hatte. Dann zog er ihn in den hinteren Teil des Raumes und berichtete ihm flüsternd und mit knappen Worten, was sich im Infirmarium zugetragen hatte. Beim Namen Albertus Magnus wich alle Farbe aus Odos Gesicht. Der Magister des Dominikanerkonvents zu Köln, ehrwürdiger Provinzialprior,

Verteidiger der Bettelorden zu Anagui und sogar Schlichter von Kriegen war ein Mann, über den es viele Erzählungen gab, und sein Besuch in der abgelegenen Abtei der Zisterzienser war gewiss etwas, von dem man noch lange sprechen würde.

Noch bemerkenswerter aber war zweifellos seine Begleiterin. Dabei spielte es nur eine untergeordnete Rolle, wer sie war und woher sie kam. Ein Fußmarsch durch die verschneite Eifel an der Seite des großen Albertus reichte aus, um sie zu etwas höchst Außergewöhnlichem zu machen.

Und dann war da noch die nicht ganz unbedeutende Tatsache, dass es sich bei ihr um ein hübsches junges Mädchen handelte.

»Und du hast sie wirklich … ich meine, hast du sie berührt?«, fragte Odo, der sichtlich zerrissen war zwischen Neid und Ehrfurcht.

»Ich habe ihre Lippen verarztet, das ist etwas anderes.«

Odo runzelte die Stirn. »So?«

»Das war nur zu ihrem Besten«, verteidigte sich Aelvin.

»Und zu deinem.«

»Wie meinst du das?«

»Du weißt genau, was ich meine.« Odo ließ sich mit einem Seufzen auf Aelvins Bettkante nieder und biss lustlos in sein Brot. Der Appetit war ihm sichtlich vergangen. Aelvin hatte ihn noch nie so mürrisch essen sehen.

»Wir müssen herausfinden, wer sie ist«, sagte Aelvin entschieden.

»Na, wunderbar! Und wie willst du das anstellen? Den Abt fragen?«

»So ähnlich.« Aelvin war bereits dabei, seine Kutte über das Nachtgewand zu ziehen. Er schlüpfte in sein grobes Schuhwerk und biss ein letztes Mal in den Brotfladen, schob den Rest unter seine Bettdecke und klopfte sich ein paar Krümel von der Brust.

»Das willst du nicht wirklich tun, oder?«, fragte Odo verzweifelt.

Aber Aelvin huschte schon zur Tür, warf noch einmal einen Blick zum Lager des Mädchens, von dem er hoffte, dass er nicht allzu sehnsüchtig wirkte, und drückte die schwere Klinke hinunter.

»Irrsinn!«, jammerte Odo.

Der Gang war düster und eiskalt. Der Winter drang durch alle Fugen und Balkenritzen, pfiff schneidend durch die Kammern und ließ das Weihwasser in den Becken an den Eingangstüren gefrieren. Nach der Wärme im Krankenquartier war die Kälte hier draußen kaum zu ertragen. Aelvin begann sogleich zu schlottern, und einen Augenblick lang war er versucht, Odos Zweifeln nachzugeben und zurück ins Infirmarium zu schlüpfen.

Dann aber gab er sich einen Ruck, legte von außen den Riegel vor und lief los. Odo folgte ihm widerstrebend, hörte aber bald auf, sich zu beschweren, wohl weil er Angst hatte, jemand könne dadurch erst recht auf sie aufmerksam werden.

Der kerzenbeschienene Gang endete an einer Tür zum Hof. Die Abtei bestand aus vier großen und einer Reihe kleinerer Gebäude, zu denen auch das Krankenquartier gehörte. Gleich nebenan befanden sich die Novizenschule, das Novizenbad und die Aborte für alle Brüder. Der Abt wohnte in einem eigenen Haus auf der anderen Seite des Hofs. Dorthin, so vermutete Aelvin, hatten sich die beiden Männer zurückgezogen. Albertus war sicherlich müde gewesen, aber gewiss nicht zu erschöpft, um seinem Gastgeber Bericht zu erstatten.

Der Klosterhof lag unter einer Schneedecke, die sich in der Nacht in vagem, formlosem Grau darbot. Der Himmel war wolkenverhangen, Sterne und Mond blieben unsichtbar. Es war stockdunkel, und ihre Augen mussten sich nach dem matten Kerzenschein im Gang erst an die Schwärze gewöhnen. Nocturnes, der Mitternachtsgottesdienst, und Laudes, eine kürzere, gleich darauf folgende Messe, waren bereits beendet; die Mönche durften danach noch einmal in ihre Betten im Dormitorium zurückkehren. Dies war für gewöhnlich die Stunde, in der Odo seine Beutezüge in die klösterliche Küche unternahm.

Fackeln brannten keine auf dem nächtlichen Hof, jeder erneute Schneefall hätte sie ohnehin bald gelöscht. Die Gefahr, um diese Nachtzeit und bei solchem Wetter entdeckt zu werden, war gering. Ein Hoffnungsschimmer, immerhin.

Aelvin und Odo liefen über den hufeisenförmigen Platz zur Kirche. Als sie um die letzte Ecke bogen, erkannten sie, dass hinter dem trüben Fenster des Abthauses Feuerschein flackerte.

»Mir ist kalt«, flüsterte Odo mürrisch.

»Auf dem Dachboden des Abtes wird dir wärmer werden«, sagte Aelvin.

»Weil dort die Flammen der Hölle nach mir greifen.«

»Du bist aber auch nie zufrieden.«

»Ich *war* es, mit meinen Brotfladen in der Hand, bis ich auf die unheilige Idee gekommen bin, dich im Infirmarium zu besuchen und dir etwas abzugeben.«

Aelvin schenkte ihm ein Grinsen, ehe ihm einfiel, dass Odo es in dieser Finsternis vermutlich gar nicht sehen konnte. Auch das Gesicht seines Freundes war nur ein nebelhafter Fleck inmitten der Schwärze.

Sie tasteten sich das letzte Stück durch die Nacht, bis zu den Stallungen, an die das Haus des Abtes grenzte. Im Gegensatz zu den Viehställen, die alle außerhalb der Klostermauer lagen, war dies der Unterstand für die Pferde der seltenen Reisenden, die dann und wann durch diese einsame Gegend kamen; das Gästehaus befand sich gleich nebenan.

Die Mönche des Klosters hatten schon vor langer Zeit herausgefunden, dass man durch ein loses Brett im oberen Teil des Stalls den Dachboden des Abthauses betreten konnte. Abt Michael hatte es sich zur Gewohnheit gemacht, Gäste des Klosters in seinen eigenen Räumen zu bewirten. So erfuhr er das Neuste aus der Welt jenseits der Wälder, ohne dass derartige Nachrichten von Krieg und weltlichem Gräuel sogleich an die Ohren aller Brüder drangen und womöglich für Aufregung sorgten. Da aber die Mönche nicht weniger Interesse am Geschehen dort draußen aufbrachten als der Abt, hatten einige von ihnen diesen Zugang zum Dach ausgekundschaftet. Von hier aus konnte man die Gespräche im Haus des Abtes belauschen und die Neuigkeiten später unter den Brüdern verbreiten.

Die Tür des Stalles knarrte, als die beiden sich durch den Spalt schoben.

»Wenn sie Pferde dabeihaben, werden sie uns wittern und unruhig werden«, unkte Odo.

»Dominikanern ist es unter Strafe verboten, auf etwas anderem als ihren Füßen zu reisen«, entgegnete Aelvin kopfschüttelnd. »Sie dürfen nicht reiten und auch nur in allergrößter Not ein Fuhrwerk besteigen.«

»Das weiß ich«, gab Odo gereizt zurück. »Aber er ist immerhin … nun, eben der Magister Albertus.«

»Besser wär's, er hielte sich an seine eigenen Gesetze, sonst hätte er keinen Grund, jemanden wie mich zu bestrafen und mit Dummköpfen wie dir unter ein Dach zu stecken.«

Der Stall war leer. Albertus und das Mädchen waren zu Fuß gereist, wie es sich für Dominikaner gehörte.

Odo hatte Mühe, seine breiten Schultern durch den schmalen Spalt zu schieben, und sein Stöhnen kam Aelvin laut genug vor, um das ganze Kloster zu wecken. Schließlich aber kauerten sie nebeneinander auf dem Dachboden des Abthauses und pressten die Gesichter an eine breite Fuge zwischen den Dielen. Es roch hier oben nach feuchtem Holz und Kerzenrauch. Ein Stück weit vor ihnen führte eine Falltür nach unten. Durch die Spalten im Boden schimmerte gelblicher Lichtschein herauf.

Ohne jeden Laut saßen sie da, reglos in der sanften Wärme, die durch das Holz emporstieg, nahezu atemlos und gebannt von dem, was da an ihre Ohren drang.

Die Gestalt im Schatten

Das arme Kind hat wahrlich viel durchgemacht«, war das Erste, was die beiden Novizen hörten. Unzweifelhaft die Stimme des Abtes. »Liebe Güte, und all die braven Schwestern! Die Wege des Herrn wollen sich manchmal selbst den Gläubigsten unter uns nur schwer erschließen.«

»Nun versteht Ihr, weshalb mir so viel daran liegt, das Mädchen in Sicherheit zu bringen«, sagte der Magister, und Aelvin sah durch einen Spalt im Dachboden, wie sich Albertus auf einen Lehnstuhl sinken ließ. Auf seinem Schoß hielt er ein Bündel, ähnlich einem ledernen Rucksack; er umfasste es fest mit beiden Händen. Während seines Berichts war er vermutlich in der Kammer auf und ab gegangen, doch nun übermannten ihn die Erschöpfung und der Gedanke an die vergangenen bösen Ereignisse.

Ereignisse, deren Beschreibung sie leider nicht mit angehört hatten, denn der Magister hatte seine Erzählung bei ihrer Ankunft gerade beendet. Aelvin war nach einem lautstarken Fluch zumute und er biss sich auf die Lippe. Im schwachen Lichtschein, der von unten durch die Decke fiel, glühten Odos Wangen wie Bratäpfel.

»Dann wollt Ihr sie nach Köln bringen, nehme ich an«, sagte Abt Michael. Er befand sich außerhalb ihres Sichtfelds, näher beim Kaminfeuer, dessen Widerschein über die Holzdielen des Fußbodens flackerte.

»Nicht nach Köln.«

»Aber Ihr wollt das Kind doch der Obhut Eurer Dominikanerschwestern übergeben?«

»Für sie wird alles getan, was getan werden muss«, entgegnete Albertus kurz. Aelvin und Odo wechselten einen Blick. Selbst von hier oben aus klang der Tonfall des Magisters ausweichend.

Irgendetwas stimmte nicht. Aelvin hätte seinen eigenen Daumen geopfert, hätte er dafür noch einmal den Beginn des Gesprächs mit anhören können.

»Nun, wohin auch immer Ihr gehen wollt«, sagte der Abt, »jedenfalls solltet Ihr überdenken, ob Ihr tatsächlich schon übermorgen weiterziehen wollt. Vielleicht ist es besser, wenn Ihr fürs Erste bei uns bleibt. Bruder Severin, unser Hospitarius, freut sich über jeden Besuch, und erst recht über solch hoch gestellten. Und was das Mädchen angeht, so kann Bruder Marius –«

Albertus fiel ihm ins Wort. »Lasst gut sein, ehrwürdiger Abt. Ich bin dankbar für Eure Gastfreundschaft, mehr als Ihr ahnen mögt. Aber wir haben keine Zeit. Diejenigen, die das Kloster des Mädchens verwüstet haben, folgen unserer Spur. Und ich möchte nicht, dass Ihr die Nächsten seid, die Ihnen zum Opfer fallen.«

Odos Hand schloss sich um Aelvins Unterarm, so fest, dass Aelvin beinahe aufstöhnte. Ein verwüstetes Kloster? Das Bild, das in Aelvins Gedanken Gestalt annahm, machte ihm Angst. Ausgebrannte Ruinen. Schwarzer Qualm. Krähenschwärme am Himmel. Odo sah aus, als hätte er am liebsten von alldem nie etwas gehört. Doch wie gebannt lauschten sie weiter dem Gespräch.

»Was sind das für Männer?«, fragte der Abt nach einer Pause. Es war ihm hoch anzurechnen, dass seine Stimme ob dieser Neuigkeit kaum schwankte.

»Söldner«, sagte Albertus.

»Aber in wessen Diensten?«

»Seid Ihr sicher, dass Ihr die Wahrheit vertragt?«

Der Abt räusperte sich und schluckte. »Falls Eure Anwesenheit tatsächlich unser aller Leben gefährdet, wäre ich ein miserabler Abt, würde ich mich nicht zumindest für die Gründe interessieren. Denkt Ihr nicht auch?«

Albertus nickte langsam. Obwohl Abt Michael von oben aus noch immer nicht zu sehen war, musste er einen Schritt auf den Magister zugekommen sein, denn nun lag sein Schatten wie eine Dolchspitze auf Albertus' Brust.

»Ihr habt Recht«, sagte der Dominikaner. »Aber das Wissen wird Euch nicht glücklicher machen. Und gewiss nicht sicherer.«

»Spannt mich nicht auf die Folter, Albertus. Wer ist Euch und dem Mädchen auf den Fersen?«

»Männer des Erzbischofs.«

»Des Erzbischofs von *Köln*? Konrad von Hochstaden? Das kann nicht Euer Ernst sein!«

»Dies ist nicht der Zeitpunkt, nicht der Ort und ganz sicher nicht der Moment für Späße, ehrwürdiger Abt. Und selbst wenn, so wäre Konrad von Hochstaden kein Name, der uns beide zum Lachen brächte. Meint Ihr nicht auch?«

In all dem Durcheinander, das in Aelvins Kopf tobte, konnte er nicht umhin, dem Magister Achtung zu zollen. »Uns beide« hatte er gesagt, und damit fast beiläufig die Fronten geklärt. Der Erzbischof auf der einen, Albertus und Abt Michael gemeinsam auf der anderen Seite. Es war kein Geheimnis, dass die Mönche dieses Klosters keine Freunde des Erzbischofs waren – und das nicht erst seit dem grausamen Urteil von Hochstadens über den mitterweile leeren Ritter Ranulf.

Wieder vergingen bange Augenblicke, in denen das Schweigen unten in der Kammer wie eine Wand aus Eis zwischen den beiden Männern stand.

»Wie kann ich Euch vertrauen, wenn das Leben meiner

Brüder auf dem Spiel steht?« Müde klang der Abt jetzt, erschöpft und erschreckend hilflos. Odo hatte Aelvins Arm losgelassen, aber die Anspannung war auch hier oben auf dem Dachboden zu spüren. Aelvin fröstelte.

Albertus erhob sich aus dem Lehnstuhl und trat auf den Abt zu. Das lederne Bündel hielt er eng an die Brust gepresst. Bald befanden sich beide Männer außerhalb des Blickfelds der Novizen.

»Es ist eine Mission des Herrn, auf der ich mich befinde«, sagte der Magister eindringlich. »Ich bitte Euch nur um Euer Vertrauen, ein wenig Nahrung und ein warmes Lager für zwei Nächte. Dann werden das Mädchen und ich wieder fort sein.«

»Und wenn die Männer des Erzbischofs hier auftauchen? Eure Spur wird sie an unser Tor führen.«

»Dann sagt Ihnen, Ihr hättet uns bewirtet. Ihr müsst nicht für mich lügen, Michael. Und sie werden Euch nichts antun, wenn wir fort sind.«

»Und darauf soll ich mich verlassen?«

»Die andere Möglichkeit wäre, dass Ihr mich und das Kind sofort in die Nacht hinausjagt.« Er seufzte tief. »Ich könnte es Euch nicht einmal verdenken.«

»Ihr bleibt«, entgegnete der Abt. »Eine Nacht. Zwei. Wie lange Ihr auch immer wünscht. Aber mir ist nicht wohl dabei, das solltet Ihr wissen.«

»Das wusste ich, bevor ich über Eure Schwelle trat. Und es tut mir Leid, dass ich Euch eine solche Bürde auferlege. Hätte ich einen anderen Weg gewusst, ich wäre ihn gegangen, glaubt mir.«

Das Knistern des Kaminfeuers wurde lauter, als der Abt ein Scheit in die Flammen warf. Odo zuckte zusammen, als Holz auf Holz polterte, und auch Aelvins Blick fuhr erschrocken hinüber zur Falltür. Dort aber rührte sich nichts.

»Lass uns verschwinden«, flüsterte Odo.

Aelvin zögerte. Als aber der Abt ankündigte, er werde

Albertus jetzt sein Quartier im Gästehaus zeigen, es sei spät und sie beide bräuchten Schlaf, nickte er erleichtert. Die Novizen warteten, bis die Männer das Haus verlassen hatten, dann kletterten sie hastig durch den Spalt hinter dem losen Brett zurück in den Stall, eine Leiter hinab und zum Tor. Stapfende Schritte im Schnee verrieten ihnen, dass der Abt und Albertus gerade den Hof überquerten. Bald darauf knarrte die Eingangstür des Gästehauses, ungewohnt dumpf in der Stille der Winternacht.

»Jetzt!«, zischte Aelvin. So schnell sie konnten liefen sie los.

Nachdem Odo seinen Freund wieder im Infirmarium eingeschlossen hatte, kehrte er in seine Zelle zurück, wo er sich zweifellos für den Rest der Nacht bis zur Prim schlaflos auf seinem Lager wälzen würde.

Das Feuer im Kamin des Krankenquartiers war fast niedergebrannt, doch noch immer herrschte angenehme Wärme in dem lang gestreckten Saal. Es war dunkler geworden seit seinem Aufbruch, und das Bett des Mädchens war nur als grober Umriss zu erkennen, der Aufwurf einer Decke, durchadert von Dunkelheit.

Sein eigenes Lager am anderen Ende des Raumes befand sich im Schatten. Die Wand dahinter war nicht auszumachen, so als hätte sich ein Portal in die Nacht aufgetan.

Ganz kurz erwog er, noch einmal zu dem Mädchen zu gehen, schüttelte dann aber stumm den Kopf und eilte durch die Finsternis zu seinem Bett. Noch im Laufen streifte er die Kutte ab, legte sie dort hin, wo Bruder Marius sie am Abend drapiert hatte, zog die Schuhe aus und schlüpfte im Nachtgewand unter die Wolldecke. Als er zurück Richtung Tür sah, fiel sein Blick auf die nassen Ränder seiner Fußspuren auf dem strohbedeckten Holz; hoffentlich würde während der nächsten Minuten niemand hereinkommen und sie entdecken.

Mit einem Gähnen streckte er sich auf dem Lager aus, schloss erschöpft die Augen, um über Albertus rätselhafte Warnungen nachzudenken –

– und riss sie sogleich wieder auf.

Im Schatten neben seinem Bett stand jemand. Eine Gestalt, nur ein Umriss, noch schwärzer als die Umgebung, als hätte sich das Dunkel zu einem festen Kern zusammengeballt.

Mit einem erstickten Aufschrei richtete er sich auf.

»Sag mir«, flüsterte das Mädchen, »was ist für dich das Paradies?«

~

Aelvin zog die Beine an und raffte die Decke über seinem Nachtgewand zusammen. »Du?«, fragte er ungläubig und, wie er einen Augenblick später einsah, wohl auch ein wenig einfältig.

Das Mädchen legte im Dunkeln den Kopf schräg, als könnte sie ihn so besser betrachten. Ihr Gesicht lag noch immer vollständig im Schatten.

Er räusperte sich, gemahnte sich zur Ruhe und atmete tief durch. Dann erst wurde ihm klar, was sie gerade gesagt hatte. »Das Paradies?«, wiederholte er verwundert.

Aber sie ging schon gar nicht mehr darauf ein, sondern wechselte das Thema. »Hast du mich berührt?«, fragte sie.

Sie sprach Latein, wie alle im Kloster, auch wenn sich die Mönche für gewöhnlich der örtlichen Dialekte bedienten, wenn sie außerhalb der Andachten und Messen miteinander redeten.

»Nein!«, entfuhr es ihm blitzschnell.

»Du hast mich nicht angefasst?«

»Das sag ich doch gerade.«

Sie bewegte sich jetzt, sehr langsam, fast schwebend an seinem Bett entlang zum Fußende. Dort blieb sie stehen. Allmählich schälte sich die eine Hälfte ihres Gesichts aus der Schwärze, schemenhafte Züge, dunkelrot angehaucht von der fernen Kaminglut.

»Niemand darf mich berühren«, sagte sie tonlos.

Sein Herz raste schon wieder, diesmal stolpernd wie ein alter Mann auf dem Acker. »Warum sollte irgendwer das wollen?«, gab er zurück. »Dich anfassen, meine ich.« Und als sie darauf nicht antwortete, fügte er hinzu: »Wir sind immerhin Mönche!« Das sollte sehr empört klingen, ja, sie sollte wissen, wie entrüstet er über ihren Vorwurf war.

»Ich habe geträumt«, flüsterte sie. Und das schien sie noch immer zu tun: Sie klang wie eine Schlafwandlerin, die im Dämmerzustand vor sich hin redete.

»Was hast du denn geträumt?«, fragte er. Bruder Regalius erzählte beim Essen gern von seinen Träumen und langweilte damit alle anderen Mönche bis zur Appetitlosigkeit. Umso erstaunlicher, dass es Aelvin nun tatsächlich interessierte, was sie geträumt hatte. Wie ihn überhaupt allmählich alles an ihr neugierig machte.

»Vom Tod«, sagte sie.

Liebe Güte! Wäre er nur nie in den Wald gegangen. Wäre er nur nie auf die vermaledeite Idee gekommen, eine Verletzung vorzutäuschen. Dann wäre ihm das hier erspart geblieben.

Dann hättest du sie nicht berührt. Und sie würde jetzt nicht hier sein und mit dir sprechen. Wäre dir das etwa lieber?

»Ich träume manchmal vom Sterben«, sagte sie leise. »Ich glaube, ich habe *dich* sterben sehen.«

Als ihm darauf die Stimme versagte, setzte sie hinzu:

»Aber ich bin nicht sicher, ob du es warst. Deshalb muss ich wissen, ob du mich berührt hast.«

»Ich … ja. Nein. Natürlich hab ich nicht. Dich berührt, meine ich. Und ich weiß nicht, warum du … weshalb du so was sagst …«

Sie trug ein Nachtgewand wie er selbst, blutrot erleuchtet auf der einen Seite. Es war viel zu groß für sie, die Schultern hingen herab bis zur Mitte ihrer Oberarme. Ihre Hände schauten nicht unter dem Stoff hervor.

Ihre Augen … Er hatte sich vorhin gefragt, welche Farbe sie wohl hatten. Nun sah er, dass sie schwarz waren, so als hätte die Pupille die gesamte Iris verschlungen. Möglich, dass auch das nur an der Dunkelheit lag, die sich an ihr zu verfangen schien wie Spinnweben in den Ästen im Altweibersommer.

»Du solltest zurück in dein Bett gehen«, sagte er. »Man wird uns bestrafen, wenn man uns so miteinander reden sieht.«

»Du bist nicht verletzt.« Sie schien die Angewohnheit zu haben, nie auf das einzugehen, was andere sagten. Ihm wurde allmählich fast ein wenig unheimlich zumute. »Ich habe gehört, was der Abt gesagt hat«, fuhr sie fort. »Über deinen Knöchel. Aber es ist nicht wahr. Du hast gelogen.«

»Was geht dich das an?«, gab er barsch zurück.

»Wirst du das beichten?«

»Das … das weiß ich noch nicht.« Er streckte demonstrativ die Beine unter der Decke aus und legte sich zurecht. »Ich will jetzt schlafen. Ich weiß nicht, wie es dort ist, wo du herkommst, aber hier bei uns wird früh zur Prim geläutet und – «

»Du musst nicht zur Prim«, unterbrach sie ihn sachlich. »Weil alle glauben, dass du verletzt bist.«

»Ja … genau. Und so wird es auch bleiben. Es sei denn, du erzählst irgendwem davon.«

»Warum sollte ich das tun?« Wieder legte sie den Kopf ein wenig zur Seite, sichtlich irritiert.

»Weil … nun ja …«

»Denkst du das wirklich? Dass ich dich verrate?«

»Ich weiß nicht. Ich kenne dich ja nicht.«

»Mein Name ist Favola.«

Favola. Das klang ungewöhnlich. »Ich heiße Aelvin.«

Und während er noch darüber nachdachte, was er wohl sagen sollte, falls sie noch immer keine Ruhe gäbe, drehte sie sich ohne ein weiteres Wort um, huschte barfuß zurück durch den Raum und schlüpfte unter ihre Wolldecke. Er sah jetzt nur noch ihre Silhouette, ein Scherenschnitt vor dem wabernden Rot der Kaminglut. Er konnte nicht erkennen, ob sie zu ihm herübersah oder ihm den Rücken zuwandte.

Auch nach einer Weile ließ ihm der Gedanke keine Ruhe. Starrte sie ihn gerade an, aus ihren großen, rabenschwarzen Augen?

In der Stille lauschte er auf ihren Atem. Er hörte nichts, kein Luftholen, kein Rascheln, es war, als hätte er sich ihren Besuch an seinem Bett nur eingebildet.

Als hätte er nur von ihr geträumt.

So wie sie von ihm.

Ein Traum von Favola und ihrem sanftweichen Wispern vom Tod.

Alte Schulden

Im Morgengrauen erschien der alte Mönch am Fuß des Turms.
Libuse sah ihn und wusste gleich, dass er anders war als die Übrigen im Kloster; anders als der gestrenge Abt, der sie fortgeschickt hatte; anders erst recht als der Novize aus dem Wald, der ungeschickte Junge mit den zwei linken Füßen.

Nachtschatten hatte sie gewarnt. Sie hatte die Rufe des Ebers im tiefen Tann gehört, dort wo er schlief oder wartete oder die Dinge tat, die Keiler bei Nacht eben so trieben. Noch vor der Dämmerung hatte er sie gerufen, in jener heiseren Sprache, die ihr nach all den Jahren so vertraut erschien. Und obgleich sie keine Worte verstand, natürlich nicht, so war ihr doch, als verstünde sie den Tonfall des Tiers.

Einbildung, behauptete ihr Vater. Und vielleicht hatte er Recht. Aber vielleicht eben auch nicht.

Heute Morgen hatte sie gewusst, dass Nachtschattens Ruf eine Warnung war. Die Gestalt unten am Turm bestätigte ihre Vorahnung. Libuse hatte gespürt, nein gewusst, dass jemand kam, noch bevor der Mönch aus dem Unterholz trat und mit entschlossenen Schritten über das jungfräuliche Schneekleid der Lichtung stapfte. Sie hatte ihn erwartet, oben auf dem Turm, lange bevor sie ihn sehen konnte. Hatte gewartet und Ausschau gehalten und sich an die Worte ihres Vaters erinnert.

Es sind Wanderer dort draußen. Und Reiter. Die einen laufen davon. Die anderen folgen ihnen.

Hier also haben wir einen von ihnen, dachte sie verbissen, während sie den Ankömmling beobachtete. Dem ersten Eindruck nach war es einer von denen, die davonliefen. Sie war nicht sicher, ob das ausreichte, sie zu beruhigen.

Er trug einen bodenlangen Überwurf, der mit Flicken aus den unterschiedlichsten Fellen versehen war; sie erkannte Schaf-, Fuchs-, ein paar Stücke Rindsfell und sogar, wenn sie sich nicht täuschte, eine Ecke Wolfspelz. Obwohl der Mantel vor seiner Brust zusammengebunden war, sah sie dort, wo er auseinander klaffte, eine weiße Kutte mit schmutzigem Saum – sonderbar, dass ihr ausgerechnet der Schmutz auffiel, denn dagegen war niemand gefeit, der sich in dieser Wildnis herumtrieb. Doch auf dem hellen Stoff, vor dem makellosen Weiß des Schnees, fiel ihr das ganz besonders ins Auge. Auf dem Kopf trug er einen Hut, dessen breite Krempe mit Eis gepudert war.

Sein Gesicht konnte sie unter dem Hut von hier oben aus nicht erkennen. Er war ein groß gewachsener Mann, und trotz des hohen Schnees ging er mit weit ausgreifenden Schritten. Ganz offensichtlich kam er nicht zufällig hierher. Die Einzigen, die ihn geschickt haben konnten, waren die Mönche der Zisterzienserabtei, doch selbst mit einem Hinweis auf die grobe Richtung konnte es für einen Fremden nicht leicht sein, hierher zu finden.

Es sei denn, er wäre nicht zum ersten Mal hier.

Libuse wartete, bis er die Stufen unter der Turmtür erreicht hatte, dann rief sie ihn an: »He da, Wanderer! Wohin wollt Ihr?«

Er blieb am Fuß der Treppe stehen, und nahm seinen Hut ab. Mit der linken Hand klopfte er den Schnee von der Krempe, dann schaute er zu ihr auf. Viel konnte er auf diese Entfernung wohl nicht von ihr erkennen, denn nur ihr Kopf schaute über die hölzernen Zinnen. Allerdings sah sie ihn, die eingefallenen Züge und den haarlosen Schädel. Sie fand, dass er aussah wie Gevatter Tod persönlich, so kahl und bleich über dem weiten Mantel.

»Du bist sicher Libuse«, erwiderte er. Vom nahen Waldrand ertönten Tierlaute, doch sie war nicht sicher, ob es Nachtschatten war, der dort noch immer über sie wachte.

»Ihr kennt meinen Namen?«

»Und den deines Vaters, Corax von Wildenburg.«

»So nennt mir den Euren, Herr!«

»Ich bin Albertus von Lauingen. Dein Vater und ich sind« – ein unmerkliches Zögern – »... alte Freunde.«

»Er hat Euch niemals erwähnt.«

»Das mag wohl angehen.« Täuschte sie sich, oder lächelte er? »Wärest du so freundlich, und würdest mich einlassen? Dein Vater ist doch daheim, oder?«

Der sonderbare Fremde war ihr nicht geheuer, und so entgegnete sie: »Gewiss ist er da. Aber ich muss ihm melden, was Ihr begehrt, bevor ich Euch einlasse.«

»Dann hat er dich gut erzogen, Libuse. Sag, wie alt bist du jetzt? Fünfzehn? Sechzehn?«

»Fast siebzehn«, gab sie zurück und fragte sich zugleich, weshalb sie das tat. Sie war ihm keine Antwort schuldig.

»Es würde sich leichter miteinander reden lassen, wenn ich mir nicht die Lunge aus dem Halse brüllen müsste.«

Noch einen Augenblick länger betrachtete sie ihn, unsicher, ob er sie verspottete. Er erwiderte ihren Blick ohne jede Regung. Abrupt wandte sie sich um und lief die Stufen hinunter zur Schlafkammer ihres Vaters.

Nach dem dritten Klopfen trat sie ein. Corax lag schnarchend unter einem Berg aus Fellen, das Gesicht zur Wand gedreht. Er hatte gestern Abend zwei Krüge Wein geleert, die er den Mönchen erst kürzlich abgekauft hatte. Beinahe, als hätte er geahnt, dass irgendetwas bevorstand. Als hätte er gewusst, dass die Fremden in den Wäldern früher oder später hier auftauchen würden. Und dass ihnen ein Teil seiner eigenen Vergangenheit folgte wie der Schweif einer Sternschnuppe.

»Vater!«, rief sie und schüttelte ihn.

Er grummelte etwas, ließ die Augen aber geschlossen.

»Vater! Da ist Besuch für dich!« Sie konnte sich nicht erinnern, wann sie das Wort »Besuch« zuletzt ausgesprochen hatte.

Schlagartig war er wach, und als sie ihm den Namen des Fremden nannte, schüttelte er sie ab wie einen lästigen Hund, sprang auf und steckte den Kopf in den Wassereimer neben dem Fenster. Mit triefendem Gesicht blickte er durch den schmalen Spalt hinaus, obgleich er doch wissen musste, dass er von hier aus die Treppe nicht einsehen konnte. In Windeseile war er angekleidet – Lederwams über ledernem Beinkleid, an Rücken und Brust mit Fell besetzt, dazu die dicken Stiefel, die er sonst nur zur Jagd trug. Zuletzt klappte er den Deckel einer Truhe zurück und hob Schwert und Gurt heraus, betrachtete beides eingehend, dann brummte er einen Fluch und legte die Waffe wieder zurück.

Libuse verlangte eine Erklärung, doch alles, was sie ihm entlocken konnte, war: »Ich kenne ihn von früher. Und er ist kein so guter Freund, wie er behaupten mag.«

Was ihre Sorge nicht gerade minderte.

Wenig später folgte sie ihm die Treppe hinunter in die Halle. Bevor er die Tür entriegelte, atmete er noch einmal tief durch.

Libuse trat neben ihn und legte ihm eine Hand auf den Unterarm. »Vater, warte.«

Er sah sie an, wie aus tiefem Schlaf gerissen.

»Wer ist er?«, fragte sie. »Wirklich, meine ich.«

Corax hielt ihrem Blick stand, wenngleich sie das Gefühl hatte, dass tief in ihm ein Teil jenes Schutzpanzers, den er um seine Erinnerungen geschlossen hatte, Risse bekam.

»Niemand, vor dem du dich fürchten müsstest«, sagte er

nach einem Augenblick, und jetzt klang seine Stimme nicht mehr müde, sondern kühn und entschlossen.

»Ich habe keine Angst vor ihm«, entgegnete sie ruhig. »Ich habe Angst um dich.«

Er lächelte, jetzt war er wieder ganz der alte Corax, Ritter des Erzbischofs und Kämpfer in Dutzenden Schlachten. »Um mich mach dir keine Sorgen. Dieser Mann dort draußen ist niemand, mit dem ich nicht fertig würde.«

Sie küsste die grauen Bartstoppeln auf seiner Wange. »Ich weiß.«

Corax öffnete die Tür.

~

Sie nahmen Platz vor dem Kamin. Libuse hatte gleich nach dem Aufstehen frisches Holz nachgelegt, und jetzt tanzten die Flammen auf Scheiten so schwarz wie Kohle und verbreiteten wohlige Wärme in der Halle.

Corax nahm auf dem hohen Stuhl Platz, dessen Rücken- und Armlehnen Libuse vor Jahren mit Schnitzereien verziert hatte: Tiere aus den tiefen Wäldern, Baumwurzeln und Blätter in allen Formen. Felle waren über dem Sitz ausgebreitet.

Der Mann, der sich Albertus genannt hatte, setzte sich auf den zweiten Stuhl, der für gewöhnlich Libuse vorbehalten war. Da es keine weiteren Sitzgelegenheiten gab, ließ sie sich auf einem Haufen Felle unweit des Kaminfeuers nieder. So früh am Morgen war sie eine solche Wärme nicht gewohnt – normalerweise musste sie um diese Zeit erst ihre Pflichten im Haushalt erfüllen, und dazu gehörte es, draußen Wasser zu holen, um dann die Krüge, Becher und Teller vom Abend zu reinigen. Jetzt aber stapelten sie sich auf der anderen Seite der Halle neben einem Bottich. Libuse ahnte, dass auch die täglichen Waffenübungen mit Kurzschwert, Bogen und Armbrust heute ausfallen würden.

Sie hatte erwartet, dass die beiden Männer erst die üblichen Höflichkeiten austauschen oder über Vergangenes sprechen würden. Doch Albertus verschwendete keine Zeit, nachdem er erst seine Füße in Richtung der Flammen ausgestreckt hatte. Von nahem wirkte er nicht mehr ganz so leichenhaft, kaum älter als ihr Vater, mit wachen braunen Augen, die blitzschnell jede Einzelheit der Umgebung registrierten. Der Feuerschein spiegelte sich auf seinem kahlen Haupt; wenn er sich bewegte, sah es aus, als stünde sein Schädel in Flammen.

»Ich brauche deine Hilfe«, sagte er, ohne den Becher heißen Mets anzurühren, den Libuse ihm hingestellt hatte. Corax hingegen leerte den dampfenden Trunk wortlos bis zur Hälfte.

»Das dachte ich mir«, sagte ihr Vater und leckte sich die Lippen. »Warum sonst solltest du nach all den Jahren hier auftauchen.«

Albertus sah zu Libuse herüber, die es sich im Schneidersitz auf den Fellen bequem gemacht hatte und sich ganz darauf konzentrieren musste, seinem stechenden Blick standzuhalten. »Vielleicht sollten wir diese Sache unter vier Augen besprechen.«

»Ich habe keine Geheimnisse vor meiner Tochter«, sagte Corax, und dafür hätte sie aufspringen und ihn umarmen mögen. »Was du zu sagen hast, soll auch sie hören.«

»Ganz wie du willst.« Albertus stützte seine Ellbogen auf die Stuhllehnen und bildete mit den Händen ein Dreieck zu beiden Seiten seiner Nase. »Vor mir liegt eine weite Reise, Corax. Eine Reise in den Osten. Und ich möchte dich bitten, mich zu begleiten.«

Libuses Hände krallten sich vor Aufregung in die Felle unter ihr. Eine Reise! Sie hatte sich noch nie weiter als einen Tagesmarsch vom Turm entfernt, und auch Corax war nie länger als einige Stunden von hier fort gewesen. Um nichts in der Welt würde er eine Nacht in den dunklen Wäldern verbringen.

Sie hatte vehementen Widerspruch erwartet, doch zu ihrem grenzenlosen Erstaunen blieb ihr Vater ruhig. »Nein«, sagte er knapp.

»Hör mich erst an«, verlangte Albertus und massierte sich die Nasenflügel. »Du weißt, was ich meine, wenn ich Osten sage. Du weißt es, weil ich sonst nicht zu dir gekommen wäre.«

Libuses Blick zuckte von dem seltsamen Mönch zurück zu ihrem Vater. Schweiß auf Corax' Stirn? Er hob den Metbecher und trank den Rest in einem Zug. Sie dachte nicht daran, ihn ein zweites Mal zu füllen, auch wenn er das vielleicht erwartete. Nicht so früh am Morgen.

»Ich gehe nicht von hier fort«, sagte Corax, nachdem er sich mit dem Handrücken über den Mund gewischt hatte.

»Verlange nicht von mir, eine Schuld einzufordern«, sagte Albertus, und nun lenkte nichts mehr seinen Blick von dem alten Krieger ab, nicht einmal Libuse, die nervös auf den Fellen herumrutschte. Seine Augen fixierten Corax. »Großes steht auf dem Spiel. Und ich bin nicht allein hergekommen. Ich würde nicht für mich um Schutz bitten, das weißt du. Aber diejenige, die mich begleitet, hat jeden Schutz nötig, den ich ihr bieten kann. Und um ihretwillen werde ich mich mit einem Nein nicht zufrieden geben.«

»Das ist nicht meine Angelegenheit.«

»Niemand kennt sich dort, wo wir hingehen, so gut aus wie du, Corax. Keiner, den ich kenne, ist je so weit vorgedrungen. Und keiner ist so lange dort gewesen.«

Libuse starrte ihren Vater an. Albertus' Worte schienen eine Tür aufzustoßen, die bislang fest verschlossen gewesen war. Plötzlich schien es ihr, als läge alles, wonach sie so lange gesucht hatte, in greifbarer Nähe vor ihr. Die Geschichte ihres Vaters. Seine Vergangenheit und damit auch ihre eigene. Die Geschichte ihrer Mutter.

Alles Vergangene, über das ihr Vater niemals sprach, schien

mit ihrer Mutter zu tun zu haben. So als hätte ihr Tod alles, was gewesen war, auf irgendeine Weise vergiftet. Ein Schatten, der sich aus früheren Zeiten auszustrecken schien, geradewegs auf Libuse zu.

Und obgleich sie Albertus nicht mochte, nicht seine Art, nicht seine stechenden Augen, flehte sie stumm, dass er weitersprechen möge.

»Du willst *dort* hingehen?«, fragte Corax verwundert.

»Ich habe keine Wahl. Es steht viel auf dem Spiel.«

»Aber das hat nichts mit mir zu tun.«

»O doch. Mit jedem von uns. Mit dir, mit mir, sogar mit deiner Tochter.« Albertus wies in Libuses Richtung, ohne sie eines Blickes zu würdigen.

»Wenn du Schutz brauchst, dann kauf dir ein paar Söldner«, sagte Corax rau. »Es sollte genug davon geben. Männer, die zu alt geworden sind, um ihren Herrn zu dienen. Denen man gesagt hat, dass sie nicht mehr gebraucht werden. Dass sie zu lange gekämpft haben, um in Zeiten des Friedens zu irgendetwas nütze zu sein.«

Er hatte die Fäuste auf der Stuhllehne geballt. An seiner Schläfe trat eine Ader hervor, die Libuse nie zuvor aufgefallen war. In ihrem Magen begann es zu rumoren. Mit einem Mal wünschte sie, der Fremde würde gehen. Und doch schien er der Einzige zu sein, der ihren Vater zum Reden brachte.

»Ich werde verfolgt«, sagte Albertus.

Corax nickte. »Ich weiß.«

»So?«

»Reiter. Draußen in den Wäldern. Ich habe sie gehört.«

Albertus holte tief Luft. »Dann sind sie näher, als ich dachte.«

»Wer sind sie?«

»Männer des Erzbischofs. Konrad hat sie ausgesandt.«

Etwa Konrad von Hochstaden?, durchfuhr es Libuse. Der Erzbischof von Köln war der frühere Dienstherr ihres Vaters gewesen. Der Mann, dem Corax den heiligen Eid als Ritter geschworen hatte. Und der ihn fortgeschickt hatte, als Corax in seinen Augen zu alt geworden war; so jedenfalls hatte er es ihr wieder und wieder erzählt.

Sie wagte kaum zu atmen, aus Furcht, ihr könnte irgendein Wort, eine Geste, nur eine Regung in den Gesichtern der beiden Männer entgehen.

»Konrad würde es nicht wagen, heute noch gegen dich vorzugehen«, sagte Corax nach einer kurzen Pause, während der er sein Gegenüber eingehend musterte. »Du bist mittlerweile… ja, was eigentlich, Albertus? Das Oberhaupt der Dominikaner?«

Der Geistliche schüttelte bescheiden den Kopf. »Provinzialprior.«

»Ein mächtiger Mann, ganz ohne Zweifel. Konrad würde es nicht wagen, Waffengewalt gegen dich anzuwenden.«

»Er hat es schon einmal getan.«

»Aber das ist viele Jahre her. Damals warst du kaum mehr als ein einfacher Mönch, der ihm ein Dorn im Auge war.«

»Er hätte heute eine Sorge weniger, hättest du mich damals nicht gewarnt, Corax.«

Libuse starrte ihren Vater ungläubig an. Von alldem hatte sie noch nie etwas gehört.

»Du hast mein Leben gerettet, und ich das deine«, sagte Corax. »Aber das bedeutet auch, dass die Schuld ausgeglichen ist.«

Albertus lächelte. »Du bist später noch einmal zu mir gekommen. Vergiss das nicht.«

Corax presste die Lippen aufeinander, bis sie nur mehr weiße Striche waren.

Albertus seufzte, und die Flammen glühten nun auch in seinen Augen, lodernde Spiegelbilder des Kaminfeuers. »Konrads Männer haben ein Kloster zerstört, mehrere Tagesreisen von hier, in Frankreich. Es gab nur eine einzige Überlebende, eine junge Novizin namens Favola. Sie ist es, auf die es der Erzbischof abgesehen hat. Auf sie und das, was sie bei sich trägt.«

»Ein Erzbischof, der Klöster zerstören lässt?« Corax winkte ab. »Du musst dir etwas Besseres einfallen lassen, um mich zu überzeugen.«

Albertus beugte sich mit einem Ruck vor. Sein Tonfall war nun messerscharf. »Konrad ist ein Ungeheuer! Und er würde alles tun, um seine Position innerhalb der Kirche zu stärken. Könnte er morgen auf dem Stuhl des Heiligen Vaters sitzen, würde er heute dafür ganze Landstriche entvölkern. Verdammt, Corax, du *kennst* ihn! Lass mich nicht gegen Wände anreden. Du weißt, zu welchen Taten er fähig ist. Du warst einer von denen, die seine Befehle ausgeführt haben!«

Der ehemalige Ritter senkte den Blick, seine Augen suchten das Kaminfeuer und schienen sich daran festzusaugen. Die Kälte der Außenwelt rückte schlagartig näher an sie alle heran, auch an Libuse, die jetzt gar nicht mehr wusste, was sie denken sollte.

»Ich habe damit abgeschlossen«, sagte er leise.

Albertus' Stimme wurde sanfter. »Das weiß ich. Und es ist mir nicht leicht gefallen, hierher zu kommen und dich an all das zu erinnern.«

Corax stieß ein leises Schnauben aus. »Als hätte ich irgendetwas davon je vergessen! Jeden Tag sehe ich es vor mir, selbst nach all den Jahren.« Abrupt hob er seinen Kopf, fixierte Albertus. »Und untersteh dich, jetzt von Sühne zu reden.«

»Du hast genug gelitten für das, was –« Albertus brach ab, als erinnerte er sich erst in diesem Moment wieder an Libuse. Er warf ihr einen kurzen Seitenblick zu, konzentrierte sich aber dann wieder auf Corax. »Ich will ehrlich zu dir sein. Ich bin verzweifelt. Und ich bitte nicht aus einer Laune heraus um deine Hilfe. Das Mädchen … sie ist die einzige Überlebende des Blutbads, das Konrads Männer in dem Kloster angerichtet haben. Dreiundzwanzig Dominikanerschwestern, Corax. Er hat sie ermorden lassen… oder sagen wir, er hat ihren Tod in Kauf genommen, ob er ihn nun selbst befohlen hat oder nicht.«

Libuse sah, wie ihr Vater abermals aufhorchte. »Sie wurden getötet, obwohl er ihren Tod womöglich gar nicht angeordnet hat?«

Albertus nickt.

»Wer führt diese Männer an?«

»Ahnst du das nicht längst? Es gibt auch heute noch nur einen Mann im Gefolge des Erzbischofs, der sogar die Zerstörung eines Hauses des Herrn allein verantworten würde.«

Corax sprang so hastig von seinem Stuhl auf, dass Libuse erschrocken zusammenfuhr. »*Er* verfolgt dich? Ist *er* einer von den Reitern draußen in den Wäldern?«

Libuse wusste nicht, von wem die Rede war, aber Albertus nickte erneut. »Und er ist noch gefährlicher geworden, seit du ihm zuletzt begegnet bist.«

Corax trat vor und stützte sich mit beiden Händen gegen den Kamin. Das Feuer schien um seinen muskulösen Körper zu lodern, als stünde er inmitten der Flammen. »Daran zweifle ich nicht. Heute klebt sicher eine Menge mehr Blut an seiner Klinge.«

»Viel mehr, als du ahnst. Damals war er durch seinen Eid als Ritter an gewisse Gesetze gebunden – selbst er hat sich an gewisse Regeln halten müssen. Aber heute dient er dem Erzbischof als freier Mann. Konrad hat ihn ebenso aus seinen Diensten entlassen wie dich, Corax. Jedenfalls wurde das nach außen hin behauptet. In Wahrheit aber dient er Konrad im Geheimen weiter und erledigt für ihn jene Dinge, die den Rittern des Erzbischofs zu schmutzig sind.«

»Dann ist er zum Söldner geworden.«

»Genau genommen, ja. Doch im Verborgenen ist er Konrads rechte Hand. Keinem anderen Mann scheint der Erzbischof so bedingungslos zu vertrauen wie ihm. Und es gibt gute Gründe, weshalb er gerade ihn mit dieser Mission beauftragt hat. Für Konrad steht eine Menge auf dem Spiel. Hast du von dem Dom gehört, den er in Köln errichten lässt? Ganz zu schweigen von dem endlosen Krieg, den er gegen den Graf von Jülich um diese Berge und Wälder hier führt. Konrad hat sich überschätzt, er kämpft an zu vielen Fronten gleichzeitig. Allmählich muss er etwas vorweisen, einen Erfolg, der allen Gegnern und Spöttern die Mäuler schließt.«

Libuse hatte Mühe, dem Gespräch der beiden zu folgen. Gewiss, sie hatte eine Menge gehört über den Erzbischof Konrad von Hochstaden, über die Zeit, als ihr Vater in seinen Diensten stand, und freilich auch über den ewigen Zwist mit dem Grafen von Jülich, dem es vor Jahren sogar gelungen war, Konrad für neun Monate in den Verliesen seiner Burg Nideggen einzukerkern. Doch der Erzbischof war wieder freigekommen, und es dürstete ihn nach dem Blut derer von Jülich. All das war kein Geheimnis. Doch wer war jener andere Mann, über den Corax und Albertus sprachen? Zweifellos mehr als ein einfacher Handlanger, wenn selbst ihr Vater ihn fürchtete.

Corax trat zurück an seinen Sessel. Nach kurzem Zögern nahm er Platz, ergriff den leeren Becher und drehte ihn nachdenklich in der Hand. »Also hat Konrad seinen gefährlichsten Bluthund ausgesandt, um dich zu fangen. Aber aus welchem Grund, Albertus? Was hat das alles mit dir zu tun?«

»Nicht auf mich hat er es abgesehen. Er will das Mädchen. Und, vor allem, das, was sie bei sich trägt. Zwinge mich nicht, dir jetzt alles bis ins Letzte zu erklären. Vertrau mir ein wenig, darum muss ich dich bitten. Später wirst du alles erfahren.«

»Ich soll dir vertrauen, aber du traust mir nicht weit genug, um mir – « Corax versteifte sich. »Nein, das ist es gar nicht!«, unterbrach er sich selbst und blickte Albertus durchdringend an. Dessen Schweigen kam einem Schuldeingeständnis gleich. »Du denkst, dass er herkommen wird!« Corax' Züge waren selbst im Schein des Feuers bleich geworden. »Du glaubst, er kommt her und wird mich nach dir fragen! Das ist es doch, oder?«

»Ich fürchte, ja.«

»Und du denkst, er könnte mich zwingen, ihm alles zu erzählen, was ich von dir erfahren habe. Gott im Himmel! Du hast ihn hierher geführt. Geradewegs zu uns!«

»Er hat immer gewusst, wo er dich finden kann. Selbst Konrad weiß es.«

»Und doch könnte nicht einmal er mich zu irgendetwas zwingen. Nicht einmal er!«

Albertus blickte demonstrativ zu Libuse herüber. »Bist du ganz sicher?«

Corax folgte seinem Blick und ballte die Fäuste.

»Du hast einen wunden Punkt«, sagte Albertus. »Sie ist eine schwache Stelle, an der er ansetzen könnte, wenn er der Überzeugung wäre, es könnte sich lohnen.«

»Ich würde nicht zulassen, dass er Libuse auch nur ein Haar krümmt!«

Sie hörte alldem zu, als beträfe es eine andere. Sie war wie betäubt. Noch nie in ihrem Leben war sie so aufgewühlt gewesen, und sie stand kurz davor, die beiden Männer anzuschreien, ihr endlich alles zu offenbaren und sich nicht länger in Andeutungen zu ergehen.

»Das würde er nicht wagen!«, flüsterte Corax, doch es klang, als wollte er damit vor allem sich selbst überzeugen.

Albertus trank nun doch einen Schluck von dem kalt gewordenen Met. »Das Mädchen, auf das Konrad und sein Bluthund es abgesehen haben, ist im Augenblick im Kloster der Zisterzienser. Ich muss sie rasch von dort fortbringen, bevor die Mönche das Schicksal der ermordeten Schwestern teilen. Morgen früh brechen wir auf.«

»Das hier ist nicht Frankreich! Konrad würde nicht … so nah bei Köln …«

»Der Preis, den es für ihn zu gewinnen gilt, ist zu wertvoll. Glaub mir, er würde auch dieses Kloster verwüsten. Deshalb muss ich das Mädchen so rasch wie möglich von hier fortbringen. Ich kam nur her, um mit dir zu reden, Corax. Um dich zu bitten, mit uns zu gehen. Ich brauche deine Hilfe, deine Stärke und deine Erfahrung.«

»Ich bin ein alter Mann, Albertus. Das sind wir beide – alte Männer.«

»Und gerade deshalb dürfen wir nicht zulassen, dass den Jüngeren etwas zustößt. Darum muss ich Favola dorthin bringen, wo sie hingehört. Das ist meine Pflicht vor dem Herrn!«

Libuse konnte nicht länger schweigen. »Ihr habt von etwas gesprochen, das dieses Mädchen bei sich trägt. Also geht es Euch nicht um sie, sondern nur um … um dieses Ding, nicht wahr? Sprecht also nicht von Eurer Pflicht, den Jüngeren zu helfen. Mir scheint, Ihr seid ein rechter Heuchler.«

Albertus sah sie an, sah sie zum ersten Mal *wirklich* an, so als begriffe er jetzt erst, dass sie mehr war als nur ein dummes Kind, das zu schweigen hatte, wenn sich erwachsene Männer unterhielten.

»Dieses Mädchen«, sagte er mühsam beherrscht, »dieses Mädchen, das bei mir ist … sie ist krank. Schwer krank. Und sie wird sterben, wenn ich nicht weiterhin alles anwende, was ich je über Medizin und Heilkunde gelernt habe. Du, Corax, weißt, dass das nicht wenig ist. Aber selbst mit meiner Hilfe sind ihr nur noch wenige Monate beschieden.« Er erhob sich von seinem Stuhl und stand nun wie eine Erscheinung vor ihr, groß, düster und Ehrfurcht gebietend. »Versteht ihr? Das Mädchen wird bald sterben, und mit ihr stirbt … mehr, als ihr euch vorstellen könnt. Wenn es mir nicht gelingt, sie rechtzeitig an einen ganz bestimmten Ort zu bringen …« Er verstummte kopfschüttelnd. »Mit ihr würde alle Hoffnung dahingehen.«

»Hoffnung worauf, Albertus?«, fragte Corax.

»Auf eine bessere Welt. Eine bessere Menschheit. Hoffnung auf Gottes Gnade für uns alle.«

»Das sind große Worte.«

»Nicht groß genug für das, was auf dem Spiel steht.«

Libuse wollte abermals auffahren, doch ihr Vater gebot ihr mit einer ungewohnt herrischen Geste zu schweigen. »In einem hast du Recht«, sagte er zu Albertus. »Libuse und ich sollten nichts von alldem wissen, falls Konrads Bluthund tatsächlich hier auftaucht. Aber ich werde nicht mit dir gehen. Nicht heute und nicht irgendwann in der Zukunft. Das hier ist unser Zuhause. Hier habe ich meinen Frieden gefunden.«

»Frieden, Corax?« Albertus hob eine Augenbraue. »Du siehst nicht aus wie ein Mann, der mit sich und der Welt im Frieden lebt. Hast du deine Tochter gelehrt, mit Kriegswerkzeug umzugehen? Hast du ihr beigebracht, wie man Menschen tötet?«

»Ich habe ihr beigebracht, wie man sich schützt.«

»Wie man *tötet*. Zum Teufel, Corax! Rede dir deine Welt nicht schöner, als sie ist. Und sprich mir nicht von Frieden.« Er sagte es so verächtlich, dass Libuse ein Schauer über den Rücken lief. »Du würdest Frieden nicht erkennen, wenn er mit Fanfaren vor deine Tür marschierte. Und du würdest ihn nicht *wollen*. Nicht tief in deinem Herzen.«

Sie hätte vieles als Reaktion auf diese Worte erwartet. Dass ihr Vater vollends die Beherrschung verlöre. Dass er den Fremden an seiner Kutte packen und aus dem Turm werfen würde. Dass er ihn windelweich prügelte.

Doch dass Corax einfach nur dasaß und schwieg, das hatte sie nicht kommen sehen. Nicht in tausend Jahren.

»Vater?«, fragte sie behutsam.

Er schüttelte den Kopf.

»Vater, was er da –«

»Später!« Er sah sie nicht an und wandte sich erst nach einer Weile wieder an den Dominikaner. »Du hast mich gerettet, Albertus. Zwei Mal, das ist wahr. Und einmal habe ich es dir vergelten können. Vielleicht stehe ich auch noch immer in deiner Schuld, selbst nach all den Jahren. Aber du kannst nicht von mir erwarten, dass ich alles aufgebe, was Libuse und ich uns hier geschaffen haben, um irgendwelchen vagen Hoffnungen zu folgen. Ich bin kein Geistlicher. Und seit ich die Ritterwürde abgelegt habe, bin ich nicht mal mehr ein guter Christ. Ich bete seltener, als ich es vielleicht tun sollte. Und manchmal sehe ich um mich herum Geister, die nichts mit Gott oder seinen Engeln zu tun haben.«

»Was du siehst, ist deine Vergangenheit. Und ich gebe dir die Möglichkeit, ein für alle Mal damit abzuschließen. Du kannst an den Ort zurückkehren, an dem du Rache geschworen hast. Das hast du mir selbst erzählt, damals vor … wie vielen Jahren?«

Corax' Augen verengten sich zu bedrohlichen Schlitzen, doch Albertus ließ sich davon nicht aufhalten.

»Sie ist es doch, die dir keine Ruhe lässt – die Rache, die du nie nehmen konntest. Ist es nicht so? Geh mit mir zurück, bring mich und das Mädchen bis dorthin – den Rest des Weges, der dann noch folgen wird, können wir allein gehen, wenn es so sein soll. Aber bis dorthin, Corax … Mehr verlange ich nicht.«

»Du hetzt mir einen alten Feind auf den Hals, der uns verfolgen wird, und jagst mich zugleich auf einen zweiten, der vielleicht noch schlimmer ist?« Corax' Augen schienen den Dominikaner zu durchbohren. Doch Albertus rührte sich nicht. Die Blicke der beiden Männer blieben ineinander verkeilt wie Schwertklingen.

»Du hast niemals Vergeltung üben können für den Tod deiner Frau, Corax. Nun kannst du es.«

Libuse hielt nichts mehr auf ihrem Platz. Sie vertrat ihrem Vater die Sicht auf Albertus. »Mutter …?«

Corax schwieg.

Sie hatte Tränen in den Augen, als sie zu dem Dominikaner herumwirbelte. »Was ist mit meiner Mutter geschehen? Und an wem soll sich mein Vater für ihren Tod rächen?«

Hinter ihr erhob sich Corax und schob sie beiseite. »Geh hinaus, Libuse! Ich muss allein mit Albertus sprechen!«

»Aber, Vater… Du hast mit mir nie über Mutter –« Sie brach ab, denn die Tränen raubten ihr für einen Moment die Stimme. »Du kannst jetzt nicht –«

»Geh hinaus!«, wiederholte er, und diesmal war sein Tonfall unmissverständlich.

»Nein!« Sie riss sich von ihm los und trat rückwärts einen Schritt auf Albertus zu, obgleich er doch der Letzte war, mit dem sie sich verbünden wollte. Doch diese Gelegenheit würde vielleicht nie wiederkommen. Wenn sie mehr über ihre Mutter erfahren wollte, dann hier und jetzt. »Du hast gesagt, sie sei krank geworden… gleich nach meiner Geburt… Und sie –«

»Libuse!« Corax schien im Glanz des Feuers emporzuwachsen, noch größer, noch kraftvoller zu werden. »Geh hinaus!«

Sie ballte die Fäuste, hatte das Gefühl, platzen zu müssen vor Wut und Enttäuschung, und sie hasste ihn in diesem Augenblick, hasste ihn und die ganze Welt für ihre Ungerechtigkeit. Die Tränen liefen ihr heiß über die Wangen, sie schmeckte sie salzig im Mundwinkel. Sie spürte, dass sie kurz davor stand, etwas Furchtbares zu sagen, etwas, das sich nicht wieder gutmachen ließe. *Lügner!*, wollte sie ihn anbrüllen. *Ein verlogener, verbitterter Säufer bist du! Ein Schwächling, der Angst im Dunklen hat und sich im Wald vor der Welt versteckt!*

Doch dann fuhr sie doch nur mit einem Schluchzen herum und stürmte ins Freie, hinaus aus dem Turm, die Treppe hinunter, über die verschneite Lichtung zum Waldrand.

Tief, tief in die Wälder lief sie, spürte kaum die Zweige, die ihr ins Gesicht peitschten, fühlte auch nicht, wie die Tränen auf ihren Wangen zu Eiskristallen wurden und splitterten, wenn sie mit der Hand darüber fuhr.

Irgendwann fand sie einen Baum, eine gewaltige, uralte Buche mit mächtigen Wurzeln wie Händen, die sie willkommen hießen. Hier ließ sie sich auf die Knie fallen und beschwor das Erdlicht herauf, badete in seinem lindernden Schein, kauerte sich zusammen wie ein Vogeljunges im Nest, geborgen in einer Wärme, die kein Mensch auf der Welt ihr je hätte schenken können.

Aelvin humpelte über den Schnee bis zum Glockenturm. Am Aufgang schaute er sich um und ging sicher, dass niemand ihn beobachtete. Ein Mönch balancierte drei schwere Folianten vom Skriptorium hinüber zum Haus des Abtes. Zwei andere verließen gerade das Refektorium, mit Eimern voller Essensreste für die Schweinetröge in den Ställen. Die Tür des Infirmariums stand offen, obwohl Aelvin recht sicher war, dass Odo sie zugeschlossen hatte, als er das Krankenquartier verließ. Stand Bruder Marius im Dunkeln hinter der Tür und blickte ihm hinterher?

Mit nachgezogenem Bein betrat Aelvin den Glockenturm und eilte, kaum außer Sichtweite, die Stufen im Inneren hinauf, auf wundersame Weise von seiner Verletzung geheilt. Bruder Marius wäre vielleicht stolz gewesen auf den Erfolg seiner Heilkünste. Oder aber erzürnt über den Betrug. Letzteres, vermutete Aelvin mit verstohlenem Grinsen.

Das Dach des Glockenturms ruhte auf vier gemauerten Säulen. Hier gab es keine Wände, und so war Schnee hereingeweht und bedeckte den Boden rundum. Der Wind pfiff schneidend kalt über die Brüstung. Von hier oben aus bot sich eine beeindruckende Aussicht über die Wälder, den felsigen Abgrund und das alte Aquädukt.

Das Mädchen hockte im Schnee unter der Glocke, dick vermummt in einem Fellüberwurf mit langer Kapuze, deren dünne Spitze bis zur Taille reichte. Den Rücken der Treppe und Aelvin zugewandt schien sie sich auf etwas zu konzentrieren, das sich vor ihr am Boden befand.

Aelvin trat leise ins Freie. Er wollte sie nicht erschrecken, und doch kam er nicht gegen seine Neugier an. Als Bruder Marius ihn heute Morgen aus dem Bett und zu einem Rundgang auf den Hof gescheucht hatte – angeblich, weil ein wenig Belastung eine gute Kur gegen den verletzten Knöchel sei –, da war Favola bereits fort gewesen. Ihr Lager hatte ausgesehen, als hätte nie jemand darin gelegen. Marius war wortkarg geblieben, als Aelvin nach ihr fragte, und das war sonst nun so gar nicht die Art des geschwätzigen Infirmarius. Ein Hinweis darauf, dass der Abt unmissverständliche Order in dieser Sache gegeben hatte.

Immerhin aber hatte Aelvin bald von anderen Mönchen erfahren, dass die Novizin auf den Glockenturm hinaufgestiegen sei. Ihr plötzliches Auftauchen in der Abtei sorgte naturgemäß für Getuschel und zahllose Fragen, die auch nach der Morgenandacht unbeantwortet geblieben waren. Offenbar hatte Abt Michael strikt befohlen, das Mädchen weder anzusprechen noch anzustarren.

Als Aelvin leise ins Freie trat, breitete Favola blitzschnell ihren Mantel aus. Mit einer Hand streifte sie die Kapuze zurück und blickte über die Schulter zu ihm herüber.

»Geh weg«, sagte sie.

Aelvin blieb stehen, gut vier Schritt von ihr entfernt. »Guten Morgen. Ich wollte dich nicht stören.«

»Geh! Bitte.«

»Was hast du da?«, fragte er, ohne sich zu bewegen.

»Das geht dich nichts an. Der Abt hat gesagt, er würde dafür sorgen, dass ich hier oben ungestört bin und –«

»Das hat er in der Morgenandacht verkündet. Und ich war nicht dabei. Du weißt schon« – er deutete ein wenig verschämt auf seinen Knöchel – »meine Verletzung.«

Es gelang ihr, sich in einer einzigen Bewegung aufzurichten und das Ding vor sich aufzuheben, ohne dass es dabei unter ihrem Fellumhang zum Vorschein kam. Aelvin bemerkte das leere Bündel, das neben ihr am Boden lag – es war derselbe Rucksack, den der Magister in der Nacht im Haus des Abtes so sorgsam behütet hatte.

»Der Abt wird sehr wütend sein, wenn er erfährt, dass du hier bist«, sagte sie und hielt beide Arme fest vor den Oberkörper.

»Erst recht, wenn er hört, dass wir heute Nacht miteinander gesprochen haben«, bestätigte Aelvin nickend. »Und dass mein Knöchel nicht wirklich verletzt ist. Aber du hast ihm von beidem nichts erzählt. Warum solltest du ihm also verraten, dass ich hier oben war?«

Ihr Blick huschte nervös hin und her, fast als erwartete sie, weitere Mönche könnten von außen über die Brüstung des Turms springen. Von unten drang der Gestank der Stallungen herauf. »Weil …«, begann sie, »weil irgendwer dich gesehen haben könnte.«

Aelvin seufzte. »Kann schon sein. Aber dann ist es jetzt ohnehin zu spät.« Er deutete auf die Ausbuchtung unter ihrem Umhang. »Was hast du da?«

»Nichts.«

»Glaubst du, ich würde es dir wegnehmen?«

»Nein … tut mir Leid. Aber das ist nicht … für deine Augen bestimmt.«

»So?« Er wagte einen Vorstoß. »Hat der Magister dir das eingeredet?«

Eine zornige Falte erschien über ihrer Nasenwurzel. »Das muss er nicht. Das hier ist …« Sie brach ab, holte tief Luft und wurde wieder ruhiger. »Ganz allein meine Angelegenheit.«

»So wie die Sache mit dem Kloster?«

Seine Worte erzielten die gewünschte Wirkung. »Was weißt *du* darüber?«, entfuhr es ihr.

»Eine Menge. Aber … na ja, nicht genug.«

»Dann sprich nicht davon! Nie wieder!«

Jetzt hatte er Mitleid, obwohl die Stimme in seinem Inneren ihn ermahnte, dass er womöglich gerade die Gelegenheit verschenkte, einen Teil des Mysteriums zu lösen. »Verzeih. Ich wollte dich nicht wütend machen.«

»Das hast du aber.«

Er druckste herum. »Deshalb sag ich ja, dass es mir Leid tut. Wirklich.« Um sie auf andere Gedanken zu bringen, fragte er: »Was weißt du eigentlich über den Magister?«

»Er ist ein hoher Mann meines Ordens.«

»Das ist alles? Mehr nicht? Ich meine, du hast ihm immerhin dein Leben anvertraut.«

»Er hat mir das Leben *gerettet.*«

»Kanntest du ihn schon vorher?«

Der Wind spielte mit dem langen Zipfel ihrer Kapuze, während sie Aelvin musterte. »Nein. Er kam ins Kloster, kurz bevor … Jedenfalls habe ich ihn da zum ersten Mal gesehen.«

»Aber du warst lange mit ihm unterwegs. Er muss dir eine Menge über sich erzählt haben.«

Sie senkte den Blick. »Er spricht nicht viel. Die meiste Zeit ist er schweigsam vorneweg durch den Schnee gestapft.«

Das passt zu ihm, dachte Aelvin bitter. »Ich weiß ein wenig über ihn. Wenn du willst … ich meine, ich kann dir alles erzählen.«

Tatsächlich flammte in ihren Augen Wissbegier auf, als sie wieder seinem Blick begegnete, und er fragte sich, ob sie ihm im Gegenzug mehr über sich und das Ding unter ihrem Mantel verraten würde. Aber er war zu vorsichtig, um Forderungen zu stellen.

»Dann kennst du ihn wohl gut?«, fragte sie.

»Gut genug, um ihn nicht zu mögen.«

»Er scheint mir ein harter, aber gerechter Mann zu sein.« Favola hob prüfend eine Augenbraue. »Falls er dich für irgendetwas bestraft haben sollte, hattest du es vermutlich verdient.«

Er fühlte sich ertappt, schüttelte aber rasch den Kopf. »Ich erzähle dir einfach, was ich weiß, einverstanden?« Er überlegte, womit er beginnen sollte – etwas Spektakulärem vielleicht, das ihr gleich zeigte, was für ein Unhold Albertus war –, entschied sich aber dann für den simplen Anfang. »Er hat in Köln Theologie studiert und an mehreren Dominikanerkonventen gelehrt. In Paris hat er sogar einen Lehrstuhl an der Universität innegehabt.«

»Was ist eine Universität?«

»So was wie eine Schule für besonders kluge Leute.«

»Dort bist du ihm nicht begegnet, oder?«

Er musste sich eingestehen, dass ihr kindliches Kichern ansteckend war, auch wenn er eigentlich beleidigt sein sollte ob ihrer frechen Antwort. »Nun, jedenfalls ist er wohl vor ungefähr zehn Jahren gemeinsam mit Thomas von Aquin zurück nach Köln gegangen und hat dort das Generalstudium gegründet. Er hat sich mit den Wissenschaften beschäftigt, Abhandlungen über die Natur und die Heilkunde geschrieben, antike Philosophen übersetzt und kommentiert, all solche Sachen eben. Nach einer Weile hat dann Thomas die Leitung des Generalstudiums übernommen, und Albertus wurde zum Provinzial ernannt. Seither wandert er von Konvent zu Konvent, von Kloster zu Kloster und schnüffelt herum, verhängt Strafen und sieht nach dem Rechten.«

»Schnüffelt herum?« Sie kicherte erneut. »So wie du hier oben auf dem Turm?«

»Wenn du meinst, dass er und ich irgendwas gemeinsam haben könnten, dann lass dir sagen –«

»Oh, ich denke nicht, dass du und einer der gebildetsten, klügsten und rechtschaffensten Männer des Abendlandes viel gemeinsam haben könntet, Aelvin.«

Er ging über ihre Bemerkung hinweg. »Das Spannendste

kommt noch. Vielleicht weißt du, dass das Reich seit einem Jahr keinen König mehr hat. Jedenfalls keinen *echten*.«

»Was soll das heißen?«

»Du kommst aus Frankreich, du kannst das nicht wissen.« Außerdem bist du eine Nonne, setzte er in Gedanken hinzu. Unter den Mönchen war es allgemein bekannt, dass die weiblichen Angehörigen der Orden den männlichen Geistlichen an Bildung hoffnungslos unterlegen waren. Aber es wäre wohl wenig hilfreich, dergleichen jetzt zu erwähnen.

Aelvin räusperte sich. »Im vergangenen Jahr ist unser König Wilhelm während eines Kriegszugs in Friesland erschlagen worden, Gott hab ihn selig. Eine Gruppe von Fürsten, angeführt vom Kölner Erzbischof Konrad von Hochstaden, hat sich daraufhin von den Engländern bestechen lassen und den Grafen Richard von Cornwall zum König über das Deutsche Reich ausgerufen. Allerdings hat er sich seither nur ein einziges Mal hier im Land blicken lassen, so erzählt man es sich jedenfalls, und das war im Dom zu Aachen, wo Konrad ihm die Krone aufs Haupt gesetzt hat. Gleich danach ist er wieder nach England zurückgekehrt.«

»Was hat das mit Albertus zu tun?«, fragte Favola.

»Wart's ab. Die Entscheidung Konrads von Hochstaden und seiner Verbündeten war nicht unumstritten, und so entschieden sich ihre Gegner, einen eigenen König einzusetzen, und zwar Alfons von Kastilien. Sagt dir der Name was?«

Sie schüttelte zögernd den Kopf.

»Auch von ihm heißt es, dass er sich bislang noch nicht in unseren Landen hat sehen lassen. Das bedeutet, dass wir derzeit nicht nur einen, sondern *zwei* Könige haben, die allerdings beide Besseres zu tun haben, als das Reich tatsächlich zu regieren. Die eigentliche Macht liegt seitdem in der Hand der Fürsten, und kaum einer unter ihnen ist mächtiger als eben jener Konrad von Hochstaden, der Erzbischof von Köln.«

»Ich verstehe noch immer nicht, was –«

»Konrad ist ein gefährlicher Mann. Er und dein Freund Albertus sind sich seit langem spinnefeind, nicht zuletzt, weil der Magister sich in einen jahrelangen Streit zwischen dem Erzbischof und der Kölner Bürgerschaft eingemischt und dabei Stellung gegen Konrad bezogen hat.«

Während sie zuhörte, rieb Favola nachdenklich über den verborgenen Gegenstand unter ihrem Mantel. Sie trug dieselben dünnen Lederhandschuhe wie in der Nacht zuvor. Wie sie so dastand, mit beiden Händen an der Wölbung vor ihrem Leib, glich sie beinahe einer Schwangeren, die das Ungeborene in ihrem Bauch streichelt. Der Gedanke irritierte Aelvin dermaßen, dass er für einen Moment den Faden seiner Erzählung verlor und verdattert nach den richtigen Worten suchte.

Schließlich fuhr er fort: »Der große Einfluss der reichen Kölner Bürger ist dem Erzbischof seit langem ein Dorn im Auge. Als geistliches Oberhaupt, vor allem aber als Reichsfürst, will er die absolute Macht über die Stadt. Vor fünf Jahren hat er schließlich minderwertige Münzen prägen und die hochwertigen Kölner Münzen durch sie ersetzen lassen. Außerdem errichteten seine Männer neue Zollschranken, alles zu dem Zweck, die Kölner zu schwächen und mürbe zu machen. Die Bürger aber widersetzten sich, stellten ein Heer auf und suchten Beistand bei Konrads Erzfeind, dem Grafen Wilhelm von Jülich. Es kam zur Schlacht, die jedoch keine der beiden Seiten für sich entscheiden konnte. Nach allerlei Verhandlungen einigten sie sich auf ein Schiedsgericht, in das sie den Magister bestellten.« Aelvin sah Favola fragend an. Folgte sie seinen Worten noch? Wie zur Antwort nickte sie, und Aelvin fuhr fort: »Albertus, der Konrad noch nie gemocht hatte und zudem als Oberhaupt des Kölner Generalstudiums auf die Spenden der Bürgerschaft angewiesen war, verkündete bald darauf sein Urteil und gab der Stadt in allen Streitpunkten

Recht. Der Erzbischof muss getobt haben, aber ihm blieb nichts übrig, als sich zu fügen, Albertus' Urteilsspruch anzunehmen und all seine Verfügungen rückgängig zu machen. Die wertlosen Münzen wurden wieder gegen die alten ausgetauscht und die neuen Zölle aufgehoben. Das alles hat ihn nicht nur Unmengen Gold gekostet, sondern auch einen Teil seines guten Rufs und seiner Macht innerhalb der Fürstenschaft. Was er, nicht ganz zu Unrecht, Albertus anlastet. Kurzum: Neben dem Grafen von Jülich gibt es wohl kaum einen Mann diesseits und jenseits des Rheins, den der Erzbischof mehr hasst als unseren Magister.«

Favola war einige Schritte zurückgetreten und lehnte nun an der Brüstung. Im Winterlicht der gleißenden Schneehauben fiel Aelvin erstmals auf, wie blass sie war. Sie sah krank aus, ausgezehrt und blutarm.

»Wir werden verfolgt«, sagte sie unvermittelt. »Von Männern auf Pferden. Männern mit Schwertern und Lanzen und Armbrüsten.«

»Ich weiß.«

»Der Magister sagt, es sind Männer des Erzbischofs. Sie waren es, die mein Kloster niedergebrannt und … alle getötet haben.« Ihre Augen waren gerötet, und er fürchtete plötzlich nichts so sehr, als dass sie in Tränen ausbräche. Was sollte er dann tun?

Doch Favola beherrschte sich, ihr Gesicht war starr wie grauer Schiefer.

»Warum haben sie das getan?«, fragte Aelvin. »Ich meine, wenn sie es auf Albertus abgesehen hätten –«

»Um ihn geht es gar nicht.«

»Um was dann?« Er ahnte es, und doch schien es ihm so abwegig, dass er nicht daran glauben mochte, bevor sie es ihm persönlich sagte.

»Sie suchen mich.« Sie sprach beinahe ohne Emotion. Erst als er ihr so lange in die Augen sah, dass sie ihm schließlich auswich, erkannte er, wie sehr sie sich fürchtete. Zu Recht, wenn das, was sie sagte, der Wahrheit entsprach. In dieser Gegend gab es niemanden, der mächtiger war als Konrad von Hochstaden. Zwar lag die Abtei an der Grenze seines Herrschaftsbereichs und dem des Grafen von Jülich; dieser aber würde sich hüten, wegen eines armseligen Klosters einen weiteren Konflikt loszutreten. Was bedeuteten einem Grafen schon eine fränkische Novizin und eine Hand voll Zisterziensermönche?

Sie blickte wieder auf. Ihre Unterlippe bebte.

»Warum dich?«, fragte er leise und machte einen Schritt auf sie zu. Diesmal wich sie nicht zurück. »Ist es wegen« – er deutete auf die Ausbuchtung unter ihren Händen – »wegen dem da?«

Favola war hin- und hergerissen. Aelvin sah ihr an, dass sie fieberhaft überlegte, was sie tun sollte; dass sie sich nichts mehr wünschte, als sich irgendwem anzuvertrauen. Aber sie hatte Angst, und das vielleicht nicht nur vor dem Erzbischof und Albertus. Mit einem Ruck wandte sie sich um, trat an die Brüstung und blickte hinab in die Tiefe. Ein wenig beruhigter, wohl weil sie den Magister nirgends entdecken konnte, drehte sie sich wieder zu Aelvin herum, musterte ihn einige Herzschläge lang prüfend und ging schließlich in die Hocke.

»Sieh her«, sagte sie leise.

Sie teilte ihren Umhang und offenbarte, was sie darunter verborgen hatte.

Aelvin sank auf die Knie. Es war ein sonderbarer Moment, erfüllt von einer Nähe, die ihn irritierte und zugleich mit einer befremdlichen Freude erfüllte. Ihre zierlichen Hände in den Lederhandschuhen stellten behutsam einen Gegenstand auf den Boden. Er hätte ihn berühren können und musste sich zwingen, es nicht zu tun.

»Was ist das?«, fragte er stockend.

Sie sah ihn nicht an. Ein verträumtes, nahezu glückliches Lächeln spielte um ihre Mundwinkel.

»Die Lumina«, sagte sie. »Die Lichte.«

Ein, zwei Atemzüge lang fragte er sich, ob sie sich über ihn lustig machte.

Nein, dachte er dann fast erschrocken. Sie meint es ernst. Sie glaubt, dass wegen diesem Ding hier all ihre Schwestern ermordet wurden. Dass sie deshalb auf der Flucht ist. Hatte Albertus ihr das eingeredet?

Abermals senkte er den Blick. Blinzelte ungläubig.

Es war tatsächlich eine Pflanze.

Eine Pflanze in einem sonderbaren Behälter, ein wenig kleiner als die hölzernen Eimer, mit denen die Mönche Wasser aus dem Klosterbrunnen schöpften. Er war viereckig, mit Wänden aus dickem, bräunlichem Glas, durch das man verschwommen das schlanke, vielblättrige Gewächs dahinter erkennen konnte. Rundum waren die Glaswände durch engmaschiges eisernes Gitterwerk geschützt, ohne jede Verzierung, aber aus Fäden gewirkt, die kaum breiter als Pferdehaar sein konnten. Ein Kunstwerk, ohne Zweifel, nicht geschaffen, um dem Auge zu schmeicheln, sondern um den Glaskasten und seinen Inhalt auf die bestmögliche Weise zu schützen. Ein Beweis vortrefflichster Schmiedekunst und, für sich genommen, gewiss ein kleines Wunder.

Die Pflanze hinter dem Glas erschien im Vergleich dazu banal. Aelvin vermochte nicht einmal zu erkennen, um welche Art von Gewächs es sich handelte. Fast schien es ihm eine Distel zu sein, doch die Spitzen der zahlreichen schlanken Blätter waren nicht hart und stachelig, sondern bogen sich sanft nach außen. Sie hatten die Farbe von Salat, der zu lange in der Klosterküche gelegen hat, ein welkes, ungesundes Grünbraun, und Aelvin bezweifelte, dass dies nur an der Tönung des Glases lag.

»Du musst schwören, niemandem von ihr zu erzählen«, flüsterte Favola, als fürchtete sie, die Pflanze durch laute Worte zu stören.

Sollte er dieses Spiel mitspielen? Oder sagen, was er wirklich dachte? Nun, was blieb ihm schon übrig in Anbetracht ihrer Ehrfurcht vor diesem unansehnlichen Kraut?

»Wie hast du sie genannt?«, fragte er, um Zeit zu gewinnen. »Lumina?«

Sie nickte.

»Von einer solchen Pflanze habe ich noch nie gehört.«

»Lumina ist ihr Name, nicht ihre Art«, sagte sie. »Es gibt keine andere wie sie. Schon seit langer, langer Zeit nicht mehr.«

Ein seltenes Gewächs für den Kräutergarten des Erzbischofs? War das die Antwort? Kaum vorstellbar. Ein halb verwelktes Grünzeug war schwerlich Grund genug, Menschen zu töten, nicht einmal für einen so verworfenen Charakter wie Konrad von Hochstaden.

Mit einem Seufzer entschied er, offen zu sein. »Ich versteh das nicht. Du meinst allen Ernstes, die Männer des Erzbischofs verfolgen euch wegen dem hier? Einer Pflanze?«

»Sie ist nicht irgendeine Pflanze, sondern –«

»Die letzte ihrer Art. Das hab ich verstanden.«

Ihr Gesicht, eben noch vor Aufregung zart gerötet, wurde wieder blass und kränklich. Augenblicklich bedauerte er seine Grobheit. Gott, lernte er denn nie dazu? »Entschuldige, ich wollte nicht … also, dich beleidigen, meine ich. Oder sie.« Er deutete auf die Lumina.

»Ach nein?«, entgegnete sie düster. »Sie ist doch nur *eine Pflanze.*« Blitzschnell raffte sie den Mantel über das gläserne Gefäß und hob es auf. »Ich hätte sie dir nicht zeigen sollen. Albertus hatte Recht. Wir dürfen niemandem vertrauen.« Sie wandte sich ab und trat mit ihrem Schatz an die Treppe. »Niemandem vertrauen«, murmelte sie noch einmal.

Aelvin wusste für einen Moment nicht, was er sagen sollte. Was, um Himmels willen, hatte sie denn erwartet? Dass er vor Ehrfurcht erstarrte, wenn sie ihm die Pflanze zeigte?

Am besten, du verschwindest, durchfuhr es ihn. Dominikanerinnen, die mystisches Gemüse mit sich herumtragen und ihm – Gott bewahre! – *Namen geben*, sollte man meiden wie der Teufel die Heilige Jungfrau.

Aber hatte nicht der Herr selbst einst die Gestalt eines Dornbuschs angenommen? Und beteten die Mönche nicht jeden Tag zu einem Kreuz aus Holz, weil sie darin Gottes Werk erblickten?

Warum also sollte für Favola das Göttliche nicht in einer Pflanze wohnen?

Schlagartig erinnerte er sich an das Licht, das Libuse im Wald heraufbeschwor, an den Schein aus dem Inneren der alten Eiche. Sie war zweifellos mehr als ein gewöhnlicher Baum gewesen. Wie konnte er sich da anmaßen, Favolas Pflanze als simples Kraut abzutun, wenn sie selbst doch etwas anderes darin sah? Er schämte sich und kam sich vor wie ein dummer Junge.

Voreilig trat er hinter Favola und streckte eine Hand nach ihrer Schulter aus. »Bitte«, sagte er, »sei nicht wütend auf mich. Es tut mir Leid. Ich –«

Sie glitt unter seiner Hand hindurch, ehe er sie berühren konnte. »Fass mich nicht an!«

Gott, er –

»Versuch das nie wieder!« Ihre Stimme klang hoch, fast hysterisch. »Nie, nie wieder!«

»Schon gut«, stammelte er verdutzt und ließ die Hand sinken.

Ihr Atem raste, ihre Lider flatterten. Erst ganz allmählich bekam sie sich wieder unter Kontrolle. Sie schloss für einen Moment die Augen, und als sie sie wieder öffnete, war sie ruhiger.

»Verzeih«, sagte sie leise, wenngleich auch immer noch ein wenig atemlos. »Du kannst das alles nicht wissen. Ich war ungerecht. Ich bin … All diese Tage im Schnee, weißt du …

die Kälte … und das Schweigen des Magisters … Es tut mir wirklich Leid. Wie kann ich verlangen, dass du akzeptierst, wofür ich selbst so viele Jahre gebraucht habe.«

Sie überraschte ihn immer wieder aufs Neue. Jetzt durch ihr unverhofftes Entgegenkommen.

»Wir versuchen's noch mal, hm?«, fragte er vorsichtig. »Freunde zu sein, meine ich.«

»Ja … ja«, sagte sie, »Warum nicht.«

Unbeholfen fuchtelte er mit den Händen. »Ich komme auch nicht näher, wenn du nicht willst.«

Sie seufzte erneut und schüttelte sachte den Kopf. »Durch den Umhang besteht keine Gefahr.«

»Hast du … entschuldige, wenn ich das frage, aber hast du irgendeine … Krankheit?« Er fürchtete, sie damit erneut zu verletzen, doch zu seiner Erleichterung blieb sie vollkommen ruhig.

»Nichts Ansteckendes. Mach dir keine Sorgen.«

»Nur um dich.«

Da lächelte sie verhalten. »Die Lumina braucht Licht, deshalb bin ich hier heraufgekommen. Um diese Jahreszeit ist es überall so dunkel, aber hier oben ist es schön.«

Aelvin sah sich zum ersten Mal bewusst auf dem Glockenturm um. Plötzlich verstand er, was sie meinte. Hier war es in der Tat sehr viel heller als an den meisten anderen Plätzen der Abtei. Durch die offenen Seiten fiel von überallher Tageslicht herein, reflektiert vom Schnee, der sogar das Gebälk des Dachstuhls erhellte. Und die Aussicht über die Wälder war atemberaubend. Ihm war, als nähme er die Umgebung zum ersten Mal wahr, als wäre er all die Jahre vorher mit geschlossenen Augen durch diese großartige Landschaft gelaufen: das sanfte Auf und Ab der bewaldeten, tief verschneiten Hügel, darüber in allen Richtungen der endlose Himmel, Ehrfurcht gebietend sogar heute, da er winterweiß und verhangen war. Die sonst so bedrohliche Schlucht erschien ihm unbedeutend aus dieser Höhe. Das Aquädukt wirkte trotz seiner wagemutigen Bauweise kümmerlich vor diesem zerklüfteten Panorama.

Und winzig vor der weißen, wilden Weite war da noch die Silhouette der alten Rüstung an ihrem Pfahl, aufgepflanzt auf dem Hügel.

Favola folgte Aelvins Blick.

»Wer war er?«, fragte sie.

»Keiner weiß das so genau. Wir nennen ihn den Leeren Ritter Ranulf.«

Favola hob erstaunt eine Braue.

»Er war ein Raubritter auf der Flucht«, sagte Aelvin rasch, bevor sie sich über ihn lustig machen konnte. »Er hat sich wohl als Reisender ausgegeben und hier im Kloster Unterschlupf gefunden. Der Erzbischof selbst hat die Männer angeführt, die ihn verfolgten. Er hat den Abt beschuldigt, mit den Räubern unter einer Decke zu stecken, in Wahrheit aber wollte er ihn bestrafen, weil meine Brüder Handel mit dem Grafen von Jülich getrieben haben. Konrad wollte sie einschüchtern … Wie auch immer, das größte Unheil konnte abgewendet werden, jedenfalls für die Abtei. Konrad ließ den Raubritter bei lebendigem Leib auf einen Pfahl spießen, mit Ketten sichern und auf dem Hügel dort aufpflanzen. Und wehe dem, der es wagt, ihn herabzunehmen. Er muss dort oben bleiben, bis Wind und Wetter ein Einsehen haben. Aber er ist ein halsstarriger Kerl, unser Ritter Ranulf, und so wie es aussieht, wird er wohl noch am Jüngsten Tag dort oben hängen, eingerostet und quietschend.«

»Das ist eine scheußliche Geschichte.«

»Ich hab sie nicht erfunden. Es ist die Wahrheit.«

»Immer wieder Konrad, nicht wahr? Als wäre er für alles Übel in der Welt verantwortlich.«

»Er hat seinen Anteil daran, so viel steht fest.«

Favola nickte langsam. »Die Lumina darf ihm nicht in die

Hände fallen.« Sie schlug ihren Mantel zurück, hob den Glasschrein mit der wunderlichen Pflanze auf die Brüstung und presste ihn mit sanftem Druck tief in die Schneekuppe, damit er nicht abrutschen konnte.

Aelvin musterte das Gewächs durch das Glas hinter dem Gitter. »Warum erfriert sie nicht?«

»Sie ist die Lumina. Sie lebt länger als alle anderen Pflanzen.«

»Sie kann nicht verwelken?«

»O doch, gewiss. Sie hat schon ein paar Blätter verloren, seit wir aufgebrochen sind. Ich war nicht sicher, ob sie überhaupt so lange durchhält. Das wäre schrecklich – wenn sie stirbt, meine ich. Ich … ich kann ihren Schmerz spüren, weißt du? Sie und ich … wir kennen einander gut. Wir sind wie Schwestern. Deshalb braucht der Erzbischof nicht nur sie, sondern auch mich. Die Lumina allein würde vergehen ohne mich, innerhalb weniger Tage, vielleicht noch schneller.« Sie wandte den Kopf und blickte Aelvin mit großer Ernsthaftigkeit an. »Ich bin ihre Hüterin. Die Hüterin der Lumina.«

Und mit einem Mal glaubte er ihr. Ob es etwas in ihren großen schwarzen Augen war oder im Klang ihrer Stimme, vielleicht einfach nur ein Gefühl – er wusste es nicht. Aber er glaubte ihr. Alles, was sie sagte. Jedes einzelne Wort.

Er betrachtete wieder die Pflanze. Favolas behandschuhte Finger ruhten schützend auf dem Behälter. »Was genau ist sie wirklich?«, fragte er.

»Du bist mir noch einen Schwur schuldig. Dass du mit niemandem darüber sprichst.«

»Ich schwör's.«

»Bei allem, was dir heilig ist.«

»Bei Gott. Und bei meinen toten Eltern. Und so wahr ich Aelvin heiße.«

Favolas Mundwinkel verzogen sich zum Ansatz eines Lächelns, aber dann nickte sie zufrieden.

»Die Lumina«, sagte sie, »ist die einzige Überlebende des Garten Eden.«

~

Wenn Schnee fiel über den Wäldern, dann fiel er meist in dichten Vorhängen, die es unmöglich machten, weiter als einen Steinwurf zu blicken. Oftmals sah man kaum, was nur wenige Schritte vor einem lag. Und manchmal wurde buchstäblich die Hand vor Augen unsichtbar, verborgen hinter einem wirbelnden Flockenwall. Dann war es, als senke der Winterhimmel selbst sich auf die Erde herab, umhüllte sie mit seinem eisigen Atem und der absoluten, totengleichen Stille des Grabes.

Favola hatte kaum zu Ende gesprochen, als ein Windstoß neuen Schnee in ihre Gesichter trieb. Nur wenige Atemzüge später waren das Kloster und die Wälder, sogar die ganze Welt verschwunden.

Die Spitze des Glockenturms erhob sich einsam aus dem Nirgendwo, herausgerissen aus der Wirklichkeit in einen Mahlstrom aus Schnee und Eis und jammernden Winden.

»Du glaubst mir nicht«, stellte sie fest, als er nicht gleich eine Antwort gab. Und was hätte er auch sagen sollen?

»Ich ... doch.« Er stockte. »Ich glaube dir.« Aber tat er das wirklich? »Es ist nur –«

»Eigentlich kann man es nicht glauben, nicht wahr?« Sie lächelte traurig, was besser war als der stumme Vorwurf, mit dem sie ihn zuvor gestraft hatte. »Am Anfang wollte ich es selbst nicht wahrhaben. Bis sie mich ausgewählt hat. Aus all den Nonnen im Kloster hat sie mich erwählt.«

»Als Hüterin«, sagte er langsam.

»Ja. Als ihre Schwester. Und Beschützerin. Als ihre Stimme.«

Er betrachtete die Pflanze, so klein und schmächtig hinter dem dunklen Glas, er sah die kränkliche Form ihrer Blätter –

und dann wieder in Favolas Gesicht. Er fragte sich plötzlich, ob das Ausgezehrte in den Zügen des Mädchens vom Zustand der Lumina herrührte, und ob sich womöglich – aber war das nicht völlig undenkbar? – die Krankheit der Pflanze auf Favola übertrug.

Du glaubst es tatsächlich, wisperte es in ihm. Wie auch immer sie es angestellt hat – du vertraust ihr so sehr, dass dir solche Gedanken schon ganz von selbst kommen. Als wären sie das Selbstverständlichste der Welt.

Er massierte sich unbeholfen eine Schläfe. »Sagt *er* das? Albertus? Dass sie … dass sie aus dem Garten Eden stammt?«

Favola schüttelte den Kopf. Vereinzelte Schneeflocken glitzerten in ihrem struppigen schwarzen Haar. »Er weiß es. Aber er hat es mir nicht eingeredet, wenn du das meinst. Ich kannte die Lumina, lange bevor ich ihn kannte. Sie war das Geheimnis unseres Klosters. In unseren Mauern wurde sie seit vielen Jahrhunderten aufbewahrt – seit über tausend Jahren. Es hat immer Hüterinnen der Lumina gegeben, ich bin nur die letzte. Vor mir gab es viele andere. Sie alle mussten das Kloster niemals verlassen, weil die Lumina dort sicher war. Bis Konrads Männer kamen.« Sie senkte den Blick. »Ich habe versagt, fürchte ich.«

»Du?« Trotz all dieser unglaublichen Dinge spürte er den heftigen Drang, sie zu beschützen – was, wenn man es genau bedachte, beinahe noch unglaublicher war. »Wie hättest du sie gegen bewaffnete Krieger schützen können?«

Sie liebkoste den Glasbehälter jetzt wieder, und für einen Augenblick schien es Aelvin, als ginge ein Raunen durch die schmalen Blätter der Lumina wie ein unmerklicher Windhauch. Reckten sich die braunen Spitzen der Hand des Mädchens entgegen? Das war völlig unmöglich.

»Irgendwie«, sagte Favola unsicher. »Ich hätte sie irgendwie beschützen müssen.«

»Aber das hast du! Indem du sie fortgebracht hast.«

»Das wäre mir nicht gelungen ohne den Magister. Ohne seine Hilfe wären die Lumina und ich nun in der Hand von Konrads Schergen.«

Das Schneetreiben rund um den Glockenturm wurde noch heftiger. Der Klosterhof und die angrenzenden Gebäude waren vollends hinter milchweißen Wolken verschwunden, und Aelvin erschien die Szenerie mehr und mehr wie in ein Traum, ein befremdliches, Angst einflößendes Nichts, das sie abschnitt von allen Gesetzen der Vernunft.

Inmitten dieses Wirbelns und eisigen Tobens fiel es leicht, zu akzeptieren, was Favola ihm da eröffnete. Jede neue Ungeheuerlichkeit. Jedes Gespinst seiner Vorstellungskraft. Bilder entstanden in seinem Geist: Feuerschein auf blitzenden Schwertklingen; das Donnern von Hufen; zertrampelte, zerfetzte Körper; das Geschrei der Sterbenden; Reihen verhüllter Nonnen, die vor einem Altar knieten und Rosenkränze beteten, während eiserne Handschuhe gegen das Kirchenportal hämmerten; dann noch mehr Schreie, noch mehr Tote; Blut, das über weißes Ornat spritzt und über die Stufen des Altars; Blut, das sich mit dem Weihwasser im Taufbecken mischt.

»Favola!«

Die gestrenge Stimme riss Aelvin aus dem Nachtmahr, der sich vor seinem inneren Auge aufgetan hatte wie ein apokalyptisches Triptychon. Beide wirbelten herum zum Treppenaufgang.

»Bei Gott, Mädchen, was hast du getan!«

Vor der Öffnung im Boden erhob sich groß und Furcht einflößend die Gestalt des Magisters, noch gewaltiger unter seinem Mantel mit den zahllosen Fellflicken, die ihn seltsam wild und vorzeitlich erscheinen ließen. Nicht wie ein gelehrter Mann der Kirche stand er da, sondern wie eine archaische Erscheinung, dunkel und zornig, mit Händen, die sich wutentbrannt öffneten und schlossen und so gar nicht aussahen, als hätten sie sich je zu stillem Gebet gefaltet.

Einen Augenblick lang war Aelvin sicher, dass Albertus ihn packen und über die Brüstung in die Tiefe schleudern würde. Aelvin kannte sein Geheimnis. Er wusste um ein Mysterium, für das bereits Dutzende gestorben waren. Diese Erkenntnis durchfuhr ihn wie Blitz und Donner zugleich.

Favola raffte ihren Mantel über den gläsernen Schrein, hob die Lumina von der Mauerbrüstung und presste sie schützend an sich, so als fürchtete sie in diesem Moment nicht die Männer des Erzbischofs, sondern allein den Magister.

»Ich … sie hat nicht …«, stammelte Aelvin dumpf.

Favola senkte den Blick.

Albertus ballte die Fäuste und kam auf ihn zu.

Die Wärme des Erdlichts war noch immer in ihr, als Libuse zum Turm zurückkehrte. Nach wie vor war sie wütend, nicht weniger enttäuscht als vor Stunden, und doch durchdrungen von der Kraft der Bäume und der Erde, von der Gewissheit, dass sie Freunde hatte, Gefährten aus Holz und Erde und Wurzelwerk.

Nachtschatten blieb am Waldrand zurück. Er hatte sie wie immer behütet, dort draußen, über sie gewacht als ihr Schutzengel.

Das passt zu mir, dachte sie finster, dass der Engel, der mich beschützt, ein mannsgroßer Keiler ist, mit Schlamm und Schmutz beschmiert, mit Hauern wie Schwerter. Ein Wesen der Wälder.

Sie betrat die Halle und schlug die Tür so heftig hinter sich zu, dass draußen der Schnee von den Vorsprüngen des Holzturmes rutschte und die Stufen des Aufgangs halb unter sich begrub.

Das Feuer war fast heruntergebrannt. Ihr Vater war nirgends zu sehen. Albertus war längst fort, sie hatte seine gefrorenen Spuren im Schnee entdeckt. Es hatte wieder zu schneien begonnen, abrupt und mit einer Kraft, die Libuses ganze Wut widerspiegelte, doch die Spuren des Magisters waren nicht zu übersehen gewesen. Keine Spur war leichter zu finden und zu deuten als die von Menschen. Besonders die zorniger Menschen.

Und dass Albertus im Zorn gegangen war, daran gab es keinen Zweifel. Ebenso wie sie selbst. Was darauf hindeutete, dass Corax nicht minder wütend sein würde.

»Vater?«, rief sie in die Halle. Sie trat an die Feuerstelle und legte Holz nach. Bald würde sie neues aus dem Schuppen hereinholen müssen. Die leeren Metbecher standen neben den Stühlen. Keiner der beiden hatte noch etwas getrunken, nachdem Libuse davongestürmt war.

»Vater! Wo steckst du?«

Schritte polterten oben auf der Treppe. Sie hörte die Luke zuschlagen. Corax hatte sich auf die Zinnen des Turmes zurückgezogen und war nun wieder auf dem Weg nach unten.

»Vater, ich will mit dir reden«, sagte sie laut, halb in der Erwartung, als Antwort die Tür seiner Schlafkammer schlagen zu hören.

Die polternden Schritte kamen näher, wurden noch schneller. Er nahm immer zwei Stufen auf einmal.

»Dieser vermaledeite Pfaffe!«, brüllte er, als er um die Ecke kam. In der einen Hand hatte er sein Schwert, die leere Scheide in der anderen. »Dieser Dummkopf hat die Wahrheit gesagt.«

So?, dachte sie. Und?

»Sie kommen!« Corax stürmte kurzerhand an ihr vorüber, ohne ihr mehr als einen flüchtigen Blick zu schenken. »Die Reiter … der Bluthund des Erzbischofs … sie sind auf dem Weg hierher. Ich habe sie gesehen.«

Sie erwachte aus ihrer Erstarrung, verdrängte, was sie ihm hatte vorhalten wollen, und folgte ihm zur Tür. Als er sie aufriss, wehte ihnen eine Woge kalter Luft entgegen. Das Schneetreiben hatte zugenommen. Der Waldrand war kaum mehr auszumachen, ein vages dunkles Band, das sich wie ein Streifen Nacht durch das wirbelnde Grau zog. Es war früher Nachmittag, die Sonne stand irgendwo hoch über den Wolken, doch ihre Strahlen drangen nicht bis zur Erde herab.

Ebenso gut hätte es bereits dämmern mögen, so düster war es dort draußen.

»Du hast die jüngeren Augen«, sagte er und starrte verbissen in das wilde Schneegestöber. »Kannst du sie sehen?«

Sie schüttelte den Kopf. »Wie viele hast du von oben gezählt?«

»Mindestens sechs. Aber es könnten zehn sein. Oder noch mehr. Der verfluchte Schnee wurde mit einem Mal zu dicht.«

»Vielleicht hält sie das auf.«

Er schüttelte den Kopf. »Sie werden sich ein Dach wünschen, bei diesem Wetter. Und wie es aussieht, haben sie schon eines ausgemacht.« Er warf die Tür zu und hob den schweren Balken in die Aufhängungen. Feinde würden einen Rammbock benötigen, um ins Innere einzudringen.

»Glaubst du, sie wissen, dass Albertus hier war?«, fragte sie, während sie ihm half, die hölzernen Klappen an den Innenseiten der Schießscharten im Erdgeschoss zu schließen und zu verriegeln.

»Es steht zu befürchten. Und dann wird dieser Satan die richtigen Schlüsse ziehen.«

»Dieser Mann, Vater, wie ist sein Name?«

»Gabriel«, sagte er verächtlich. »Gabriel von Goldau.«

Er begann, sich die Scheide umzugürten, schleuderte sie dann jedoch ungeduldig beiseite und rammte das Schwert mit der Spitze in den Holzboden neben der Tür. Dann eilte er hastig zu seiner Jagdarmbrust, die nicht weit entfernt an der Wand lehnte. Hastig kurbelte er die Sehne zurück und legte einen Bolzen ein.

»Dein Bogen!«, rief er Libuse zu.

Sie lief hinauf in ihre Kammer und kam wenig später mit dem gefüllten Köcher und ihrem Bogen zurück. »Werden sie uns angreifen?«

»Gabriel wird verlangen, dass wir ihn einlassen. Ich fürchte, ein Nein wird er nicht akzeptieren.«

Vor der Tür ertönten Rufe. Das Schneetreiben schluckte das meiste, dennoch drang schwach die Stimme eines Mannes durch die Wand.

»He da!«

Libuse sprang zur Tür. »Ich werde ihnen sagen, ich sei allein zu Hause, und mein Vater habe mir verboten, Fremde zu bewirten.«

»Ein Mädchen ganz allein?«, entgegnete Corax bitter. »Das wird erst recht dafür sorgen, dass sie die Tür aufbrechen.« Er schüttelte mit Nachdruck den Kopf und wandte sich zur Treppe. »Komm mit!«

Bald darauf kletterten sie durch die Luke auf das Dach des Turmes. Eine unheimliche Stille lag über der Lichtung. Noch immer ließ sich der Waldrand nur erahnen.

Dann wurde die Ruhe erneut durchbrochen. »Ihr habt nichts zu befürchten«, rief der Anführer der Männer. »Nicht einmal du, Corax von Wildenburg.«

Corax murmelte etwas, einen Fluch vielleicht, doch Libuse verstand es nicht – als hätte er es in einer fremden Sprache gesagt. Er beugte sich über die hölzernen Zinnen, und sie tat es ihm gleich.

»Gabriel!«, brüllte Corax in die Tiefe. »Was willst du?«

Libuse konnte die Männer auf ihren Pferden kaum erkennen, sie waren nicht mehr als Schemen inmitten des Schnees. Acht Reiter zählte sie. Hier und da schimmerte Eisen.

Alle hoben den Kopf. Einer, der einen kräftigen Schimmel ritt, hob die Rechte zum Gruß. »Du hast also vernommen, dass wir in der Nähe sind. Macht es dir etwas aus, mir zu verraten, wer dir von uns erzählt hat?«

»Ihr wart schwerlich zu übersehen. Der ganze Wald ist in Aufruhr. Seit zwei Tagen künden die Vögel von Fremden in den Bergen.«

»Das mag wahr sein oder auch nicht.«

»Du erbittest Einkehr unter meinem Dach, Gabriel, und bezichtigst mich zugleich der Lüge?«

»Nichts dergleichen. Lass uns die Vergangenheit begraben und uns wie zwei gebildete Männer unterhalten, Corax.«

»Die Vergangenheit begraben«, murmelte Corax in seinen grauen Bart. »Dass ich nicht lache!«

»Ich könnte zwei von ihnen erwischen, bevor sie etwas unternehmen können«, flüsterte Libuse. Schon lag ein Pfeil auf der Sehne ihres Bogens. Ein leises Knarren ertönte, als sie die Waffe spannte.

»Nicht.« Corax hob beschwichtigend die Hand. »Er würde mit hundert Männern wiederkommen. Nicht heute, nicht morgen. Aber er käme, irgendwann.«

»Dann könnten wir fort sein.«

»Ich würde niemals ...« Er brach ab, als er begriff, was Libuse gemeint hatte. »Vergiss, was Albertus gesagt hat. Er wird ohne uns gehen müssen.«

Und was ist mit Mutter?, lag ihr auf der Zunge. Doch vorerst ließ sie es ungesagt. Im Augenblick gab es Wichtigeres.

Sie ließ die Bogensehne langsam locker, senkte die Waffe aber nur um einen Fingerbreit.

»Corax?«, brüllte Gabriel durch die Vorhänge aus Schnee. »Meine Männer erfrieren hier draußen.«

»Es sind deine Männer, nicht meine. Keiner von ihnen wird mein Haus betreten.«

Der Reiter auf dem Schimmel wandte sich zu seinen Begleitern um und redete mit ihnen. Gleich darauf wendeten sie ihre Pferde und lenkten sie zurück zum Waldrand. Innerhalb weniger Atemzüge waren sie mit dem Schnee und dem Grau der vorderen Baumreihen verschmolzen.

Libuse atmete auf. Die gesichtslosen Umrisse der Männer auf ihren kräftigen Rössern hatten ihr mehr Angst eingejagt, als sie sich eingestehen wollte. Sie wirkten wie Schatten, die stumm ihrem Meister folgten. Libuse konnte ein Schaudern nicht unterdrücken, als sie daran dachte, was diese Männer in dem Nonnenkloster angerichtet hatten.

»Ich bin jetzt allein, Corax«, rief Gabriel. Obwohl er so laut brüllen musste, wirkte seine Stimme nicht unangenehm. »Du hast mein Wort, dass meine Männer den Wald nicht verlassen werden, solange wir reden. Lass mich ein, mehr verlange ich nicht.«

Corax zögerte mit einer Antwort.

Libuse sah ihn von der Seite an. »Du willst dich doch nicht darauf einlassen, oder?«

»Ansonsten wird er uns früher oder später seine Mörderbande auf den Hals hetzen.«

»Mit denen werden wir fertig«, entgegnete sie hartnäckig.

Ein bitteres Lächeln huschte über seine gefurchten Züge. »Du hast mehr von mir gelernt, als ich dachte. Auch, wie man Worte wie Waffen schwingt.«

»Sie sind nur Soldaten«, widersprach sie hastig. »Wir könnten –«

»Wenn sie Gabriel folgen, sind sie mehr als das. Sie sind sein Rudel. Und sie sind gefährlicher, als du es dir ausmalen kannst.«

Wieder ertönte die Stimme des Anführers. »Corax, verflucht … Es ist *kalt*!«

Corax schnitt Libuses Widerrede mit einer Geste ab, beugte sich über die Zinnen und rief: »Einverstanden, Gabriel. Wir reden. Nur wir beide.«

Der einsame Reiter am Fuß des Turmes gab keine Antwort. Metall und Leder knirschten, als er sich aus dem Sattel schwang, sein Pferd stehen ließ und die verschneiten Stufen zur Tür heraufstieg.

Corax schritt ohne große Eile die Treppe hinunter, so als wäge er noch einmal alle Möglichkeiten ab. Libuse wollte ihm folgen, doch er wies sie an, in ihrer Kammer zu warten. »Versprich mir, dass du hier bleibst, bis ich dir Bescheid gebe.«

»Aber das kann ich dir nicht versprechen.«

Er sah sie ernst an, dann schüttelte er nur den Kopf und lief die restlichen Stufen hinunter. Libuse blieb auf der Schwelle ihrer Kammer stehen und lauschte.

Unten wurde der Riegel entfernt, dann schwang krächzend die Tür auf. Stiefel polterten, als sich der Besucher den Schnee abtrat. Sie hörte die Stimmen der beiden Männer, doch Libuse war zu weit entfernt, um die Worte zu verstehen. Dann schlug die Tür wieder zu, Corax legte den Balken vor.

Sie war unsicher, was sie tun sollte. Hier oben abwarten kam nicht infrage, um nichts in der Welt. Aber einfach hinunterzugehen, gegen den ausdrücklichen Willen ihres Vaters, schien ebenfalls falsch zu sein.

Sie wandte sich zu den Masken um, die ihr von Wänden und Balken ihrer Kammer entgegenstarrten. »Sagt ihr es mir«, flüsterte Libuse. »Was soll ich tun?«

Jedes einzelne der Gesichter trug einen Namen, fremdartige Wortgebilde, die die Wälder Libuse eingegeben hatten. Meist waren sie ihr unverhofft in den Sinn gekommen, während sie die Bestandteile einzelner Masken aufgesammelt oder zusammengesetzt hatte. Nie gab es mehrere Namen zur Auswahl, immer war ihr der eine, richtige eingefallen und hatte keinen zweiten neben sich geduldet.

Doch eine Antwort auf ihre Frage gaben sie ihr heute nicht.

Libuse streifte ihre Stiefel ab und schlich barfuß die Stufen zur nächsten Etage hinab. Die Türen zu den beiden Kammern ihres Vaters waren angelehnt, aus einer blies ihr ein kalter Luftzug entgegen. Sie strich ihr Haar zurück, zögerte kurz, dann huschte sie weiter nach unten. Sie wusste genau, bis zu welcher Stufe sie gehen durfte, um von der Halle aus unentdeckt zu bleiben. Dort verharrte sie und lauschte.

»... nicht mehr im Dienste des Erzbischofs«, hörte sie Gabriel sagen. »Zum guten Schluss ist es mir genauso ergangen wie dir.«

Corax knurrte verächtlich. »Für mich hatten sich die Dinge geändert, als ich aus dem Heiligen Land zurückkam.«

»Es heißt, du seiest damals sehr viel weiter gekommen als nur bis ins Heilige Land.«

»Die Leute reden viel.«

»Ja, vielleicht.«

Noch immer fand Libuse die Stimme des fremden Ritters unverhofft warm und freundlich. Sie hatte Drohungen erwartet, heimtückische Versuche, ihren Vater einzuschüchtern. Stattdessen klang es, als plauderten die Männer über alte Zeiten.

»Ich möchte dir danken, dass du mich eingelassen hast. Wir waren zuletzt keine Freunde, Corax. Gerade deshalb weiß ich deine Hilfe zu schätzen.«

»Hilfe? Ich kann dir keine Hilfe geben.«

Libuse ließ sich lautlos auf der nächsthöheren Stufe nieder. Sie hätte gerne einen Blick auf den Besucher geworfen, sie wollte sein Gesicht sehen. Was für eine Art Mensch war er? Durch das Schneetreiben hatte sie nicht einmal erkennen könne, ob er groß war oder klein, breitschultrig oder hager. Aber der Name Gabriel in Verbindung mit dieser Stimme machte es beinahe unmöglich, sich ein unangenehmes, gar hässliches Äußeres vorzustellen.

»Albertus von Lauingen ist hier gewesen, nicht wahr?« Die Worte des Fremden waren eine Feststellung, keine Frage.

»Was sollte er hier wollen?«

»Hatte er das Mädchen dabei?«

»Was für ein Mädchen?«

»Eine Novizin. Klein, mager, mit kurzem schwarzem Haar.«

»Ich habe keine Novizin gesehen, Gabriel.«

So ging es eine Weile hin und her, bis der Besucher für eine Weile in Schweigen verfiel. Dann sagte er: »Dein Turm wird brennen, Corax. Und du mit ihm. Deine Tochter werde ich meinen Männern vorwerfen und danach meinen Hunden.«

All das sprach er im selben freundlichen Tonfall, ohne laut zu werden oder schärfer zu klingen. Seine Stimme schmeichelte auch jetzt noch dem Ohr, ganz gleich, was er sagte. Libuse hielt verwirrt die Luft an.

Holz schepperte, plötzlich polterten Schritte. Einen Atemzug lang herrschte Stille, dann hieb Stahl auf Stahl, mit hellem Klirren, das durch alle Winkel des Turmes vibrierte. Libuse federte mit einem zornigen Schrei auf die Beine, rannte die letzten Stufen hinunter und sprang in die Halle.

Ihr Vater und der Mann standen sich breitbeinig gegenüber. Beide hielten ihre Schwerter in Händen. Gabriel presste seine Linke auf den rechten Oberarm; Blut rann zwischen seinen Fingern hervor, wo Corax' Schwert ihm eine Schnittwunde zugefügt hatte. Sie konnte nicht tief sein, nicht einmal besonders schmerzhaft, denn bald ließ er die Verletzung unbeachtet und ging sogleich zum Angriff über.

Noch immer wandte er Libuse den Rücken zu. Blondes Haar fiel ihm lang über die Schultern und glänzte im Schein des Kaminfeuers so golden wie der Faden, mit dem der Stoff seines weinroten Umhangs abgesetzt war. Er war nur wenig kleiner als Corax und trug im Gegensatz zu ihm einen eisernen Harnisch.

Erneut prallten die Klingen aufeinander. Corax fing die Hiebe seines Gegners ab und schleuderte den Mann zurück, doch was im ersten Moment wie eine Schwäche Gabriels erschien, erwies sich gleich darauf als Finte. Noch im Rückzug machte er einen Satz zur Seite, tauchte unter einem zweiten Schlag des alten Kämpen hinweg und stieß in einer schlangengleichen Bewegung die Klinge nach vorn.

Hätte Corax einen Schritt zu viel gemacht, hätte er sich selbst auf dem Schwert seines Gegners aufgespießt. So aber wurde nur sein Lederwams geritzt. Schon sprang er zurück, prellte Gabriels Klinge mit zwei schnellen Schlägen beiseite und packte mit der Linken dessen Schwertarm.

Einen Augenblick lang standen die beiden Männer dicht beieinander. Libuse sah Gabriel noch immer nur von hinten. Ihr Herz hämmerte in einem stolpernden Stakkato, als sie begann, die Kämpfenden in einem weiten Bogen zu umrunden, rückwärts an der Wand entlang. Keiner der beiden hatte sie bislang bemerkt, ihre Blicke waren ineinander verbissen wie schnappende Raubtiere.

»Du kommst hierher, nach all den Jahren«, presste Corax eisig hervor, »und du wagst es, mein Kind und mein Haus zu bedrohen? *Das* wagst du, Gabriel von Goldau?«

Sein Feind stieß das Knie vor, verfehlte sein Ziel, brachte Corax aber für einen Herzschlag aus dem Gleichgewicht. Der Griff des Älteren um Gabriels Arm gab nach, gerade lange genug, dass es diesem gelang, sich zu befreien. Mit einem Keuchen setzte der Scherge des Erzbischofs zurück, Corax hinterher, und wieder schlug Eisen auf Eisen. Funken irrlichterten durch die Halle, gefolgt von einem Schweif aus Licht, als sich die Flammen des Kamins auf den wirbelnden Schwertern spiegelten.

Von Kind an hatte Corax Libuse in der Kunst des Schwertkampfs unterwiesen, mit Holzknüppeln, draußen auf der Lichtung, doch sie hatte stets dem Bogen den Vorzug gegeben. Nun aber, da sie ihren Vater seit langem wieder kämpfen sah – das letzte Mal lag Jahre zurück, und seine Gegner waren ein paar abgehalfterte Räuber gewesen –, erkannte sie auf Anhieb jede seiner Techniken. Im Gegensatz zu Gabriel, der grob zu Werke ging – keineswegs ungeschickt, ganz im Gegenteil, und doch immer auf pure Körperkraft ausgerichtet, eine Abfolge berechenbarer Hiebe und Blockaden –, pflegte Corax einen Kampfstil, den er sich während seiner Jahre in der Fremde angeeignet hatte.

Die Attacke des doppelten Anlaufs.

Den Angreifer zurückweichen lassen und scheinbar nachsetzen, innehalten, den Gegner unachtsam werden lassen und dann umso heftiger zuschlagen.

Der Hieb des überfließenden Wassers.

Die Kraft für den einen, vernichtenden Schlag aufsparen und dann ganz plötzlich und mit aller Macht nach vorn ausbrechen.

Der Schwert gewordene Leib.

Die Waffe des Feindes beiseite prellen, dann jedoch nicht mit der Klinge, sondern mit dem ganzen Körper nachrücken, den anderen aus dem Gleichgewicht bringen und anschließend wieder mit dem Schwert bedrängen.

Der Feuersteinfunkenhieb.

Die Klingen verbissen aufeinander pressen und kraftvoll zuschlagen, ohne die eigene Waffe auch nur um Haaresbreite zurückzuziehen und von der des Feindes zu lösen.

Ihr Vater hatte Libuse Dutzende solcher Kunstgriffe gezeigt, aber sie beherrschte nur die allerwenigsten zu seiner Zufriedenheit. Wofür, hatte sie stets gedacht, brauchte sie in den Wäldern das Schwert, wenn es niemanden gab, mit dem es zu kämpfen galt?

So plump einige von Gabriels Gegenangriffen wirkten, so wirkungsvoll waren sie doch auf Dauer. Corax' Stil gründete auf Eleganz und Schnelligkeit, beides Eigenschaften, für die er allmählich zu alt wurde. Gabriel hingegen vertraute allein auf die Wucht seiner Schläge und die Flinkheit seiner Arme. Und dies, das wurde bald deutlich, ließ ihn mehr und mehr die Oberhand gewinnen.

Zum ersten Mal sah Libuse nun sein Gesicht. Erst nur sein linkes Profil, und sie war erstaunt, wie jung er wirkte. Seine Züge waren sehr schmal, sein Gesicht womöglich eine Spur zu lang, um schön zu sein. Der Rücken seiner Nase war beinahe so scharf wie sein Schwert, doch das machten seine Augen wett, die in hellem, fast weißlichem Blau erstrahlten, dunkel eingefasst von den Rändern der Iris und, darüber, die geschwungenen, nahezu schwarzen Brauen.

Als er sich bewegte, sah sie, dass seine rechte Gesichtshälfte gezeichnet war von einem dunkelroten Feuermal, das sich wie eine Wasserpflanze mit lang gestreckten Tentakeln an seine Wange klammerte. Schaudernd dachte Libuse, dass in seinem Antlitz Engel und Teufel miteinander rangen.

Sie war drauf und dran, sich von hinten auf den Fremden zu stürzen, mit dem Schürhaken für den Kamin oder was auch immer sie zu packen bekäme. Doch Corax erkannte ihre Absicht und schüttelte kaum merklich den Kopf in ihre Richtung.

Tu es nicht.

Aber sie dachte nicht daran, mit anzusehen, wie er dem Fremden unterlag. Mit wenigen Sätzen hastete sie hinüber zu dem Holzblock, wo sie und ihr Vater die Jagdbeute zerteilten oder Brotfladen formten. Sie packte ein langes Messer, grob geschmiedet und nicht für den Kampf gemacht, und wirbelte herum.

Gabriel musste sie lange zuvor bemerkt haben, doch jetzt sah er sie zum ersten Mal offen an. Er deutete eine galante Verbeugung an, ehe Corax' nächste Attacke seine ganze Aufmerksamkeit erforderte. Mal hierhin, mal dorthin neigte sich das Glück der beiden Kämpfer, und doch glaubte Libuse wieder Gabriel im Vorteil zu sehen.

Sie zögerte nicht länger. Eilig setzte sie sich in Bewegung, folgte den Runden der beiden Männer und versuchte, sich stets im Rücken des Fremden zu halten. Kein einziges Mal blickte er über die Schulter oder gab anderweitig zu erkennen, dass er ihr Beachtung schenkte. Doch sie ahnte, dass er jederzeit wusste, wo sie sich befand, ebenso wie ihr Vater es an seiner Stelle gewusst hätte. Gabriel mochte jünger sein als Corax – ums vierzigste Jahr schätzte sie, aber ihr fehlte der Vergleich, um sicher zu sein –, doch seine Erfahrung im Kampf war eindrucksvoll. Er würde nicht den Fehler begehen, einen zweiten Gegner mit einem Messer zu unterschätzen, nur weil es sich dabei um ein Mädchen handelte.

Sie beobachtete ihn, während er schlug und parierte, registrierte die Abfolgen wiederkehrender Bewegungen oder Abweichungen, wenn Corax ihm allzu sehr zusetzte. Gabriel machte es ihr nicht leicht. Keiner seiner Hiebe kam auf die gleiche Weise, stets fügte er eine winzige Finte, eine kleine List hinzu. Er war nicht berechenbar, und beinahe schien es ihr, als genieße er den Kampf.

Unvermittelt fragte sie sich, was derweil wohl seine Männer taten, draußen im Schnee? *Rudel* hatte ihr Vater sie genannt, und sie wusste nicht, warum. Nur eine Redensart? Eine Beleidigung? Oder etwas anderes?

Sie holte tief Luft, wartete noch einen Augenblick länger – und stieß sich ab.

Die Luft in der Halle wurde so zäh wie Harz. Vor Libuses Augen verlangsamten sich die Bewegungen aller, auch ihre eigenen, und sie sah, wie Gabriel ihren Vater mit einem machtvollen Hieb zurückschleuderte, den Schlag in einer Drehung seines gesamten Körpers auslaufen ließ und nun mit einem Mal *ihr* gegenüberstand. Er lächelte so breit, dass sein rechter Mundwinkel die Fangarme des Feuermals berührte.

Engel und Teufel, durchfuhr es sie erneut.

Hinter ihm versuchte Corax sich zu fangen, stieß gegen einen Schemel und war für mehrere Augenblicke abgelenkt.

Und Gabriel stieß vor.

Libuse hatte ihren Sprung in seine Richtung noch nicht beendet – warum war er so verflucht schnell? –, da kam er ihr schon entgegen, prellte das Messer mit dem Schwert aus ihrer Hand und packte sie mit der Linken an der Kehle. Sie stieß einen Fluch aus, der zu einem Gurgeln geriet, dann riss er sie herum wie eine Puppe, presste ihren Rücken an seine Brust und setzte ihr die Spitze seines Schwerts unters Kinn.

Es kann nicht sein!, schoss es ihr durch den Kopf. So leicht darf es nicht sein, mich auszutricksen!

»Lass das«, sagte Gabriel sanft, als Corax einen Moment

lang abzuwägen schien, ob er Libuse unversehrt aus der Hand seines Feindes befreien könnte. »Es wäre dumm und deiner nicht würdig.«

Corax sah sie nicht an. Sein Blick war finster auf Gabriel gerichtet. War er so zornig auf sie? Zu Recht, gewiss. Sie gab sich alle Mühe, keine Furcht zu zeigen. Aber sie wurde fast wahnsinnig vor Wut auf sich selbst. Wie hatte sie so dumm sein können? Gleich beim ersten Angriff war sie ins offene Messer gelaufen. Er hatte sie herankommen lassen, hatte wahrscheinlich nur darauf gewartet, dass sie sich derart unbeholfen anstellte. Und sie war allzu bereitwillig darauf hereingefallen. Tränen stiegen ihr in die Augen, nicht aus Angst, sondern vor Enttäuschung und Selbstvorwürfen.

»Und dann fiel ein Lindenblatt auf seine Schulter und blieb haften«, sagte Gabriel mit lieblicher Stimme. Libuse verstand kein Wort. Corax aber schien die Anspielung zu verstehen. Die Furchen auf seiner Stirn wurden noch tiefer.

»Lass sie gehen, Gabriel.«

»Damit du weiter mit dem Schwert auf mich einprügeln kannst, alter Mann? Warum sollte ich das tun?«

Corax legte seine Waffe langsam am Boden ab. »Der Kampf ist zu Ende. Lass sie gehen.«

»Alles, um was ich dich gebeten habe, war eine schlichte Antwort«, sagte Gabriel, ohne die Klinge von Libuses Hals zu senken. »Aber selbst die hast du mir verwehrt. Und da soll ich dir entgegenkommen?«

Libuse konnte die Schwertspitze an ihrer Haut fühlen, ein federleichtes Kitzeln, das rasch zu etwas anderem werden konnte, wenn der Stahl erst ihren Unterkiefer durchstieß und ihre Zunge an den Gaumen nagelte.

»Was willst du wirklich?« Trotz des Zorns in seinen Augen stand Corax da wie zu Stein erstarrt.

»Um was ich dich gebeten habe, nichts sonst. Antworten. War Albertus hier? Und was wollte er?«

Libuse hielt den Atem an, während ihr Vater noch zögerte.

»Ja«, sagte er nach einem Augenblick, »er ist hier gewesen.«

»Wann?«

»Heute Morgen, eine Stunde nach Sonnenaufgang.«

Libuse spürte, wie Gabriel hinter ihr nickte. »Vielleicht wird deine Tochter leben, alter Mann. Mach weiter so. Was hat er von dir gewollt?«

»Über alte Zeiten reden.«

Gabriels Hand schloss sich fester um Libuses Kehle. Sie würgte, trat mit dem Fuß nach hinten, verfehlte aber sein Bein. »Nein«, sagte er unbeeindruckt. »Ich denke, er hat etwas anderes gewollt. Womöglich deine Hilfe?«

»Wenn du es besser weißt, warum lässt du Libuse dann nicht laufen? Mein Wort darauf, dass ich nicht mit dir kämpfen werde.«

»Du hast mich heute schon mehrfach belogen, Corax, und ich werde dir keine Gelegenheit geben, es noch ein weiteres Mal zu versuchen.« Gabriels Griff lockerte sich ein wenig. Unvermittelt bekam Libuse wieder Luft.

»Hat er dich gebeten, etwas für ihn zu verstecken?«, fragte er. »Hier im Turm vielleicht?«

»Nein! Und das ist, bei Gott, die Wahrheit.«

»Ein Mann, der die Ritterwürde abgelegt hat, sollte nicht beim Namen unseres Herrn schwören.«

»Glaubst du das wirklich, Gabriel? Dass du im Auftrag des Herrn handelst? Oder ist dein Herr in Wahrheit nicht ein anderer, jener, den du eben erst verleugnet hast?«

»Albertus hat dir also erzählt, dass ich noch immer in den Diensten des Erzbischofs stehe … Hmm, das ist nicht gut.«

Libuse rang verzweifelt nach Luft, weil sie fürchtete, er würde sie abermals würgen. Doch seine Hand blieb ruhig, die Schwertspitze unbewegt.

Corax' Miene regte sich nicht. »Er hat erzählt, dass du ihn verfolgst. Du und deine Männer.«

»Und hat er beiläufig den Grund genannt?«

»Er sprach von einem Mädchen.«

»Dann hat er sicher ein Kloster erwähnt, nicht wahr? Rede, Mann, bevor ich die Geduld mit diesem kleinen Biest verliere!«

»Teufel noch mal – lass die Spielchen, Gabriel. Ich kenne dich. Du hast eine Menge von mir gelernt, aber nicht genug, um lebend hier herauszukommen, wenn du dem Kind ein Haar krümmst.«

Gabriel stieß scharf den Atem aus. Libuse spürte ihn an ihrem Ohr, und er war kalt wie ein Windstoß im Winter. »Konrad hat mich damals nicht umsonst zu deinem Nachfolger ernannt. Er hat Vertrauen in meine Fähigkeiten. Das solltest du auch.«

Libuse sah den Raum und ihren Vater wie durch einen Schleier. Schweiß rann ihr in die Augen, und ihre Zähne waren so fest aufeinander gebissen, dass es schmerzte. Sie hatte gewusst, dass ihr Vater in Konrads Diensten gestanden hatte. Aber dass er einst die Männer des Erzbischofs *angeführt* hatte, das war ihr neu.

»Was hat er über das Kloster erzählt?«, fragte Gabriel noch einmal. »Und über das Mädchen? Ist sie auch hier gewesen?«

»Nein. Ich kenne sie nicht, und das ist die Wahrheit.«

»Möglicherweise. Was hat er noch gesagt?«

»Dass das Mädchen etwas bei sich trägt. Aber er hat nicht verraten, was es ist.«

»Sagte er, wohin er sie bringen will?«

Libuse suchte den Blick ihres Vaters jetzt mit solcher Intensität, dass er gar nicht anders konnte, als sie anzusehen. In seinen Augen las sie, dass er lügen würde, und beinahe war ihr, als bäte er sie um Erlaubnis dafür.

Sie blinzelte und hoffte, dass er es verstand.

»Nach Köln«, sagte Corax. »Er will sie nach Köln bringen.«

Libuse schloss die Augen. Ihr ganzes Fühlen konzentrierte sich auf die Schwertspitze und die Hand an ihrem Hals.

»Köln?«, fragte Gabriel ungläubig. »Ist das alles, was dir einfällt? Das ist absurd.«

»Es ist wahr.«

»Albertus *fürchtet* den Erzbischof von Köln. Er wäre nicht so dumm – «

»Die Stadt ist Albertus' Zuhause«, unterbrach ihn Corax. »Er besitzt die Gunst der Bürgerschaft. Und es gibt dort weiß Gott genügend Winkel, um ein junges Mädchen zu verstecken – vor allem dann, wenn der Erzbischof niemals auf die Idee käme, sie ausgerechnet vor seiner eigenen Tür zu suchen.«

Er glaubt es nicht, dachte Libuse. Er nimmt es ihm nicht ab.

»Unsinn«, presste Gabriel hervor, doch noch immer machte er keine Anstalten, seine Drohung in die Tat umzusetzen. Er dachte nach.

»Albertus hat mich gebeten, ihn nach Köln zu begleiten«, fuhr Corax fort, nun noch eindringlicher, als er sah, dass seine Worte die erhoffte Wirkung erzielten. »Er hat gehofft, ich käme mit, weil ich Konrad kenne – und seine Schergen. Verdammt, Gabriel, ich weiß, wie ihr vorgeht, weil ich die meisten von euch ausgebildet habe. Er dachte, mit meiner Hilfe könnte er euch immer einen Schritt voraus sein.« Er hob die Schultern, als gäbe es nichts mehr zu sagen. »Ich habe abgelehnt. Das ist alles. Ich habe mich schon vor langer Zeit für ein Leben hier draußen entschieden, und kein Prediger der Welt wird mich dazu bringen, das aufzugeben.«

Libuse wusste, dass es ihrem Vater mit diesen Worten ernst war. Albertus' Reise nach Köln mochte eine Lüge sein, doch das, was er über das Leben im Wald sagte, kam aus tiefster Überzeugung.

Vermutlich fiel Gabriel deshalb darauf herein. »Nun gut«,

sagte er. »Vielleicht ist das wirklich die Wahrheit. Zuzutrauen wäre es diesem alten Narren allemal. Obwohl du Unrecht hast: Alle Häuser der Dominikaner in Köln stehen unter Beobachtung. Albertus würde nie dort ankommen.«

»Ihr könnt nicht jedem Dominikaner, der in die Stadt hineinwill, die Kapuze vom Kopf ziehen.«

»Wir könnten noch ganz andere Dinge tun«, entgegnete Gabriel böse.

»Lass Libuse gehen. Ich habe dir alles gesagt, was ich weiß.«

Gabriel rührte sich nicht. Die Hand an ihrer Kehle war unnachgiebig wie aus Stein. »Heb das Schwert an der Spitze vom Boden und wirf es ins Feuer.« Corax gehorchte. Die Klinge verschwand inmitten der Flammen. »Und nun nimm das Seil dort drüben, setzt dich auf den Stuhl, zieh deine Stiefel aus und fessle deine Füße an die Stuhlbeine. Langsam, damit ich den Knoten sehen kann.«

Libuse fing einen Blick ihres Vaters auf, als er zu dem Seil hinüberging, das in weiten Schlaufen an einem Nagel in der Wand hing. Er nahm es herunter, ging zu einem der Stühle am Esstisch, drehte ihn so, dass er sich mit Blickrichtung auf Gabriel und Libuse darauf setzen konnte und begann seine Unterschenkel kurz über den Knöcheln an die Stuhlbeine zu binden.

»Fester anziehen!«, befahl Gabriel.

Corax zurrte die Schlaufen und Knoten so eng zusammen, dass sie tief in die Haut einschnitten. Dann sah er Gabriel finster an.

»Gut«, sagte dieser.

»Gib sie frei!«

Libuse spürte, wie das Schwert sich senkte. Der Griff um ihren Hals wurde noch einen Augenblick länger aufrecht gehalten, dann ließ Gabriel locker.

Das war der Moment, auf den sie gewartet hatte.

»Nein!«, brüllte ihr Vater.

Sie wirbelte herum, tauchte zugleich unter Gabriels Hand hinweg – und schlug ihm mit aller Kraft ins Gesicht. Sie traf das Feuermal und erwartete halbwegs, dass es weich und schwammig sein würde. Tatsächlich aber stieß sie auf seinen harten Wangenknochen. Es war, als hätte sie auf Fels geschlagen; plötzlich fühlte es sich an, als wäre jeder Finger ihrer Hand gebrochen.

Der Hieb überraschte Gabriel. Libuses Faust sandte ihn nicht zu Boden, verletzte ihn nicht einmal. Doch für wenige Herzschläge geriet er so aus der Fassung, dass er stutzte, bevor er versuchte, das Schwert hochzureißen. Da aber schlug Libuse so heftig gegen Gabriels verwundeten Arm, dass ihm das Schwert aus der Hand fiel und zu Boden schepperte.

»Libuse!«, rief ihr Vater erneut, doch sie achtete nicht darauf. Stattdessen rammte sie ihr Knie so tief zwischen Gabriels Beine, dass der Schwung sie mit ihm zu Boden warf, auf ihn drauf, und sie fluchte über ihr Missgeschick und triumphierte zugleich, weil sie sein schmerzverzerrtes Gesicht aus nächster Nähe sah.

Ohne nachzudenken riss sie den Mund auf und biss mit aller Kraft in sein Gesicht, direkt in das dunkle Feuermal.

Sein Schrei musste durch die Wände, den Schnee, bis zum Waldrand zu hören sein. Etwas traf Libuse wie ein Hammer, dann verlor sie jedes Empfinden für oben und unten, hatte das Gefühl, zu fliegen – und krachte mit der Hüfte gegen die große Truhe, drei Schritt entfernt von der Stelle, an der sie und Gabriel zu Boden gegangen waren.

Alles drehte sich in ihrem Kopf. Stimmen brüllten durcheinander. Etwas rammte von außen gegen die Wand, die Tür, vielleicht auch nur gegen ihren Kopf oder etwas, das sich darin befand. Hände schienen ihren Verstand zu packen und auszuwringen wie ein nasses Tuch, und der Schmerz in ihrem ganzen Körper ließ sie aufschreien. Ihr Mund war voller Blut, nicht das ihre, sondern aus dem aufgeplatzten Mal: Gabriels Blut. Sie spuckte es aus, zweimal, dreimal, dann floss Licht von allen Seiten in ihr Blickfeld, und sie konnte wieder sehen und die Laute in ihrem Schädel auseinander halten.

Die Stimme, die am lautesten brüllte, gehörte ihrem Vater. Er rief ihren Namen, dann den Gabriels. Und, bei Gott, ja, er flehte.

Flehte um *ihr* Leben.

»Kleine Hure!«, fauchte Gabriel ganz nah an ihrem Gesicht. Er stand über sie gebeugt, hielt sich mit der Linken noch immer den Unterleib. Sein Gesicht war blutverschmiert, der Umriss des Feuermals kaum auszumachen; es sah aus, als hätte sich der scheußliche Fleck über seine ganzen Züge ausgebreitet.

In der rechten Hand lag sein Schwert, und die Spitze zeigte auf Libuses Brust. Wenn er jetzt nach vorne fiel, geschwächt wie er war, dann würde er sie aufspießen. Worauf es vermutlich ohnehin hinauslief.

»Verreck doch, du Schwein!«, spie sie ihm mit seinem eigenen Blut entgegen.

Das Schwert wurde zurückgezogen – wieder sah sie alles so langsam, als geschähe es unter Wasser –, und dann traf sie ein Fußtritt, der ihren Bauch schier explodieren ließ. Ein brüllender Schmerz schien sie zu zerreißen, ihr wurde schwarz vor Augen, und womöglich wurde sie für einen Augenblick bewusstlos.

Es war ein langer Augenblick. Als sie die Lider wieder hob, sah sie als Erstes ihren Vater mit herabhängendem Kopf auf dem Stuhl sitzen, jetzt auch am Oberkörper gefesselt. Aus einem Mundwinkel tropfte roter Speichel auf seine Brust. Aber er bewegte sich wie im Schlaf und stöhnte leise. Er lebte.

Sie selbst lag auf dem Boden unweit des Kamins, mit dem Kopf zum Feuer, genau zwischen den beiden Stühlen, auf denen heute Morgen Albertus und ihr Vater gesessen hatten.

Ihre Beine waren weit gespreizt und an den Knöcheln gefesselt, mit Stricken, die zu schweren Nägeln führten, die Gabriel in den Holzboden geschlagen hatte. Auch ihre Arme waren abgewinkelt und irgendwo festgebunden. Sie konnte sich aufbäumen, auch wenn es wehtat, aber sie kam nicht los, so sehr sie auch zog und zerrte.

Die nahen Flammen verströmten Wärme. Als sie an sich hinabblickte, sah sie, dass sie nackt war – was da im Kamin brannte, waren die Fetzen ihrer Kleidung. Ihren Bauch verunzierte eine dunkle Prellung, groß wie ein Kindskopf und rotblau angelaufen. Sie wunderte sich benommen, dass sie nichts davon spürte, bis der Schmerz sie ganz unvermittelt überfiel, und dann war es, als wühlte eine Hand in ihren Eingeweiden.

Draußen vor der Tür waren scharrende Schritte zu hören. Knirschendes Eisen. Pferdegewieher.

Gabriel ließ seine Männer nicht ein, ehe er nicht alles vorbereitet hatte. Keine Blöße, kein Zeichen von Schwäche. Wenn er die Tür öffnete, würde er Sieger sein.

Sie entdeckte ihn neben dem Eingang, eine Hand auf dem schweren Riegel, und er lächelte verzerrt zu ihr herüber, halb Cherub, halb Dämon. Das Blut hatte er notdürftig abgewischt, aber noch immer klebten Reste wie dunkle Spinnennester in seinem langen, blonden Haar.

»Du bist wach«, sagte er. »Gut.«

Das war alles. Sonst nur sein Lächeln.

Corax stöhnte wieder. Er stemmte sich gegen die Seile, hob aber nicht den Kopf. Die Bewegung war ein Reflex, wie Schritte eines Schlafwandlers. Er war noch nicht gänzlich zu sich gekommen, und Libuse betete, dass es so bliebe. Er sollte das hier nicht mit ansehen.

Angst erstickte ihr Denken, Scham und Übelkeit stiegen in ihr auf. Sie wusste, was geschehen würde. Sie lebte einsam hier draußen im Wald, sah nur selten andere Menschen, aber sie wusste es. Ihr Vater hatte sie gewarnt, dass manchmal Männer durch die Wälder zögen, die versuchen würden, ihren Körper zu besitzen, und sei es mit Gewalt.

Ich kann dich nicht immer beschützen, hatte er gesagt.

Sie hatte gelächelt und abgewinkt. Er war immer für sie da, sie konnte sich an keinen Tag ohne ihn erinnern. Und dann war da ja auch noch sie selbst. Sollten die Männer es nur versuchen, hatte sie gedacht. Sollen sie kommen und sich blutige Köpfe holen.

Nun waren sie da. Und niemand schützte Libuse vor ihnen, nicht einmal Nachtschatten. Gabriels Blut klebte noch immer an ihren Zähnen, aber auch das machte ihr keine Hoffnung.

Corax murmelte etwas. Riss den Kopf hoch und die Augen auf.

Das Feuermal schwamm auf Gabriels Gesicht wie eine blutrote Alge.

»Nein«, flüsterte Corax.

Nackte Angst verschleierte Libuses Blick. Sie dachte verzweifelt an das Erdlicht, versuchte sich vorzustellen, wie es sie mit seinen lindernden Strahlen berührte und umfing.

»Nein!«, schrie ihr Vater und warf sich gegen seine Fesseln. Der Stuhl kippte um, fiel auf die Seite, und Corax schlug mit dem Kopf auf, aber er schrie weiter, schrie, als könnte er damit die Zeit anhalten und all das hier ungeschehen machen.

Die Wärme des Erdlichts. Sie stieg aus dem Holzfußboden rund um Libuse, doch sie war die Einzige, die es sah und spürte.

Da bist du ja, dachte sie wie im Traum.

Gabriel hob den Riegel und ließ ihn polternd zu Boden fallen. Die Tür flog auf. Aus dem Schneegestöber hetzte das Rudel herein, schüttelte nasses Fell, witterte die Beute.

Libuse begriff jetzt, was Corax gemeint hatte.

Gabriels Rudel. Seine Wölfe.

Schwarzer Pelz, struppig und stinkend. Gesträubtes Fell auf dunklem Stoff. Helmklappen, spitz wie Schnauzen. Stählerne Krallen statt Hände.

Corax' Schreie erfüllten die Halle.

Libuse trieb im Licht und träumte.

»Du lässt mir keine andere Wahl«, sagte Albertus.

Der Blick, mit dem er Aelvin bedachte, war von der Sorte, die glühende Punkte hinter die Lider brennt, wenn man die Augen schließt, so als hätte man zu lange in die Sonne geschaut. Aber es war eine kalte, bedrohliche Glut, und sie ging Aelvin durch Mark und Bein.

Er schwieg und wartete ab. Was hätte er auch sagen sollen? Um Verzeihung bitten? Niemals. Er hatte nichts Unrechtes getan. Nur zugehört. Ein paar Fragen gestellt. Sonst nichts.

Und eine Novizin im Schlaf berührt. Gegen das Verbot des Abts verstoßen. Ihn und Albertus bei Nacht belauscht. Sich unerlaubt in den Wäldern herumgetrieben. Nun, zumindest Letzteres war eine vollkommen andere Sache.

Was keinen Unterschied machte, denn Albertus würde ihm so oder so den Kopf abreißen.

Der Magister hatte Favola fortgeschickt. Sie war stillschweigend im Inneren des Glockenturms verschwunden. Ihre Schritte waren so leicht, dass man sie nicht auf der Treppe hörte. Aelvin hatte nicht gewagt, ihr nachzublicken, denn er wusste, dass Albertus jede seiner Bewegungen registrierte. Und jede einzelne schien ihm zum Verhängnis werden zu können.

»Was meint Ihr mit keine Wahl, ehrwürdiger Magister?«, fragte er tonlos.

»Du hast eine Strafe verdient.«

Aelvin spürte die Worte kommen, und ehe er sie aufhalten konnte, waren sie schon heraus: »So wie damals, Herr?«, fragte er zornentbrannt. »Als Ihr froh wart, mich loszuwerden, damit Ihr Euch wieder Euren Studien widmen konntet, statt Euch um die Erziehung der Novizen zu kümmern, wie es recht gewesen wäre?«

Albertus nahm den Blick nicht von ihm, aber nun, ganz langsam, erschien eine neue Regung in seinem Gesicht. Etwas, womit Aelvin nicht gerechnet hatte – und vielleicht nicht einmal Albertus selbst.

Der Magister lächelte. Nicht lange, und nicht besonders humorvoll. Aber er lächelte.

»Das sind mutige Worte, mein Junge.«

»Es ist die Wahrheit!« Schlimmer konnte es nicht mehr werden. Es war aus mit ihm, ganz gleich, was er sagte. Also konnte er ebenso gut alles herauslassen, was seit Albertus' Ankunft in ihm kochte.

»Du denkst, ich hätte dich damals ungerecht behandelt und zu schnell abgeurteilt, weil ich mich lieber mit meinen Schriften beschäftigen wollte. Ist das so?«

Ein Schlucken, ein Durchatmen. Dann neue Wut. »Allerdings, Herr.«

»So, so«, sagte Albertus gedehnt. »Nun, dann bist du sicher auch der Meinung, dass deine Bestrafung von damals ausreicht für eine weitere Schandtat. Die von heute, zum Beispiel. Richtig?«

»So habe ich das nicht gesagt, Herr. Wenn Ihr der Meinung seid, ich hätte Strafe verdient, dann –«

»Ja, ja, ja.« Albertus winkte ab. »Verdient hast du eine Tracht Prügel, das ist wohl wahr, und eine Rüge vom Abt könnte auch nicht schaden. Obwohl du davon wahrscheinlich schon mehr als genug gesammelt hast, sodass eine mehr oder weniger aus dir keinen besseren Mönch macht. Ich fürchte fast, es ist zu spät, um dich zu ändern.«

»Tut, was Ihr für richtig haltet.« Aelvin versuchte, kühl zu klingen. »Aber tut es rasch.«

Der Magister hob eine Braue und stieß ein unwilliges Brummen aus. Dann machte er »Hmm«, als müsse er über das Strafmaß nachgrübeln.

»Du wirst mit uns gehen«, sagte er.

Aelvin stockte. »Mitgehen, Herr?«

Albertus machte einen blitzschnellen Schritt. Hinter ihm trieb der Wind Schneeflocken unter das Dach des Glockenturms, sodass es aussah, als trete der Magister aus einem Tunnel wirbelnder Eiskristalle auf Aelvin zu.

»Frag nicht!« Der Zorn des Dominikaners traf ihn mit aller Wucht, und Aelvins eigene Wut verpuffte. Er widerstand gerade noch dem Reflex, sich unter dem Blick des Älteren zu ducken. »Hier bleiben kannst du nicht, so viel steht fest«, donnerte Albertus so eindringlich, als steigere er seine Stimme gerade dem Höhepunkt einer Predigt entgegen. »Du weißt zu viel. Und selbst ein Nichtsnutz wie du mag noch zu irgendetwas zu gebrauchen sein.«

»Aber ich kann nicht von hier fortgehen!«

»Warum nicht?«

»Der ... der Abt wird es nicht erlauben.« Dabei war es dem Abt doch vermutlich herzlich egal, ob er das Kloster verließ oder nicht. Vielleicht würde er gar froh sein, einen Unruhestifter wie ihn endlich los zu sein.

»Der Abt wird tun, um was ich ihn bitte.« Albertus sah ihn so herausfordernd an, als wüsste er auf jeden möglichen Einwand eine Antwort.

»Ich verstehe das nicht, Herr«, sagte Aelvin und trat von einem Fuß auf den anderen. »Ihr mögt mich nicht. Ich habe Euch widersprochen. Und ich ... ich bin nur irgendein Novize.«

»So ist es. Ein unbedeutender Tropf bist du, sonst nichts.«

»Warum also soll ich Euch begleiten? Wenn es nur das ist,

was ich über die Lumina … diese Pflanze weiß, so versichere ich Euch, dass ich –«

Albertus brachte ihn mit einer Handbewegung zum Schweigen. »Nicht in tausend Jahren würde ich dir glauben, dass du deinen Mund halten kannst, Aelvin Plappermaul! Aber ganz abgesehen davon hast du Recht. Du bist aufmüpfig, hast nichts als Flausen im Kopf, und der Klügsten einer bist du wohl auch nicht.«

Aelvin nickte, weil er nun angstvoll an die Männer dachte, die Favolas Kloster verwüstet hatten. »Richtig. Ich wäre nur eine Last für Euch auf Eurer wichtigen Reise. Und wenn diese Söldner, die Euch verfolgen –«

Albertus' Stirn legte sich in noch tiefere Falten. »Söldner? Wer hat dir gesagt, dass sie Söldner sind? Favola weiß nichts darüber und sie –« Er verstummte, als sich dunkles Begreifen über seine Züge breitete. »Du Unglücksjunge hast gelauscht! Das Gespräch zwischen dem Abt und mir … Du hast es gewagt, uns zu belauschen!«

Aelvin schloss ergeben die Augen. Alles vorbei!, dachte er. Er wird mich windelweich prügeln. Der Abt wird mich aus dem Kloster werfen. Und dann werde ich den Männern des Erzbischofs in die Arme laufen und vermutlich dort unten neben dem Leeren Ritter Ranulf enden, auf einem Stecken wie eine Vogelscheuche.

»Du bist wahrhaftig noch verderbter, als ich angenommen hatte!« Albertus beugte sich weiter vor, bis Aelvin seinen Atem im Gesicht spürte. Aelvin wollte sterben, auf der Stelle. »Verderbt, neugierig, ohne jeden Respekt vor anderen Menschen und dem Allmächtigen selbst! Ein Ungeziefer, das man sich vom Mantel schlägt und am Boden zertritt! Eine Ratte, die selbst den Kloaken der Städte Schande bereiten würde! Ein Wurm! Eine Zecke im Pelz der Christenheit! Eine schäbige Laus ohne Verstand und Anstand und ohne jeden Hauch von Würde!« Albertus' Stimme musste selbst durch das Schneetreiben im ganzen Kloster zu hören sein.

Bitte, lieber Gott, dachte Aelvin mit zusammengekniffenen Augen, erschlag mich einfach mit einem Blitz, jetzt und auf der Stelle.

Dann herrschte Ruhe.

Ein wenig zu lange.

Aelvin blinzelte. Öffnete erst ein Auge, dann das andere.

Albertus stand nicht mehr vor ihm. Der Magister lehnte mit beiden Händen auf der Ummauerung des Glockenturms und wandte ihm den Rücken zu.

»Herr?«, fragte Aelvin kleinlaut.

Albertus gab keine Antwort. Starrte nur stumm hinaus in den Schnee, in die Richtung des Haupttors und darüber hinweg.

»Herr?«

»Gütiger Himmel«, flüsterte Albertus, doch seine Worte gingen beinahe unter im Fauchen der Winterwinde.

Aelvin war auf der Stelle neben ihm, und so standen sie da, Seite an Seite, umspielt von Wind und Schnee und eiskalter Furcht.

»Gott erbarme sich unser«, flüsterte Albertus.

Kein Laut drang aus der Tiefe zu ihnen empor, und doch war vage etwas Dunkles draußen vor dem Tor zu erkennen, eine Masse von wogendem Grau.

Ein Tross von Reitern, der sich dem Kloster näherte.

~

»Schnell! Schnell! Schnell!«

Aelvin lief die Treppe des Glockenturms nicht hinunter, er stürzte regelrecht. Er hörte den Magister hinter sich, ihm dicht auf den Fersen.

»Noch schneller!«

»Aelvin! Was –« Favola, die unten am Turm auf sie gewartet hatte, bedrückt und in unheilschwangerer Erwartung der Strafen, die Albertus über Aelvin verhängen mochte, verstummte, als sie sah, dass der Magister direkt hinter ihm war.

»Herr, ich bitte Euch!«, rief sie hastig. »Es besteht doch kein Grund, diesen Jungen –« Abermals verstummte sie, als ihr klar wurde, dass Aelvin keineswegs auf der Flucht vor dem zürnenden Magister war.

»Favola, rasch!«, rief Albertus und packte sie am Arm. »Hast du die Lumina?«

Sie nickte verstört. »Ich hab mich nicht vom Fuß des Turmes fortbewegt, seit…« Jähes Begreifen schien ihre ohnedies blasse Haut in Eis zu verwandeln. »Sie kommen, nicht wahr? Sie sind unterwegs hierher.«

»Sie sind schon da«, presste Aelvin zwischen pfeifenden Atemstößen hervor. »Vor dem Tor.«

Als alle drei sich der Klosterpforte zuwandten, erkannten sie, dass sie nicht die Ersten waren, die auf die Fremden aufmerksam geworden waren. Hinter dem geschlossenen Doppeltor hatte sich ein kleiner Pulk von Mönchen zusammengefunden. Der Abt war unter ihnen; Bruder Marius; Bruder Severin, der Hospitarius; außerdem einige der anderen, auch ein paar Novizen. Aelvin entdeckte Odo neben dem Abt, atemlos und mit dem Rücken zum Tor. Offenbar war er einer von denen gewesen, die die mächtigen Torflügel im letzten Augenblick zugeworfen hatten.

Aelvin drehte sich zu Albertus um. »Was haben sie getan?«, entfuhr es ihm. »In Frankreich, meine ich. In Favolas Kloster. Wie sind sie dort hineingekommen?«

Albertus beachtete ihn nicht, sondern eilte sogleich zum Abt. Favola hingegen blieb bei ihm stehen, zog den Luminaschrein hervor und packte ihn hastig in den Rucksack, den sie flach gepresst unter ihrem Mantel getragen hatte.

»Sie kamen nachts«, flüsterte sie, während sie das Bündel

wieder aufschnallte. »Keiner hörte sie kommen. Das Tor war verschlossen, aber sie haben es in Brand gesteckt und gewartet, bis sie einfach hindurchreiten konnten.« Ihre Stimme klang wie betäubt, ihr Blick war leer und in die Vergangenheit gerichtet. Ihre Unterlippe zitterte. »Meine Schwestern ... sie alle wollten nicht fortgehen. Keine ist geflohen. Nur der Magister und ich ... Ich wollte nicht, aber er hat mich einfach mitgezerrt, durch eine kleine Tür in den Gärten ... Und dann sind wir gelaufen, während die Männer –«

Aelvin ergriff ihre Hand und konnte doch selbst nicht fassen, was er da tat. »Psst«, machte er beruhigend. »Ist gut. Das wird hier nicht passieren.«

Albertus hatte den Abt mittlerweile erreicht und redete erregt auf ihn ein. Odo hatte einen Moment lang zugehört, dann kam er mit schweren Schritten herübergerannt zu Aelvin und Favola. Sein Blick ruhte für einen Moment auf dem Mädchen, ehe er sich an Aelvin wandte.

»Was, im Namen –«

»Wir müssen sie von hier fortbringen«, stieß Aelvin aus, noch ehe er tatsächlich darüber nachgedacht hatte. »Favola muss raus aus dem Kloster und ... ich weiß nicht, am besten in die Wälder. Wir müssen sie in Sicherheit bringen.«

»Was sind das für Männer?«

»Söldner des Erzbischofs.«

Odo wurde blass. Zu gut kannte er die Geschichte vom Leeren Ritter Ranulf, hatte sie selbst oft genug den Jüngsten unter den Novizen erzählt und mit allerlei Blut und Grausamkeit ausgeschmückt. »Was wollen sie? Keiner hier hat irgendetwas getan. Ich meine, warum ... warum piss ich mir fast ans Bein vor Angst?«

Die Vorstellung, dass Odo – der riesenhafte, bärenstarke Odo – solche unergründliche Furcht empfand, sorgte keineswegs dafür, dass Aelvin sich besser fühlte.

Albertus und der Abt schienen nun in einen Streit verstrickt, dem die übrigen Mönche aufmerksam lauschten. Immer noch kamen weitere dazu, aus dem Refektorium und anderen angrenzenden Gebäuden, mit gerafften Kutten, um im tiefen Schnee und vor lauter Aufregung nicht zu stürzen.

Aelvin warf Favola einen Seitenblick zu. Sie war starr vor Grauen, und er konnte förmlich zuschauen, wie sich ihre Erinnerung an die jüngste Vergangenheit wie eine Schablone über die Gegenwart legte: Sie sah das Kloster brennen, die Mönche niedergemetzelt, sich selbst und Albertus in der Gewalt ihrer Feinde.

»Keine Sorge«, sagte Aelvin und wunderte sich über sich selbst. »Wir bringen dich in Sicherheit.«

»Ach ja?«, schnaufte Odo.

»Libuses Turm im Wald!« Aelvin verlieh seiner Stimme alle Entschlossenheit, die er unter diesen Umständen zustande brachte. »Wir bringen sie dorthin. Libuses Vater ist ein Ritter … oder war mal einer. Er wird schon mit diesen Kerlen fertig werden.«

Odo sah aus, als hätte er tausend Einwände, doch bevor er noch einen davon vorbringen konnte, berührte Favola Aelvin am Arm. »Würdet ihr das tun? Nicht für mich … für die Lumina!«

»Wofür?«, fragte Odo.

Aelvin nickte ihr entschieden zu. »Alles wird gut, ganz sicher.« Ein letzter Blick zum Magister, dann deutete er zur gegenüberliegenden Seite des Klosters, auf den kleinen Durchgang zwischen den Gästestallungen und einem Holzhaus mit Vorräten.

»Dort entlang!«

»Aber Albertus …«, begann Favola, doch für Zweifel war jetzt keine Zeit.

»Er schafft's schon allein«, sagte Aelvin. »Und wenn er so klug und weise ist, wie alle behaupten, wird er wissen, wohin wir gegangen sind.«

Er wollte loslaufen, aber Odo hielt ihn an der Schulter zurück. »Der Weg um die Schlucht herum und zum Waldrand führt an den Männern da draußen vorbei.«

»Nicht *jeder* Weg«, sagte Aelvin kopfschüttelnd.

Odo starrte ihn an. »Du hast den Verstand verloren!«

Aelvin streifte die Hand seines besten Freundes ab, aber er hielt seinem fassungslosen Blick ungerührt stand. »Sie werden Favola töten, Odo. Ganz gleich, was diese Kerle behaupten werden … am Ende werden sie sie töten. Du hast doch selbst gehört, was in dem anderen Kloster geschehen ist.«

Odo blieb unentschlossen. Er zögerte, blickte zu den streitenden Mönchen am Tor, dann wieder zu Favola. Bei ihrem Anblick schmolz sein Widerwillen dahin. »Nun, wir könnten es versuchen.«

Zu dritt liefen sie los. Aelvin sah ein letztes Mal über die Schulter, und im selben Moment blickte der Magister zu ihm herüber, öffnete den Mund, um ihm etwas zuzurufen – als von außen jemand gegen das Tor des Klosters hämmerte, so kraftvoll, dass nicht einmal die Vorhänge aus Schnee die hohlen Laute dämpften.

»Mönche!«, rief eine herrische Stimme. »Öffnet das Tor!«

Der Rest ging im tumultartigen Schnattern der Zisterzienser unter, und nicht einmal der Abt und Albertus konnten die erregten Brüder zur Ruhe bringen.

Aelvin wandte sich wieder nach vorn und rannte noch schneller. Hinter Odo und Favola gelangte er zum Durchgang zwischen den Häusern und hetzte durch den wadenhohen, unberührten Schnee.

Augenblicke später erreichten sie den schmalen Weg, der zwischen der Rückseite der Gebäude und der hohen Mauer der Klosteranlage entlangführte, einen engen Schlauch, an dieser Stelle gerade breit genug für zwei Menschen nebeneinander.

»Da drüben, die Bretter!« Aelvin stieß Favola an und deutete an der graubraunen Mauer entlang nach Südwesten. Etwa zwanzig Schritt entfernt lehnten mehrere eingeschneite Holzlatten. Odo erreichte sie als Erster, kippte sie achtlos beiseite und zeigte auf eine Reihe von Kerben im Gestein dahinter, die vom Boden aus gerade nach oben verliefen.

Favola wandte sich mit fragendem Blick zu Aelvin um.

Er grinste knapp. »Das waren Odo und ich. So eine Art Geheimweg über die Mauer, wenn mal einer von uns … einen Spaziergang im Wald unternehmen wollte.«

Odo deutete auf Aelvins Brust. »Er war's. Er hat da draußen –«

Aelvin schnitt ihm das Wort ab, indem er an ihm vorbeidrängte und als Erster einen Fuß in die untere Kerbe setzte. »Kaum Eis. Immerhin.« Er zog sich behände nach oben, bis er über den Mauerrand spähen konnte. Die Wand war gut zwei Mannslängen hoch, grob gemauert, und schloss oben mit einer geraden Kante ab. Es gab keine Zinnen, hinter denen man sich verbergen konnte. Falls von der anderen Seite zufällig jemand heraufschaute, musste er Aelvin unweigerlich entdecken.

Doch sie waren zu weit vom Tor entfernt, um von dort aus sichtbar zu sein. Die Mauer machte ein Stück weiter östlich eine scharfe Biegung, die sie vor allen Blicken aus dieser Richtung schützte. Im Süden fiel die Felswand kurz hinter der Klostermauer steil in die Tiefe ab. Die Schlucht gähnte bedrohlich im Schneetreiben, und die andere Seite war nicht zu erkennen. Die alte römische Wasserleitung führte auf ihren maroden Säulen geradewegs in das Herz des Schneesturms und schien sich darin aufzulösen.

Aelvin schaute sich noch einmal um. Falls die Männer des Erzbischofs ausgeschwärmt waren, dann nicht auf dieser Seite der Abtei, denn eine Flucht in Richtung der Schlucht würde jedem, der sich nicht auskannte, sinnlos erscheinen.

»Niemand zu sehen«, flüsterte er über die Schulter nach unten, dann stemmte er sich ächzend hinauf, zog beide Beine nach und versuchte, sich auf der Kante zu drehen, um mit den Füßen die Kletterkerben in der Außenseite zu erreichen.

Vom Tor, verborgen hinter den schneebedeckten Dächern, ertönte wildes Gebrüll, vom Wind zu unverständlichen Silben zerrissen.

Aelvin schloss die Augen. Sie hatten nur wenig Zeit. Schließlich ließ er sich einfach fallen und landete weich in den mannshohen Schneewehen, die der Wind über Wochen hinweg an der Mauer aufgehäuft hatte.

Augenblicke später folgte ihm Favola, die Lumina fest in dem Bündel auf ihrem Rücken verschnürt. Zuletzt sprang Odo in die Tiefe, rappelte sich stöhnend auf und klopfte sich den Schnee vom Hinterteil. Ein strafender Blick von Aelvin machte ihm bewusst, dass dies weder der Ort noch der Zeitpunkt für Eitelkeit war.

»Ihr wollt hinunter in die Schlucht?«, fragte Favola zweifelnd. Im Schneetreiben war es schwer, ihren Gesichtsausdruck zu deuten.

»Nicht *in* die Schlucht«, sagte Aelvin. »Über sie hinweg.« Und er deutete hinüber zum römischen Aquädukt.

»Irrsinn«, knurrte Odo. »Völliger Irrsinn.«

»Es ist der schnellste Weg auf die andere Seite«, erklärte Aelvin beharrlich. »Wenn die Reiter uns zu Corax' Turm folgen wollen, müssen sie um die Schlucht herumreiten. Dabei verlieren sie mindestens zwei Stunden.«

»Eine«, verbesserte ihn Odo.

»Nicht bei diesem Wetter.«

»Trotzdem, die –«

Favola unterbrach sie, indem sie wortlos voran durch den Schnee stapfte. Die beiden Jungen wechselten einen Blick und folgten ihr. Kaum hatten sie die Wehe am Fuß der Mauer hinter sich gelassen, kamen sie schneller voran.

Es waren keine zehn Schritt mehr bis zur Felskante und dem offenen Ende der Wasserleitung, als hinter ihnen ein dumpfes Geräusch ertönte. Panisch wirbelte Aelvin herum, aber es waren nicht die Männer des Erzbischofs, die ihnen auf den Fersen waren.

Es war Albertus. Er saß inmitten der Schneewehe, um sich ausgebreitet den Mantel aus Fellflicken wie Schwingen einer abgestürzten Fledermaus. Stöhnend stemmte er sich auf die Beine.

Aelvin wartete mit klopfendem Herzen, bis der Magister sie eingeholt hatte. Er rüstete sich für eine Ohrfeige oder einen kräftigen Tritt, wie der Abt sie häufig verteilte; doch Albertus musterte ihn nur stirnrunzelnd, sah dann zu Favola und Odo hinüber, schließlich zur Schlucht.

»Wir müssen auf die andere Seite«, stellte er finster fest.

»Als wüssten wir das nicht selbst«, knurrte Odo trotzig.

»Wir bringen Favola zu einem Turm im Wald«, sagte Aelvin zu Albertus. »Dort lebt ein Ritter mit seiner Tochter. Vielleicht gewährt er uns –«

»Corax«, sagte Albertus leise.

»Ihr kennt ihn?«

»In der Tat.« Der Magister ließ Aelvin stehen und lief auf die dunkle Höhlung des Aquädukts zu. Früher einmal hatte die Wasserleitung ohne Unterbrechung aus den Eifelbergen bis nach Köln gereicht, um die Bewohner mit frischem Quellwasser zu versorgen. Heute aber war sie längst in zahllose Teilstücke zerbrochen, von denen nur wenige erhalten geblieben waren; die Bauern der einsamen Gehöfte hatten die Steine abgetragen und daraus Häuser und Ställe errichtet. Auch im Kloster waren Teile verbaut worden, und so klaffte das Ende offen wie eine abgeschnittene Röhre. Das dunkle Loch war bis zur Mitte von einer lockeren Schneewehe verschüttet.

»Wir müssen darüber laufen«, sagte Aelvin. »Wie über eine Brücke.«

Albertus begutachtete das morsche, sandbraune Mauerwerk. »Wird sie uns alle tragen können?«

»Nein«, sagte Odo überzeugt.

»Wir wissen es nicht«, gab Aelvin zu.

Favola, die wohl mehr um die Lumina fürchtete als um ihr eigenes Leben, lief an den dreien vorbei und erreichte als Erste das Ende des Aquädukts. Sie erklomm die Wehe und kehrte mit dem Arm Schnee von der Oberseite des Mauerwerks. Als sie sich zu den drei Mönchen umschaute, lag Verzweiflung in ihrem Blick.

»Die Steine sind viel zu dick vereist! Wir werden abrutschen, wenn wir auch nur einen Schritt darauf machen.«

Aelvin blickte zurück zur Klostermauer. Irgendwo dahinter waren die Reiter des Erzbischofs. Dieselben Männer, die ohne Skrupel einige Dutzend Nonnen hingeschlachtet hatten. Hier draußen an der Felskante wären sie ihnen ausgeliefert.

Sie mussten sich beeilen.

»Klettern wir hindurch«, beschloss er und stapfte zu Favola die Wehe empor. »Dann ist es eben keine Brücke, sondern ein Tunnel.«

»*Was?*«, entfuhr es Odo entsetzt. »Das ist nicht dein Ernst!«

Aelvin fuhr herum. »Sie töten uns, wenn sie uns fangen! Und es wird gleich so weit sein, wenn wir noch lange hier rumstehen und Maulaffen feilhalten.«

»Wir könnten immer noch zurück ins Kloster und –«

Albertus schüttelte den Kopf. »Der Abt wird ihnen das Tor öffnen. Ich konnte ihn nicht davon abhalten. Er hat gesagt, ihr seid mit allergrößter Wahrscheinlichkeit über die Mauer geklettert und nun irgendwo hier draußen. Ich bin euren Spuren gefolgt.«

Odo bekam große Augen. »Der Abt *kennt* den Weg über die Mauer?«

Aelvin war ebenso überrascht wie sein Freund, aber im Gegensatz zu Odo sah er ein, dass sie dringlichere Sorgen hatten als die Schläue eines Abtes, den sie womöglich jahrelang unterschätzt hatten.

»Wenn er sie ins Kloster lässt und wir sind nicht da, dann werden sie den Mönchen vielleicht nichts tun«, sagte Favola hoffnungsvoll.

Albertus nickte. »Möglicherweise. Köln ist zu nah, das weiß auch Gabriel. Und Konrad kann nicht daran gelegen sein, im Grenzgebiet zu seinem Erzfeind in Jülich für allzu großen Aufruhr zu sorgen.«

»Wer ist Gabriel?«, fragte Aelvin und scharrte mit dem Fuß den Schnee vor der Öffnung beiseite.

»Gabriel von Goldau. Ihr Anführer.«

Das Loch war jetzt groß genug. Vom Tor her ertönten Rufe. Noch hatte der Abt die Männer nicht eingelassen. Das verschaffte ihnen mehr Zeit. Es sei denn, dieser Gabriel ließ seine Reiter ausschwärmen. Womöglich aber glaubte er tatsächlich, Albertus und Favola in der Zisterzienserabtei in die Enge getrieben zu haben.

»Ich … ich geh voran«, sagte Aelvin, nachdem er einen letzten Blick auf Favola geworfen hatte. Angst stand in ihren Augen, um ihn, um die Lumina, um sie alle.

»Nein, lass mich gehen«, sagte sie und drängte sich an ihm vorüber.

»Aber du kennst den Weg nicht«, widersprach Aelvin recht hilflos.

Sie blickte an der schnurgeraden Wasserleitung entlang, die etwa zwanzig Schritt vor ihnen im Schneetreiben verschwamm. Noch immer war die andere Seite der Kluft nicht zu sehen. »Da sind nur zwei Wege«, sagte sie tonlos. »Einer führt geradeaus – «

Sie sahen einander an.

»Zu spät!«, zischte Albertus.

Sie alle folgten seinem Blick zur Kehre der Mauer. Ein düsterer Umriss war erschienen, noch immer in Bewegung und seltsam unwirklich hinter dem wirbelnden Flockenfall. Reiter und Ross verschmolzen als graue Silhouette zu einem einzigen Wesen, klobig, vierbeinig, ein Fabelwesen wie aus den blasphemischen Illuminationen verbotener Codices.

»Liebe Güte! Liebe Güte!«, jammerte Odo und begann leise zu beten.

Aelvin fuhr herum und wollte durch die Öffnung ins Innere des Aquädukts schlüpfen, doch Favola kam ihm zuvor. Erstaunlich flink glitt sie in das finstere Loch, aus dem ihnen das Klagen säuselnder Luftströme entgegenhallte.

»Favola!«

Aber sie war schon verschwunden. Albertus machte scheuchende Handbewegungen in Aelvins Richtung. »Los, hinterher!«

Aelvin zögerte nicht länger. Auf allen vieren kroch er in den engen Schacht. Das Innere der einstigen Wasserleitung war etwa anderthalb Schritt hoch und in seinem oberen Teil einen Schritt breit. Nach unten hin aber verengte es sich zu einer schmalen Rinne, in der man nur mit Mühe beide Füße nebeneinander setzen konnte.

»Weiter, weiter«, hörte er Albertus draußen rufen, und nun glaubte er auch das dumpfe Dröhnen galoppierender Hufe im Schnee zu hören. »Junge, beim Herrn und den himmlischen Heerscharen – nun kriech schon hinein!« Odo stand immer noch da und betete.

»Odo!«, brüllte Aelvin. »Komm endlich!«

Aber Odo rührte sich nicht. Aelvin erwartete, dass Albertus ihn mit Gewalt in die Röhre stoßen würde, doch stattdessen verdunkelte nun der Magister selbst den hellen Eingang und kletterte als Dritter hinein.

Aelvin blieb stehen. »Was ist mit Odo?«

»Ich kann Favola nicht allein lassen!«, sagte Albertus keuchend, während er sich in die Enge des Tunnels zwängte. »Er wird schon kommen, wenn wir alle vorangehen.«

»Wir können ihn doch nicht einfach da draußen zurücklassen!«

»Glaub nicht, dass mir das leicht fällt. Aber die Lumina ist wichtiger.«

Aelvin blockierte noch immer die Röhre. In der Enge des Tunnels starrte er den Magister wutentbrannt über die Schulter an. »Eine Pflanze ist wichtiger als ein Mensch?«

»Wichtiger als du, als ich – wichtiger als jeder von uns.«

»Euer Grünzeug ist mir egal. Ich werde nicht zulassen, dass –«

Aber da sah er, wie sich Odo hinter dem Magister endlich in Bewegung setzte und Albertus ins Aquädukt folgte.

Der Magister atmete auf, als er den Novizen in seinem Rücken hörte. »Gott sei Dank«, flüsterte er. »Und nun los, Aelvin Unglücksrabe, oder willst du länger an diesem gastlichen Ort bleiben als unbedingt nötig?«

Aelvin schenkte ihm einen letzten zornigen Blick, dann wandte er sich nach vorn und kroch tiefer in die Dunkelheit. Nun, da sie zu dritt das Licht vom Zugang versperrten, war Favola nicht mehr auszumachen. Unmöglich zu sagen, ob sie direkt vor ihm oder schon zehn Schritt entfernt war.

Odo stöhnte vernehmlich, als er sich den Kopf stieß. Er war von ihnen allen mit Abstand der Breiteste und Größte, und mehr noch als Aelvin oder Albertus hatte er Schwierigkeiten, sich in der Enge vorwärts zu bewegen.

»Geht's?«, rief Aelvin nach hinten.

Odo murmelte etwas.

»Weiter«, keuchte der Magister. »Beeilt euch!«

Der Reiter musste das Aquädukt jeden Augenblick erreichen. Gewiss hatte er längst seine Gefährten herbeigerufen.

Es war ein schrecklicher Weg, der vor ihnen lag. Die Enge war dabei noch das geringste Übel. Das Gestein war eiskalt und so rau, dass es ihnen die Knie und Handflächen aufriss.

Hier und da fiel durch haarfeine Ritzen ein Hauch grauen Tageslichts, doch Aelvin wäre vollkommene Finsternis beinahe lieber gewesen, denn immer wenn von irgendeiner Seite Licht hereinfiel, wusste er, dass eine besonders brüchige Stelle vor ihnen lag.

Doch nicht einmal das war das Schlimmste.

Am furchtbarsten von allem waren die Bewegungen des Aquädukts. Der dunkle Tunnel bebte und zitterte um sie herum im Wind, der durch die Felsschlucht fegte. Es war, als hätte ein grässliches Getier sie verschluckt und verdaute sie nun ganz allmählich, saugte sie unaufhaltsam in die Tiefe seiner Eingeweide. Die Wände schienen sich um sie zu drehen und zu winden, während das Gestein immer lauter ächzte und schrie, je weiter sie sich vorwagten.

Die Geschichten über das Aquädukt kamen Aelvin wieder in den Sinn. Die verbotenen Wetten im Dormitorium, ob das mürbe Bauwerk wohl noch diesen oder den nächsten Winter überstehen würde; die schreckliche Mär von dem Leichnam, der irgendwo verfault in seiner Mitte stecken sollte, weil der Schlauch dort so eng wurde, dass es weder Vor noch Zurück gab; das Geflüster über riesenhafte Ratten und noch grässlicheres Ungeziefer, das in der Röhre Unterschlupf suchte und dann und wann einen Novizen in seinen stinkenden Bau verschleppte und bei lebendigem Leib zerfleischte.

Aelvin konnte sich auf Anhieb an ein halbes Dutzend solcher Geschichten erinnern. Und doch fiel ihm keine ein, in der mehrere Menschen zugleich ins Innere der Wasserleitung gekrochen waren – wohl weil die Vorstellung schlichtweg zu absurd war, um damit selbst die leichtgläubigsten unter den Novizen zu erschrecken. Niemand, der auch nur die Hälfte seiner Sinne beieinander hatte, ging ein solches Risiko ein.

Etwas polterte, dann ertönten ein Aufschrei und ein Fluch. Odo hatte sich erneut den Schädel angestoßen. Aelvin hatte längst aufgehört, seine eigenen blauen Flecken zu zählen, ganz zu schweigen von den Abschürfungen an Beinen und Händen. Die Kälte betäubte seine Finger auf dem eisigen Gestein. Immerhin spürte er so den Schmerz der offenen Stellen nicht.

Erneut setzte er einen Fuß nach vorn – und fühlte im selben Moment, wie der Stein unter ihm nachgab.

Ein krächzender Schrei entrang sich seiner Kehle. Graues Zwielicht schlug ihm von unten entgegen, und er verspürte ein heftiges Würgen, als ihm klar wurde, dass sein Bein aus der Unterseite des Aquädukts ragte und über dem Abgrund baumelte, achtzig, neunzig Schritt über den Felsklippen und dem gefrorenen Wildbach an ihrem Grund.

Sein erster Reflex war, den Fuß zurückzureißen. Doch die Taubheit, die seinen Körper mit einem Mal überfiel, verhinderte jede Bewegung. Um nichts in der Welt würde er sich auch nur einen Fingerbreit rühren. Das Mauerwerk könnte durch jede weitere Erschütterung vollends nachgeben.

»Geh weiter«, forderte der Magister hinter ihm.

Aelvin hörte es kaum. Alles um ihn drehte sich, wirbelte in einem Strudel aus Schwarz und Grau und dem Braun des Gesteins. Sein Magen war zu einem harten, eisigen Klumpen geronnen, der ihn wie ein Tonnengewicht in die Tiefe zerrte. Jede Bewegung, jedes Augenzwinkern mochte ihm den sicheren Tod bringen.

»Ich … kann nicht«, brachte er irgendwie hervor. »Alles … stürzt ein …«

»Das wird es nicht«, entgegnete Albertus.

Aelvin glaubte ihm kein Wort, und alle frommen Verse, die er je gelernt hatte, drängten zugleich in sein Bewusstsein, überfluteten ihn mit flehentlichen Bitten und allen nur erdenklichen Schwüren, fortan ein guter und gerechter Diener des Herrn zu sein, wenn dieser ihn nur … ja, wenn er ihn aus dieser misslichen Lage befreite.

»Aelvin!«

Eine Stimme, dann ein Gesicht, gleich vor ihm. Favolas

Züge schälten sich aus dem Dunkel, schwebten federleicht im fahlen Winterlicht, das durch das Loch im Boden heraufschien.

»Beeil dich!«, stöhnte er. »Verschwinde von hier! Hier wird gleich alles –«

»Nein«, sagte sie sehr ruhig und mit solcher Überzeugung, dass ein wenig davon auf ihn abfärbte. »Es wird halten. Du wirst nicht abstürzen. Keiner von uns wird das. Die Lumina lässt das nicht zu.« Aelvin schaute ihr fest in die Augen und zog unendlich vorsichtig den Fuß zurück.

»So ist es gut«, flüsterte Favola. »So ist es gut.«

Er schob sich weiter, machte einen zittrigen Schritt über das kopfgroße Loch im Boden hinweg und erblickte durch die Öffnung einen Ausschnitt des Schneesturms, nicht den Grund der Schlucht, nicht die messerscharfen Klippen, nur den Schnee, und dabei war ihm, als führte die steinerne Röhre nun endgültig durch absolutes Nichts.

Er wusste nicht, wie lange er weitergekrochen war – vermutlich nur ein, zwei Minuten, die ihm wie Stunden vorkamen –, als Favola vor ihm ein Keuchen ausstieß.

»Was ist?«, fragte er mit schwacher Stimme. Um sie herum schien sich das Aquädukt zu schütteln wie ein Lebewesen, dem etwas im Hals feststeckte. Der Wind ließ die mürben Fugen der Ziegeln knirschen. Gebrannter Lehm rieb übereinander.

»Knochen«, flüsterte Favola. »Hier liegen Knochen.«

»Gott erbarme sich unser«, sagte Odo hinter ihm in der Dunkelheit.

Aelvin schloss für einen Moment die Augen. Das mussten die Knochen des Mönchs sein. Also lag der Engpass gleich vor ihnen. Sie würden nicht weiter vorankommen. Blieb nur die Umkehr, zurück zu den Schergen des Erzbischofs.

»Versperren sie den Weg?«, fragte Albertus.

Aelvin konnte längst nicht mehr glauben, dass es sein eigener Vorschlag gewesen war, durch das Aquädukt zu klettern. Der Teufel musste in ihn gefahren sein. Der Antichrist selbst hatte sich seiner bemächtigt, um ihre Seelen zu verschlingen.

»Nein«, rief Favola, und Aelvin hörte mit Grausen klappernde Laute, als sie die Gebeine beiseite stieß. »Sie sind zu klein. Von irgendeinem Tier. Einem Wolf, vielleicht.«

Aelvin bezweifelte, dass das Mädchen je einen Wolf aus der Nähe gesehen hatte, geschweige denn wusste, wie sich im Dunkeln die Knochen von einem anfühlten. Aber es war ein gut gemeinter Versuch, sie zu beruhigen, und er wollte ja selbst daran glauben, wollte es wirklich.

Er erreichte die Stelle als Nächster und stellte fest, dass Favola die Knochen nach rechts und links zur Seite geschoben hatte. Einige zerbrachen unter seinen Händen und Füßen, doch er kletterte mit zusammengebissenen Zähnen weiter.

Er erwartete, dass der Tunnel enger wurde, doch das geschah nicht, was immerhin dafür sprach, dass wenig Wahres an der Geschichte vom eingeklemmten Mönch war.

Die Schlucht hatte an dieser Stelle eine Breite von gut hundert Schritt. Aelvin kam es vor, als hätten sie bereits die fünffache Entfernung zurückgelegt. In Wahrheit war es vermutlich eher die Hälfte. Was bedeutete, dass sie sich dem höchsten Punkt über dem Boden näherten, genau in der Mitte des Aquädukts.

Odo stieß erneut einen Schrei aus, aber diesmal folgte kein Fluch. Aelvin spürte, wie der Magister hinter ihm plötzlich verharrte.

»Was ist?«, rief Aelvin über die Schulter.

»Weiter«, kam Odos Antwort, aber sie klang so brüchig wie dünnes Eis auf einem Winterweiher. »Geht … weiter …«

»Was ist los mit dir?« Aelvin schaute nach hinten. Dort aber war nichts als Finsternis. Lediglich den Magister konnte er als Andeutung eines menschlichen Umrisses erkennen.

Ein Surren ertönte. Dann ein stumpfer Aufprall.

Odo schrie abermals auf. Aelvin begriff, dass diesmal mehr als ein angestoßener Schädel dahinter steckte.

»Odo!«

»Sie schießen mit Pfeilen auf uns!« Die Stimme des Magisters war jetzt ein knappes Bellen. »Los, weiter!«

»Haben sie Odo getroffen?«, fragte Aelvin in Panik und zwängte sich halb herum. *»Ist Odo getroffen worden?«*

Die Antwort war ein dritter Schrei seines Freundes.

»O mein Gott«, stöhnte Aelvin. »Wir müssen ihm helfen!«

»Wir können ihm nicht helfen«, gab der Magister zurück.

»Was soll das heißen, wir können nicht –«

»Das, was ich sage!« Albertus stieß ihn mit der flachen Hand vorwärts. »Beeil dich, um Himmels willen.«

Aelvins Bewegung war schneller als seine Gedanken. Er ließ seine Hand vorschießen und packte den Arm des Magisters. »Ohne Odo gehen wir nirgendwohin!« War wirklich er das, der da sprach? Ja, zum Teufel, und es war ihm damit so ernst wie nie mit etwas anderem zuvor.

Albertus riss sich los, aber die scharfe Zurechtweisung, die Aelvin erwartet hatte, kam nicht. »Ich kümmere mich um ihn. Folge du Favola.«

»Ich bin hier«, drang die bebende Stimme des Mädchens aus der Dunkelheit. »Was ist mit Odo?«

»Gott verdammt, nun kriecht schon weiter!«, fluchte Albertus. »Ich versuche, dem Jungen zu helfen!«

Hilflos und voller Wut schlug Aelvin mit der Faust gegen die Wand. Es knirschte, plötzlich rieselte Staub. Neben ihm brach ein katzengroßes Stück Stein aus der Mauer und verschwand im Abgrund. Licht flutete herein, gefolgt von wirbelndem Schnee und Kälte. Der Winter schien wie eine eisige Hand in das Aquädukt zu greifen und Aelvin zu packen.

»Himmel!«, brüllte Albertus, als der Sturm in sein Gewand

fuhr und die Fellflicken aufwirbelten wie aufgeschreckte Hundewelpen. »Du verdammter Narr!«

Sekundenlang war Aelvin nur damit beschäftigt, in allergrößter Eile vorwärts zu rutschen, fort von dem Loch und der tödlichen Tiefe. Dann, dicht bei Favola auf der anderen Seite der Öffnung, zwängte er sich abermals herum und blickte zurück.

Odo war gleich hinter Albertus. Der breitschultrige Junge versperrte den gesamten Tunnel, hockte halb auf den Knien, aber mit aufgerichtetem Oberkörper, vollkommen starr, die Ellbogen rechts und links an den Wänden verkeilt, den Kopf oben an der Decke.

»Aelvin!« Das Brüllen des Sturmes übertönte fast seine krächzende Stimme. »Geht ... weiter ...«

Eine abrupte Erschütterung raste durch Odos Körper. Der vierte Treffer. Diesmal bohrte sich der Pfeilschaft von hinten durch seinen Leib. Wie ein eiserner Schlangenschädel brach die Spitze vorn durch seine Brust und funkelte den anderen höhnisch entgegen.

Odos Mund klappte auf, sein Blick brach.

Aber noch immer stürzte er nicht nach vorn, als wollte er selbst im Sterben seine Gefährten vor dem Pfeilhagel der Verfolger schützen.

»Odo!« Aelvin heulte auf, ein durchdringendes Wehklagen, das im Jaulen des Sturms unterging. Auch Favola schluckte, aber sie war geistesgegenwärtig genug, ihn an der Kutte zu packen und mit sich zu zerren. Er folgte ihr willenlos, wie betäubt, gefangen in der Gewissheit, dass dies alles nur ein Albtraum sein konnte.

Odo war nicht tot. Konnte nicht tot sein.

Albertus rückte hinter ihm auf, vorbei an dem Loch in der Wand und der unsichtbaren Pranke des Sturms, die an den Mauern rüttelte.

»Weiter!«, befahl er atemlos. »Weiter, weiter!«

Die ganze Welt schwankte. Alles um Aelvin erzitterte und

bebte und schüttelte sich. Odo war tot. War gestorben, ohne überhaupt zu ahnen, wofür. Er hatte nichts von der Lumina gewusst und nur wenig von Favolas Flucht. Hatte er sich freiwillig geopfert? Gewiss nicht. Aber er hatte das Ende kommen sehen.

Die Erinnerung verschmolz mit Albertus' Rufen in seinem Rücken. Und Aelvin erkannte, dass nicht allein ihre Verfolger der Grund für die halsbrecherische Eile des Magisters waren.

Ein ohrenbetäubendes Knirschen und Bersten ertönte. Das Aquädukt erzitterte in seinen Grundfesten.

»Es bricht!« Albertus' Stimme überschlug sich. »Es bricht auseinander!«

In Aelvins Gedanken breitete sich eine sonderbare Ruhe aus, ein Gefühl von Wärme, die sein Denken einlullte. Favola rief etwas und kroch noch schneller, falls das überhaupt möglich war. Er konnte ihren Umriss jetzt deutlicher sehen, so als wäre da –

Licht!

Tageslicht umrahmte Favolas Körper. Der Ausgang!

Etwas schleuderte ihn nach links, dann nach rechts. Seine Schulter krachte gegen die Wand und brach ein Geviert aus tönernen Ziegeln heraus. Er sah sie im Abgrund verschwinden, während Tageslicht wie eine Lanze ins Dunkel stach. Erneut traf ihn etwas, jetzt wieder von der anderen Seite, und er begriff, dass die gesamte linke Wand sich schüttelte und aufbäumte wie ein Wildpferd.

Der Sturm wurde übertönt vom Bersten der Säulenbögen. Albertus schrie etwas. Favola glitt hinaus ins Licht, wirbelte herum, ihre Hände schossen auf Aelvin zu, packten ihn an Mantel und Kutte und zerrten an ihm. Mit einem Aufschrei landete er auf verschneiten Gesteinstrümmern, stieß sich alle Knochen gleichzeitig irgendwo an, war taub vor Schmerz und Trauer um Odo und fuhr trotzdem irgendwie herum zum Schlund des Aquädukts, der nicht länger dunkel war.

Er sah Albertus auf sich zuschnellen, sah, wie sich hinter dem Magister das Licht durch den Tunnel heranfraß, erst verästelt, dann als Flut aus grauer Helligkeit. Das Aquädukt löste sich in seine Bestandteile auf, mit einem Kreischen wie von einem Urzeittier, und inmitten des Chaos aus Schneewinden und prasselnden Tonziegeln glaubte Aelvin Gestalten zu erkennen, mit wirbelnden Armen und Beinen, dunklen, struppigen Fellmänteln und blitzendem Eisen, die innerhalb eines Herzschlags Teil der Trümmerfontänen wurden und kreischend darunter begraben wurden.

Eine Wolke aus Staub und Eis und Steinsplittern stieg aus der Schlucht auf wie eine hochgereckte Faust, eine hallende Woge aus Lärm rollte die Kluft entlang und verebbte irgendwo in den Winterwäldern.

Zu dritt lagen sie nebeneinander im Schnee, Aelvin auf dem Bauch, Favola halb über ihm, Albertus auf der anderen Seite, schon jetzt auf einen Arm gestützt, als wollte er sich gleich wieder hochstemmen und weiterlaufen.

Unmöglich, dass sie noch lebten. Dass sie noch lebten und Odo tot war, sein Leichnam irgendwo dort unten verschüttet, gemeinsam mit weiß Gott wie vielen ihrer Feinde, vielleicht einem, vielleicht allen.

Das Schneetreiben fegte durch die neue Leere zwischen den Felsklippen, trieb von Ost nach West an ihnen vorüber, als wäre nichts geschehen; wenn das Wetter sich nicht änderte, würden die Trümmer des Aquädukts und die Toten innerhalb einer Stunde unter tiefem, samtweichem Weiß begraben sein, verborgen für den Rest des Winters.

Tränen gefroren in Aelvins Augenwinkeln und auf seinen Wangen. Er rieb sie fort, sah seine zerschundenen Fingerkuppen und blickte sich dann nach Favola um, die ihn aus weiten Augen anstarrte, nur ihn, als gäbe es sonst nichts auf der Welt, das anzuschauen sich lohnte.

Albertus erhob sich, erst auf alle viere, dann schwankend

auf die Füße. Er half Favola hoch, die nur widerwillig diesen fragenden, unendlich verwirrten Blickkontakt mit Aelvin löste, ehe ihr offenbar ein Gedanke kam und sie mit hektischen Bewegungen ihr Bündel löste, den Luminaschrein hervorzog und ihn mit der Angst einer Mutter um ihr Kind von oben bis unten musterte. Das feinmaschige Gitternetz hatte das Glas vor Schaden bewahrt. Ungläubig sah Aelvin das vermaledeite Kraut an. Nicht einmal die Erde, in der die Pflanze steckte, war durcheinander geworfen worden, so als wäre sie am Boden des Luminaschreins versteinert.

Er riss sich vom absurden Anblick der Pflanze und ihrer Hüterin los und schaute abermals hinaus über den Abgrund. Eine einzelne Säule stand in der Mitte der Kluft wie ein aufragender Finger aus Stein; eine zweite war zur Hälfte erhalten geblieben. Alle übrigen Bögen waren in der Tiefe verschwunden, hatten sich in Tausende und Abertausende von Ziegeln aufgelöst und sich am Grund der Schlucht zu einem Damm über dem eingeschneiten Bachbett aufgetürmt.

Für die Dauer eines Atemzuges rissen die Vorhänge aus Schnee über der Klamm auf und gewährten einen milchigen Blick zur anderen Seite. Aelvin schien es, als stünde dort eine einzelne Gestalt und starrte zu ihnen herüber, aber er konnte nicht sicher sein, denn sogleich schloss sich das Schneetreiben wieder und verbarg die Felsen und das Kloster dahinter wie eine Mauer aus Eis.

Albertus machte wie betäubt einen Schritt nach vorn, und Aelvin war sicher, dass auch er den einsamen Mann dort drüben gesehen haben musste, ihn vielleicht sogar erkannt hatte. Dann aber wandte er sich Favola zu, die eben den Schrein mit zitternden Händen in ihrem Bündel verschwinden ließ.

»Geht es dir gut?«, fragte der Magister besorgt.

Ihre Augen verengten sich, und in ihren Zügen war mit einem Mal eine Wildheit, die Aelvin ihr nicht zugetraut hatte. »Nein, mir geht es nicht gut! Dort draußen sind gerade Menschen gestorben, falls Ihr das übersehen habt. Ein Junge ist *für uns gestorben*, Bruder Albertus!« Der Magister wollte etwas erwidern, doch sie ließ ihn nicht zu Wort kommen. »Aber das ist es doch gar nicht, was Ihr wissen wollt, nicht wahr?«, fuhr sie schneidend fort. »Ist die Lumina unversehrt, darum geht es Euch. Und, ja, Bruder Albertus, sie ist unversehrt, und *ihr* geht es in der Tat gut, falls Euch das beruhigt.«

Aelvin starrte sie mit offenem Mund an, und für einen Moment versiegten sogar seine Tränen. Favola warf sich mit einer viel zu kräftigen Bewegung das Bündel auf den Rücken, so energisch, dass es wehtun musste, und schloss mit steifen Fingern die Schnallen der Gurte.

Albertus schien etwas sagen zu wollen, überlegte es sich anders, schüttelte kaum merklich den Kopf und wandte sich an Aelvin.

»Es tut mir Leid«, sagte er. Dann trat er so nah an den Rand der Schlucht, wie es gerade noch möglich war, bekreuzigte sich und vertiefte sich in ein stummes Gebet für die Toten.

Aelvin sank zurück auf die Steintrümmer und barg das Gesicht in den Händen, weinte still vor sich hin, weinte auch weiter, als Favola zu ihm kam und ihm ihre behandschuhte Rechte auf die Schulter legte und gleich darauf begann, ein leises Lied zu singen, kein Kirchenlied, sondern etwas Sanftes, Wohltönendes in ihrer Muttersprache. Es klang wie ein Schlaflied. Oder ein Lied, das Trauernden Trost spendet.

Schließlich hob Aelvin den Kopf, fixierte den Magister und wartete, bis dieser seine Gebete beendet hatte und sich ihm zuwandte.

»Ich gehe nicht mit euch«, sagte Aelvin entschieden. »Tut, was Ihr für richtig haltet – aber ich gehe nicht mit.«

»O doch«, sagte Albertus sanft, »das wirst du. Du hast keine andere Wahl. Favola hat dich gesehen … in ihrem Traum. Sie hat mir davon erzählt. Sie hat dich gesehen, am Ende eures Weges. Eures *gemeinsamen* Weges.«

Aelvin sah verwundert zu Favola hinüber, die ihm auswich und eilig zu Boden blickte. *Ich habe dich sterben sehen*, hatte sie in der Nacht zu ihm gesagt. Glaubte Albertus, dass Favolas Traum eine düstere Prophezeiung barg? Hatte er deshalb schon vor ihrer Flucht verlangt, dass Aelvin sie begleitete?

Vom Abgrund her ertönte ein Zischen, gefolgt von einem dumpfen Schlag und einem schmerzerfüllten Keuchen.

Aelvin sah wie betäubt den Magister an, dann Favola.

Sah einen gefiederten Schaft. Einen wolkigen Blutfleck.

Favola begrub beides mit ihrem Körper, als sie im Schnee zusammensank.

Die Gärten
Gottes

Zweites Buch

Worin
wir zwei Arten von
Magie erleben.
Und das Tor zum
Paradies eine
ganz gewöhnliche
Tür ist.

Das Schwert des Grosskhans

Das Elburzgebirge, Persien
Anno domini 1257

Kasim, der Verräter, war vorausgeklettert. Sinaida stand noch immer auf dem Plateau. Mit der Hand beschattete sie ihre Augen und kundschaftete die Landschaft aus.

Aus dem Boden der Rinne, der Kasim zwischen den Felskanten hindurch gefolgt war, wuchsen verkümmerte Gewächse wie Hände von Unglücklichen, die bei den Sturzfluten der letzten Herbstregenfälle im Schlamm versunken waren.

»Es ist nicht mehr weit«, rief er ihr zu. »Oben kannst du ausruhen.«

»Ich bin nicht erschöpft«, erwiderte Sinaida, und das war die Wahrheit. Sie war die Schwägerin des mongolischen Kriegsherrn Hulagu, die Schwester seines Eheweibs Doquz, und das Leben in der kämpfenden Horde hatte ihren Körper geschärft wie der Schleifstein des Schwertschmieds eine Klinge.

Kasim runzelte die Stirn. »Was tust du dann?«

»Mich umschauen.«

»Bei Allah, das kann ich sehen! Aber warum? Ich habe dir gesagt, dass es hier nichts zu befürchten gibt. Abgesehen von der Festung selbst ist das ganze Umland in der Hand eurer Heerschar.«

Sinaida antwortete nicht.

Eine Sonne wie diese müsste über einer Wüste brennen, dachte sie, während sie blinzelnd über das Gebirge und den gleißenden Himmel blickte. Der Fels war braun und trocken, die Sonnenstrahlen stachen wie Nadeln in ihre Augen. Die empfindliche Kälte, die seit Wochen über dem Land lag, passte so gar nicht zum Anblick dieser sandfarbenen Ödnis.

Die zerklüfteten Berge sahen aus, als müsste der Winter eigentlich vor ihnen Halt machen, denn ihre verbrannte Oberfläche unterschied sich kaum von den heißen Staub- und Felswüsten, die Sinaida auf ihrer Reise von Karakorum hierher gesehen hatte. Nur dass Gott das Land an diesem Ort zusammengeschoben hatte wie eine Decke, zerknüllt zu einem Wirrwarr scharfer Falten und Grate; ein schroffes, feindseliges Gebirge.

Sinaida wusste, dass Kasim sie insgeheim studierte – ihr Verhalten, ihre Sprache, alles an ihr –, und dass er glaubte, sie gut zu kennen. Doch falls er wirklich der Ansicht war, sie sei nur stehen geblieben, um nach dem langen Aufstieg Atem zu holen, durchschaute er sie nicht halb so gut, wie er es vielleicht wünschte.

Tatsächlich registrierte sie jedes Detail, jede Kluft, jeden Schlagschatten der Felsen. Obwohl sie Kasim weitgehend vertraute – vermutlich als Einzige im mongolischen Heerlager –, war er nichtsdestotrotz ein Verräter. Die Festung Alamut, sein einstiges Zuhause, lag nur wenige Steinwürfe von hier entfernt, und wer konnte schon mit Gewissheit sagen, ob ihn die Nähe zu den Seinen nicht dazu brachte, abermals die Seiten zu wechseln.

Unsinn, sagte sie sich. Genau wie die Mongolen kannten auch die Nizaris keine Gnade mit Verrätern. Sinaida wusste, was mit einem Überläufer aus ihren eigenen Reihen geschehen würde, und es gab nicht den geringsten Zweifel, dass der Führer der Nizaris mit seinen Leuten anders verfuhr. Zumindest darin unterschied sich Khur Shah, der Herr von Alamut und Oberhaupt der Nizarisekte, nicht von seinem Erzfeind Hulagu, dem Il-Khan der mongolischen Horde.

Kasim war stehen geblieben und wirkte sehr schmal und

klein vor dem beeindruckenden Panorama des Gebirgsmassivs. Obwohl er nicht mehr die sandbraune Kleidung der Nizaris trug, sondern die farbige Tracht, die er von den Mongolen nach seiner Gefangennahme erhalten hatte, besaß er noch immer die beeindruckende Fähigkeit, mit seiner Umgebung zu verschmelzen. Da war etwas in seiner Haltung, das verriet, dass er in diesen Felsen aufgewachsen war: Er beherrschte die Kunst, vollkommen eins mit den Bergen zu werden.

Als er Hulagus Männern vor über einem Jahr in die Hände gefallen war, hatte Kasim behauptet, er sei sechsundvierzig Jahre alt, ein Bote, den der Herrscher der Festung Alamut mit Durchhalteparolen zu einer der kleineren Burgen im Norden der Elburzberge ausgesandt hatte. Diese aber war gerade erst von den Mongolen geschleift worden, und so wäre er wohl auf der Stelle von den Kriegern der Horde erschlagen worden, hätte er sich nicht – als Erster seines Volkes – bereit erklärt, seine Leute zu verraten und den Eindringlingen aus dem Osten als Schlüssel zu den Geheimnissen der Nizarisekte zu dienen.

Sinaida glaubte nicht, dass er wirklich schon sechsundvierzig Sommer gesehen hatte. Auch bezweifelte sie, dass er tatsächlich derart hoch in der Hierarchie der Nizaris stand, wie er es Hulagu und dem Rat der Unterführer weisgemacht hatte. Zudem hielt sich sein Nutzen angesichts des Felsens, auf dem Alamut nahezu uneinnehmbar thronte, in Grenzen. Es gebe keine geheimen Wege in die Burg, hatte er wieder und wieder beteuert, und doch könne er die Mongolen die Kriegsführung und die Kampfkunst der Nizaris lehren.

Hulagu und seine Stammesfürsten waren viel zu ungeduldig, um sich mit derlei zu befassen. Vermutlich wäre Kasim längst hingerichtet oder zum Vergnügen der Krieger zu Tode gefoltert worden, hätte sich Sinaida nicht für ihn eingesetzt. Ihr eigenes Wort galt nicht viel, umso mehr dafür das ihrer älteren Schwester Doquz. Als Ehefrau des Il-Khans hatte sie darauf bestanden, dass Kasims Leben verschont und er ihrer Schwester Sinaida als Lehrmeister zugeteilt werde. Hulagu hatte Bedenken gehabt, schließlich waren die Nizaris kaltblütige Meuchelmörder, doch er hatte nachgegeben. Schließlich war Sinaida Doquz' Schwester, nicht die seine, und wenn sein Weib der Meinung war, dem Mädchen sei mit einer solchen Giftnatter als Haustier gedient, nun, dann sollte es eben so sein.

Seitdem war der Verräter Kasim der Sklave Sinaidas.

Sie blickte noch einmal über das Labyrinth der Schluchten und Felszacken, ehe sie Kasim bergan folgte. Von dort oben aus, das hatte er versprochen, würden sie den bestmöglichen Ausblick über das Lager der Großen Horde haben. Außerdem würden sie die Festung der Nizaris und das dahinter liegende Massiv des Berges Haudegan sehen können.

Seit die Horde mit ihren dreihunderttausend Kämpfern über Amaligh und Samarkand in den Elburzbergen eingefallen war, waren Dutzende Festungen der Nizaris unterworfen worden, zahllose Bewohner versklavt, Zehntausende getötet. Allein Alamut hielt den wilden Kriegern aus dem Osten stand.

Alamut die Teuflische. Herz des Nizarikults und Stammsitz seines Führers Khur Shah. Die Kunde von der Macht dieser Burg war den Invasoren schon vor langer Zeit entgegengeeilt, doch Hulagu hatte sich davon nicht schrecken lassen. Er hatte beschlossen, den Nizariführer erst all seiner Anhänger zu berauben, ehe er sich Khur Shah selbst annähme. Alamut lag im Westen der Berge, keinen Tagesmarsch vom Südufer der Kaspischen See entfernt.Und wie von Hulagu geplant, war die Horde viele Monde lang quer durch das Gebirge gezogen, hatte eine Burg nach der anderen zerstört und sich den größten Triumph bis zuletzt aufgehoben.

Jetzt war es so weit. Die Mongolen standen seit mehreren Tagen vor Alamut, und alles war bereit für den Angriff.

Späher hatten das Gelände schon Wochen vor der Ankunft

des Heerzugs ausgekundschaftet, aber nicht alle waren zur *Ordu*, zur Großen Horde, heimgekehrt. Beinahe die Hälfte war den Nizaris zum Opfer gefallen, die in Felsspalten und Gruben wie Höhlenspinnen auf ihre Opfer gelauert hatten, vollendete Meister in der Kunst des lautlosen Tötens. Erst als sich der endlose Zug der Horde den Tälern des Alamut-Flusses näherte, hatten sich die Krieger hinter die Mauern Alamuts zurückgezogen und die umliegenden Hänge dem Feind überlassen.

»In der Nacht hat es wieder Überfälle gegeben«, sagte Sinaida, während sie die letzten Grate erklommen. Der Gipfel war nur noch einen Steinwurf entfernt.

»Wie weit sind sie diesmal gekommen?« Kasim machte keinen Hehl aus seiner Neugier. Die Attentäter, die Khur Shah jede Nacht von Alamut aussandte, waren seine Brüder gewesen. Mit ihnen war Kasim aufgewachsen, an ihrer Seite hatte er zu Allah gebetet und die Wiederkehr des Imam erwartet.

»Du bist noch immer stolz auf ihr Geschick, unsere Wachen zu überlisten, nicht wahr?«

»Es wäre eine Lüge, würde ich es verneinen.«

Sie blieb stehen und musterte ihn. Seine Offenheit war gefährlich und hätte ihn im Beisein jedes anderen Mongolen das Leben gekostet. Kasim aber wusste, dass er Sinaida vertrauen konnte.

»Sie haben fast den halben Weg bis zu den Zelten Hulagus und der anderen Unterführer geschafft«, sagte sie. »Dann aber war die Zahl der Krieger, die sich ihnen entgegengestellt hat, zu groß. Du hättest den Kampf eigentlich hören müssen.«

»Ich habe einen tiefen Schlaf.«

Sie schüttelte den Kopf. »Hast du nicht. Kein Nizari hat das, das hast du selbst gesagt.«

»Allah verfluche mein loses Mundwerk«, antwortete er lächelnd und deutete eine Verbeugung vor ihr an. »Ja, ich habe das Klirren von Klingen und die Schreie deiner Leute gehört. Aber ich war sicher, dass dir und deiner Schwester keine Gefahr droht.«

»Und wenn doch? Hättest du uns verteidigt?«

»Khur Shah weiß, dass ich ihn verraten habe. Seine Männer wollen meinen Tod ebenso wie den euren. Ich hätte gar keine Wahl gehabt, als zu kämpfen.«

»Das war keine Antwort auf meine Frage«, stellte sie fest, aber sie konnte sich ein anerkennendes Lächeln nicht verkneifen. Hulagu und die anderen hatten Kasims Klugheit von Anfang an unterschätzt. »Weshalb warst du sicher, dass uns keine Gefahr droht?«

»Diese nächtlichen Angriffe haben nicht das Ziel, deinen ehrwürdigen Schwager zu töten«, sagte Kasim. Der eisige Bergwind fuhr in sein pechschwarzes Haar. Er hatte die scharfgratige, leicht gekrümmte Nase der Araber, doch seine Augen waren blau, und das war ungewöhnlich. Sinaida musste es wissen: Sie hatte in den vergangenen zwei Jahren so viele abgeschlagene Araberköpfe auf Spießen gesehen, dass sie die toten Blicke ihrer aufgerissenen Augen niemals würde vergessen können.

»Wieso sollte Khur Shah Mörder aussenden, wenn sie niemanden ermorden sollen?«, fragte sie.

»Um euch einzuschüchtern.«

Sinaida stieß verächtlich den Atem aus. »Ein paar feige Überfälle im Dunkeln? In diesen Tälern dort unten warten dreihunderttausend Krieger darauf, die Mauern Alamuts zu stürmen. Dreihunderttausend! Über wie viele gebietet Khur Shah heute noch? Fünfhundert? Vielleicht tausend?«

Kasim schüttelte den Kopf. »Es würde mich wundern, wären es mehr als dreihundert. Die Nizaris waren nie groß an Zahl, und deine Leute haben viele getötet, bevor sie hierher fliehen konnten.«

Sinaidas Blick verdunkelte sich. »Aber viele sind uns entkommen. Wir haben ihre Leichen am Fuß der Felsen gefunden. Und sie sind *nicht* von Mongolen getötet worden.«

Kasim zuckte die Achseln. »Natürlich nicht. Khur Shah will einen Krieg gewinnen. Er kann nicht zulassen, dass mehr Menschen nach Alamut drängen, als er aufnehmen kann. Er hat seit langem gewusst, dass die Horde ihn belagern würde.«

»Das bezweifle ich«, entgegnete Sinaida. »Hulagu ist diese Berge leid, so wie wir alle. Er wird Alamut mit solcher Macht angreifen, dass deine Brüder den meinen nichts entgegenzusetzen haben.«

»Ohne Zweifel wird viel Blut fließen.«

»Ja«, sagte sie und senkte den Blick. »Aber ich teile Hulagus Ansicht nicht. Es wäre klüger, das Ende dieses Krieges einfach auszusitzen und zu warten, bis Khur Shah sich geschlagen gibt. Viele Männer könnten dann gesund zu ihren Stämmen in den Steppen heimkehren, statt hier in diesen Felsen ihr Leben zu lassen.«

»Aus deinen Worten spricht Weisheit, Prinzessin Sinaida.«

Er nannte sie oft so. Prinzessin. Sie war nicht sicher, wer ihm das Wort in der mongolischen Sprache beigebracht hatte. Von ihr hatte er es ganz sicher nicht, denn seit Jahren hatte kein anderer sie mehr so genannt.

Doquz und sie stammten aus dem Herrscherhaus der Keraiten, einem Tatarenvolk, das Hulagus Großvater Dschingis Khan vor über fünfzig Jahren unterworfen und seinem Großreich einverleibt hatte. Ihre Mutter war an den Hof des Khans in Karakorum gebracht und mit einem Nachkommen des Herrschers verheiratet worden. Als sie nacheinander zwei Mädchen gebar, war unausweichlich gewesen, dass zur Festigung der Bande mit den keraitischen Tataren auch ihre Töchter Männer aus dem Haus des Khans zum Gemahl nehmen würden. So war Doquz vor einigen Jahren mit Hulagu vermählt worden, den sie anfangs ehrte und bald sogar lieben lernte. Es war abzusehen, dass auch Sinaida eine politische Hochzeit bevorstand, und in der Tat mutmaßte sie, dass sie ihre Schwester nur aus diesem Grund auf den Feldzug begleiten durfte: Vermutlich hatte Hulagu vor, sie irgendeinem arabischen Fürsten zur Frau zu geben, nachdem er dessen Land unterworfen hatte. Ehen hatten sich stets als die besten Friedensstifter zwischen verfeindeten Herrscherhäusern erwiesen, und Hulagu war bei all seiner Meisterschaft in der Kriegsführung auch ein großartiger diplomatischer Stratege. Wenn eine Hochzeit Sinaidas mit einem Prinzen oder gar König dieser Lande dem Il-Khanat einen treuen Verbündeten einbringen konnte, war eine solche Vermählung unausweichlich. Sinaida war sich dieses Schicksals bewusst, und Kasim ahnte es ebenfalls.

Obgleich sich Sinaida auf Arabisch mit ihm unterhielt, hatte Kasim die Sprache der mongolischen Eroberer in erstaunlich kurzer Zeit erlernt und spitzte seitdem wachsam die Ohren. Vermutlich wusste er längst viel mehr über die Verhältnisse an der Spitze der Horde, als Hulagu lieb sein konnte.

Sie lenkte das Gespräch wieder auf seine seltsame Andeutung. »Warum also sollten ein paar Angriffe bei Nacht den Hordenführer einschüchtern?«

»Khur Shah will keine Schlacht«, erwiderte Kasim und setzte sich auf einen Felsbrocken. Schneidende Böen fuhren unter sein blaues Baumwollgewand, das er über der Hüfte nach Art der Mongolen mit einem gelben Seidenschal gegürtet hatte. Als Sklave trug er natürlich keine Waffe, obgleich Sinaida wusste, dass die Ausbildung der Nizaris ihn befähigte, einen Gegner innerhalb eines Herzschlags mit bloßen Händen zu töten. Er selbst hatte sie während der vergangenen Monate viele dieser Handgriffe gelehrt.

»Du glaubst, er will verhandeln?«, fragte sie erstaunt. »Nach allem, was Hulagu den Nizaris angetan hat?«

»Khur Shah ist ein kluger Mann. Sie nennen ihn zwar den *Alten vom Berge*, weil das der Titel ist, den schon seine Vorväter trugen, doch in Wahrheit ist er recht jung – gerade einmal siebenundzwanzig. Der Trupp von Meuchelmördern, den die Nizaris einst nach Karakorum entsandt haben, um den Großkhan zu ermorden, hat Alamut nicht auf Befehl Khur Shahs verlassen. Damals war noch sein Vater Mohammed an der Macht, und ich bezweifle, dass Khur Shah diese Herausforderung der Mongolen gutgeheißen hätte.« Kasim seufzte. »Wir sehen ja jetzt, was uns dieser Wahnsinn eingebracht hat. Einen Rachefeldzug, wie ihn Allah selbst noch nicht gesehen hat. Außer ein paar hundert Verzweifelten hinter den Mauern Alamuts gibt es keine Nizaris mehr.«

»Dann wirst du bald der Letzte sein.«

»Ich?« Niedergeschlagenheit breitete sich über seine sonnengebräunten Züge. »Die Nizaris sind kein echtes Volk, sondern eine Glaubensgemeinschaft. Durch meinen Verrat habe ich das Recht verloren, mich einen von ihnen zu nennen.« Er zupfte an seiner blauen Baumwolltracht. »Sieh mich an, man könnte mich glatt für einen Mongolen halten.«

Diese Anmaßung ließ sie schlucken. »Du bist nur ein Sklave«, wies sie ihn scharf zurecht, »vergiss das nicht!«

»Natürlich nicht, Prinzessin.«

»Wenn Khur Shah also keine Schlacht will, dann heißt das, dass er aufgeben wird, nicht wahr?«

»Früher oder später, davon bin ich überzeugt.«

»Und warum dann die Angriffe jede Nacht? Damit schafft er sich nicht gerade Freunde.«

»Um seine Verhandlungsposition zu stärken. Um euch zu zeigen, dass mit den Nizaris trotz allem nicht zu spaßen ist.«

Sinaida ging ihm gegenüber in die Hocke. Sie musste in die Sonne blinzeln, um ihn anzusehen – noch ein Zeichen ihres Vertrauens, denn bei einem Angriff wäre sie dadurch im Nachteil. »Du glaubst, die Nizaris könnten Hulagu töten, wenn sie es wollten, oder?«

»Jederzeit. Würde Khur Shah euch all seine Männer zugleich auf den Hals hetzen, würde eine Hand voll auf jeden Fall bis zum Il-Khan vordringen. Hulagu wäre tot, ehe er einen Gedanken an seinen Nachfolger verschwenden könnte. Aber welchen Gewinn hätte Khur Shah dadurch? Eure Streitmacht wäre unverändert groß, würde Alamut noch am selben Tag einnehmen und ihn selbst, sagen wir, bei lebendigem Leibe rösten.«

»Wir sind einfallsreicher als *das*, Kasim.«

»Verzeiht, Prinzessin, das weiß ich.«

Nun lächelten sie beide, wie zwei Verschwörer, die sich gegenseitig überführt hatten.

»Also veranstaltet er diese Geplänkel des Nachts, um Hulagu zu beeindrucken.« Sie nickte langsam, während ihr die Argumentation des Arabers immer überzeugender erschien. »Und das bedeutet, dass er bald Verhandlungen aufnehmen wird.«

»Er wird es versuchen.«

»Und wenn Hulagu ablehnt?«

»Werden dreihundert Attentäter ausschwärmen und ihn töten. Khur Shah hätte nichts mehr zu verlieren. Ob Hulagu selbst Alamut niederreißt, oder seine Nachfolger, welche Rolle spielt das?« Kasim erhob sich von dem Felsen und seufzte. »Das alles ist ein schmutziges Spiel, Prinzessin.«

Während sie gesprochen hatten, hatte Sinaida ihren langen schwarzen Zopf gedankenverloren über die Schulter nach vorne gezogen und mit den Fingern an den geflochtenen Strängen gespielt. Jetzt warf sie ihn energisch auf den Rücken. Auch sie erhob sich, klopfte sich die dunkelrote Tracht ab und zog die Schärpe um ihre Taille straff; der Stoff war mit Gold durchwirkt und verriet als einziges Zeichen ihre edle Herkunft. Über dem Kleid trug sie zwei Jacken aus Fuchsfell, die untere mit dem Pelz nach innen, die obere gegen Wind und Schnee mit der Haarseite nach außen. Auch ihre Mütze war aus Fell, wenn auch aus dem eines weißen Wolfes; Hulagu selbst hatte ihn erlegt und ihr zum Geschenk gemacht.

Sie nahmen die letzte Etappe des Aufstiegs. Es waren nur noch wenige Schritte bis zum Gipfel, ein nach Norden hin leicht abfallendes Plateau aus sonnenverbranntem Fels. Wieder wunderte sich Sinaida über die Widersprüchlichkeit dieser Landschaft; sie sah aus, als müsse hier ewiger Sommer herrschen, und doch hielt seit Wochen eisige Kälte das Gebirge fest im Griff.

Kasim hatte nicht übertrieben, als er den Anblick gepriesen hatte.

Sie befanden sich auf einem Berg, der etwa ebenso hoch war wie jener, auf dem sich Alamut erhob. Von hier aus war die Festung gut zu erkennen. Alamut war aus hellbraunem Fels erbaut, schmucklos und wettergegerbt. Kasim hatte ihr erzählt, dass die Festung nicht von den Nizaris errichtet worden war – wie überhaupt viele der Felsenburgen im Elburzgebirge, in denen sie auf die Sekte gestoßen waren –, sondern einst einem Sultan gehört hatte. Vor über zweihundertfünfzig Jahren hatte sie der Gründer der Nizaris, Hassan-i-Sabbah, durch eine List an sich gebracht. Hassan war ismailitischer Prediger gewesen, ehe er sich hier zum Oberhaupt des Nizarikults emporgeschwungen hatte. Er war der erste Alte vom Berge gewesen, Khur Shah galt als seine jüngste Inkarnation.

Die Mauern der Burg waren hoch und gingen an ihrem Fuß in glatte Felswände über. Ihre Einnahme würde schwer werden, war aber nicht unmöglich. Es gab einen schmalen Pfad, der sich den Berg hinaufwand, unterwegs immer wieder zwischen Felsen und Klüften verschwand, dann und wann aber wie ein helles Lederband in den Schatten leuchtete. Die Nizaris hatten dort spitze, mehrstachlige Eisendorne im Sand vergraben, die selbst dicke Ledersohlen durchstießen; einige

Kundschafter der Mongolen hatten schmerzhafte Bekanntschaft damit gemacht und würden wochenlang nicht mehr laufen können.

Es gab zwei Türme, der eine breiter und höher als der andere. Auf ihren Zinnen, aber auch oben auf den Wehrgängen erkannte Sinaida Gestalten, doch es war mehr deren Bewegung, die sie wahrnahm, nicht die Männer selbst, denn in ihren sandfarbenen Kleidern hoben sie sich kaum vom Hintergrund der Berghänge ab.

Weit beeindruckender als der Anblick Alamuts aber war das Heerlager der Mongolen unten im Tal. Dabei war das, was sie von hier oben aus sehen konnten, nur ein kleiner Zipfel des mächtigen Heerwurms. In diesem und den angrenzenden Tälern lagerten dreihunderttausend Krieger, denen in einem schier endlosen Tross ihre Familien, manchmal gar halbe Stämme, folgten. Schätzungen sprachen von zwei Millionen Menschen, die sich im Gefolge Hulagus von Osten her nach Arabien wälzten; niemand wusste es genau. Und obgleich die Mongolen bereits seit zwei Jahren in diesen Bergen kämpften, hatte das Ende des Zuges noch nicht den Fluss Amu-darja überschritten.

Das Schwert des Großkhans, so nannte Hulagu seine Armee.

Gegen ihren Willen wurde Sinaida bei diesem Gedanken von Stolz erfüllt. Niemand konnte gegen eine solche Menschenflut bestehen; zahllose Reiche hatte Hulagu bereits im Namen des Großkhans im fernen Karakorum erobert. Widerstand zu leisten wäre, als wollte ein einzelner Mann mit bloßen Händen ein reißendes Wildwasser stauen.

»Überschätze nicht eure Macht«, sagte Kasim bedächtig, der neben ihr stand und gleichfalls auf den wimmelnden Teppich aus Menschen, Zelten, Karren, Kriegsgerät und Pferden blickte. »Eure Größe ist eure Waffe, aber sie ist es auch, die euch schwerfällig und verletzlich macht. Khur Shah mag euch nichts mehr anhaben können. Doch weiter im Süden werdet ihr auf Gegner treffen, die stark genug sind, sogar euch zu schlagen.«

»Niemals«, sagte sie überzeugt. Keiner konnte sie aufhalten, niemand sich ihnen widersetzen. Wenn es Hulagu danach verlangte, konnte er die ganze Welt erobern. Doquz hatte ihrer Schwester gestanden, dass es genau das war, was der Heerführer anstrebte. Macht für den Großkhan daheim, aber noch größere Macht für ihn selbst, den Il-Khan der neuen mongolischen Reiche.

»Selbst der stärkste Fluss verliert irgendwann an Kraft«, sagte Kasim. »Er teilt sich, zerfließt und mündet ins Meer. Dort ist er nur noch einer unter vielen.«

Sie löste ihren Blick von der Masse ihres Volkes und betrachtete Kasim von der Seite. Er musste die Mongolen hassen, und doch zeigte er es nicht. Warum hasst er *mich* nicht?, fragte sie sich.

»Willst du Zweifel säen in meinem Herzen?«, fragte sie. »Ist es das, weshalb du mit mir hier heraufgehen wolltest? Dann lass dir gesagt sein: Das wird dir nicht gelingen.«

»Wie könnte ich dich zweifeln lassen?«, erwiderte er. »Ich bin nur ein Sklave.«

Ihr lag ein »So ist es« auf der Zunge, doch dann schwieg sie und dachte über seine Worte nach. Die Nizaris, dieser Kult von Meuchelmördern, hatte zweieinhalb Jahrhunderte lang die arabische Welt in Angst und Schrecken versetzt, und doch waren sie nun so gut wie ausgerottet. Würde es den Mongolen ebenso ergehen? Würde Karakorum an Macht verlieren, irgendwann vielleicht nur noch eine verlassene Ruinenstadt in der unendlichen Steppe sein?

Das wusste nur Gott.

Am Fuß des Festungsberges hatten die Mongolen Katapulte, Belagerungstürme und Leitern bereitgestellt. Auch eines der riesigen Sturmräder war zusammengebaut worden, obgleich Sinaida bezweifelte, dass es in so unwegsamem Gelände zum Einsatz kommen würde. Von hier oben sah man noch deutlicher, dass es unmöglich die Felsen hinaufgeschafft und vor den Mauern aufgerichtet werden konnte.

»Was führst du im Schilde?«, fragte sie. »Wir sind nicht nur hier, um die Aussicht zu genießen, nicht wahr?«

»Erlaubst du mir, dir eine Frage zu stellen, Prinzessin?«

Die Traurigkeit in seiner Stimme ließ sie zögern, doch dann sagte sie rasch: »Frag nur.«

Kasim ließ sich an der Felskante nieder. Seine Beine baumelten über einer niedrigen Steilwand von drei Schritt Tiefe, ehe der Hang von einem weiteren Felsplateau unterbrochen wurde. Sinaida nahm neben ihm im Schneidersitz Platz. Die Leere vor ihr beschleunigte ihren Herzschlag, Höhen verunsicherten sie. Sie war eine Tochter weiter Ebenen, in denen es keine Berge und keine Abgründe gab.

»Wie alt bist du?«, fragte Kasim.

»Zwanzig Jahre.«

»Und du bist noch keinem Mann versprochen worden?«

»Nein.« Und als wäre eine Entschuldigung vonnöten, fügte sie hinzu: »Bei uns Mongolen heiraten die Frauen oft später als bei anderen Völkern. Der Bräutigam muss seine Braut von deren Familie freikaufen, oft zu einem hohen Preis. Junge Männer können sich das nicht leisten. Und wir Frauen können warten.«

»Aber in deinem Fall spielt noch etwas anderes eine Rolle, oder nicht?«

Sie nickte langsam. »Hulagu wird mich mit irgendeinem Herrscher der unterworfenen Reiche verheiraten.«

»Und das gefällt dir nicht?«

»Ich mache mir keine Gedanken darüber.«

»Das kann ich nicht glauben.«

»Du?« Sie stieß ein humorloses Lachen aus. »Du, der du von Kind an nur für deinen Glauben gelebt hast, an Allah, an den Imam, sogar an deinen Nizariführer? Dein ganzes Leben ist von anderen bestimmt worden.«

»Und ich habe oft darüber nachgedacht.«

Das überraschte sie. »Hast du deine Leute deshalb verraten? Weil dir Zweifel an deinem Glauben gekommen sind?«

»Nein«, erwiderte er entschieden, aber in seinem Gesicht sah sie Anzeichen einer tiefen Qual. »Ich habe niemanden verraten, auch wenn deine Leute das so sehen. Was habe ich denn getan? Ist ein Nizari gestorben, weil ich … meine Entscheidung getroffen habe? Kein einziger. Habe ich Krieger in die Festung geführt? Ich kann es gar nicht, weil es keinen Weg hinein gibt, jedenfalls kenne ich keinen. Alles, was ich getan habe, ist, über die Truppenstärke auf Alamut zu spekulieren. Aber ich bin sicher, Hulagu hat Ratgeber, die solche Schätzungen ebenso gut abgeben könnten.«

»Du hast mich in die Geheimnisse der Nizaris eingeweiht«, gab sie zu bedenken.

»Ja«, stellte er fest. »Ich habe eine Ungläubige einige Kampftechniken der Nizaris gelehrt. Aber ich habe dadurch auch Verständnis für uns in ihr geweckt.«

»Ich bin keine Ungläubige!«, entgegnete sie hastig, weil der Unterton seiner Frage sie verwirrte. »Wir Keraiten sind Christen. Hulagu mag an etwas anderes glauben, aber meine Schwester und ich wissen, dass es nur einen einzigen Schöpfer gibt. Hulagu respektiert das.«

Kasim blickte auf seine Fingerspitzen und verschränkte sie miteinander. »Er ist ein sonderbarer Mann. Ein Eroberer, ein grausamer Barbar aus dem Osten, ein Schlächter von Frauen und Kindern. Und doch beweist er ein ums andere Mal Achtung vor den Überzeugungen anderer.« Ein Lächeln flackerte über seine sonnengegerbten Züge. »Ich hoffe sehr, ich fange nicht an, ihn zu mögen.«

»Er könnte während eines Lidschlags Befehl geben, dich zu töten, und hätte es beim nächsten schon vergessen.«

Kasim lächelte verhalten. »Ich werde ihn nicht mögen.«

»Du sagst, Hulagu ist sonderbar, und doch ist er nur halb

so sonderbar wie du, Kasim von den Nizaris.« Sie sah ihn jetzt sehr fest an. »Worauf willst du hinaus?«

»Khur Shah wird bald Verhandlungen anbieten. Hulagu weiß, dass nicht er es war, der damals die Meuchelmörder nach Karakorum entsandt hat, sondern sein Vater. Khur Shah ist kein schlechter Mann. Und, wer weiß, vielleicht wird Hulagu ihn anhören.«

»Darüber wäre ich froh. Es wäre schade, wenn die Nizaris untergingen.« Sie fand selbst, dass »schade« ein viel zu schwaches Wort war, doch sie fand kein besseres. »Ich habe viel von dir gelernt, Kasim, aber ich würde gerne noch mehr lernen. Viel mehr. Über eure Lehren des Kampfes. Über eure Philosophie. Und über den Garten des Alten vom Berge.«

»War es falsch, dir davon zu erzählen?«

»Ich wünsche mir nur, ihn zu sehen.«

»Es ist der wunderbarste Garten, den man sich vorstellen kann. Größer und üppiger und magischer als alles andere auf der Welt.«

Sie hob eine Augenbraue. »Und er befindet sich dort drüben, in Alamut?«

»Ja – und nein.« Er machte eine Handbewegung, die sie von weiteren Fragen abhielt. »Aber nicht darüber wollte ich mit dir sprechen. Es gibt nur einen Weg, das Wissen der Nizaris zu bewahren. Wenn Khur Shah Verhandlungen aufnimmt, muss Hulagu darauf eingehen – und deshalb wäre es gut, wenn die Nizaris eine Fürsprecherin in eurem Lager hätten.«

Sie riss den Mund auf, wollte empört widersprechen, schluckte die Entgegnung aber hinunter und hielt einen Moment inne. »Auf mich würde niemand hören«, sagte sie schließlich. »Ich bin nur die Schwester von Hulagus Weib.«

»Du könntest mehr sein als das. Viel mehr.«

»Ich verstehe nicht.«

»Du könntest *Khur Shahs* Weib sein.«

Nun mangelte es ihr tatsächlich an Worten. Was er da vorschlug … allein der Gedanke …

»Wie kannst du es wagen –«

»Denk nach, Prinzessin!«, forderte er eindringlich. »Hulagu wird dich so oder so mit jemandem verheiraten, ob du es willst oder nicht. Und du könntest es schlimmer treffen. Willst du die Mätresse irgendeines fetten Sultans werden? Eines Kreuzfahrerfürsten? Oder das mandeläugige Juwel im Harem des Kalifen von Bagdad?«

»Khur Shah ist der Fürst der Mörder!«

Kasim nickte. »Ebenso wie ich ein Mörder bin. Oder Hulagu. Deine Schwester hat einen tausendfachen Mörder geheiratet. Was macht das für einen Unterschied? Und ich habe dir erklärt, dass Khur Shah anders ist als die früheren Alten vom Berge. Er ist jung und dem Frieden gegenüber aufgeschlossen.« Er zögerte kurz, dann fuhr er fort: »Mohammed, sein Vater, war ein Wahnsinniger. Unter ihm hätten die Nizaris einander beinahe selbst ausgerottet. Khur Shah hat das nicht zugelassen.«

»Ich weiß. Er hat seinen eigenen Vater getötet.«

»Khur Shah hat wegen eines läppischen Widerworts mehrere Jahre im Verlies seines Vaters verbracht. Von dort aus hat er einen der engsten Diener Mohammeds zu dem Mord angestiftet, das ist wahr.«

Sie lachte ihn aus. »Und du erwartest, dass ich einen Vatermörder zum Mann nehme?«

»Er hat dadurch hunderten, vielleicht tausenden Nizaris das Leben gerettet. Hätte er Mohammed nur ein Jahr früher beseitigt und sich nicht so lange mit Zweifeln geplagt, hätte es keinen Anschlag der Nizaris auf den Großkhan der Mongolen gegeben. Dieser ganze Krieg hier« – er deutete mit einer Bewegung seines Arms über die windumtosten Berge – »hätte niemals stattfinden müssen. Erkennst du jetzt die bittere Ironie? Khur Shah hat seinen Vater ermorden lassen, um die Nizaris zu retten, doch alles, was er bewirkt hat, war ein Aufschub von wenigen Jahren. Durch das Attentat auf den Großkhan hatte Mohammed den Untergang der Nizaris bereits eingeleitet. Niemand hätte das Ende damals noch aufhalten können – auch nicht Khur Shah.«

Etwas in seinen Worten berührte sie auf seltsame Weise. Sie wollte es nicht zulassen, wollte sich dagegen sperren – doch gänzlich gelang es ihr nicht. Vielleicht war es die Tragik, die in der Geschichte Khur Shahs mitschwang.

»Und noch etwas«, sagte er mit verhaltenem Lächeln. »Khur Shah ist ein gut aussehender Mann.«

»Das ist nicht –«, brauste sie auf, doch er unterbrach sie erneut:

»Und er besitzt als Einziger den Schlüssel zum Garten der Nizaris.« Kasim deutete auf seine Schläfe. »Hier oben, in seinem Kopf. Nur der Alte vom Berge darf den Garten betreten. Und jene, denen er bedingungslos vertraut.«

Es dauerte nur einen Atemzug, ehe sie begriff, welches Eingeständnis sich hinter diesen Worten verbarg. »Du warst dort, hast du gesagt! Du hast den Garten mit eigenen Augen gesehen. Das heißt …« Sie federte zurück, zutiefst empört und doch auch sonderbar ergriffen. »Du bist kein einfacher Nizari! Und du bist nicht hier, weil du deine Leute verraten hast!«

»Nein«, sagte er leise, ohne ihrem Blick auszuweichen.

»Du bist hier … wegen *mir*! Im Auftrag Khur Shahs!«

Kasim erhob sich, verbeugte sich demütig vor ihr und sagte: »Ich bin hier, Prinzessin Sinaida, um im Namen des Herrschers der Nizaris um deine Hand anzuhalten.«

Burg Alamut

Auf den Zinnen der Festung Alamut standen Khur Shah und sein Berater Shadhan und beobachteten das Heer ihrer Feinde.

Der Wind wehte aus den Tälern herauf und trug den Lärm der mongolischen Streitmacht an ihre Ohren: das Raunen Zigtausender Stimmen; das Gewieher der kleinen, struppigen Pferde; das Klirren von Klingen, mit denen sich die Krieger während ihrer Übungen maßen; und das Hämmern auf Stahl in den Essen der Schmiede. All dies vermischte sich zu einem Brei aus Geräuschen, einem Tosen und Brüllen, wie es niemals zuvor von den stillen Bergen widergehallt war.

»Glaubst du, Kasim wird sie überreden können?«, fragte Khur Shah, während er ins Tal blickte. Er stellte sich diese Frage zum tausendsten Mal, doch seit Kasims Aufbruch sprach er sie nun zum ersten Mal laut aus.

Shadhan, ein hagerer Mann in bodenlangem Kaftan und einem Überwurf aus Fellen, rührte sich nicht. Sein Haupthaar war längst ergraut, doch der Bart, der ihm bis auf die Brust reichte, war noch so schwarz wie während seiner Jugend. Nicht einmal Khur Shah wusste, wie lange diese Zeit zurücklag. Shadhan schien schon immer hier gewesen zu sein, ein Einsiedler in Alamuts Bibliothek, der erst auf Khur Shahs Wunsch hin dann und wann sein Reich aus Schriftrollen, Tonplatten und Büchern verlassen hatte, um ihm mit Rat zur Seite zu stehen.

»Womöglich ist es gar nicht nötig, sie zu überreden«, sagte der Gelehrte. Seine Stimme war angenehm leise und dunkel, vielleicht, weil sie viele Jahre lang kaum benutzt worden war. Unter der Herrschaft Mohammeds hatte Shadhan sich ganz seinen Studien gewidmet, eigene Schriften verfasst, die Philosophie und Gesetzgebung der Nizaris vertieft. »Mag sein, dass sie einsieht, dass eine Heirat viele Leben retten würde. Nicht nur auf unserer Seite. Kasim wird ihr klar machen, dass unsere Männer mühelos bis zu Hulagu und seinem Weib vordringen können, wenn sie es nur wollen. Das Mädchen hängt sehr an seiner Schwester, das haben unsere Spione im Lager herausgefunden.«

Khur Shah hatte langes gewelltes Haar, schwarz wie die sternenlose Nacht, und er überragte den Gelehrten um mehr als eine Haupteslänge. Jetzt schüttelte er missfallend den Kopf. »Ich habe Kasim verboten, ihr zu drohen.«

Shadhan hob eine Augenbraue. »Das hättest du nicht tun sollen. Meine Empfehlung war eine andere.«

»Dein Rat war aus Vernunft geboren, nicht aus dem Herzen.«

»Dies ist keine Liebesheirat, vergiss das nicht. So sie denn überhaupt stattfindet.« Shadhan zwirbelte die Spitze seines Bartes zwischen Daumen und Zeigefinger. »Abgesehen davon – welchen Grund *außer* der Angst sollte sie haben, dein Weib zu werden?«

Khur Shah legte eine Hand auf die Zinnen. Der helle Stein Alamuts war kalt und rauh unter seinen Fingern. Es fühlte sich an, als könnte keine Macht der Welt diese Mauern niederreißen. Und doch wusste er es besser. Alamut würde fallen, wenn die Ehe mit der Mongolenprinzessin nicht zustande kam. Er wusste es, Shadhan wusste es, und auch Kasim kannte die Schwere seiner Verantwortung.

»Selbst wenn sie annimmt«, sagte er, ohne auf die letzte Frage seines Beraters einzugehen, »könnte Hulagu es verbieten. Die Mongolen hassen uns Nizaris von ganzem Herzen.

Und sie haben allen Grund dazu. Mein Vater hat ganze Arbeit geleistet.« Er sagte es so verächtlich, als spräche er von seinem schlimmsten Feind. Nicht Hulagu war für den Untergang der Nizaris verantwortlich. Der Kriegsfürst der Mongolen war nur das Unwetter, das den Palast zum Einsturz bringen würde. Die wahre Schuld trug Mohammed der Dritte, Khur Shahs Vater. Es war eine Sache, die Herrn der arabischen Herrscherhäuser durch gezielte Mordanschläge einzuschüchtern und zu beeinflussen; den Großkhan im fernen Karakorum töten zu wollen, nur um zu beweisen, dass man die Macht dazu besaß, war etwas anderes. In seinem Wahn hatte Mohammed nicht mehr erkannt, welche Folgen ein solcher Anschlag nach sich zog.

Shadhans Blick verengte sich, als könnte er mit bloßen Augen die Prinzessin und Kasim im Ameisengewimmel des Heerlagers erspähen. »Das Mädchen muss seine Schwester überzeugen. Wenn sie Doquz auf ihrer Seite hat, dann wird auch Hulagu nachgeben. Unterschätze niemals die Macht der Weiber.«

Khur Shah wandte sich mit einem Seufzen ab, ging mit weiten Schritten den Wehrgang entlang und stieg eine Treppe hinab zum Innenhof der Festung. Er und Shadhan hatten dieses Gespräch schon mehrfach geführt, und jedes Mal fühlte er sich zum Schluss wie ein dummer Junge, dem von dem älteren Weisen die Welt erklärt worden war. Alles, was Khur Shah über die Prinzessin wusste, war das, was seine Spione im Lager herausgefunden hatten: Dass sie nach dem jahrelangen Kriegszug durch die Länder des Ostens genug hatte von all dem Blutvergießen; dass sie eine geschicktere Kriegerin war als mancher Mann im Lager, ihre Fähigkeiten jedoch nur selten in der Schlacht einsetzte; und dass sie ihre Schwester Doquz abgöttisch liebte und in gewisser Weise wohl auch Hulagu, ihren Schwager. Shadhan hatte gleich erkannt, dass sie die perfekte Stelle war, an der sie den Hebel ansetzen konnten.

Die Nizaris, die Khur Shah auf seinem Weg über den Hof passierte, senkten demütig die Blicke. Männer und Frauen trugen hellbraune Kampfkleidung: luftige Pluderhosen, darüber ein langes Hemd und eine enge Jacke. Alles bestand aus festem Stoff und war mit zahlreichen Taschen, Futteralen und Schlingen versehen, in denen die Nizaris bei ihren Einsätzen Waffen und Instrumente zum Erklimmen von Wänden trugen. In ihre Ärmel waren Metallplättchen eingenäht, mit denen sie leichte Schwerthiebe abwehren konnten. Auf ihren Rücken hingen enge Kapuzen, die sie bei Bedarf blitzschnell überziehen konnten; dünne Schals, die sie sich bis unter die Augen zogen, machten sie einander gleich, eine Taktik, die unter anderem dazu diente, vor Feinden die genaue Zahl der Gegner zu verschleiern. Das blasse Braun des Stoffs ließ sie tagsüber mit den Felsen verschmelzen. Bei Nacht trugen sie Schwarz. Ihre Lederschuhe waren weich und nahezu gewichtslos, damit sich ihre Füße beim Klettern an Stein und Holz mühelos dem Untergrund anpassen konnten.

Nizaris vermochten jede Höhe zu überwinden. Von Kind an wurden sie zu vollendeten Kletterern und geräuschlosen Eindringlingen erzogen. Überall in der arabischen Welt war man überzeugt, Nizaris besäßen die Macht, an Wänden entlang und sogar unter Decken zu laufen. Die Söhne und Töchter des Alten vom Berge taten alles, um diese Gerüchte zu nähren und – soweit eben möglich – in die Tat umzusetzen.

Ihre schonungslose Ausbildung begann schon während der ersten Lebensjahre. Es gab hunderte Übungen, Regeln und harte Strafen, denen die Nizarikinder unterzogen wurden. So war es seit den Tagen Hassan-i-Sabbahs gewesen, und seine Nachfolger hatten keinen Grund gesehen, irgendetwas daran zu verändern. Sie waren die gefürchtetsten Meuchelmörder des Orients, und als *Assassinen* kannten sie sogar die Ungläubigen im Abendland. Sie arbeiteten mal im eigenen Interesse, dann wieder im Auftrag mächtiger Herrn. In den Palästen der

Sultane und Kalifen flüsterte man ihren Namen ehrfurchtsvoll. Kein Herrscher, der sie nicht fürchtete; keiner, der sich nicht wünschte, über eine ähnlich schlagkräftige Truppe zu gebieten.

Die Nizaris blieben für andere schwer zu durchschauen. Ismailis waren sie, treue Anhänger der Imame, und doch waren die zweieinhalb Jahrhunderte ihrer Schreckensherrschaft über das Elburzgebirge und die umliegenden Länder voller Rätsel. Manchmal waren sie käuflich, ein anderes Mal beantworteten sie Angebote mit dem abgeschlagenen Schädel des Bittstellers.

Khur Shah hatte ein Erbe angetreten, das von Grausamkeit, Menschenverachtung und einer undurchschaubaren Fülle halb vergessener Gesetze gezeichnet war. Er war Ismaili wie sein Vater, wartete wie er auf die Wiederkehr des Imam und empfand tiefste Liebe zu Allah. Er hatte immer gewusst, dass er die Gemeinschaft nur in die Zukunft führen konnte, wenn er die Aura der Angst, die sie umgab, aufrechterhielt. Jedes Nachgeben, jedes Zeichen von Schwäche hätte ein Dutzend Todfeinde auf den Plan gerufen. Es war ein verhängnisvoller Kreislauf: Jedes Abweichen von den Vorgaben Hassan-i-Sabbahs, jeder Versuch eines Rückzugs aus dem Geschäft mit Mord und Furcht würde unweigerlich im Untergang der Nizaris resultieren.

Alles war gut gegangen, bis die Mongolen kamen. Eine Streitmacht so groß, dass selbst die Nizaris ihr unterliegen mussten. Hunderttausend Ameisen können einen Tiger töten. Aber falls es wirklich eine Möglichkeit gab, die letzten Frauen, Kinder und Männer in den Mauern Alamuts vor dem Tod zu bewahren, würde Khur Shah sie ergreifen. Ob das den Verlust seiner Freiheit oder gar sein Ende bedeutete, spielte für ihn keine Rolle. Er war bereit, für diese Menschen zu sterben.

Eine Hochzeit, wie Shadhan sie ausgeheckt hatte, war nicht einfach das Versprechen einer Ehe. Sie bedeutete, im Staub vor dem Thron des Khans zu kriechen und die Allmacht der Mongolen anzuerkennen, gar Teil ihrer Horde zu werden, ihres barbarischen Lebens, ihrer Sitten – auch Sinaidas Volk, den Keraiten, war es einst nicht anders ergangen. Und es mochte bedeuten, dass Khur Shah seine Leute verlassen musste und nach Karakorum gerufen wurde, um beim Großkhan persönlich um Gnade und um Vergebung für die Verfehlungen seines Vaters zu bitten.

Zu alldem war Khur Shah bereit, wenn er damit jene retten konnte, die ihr Leben in seine Hände gelegt hatten. Sein Stolz, sein Glaube, seine inneren Überzeugungen – er war willens, sich selbst zu verraten, wenn er damit die Gnade ihrer Feinde erkaufen konnte.

Die Menschen, die in der Festung Alamut Zuflucht gesucht hatten, wussten noch nicht, auf welche Weise ihr Herr sie zu retten gedachte. Sie kannten den Plan des Ratgebers nicht, sie wussten nichts von Kasims Worten an die Prinzessin Sinaida. Sie alle ahnten nur, dass was auch immer geschähe Opfer kosten würde – Opfer an Menschenleben, Opfer an Würde.

Während er durch ihre Reihen schritt, mit erhobenem Haupt und wehendem Mantel, spürte Khur Shah ihre Blicke, unsicher, respektvoll, viele voller Liebe. Am stärksten aber fühlte er die Augen Shadhans in seinem Rücken, und das war es, was ihn insgeheim ängstigte: Verzehrende Ambitionen loderten im Geist dieses Mannes, und Khur Shah hätte viel dafür gegeben, das brillante, rätselhafte Geflecht von Shadhans Gedanken durchschauen zu dürfen. Doch der Weise schwieg über alles, das ihn selbst betraf, und solange seine Ratschläge dem Wohl der Nizaris dienten, wollte Khur Shah ihn nicht erzürnen. Ein Verstand wie dieser mochte in Windeseile von einem treuen Verbündeten zu einem furchtbaren Feind werden. Dann, darüber war sich Khur Shah im Klaren, würde er schnell sein müssen: Shadhans Kopf würde rollen, ehe er die Möglichkeit bekäme, eigene Vorteile über jene der Nizaris zu stellen.

Ein kleines Mädchen, höchstens sechs Jahre alt, riss ihn aus seinen Gedanken. »Herr!« Sie hatte sich aus einer Reihe von Kindern gelöst, die gerade das Erklimmen einer Mauer übten. »Macht Allah, dass bald die Welt untergeht?«

Er blieb stehen und ging vor dem Mädchen in die Hocke, damit sich ihre Augen auf einer Höhe befanden. Ein Ausbilder eilte von hinten herbei, um das Kind zu maßregeln, doch Khur Shah schickte ihn mit einem Wink davon. »Die Welt geht nicht unter«, sagte er zu der Kleinen. Ihr Haar war kurz geschnitten, und sie hatte eine frisch verheilte Narbe auf der linken Wange – eine Folge der Übungen mit echten Waffen. »Niemand hat die Macht, die Berge dort draußen zu stürzen, oder den Himmel, oder die Sonne selbst.«

»Nicht einmal Allah?«

»Nicht einmal er, denn er ist all das – die Berge, der Himmel, die Sonne, sogar unser aller Leben.«

»Aber Allah wird uns zu sich holen?«

»Vielleicht wird er das tun, ja.«

»Wartet er dann auf uns in seinem Garten?«

Khur Shah versuchte zu lächeln. »Das tut er gewiss. Auf jeden Einzelnen von uns.«

»Es ist ein schöner Garten, oder?«

»Der schönste, den du dir vorstellen kannst.« Er wusste sehr wohl, dass die Kleine noch nie in ihrem Leben einen Garten gesehen hatte, nicht hier in diesen Bergen. »Seine Bäume hängen voll mit süßen Früchten, das Wasser in den Bächen funkelt wie Edelsteine und die Luft schmeckt nach Moschus und Kräutern.«

Sie legte den Kopf leicht schräg, blickte ihn aus großen Augen an, dann drehte sie sich um und lief zurück zu den anderen. Die Kinder bestürmten sie mit Fragen, doch der Ausbilder ging dazwischen und schickte sie streng zurück an ihre Kletterseile.

Der Garten Allahs.

Der Garten der Nizaris.

Khur Shah hatte ihn als einer der wenigen Lebenden mit eigenen Augen gesehen – dies war das größte Privileg der Alten vom Berge. Und wie kein anderer verstand er, warum sich all diese Menschen danach sehnten.

~

Auf den Felshängen über dem Mongolenlager rauchten noch die verkohlten Leichen der nächtlichen Attentäter auf ihren Pfählen, als der alte Mann den Hang herabkam.

Der Stab, auf den er sich stützte, ließ ihn aus der Ferne schwächer wirken als er war, aber die Wächter, die ihn als Erste kommen sahen, erkannten den unbeugsamen Willen in seinem Blick und ließen ihn passieren. Später nahm Hulagu ihnen dafür die Köpfe, doch selbst in ihren letzten Momenten konnten sie nicht erklären, was es gewesen war, das sie in solcher Ehrfurcht zu dem Fremden hatte entbrennen lassen. Noch unter den Klingen ihrer Henker brüllten sie, dass er sie verhext habe, um ungehindert das Lager zu betreten, dass er sich ihr Vertrauen erschlichen habe allein durch die Macht seiner Augen.

Allein Sinaida war nicht überrascht, als die Nachricht vom Kommen des Alten die Zelte Hulagus und seiner Familie erreichte. Als Einzige hatte sie den Abgesandten der Nizaris erwartet.

Mit ihrer Erlaubnis hatte Kasim im Morgengrauen von einem der Berghänge aus das vereinbarte Zeichen gegeben: ein Papierdrache, den er in einer Bö für kurze Zeit aufsteigen ließ.

Gemächlich näherte sich der bärtige Mann dem Zentrum des Lagers, vorbei an den Jurten aus Filz und den Zelten aus Wolle, vorüber an Pferdekoppeln, an rauchenden Feuern, auf denen Töpfe mit Hammelfleisch und Reis brodelten, an Männern, die sich mit Kampfspielen und endlosen Schwertübungen warm hielten.

Die Turgauden, Hulagus Leibwächter, bildeten einen engen Wall um das Zelt des Il-Khans. Die Krieger waren behelmt und schwer gerüstet, größer als die meisten Mongolen und bereits als Kinder dazu auserkoren, ihr Leben für das ihres Herrn zu geben. Sinaida kannte jeden von ihnen seit langen Jahren. Mit vielen hatte sie Übungen absolviert und sich – ehe Kasim dies übernahm – von ihnen die Feinheiten des Kampfes erklären lassen.

Vor den Turgauden verharrte der Fremde. Falls er tatsächlich kraft seiner Blicke Macht über andere erlangen konnte, so schien er jetzt keinen Gebrauch davon zu machen. Er verbeugte sich und redete auf einen der Männer ein. Sinaida, die mit Kasim ein wenig abseits stand, beobachtete den alten Mann genau. Sie war ihm durchs Lager gefolgt, ohne sich zu erkennen zu geben, und sie hatte auch Kasim gebeten, sich fern zu halten. Sie wollte den Alten studieren, während er ungehindert durch die Tausendschaften feindlicher Krieger schritt. Sie wollte verstehen, wie es ihm gelang, solchen Mut aufzubringen.

»Shadhan selbst wird ins Lager kommen, um die Eheverhandlungen zu führen«, hatte Kasim vor ein paar Stunden prophezeit, nachdem er den Signaldrachen hatte steigen lassen. »Er ist der Berater Khur Shahs und der weiseste Mann diesseits und jenseits der Berge.«

»Du verehrst ihn«, hatte sie festgestellt.

»Jeder Nizari muss ihn verehren, dann Shadhan ist der menschgewordene Geist unserer Gemeinschaft.«

»Ich dachte, das wäre Khur Shah?«

»Khur Shah ist das Schwert, der Muskel und der Mut der Nizaris. Shadhan ist ihr Kopf.«

Sinaida sah den weisen Mann heute zum ersten Mal und spürte, dass sich hinter seinem unscheinbaren Äußeren mehr verbarg als der Verstand eines brillanten Gelehrten. Da war nichts Böses – aber auch nichts Gutes – an ihm. Nur die sachliche Allmacht eines grenzenlos überlegenen Verstandes.

Sie stand mit Kasim zwischen zwei Zelten und beobachtete den Berater des Nizariführers, wie er mit einer altersfleckigen Hand gestikulierte und auf den Obersten der Turgauden einredete. Es war ein Wunder, dass Hulagus Leibwächter ihn nicht längst in Ketten gelegt oder auf der Stelle getötet hatten.

Allmählich bildete sich ein Pulk aus Kriegern um den Alten. Jeder andere wäre längst erschlagen worden. Shadhan aber stand einfach nur da, auf seinen Stab gestützt, und sprach ruhig mit dem Wächter.

Sie wandte sich zu Kasim, der die Szene sichtlich nervös beobachtete. Ihr war nicht ganz klar, ob er Angst um Shadhan hatte oder aber davor, dass ein Angriff auf den Nizariweisen die Verhandlungen zunichte machen könnte, bevor sie noch begonnen hatten. »Er hat Zauberei benutzt, um so weit ins Lager zu gelangen«, sagte sie. »Ist das dieselbe Art und Weise, auf die eure Mörder Nacht für Nacht unsere Wachen überlisten?«

»Keiner von uns ist ein Zauberer«, sagte Kasim. »Unsere Fähigkeiten kann jeder erlernen, der sie von Kind an einübt.«

Sie deutete auf Shadhan. »Auch die seinen?«

Kasim schwieg einen Augenblick zu lange, ehe er zögernd sagte: »Shadhan besitzt das Wissen der Götter. Er hat Schriften studiert, die kein anderer je gelesen hat, und er kennt die Geheimnisse der Menschen, wie sie nur einer kennen kann, der selbst kein Mensch ist.«

Sie schauderte. »Shadhan ist kein Mensch?«

»O doch, das ist er gewiss. Aber die Weisheit, die er verinnerlicht hat, stammt nicht von Menschen.«

Nun wurde ihr wahrlich unheimlich zumute, und sie fragte sich zum tausendsten Mal, ob ihr Entschluss nicht ein Fehler gewesen war. Doquz hatte sie zunächst ausgelacht, dann beschimpft, schließlich geweint, als Sinaida ihr erklärte, was sie vorhatte. Hulagu selbst hatte einen Tobsuchtsanfall ohnegleichen bekommen und war brüllend aus dem Zelt gestürmt, um Kasim mit eigenen Händen zu töten. Doch Doquz und Sinaida war es gelungen, ihn zu beruhigen – Doquz nicht aus Überzeugung, sondern weil sie bereit war, alles für ihre jüngere Schwester zu tun. Auch, an ihren Fehlern teilzuhaben.

Zu guter Letzt hatte Hulagu Sinaidas Wunsch zugestimmt, mit einem Gesandten der Nizaris zu verhandeln. Khur Shah würde sich in seine Hand begeben, das war Hulagus Bedingung, und er würde ihn und seine Befehlshaber die Kriegskunst der Nizaris lehren – dies war der Preis, den der Il-Khan für seine Schwägerin verlangte, und er fühlte sich dabei als Sieger.

»Du musst etwas tun«, flehte Kasim sie an, als beide mit ansahen, wie der Oberste der Turgauden die Spitze seiner Schwertlanze gegen die schmächtige Brust Shadhans legte. Der Tonfall des Kriegers war unvermindert ruhig – es geziemte sich nicht, in der Nähe des Heerführers zu brüllen, nicht einmal wenn es galt, einen Feind abzuwehren.

Mit herrischer Gebärde trat Sinaida zwischen den Turgauden und den Nizarigelehrten, drückte barsch die Lanzenspitze hinunter und sagte zu dem Wächter: »Dieser Mann ist ein Freund und darf passieren. Der Il-Khan erwartet ihn.« Sie holte unmerklich Luft, bevor sie die nächsten Worte aussprach: »Er ist ein Gesandter meines Bräutigams.«

Shadhan lächelte.

Als Favola zusammenbrach, getroffen von einem Pfeil aus dem Schneetreiben, geschahen mehrere Dinge gleichzeitig.

Aelvin sah sie stürzen und stieß einen Schrei aus, der sogleich von einem anderen Laut übertönt wurde – dem mörderischen Brüllen eines Ungeheuers, das unvermittelt aus dem Unterholz brach und wie ein schwarzer Gott der Wälder über den Schnee auf sie zuraste.

Da war Aelvin bereits bei dem Mädchen und beugte sich schützend über sie, viel schneller als Albertus, der etwas rief und nun reichlich hilflos dastand und unentschlossen von der herandonnernden Bestie zurück zur Schlucht und zum zerstörten Aquädukt blickte, wohl in der Erwartung weiterer Pfeile von der anderen Seite des Abgrunds.

Fassungslos blickte Aelvin auf und sah dem Tier entgegen, einem riesenhaften Keiler mit struppigem Pelz und Hauern so groß wie gebogenen Schwertern. Wie ein Unwetter tobte er auf sie zu, die Schneedecke vibrierte, und zwischen all seinen panischen Gedanken, die um die leblose Favola kreisten, schlich sich die Frage in Aelvins Verstand, ob die Felskante diesen Erschütterungen standhalten oder womöglich der zerstörten Wasserleitung hinab in die Tiefe folgen würde.

Dann aber ertönte von irgendwo ein weiterer Ruf, und abrupt wurde der Keiler langsamer. Die rabenschwarze Monstrosität, größer als ein Mensch und breiter als zwei Männer nebeneinander, blieb unverhofft stehen, schnaufte dampfend aus seinem fleischigen Rüssel und blickte aus Augen wie Kohlestücken zu Aelvin, Favola und dem Magister herüber.

Aus der wirbelnden Schneemauer trat eine schmale Gestalt.

»Hierher!«, rief sie. »Kommt hier herüber!« Sie winkte ihnen zu und zog sich gleich wieder zurück in das weiße Flockenchaos. Als Aelvins Blick zurück zu dem Keiler zuckte, war auch dieser verschwunden, zerstoben zu Eis und Wind und beißender Kälte.

Favola stöhnte leise, und endlich konnte er sich die Zeit nehmen, ihre Verletzung genauer zu betrachten. Der Pfeil steckte in ihrer linken Schulter, neben einem der beiden Lederriemen, die das Bündel mit der Lumina auf ihrem Rücken hielten. Die Spitze war komplett in ihrem Körper verschwunden, und mit ihr ein Stück vom Schaft. Aelvin wurde schlecht bei dem Anblick, aber zugleich war er unsagbar erleichtert, dass Favola lebte, ja, dass sie jetzt sogar die Augen aufschlug und trüb zu ihm aufblickte. Er wollte ihren Oberkörper in seinen Schoß betten, als eine Hand ihn an der Schulter packte und fortzog. Mit einem Keuchen fiel er rückwärts in den Schnee, während Albertus mit wehendem Gewand neben Favola in die Hocke ging, die Wunde untersuchte und beruhigend auf das Mädchen einredete. Seine Hände wühlten unter seinem Mantel, zogen einen flachen Lederbeutel hervor und ließen ihn in den Schnee fallen.

»Aelvin!«, rief er. »Halte ihren Kopf.«

Aelvin kroch zu den beiden zurück, legte sanft beide Hände unter Favolas Kapuze und hob ihren Hinterkopf leicht an.

»Steck ihr den Saum deines Umhangs in den Mund«, befahl Albertus.

»Was?«

»Tu, was ich dir sage!«

Unsicher zerrte Aelvin einen Zipfel seines Mantels hervor, klopfte den Schnee ab und schob ihn nach einem letzten Zögern zwischen Favolas Lippen. Sie ließ es sich gefallen, biss fest zu und schloss die Augen.

Albertus legte die linke Hand flach auf Favolas Schulter, packte mit der Rechten den Pfeil und zog ihn mit einem kräftigen Ruck aus der Wunde. Favolas Schrei wurde von dem Stoff in ihrem Mund gedämpft, und dann presste sie die Kiefer so fest aufeinander, dass Aelvin die Fasern des Mantels knirschen hörte. Ein paar Blutstropfen spritzten auf den weißen Schnee, als Albertus den Pfeil zur Seite warf. Mit geübten Fingern entblößte er Favolas weiße Schulter, presste ein paar Blätter aus dem Lederbeutel auf die schmale Wunde und befestigte sie provisorisch mit einem Verband, den er drei Mal unter ihrer Achsel hindurchzog und schließlich über der Schulter verknotete.

»Für den Moment muss das reichen«, sagte er, nachdem er ihr Gewand und den Mantel wieder gerichtet hatte.

»Ich kann das Bündel mit der Pflanze nehmen«, bot Aelvin an.

»Nein«, sagte Albertus energisch, während er den Rest des Verbandes zurück in den Beutel stopfte und ihn unter seinem Fellumhang verschwinden ließ. »Der Riemen wird die Kräuter fester auf die Wunde drücken. Sobald wir im Warmen und Trockenen sind, kann ich die Verletzung besser versorgen und ihr einen richtigen Verband anlegen.«

Favola hob zitternd die rechte Hand und zerrte Aelvins Mantelsaum aus ihrem Mund. Sie spuckte und hustete, stöhnte bei der ersten Bewegung ihres Oberkörpers schmerzerfüllt auf, ließ sich dann aber von den beiden auf die Beine helfen.

»Du kannst laufen, Mädchen«, sagte Albertus in einem Ton, der keinen Widerspruch duldete. »Du musst es nur wollen.«

Aelvin war empört. »Aber sie ist –«

»Ihre Schulter ist verletzt, nicht ihre Beine«, entgegnete der Magister hart. »Uns bleibt nicht viel Zeit.«

Aelvin wollte aufbegehren, doch dann sah er ein, dass Albertus Recht hatte. Sie mussten weiter. Am Waldrand entdeckte er wieder die Gestalt von vorhin. Erst jetzt, als seine Sorge um Favola ein wenig nachließ, wurde ihm klar, wer das fremde Mädchen war.

»Libuse?«, flüsterte er tonlos.

»Kommt jetzt!«, befahl sie und verschwand abermals.

Albertus nickte. »Folgen wir ihr.«

»Was ist mit den Männern des Erzbischofs?«, fragte Aelvin, während er Favolas unverletzten Arm um seine Schulter legte. Ein dankbares Lächeln flackerte über ihre bleichen Züge. Schneeflocken hingen in ihren Wimpern, obwohl sie die Kapuze wieder tief ins Gesicht gezogen hatte.

»Wie viele hast du noch gesehen, nachdem das Aquädukt eingestürzt ist, Junge?«, fragte Albertus kurz, während sie sich auf die Bäume zuschleppten. Er überließ es Aelvin, Favola zu stützen. Tatsächlich schien er trotz allem, was geschehen war, wieder tief in Gedanken versunken. Aelvin mochte ihn immer weniger.

»Nur einen«, antwortete Aelvin widerwillig, nachdem er sich die Szene noch einmal vor Augen geführt hatte. Erneut kam der Schmerz über Odos Tod in ihm auf, und er war froh, als Albertus nur nachdenklich nickte und keine weiteren Fragen stellte. Stumm weinte Aelvin, während er Favola half, die Distanz bis zum Wald zu überwinden. Erst nach wenigen Schritten wurde ihm bewusst, dass sie tröstend auf ihn einflüsterte, ungeachtet ihrer Schmerzen.

Libuse erwartete sie im Schutz der vorderen Bäume. Bei jeder anderen Gelegenheit hätte ihre Anwesenheit Aelvin wie ein Blitzschlag getroffen, doch jetzt, nach Odos Tod und Favolas Verwundung, erschien ihm ihre Nähe nur noch halb so außergewöhnlich.

Dann sah er ihr Gesicht.

Auch Albertus hatte es bemerkt. »Gott, Mädchen, was –«

Sie aber schüttelte nur den Kopf und lief voraus. Trotz des grauen Winterlichts hatte der kurze Moment ausgereicht, um Einzelheiten zu erkennen: Libuses Gesicht war auf der linken Seite blau angelaufen. Eines ihrer Augen war geschwollen, und von ihrem rechten Mundwinkel reichte ein getrockneter Blutfaden hinab zum Kinn. Sie bewegte sich langsam und schien Schmerzen zu haben.

»Was ist mit ihr passiert?«, entfuhr es Aelvin, so als müsste Albertus eine Antwort darauf wissen.

Der Magister gab keine Antwort. Sein Mienenspiel verriet, dass sich zu all seinen anderen Sorgen gerade eine weitere gesellt hatte.

Sie folgten Libuse tiefer in die Wälder. Von dem riesenhaften Keiler war nichts mehr zu sehen, nicht einmal Spuren im Schnee.

»Ist das der Weg zu Corax' Turm?«, fragte Albertus.

»Vielleicht«, gab Aelvin zurück. Sein Atem dampfte in kurzen, heftigen Stößen vor seinem Gesicht empor. Er war erschöpft von der Kletterei im Aquädukt, von Panik und Furcht. Favola war nahezu federleicht, doch weil sie so eng beieinander gingen, war es doppelt schwierig, Libuses Pfad durch das Unterholz zu folgen. Ständig stieß einer von ihnen gegen Baumstämme oder verhedderte sich in Zweigen. Albertus ging jetzt hinter ihnen, und Aelvin war froh, ihn für eine Weile nicht mehr sehen zu müssen. Libuse hingegen lief weit voraus, ein Schemen hinter Schneefall und Ästen, und Aelvin folgte irgendwann nur noch ihren Spuren.

Schließlich verlor er sie gänzlich aus den Augen, und auch ihre Fußstapfen waren im Unterholz immer schwerer zu erkennen.

»Wo steckt sie?«, keuchte er und blieb stehen.

Favola deutete bebend mit dem unverletzten Arm nach links. »Da drüben. Hinter den Bäumen.«

Wieder bewegten sie sich in die Richtung des Waldmädchens. Sie war so verschwommen wie ein Geist, der vor ihnen zwischen den Stämmen dahinwehte. Albertus drängte von hinten zur Eile, aber Aelvin war viel zu sehr mit Favola und sich selbst beschäftigt, als dass er sich darüber hätte ärgern können. Für eine Weile rückte sogar Odos Tod in den Hintergrund. Nur weiter. Immer weiter.

Unvermittelt trat Libuse hinter einem Baumstamm hervor. Sie hielt den Kopf gesenkt, sodass ihr langes rotes Haar vor ihr Gesicht fiel, als wollte sie nicht, dass irgendwer länger als nötig einen Blick darauf werfen konnte. Mit der rechten Hand deutete sie einen kurzen, steilen Hang hinab.

»Da runter«, sagte sie und schlitterte voraus.

Aelvin war nicht sicher, wie er Favola heil hinunterbringen sollte, doch sie kreuzte seinen Blick und deutete ein Nicken an: Ich schaffe das schon! Es war erstaunlich, wie viel Kraft dieses zerbrechliche Geschöpf in seinem kränkelnden Leib barg.

Irgendwie kamen sie unten an, halb rutschend, halb kletternd, immer auf die Gefahr hin, im Schnee den Halt zu verlieren. Albertus fluchte und landete unsanft hinter ihnen.

Die Senke, in die Libuse sie geführt hatte, hatte die Form einer leeren Nussschalenhälfte, durchzogen von einem Gewirr knotiger Wurzelstränge, die zu zwei mächtigen Eichen auf beiden Seiten der Vertiefung gehörten. Libuse wandte den anderen den Rücken zu, sank auf die Knie und legte ihre Hände auf die verschlungenen Wurzeln. Ihr Haar umgab sie wie ein dunkelroter Schleier, der sich von oben über sie gesenkt hatte. Aelvin fiel auf, dass an diesem Ort weit weniger Schnee lag als oberhalb der Hänge – sie musste das Zauberlicht hier vor kurzem schon einmal heraufbeschworen haben.

»Was tut sie da?«, flüsterte Favola mit schmerzverzerrter Miene.

Aelvin half ihr, sich zwischen den Wurzeln niederzulassen, und er wollte gerade antworten, als sein Blick auf eine weitere Gestalt fiel, die sich mit ihnen am Fuß der Senke befand, halb verborgen hinter einem Geflecht borkiger Stränge.

Auch Albertus hatte den sitzenden Mann entdeckt, kletterte hastig hinüber und hockte sich neben ihn.

»Corax… Allmächtiger Gott!«

Libuses Vater schrak auf, sein rechter Arm wirbelte vor und schlug mit einem Schwert, das gerade noch neben ihm am Hang gelehnt hatte, nach Albertus. Der Magister konnte nur knapp ausweichen. Mit einem Zischen fegte die Klinge an ihm vorbei, nur eine Handbreit von seinem Gesicht entfernt.

»Wer ist da?«, brüllte Corax aufgebracht. »Libuse? Sind sie zurückgekommen?«

Aber Libuse gab keine Antwort. Sie war bereits tief in ihre Beschwörung versunken.

Corax, der mächtige Corax von Wildenburg, war ein geschlagener Mann. Um seinen Kopf lag eine breite Binde, die beide Augen bedeckte. Was sich darunter von seinen Wangen erkennen ließ, war schwarz, so als hätte er sich das Gesicht mit Ruß eingerieben.

»Corax, ich bin es. Albertus. Dein Freund Albertus.«

»Freund?« Corax' Stimme war ein einziges Grollen. Sein Körper mochte gelitten haben, doch sein Zorn und sein Wille schienen ungebrochen. »Dir, *Freund*, haben wir zu verdanken, was geschehen ist! Wie viel Unglück willst du noch säen? Erst die Nonnen… und nun meine Libuse…«

Die Binde vor seinen Augen erwähnte er nicht. Doch es gab auch so keinen Zweifel, was geschehen war.

Corax war blind.

Geblendet von irgendetwas, das sein Gesicht verbrannt hatte – einer glühenden Schwertklinge vermutlich.

»Ist *er* das gewesen?«, fragte Albertus leise. Er war zutiefst erschüttert. »Gabriel?«

Der einstige Ritter sah noch einen Moment länger aus, als wollte er sich auf den Magister stürzen, doch dann sank er zurück und fiel regelrecht in sich zusammen. »Sie haben mich gezwungen, zuzusehen, wie sie Libuse Gewalt angetan haben … Und danach –«, er deutete auf seine Augen, » – *das*! Es sollte das Letzte sein, was ich in meinem Leben sehe.« Er stieß einen wütenden Schrei aus, der zwischen den Bäumen widerhallte, und schlug mit der Faust in den Schnee.

Favola zupfte an Aelvins Ärmel. »Das Mädchen … sieh nur!«

Aelvin fuhr herum. Er ahnte bereits, was er sehen würde.

Libuses Schatten, bei diesem Licht ohnehin nur ein Hauch, war wie schwarzer Tran im Schneematsch versickert. Stattdessen erglühten die Risse und Spalten in der Baumrinde, aber auch im Boden zwischen den Wurzeln in einem geheimnisvollen inneren Licht. Es dauerte nicht lange, da brach der überirdische Schein wie die Strahlen einer aufgehenden Sonne aus Baum und Erdreich und erfüllte die Senke mit einer wohligen, durchdringenden Wärme.

Libuse kauerte inmitten dieser Lichterflut und bewegte sich nicht. Es war, als liebkosten die Strahlen sie, als wiegten sie sie wie die Arme einer Mutter in einen sanften, heilenden Schlaf.

Auch Albertus starrte nun hinüber, berührt und fasziniert zugleich. Selbst Corax, der das Licht nicht sehen konnte, spürte dessen lindernde Wärme; er hatte sein geschundenes Gesicht in jene Richtung gewandt, in der seine Tochter die Mächte der Erde und Wälder heraufbeschwor.

»Erdlicht«, flüsterte Albertus. »Der Letzte, den ich die *magia naturalis* wirken sah, brannte bald darauf auf dem Scheiterhaufen.«

Aelvin fuhr aufgebracht herum. »Dieses Licht wärmt uns! Es tut uns gut! Was habt Ihr daran auszusetzen?«

Der Magister schenkte ihm einen kurzen Blick, dann konzentrierte er sich wieder auf Libuse. Sie alle waren jetzt in den goldenen Schein des Erdlichts getaucht. Favola presste sich enger an Aelvin, was ein beinah ebenso sonderbares und fremdes Gefühl in ihm auslöste wie der magische Glanz aus dem Inneren des Eichenbaums. Sie hatte Angst und noch immer starke Schmerzen, doch zugleich schien auch sie zu wissen, dass dieses Licht ihnen nichts Böses wollte, ja, dass hier Mächte am Werk waren, die ihnen freundlich gesinnt waren. Aelvin sah, wie sich ihr Gesicht mit jedem Atemzug ein wenig mehr entspannte, bis der peinvolle Ausdruck in ihren Augen nahezu gänzlich verschwunden war.

Albertus löste Favola von Aelvin und setzte sie sanft auf einer Wurzel ab, weit genug von Corax entfernt, um sie vor weiteren Wutausbrüchen zu schützen.

Im Schein des Erdlichts versorgte er Favolas Pfeilwunde erneut, diesmal sehr viel sorgfältiger, und Aelvin wandte sich errötend ab, als Albertus den Oberkörper des Mädchens entkleidete, um den neuen Verband diesmal oberhalb ihrer Brüste bis zur rechten Schulter zu führen. Favola presste den Stoff ihres Gewandes mit dem gesunden Arm an sich, doch sie wirkte nicht halb so beschämt, wie sie in Anbetracht ihrer Blöße eigentlich hätte sein müssen. Das Erdlicht besänftigte jeden ihrer Sinne, und auch Aelvin spürte, wie sich Ruhe in ihm ausbreitete, seine Trauer um Odo linderte und die Angst vor Verfolgern minderte.

Corax schwieg die ganze Zeit über. Erst als Albertus Favola versorgt hatte und den alten Kämpen erneut ansprach, entrang sich seiner Kehle ein Knurren wie die Warnung eines gereizten Bluthundes.

»Lass mich deine Augen sehen«, bat Albertus.

»Kümmere dich erst um Libuse.«

Albertus sah über die Schulter auf das inmitten des Lichtscheins kauernde Mädchen. »Sie kümmert sich recht gut um sich selbst, wie mir scheint.« Er ging vor Corax in die Hocke und legte sich den Lederbeutel mit den Heilmitteln in den Schoß. »Deine Augen. Zeig sie mir.«

Noch einmal zögerte der Mann, dann öffnete er den Knoten der Binde. Er gab keinen Laut von sich, als er den Stoff von den klebrigen Brandwunden löste. Keine Regung in seinem Gesicht, kein Zucken. Der oberflächliche Schmerz war nichts gegen jenen, der in seiner Seele tobte.

Aelvin stieß die Luft aus, als er das breite Band aus verbrannter Haut um die Augenpartie des Ritters sah. Favola, die wieder vollständig angekleidet war und ihren eigenen Schmerz erstaunlich gut verkraftete, entfuhr ein leises Stöhnen.

Albertus' Augen verengten sich nur für die Dauer eines Herzschlags, dann wühlte er hastig in seinem Heilerbeutel.

Die Haut unter Corax' Binde war rot und rußig. Brandblasen glänzten nässend und sahen aus wie geschwollene Tränensäcke. Die Augen selbst waren kaum zu erkennen, zwei enge Schlitze inmitten fleischiger, entzündeter Wülste. Mit der Binde hatte Corax an mehreren Stellen Hautfetzen abgerissen, doch es trat kein Blut aus, so als hätte es sich gänzlich aus dem Gesicht des Kriegers zurückgezogen.

»Kannst du noch irgendetwas erkennen?«, fragte Albertus, während er ein kleines Tongefäß entkorkte und Zeige- und Mittelfinger in eine grünliche Salbe tauchte.

»Einen hellen Schimmer«, antwortete Corax. »Sonst nichts.«

Albertus nickte. »Ich werde jetzt eine Kräutersalbe auftragen, die die Verbrennungen kühlt. Wenn die Schwellungen zurückgehen, wird sich deine Sehkraft ein wenig bessern.«

»Bessern?« Corax spie das Wort förmlich aus. »Ich habe genug geblendete Männer gesehen, um zu wissen, wie sie enden. Als jammernde Bettler in irgendeiner Kloake. Falls sie ihrem Elend vorher nicht selbst ein Ende setzen.«

Albertus begann, die Salbe vorsichtig auf die zerstörte Haut aufzutragen. »Einige der weisesten Männer, die ich kenne, haben ihr Augenlicht verloren und sind dennoch nicht verzweifelt.«

»Ja, Pfaffen wie du! Heilsprediger und Philosophen! Sie brauchen nichts als einen Novizen, der ihnen aus ihren Büchern vorliest. Aber ich bin ein –«

»Krieger?«, fragte Albertus. »Du selbst hast gesagt, dass du keiner mehr bist. Ich habe viele Verbrennungen wie diese gesehen. In Kriegen machen sich die Männer seit jeher einen Spaß daraus, ihre Gefangenen zu blenden – aber die wenigsten tun es gründlich.«

Corax' Hand tastete nach der Waffe, mit der er Albertus vorhin fast erschlagen hätte. »Er hat mein eigenes Schwert benutzt. Meine eigene Klinge!«

Während Albertus aus seinem Beutel eine neue, feiner gewebte Binde hervorzog und Corax' Augen damit bedeckte, fragte sich Aelvin, woher die beiden Männer einander wohl kannten.

»Nicht so eng«, knurrte Corax. »Lass mir das bisschen Licht, solange mir welches bleibt.«

»Immer noch Angst vor der Dunkelheit?«, fragte Albertus und lockerte die Binde ein wenig.

Während Aelvin noch überlegte, wie Albertus das gemeint haben könnte, ließ ihn ein leises Stöhnen herumfahren. Er sah gerade noch, wie Libuse zusammensackte. Das Erdlicht erlosch schlagartig. Von allen Seiten schlug die Kälte über ihnen zusammen wie Wasser aus einem geborstenen Damm. Favola schrak neben ihm zusammen und wollte Libuse zu Hilfe eilen. Doch der Schmerz in ihrer Schulter warf sie wie ein Faustschlag zurück zu Boden.

»Ich mach das schon.« Aelvin kletterte über das Wurzelgeflecht zu Libuse hinüber.

Das Mädchen hatte während der Beschwörung auf den Knien gehockt. Jetzt war ihr Oberkörper nach vorn gesackt, bedeckt von der Flut ihres Haars. Über ihrem Kleid trug sie eine dicke Weste aus Schafswolle, genau wie beim letzten Mal, als Aelvin sie gesehen hatte. Derart zusammengekauert ließ die grauweiße Wolle sie aussehen, als sei sie zur Hälfte mit Schnee bedeckt.

Er fasste sie zaghaft an den Schultern. »Libuse?«

Sie gab keine Antwort.

»Libuse?« Corax' Stimme fuhr Aelvin durch Mark und Bein. »Was ist mit ihr?«

»Sie ist nur erschöpft«, sagte Albertus beschwichtigend und presste den aufgebrachten Krieger zurück auf seinen Sitz. »Es geht ihr gut.«

»Warum sagt sie nichts?« Corax wollte erneut aufspringen, doch im selben Moment ruckte Libuses Kopf hoch. Sie wirbelte herum, fauchte wie eine Katze und stieß Aelvin mit aller Kraft von sich. Ihr Gesicht war verzerrt wie das eines Wasserspeiers.

»Lass deine Finger von mir!«

Aelvin stolperte rückwärts, konnte sich nicht mehr fangen und krachte mit dem Steißbein auf einen borkigen Holzwulst. Ein dumpfer Laut kam über seine Lippen, Funken tanzten vor seinen Augen.

»Ich wollte nur helfen!«, entgegnete er heftig.

»Ich brauche keine Hilfe! Von niemandem!« Sie sprang auf, kletterte auf Händen und Füßen den steilen Hang hinauf und verschwand hinter der Kuppe.

»Sie hat Schlimmes durchgemacht«, sagte Albertus in Aelvins Richtung. »Lass sie.«

»Libuse!«, rief Corax ihr hinterher, doch der Magister legte ihm beschwichtigend eine Hand auf den Unterarm.

»Sie läuft nicht weg, keine Sorge.«

»Aber Gabriel und seine Männer sind noch irgendwo dort draußen!«

Albertus' Miene verdüsterte sich. »Gabriels Männer leben nicht mehr. Das alte Römeraquädukt hat sie mit sich in die

Tiefe gerissen. Wenn die Augen unseres jungen Freundes« – er sah Aelvin an – »so gut sind, wie es die meinen in seinem Alter waren, dann stand auf der anderen Seite nur noch ein einzelner Mann. Derselbe, der den Pfeil auf Favola abgeschossen hat.«

Aelvins Herz schlug schneller. Falls er sich geirrt hatte und noch mehr Männer überlebt hatten, dann blieb ihnen nicht mehr viel Zeit, ehe ihre Gegner die Schlucht umrunden und ihrer Spur folgen würden.

Zu seiner Überraschung spürte er, wie Favola ihn am Handschuh berührte. Sie bat ihn, ihr zu helfen, das Bündel von ihren Schultern zu lösen. Augenblicke später fischte sie den Luminaschrein hervor und hielt ihn ins Tageslicht. Der Schneefall hatte nachgelassen, aber der Himmel über den Baumkronen war unverändert trüb. Auf dem Glas hinter den Gitterstreben spiegelte sich fahles Grau.

Aelvin ertappte sich dabei, wie er auf ein Wunder hoffte, eine Erscheinung, die der Herkunft der Pflanze gerecht wurde. Doch die Lumina stand nur schmal und fast verkümmert in ihrem Glaskäfig wie ein eingesperrter Vogel.

»Was ist das?« Libuses Kopf war über der Kuppe des Hangs erschienen und blickte zu Favola. »Woher hast du das?« Sie schlitterte die Böschung herab, kam neben der Novizin zum Stehen und streckte beide Hände nach dem Schrein aus. Albertus öffnete schon den Mund, um sie davon abzuhalten. Doch Favola schüttelte kaum merklich den Kopf in seine Richtung und ließ Libuse gewähren.

Fast erwartete Aelvin, dass Libuses Berührung auch die Lumina zum Glühen bringen würde, genau wie die Eichenbäume, aber nichts dergleichen geschah. Trotzdem verzogen sich Libuses geschundene Züge zur Andeutung eines Lächelns, erst flackernd wie eine Kerzenflamme, dann immer deutlicher. Sie brachte ihr Gesicht ganz nah an das dünne Gitter des Schreins und blickte wie gebannt hindurch.

»Sie ist wunderschön«, flüsterte sie.

Allmählich kam es Aelvin vor, als wäre er der Einzige, dem die Lumina nicht wie das herrlichste Gewächs unter Gottes Gnaden erschien. Zögernd, weil er immer noch Respekt vor Libuses Zorn hatte, trat er neben die beiden Mädchen und sah ins Innere des Schreins. Nichts hatte sich verändert. Dieselbe Pflanze. Dieselben dünnen, kränkelnden Blätter.

»Sie braucht mehr Licht«, sagte Libuse. Ihre Unterlippe war aufgesprungen und schorfig.

Favola nickte. »Es ist nicht gut für sie, nur im Rucksack getragen zu werden. Wann immer ich kann, lasse ich Tageslicht an sie heran.«

Zum ersten Mal sah Libuse Favola offen an. Es war, als nähme sie das andere Mädchen erst jetzt wirklich wahr. »Sie stammt nicht von hier. Ich habe so eine Pflanze noch nie gesehen.«

Aelvin dachte, dass auf dem Misthaufen im Kloster Unkräuter wuchsen, die verblüffende Ähnlichkeit mit der Lumina besaßen. Aber natürlich behielt er das für sich.

Albertus trat mit einem ungeduldigen Schnaufen neben die Mädchen. »Sie stammt von weit her, und genau dorthin werden wir sie zurückbringen.«

»Warum?«

»Weil das der Ort ist, an den sie gehört«, gab er mürrisch zurück. »Pack sie wieder ein, Favola. Wir müssen aufbrechen.«

Sie tat, was er verlangte – vorsichtig, um ihre Schulter nicht zu belasten –, während Libuse sie aufmerksam beobachtete.

»Libuse?« Aelvin räusperte sich. »Ich … ich wollte dich vorhin nicht erschrecken …«, sagte er.

»Fass mich nie wieder an«, sagte sie, ohne den Blick von dem Bündel zu nehmen. Aelvin zuckte zusammen unter der Kälte in ihrer Stimme, aber er erwiderte nichts mehr.

Favola verzog schmerzerfüllt das Gesicht, als sie sich die

Lumina mit Albertus' Hilfe wieder auf den Rücken schnürte. Eigentlich war es Wahnsinn, fand Aelvin, sie mit solch einer Verletzung einen Rucksack tragen zu lassen. Aber Albertus ließ nicht zu, dass irgendwer anderes die Lumina transportierte. Auch Favola schien überzeugt zu sein von der Notwendigkeit.

»Ich bin ihre Hüterin«, hatte Favola gesagt. Daran glaubte sie bedingungslos. Aelvin stand es nicht zu, ihre Überzeugungen infrage zu stellen.

Libuse schien seinen Blick misszuverstehen. »Fass mich nicht an«, sagte sie noch einmal, »und *starr* mich nicht an.«

»Ich hab doch gar nicht – «

Libuse ließ ihn stehen.

»Wir müssen gehen«, sagte Albertus, während Libuse ihrem Vater auf die Beine half. »Wir brauchen ein Dach über dem Kopf und ein warmes Feuer, während wir entscheiden, was unser nächster Schritt sein wird.«

»Wir könnten zurück zum Kloster gehen«, schlug Aelvin vor. »Falls wirklich nur einer der Männer überlebt hat, droht uns dort gewiss keine Gefahr mehr. Bestimmt ist er längst fort.«

»Und falls nicht? Oder wenn doch noch mehr von ihnen übrig sind?« Albertus starrte Aelvin finster an. »Dann sind sie längst auf dem Weg hierher, und wir würden ihnen geradewegs in die Arme laufen. Und selbst wenn nur noch einer am Leben ist – und ich habe keinen Zweifel, dass dies Gabriel selbst ist, denn er war sicher nicht so dumm, mit in dieses Aquädukt zu klettern –, wenn also Gabriel noch lebt, dann wird er versuchen, so schnell wie möglich neue Männer anzuheuern. Vielleicht reitet er zurück nach Köln, um sich ein neues Rudel zusammenzustellen. Aber selbst dann dürfen wir keine Zeit damit vertun, es uns in deinem Kloster gemütlich zu machen, Junge. Wir müssen nach Süden. Und dann immer weiter nach Osten.«

»So geht ohne mich«, sagte Aelvin und brachte es nicht

übers Herz, Favola anzusehen. »Die Lumina ist nicht meine Angelegenheit.«

»Das ist sie sehr wohl!«, donnerte Albertus. »Du wirst uns begleiten. Oder willst du im Kloster darauf warten, dass Gabriel zurückkehrt und durch Folter aus dir herauskitzelt, wohin wir uns gewandt haben?«

Daran hatte Aelvin auch schon gedacht – und sein Möglichstes getan, die Vorstellung zu verdrängen. Aber gar so leicht wollte er sich nicht geschlagen geben. »Ich kenne nicht einmal Euer Ziel. Ich könnte Gabriel gar nichts verraten, selbst wenn ich es wollte.«

Albertus hob eine Augenbraue. »Und du denkst, er wird dir das glauben?«

Aelvin warf einen verstohlenen Blick auf Corax' Augenbinde, dann auf Libuses geschwollenes Gesicht, schließlich auf Favola, die sich mit der rechten Hand die verletzte Schulter hielt. Albertus hatte natürlich Recht: Gabriel würde sich mit einem Nein nicht zufrieden geben.

Corax erhob die Stimme. Er war der Einzige, der mit Albertus' tief tönendem Organ mithalten konnte. »Libuse und ich werden auf jeden Fall zum Kloster gehen. Falls Gabriel dorthin zurückkommt, werde ich ihn erwarten. Und Libuse braucht Beistand.«

»Ich brauche keinen *Beistand*!«, rief sie empört. Und als sie sah, dass Corax dagegenhalten wollte, setzte sie hinzu: »Und wir werden auch nicht zum Kloster gehen, Vater.«

»Das hier ist nicht der Moment für Trotz.«

Libuse ließ ihn los. »Wir werden mit Albertus gehen!« Aelvin bemerkte, dass ihre Entschlossenheit nur Maskerade war. Leiser fügte sie hinzu: »Und ich werde die Wahrheit über Mutter herausfinden. Wenn es sein muss, auch gegen deinen Willen.«

Aelvin erwartete, dass Corax lospolterte, doch der grauhaarige Krieger schwieg nur. Auch sonst sprach für eine Weile niemand ein Wort. Sogar Albertus schien sich ausnahmsweise damit zufrieden zu geben, nur Beobachter zu sein.

»Ich habe dich einmal nicht schützen können«, sagte der Ritter schließlich, »und ich schwöre, dass das kein zweites Mal passiert.« Nach einer kurzen Pause fügte er leiser hinzu: »Und ich flehe zu Gott, dass ich Gabriel dabei begegne.«

Alle blickten betreten zu Boden. Jeder von ihnen wusste, dass Corax in seinem Zustand niemanden mehr beschützen und schon gar kein Schwert führen würde. Libuse umarmte ihren Vater, und Aelvin sah Tränen auf ihren Wangen. Er konnte ihr nicht böse sein, ganz gleich, wie sie sich ihm gegenüber verhielt.

»Dann ist es beschlossene Sache«, verkündete Albertus. »Wir reisen gemeinsam.«

Aelvin fand, dass er selbst überhaupt nichts beschlossen hatte, dass sogar – ganz im Gegenteil – wieder einmal über seinen Kopf hinweg entschieden worden war. Doch er war der Streitereien müde, und er fürchtete Gabriels Folterzangen. Auf ihrem weiteren Weg war noch immer Zeit, irgendwo kehrtzumachen und zurück zum Kloster zu wandern – vielleicht sogar in einem weiten Bogen, der ihn an Gabriel vorbeiführte, falls dieser Albertus und den anderen tatsächlich folgte.

Machst du es dir nicht ein wenig einfach?, mahnte seine innere Stimme. Was ist mit Favola? Und mit Libuse? Ist dir ihr Schicksal denn gleichgültig?

Um sich abzulenken, half er Favola auf die Füße und kletterte mit ihr und den anderen aus der Senke.

Albertus deutete ins verschneite Unterholz. »Dort entlang«, sagte er bestimmt, als sähe er ihr Ziel bereits vor sich.

Aelvin fing Favolas Blick auf. Ihre Augen kündeten von einem Mut, der ihn beschämte. Hinter ihnen keuchte Corax, als Libuse ihm die Schräge hinaufhalf; kein Wort der Klage kam über die Lippen des Kriegers, kein Laut der Pein.

Ein Blinder, zwei verwundete Mädchen und ein Novize, dachte Aelvin. Wunderbar. Nicht zu vergessen ein verbohrter alter Mann.

Seine ersten Schritte hinaus in die Welt hatte er sich wahrlich anders vorgestellt.

Nach Einbruch der Dämmerung erreichten sie müde und durchgefroren einen Pfad, der sich am Ufer eines Flusslaufs durch ein tiefes Tal schlängelte. Das Gewässer war nur wenige Schritt breit und zugefroren; es hätte wohl eine passable Straße abgegeben, wäre es nicht voller Felsen gewesen, die jeden Wanderer auf dem Eis zu einem zermürbenden Zickzack zwangen. So zogen die Gefährten es vor, den Uferweg zu benutzen, der zwar schmaler und hier und da unter Schneewehen begraben war, alles in allem aber ein zügigeres Vorwärtskommen ermöglichte.

»Wann rasten wir?«, fragte Libuse. Sie fragte nicht wegen der beissenden Stiche in ihrem Unterleib, nicht wegen dem wilden Pochen hinter ihrer Stirn. Sie sorgte sich um Corax, der seit Stunden kein Wort gesprochen hatte. Noch immer ging sie eng neben ihm, um ihn zu stützen. Doch seine Hand auf ihrer Schulter besaß kaum Gewicht – er schonte sie und schleppte sich lieber aus eigener Kraft durch den Schnee. Längst hatte sie es aufgegeben, ihn eines Besseren belehren zu wollen. Halb blind oder nicht, er war immer noch ihr Vater, und zumindest seine Sturheit war ungebrochen. Sein Herz war das alte, und das machte ihr Mut.

»Es gibt einen Unterstand, noch ein, zwei Stunden von hier«, sagte Albertus, der an der Spitze der Gruppe lief. Der Weg war gerade breit genug, dass sie zu zweit nebeneinander gehen konnten, doch der Magister führte sie allein an, gefolgt von Aelvin und Favola. Libuse verfluchte den unbeholfenen Novizen mehr als einmal, wenn er wieder über den Saum seiner Kutte stolperte; sie fürchtete, wenn Aelvin hinfiel, würde ihr Vater, der hinter ihm ging, ebenfalls stürzen.

»Was ist mit einem Gasthaus?«, fragte sie.

»Frühestens morgen Abend.«

Stumm schimpfte sie auf Gott und die ganze Welt. »Wie kommt es, dass Ihr Euch so gut in dieser Gegend auskennt?«

»Lange Jahre der Wanderschaft«, entgegnete der Magister wortkarg.

Aelvin drehte sich im Gehen zu ihr um. Im Dämmerlicht sah sie, dass seine Lippen von der Kälte blau geworden waren. Sie würden alle erfrieren, wenn sie sich nicht bald irgendwo aufwärmen konnten.

»Er ist Provinzprior der Dominikaner«, erklärte Aelvin über die Schulter.

»Und das bedeutet?«

»Dass er seit Jahren von Kloster zu Kloster wandert, um dort nach dem Rechten zu sehen und Messen zu lesen. Er kennt wahrscheinlich mehr Wege durch diese Lande als irgendwer sonst.«

»Weshalb reitet er nicht?«

»Die Dominikaner sind ein Bettelorden. Es ist ihnen verboten, Pferde oder Karren zu benutzen.« Aelvin warf einen Blick auf Albertus, der vor ihm grau und schweigend mit dem Zwielicht verschmolz. »Auf einem Wagen reisen sie frühestens, wenn sie tot sind. In ihrem Sarg.«

Der Magister drehte sich nicht um, aber er hatte jedes Wort gehört. »Auch die Zisterzienser sind den Geboten der Armut verpflichtet, junger Aelvin. Jedenfalls waren sie es, bevor ihre Klöster reich und sie selbst fett und bequem wurden.«

Libuse wartete darauf, dass Aelvin seinen Orden verteidigte, doch er zuckte nur die Achseln und ging wortlos weiter. Ihr entging keineswegs, dass Favola flüchtig seinen Arm mit ihren behandschuhten Fingern berührte, so als wollte sie sagen: Lass dich nicht von ihm reizen, er meint es nicht so.

Ohne Vorwarnung füllten sich Libuses Augen mit Tränen. Ihre Erinnerungen, Empfindungen, all der Schmerz waren ihr weit dichter auf den Fersen als irgendwelche menschlichen Verfolger. Sie war froh, dass die meisten der Männer, die ihr Gewalt angetan hatten, tot waren – doch das änderte nichts an dem, was geschehen war. Weit mehr als nur der körperliche Schmerz peinigte Libuse; mehr sogar als das beschämende Gefühl der Erniedrigung durch schmutzige, schwitzende Leiber, die sich zwischen ihre Schenkel pressten: Libuses Qual hatte sich im hintersten Winkel ihrer Seele eingenistet. Die Demütigung zog sich wie feines Wurzelwerk durch jedes ihrer Gefühle, jeden ihrer Gedanken. Nichts von all dem würde sie je vergessen oder ablegen können.

Der Hass loderte in ihr und wärmte sie von innen, und er verhinderte, dass sie hier draußen in Eis und Schnee einfach aufgab und starb, wie vielleicht andere es getan hätten.

Sie war die Tochter des Corax von Wildenburg.

Und wie er lebte nun auch sie für ihre Rache.

~

Was Albertus einen Unterstand genannt hatte, erwies sich als fensterlose Hütte aus Balken und Baumstämmen, von einem Dickicht aus Tannen und Fichten umstanden und halb unter einer Schneelawine begraben, die wohl erst vor kurzem den Hang herabgedonnert war. Diejenigen, die hier zuletzt Schutz gesucht hatten, kannten die ungeschriebenen Gesetze, die an solchen Orten galten: Vor ihrer Abreise hatten sie trockenes Holz in der Feuerstelle aufgeschichtet. Albertus sagte, es käme immer seltener vor, dass jemand diese Regel achte; auch sie selbst würden am nächsten Morgen frisches Holz suchen und für kommende Reisende im Kamin bereitlegen.

Libuse dachte, dass der nächste Reisende, den es hierher verschlagen würde, durchaus Gabriel sein mochte, doch sie verkniff sich den Einwand. Im Augenblick kümmerte sie nichts außer dem Wunsch nach Wärme. Sie fror erbärmlich, trotz ihrer Schaffellweste, den dicken Wollstrümpfen und den hohen Stiefeln unter ihrem Kleid. Im Nachhinein erstaunte es sie selbst, mit welcher Selbstverständlichkeit sie noch warme Sachen für sich und ihren Vater zusammengesucht hatte, wie gelenkt von einer fremden Hand, bevor sie Richtung Kloster aufgebrochen waren. Libuse hatte dort um Hilfe für Corax' Verletzungen bitten wollen, doch er hatte sie gewarnt: »Sieh erst von weitem nach dem Rechten«, hatte er gesagt, »und halte dich dabei vom Pfad fern.« Widerwillig hatte sie Corax in der Senke zurückgelassen und war auf einem Umweg zur Schlucht gelangt – gerade rechtzeitig, um die Zerstörung des Aquädukts mit anzusehen.

Eine halbe Stunde später, und sie hätten Albertus und die beiden Novizen verpasst. Eine Fügung? Ein Fluch? Vorerst war sie froh, dass sie nun doch noch an der Seite des Magisters nach Süden reisten. Die Entfernung zum Turm und den Ereignissen, die dort stattgefunden hatten, tat ihr gut, obgleich auch sie nicht den Schmerz lindern konnte. Zudem hatte Libuse keineswegs vergessen, welche Geheimnisse Albertus über die Vergangenheit ihrer Eltern angedeutet hatte – und damit auch über ihre eigene.

Als das Feuer im Kamin der Hütte endlich brannte und sie die Tür mit Holzkeilen gesichert hatten – einen Riegel gab es nicht, denn Schutzhütten wie diese standen jedermann offen –, packte Favola die Lumina aus ihrem Bündel und begoss sie mit Wasser, das Albertus zuvor geweiht hatte. Libuse sah mit Unverständnis, aber auch Neugier dabei zu.

Schließlich begann Albertus zu erzählen.

Er sprach von dem letzten überlebenden Gewächs des Garten Gottes. Er berichtete, dass Favola von der Lumina als deren Hüterin auserkoren worden sei. Und er beschwor die Wichtigkeit ihrer Reise, an deren Ziel … ja, neue Unschuld für die Menschheit stünde, wie er es nannte.

Nichts als ein Haufen Wildschweinmist!, dachte Libuse und überlegte, was wohl aus Nachtschatten würde, wenn sie diese Wälder verließ und irgendwann die Wüsten erreichte oder gar das, was dahinter lag.

Aber dann erinnerte sie sich an das Gefühl, das sie überkommen hatte, als Favola die Pflanze aus ihrem Bündel gezogen hatte. Da war etwas gewesen, eine seltsame Vertrautheit, die Ähnlichkeit hatte mit der Verbindung, die sie zu den alten Eichen spürte, und dem Zauber, der den Wurzeln innewohnte.

Die Lumina war keine gewöhnliche Pflanze, das mochte wohl wahr sein. Aber ein Relikt aus dem Garten Gottes?

Libuse war keine Christin, war nie zu einer erzogen worden, und ihr Glauben war der an die Macht der Bäume und Blätter und an die gestaltlosen Stimmen der Wälder. Sie glaubte an Wesen, die für all das verantwortlich waren, auch für das Erdlicht, aber sie war nicht sicher, ob *Götter* das richtige Wort dafür war. Ganz sicher glaubte sie nicht an *einen* Gott, an *einen* Schöpfer aller Dinge.

»Ihr habt uns noch nicht verraten«, sagte Aelvin in Albertus' Richtung, »wie die Lumina aus dem Garten Eden in Favolas Kloster gelangt ist.«

Sie saßen in einem Halbkreis ums Feuer und hatten vor sich ihre nassen Mäntel und Felle ausgebreitet. In Hose und Hemd, ohne die weite Kutte, sah der Novize nicht mehr gar so verweichlicht aus, dachte Libuse. Er war schlank, vielleicht ein wenig zu mager, aber seine Hände verrieten eine gewisse Kraft, von der er vielleicht selbst nichts ahnte.

Der Blick des Magisters wanderte von einem zum anderen. Auf ihren Gesichtern flackerte der Schein des Kaminfeuers.

»Das Land Eden und der Garten Gottes darin existieren nicht mehr«, sagte er nach einer Weile. »Doch die Lumina hat überlebt. Ganz allein hat sie die Jahrtausende überdauert, einsam inmitten einer weiten Öde, die alles ist, was seit dem Anbeginn der Zeit vom Paradies geblieben ist. Christus, unser Heiland, berichtete einem seiner Jünger von ihr, und nach dem Tod des Messias am Kreuz begab sich der Jünger auf eine Pilgerfahrt, um den Ort des Ursprungs zu finden. Viele Jahre zog er durch Gebirge und Wüsten, ehe er die Lumina schließlich entdeckte. Weil ihre Einsamkeit ihm das Herz brach, grub er sie aus und trug sie fortan durch die Welt, auf all seinen Reisen, die ihn von Osten nach Westen und von Süden nach Norden führten. Er hütete sie als Relikt aus den Zeiten der Schöpfung, und bevor er starb, pflanzte er sie auf einen Hügel, weihte den Boden und verkündete, nirgends sei die Welt dem Auge Gottes näher als an dieser Stelle. Seine Anhänger errichteten Häuser rund um den Hügel, und mit den Jahrhunderten wurde daraus ein Ort der Verehrung und Demut – ein Haus des Herrn, ein Kloster. Hier gedieh und blühte die Lumina im Verborgenen, bewahrt von den wenigen, die ihr Geheimnis kannten.«

»Bis Ihr dorthin kamt«, platzte Aelvin heraus, und es klang so vorwurfsvoll, dass er selbst zu erschrecken schien.

Für einen Mönch, dachte Libuse, begegnet er dem Magister mit erstaunlich wenig Respekt. Gegen ihren Willen stieg er dafür in ihrer Achtung.

Albertus' Blick verdunkelte sich, als wäre da mit einem Mal etwas zwischen ihm und dem Feuer, das einen Schatten auf seine Züge warf. »Ich bin zum Kloster gegangen, um zu warnen.«

»Das ist nicht wahr.« Zum ersten Mal seit Beginn ihrer Reise ergriff Favola das Wort. Erneut horchte Libuse auf. Merkwürdiges tat sich hier. Unverhofft schien sich ein Konflikt zu entfalten, der bislang verborgen gewesen war; ein Schwelbrand, der sich nicht länger unterdrücken ließ.

»Ihr seid gekommen, um die Lumina fortzuholen«, fuhr Favola fort. Ihre rechte Hand lag auf der verletzten Schulter, als wollte sie den Schmerz verscheuchen wie eine Fliege. Das Bündel mit dem Schrein ruhte zwischen ihren Füßen am Boden. »Ich weiß, was Ihr mit der Mutter Oberin besprochen habt.«

Nun richteten sich alle Blicke auf den Magister.

»Nein«, entgegnete Albertus ruhig. »So ist es nicht gewesen.«

»Wie dann?«, fragte Libuse.

Seine Augen schwenkten kurz in ihre Richtung und blickten dann nachdenklich ins Feuer. »Ich hatte nicht vor, die Lumina zu stehlen. Ich wollte die Äbtissin von der Notwendigkeit überzeugen, die Lumina fortzubringen. Sie war nicht mehr sicher im Kloster. Und haben mir die Ereignisse etwa nicht Recht gegeben? Wäre ich nicht dort gewesen, als die Männer des Erzbischofs auftauchten, wäre die Lumina jetzt bereits in Köln. In der Hand Konrads.«

»Wie hat der Erzbischof herausgefunden, wo die Lumina aufbewahrt wurde?«, fragte Aelvin.

Libuse ergänzte: »Und wie habt *Ihr* es herausgefunden?«

Albertus starrte noch immer in die Flammen. »Ich habe Studien betrieben, und nicht nur ich allein. Saphilius von Regensburg hat jahrelang nichts anderes getan, als der Lumina nachzuforschen. Seine Erkenntnisse waren … erstaunlich. Doch an einem Punkt, an dem er nicht weiterkam, wandte er sich an mich, und seither haben wir gemeinsam versucht, die Lumina zu finden. Bald erfuhren wir, dass Konrad von Hochstaden zur selben Zeit ganz ähnliche Forschungen betreiben ließ. Gleich nachdem ich erfuhr, wo die Lumina aufbewahrt wurde, habe ich mich auf den Weg gemacht. Und wie es aussieht, hat mein Vorsprung gerade ausgereicht, um sie zu retten.«

»Die Pflanze habt Ihr gerettet«, sagte Aelvin verbissen. »Nicht aber die Nonnen des Klosters. Und Odo.«

»Machst du mich für ihren Tod verantwortlich?«

Aelvin zuckte zusammen, und für einen Augenblick sah es aus, als wollte er zu einer heftigen Erwiderung ausholen. Dann aber senkte er seinen Blick. »Ich weiß es nicht«, sagte er leise. »Ich weiß überhaupt nicht mehr, was ich denken soll. Über Euch oder die Lumina oder … das alles hier.«

Libuse spürte einen Anflug von Mitgefühl. »Das geht uns allen so.« Als sie in die Runde blickte, sah sie, dass Favola den Magister eindringlich anstarrte, so als gäbe es noch viel mehr, das gesagt werden müsste. Doch sie schwieg, und Libuse fragte sich, aus welchem Grund. Fürchtete Favola Albertus? Fühlte sie sich ihm verpflichtet?

»Wir sind jetzt auf dem Weg, aber keiner weiß, wohin eigentlich – außer Euch«, sagte Libuse an den Magister gewandt. »Wäre es nicht an der Zeit, es uns zu verraten?«

»Die Lumina muss wieder in heilige Erde«, sagte Albertus unumwunden. »Und zwar an jenem Ort, an dem der Jünger sie vor über tausend Jahren gefunden hat. Ich glaube, dass sie der Ursprung eines neuen Garten Gottes sein kann – ein erster Schritt zu einer neuen, besseren Schöpfung. Wir Menschen können vielleicht wieder unseren ursprünglichen Platz im Paradies einnehmen – falls es uns zuerst gelingt, es neu zu erschaffen.«

Libuse schnappte nach Luft. »Ihr wollt … einen *neuen Garten Eden* anlegen?«

»Er ist mehr als nur ein Garten, und er kann nicht einfach angelegt werden wie ein Rübenacker!« Neues Feuer loderte in den Augen des Magisters. Er beugte sich vor, als spräche er nur zu ihr. Sein Tonfall wurde beschwörend. »Viele Zeitalter lang stand die Lumina in einer leblosen Einöde. Vielleicht blieb sie nur am Leben, weil Gott uns die Möglichkeit geben wollte, genau das zu tun, was wir nun vorhaben. Der Jünger war womöglich der erste Mensch, der sie zu Gesicht bekam. Er war ein guter Christ, ein Diener des Herrn – aber er war nicht *rein*. Die Lumina erkennt ein reines Geschöpf, wenn ihr eines begegnet. Und ich glaube, wenn ein solcher Mensch sie zurück an ihren ursprünglichen Platz trägt und dort einpflanzt, dann wird sie von neuem Leben erfüllt, wird sich ausbreiten und ein neues Paradies auf Erden begründen. Vielleicht ist das die Prüfung, die Gott uns auferlegt hat: die Wahrheit zu erkennen und danach zu handeln. Nicht länger in Gleichgültigkeit zu verharren. Unser Schicksal selbst in die Hand zu nehmen.«

»Das klingt mir nicht, als käme es aus der Heiligen Schrift.« Corax sprach zum ersten Mal nach dem langen Schweigen des Marsches. »Das sind die Worte eines Kämpfers, nicht die eines Pfaffen. Was bist du, Albertus? Krieger oder Geistlicher?«

Für einen kurzen Moment zerschmolzen Albertus' harte Züge zu einem Lächeln von erstaunlicher Wärme. »Vielleicht beides, alter Freund. Vielleicht beides.«

»Krieg und Glaube haben nie weit geführt, wenn sie auf derselben Seite standen.«

»Lange vor den Kreuzzügen sind Schlachten im Namen des Herrn geschlagen worden, die sehr wohl ans Ziel geführt haben«, widersprach der Magister. »David war Krieger und ein Mann des Herrn zugleich. Man könnte behaupten, sogar Moses war ein Kämpfer.«

»Aber du predigst Auflehnung. Du predigst Widerstand. Diese Männer, von denen du sprichst, haben immer nur den Willen des Herrn befolgt. Du aber sagst, wir müssen unser Schicksal selbst bestimmen und einen neuen Garten Gottes erschaffen.«

»Wenn es gelingt, dann war Gott dabei auf unserer Seite.«

Corax stieß ein dröhnendes Lachen aus, das allen anderen durch Mark und Bein ging. »Nun verstehe ich, warum der Erzbischof dich hasst, Albertus. Wenn *das* deine Auslegung von Gottgefallen ist!«

»Glaubst du denn, der Herr zieht das vor, was der Erzbischof darunter versteht?«

Libuse hatte sofort einen Kloß im Hals. Corax' Lachen brach ab. Die Blicke von Aelvin und Favola suchten Schutz beieinander.

»Nein«, sagte Corax schließlich. Und das war das Letzte, was er zu dieser Unterredung beitrug.

Libuse nahm sich zusammen und fragte mit einem Blick auf Favola: »Und Ihr glaubt, jenes reine Geschöpf, das mit der Lumina im Bunde steht, sei sie?«

Die Novizin schlug den Blick nieder, doch Albertus nickte heftig. »Die Lumina selbst hat Favola erwählt, als sie sie zu ihrer Hüterin gemacht hat.«

Libuse holte Atem. »Nur damit ich das alles richtig verstehe: Ihr wollt Favola zum ursprünglichen Ort des Garten Gottes bringen, damit sie die Lumina dort einpflanzt. Und Ihr denkt allen Ernstes, damit würde sie für uns … für die ganze *Menschheit* ein neues Paradies erschaffen?«

»Das Paradies ist mehr als nur ein Garten«, erwiderte er mit mühsam unterdrücktem Eifer. »Es ist ein Bild für etwas, das unser aller Vorstellungskraft übersteigt.«

»Und was könnte das sein?«

»Die Antwort darauf, mein Kind, werden uns nur unsere eigenen Augen geben.«

~

Später, sie hatten sich alle nah beim Feuer zusammengerollt, drehten sich Libuses Gedanken noch immer im Kreis. Der harte Boden war unbequem, und sie hatten keine Decken, nur ihre Mäntel und Umhänge, um sich notdürftige Lager herzurichten.

Libuses Schmerzen waren nicht mehr so stark, und die sich überstürzenden Ereignisse des Tages machten ihr eigenes Unglück merkwürdig unwirklich. Immer wieder musste sie jetzt über das nachdenken, was Albertus plante. Sie ertappte sich dabei, wie sie verstohlene Blicke zu Favola hinüberwarf. Das bleiche Mädchen hatte die Augen geschlossen und presste ihr kostbares Bündel mit beiden Armen an sich. Sie wirkte sehr verletzlich, wie sie so dalag. Welche Form von Reinheit hatte Albertus gemeint? Jene, die Libuse heute gegen ihren Willen verloren hatte? Das hätte auf viele Mädchen in Favolas Alter zugetroffen, erst recht auf Novizinnen eines Nonnenklosters. Nein, der Magister musste weit mehr in ihr sehen.

Libuse mochte sich täuschen, aber ihr war es vorgekommen, als wäre Favola unwohl gewesen bei Albertus' Worten. Setzte der Magister zu hohe Erwartungen in sie? Konnte sie, *wollte* sie dieser Aufgabe überhaupt gewachsen sein?

Und an noch etwas erinnerte sich Libuse: Bei seinem Besuch im Turm hatte Albertus von einer Krankheit gesprochen, unter der Favola litt. Einer Krankheit, die sie irgendwann das Leben kosten würde. Armes Ding.

Obwohl Libuse keine gläubige Christin war, kannte sie die Bibel. Anhand der Heiligen Schrift hatte Corax ihr Lesen und Schreiben beigebracht. Sie erinnerte sich an die Schöpfungsgeschichte, an Adam und Eva und das Dasein im Garten Gottes, das sie durch den Sündenfall verspielt hatten. Eva hatte nach der Frucht vom Baum der Erkenntnis gegriffen und damit sich selbst und allen Menschen, die nach ihr kamen, den Zutritt zum Paradies verwehrt.

Schenkte man dieser Geschichte Glauben, dann wäre mit dem Drang nach Wissen das Böse in die Welt getreten. Und als Konsequenz daraus Ächtung, Schande, Verzweiflung.

Falls Albertus tatsächlich auf das vertraute, was in der Bibel stand, falls es ihm ernst war mit dem Wort Gottes, wie konnte er dann den Entschluss zu einem solchen Vorhaben fassen?

War denn Widerstand, war Blasphemie der Schlüssel zu wahrem Glauben? Zur Erlösung? Libuse war zu verwirrt, um auch nur die Ahnung einer Antwort darauf zu finden.

Doch allein die Frage war genug, um ihr den Schlaf zu rauben.

~

Der Morgen überraschte sie mit einem klaren Himmel und strahlendem Sonnenschein. Sie tranken Schneewasser, aber zu essen hatten sie nichts. Sie würden noch bis zum Gasthaus ohne Nahrung auskommen müssen. Nachdem sie Holz gesucht und es für die nächsten Reisenden in der Asche der Feuerstelle aufgeschichtet hatten, brachen sie auf.

Sonnenstrahlen glitzerten auf der dicken Schneeschicht, die den gefrorenen Bach, den Uferweg und die Wälder an den umliegenden Steilhängen bedeckte. Alles funkelte und glänzte. Die Ruhe und der Frieden dieser Landschaft hätten sich auf sie übertragen müssen, doch Libuse fand, dass das Licht vor allem in den Augen brannte und es beinahe unmöglich wurde zu erkennen, wohin man den Fuß setzte.

Wieder lief Albertus allein an der Spitze, gefolgt von Aelvin und Favola, und wie am Tag zuvor bildeten Libuse und ihr Vater den Abschluss. Sie versuchte jetzt nicht mehr, ihn zu stützen; stattdessen führte sie ihn an der Hand, und seine Hilflosigkeit schmerzte sie mindestens ebenso sehr wie ihn selbst.

»Wir brauchen Pferde«, rief Libuse, nachdem sie eine ganze Weile schweigend gewandert waren. »Egal, was Euer Orden darüber denkt, Albertus. Aber ohne Pferde wird die Welt noch ein paar Jahrtausende länger auf ihre Erlösung warten. Wir werden niemals irgendwo ankommen, wenn wir den ganzen Weg zu Fuß gehen müssen.«

»Glaubst du das wirklich?«, antwortete Albertus, ohne sich umzudrehen. »Dass ich versuchen würde, die gesamte Strecke zu Fuß zurückzulegen?«

»Weiß der Teufel.«

»Bis zum Rhein müsst ihr durchhalten.«

»Wie bringt Ihr das mit den Gesetzen der Dominikaner in Einklang?«, fragte Aelvin.

Albertus brummte etwas, das eine Antwort sein mochte. Libuse verstand ihn nicht, und auch Aelvin zuckte die Achseln und konzentrierte sich wieder auf den Weg.

Der Schnee knarzte und knirschte unter ihren Füßen. Es war ein mühsamer Marsch, und er wurde nicht leichter dadurch, dass Albertus immer wieder stehen blieb und nach Verfolgern Ausschau hielt. Nie entdeckte er jemanden, doch die Vorstellung, dass irgendwo im Schatten der Bäume oder auf den Kämmen der Steilhänge die Schergen des Erzbischofs lauern mochten, drückte auf ihrer aller Gemüt. Auch gab es sicherlich Räuber in dieser Gegend, denen ein paar erschöpfte Wanderer gerade recht kamen.

Libuse hielt mit der Linken die Hand ihres Vaters; mit der Rechten tippte sie Favola auf die unverletzte Schulter. Die Novizin wandte den Kopf.

»Kennst du unser Ziel?«, fragte Libuse leise. »Ich meine, den genauen Ort?«

Favola schüttelte den Kopf. »Er hat es mir nicht gesagt.«

»Und Aelvin?«

Der junge Mönch sah über die Schulter und verzog das Gesicht zu einem bitteren Lächeln. »Ich weiß von euch allen am wenigsten.«

»Es ist weit bis dorthin«, sagte Corax unvermittelt.

Libuse starrte ihren Vater an. »Weißt *du*, wo er hinwill?«

»Nein, aber ich weiß, was auf dem Weg dorthin liegt. Deshalb wollte er, dass ich mitkomme. Aber Albertus hat offenbar vor, noch weit darüber hinauszugehen.« Corax verstummte einen Augenblick, dann sagte er lauter: »Viele Monate, Albertus. Wir werden viele Monate lang unterwegs sein, ist es nicht so?«

Der Magister gab keine Antwort.

Libuse hätte ihn am liebsten an der Schulter gepackt und die Wahrheit aus ihm herausgeschüttelt. Er kann das nicht tun, dachte sie: uns alle dazu bringen, ihm zu folgen, ohne uns zu sagen, wohin. So *geht* das einfach nicht.

Aber zwang er sie denn zu irgendetwas? Gingen sie nicht vielmehr freiwillig mit ihm?

Ohne ihnen Versprechungen zu machen, ohne zu bitten oder zu fordern, stellte er ihnen ein Ziel in Aussicht. Einen Sinn. Und war es nicht das, wonach sie alle suchten, bewusst oder unbewusst?

Libuse verfiel in nachdenkliches Schweigen.

Wessen Paradies jagten sie tatsächlich hinterher? Wirklich nur dem seinen?

Die ersten Sonnenstrahlen krochen über die Felsenzähne des Gebirges. Sie tauchten Alamuts Zinnen in Gold, als sich der Mann in die Tiefe stürzte.

Sein langes Haar flatterte, als er auf den eisigen Winden ins Tal glitt. Ein schwarzer Papierdrachen trug seinen Körper, ein federleichtes Gestänge, verbunden durch ein Netzwerk lederner Gurte.

Unten im Lager wurden erste Alarmrufe laut. Finger wiesen an den schroffen Felswänden hinauf, Augen suchten hektisch den Himmel ab. Die Mongolen benutzten Drachen als Erkennungszeichen oder Markierungen in den Weiten der Steppe; einen Menschen aber hatten sie damit noch nie fliegen sehen.

Noch während Khur Shah, Herrscher von Alamut und Oberhaupt aller Nizaris, durch die Lüfte glitt, war bereits das halbe Lager in Aufruhr. Erst Hunderte, dann Tausende blickten an den Bergen empor, verfolgten den Segelflug des schwarzen Drachen und staunten ungläubig über den Wagemut jenes Mannes, der sich unter der Papierschwinge horizontal in der Balance hielt.

Tiefer und tiefer sank er, in weiten Kurven und Schleifen, drehte spöttisch eine letzte Runde über den Köpfen der mongolischen Krieger und setzte dann auf einem freien Platz zur Landung an. Seine Füße berührten den Boden, er lief einige

Schritte aus, löste dabei die Schlaufen der Riemen und sank abrupt in die Hocke, so als fiele er vor einem unsichtbaren Gott auf die Knie. Der Papierdrachen löste sich von ihm, segelte elegant ein Stück weiter und senkte sich gemächlich zu Boden. Die Landung hatte kein lauteres Geräusch verursacht als das Atmen eines schlafenden Mannes.

Khur Shah erhob sich. Krieger umringten ihn. Lanzenspitzen bildeten einen Kreis um ihn herum. Hunderte Schwerter blitzten.

Ein Ruf übertönte die aufgebrachten Stimmen. Ein harscher Befehl. Eine Gasse bildete sich.

Der Meister aller Meuchelmörder lächelte. Wie verabredet war er allein gekommen, ohne Leibwächter, ohne Gefolge.

Khur Shah war hier, um Hochzeit zu halten.

~

Sinaida heiratete Khur Shah zur Mittagszeit. Während einer kurzen Zeremonie wurde sie die Braut des jüngsten der Alten vom Berge.

Das Zelt des Il-Khan war mit Teppichen ausgelegt. Erhöht auf einem goldenen Thron saß Hulagu. In die prachtvolle Rückenlehne hatten chinesische Künstler ein Muster aus Glücksdrachen geschnitzt, die mit einer Perlmuttmuschel spielten. An den Enden beider Armlehnen brüllten hölzerne Löwenköpfe mit leuchtenden Rubinaugen. Der große Dschingis Khan hatte diesen Thron einst vom chinesischen Kaiser erbeutet und fortan bei all seinen Eroberungszügen mitgeführt. Sein Nachfolger Möngke, der Herrscher im fernen Karakorum, hatte ihn an seinen Bruder Hulagu weitergegeben, als dieser mit der Großen Horde nach Westen aufgebrochen war.

Hulagu war ein kräftiger Mann mit breiten Schultern, und er füllte den Thron seines Ahnen aus, als hätte niemals ein anderer darauf gesessen. Er trug ein braunes Zeremonialkleid mit Stickereien aus Seidengarn, Gold und Korallen; den unteren Saum bildete ein Fries aus Bergen und Wasserwogen, darüber schwebten Drachen an einem Himmel voller Schicksalssymbole. Er hatte zwei schwarze, zu Knoten gedrehte Zöpfe und einen schmalen Bartstreifen am Kinn. Auf seinem Kopf saß eine bestickte Mütze mit einem eingefassten Smaragd über der Stirn.

Sein Weib Doquz, ein wenig größer als ihre Schwester Sinaida, ihr sonst aber wie aus dem Gesicht geschnitten, saß zur Linken neben dem Il-Khan. Sie trug Armbänder und Halsketten aus funkelndem Gold, in ihr Kleid waren Perlen eingewebt. Sinaida warf ihr immer wieder nervöse Blicke zu, doch Doquz wahrte ungerührt die erhabene Miene einer Mongolenfürstin; kein Wimpernzucken, kein Fältchen verriet, wie groß ihre Sorge um ihre jüngere Schwester war.

Einige Berater des Il-Khans saßen im Schneidersitz in einem weiten Halbkreis an den Zeltwänden. Auch sie betrachteten das Brautpaar mit stoischen Mienen, obgleich Sinaida die Männer gut genug kannte, um zu wissen, dass sie doch vor allem das nachfolgende Festmahl im Sinn hatten: Wildhirsch und das Fleisch einer jungen Stute; *Airan*, den Wein aus persischen roten Trauben; *Kumyss*, gegorene Stutenmilch; und natürlich Schnaps aus den Kernen von Wassermelonen, der oft auch bei Ratsversammlungen oder strategischen Besprechungen gereicht wurde.

Khur Shah trug weite, schneeweiße Kleidung aus Segeltuch, in die ein einzelner schwarzer Schmuckfaden eingesponnen war, der rechts und links um seine Schultern hinab zum Saum des Hemdes führte. Sein schwarzes Haar hatte er zu einem Pferdeschwanz gebunden, sein voller Bart war sorgsam gekämmt und gefettet. Er roch gut, fand Sinaida: nach dem Wind über den Gipfeln der Berge und nach sonnenverbranntem Gestein.

Khur Shah und sein Vertrauter Kasim, der Überbringer

seines Eheangebots, hatten zur Begrüßung nur einen kurzen Blick gewechselt, ein kaum merkliches Nicken. Für einen Moment hatte Sinaida in den Augen dieser beiden Männer den Funken tiefer Freundschaft aufblitzen sehen. Sie hatte erkannt, dass sie fortan nicht einen, sondern zwei Beschützer haben würde.

Da die Hochzeit so kurzfristig angesetzt worden war, war den Frauen im Lager keine Zeit geblieben, ein Hochzeitsgewand für Sinaida zu nähen. Doquz hatte das ihre aus einer Kiste genommen, eigenhändig ein paar Kleinigkeiten geändert und es Sinaida zum Geschenk gemacht. »Möge es dir so viel Glück und Liebe bringen, wie mir zuteil geworden ist«, hatte sie gesagt und dann mit mädchenhaftem Zwinkern hinzugefügt: »Und möge der Kerl im Bett so stark und ausdauernd sein wie der Hengst des Großkhans! Heut Nacht will ich dich schreien hören, kleine Schwester.«

Sinaida hatte gelächelt. Sie würde nicht schreien, das hatte sie mit Bestimmtheit gewusst. Ihr Häutchen war längst gerissen von den endlosen Monaten im Sattel der Pferde, und sie hatte sich schon früher gelegentlich Männer genommen, um herauszufinden, wovon die anderen Frauen flüsterten. Zum Schreien war ihr dabei niemals zumute gewesen.

Nun stand sie also an der Seite ihres künftigen Ehemannes, während Hulagu sich erhob und die zeremoniellen Worte sprach. Sinaida und Khur Shah hatten sich nur zwei Mal kurz gesehen, bevor sie das Zelt des Kriegsherrn betreten hatten: einmal nach Khur Shahs Landung, als sie es sich nicht hatte nehmen lassen, ihn als Erste offiziell im Lager der Großen Horde willkommen zu heißen; und zum zweiten Mal, nachdem sie beide angekleidet, ihr Haar gebürstet und die Segen der Schamanen über sie gesprochen worden waren.

Khur Shah, der an Allah glaubte und gewiss keine Liebe für die Religion der Steppenvölker hegte, hatte alles mit erhabener Miene über sich ergehen lassen. Außer einem kurzen, fast ein wenig verlegenen Lächeln nach seiner Ankunft und ein paar linkischen Worten zur Begrüßung hatte er noch keine offene Regung beim Anblick seiner Braut gezeigt. Doch Kasim, der außen vorm Zelt hatte zurückbleiben müssen, hatte Sinaida noch zugeflüstert, dass ihr künftiger Mann bereits in Liebe zu ihr entbrannt war, als die Spione sie zum ersten Mal erwähnt hatten. Das mochte übertrieben sein, eine handfeste Lüge sogar, doch sie fürchtete weder Khur Shah noch die Zukunft.

Was sie von den Nizaris lernen konnte, war weit mehr als das, was sie im Harem eines Sultans oder als Weib eines Araberfürsten erwartete. Nicht in den Feinheiten der Liebeskunst wollte sie unterrichtet werden, sondern im Handwerkszeug des Kriegers; nicht im Ausstaffieren zu größtmöglichem Liebreiz, sondern in der Kunst, zu Fels, zu Wind, zu Nacht zu werden.

Und wenn er ihr beibrachte, mit seinem Papierdrachen zu fliegen, so wäre das eine hübsche Beigabe.

Hulagu betete die rituellen Worte herunter und ließ Khur Shah dabei nicht aus den Augen. Der Nizariführer hielt seinem Blick stand, und so fochten sie ein stummes, aber faires Duell miteinander – ein Duell, das, hätte es Monate zuvor stattgefunden, vielleicht Tausenden das Leben gerettet hätte.

Sinaida und Doquz waren als Keraitenprinzessinnen nach den Grundsätzen des östlichen Christentums erzogen worden. Sie glaubten an den einen wahren Gott. Dennoch fand die Hochzeit nach althergebrachtem mongolischem Brauch statt, wobei Hulagu es Sinaida freigestellt hatte, später eine christliche Zeremonie folgen zu lassen; und notfalls eine ismailitische, falls Khur Shah dies wünschte.

Zu guter Letzt, als die Worte gesprochen, die Schwüre ausgetauscht und ihre Seelen verbunden waren, nannte Hulagu noch einmal den Preis, den Khur Shah für seine Braut zu zahlen hatte.

»Du wirst alle Männer, die ich dir nenne, in die Kampfkunst der Nizaris einführen lassen«, sagte der Il-Khan in akzentschwerem Arabisch, nachdem er sich von seinem Thron erhoben hatte. »Du wirst eure Geheimnisse offen legen und meinen Gelehrten Zugang zu euren Schriften gewähren. Du wirst dich verpflichten, kein mongolisches Blut zu vergießen, für die Schande deines Vaters Buße zu leisten und dich dem Großkhan in Karakorum bedingungslos zu unterwerfen.« Doquz schob unauffällig eine Hand von ihrer Armlehne und berührte ihren Mann am Ärmel. Hulagu räusperte sich. »Und du wirst dein Weib, meine geliebte Schwägerin, ehren, beschützen und ihr Ansehen mit deinem Leben verteidigen.«

Khur Shahs Antwort kam ohne Zögern. »All das werde ich tun.«

Hulagu nickte zufrieden. »So sei es.« Er sank zurück auf seinen Thron, versicherte sich eines wohlwollenden Lächelns seiner Frau und gab den Dienern das Zeichen, die Speisen hereinzubringen.

Während des Festmahls saßen Sinaida und Khur Shah auf einem erhöhten Platz nebeneinander, aber noch immer wechselten sie kaum einen Blick. Selbst als sie ihre Eheschwüre abgelegt hatten, hatten sie einander nicht angesehen. Etwas lag in der Luft, eine seltsame Spannung zwischen ihnen, die Sinaida zu gleichen Teilen erregte, aber auch verunsicherte.

Bald darauf wurde sie von den Frauen davongeführt und, wie es in der Großen Horde Sitte war, in einem der umliegenden Zelte versteckt. Khur Shah musste sich unter den anfeuernden Rufen der Männer auf die Suche nach ihr begeben und sie, nachdem er sie endlich gefunden hatte, auf seinen Armen in ihre Jurte tragen.

~

Sinaida schrie nicht in dieser Nacht.

Khur Shah versuchte nicht, sie zu berühren, und auch sie streckte keine Hand nach ihm aus.

Sie hatten ihre Kleider abgelegt und saßen einander im Schneidersitz gegenüber, gleichgestellt in ihrer Blöße, und sie redeten und beobachteten und gaben sich Mühe, den anderen einzuschätzen und zu mögen.

Sie sprachen nicht über ihre Vergangenheit oder das, was die Zukunft bringen mochte. Stattdessen redeten sie über das wilde Felsenland und die Steppe, über Adler und Pferde und Schlangen, über Gott und Allah und den prachtvollen Garten, den sie in ihren beiden Religionen entdeckten: den Garten Gottes, in dem die ersten Menschen gelebt und gesündigt hatten; und den Garten Allahs, in dem er seine Märtyrer willkommen hieß und von dem Khur Shah behauptete, ihn bereits mit eigenen Augen gesehen zu haben. Denn die Alten vom Berge waren als Einzige in der Lage, ihn bereits zu Lebzeiten zu betreten und unversehrt von dort zurückzukehren.

Sinaida vermutete, dass der Garten der Nizaris derselbe war wie jener, in den Gott die Seelen der Verstorbenen berief, und in ihr flammte erneut der Wunsch auf, ihn ebenfalls zu sehen.

»Zeig mir den Garten Allahs«, sagte sie zu Khur Shah. »Nicht, weil du meinen Leuten Treue geschworen hast, sondern weil ich nun ein Teil von dir bin.«

Als der Morgen graute, nahm Khur Shah Sinaida in seine Arme, und so schliefen sie ein, ohne sich zu vereinigen, wie es doch in der Hochzeitsnacht Tradition gewesen wäre, bei den Mongolen genauso wie bei den Nizaris.

Am nächsten Tag führte Khur Shah Sinaida ans Meer.

~

»Wer ist Shadhan?«, fragte sie, während sie den letzten Felsgrat erklommen. Schweiß rann unter der Fellkleidung über ihre Haut, aber sie hielt ihren Atem unter Kontrolle, wie sie es von Kasim gelernt hatte.

Khur Shah sah noch immer so ausgeruht aus wie bei ihrem Aufbruch aus dem Lager. »Er ist ein Gelehrter. Ein Philosoph. Vielleicht der klügste Kopf, den die Nizaris je hervorgebracht haben.« Er sagte das leidenschaftslos, beinahe kühl.

»Du magst ihn nicht?«

»Er ist meine rechte Hand.«

»Das ist keine Antwort.«

Khur Shah hielt inne. Sie hatten den höchsten Punkt der letzten Gipfelkette erreicht. Das schroffe Labyrinth der Elburzberge lag jetzt in ihrem Rücken, durchzogen von bodenlosen Schluchten und Tälern in ewigem Schatten.

Vor ihnen erstreckte sich unter einem eisblauen Abendhimmel die Kaspische See. Der Horizont des gewaltigen Inlandmeeres verlor sich in verschwommenen Fernen. Es war noch ein weiter Abstieg bis zum Ufer, aber Sinaida glaubte bereits das Rauschen der Brandung zu hören, das Brechen der Wogen am Fels. An den Hängen des Gebirges gab es vereinzelte Baumgruppen, aber nirgends eine Spur menschlicher Besiedlung.

Khur Shah legte sein Bündel ab und bot Sinaida Wasser aus einer Lederflasche an. Sie trank – nicht so schnell, wie sie eigentlich wollte – und reichte das Gefäß an ihn zurück. Er verkorkte die Öffnung, ohne selbst einen einzigen Schluck zu nehmen. Wollte er, dass sie sich ihm unterlegen fühlte? Nein, dachte sie, das passte nicht zu ihm. Selbst nach der Kapitulation war er unbestritten der Alte vom Berge; er hatte es nicht nötig, sie zu beeindrucken. Sie mochte ihn, und das war weit mehr, als sie bei ihrer Einwilligung zu dieser Hochzeit für möglich gehalten hatte.

»Was willst du über Shadhan wissen?«, fragte er. Es war ihm sichtlich unangenehm, über seinen Berater zu sprechen. Und doch ließ er sich ihr zuliebe darauf ein.

»Wer ist er? Wo kommt er her?« Sie setzte sich auf das umgestürzte Gerippe eines abgestorbenen Baumes, das wie ein bizarrer Hochsitz auf dem Bergkamm thronte. Von hier aus konnte sie das wabernde Blau in der Tiefe überschauen und zugleich Khur Shah ansehen.

»Er stammt aus dem Osten, aus Quhistan«, sagte Khur Shah. »Er versteht sich auf Sternenkunde und Sterndeutung, aber vor allem ist er ein Kenner der alten Schriften meines Glaubens – ich mag das Oberhaupt der Nizaris sein, aber nicht einmal ich weiß alles über meine Vorväter. Shadhan hat sich lange mit der Auferstehungslehre beschäftigt und selbst viele Texte darüber verfasst. Er hat Traktate geschrieben, Chroniken, Pamphlete. Er weiß alles über die Gesetzgebung unserer Ahnen, über jahrhundertealte Beschlüsse und so weiter. Stell ihm irgendeine Frage, über die Geschichte der Nizaris, das Werk der Imame, aber auch über die Gestirne, die Zahlenkunde oder die Religionen anderer Völker – Shadhan wird eine Antwort darauf wissen.«

»Du schätzt ihn, aber du liebst ihn nicht.«

»Ein Mann wie er braucht keine Liebe.« Khur Shah suchte nach den richtigen Worten. »Er gibt einem keinen Anlass, ihn zu lieben. Er ist nur Verstand, nur Wissen, nur Tradition. Ich bin dankbar, dass er da ist – jedenfalls meistens –, sonst hätte ich ihn nicht aus den Tiefen von Alamuts Bibliothek ans Licht geholt, um mir beizustehen. Es ist nicht immer leicht, über ein Volk zu herrschen und zugleich den Gesetzen einer uralten Tradition zu folgen.«

Sie fand, dass er traurig aussah, als er diese letzten Worte sprach. Er war ein Mann, der in seinem Inneren zutiefst zerrissen war zwischen Pflichterfüllung und seinem eigenen Streben nach Höherem. Er hatte sich seine Rolle nicht ausgesucht.

»Du hast deinen eigenen Vater getötet«, sagte sie unvermittelt.

Khur Shah nickte bedrückt. »Kasim hat mir erzählt, dass du mit ihm darüber gesprochen hast. Was willst du hören? Rechtfertigungen?«

»Nein«, sagte sie. »Ich glaube dir, dass es richtig war, was du getan hast.«

»Das habe ich nie behauptet.«

Sie musterte ihn. Er trug das lange Haar jetzt offen, es wirbelte in den kalten Gebirgswinden. »Wie meinst du das?«

»Was ich getan habe, habe ich für die Nizaris getan. Für *sie* war es das Richtige. Aber für mich?«

»Dann wolltest du eigentlich nie der Alte vom Berge werden?«, fragte sie.

»Niemand, der bei Verstand ist, bürdet sich eine solche Last auf. Und niemand kann daran Freude haben.«

Sie lächelte, um ihm die düstere Stimmung zu nehmen. »Dann habe ich wohl einen Verrückten geheiratet.«

Er begegnete ihrem Blick mit spöttischem Funkeln. »Wer sonst hätte um die Hand einer Frau angehalten, die er nie zuvor gesehen hat?«

Innerhalb der mongolischen Fürstenhäuser war das nichts Ungewöhnliches, in seiner Kultur aber schien dieses Vorgehen keineswegs üblich zu sein. Das überraschte sie. Es rückte das, was seit der vergangenen Nacht zwischen ihnen geschah, in ein neues, aufregendes Licht.

»Und wer nimmt ein solches Angebot an, ohne den Mann zu kennen, der es ausgesprochen hat?« Sie stand auf, ging zu ihm hinüber und umfasste seine Taille. Zum ersten Mal spürte sie ihn heftiger atmen. Ihre Nähe vollbrachte, was der anstrengende Marsch vom Lager hierher nicht vermocht hatte.

»Ich will, dass du mich liebst, Khur Shah, Fürst der Nizaris, Alter vom Berge! Und ich will dich lieben. Vertrau mir, und ich werde dir vertrauen.«

»Mehr als das«, erwiderte er und küsste sie zum ersten Mal.

Was für ein seltsames Gefühl, dachte sie, während sie seine Lippen schmeckte, seine Zunge. Sein Geruch umfing sie, der

Duft der Berge, des Sandes und der fernen See am Fuß der Gebirgshänge.

Jetzt verstand sie, warum er sie hierher geführt hatte. Das alles bin ich, sagte sein Kuss. Lerne mich kennen. Erfahre alles über mich.

Das will ich, sagte sie in Gedanken.

Ich bin für immer dein.

Die Karte des Jüngers

Albertus rollte die Karte auf dem Tisch im Gasthof aus und beschwerte die Ecken mit ihren Tonbechern.

»Das hier«, sagte er, »ist die Antwort, warum es *keine* Antwort gibt.« Mit der Faust hieb er auf das vergilbte Material. Die Becher sprangen scheppernd in die Höhe. Von einem der Nebentische blickten ein Köhler und sein Knecht herüber, steckten die Köpfe zusammen und tuschelten.

»Wir erregen Aufmerksamkeit«, flüsterte Libuse.

Das tun wir schon, seit wir angekommen sind, dachte Aelvin. Ein blinder Hüne mit Augenbinde; ein Mädchen, dessen blaue Flecken im Gesicht sich allmählich grün färbten; Favola, die ihren Oberkörper wegen der Pfeilverletzung merklich steif hielt; und natürlich Albertus, der weder Wunden noch Verbände trug, mit seiner Anwesenheit jedoch sogleich den gesamten Schankraum auszufüllen schien.

Ganz anders Aelvin selbst. Er war nur ein beliebiger Novize, wie man sie manchmal in Begleitung älterer Geistlicher durch die Lande ziehen sah. Ein gewöhnliches Gesicht, eine gewöhnliche Erscheinung, dachte er und war beinahe froh darüber.

Corax fingerte an seiner Augenbinde. Er gab die Versuche nicht auf, dann und wann einen Lichtstrahl zu erhaschen. »Wir sollten vorsichtiger sein. Sobald wir irgendwo neue Kleidung auftreiben können, sollten Favola und Aelvin ihre Trachten ablegen. Auch du, Albertus.«

Der Magister nickte. »Am Rhein erwartet uns jemand, der uns weiterhelfen wird.«

»Wer?«, fragte Favola.

»Ein Freund«, entgegnete Albertus knapp.

Wieder einmal fragte sich Aelvin, was er hier eigentlich tat. Die anderen brauchten ihn nicht. Albertus' Überzeugung von einem neuen Paradies interessierte ihn nicht. Eigentlich gab es gar keinen Grund für ihn, diese Reise zu unternehmen.

Abgesehen von dem Traum.

Favolas Traum von seinem Tod.

Wenn man es genau bedachte, hätte er angesichts der Umstände schleunigst das Weite suchen müssen. Und doch blieb er. Wegen Favola. Wegen Libuse. Er wusste nicht einmal, welches des beiden Mädchen ihn eher hielt. Das Gasthaus lag an einer Wegkreuzung zwischen hohen Fichten. Von hier aus, so hatte Albertus gesagt, waren es zu Fuß nur noch wenige Stunden bis zum Rheinufer. Sie hatten Plätze nah am Feuer, und der Magister hatte mit dem Wirt den Preis für zwei Zimmer ausgehandelt: eines für die Mädchen, das andere für sich selbst, Corax und Aelvin, dem überhaupt nicht wohl bei dem Gedanken war, mit den beiden mürrischen Männern in einer Kammer zu übernachten. Andererseits freute er sich auf ein warmes Bett, zumal er hoffte, dass sich um diese Jahreszeit das Ungeziefer in den Decken in Grenzen hielt.

Der Geruch von abgestandenem Bier hing in der Luft. So hatte es manchmal im Keller des Refektoriums gerochen, wenn Bruder Thomasius und ein, zwei andere Mönche sich heimlich an den Vorräten des Abts vergriffen hatten. Aus dem offenen Kamin strömte Wärme, die sofort die Glieder träge und den Verstand benebelt machte. Der Lehmboden war mit Stroh bedeckt, das bei dieser Nässe längst hätte ausgewechselt werden müssen.

Die Blicke der Gefährten richteten sich auf die Karte, die der Magister auf dem Tisch entrollt hatte. Er hatte sie unvermutet unter seinem Fellumhang hervorgezogen, eine Rolle aus hauchdünner, gegerbter Rindshaut, stellte Aelvin fest, der im Skriptorium mit allen erdenklichen Materialien gearbeitet hatte. Vollständig ausgerollt besaß sie die Länge eines Unterarms. An einer Seite war das Material mit einem runden Holzstab verklebt, an der anderen endete es an einer zerfaserten Risskante. Irgendwann einmal war die Karte offenbar in mehrere Teile zerrissen worden, und das, wie es schien, recht achtlos.

Im Schreibsaal der Mönche waren Aelvin bislang mehrere Sorten von Karten unter die Augen gekommen. Zum einen so genannte Portulane, die vor allem in der Schifffahrt eingesetzt wurden: Sie zeigten die Küstenverläufe einzelner Länder und Meere, manchmal gar in Form einer *mappae mundi* die drei Kontinente, aus denen sich die bekannte Welt zusammensetzte. Portulanen besaßen ein größeres Format als Albertus' Karte, waren nicht so schmal und länglich, und es gab sie in vielerlei Ausführung: manche sehr detailliert – oder eher fantasievoll –, andere grob, wahrscheinlich aber akkurater, was den wahren Wissensstand der Kartographen betraf.

Die zweite Sorte von Karten umfasste solche, die Reisende zu Land benutzten. Sie wurden oft auf die Bedürfnisse Einzelner zugeschnitten, hatten wenig mit echter Kartographie gemein und gaben zuweilen nur grobe Hinweise auf Himmelsrichtungen. Eine solche Karte konnte auf der linken Seite in Rom beginnen und auf der rechten in Nordafrika enden, während alle Straßen dorthin scheinbar horizontal verliefen. Ihr Wert lag in den zahllosen Einzelheiten, die zu beiden Seiten der Wege eingezeichnet wurden: Gasthöfe, Burgen, Schutzhütten oder Bauernhöfe waren mit dem Hinweis vermerkt, ob der Reisende dort ein warmes Willkommen erwarten konnte. Zugleich warnten diese Karten auch vor Gefahren, etwa vor Gebieten, in denen Gesetzlose ihr Unwesen trieben, oder vor Festungen, deren argwöhnische Besitzer jeden Fremden erst einmal in den Kerker warfen. Bei Pilgerkarten wurde großer Wert darauf gelegt, Gebetsstätten, klösterliche Hospize oder Orte heiliger Erscheinungen zu verzeichnen; Händlerkarten hingegen markierten vor allem Märkte oder besonders reiche Gemeinden.

Alle diese Karten, ganz gleich ob Portulan, *mappae mundi* oder Reisekarte, waren in der Regel geostet, denn im Osten befand sich nach christlichem Glauben das Paradies. Dieses wurde meist am oberen Rand der Karte eingezeichnet, begrenzt von einem undurchdringlichen Flammenwall. Es handelte sich, darüber waren sich die Mönche im Skriptorium einig gewesen, um eine sinnbildliche Tradition, denn das wahre Paradies erwartete den Gläubigen erst im Himmel, nicht auf Erden. Aelvin fragte sich, wie sich diese Aussage wohl mit Albertus' Behauptungen vertrug.

Die Karte, die der Magister vor ihnen ausgebreitet hatte, war eine wunderliche Mischung aus allen drei üblichen Kartenstilen. Zudem war sie ganz offensichtlich von jemandem geschaffen worden, der weder kalligraphisches Talent noch geographische Kenntnisse besaß.

»Dies, meine Freunde«, sagte Albertus mit gesenkter Stimme, »ist die Karte, die der Jünger einst von seinen Reisen angefertigt hat.«

Aelvin hob zweifelnd eine Braue und streckte die Fingerspitzen nach der Rolle aus. »Das hier soll über zwölfhundert Jahre alt sein?«

Der Magister schlug ihm klatschend auf die Finger, als hätte er ihn beim Kuchendiebstahl ertappt. »Natürlich nicht. Das hier ist eine Kopie. Das Original ist verschollen und wahrscheinlich längst zu Staub zerfallen. Aber selbst diese Kopie ist mehrere hundert Jahre alt und nicht für die schmutzigen Hände eines nichtsnutzigen Jungen bestimmt!«

»Wenn sie nicht für uns bestimmt ist, warum zeigt Ihr sie uns dann?«, fragte Libuse trotzig. Aelvin konnte kaum fassen, dass sie tatsächlich Partei für ihn ergriff. Bislang hatte sie ihn vor allem beschimpft oder gänzlich links liegen lassen.

Albertus achtete nicht auf ihren Tonfall. »Seht euch die rechte Seite an. Die Karte ist zerrissen worden, vermutlich schon vor sehr langer Zeit. Ich kenne die ungefähre Richtung unserer Reise, nicht aber den genauen Endpunkt. Saphilius hat mir vor meiner Abreise nach Frankreich Nachricht zukommen lassen, dass er ein zweites Stück entdeckt hat. Er vermutet, dass es insgesamt drei oder mehr davon gibt.« Albertus senkte die Stimme zu einem Flüstern, sodass keiner der anderen Gäste ihn hören konnte. »Saphilius bewahrt sein Teilstück in Regensburg auf. Dorthin werden wir als Nächstes gehen – es liegt ohnehin auf unserem Weg.«

»Wie weit reicht Euer Teil der Karte?« Aelvin beugte sich tiefer über den Tisch, um die winzigen Beschriftungen zu lesen. Der horizontale Verlauf der Wege sagte ihm auf den ersten Blick überhaupt nichts.

Blitzschnell zog Albertus die Karte unter Aelvins Nase fort und rollte sie zusammen. »Wenn einer von euch in Gabriels Hände fällt, solltet ihr so wenig über unser Ziel wissen wie möglich. Ich habe euch die Karte nur gezeigt, damit ihr mir glaubt – auch ich weiß nicht genau, wohin uns die Reise führen wird.« Mit einer raschen Bewegung ließ er die Rolle unter seinem Mantel verschwinden.

Libuse ergriff ihren Tonkrug und drehte ihn nachdenklich in den Fingern. »Was, wenn *Ihr* ihm in die Hände fallt?«

Albertus zögerte nicht mit seiner Antwort. »Dann werdet ihr die Reise ohne mich fortsetzen. Ich bin nicht wichtig.« Er wandte sich an Favola, die die ganze Zeit über still dagesessen hatte und das Bündel auf ihrem Schoß festhielt. »Nur du bist von Bedeutung«, sagte er sanft. »Du und die Lumina.«

Ehe sie etwas erwidern konnte, trat der Wirt an den Tisch. Auf beiden Armen trug er Holzbretter mit dampfendem Fleisch, geschnittenen Brotfladen und einer Auswahl eingelegter Gemüsesorten. Das Wasser lief Aelvin im Mund zusammen, als alle beiseite rückten, damit der Mann das Essen vor ihnen abstellen konnte. Sogar Favolas Gesicht bekam einen Hauch von Farbe.

Während sie aßen – viel zu schnell, denn jeder von ihnen hatte Hunger für zwei –, kam Aelvin der Gedanke, dass Albertus aufgrund seines Armutsgelübdes gar kein Geld bei sich tragen durfte. Trotzdem hatte er den Wirt bereits im Voraus mit mehreren Münzen bezahlt. Die Ordensregeln, deren Einhaltung er seinen Brüdern unter größter Strenge abverlangte, schienen für ihn keine Geltung zu haben.

Aber solche Überlegungen schwanden rasch, während sich Aelvins Magen füllte. Das Essen war besser als erwartet. Es sättigte und schmeckte ganz ausgezeichnet.

»Morgen erreichen wir den Rhein«, sagte Albertus und schmatzte wie ein Torfstecher. »Glaubt mir, von da an werden wir es leichter haben.«

Aelvin glaubte ihm kein Wort.

~

»Tut es noch sehr weh?«, fragte Libuse, nachdem die Mädchen sich in ihre Kammer zurückgezogen hatten. Sie lagen auf strohgefüllten Matratzen. Jede der beiden hatte drei Decken für sich allein, was angesichts der Eisblumen am Fenster bitter nötig war.

Favola schüttelte im faden Licht der einzigen Kerze den Kopf. »Albertus' Kräutersalben nehmen den Schmerz. Er sagt, die Pfeilspitze hat den Knochen nicht zerschmettert. Sieht aus, als hätte Gott es gut mit mir gemeint.«

»Mein Vater meint, es gäbe keinen besseren Heiler als Albertus.« Libuse streckte sich unter den Decken und verschränkte die Hände unter ihrem Hinterkopf. »Er hat sogar Schriften über die Heilkunst verfasst.«

»Und über vieles andere mehr«, stimmte Favola zu. »Er ist ein sehr gelehrter Mann.«

»Aber er *isst* wie ein Stallknecht.«

Favola kicherte leise. Libuse überlegte, ob sie die Novizin schon einmal hatte lachen hören; sie konnte sich nicht daran erinnern.

Libuse wartete einen Moment, dann fragte sie geradeheraus: »Was hältst du von Aelvin?«

Das grobe Leinenkissen raschelte, als Favola ihr Gesicht zur Decke wandte, so als fürchtete sie, ihre Augen könnten Libuse ein Geheimnis enthüllen. »Warum fragst du? Ich dachte, du verschwendest nicht mal einen Gedanken an ihn, so wie du ihn behandelst.«

»Zu schlecht, meinst du?«

»Gleichgültig. Und manchmal ziemlich gereizt.«

»Er ist ein Tölpel.«

»Er hat Albertus und mir geholfen. Ohne ihn hätte Gabriel uns im Zisterzienserkloster gefangen.« Favola sah noch immer zur Decke, wo die Ritzen der Balken im flackernden Kerzenschein mal breiter, mal schmaler wurden. »Vielleicht steckt ja mehr in ihm, als du denkst.«

»Ich hoffe, das trifft auf uns alle zu, sonst werden wir nicht allzu weit kommen.«

»Darf ich dich was fragen?«

Libuse drehte sich auf die Seite und sah Favola über den schmalen Gang zwischen den Betten hinweg an. »Sicher.«

»Warum begleitest du uns?« Sie zögerte, dann setzte sie hinzu: »Was dein Vater gesagt hat ... dass er sich an Gabriel rächen will ... Ich meine, das kann er gar nicht, oder? Alle wissen das.«

»Albertus war bei uns im Turm«, sagte Libuse nach kurzem Zögern. »Er hat meinen Vater gebeten, euch zu begleiten. Und er hat gesagt, dass euch eure Reise ins Morgenland führen wird. Mein Vater hat viele Jahre lang dort gelebt. Ich bin dort geboren.«

Favola rollte sich nun gleichfalls auf die Seite. Ihre Blicke trafen sich.

»Ich hab meine Mutter nie kennen gelernt«, fuhr Libuse fort. »Sie ist kurz nach meiner Geburt gestorben. Vater ist mit mir in seine Heimat zurückgekehrt, hier in die Eifel. Er hat sich von Konrad von Hochstaden losgesagt und den Turm in den Wäldern bauen lassen.«

»Und er hat dir nie von deiner Mutter erzählt?«

»Woher weißt du das?«

»Weil *sie* die Ursache ist, weshalb du mit uns gehst, oder?« Favola lächelte zaghaft. »Das ist ein guter Grund, finde ich. Viel besser als meiner.«

»Aber du bist –«

»Die Hüterin der Lumina?« Favola legte eine Hand auf das Bündel, das neben ihrem Bett am Boden stand. Sie trug wie immer ihre dünnen Handschuhe. Libuse hatte die Novizin noch nie ohne sie gesehen. »In Wahrheit weiß ich gar nicht, wer oder was ich bin. Die Lumina ist keine gewöhnliche Pflanze, und sie hat mich auserwählt. Das alles stimmt. Aber ob sie wirklich das ist, was Albertus und die Nonnen im Kloster behauptet haben? Ob sie tatsächlich viele tausend Jahre alt ist und im Garten Eden gestanden hat? Albertus glaubt fest daran. Aber ich? Ich weiß es nicht.«

»Wie kannst du dich auf all das einlassen, wenn du nicht daran glaubst?«

»Vielleicht hat er Recht, und vielleicht gelingt es uns wirklich, die Welt zu einem besseren Ort zu machen.«

»Indem du eine Pflanze setzt?«

»Habe ich denn eine Wahl?«

Ja, wollte Libuse sagen. Jeder hat eine Wahl. Aber damit belog sie sich nur selbst. Auch sie hatte keine. Sollte sie so tun, als wäre nichts geschehen? Vielleicht irgendwann einen stumpfsinnigen Köhlerknecht zum Mann nehmen? Das war nicht, was sie wollte. Niemals im Leben.

»Er könnte es dir sagen«, flüsterte Favola unvermittelt. »Das, was du wissen willst, über deine Mutter und über sich … er könnte es dir erzählen, und du müsstest nicht die Gefahren dieser Reise auf dich nehmen. Wäre das nicht das Einfachste?«

»Ich glaube, selbst wenn er wollte, könnte er es nicht. Da ist etwas, wie ein Riegel, den er vor die Vergangenheit geschoben hat. Etwas –«

»In seinem Kopf?«

»Ja.«

Favola nickte, als verstünde sie genau, was Libuse meinte. »Ich weiß«, sagte sie nach einem Augenblick des Schweigens. »Über manche Dinge redet man nicht gern.«

Libuse musterte sie mit frisch erwachter Neugier.

»Ich habe Schuld auf mich geladen.« Favola wandte den Blick wieder zur Balkendecke. »Schwere Schuld. Und nichts, was ich tue, kann das wieder gutmachen.«

»Welche Schuld?«

»Ich habe meine Schwester getötet. Keine Nonne im Kloster. Meine *leibliche* Schwester.« Favola zog die Decken hinauf bis zum Kinn, als hätte ein kalter Windstoß sie gestreift. »Meine Hände«, sagte sie. »Meine Hände sind schuld. Mein ganzer Körper. Meine Haut.«

»Was ist mit deinen Händen?«

»Durch sie … *weiß* ich Dinge. Über andere Menschen. Schlimme Dinge.«

»Weil du sie mit den Händen berührst?« Libuse erinnerte sich, dass Albertus es vermieden hatte, Favolas bloße Haut zu berühren, als er ihre Wunde versorgt hatte. Libuse hatte angenommen, sein Gelübde sei der Grund dafür.

Favola nickte langsam, und ein Zittern lief durch ihren Körper. »Ich kann ihren Tod sehen. Wenn ich jemanden anfasse, sehe ich, wie er sterben wird.«

»Du könntest mir verraten, wie ich sterbe? Und wann?«

»Nicht wann. Nur wie. Aber ich würde sehen, ob du alt bist oder jung.«

»Dann sag's mir.« Libuse streckte ihre Hand über den Spalt zwischen den Betten.

»Du willst das nicht wissen«, sagte Favola kopfschüttelnd. »Du denkst vielleicht, dass du es willst – aber in Wahrheit willst du es nicht. Vertrau mir.«

»Doch, sag es mir.«

»Nein.«

Libuse zog zögernd ihre Hand zurück.

»Es ist mir egal, ob du mir glaubst«, sagte die Novizin. »Oder ob du mich für merkwürdig hältst. Ich hab schon viel Schlimmeres gehört. Meine Eltern haben mich verstoßen, weil sie geglaubt haben, in mir wohne der Teufel. Sie haben mich ins Kloster geschickt und vergessen. Aber ich nehme es ihnen nicht übel. Nach dem, was mit meiner Schwester passiert ist, mussten sie so über mich denken.«

»Was war mit deiner Schwester?«

»Ich sah, wie sie sterben würde. Ich habe sie gewarnt, um das Schicksal abzuwenden. Aber dadurch ist es überhaupt erst geschehen. *Weil* ich sie gewarnt habe. Vielleicht wäre sie an diesem Tag gar nicht in die Stadt gegangen, hätte sie mir nicht beweisen wollen, dass meine Voraussagen nichts als Hirngespinste sind.«

In der Tat, dachte Libuse, das reichte aus, um einen Menschen merkwürdig zu machen.

»Ich nenne es Todsicht«, sagte Favola.

Libuse dachte daran, wie sie zum ersten Mal das Erdlicht heraufbeschworen hatte. Und wie sie ein Wort dafür gesucht hatte, irgendeinen Namen.

Favolas Lippen bebten, und für einen Augenblick presste sie sie fest aufeinander. Dann sagte sie: »Ich habe gesehen, wie Aelvin stirbt. Er hat mein Gesicht berührt, in der ersten Nacht im Kloster. Ich dachte, es wäre ein Traum. Aber … es war sein Tod, den ich gesehen habe.«

Libuses Stimme klang belegt. »Und wie stirbt er?«

»Ich habe einen Fehler gemacht.« Favola verzog das Gesicht, ohne die Frage zu beantworten. »Ich habe Albertus davon erzählt.« Jetzt sah sie wahrlich verzweifelt aus, so als bereitete jedes Wort ihr Schmerzen. »Verstehst du? Nur deshalb ist Aelvin bei uns. Albertus würde um keinen Preis zulassen, dass er uns verlässt.«

»Was wird geschehen?«

»Er wird sich für mich opfern«, wisperte Favola. »Aelvin wird sterben, damit ich lebe – und damit die Lumina ans Ziel gelangt.«

Als Gabriel von Goldau erwachte, blickte er auf den Hinterkopf eines Mannes. Auf eine rasierte Tonsur inmitten schütteren grauen Haars.

Der Mönch drehte sich um und sah auf ihn herab. Seine Lippen bewegten sich, doch die Worte drangen erst den Bruchteil eines Augenblicks später in Gabriels Bewusstsein, so als sei noch nicht alles in ihm wirklich wach, nicht jede Faser seines Verstandes.

»Es geht Euch gut. Macht Euch keine Sorgen.«

Das Feuermal auf Gabriels Wange brannte. Oft rief es sich durch einen sanften Schmerz in Erinnerung, so als wollte es verhindern, dass Gabriel jemals vergaß, welchen Makel er im Gesicht trug. Jetzt rührte dieses Brennen jedoch von etwas anderem. Vom Biss der kleinen Hure. Sogar jetzt spürte er noch, wie sich ihre Zähne in seine Wange gegraben hatten. Der Schmerz hatte ihn erregt. Sie hatte sich ihr Schicksal selbst zuzuschreiben.

Einen Moment lang erlag er der Versuchung und ließ die Erinnerung vor seinem inneren Auge vorüberziehen. An ihren schlanken, weißen Hurenleib am Boden der Halle. Ihr enges, blutendes Hurenloch. Ihre weißen Lippen, die sie fest aufeinander presste und die doch nicht ganz verhindern konnten, dass er sie stöhnen hörte: ihr unterdrücktes, schmerzerfülltes Hurenstöhnen.

Seine Männer hatten nur getan, was er ihnen befohlen hatte. Nicht jeder von ihnen hatte es genossen, das wusste Gabriel sehr wohl. Aber wozu ein Schwert führen, wenn man nicht bereit ist, damit zuzustechen? Sie waren seine Männer, seine Wölfe, und sie gehorchten ihm, ganz gleich, was er von ihnen verlangte.

Und nun waren sie tot. Zerschmettert am Grund der Schlucht.

Es gab noch mehr von ihnen, aber sie waren in Köln, zu weit entfernt, um sie schnellstens in diese armselige Gegend zu zitieren. Bis sie das Kloster erreicht hätten, wären Albertus und die anderen längst über alle Berge.

Gabriel schüttelte die Erinnerung an Corax' Hurenkind ab und konzentrierte sich auf das, was wirklich wichtig war. Albertus und das Mädchen. Die Pflanze, die sie bei sich trug.

Der Gedanke erfüllte ihn mit Ehrfurcht. Sogar die *Vorstellung* eines Relikts aus dem Garten Gottes war es wert, in all ihrer Glorie bewahrt zu werden. Doch das allein reichte nicht aus. Er brauchte die Lumina, weil er sie Konrad versprochen hatte. Bei seinem Leben hatte er geschworen, sie herbeizuschaffen.

Mit einem Ruck richtete er sich auf. »Wie lange habe ich geschlafen?«

»Fast einen Tag, Herr.«

»So lange!«

»Abt Michael hat angewiesen, Euch nicht zu wecken. Wir waren beide der Ansicht, dass Ihr die Ruhe nötig hättet.«

»Wie ist dein Name, Mönch?«

»Ich bin Bruder Marius. Mir untersteht das Infirmarium des Klosters.«

»Dann hast du meine Wunden versorgt?«

»So ist es, Herr.«

»Dafür danke ich dir.« Gabriel deutete ein Nicken an, das der Mönch mit einem nervösen Lächeln zur Kenntnis nahm.

»Ich habe nur meine Pflicht getan.«

»Das Letzte, an das ich mich erinnern kann, ist der Zusammenbruch des Aquädukts … Und dass ich Pfeile verschossen habe. Sechs oder sieben.« In dem heftigen Schneetreiben hatte er nicht erkennen können, ob einer oder gar mehrere ihr Ziel getroffen hatten. Es war eine schale Hoffnung, dass einer davon den vermaledeiten Magister mit dem Kopf an einen Baum genagelt hatte.

Sein Blick klärte sich, die Bilder vom Einsturz des Aquädukts verblassten. »Aber was ist danach geschehen?«

»Ihr könnt Euch nicht erinnern?«, fragte Bruder Marius.

Gabriel schüttelte den Kopf und stellte dabei fest, dass nicht nur sein Feuermal wehtat. Sein ganzer Schädel schmerzte.

Täuschte er sich, oder huschte da der Schatten eines zufriedenen Lächelns über die Züge des Infirmarius? Doch als er den Mönch genauer musterte, war jede Regung wieder aus seinem Gesicht verschwunden. Stattdessen war da ein verwunderter Ausdruck, der Gabriel von Einfalt zu künden schien.

»Ein Stein«, sagte der Mönch. »Er hat Euch am Kopf getroffen.«

Gabriel blinzelte. »Wie kann mich ein Stein treffen, wenn dieses ganze verdammte Gemäuer *nach unten* eingestürzt ist?«

»Herr, ich bin Infirmarius, kein Baumeister.«

»Ein rechter Narr scheinst du mir zu sein!« Aber vielleicht sprach Marius tatsächlich die Wahrheit. Das Aquädukt war in einer gewaltigen Eruption aus Stein und Lehm und Staub ineinander gestürzt. Es war durchaus möglich, dass irgendetwas ihn getroffen hatte.

»Verzeih«, sagte er rasch, »es steht mir nicht zu, dich zu beleidigen, nachdem du mich gepflegt und für mich gesorgt hast.«

»Es gibt nichts zu verzeihen, Herr«, antwortete Marius mit gesenktem Haupt. »Ich verstehe etwas von Kräutern, nicht von Steinen oder davon, wie sie fallen.«

Gabriel schenkte ihm sein freundlichstes Lächeln. »Gewiss, Bruder. Aber sag, du hast nicht vielleicht jemanden gesehen, der sich von hinten mit einem Knüppel an mich heranschlich, während ich noch ganz… benommen war vom Verlust meiner treuen Gefährten?« In der Tat bedauerte er ihren Verlust, doch nicht aus Freundschaft oder auch nur Kameradschaft. Ihr Tod verzögerte die Erfüllung seiner Aufgabe.

Marius' Züge blieben ein Spiegelbild seiner Einfalt. »Mit einem Knüppel, Herr? Wer sollte so etwas tun?« Und nach einem Zögern, das eine Spur zu lange währte, ergänzte er: »Wir alle hier sind treue Diener des Erzbischofs.«

»Gewiss doch«, entgegnete Gabriel mit kaum verhohlenem Zorn. »Aber auch Seine Eminenz hat Feinde, wie du sicher weißt.«

»Nicht hier im Kloster.«

Gabriel dachte, dass es ihm mit einem Messer sehr wohl gelingen mochte, die Wahrheit in Windeseile aus diesem Dummkopf herauszukitzeln. Andererseits war es die Mühe nicht wert. Und falls Marius tatsächlich nichts wusste, verschwendete er nur weitere kostbare Zeit.

Gabriel erhob sich von der Liege, verfluchte den Kopfschmerz, stellte aber zufrieden fest, dass er sicher auf beiden Beinen stand.

»Meine Sachen«, befahl er.

Wenig später war er angekleidet und zum Aufbruch bereit. Er zog gerade den zweiten Stiefel über, als jemand an die Tür des Infirmariums klopfte. Der Laut zeugte entweder von Schwäche oder ausgesuchter Höflichkeit, denn es war ein leises Klopfen, das einen Schlafenden nicht geweckt hätte.

Gabriel zog den Schaft des Stiefels nach oben und richtete sich auf. »Wer ist da?«

Die Tür wurde geöffnet, und ein großer Mann trat ein. Langes dunkles Haar schien von seinem Kopf in alle Richtungen zu wuchern, weit über seine Schultern, und mündete ohne Übergang in seinen wilden Bart. Seine dunklen Augen ruhten tief in den Höhlen, darunter wölbten sich geschwollene Tränensäcke wie Schneckenleiber.

»Oberon!«, entfuhr es Gabriel. »Was, zum Teufel, hast du hier verloren?«

Der Mann gab dem Infirmarius einen Wink, den dieser erleichtert zum Anlass nahm, sich zurückzuziehen. Gabriel sah ihn die Tür hinter sich zuziehen, während Oberon, der Nigromant des Erzbischofs, tiefer in den Raum trat. Drei Schritt trennten sie voneinander. Der Geruch von feuchter Kleidung und Pferdeschweiß war mit dem Mann hereingeweht. Gabriel hasste schlechte Gerüche, und es war eine treffliche Überschneidung, dass er auch Oberon selbst verabscheute.

»Bevor du weiteres Zeugnis von deiner Unhöflichkeit ablegst, Gabriel von Goldau, sei versichert, dass ich mir weit Kurzweiligeres vorstellen könnte, als bei diesem Wetter durch Schnee und Kälte zu reiten, um mich an diesem scheußlichen Ort deiner nicht minder scheußlichen Gesellschaft auszusetzen.«

Gabriel rang sich ein Grinsen ab, nach dem ihm keineswegs zumute wahr. »Ich freue mich, dass wir zumindest in dieser Sache übereinstimmen. Das war während meiner letzten Monate an Konrads Hof nicht allzu häufig der Fall.«

Oberon deutete eine Verbeugung an, die bei jedem anderen ernst und ergeben gewirkt hätte. Bei ihm, das wusste Gabriel, war sie der blanke Hohn. »Seine Eminenz hat mir eine Nachricht für dich mit auf den Weg gegeben.«

Gabriel vermutete eine von Oberons höfischen Intrigen, auf die sich der Nigromant so vorzüglich verstand wie kein anderer. Er verfluchte seine Entscheidung, von Frankreich aus eine Botschaft über den Verlauf der Luminajagd nach Köln zu entsenden. Darin hatte Gabriel den Verdacht geäußert, Albertus' nächstes Ziel könne die Einsiedelei des Corax von Wildenburg sein. Dass Konrad Oberon hierher entsandt hatte, war ein weiterer Beweis dafür, dass Gabriel Schritt für Schritt das Vertrauen des Erzbischofs verlor. Konrad musste es als Versagen werten, dass das Mädchen mit der Pflanze aus dem Nonnenkloster entkommen war; und womöglich hielt er Corax für einen Gegner, der es trotz seines Alters noch immer mit Gabriel aufnehmen konnte.

Aber, verflucht, er hatte Corax besiegt! Er hatte ihn gedemütigt und geblendet und dafür gesorgt, dass das Letzte, was er mit gesunden Augen erblickte, seine Hurentochter war, die sich nackt unter den Leibern der Krieger wand.

Und *ihm* vertraute der Erzbischof nicht mehr?

Mühsam beherrscht fragte er: »Wie lautet die Botschaft?«

Ein Funkeln geisterte durch die tiefen Augenhöhlen des Nigromanten. »Dass Seine Eminenz dir deine Niederlage verzeiht. Dass du gewiss sein kannst, auch weiterhin in seiner Gunst zu stehen. Aber dass du sicherlich einsehen wirst, dass die Verfolgung der Lumina Vorrang hat vor seiner tiefen Liebe zu dir.«

Gabriel ballte die Fäuste. »Was genau soll das heißen?«

»Dass wir Freunde werden sollten«, sagte Oberon mit liebenswürdigem Lächeln. »Und dass ab sofort ein anderer die Jagd auf Albertus und das Mädchen anführen wird.«

»Und dieser andere bist zufällig du?«

Oberon strich mit Daumen und Zeigefinger an seinem formlosen Bart hinab. »Die Gunst unseres Herrn ist wankelmütig. Niemand sollte das besser wissen als du. Einst stand Corax von Wildenburg im wohlwollenden Lichte Seiner Eminenz und befehligte die bischöflichen Truppen. Du, Gabriel, warst nur sein Schüler. Dann ist Corax fortgegangen und du bist auf seinen Platz nachgerückt. Kannst du dich noch daran erinnern, was für ein Gefühl das war?«

»Schon damals habe ich daran denken müssen, wie es sich anfühlen würde, diesen Platz irgendwann wieder zu verlieren.«

»Dann bist du vorbereitet. Das ist gut.«

»Und ich habe mir geschworen, niemanden, der ihn beansprucht, am Leben zu lassen.«

Für einen Moment ertranken Oberons tiefe Augenhöhlen in Unruhe. All die Überheblichkeit, die Arroganz – sie waren nur Maskerade. Allerdings fragte sich Gabriel, ob Oberon tatsächlich nur Unsicherheit damit kaschierte oder ob da noch etwas anderes war. Etwas, das weit gefährlicher war als Ambition und Intrigantentum. Gabriel wusste um die Fähigkeiten des Nigromanten, um seinen Ruf, die Macht des Christentums für magische Zwecke zu nutzen, und nun fragte er sich, wer ihm dieses Talent gewährt hatte. Der Himmel? Die Hölle? Welchen Preis hatte er dafür zahlen müssen?

Und war es wirklich ratsam, Oberon herauszufordern?

Der Nigromant schlug einmal kurz die Lider nieder, öffnete sie wieder, und dann war die Maske wieder vollkommen, ihr Riss geschlossen. Er hatte sich entschieden, Gabriels letzte Bemerkung zu ignorieren.

»Ich habe dreißig Männer mitgebracht«, sagte er. »Sie folgen meinem Befehl. Du wirst uns begleiten.«

»Und wenn ich ablehne? Offiziell bin ich kein Angehöriger der bischöflichen Garde mehr, das weißt du.«

»Wie könnte ich das vergessen.« Oberon setzte die Fingerspitzen beider Hände gegeneinander und bildete vor seiner Brust ein Dreieck. Eine seiner Angewohnheiten, wusste Gabriel, die viele als beschwörerischen Ritus missverstanden. »Seine Eminenz hat dir diesen Vorschlag gemacht, damit du freier für ihn wirken kannst, nicht wahr? Damit du Aufträge für ihn durchführen kannst, denen es nicht gut anstünde, mit dem Bischof in Verbindung gebracht zu werden.«

Gabriel schwieg.

Oberon lächelte listig unter seinem Bartwust. »Und du hast dich nie gefragt, ob es womöglich noch einen anderen Grund dafür gab, dich … sagen wir, loszuwerden, Gabriel von Goldau?«

»Der Erzbischof hat nie –«

»In erster Linie hat er meinen Ratschlag befolgt«, unterbrach ihn der Nigromant grob. »Was bist du heute anderes als ein gemeiner Söldner?«

Gabriel stand kurz davor, die Beherrschung zu verlieren. »Du treibst ein gefährliches Spiel, Oberon. Eines, das dich schnell den Kopf kosten könnte.«

Diesmal ließ sich der Nigromant nicht einschüchtern. »Dreißig Männer, Gabriel. Sie haben den Befehl, dich zu töten, sollte mir ein Unglück widerfahren. Ein Befehl vom Erzbischof persönlich.«

»Wenn das die Wahrheit wäre, warum soll ich euch dann begleiten?«

»Weil Seine Eminenz, genau wie jeder Steinmetz oder Bootsbauer, ein gutes Werkzeug zu schätzen weiß. Und ein gutes Werkzeug bist du stets gewesen – ein weit besseres als Corax, der einen viel zu starken eigenen Willen besaß.« Oberon tat einen weiteren Schritt auf Gabriel zu, bis dieser seinen sauren Atem riechen konnte. »Ein Werkzeug. Das bist du und wirst du bleiben. Eine scharf geschliffene Sense im Auftrag des Herrn.«

»Man hat von Sensen gehört, die in das Bein desjenigen schlugen, der sie führte.«

»Nur wenn er unachtsam war. Und, glaub mir, Gabriel, ich werde sehr achtsam sein. Tag und Nacht.« Er streckte die Hand aus und strich beinahe liebevoll über das Feuermal in Gabriels Gesicht. »Ein scharf geschliffenes, tödliches Werkzeug. Der Stolz eines jeden, der es in Händen hält.«

Er drehte sich um und stieß einen leisen Ruf aus. Sofort ging die Tür auf und ein Mann trat ein, gerüstet in Eisen, Leder und graues Fell. Es war einer von Gabriels Wölfen. Er musste die ganze Zeit über vom Gang aus über seinen neuen Herrn gewacht haben.

Gabriel starrte den Mann an, *seinen* Mann, doch der Wolfskrieger wich seinem Blick aus. Gabriel stieß ein abfälliges Schnauben aus. Erst dann fiel ihm auf, was der Krieger mit beiden Händen hereintrug.

Es war ein rundes Gefäß, so hoch wie der Rücken eines Jagdhundes, offenbar aus einem dünnen Metall gefertigt, das mit orientalischen Intarsien verziert war. Obenauf lag ein Deckel mit Kugelknauf.

Der Krieger stellte das Gefäß vor Oberon ab, der sich vorbeugte und den Verschluss anhob. »Sieh her«, sagte er leise zu Gabriel, als wollte er nicht wecken, was sich im Inneren befand.

Im ersten Augenblick sah Gabriel nichts als Dunkelheit. Dann fiel ihm auf, dass die Innenseite mit gepolstertem Leder ausgekleidet war.

Am Boden des Gefäßes lag, spiralförmig zusammengerollt, ein schimmernder Schlangenleib. Ein dreieckiger Schädel, größer als Gabriels Faust, ruhte im Zentrum. Erst glaubte er, das Reptil hätte die Lider geschlossen; dann aber erkannte er, dass die Augen pechschwarz und lidlos waren. Reglos starrten sie zu ihm empor.

Gabriel spürte, wie ihm beim Anblick des Untiers übel wurde. Unwillkürlich trat er einen halben Schritt zurück und nahm sogar in Kauf, dass Oberon ihn verspotten mochte.

Der Nigromant aber sah ihn ausdruckslos an. Sein Blick war so schwarz wie jener der Schlange.

Über das Eis

Sie erreichten den Rhein zur Mittagszeit.

Im Schutz hoher Fichten stiegen sie über einen breiten Hügelkamm und blickten über eingeschneite Waldwipfel auf das weiße Band des Flusses. Er lag da wie ein breiter Fahrweg, der sich von Nord nach Süd durch den tiefen Einschnitt zwischen den Bergflanken schlängelte. Einige Bogenschussweiten rechts von ihnen machte er eine scharfe Biegung und verschwand aus ihrem Sichtfeld.

»Der Rhein ist zugefroren!«, entfuhr es Aelvin staunend. Er hatte mit einer Bootsfahrt gerechnet.

»In der Tat.« Albertus lächelte. Die Sonne spiegelte sich auf seinem kahlen Kopf. Der Hut, den er bei seiner Ankunft im Kloster getragen hatte, war bei ihrer überstürzten Flucht zurückgeblieben.

»Ihr wollt über das Eis wandern?«, fragte Aelvin.

Bevor der Magister antworten konnte, rief Libuse: »Hört doch nur!«

Alle fünf horchten hinaus in die Winterlandschaft. Fernes Hundegebell drang durch die eisige Stille. Es wehte aus dem Tal herauf und stammte offenbar von sehr vielen Tieren.

»Schlitten«, sagte Libuse. »Hundeschlitten!«

Albertus nickte. »Ich sehe, Corax von Wildenburg hat eine gescheite Tochter herangezogen. Das ist mehr, als manchen Klosterlehrern gelungen ist.«

Aelvin verzog das Gesicht.

Der Magister deutete hinab zum bewaldeten Ufer. »Hinter dem Wald liegt ein kleines Dorf. Wir werden dort erwartet.«

Das Dorf entpuppte sich als einzelner Hof, um den sich mehrere Hütten gruppierten. Felder waren nirgends zu sehen, nur Vieh und zahlreiche Stallungen. Am Ufer hatte man eine Anlegestelle eingerichtet, die jetzt unter Schnee begraben lag. Um diese Jahreszeit gab es hier keine Boote, die ihre Ware hätten feilbieten können.

Das Hundegebell drang aus dem Inneren der Hofmauern. Aus den Hütten schauten ein paar dick vermummte Kinder, als die Gefährten den Hauptweg entlangzogen, auf das offene Tor des Gehöfts zu. Rinder blökten hinter Bretterwänden, irgendwo schnatterten Enten. Es roch nach Holzfeuern und frisch geschlachtetem Vieh.

Sie hatten den Eingang noch nicht erreicht, als ihnen ein Mann entgegeneilte, mit einem ausgezehrten, aber freundlichen Gesicht, in dicker Fellkleidung und mit einer wollenen Mütze auf dem Kopf. Man musste ihm die Wanderer bereits angekündigt haben, denn er zeigte keine Spur von Überraschung, als er Albertus an ihrer Spitze erblickte. Mit ausgebreiteten Armen stapfte er auf den Magister zu und empfing ihn überschwänglich.

Wie sich bald herausstellte, war der Name des Mannes Ludwig, und so hießen auch seine drei Söhne, gleichwohl er sie nur den Älteren, den Mittleren und den Jüngeren rief. Bei einem kurzen Mittagsmahl im Haupthaus des Gehöfts erzählte er freimütig, wie Albertus ihn einst auf der Durchreise von einem heimtückischen Fieber befreit hatte, was Corax zu der missmutigen Bemerkung veranlasste, dass es wohl nirgends irgendjemanden gäbe, der nicht in der Schuld des Magisters und seiner Heilkünste stünde. Worauf Albertus bescheiden lächelte und lautstark seine Suppe schlürfte.

Für ihre Weiterreise stand seit mehreren Tagen alles bereit. Drei Rucksäcke waren gepackt, und da die Zahl der Gefährten nun größer war, als Albertus ursprünglich geplant hatte, ließ Ludwig zwei weitere Bündel mit allem Nötigen bestücken. Zuletzt wurden Brot und gesalzenes Fleisch, Hirse und Öl, vor allem aber harter Käse und Nüsse eingepackt. Auch fand jeder in seinem Gepäck zwei Tierblasen mit Korkenverschluss; die eine mit Wasser, die andere mit Honigwein gefüllt.

Schließlich erhielten sie neue, warme Winterkleidung. Aelvin durfte zum ersten Mal seit Jahren etwas anderes als seine Kutte tragen, und auch Favola legte, wenn auch widerstrebend, ihre Tracht ab. Beide bekamen dicke Wollhosen und gesteppte Tuniken. Favola sah aus, als wäre ihr der neue Aufzug unangenehm, doch Albertus gab ihr seinen Segen, und da begann sie, sich mit den ungewohnten Beinkleidern anzufreunden; wärmer als die weite Nonnentracht mit all ihren Unterkleidern waren sie allemal. Auch Libuse tauschte ihr Wollkleid gegen Hosen ein, und bei dieser Gelegenheit erhaschte Aelvin einen Blick auf ihre nackten Beine. Rasch wandte er die Augen ab.

Albertus erhielt ebenfalls neue Kleidung, behielt aber den weiten Mantel aus Fellflicken. Alle anderen trugen jetzt warme Umhänge, dicker als ihre alten und lang genug, um sich bei Nacht darin einzurollen. Außerdem gab man ihnen Fellmützen, die hinten über ihre Kragen reichten und verhinderten, dass ihnen Wasser den Nacken hinablief. Nur Albertus bat um einen Hut wie jenen, den er zurückgelassen hatte. Wollstrümpfe wurden verteilt und für jene, die es wünschten, neues Schuhwerk.

Sie sahen aus wie ein Zug von Pilgern auf dem Weg zu den Heiligen Stätten im Süden. Albertus schärfte ihnen ein, auf alle Nachfragen zu antworten, ihr Ziel wäre Rom. Damit würden sie keine Aufmerksamkeit erregen, denn viele Menschen zogen das ganze Jahr über aus aller Herren Länder in die Stadt des Heiligen Vaters, um seinen Segen zu erbitten.

Ludwig bot ihnen an, die Nacht unter seinem Dach zu verbringen, doch Albertus bestand darauf, noch vor Einbruch der Dämmerung weiterzuziehen. Seine Sorge, dass es Gabriel doch gelingen könnte, ihre Spur wieder aufzunehmen war zu groß. Die Ereignisse der vergangenen Tage hatten ihn vorsichtiger gemacht. Nie wieder wolle er Unschuldige gefährden, gelobte er. Aber Aelvin fiel es schwer, ihm Glauben zu schenken.

Ludwig hatte an der Anlegestelle zwei große Schlitten bereitstellen lassen. Sie hatten gepolsterte Sitzbänke, Halterungen für die Rucksäcke und waren mit weiteren Decken bestückt, in die sie sich während der Fahrt einwickeln konnten. Vor jeden Schlitten wurden acht Hunde gespannt, zottige Tiere mit grauem Fell, die man auf den ersten Blick für Wölfe halten konnte. Ludwig erklärte ihnen, dass unter jedem der acht ein Rudelführer sei, der jeweils vorne rechts angespannt sei. Und während Aelvin sich noch fragte, wie sie diesen Bestien je ihren Willen aufzwingen sollten, eröffnete Ludwig ihnen, dass zwei seiner Söhne sie begleiten und die Schlitten lenken würden. Aelvin nahm an, dass Albertus dies eingedenk seines Gelöbnisses, keine Unschuldigen mehr zu gefährden, ablehnen würde. Doch der Widerstand des Magisters war nur schwach und wenig überzeugend, und so bekamen sie zu all der Ausrüstung, den Schlitten und Hunden auch noch zwei hässliche Bauernsöhne mit auf den Weg. Ludwig der Ältere und Ludwig der Mittlere würden sie begleiten, bis die Reisenden den Rhein verlassen wollten; dann sollten sie auf den Schlitten nach Hause zurückkehren, während die Gefährten die Reise zu Fuß fortsetzten.

Sie bedankten sich beim alten Ludwig und wünschten ihm Glück dabei, seine Leute heil über den Winter zu bringen. Zuletzt umarmte der Alte seine Söhne, bat, sie mögen bald gesund zu ihm zurückkehren, und trat dann gemeinsam mit seinem Jüngsten und dem weinenden Weib zurück an die Anlegestelle.

Albertus richtete sich auf und sprach ein Gebet. Seine Worte hallten weithin über das Eis: »Heiliger Herr, allmächtiger Vater, ewiger Gott, der Du der Führer der Heiligen bist und die Gerechten auf dem Wege lenkst. Sende den Engel des Friedens mit Deinen Dienern, der sie zum vorgesehenen Ziele geleite. Er sei ihnen ein *comitatus iocundus*, auf dass kein Feind sie von ihrem Wege hinwegreiße. Fern sei ihnen jeder Ansturm des Bösen, und als Begleiter gewähre ihnen den Heiligen Geist.«

Sie glitten hinaus auf den gefrorenen Strom und fuhren in rasender Fahrt nach Süden.

~

An diesem ersten Tag fuhren sie bis tief in die Nacht hinein, denn der Sternenhimmel tauchte den vereisten Fluss in magisches Silberlicht. An den Ufern stiegen die Berghänge steil an, manchmal aus rohem Fels, oft aber dicht bewaldet und von geheimnisvollen Lauten erfüllt. Nachtvögel flatterten dann und wann im Schutze der Dunkelheit von einer Seite des Stroms zum anderen, und manchmal sahen sie Feuerschein hinter den Fenstern vereinzelter Ortschaften. Auf den Bergkuppen standen Burgen in so großer Zahl, wie Aelvin es nie für möglich gehalten hätte; schwer vorzustellen, dass all diese Edelleute in Frieden miteinander lebten. Ihm kamen Geschichten von Raubrittern in den Sinn, von grausamen Herrn, die es auf das Leben Reisender abgesehen hatten, jeden Mann ermordeten und jede Frau in ihre Festungen verschleppten.

Unterhalb so mancher Burg standen Hütten am Ufer, in deren Schatten sich dunkle Gestalten bewegten. Allerdings wurden die Gefährten kein einziges Mal zum Anhalten oder Entrichten von Wegzöllen aufgefordert, was Aelvin erstaunlich fand. Er erwog, Ludwig den Mittleren danach zu fragen, der den Schlitten lenkte, auf dem er selbst mit Albertus und Favola saß, ließ es dann aber bleiben.

»Lurlinberg«, sagte der Bauernsohn irgendwann und deutete auf einen steilen Felsen am linken Ufer. »Geister und Feen gibt's da. Kein guter Ort um diese Zeit.« Damit trieb er die Hunde zu noch rascherem Lauf an, bis der Lurlinberg weit hinter ihnen zurückgeblieben war.

Aelvin warf einen Blick hinüber zum zweiten Schlitten. Corax hatte seine Augenbinde gelöst und hielt die Brandwunden in den eisigen Fahrtwind. Ob er die Lider offen oder geschlossen hatte, vermochte Aelvin von seinem Platz aus nicht zu erkennen, doch der alte Ritter saß aufrecht da wie ein Feldherr auf dem Weg in sein letztes Gefecht.

Libuse schlief und hatte den Kopf an ihren Vater gelehnt. Das flammend rote Haar lag wie ein Schleier über ihrem Gesicht und wurde vom Wind über die Konturen ihrer Züge gegossen, eine fein gesponnene Maske aus Feuer.

Wir alle werden einen Preis zahlen, dachte Aelvin düster. Es wird Opfer geben.

Aber wer von uns stirbt zuerst?

Am Ufer heulten Wölfe und sangen ihn in traumlosen Schlaf.

~

Ludwig der Mittlere war von hinten nicht gar so hässlich, wenngleich seine Schultern unterschiedlich breit und sein Kreuz ein wenig schief geraten waren. Sein strähniges Haar, graublond und voller Wirbel, steckte unter seiner Wollmütze. Er sprach nicht viel, genau wie sein Bruder drüben auf Libuses Schlitten, und wenn er es tat, dann zumeist in Gestalt knapper Befehle, die er den Hunden zurief.

Aelvin war immer wieder erwacht und hatte sich gefragt, wann ihre Schlittenlenker wohl schlafen wollten. Doch weder der ältere noch der mittlere Ludwig zeigten Zeichen von Müdigkeit, und so sausten sie noch immer den Rhein hinauf, als sich die graue Dämmerung über den Bergkuppen zeigte. Der Himmel war bedeckt, es würde bald neuen Schnee geben.

»Schlafen die eigentlich nie?«, flüsterte Aelvin Favola zu, die sich neben dem Magister regte. Sie brummte verschlafen eine Antwort, die er nicht verstand, aber Albertus wandte den Kopf zu ihm um und sagte: »Ich habe sie gebeten, uns in der ersten Nacht so weit wie möglich nach Süden zu bringen. Besser, wir rasten tagsüber. Das macht es einfacher zu erkennen, ob wir verfolgt werden.«

Das klang vernünftig, obgleich Aelvin allmählich gegen alles, was Albertus sagte, Widerwillen verspürte. Er horchte in sich hinein und suchte nach dem Grund für seine tiefe Abneigung. Sein Ausschluss aus dem Dominikanerkonvent zu Köln war eine nahe liegende Antwort, doch die Vergangenheit hatte mit der Flucht aus dem Kloster schlagartig an Gewicht verloren. Was spielte es schon für eine Rolle, ob er die letzten Jahre bei den Dominikanern oder den Zisterziensern zugebracht hatte. Jetzt, im Lichte dieses neuen Morgens auf ihrer Reise ins Paradies, war die frühere Zeit unwichtig geworden.

Der Schlitten besaß drei Sitzbänke, die hintereinander lagen. Auf der vorderen saß Ludwig, hinter ihm Albertus und Favola. Aelvin hätte die ganze hintere Bank für sich allein gehabt, wäre da nicht ihr Gepäck gewesen, das rund um ihn aufgeschichtet war. Nur das Bündel mit der Lumina stand zwischen Favolas Füßen.

Sie packte den gläsernen Schrein aus, bettete ihn in ihren Schoß und ließ die Pflanze das erste Tageslicht kosten.

Aelvin beugte sich über ihre Schulter, um einen Blick auf das Gewächs zu erhaschen. Dabei berührte sein Gesicht beinahe ihre Wange. Er konnte die Wärme spüren, die von ihrer Haut ausging. Im selben Augenblick zuckte Favola zurück, als hätte er ein Bund Brennnesseln vor ihren Augen geschwenkt.

»Unseliger Junge!«, fluchte Albertus und stieß ihn zurück auf seinen Platz. »Komm ihr nicht noch einmal zu nahe!«

Favola warf einen kurzen Blick über ihre Schulter, so als wollte sie ihn um Verzeihung bitten. Aber Aelvin schaute rasch in eine andere Richtung, verschränkte die Arme vor der Brust und schmollte.

~

Libuse horchte auf den Herzschlag ihres Vaters, das Gesicht an seiner Brust. Das gleich bleibende Rauschen der Schlittenkufen hatte sie in der Nacht eingeschläfert, und nun war es das Pochen seines Herzens, das sie weckte. Hart und entschlossen schlug es gegen ihre Wange und war selbst durch Wolle und Fell zu spüren. Es gab ihr das Gefühl, dass Corax trotz seiner Blindheit nichts von seiner Stärke eingebüßt hatte. Sie hoffte nur, dass sie sich nicht selbst etwas vormachte.

»Guten Morgen«, sagte er, als sie sich von ihm löste.

Sie rieb sich den Schlaf aus den Augen und blinzelte in die Helligkeit der Schneelandschaft. Es dauerte eine Weile, ehe sich das Weißgrau zu Konturen formte, zu Hügelketten und Bäumen und dann und wann zu Dächern, die an den Ufern vorüberzogen. Hundehecheln drang an ihre Ohren. Sie sah das breite Kreuz Ludwigs des Älteren vor sich auf dem Bock, unbewegt wie schon vor Stunden, als sie eingeschlafen war.

Sie wandte den Kopf zu ihrem Vater und küsste ihn verschlafen auf das bärtige Kinn. Dann erst wurde ihr bewusst, dass er keine Augenbinde trug. Die Wunden waren noch immer rot und glänzten wie eine Glasur auf gebranntem Ton. Gabriel hatte die glühende Klinge nicht auf die Haut gedrückt, denn die Verbrennungen hätten Corax töten können; um einen Mann zu blenden reichte es aus, das heiße Eisen einen Fingerbreit an den Augen vorbeizuführen.

»Ich kann sehen«, sagte er unvermittelt.

Libuse war auf einen Schlag hellwach. »Was?«

»Keine Einzelheiten. Aber ich kann den Fluss erkennen … eine weiße Fläche. Und etwas Dunkleres rechts und links davon.«

»Das sind die Wälder«, sagte sie aufgeregt. »Und die Berge.«

Corax nickte, ohne dass sich eine Rührung in seinem Gesicht zeigte. Starr sah er geradeaus. Seine stahlblauen Augen hatten einen Stich ins Gelbliche bekommen, aber sie waren nicht milchig oder gar völlig zerstört. Vielleicht war Gabriel zu vorsichtig gewesen, als er sichergehen wollte, dass Corax am Leben blieb.

»Ich werde keine Binde mehr tragen«, sagte er.

Sie rückte auf der Bank nach vorn und beugte ihr Gesicht vor seines. »Kannst du mich sehen?«

»Ich muss dich nicht sehen, um zu wissen, dass du da bist. Ich würde dich überall erkennen. Du bist meine Tochter.«

Sie umarmte ihn. Über das Gepäck hinweg schaute sie zurück auf ihre Kufenspuren im Schnee; sie folgten dem Schlitten wie der Schweif einer Sternschnuppe.

Plötzlich versteifte er sich in ihrer Umarmung, und obgleich er sie nicht von sich schob, ließ sie ihn los.

»Was ist?«, fragte sie besorgt. Hatte er Schmerzen?

Seine geschwollenen Lider verengten sich, an seiner Schläfe war eine pulsierende Ader erschienen.

»Vater – was ist los?«

Er hob eine Hand. »Ludwig!«, rief er, beugte sich vor und tastete unsicher nach der Schulter des Schlittenführers. Er fand sie beim zweiten Hinlangen. »Ludwig, halt an!«

»Warum?«, fragte Libuse. Erneut blickte sie nach hinten, dann nach vorne, schließlich zu den beiden Ufern. In der Nacht war sie vom Heulen eines Wolfsrudels erwacht, das ihnen durch die Wälder zu folgen schien. Doch jetzt war nichts mehr davon zu sehen oder zu hören.

Ludwig der Ältere stieß einen schrillen Pfiff aus. Sein jüngerer Bruder auf dem anderen Schlitten blickte herüber. Die beiden nickten sich zu, dann zügelten sie die Hunde und ließen die Schlitten ausgleiten.

Albertus sprang ungehalten auf. »Warum halten wir?«, fuhr er seinen Schlittenlenker an. Der junge Mann zuckte nur die Achseln und wies auf seinen Bruder. Der wiederum deutete auf Corax, der sich gerade hochstemmte und ein wenig unsicher vom Schlitten stieg.

»Warte«, sagte Libuse verwirrt, »ich helfe dir.«

Aber Corax stand schon auf dem Eis. Jetzt ließ er sich auf die Knie sinken.

Albertus stieg ab und wollte herüberkommen.

»Nicht bewegen!«, rief Corax, wischte mit einer Hand losen Schnee beiseite, legte sich auf den Bauch und presste ein Ohr auf das freigelegte Eis.

Libuses Magen verkrampfte sich.

Aelvin und Favola starrten besorgt herüber. Der Unterkiefer des Magisters mahlte.

Corax schloss die Augen und horchte. Hob den Kopf kurz wieder an, damit die empfindliche Haut nicht am Eis festfror, dann lauschte er erneut.

Schließlich erhob er sich, in einer fließenden, blitzschnellen Bewegung, die die eines jüngeren Mannes zu sein schien. Seine geschundenen Augen richteten sich nach Norden, in die Richtung, aus der sie gekommen waren.

Libuse wusste, was er sagen würde, noch bevor er den Mund öffnete. Sie folgte seinem Blick, doch die blendend weiße Ebene des Rheins lag still und verlassen da. Die letzte Biegung war weit hinter ihnen.

»Sie kommen«, knurrte er in die angespannte Stille. »Fünfzehn oder zwanzig Reiter.«

Albertus fluchte. »Wie groß ist unser Vorsprung?«

»Eine Stunde. Vielleicht zwei.«

Aelvin räusperte sich. »Es könnten andere Reiter sein. Händler oder –«

»Ja«, unterbrach ihn Corax. *»Könnten.«*

»Wir müssen weiter!« Albertus kletterte hastig zurück auf den Schlitten. Libuse nahm ihren Vater am Arm und half ihm beim Aufsteigen.

Die Brüder gaben den Hunden die Peitsche. Jaulend preschten die Rudel los.

»Lange wird es nicht mehr dauern«, sagte Shadhan im Thronsaal von Burg Alamut. »Morgen, spätestens übermorgen werden Hulagus Krieger die Festung plündern.«

Sinaida stand an einem Fenster des Saals und blickte hinab in einen der Innenhöfe, wo Tag und Nacht Nizarikämpfer Übungen und Prüfungen absolvierten. Eine Gruppe Kinder, höchstens acht oder neun Jahre alt, übte auf dem festgebackenen Sandboden Schrittfolgen für den Nahkampf. In ihren kleinen Händen hielten sie blank gezogene Klingen. Viele von ihnen verbargen Narben unter ihrer hellbraunen Segeltuchkleidung, den Hemden und Pluderhosen: Spuren der Übungskämpfe mit scharf geschliffenen Waffen.

Oben auf den Zinnen wachten Mongolenkrieger. Ihr Blick war nicht nach außen, sondern ins Innere der Festung gerichtet. Den Nizaris war gestattet worden, ihre Übungen fortzusetzen – unter der gestrengen Aufsicht der Mongolen, die hofften, von ihnen zu lernen.

Khur Shah schritt hinter Sinaida auf und ab, während Shadhan in der Mitte des schmucklosen Saals stand, in bodenlange Gewänder gehüllt und auf einen Stab gestützt, der ihn älter erscheinen ließ, als er tatsächlich war. Er ließ den Herrscher der Nizaris keinen Herzschlag lang aus den Augen.

»Sie werden die Burg plündern«, sagte er noch einmal. »Sie werden behaupten, das entspräche eurer Vereinbarung.«

»In gewisser Weise tut es das«, sagte Khur Shah, ohne stehen zu bleiben. »Sie haben freien Zugang zur ganzen Burg.«

»Ihre Gelehrten, ja. Hulagu und seine Anführer.« Shadhans Augen folgten Khur Shah, ohne dass er den Kopf bewegte. »Aber nicht ihre Krieger!«

Sinaida sah zu einer Mauer hinüber, die einen zweiten Innenhof von diesem abtrennte. Sie wusste, dass dort ein ausgewählter Trupp von Mongolen in die Grundzüge der Nizarikampfkunst eingeweiht wurde. Dabei verbarg sich hinter der Lehre der Nizaris so viel mehr als das Talent, an Wänden emporzuklettern, einen Gegner lautlos zu töten oder an einem Papierdrachen durchs Gebirge zu schweben. Seit sie an Khur Shahs Seite auf Burg Alamut lebte, hatte sie rasch erkannt, dass das, was Kasim ihr beigebracht hatte, nur ein Abglanz der wahren Nizariphilosophie war: Tatsächlich ging es um Spiritualität, die Befreiung des Geistes und die Überwindung der Schranken alles Körperlichen.

Hulagu hatte bislang nichts von alldem begriffen. Und weil er es nicht verstand, wurde er ungeduldig. Shadhan hatte Recht: Der Il-Khan würde die Burg plündern lassen, ganz gleich, ob Khur Shah ihm Zugang zu den Schriften der Nizaris und ihren Schatzkammern gewährte. Unterdrücke, was du nicht verstehst; lerne aus der Angst der anderen, nicht aus ihrer Überlegenheit.

»Wenn sie plündern wollen, können wir sie nicht aufhalten«, sagte Khur Shah und blieb stehen. »Ich werde meinen Schwur nicht brechen.«

»Dann war diese ganze Hochzeit umsonst!«, wetterte Shadhan.

Sinaida spürte seinen brennenden Blick in ihrem Rücken. Es widerstrebte ihr, sich zu ihm umzudrehen. Sie tat es trotzdem. Seine schwarzen Augen waren auf sie gerichtet, zwei Abgründe, in deren Schatten es brodelte.

»Hüte deine Zunge, Shadhan!« Khur Shah machte mehrere

Schritte auf seinen Berater zu und baute sich vor ihm auf. Aus seiner Stimme, seiner Haltung sprach absolute Autorität. »Sinaida trägt keine Schuld daran, dass dein Plan nicht aufgeht.«

Shadhans Gesichtszüge blieben ungerührt. Steif verbeugte er sich. »Ich bedaure, wenn ich dich oder dein Weib beleidigt habe, Khur Shah. Es ist die Sorge, die aus mir gesprochen hat, nicht der Verstand.«

Sinaida holte tief Luft. Shadhan war ein kluger und beherrschter Mann. Gefühlsausbrüche waren nicht seine Art. Die Beleidigung, seine Entschuldigung – das alles geschah nur aus Berechnung.

Shadhan senkte seine Stimme zu einem beschwörenden Raunen. »Bevor sie kommen, musst du mich einweihen! Du musst es mir zeigen!«

»Niemals.«

Sinaida runzelte die Stirn. Wovon sprachen die beiden?

Die Stimme des Gelehrten wurde noch schärfer. »Ich weiß alles über die Nizaris, mehr als du oder dein Vater je wussten. Nur dieses eine behältst du mir vor. Warum?«

»Weil es dir nicht zusteht, Shadhan. Es ist wahr: Du kennst die Traditionen besser als jeder andere. Und du kennst die Gesetze. Der Schlüssel ist nur für den Alten vom Berge – nicht für seinen Bibliothekar.« Er betonte das letzte Wort so abfällig, dass Shadhan zusammenzuckte. Vielleicht war das die erste ehrliche Gefühlsregung, die Sinaida je an ihm sah.

»Alamut wird untergehen, so oder so«, sagte der Gelehrte. »Wenn das Wissen der Nizaris bewahrt werden soll, dann muss wenigstens einer es in seiner Gesamtheit kennen.«

Khur Shah wich dem stechenden Blick seines Beraters nicht aus. »Und das willst du sein? Hast du dich deshalb während der letzten Tage im Lager der Mongolen herumgetrieben? Denkst du, ich wüsste nicht davon? Was habt ihr ausgeheckt, Hulagu und du, Shadhan? Bist du jetzt *sein* Berater, nicht mehr der meine?«

»Ich habe verhandelt. Versucht, das Schlimmste zu vermeiden. Ich –«

»Der Garten ist nicht für dich. Das ist mein letztes Wort.«

»Du machst einen Fehler, Khur Shah.«

»Vielleicht.« Er blieb noch einen Augenblick länger stehen, gefangen im stummen Kräftemessen mit dem Gelehrten. Dann wandte er sich ab, ging hinüber zu seinem hölzernen Thron und setzte sich. Sinaida fand, dass er müde aussah. »Du kannst gehen, Shadhan. Wenn ich deinen Rat brauche, lasse ich dich rufen.«

Shadhan starrte ihn an, warf dann Sinaida einen düsteren Blick zu und wirbelte herum. Mit wehendem Gewand verließ er den Saal. Hinter ihm fiel das Portal ins Schloss.

Sinaida trat zu Khur Shah und nahm seine Hand. »War das klug? Ihn gegen dich aufzubringen?«

»Dies war nicht das erste Mal, dass wir nicht einer Meinung waren. Und es wird nicht das letzte Mal bleiben.«

»Denkst du wirklich, er verrät dich an Hulagu?«

»Shadhan ist zu gerissen, um zu lange auf der Seite der Verlierer zu stehen. Lass dich nicht von seiner Erscheinung täuschen. Er ist ein Meister im Erkennen und Nutzen von Vorteilen.« Khur Shah seufzte. »Und er hat Hulagu eine Menge zu bieten. Die gesamte Geschichte der Nizaris. Alles, was jemals in diesen Mauern geschehen ist und dokumentiert wurde. Shadhan bewahrt das alles in seinem Kopf. Er spricht eure Sprache so gut wie du die unsere, und noch einige andere mehr. Hulagu spart eine Menge Zeit und Mühe, wenn er Shadhan befragt, statt seine eigenen Gelehrten in unsere Bibliothek zu schicken. Sie würden Monate brauchen, allein um sich einen Überblick zu verschaffen. Shadhan *ist* die Bibliothek.«

»Wäre Hulagu an deiner Stelle, würde er ihn töten lassen. Einen Verräter würde er niemals dulden.«

»Es gibt einen besseren Weg als Furcht vor dem Tod, um

ihn an mich zu binden«, widersprach Khur Shah. »Nach einer Sache verlangt es Shadhan mehr als nach irgendetwas anderem. Und ich bin der Einzige, der sie ihm gewähren kann.«

»Der Garten?«

Der Fürst der Nizaris nickte. »Solange Shadhan das Geheimnis nicht lüftet, wie er zu Lebzeiten dorthin gelangen kann, wird er mich nicht verraten. Den Garten – und die legendäre Bibliothek von Bagdad: diese beiden Dinge begehrt er mit all seiner Kraft, all seinem Denken. Bagdad kann ich ihm nicht geben. Aber den Garten ...«

»Du hast gesagt, du wirst es nicht tun.«

»Und doch macht ihn die Hoffnung gefügig. Shadhan wird nicht lockerlassen, bis ich ihm Zugang zum Garten der Nizaris gewähre. Und genauso lange wird er nicht zulassen, dass Hulagu mir ein Haar krümmt.«

»Es tut mir Leid, dass ich dich gebeten habe, mir den Garten zu zeigen«, sagte sie. »Ich wusste nicht, dass –«

Er unterbrach sie mit einer sanften Handbewegung. Seine Finger strichen über ihre Wange. »In einem hat Shadhan Recht: Falls Alamut fällt, ist es gut, wenn noch jemand das Geheimnis kennt.«

Sie starrte ihn an. Ihr Herz setzte einen Schlag aus.

»Aber nicht Shadhan soll derjenige sein«, fuhr er leise fort, so als traute er den Mauern seiner eigenen Burg nicht. Vermochte Shadhan zu hören, was hier gesprochen wurde, selbst wenn er nicht anwesend war? Khur Shah jedenfalls schien es zu befürchten. »Ich werde dich in den Garten führen, Sinaida. Du wirst die Wahrheit über den Schlüssel erfahren.«

»Aber ich –«

Eine Handbewegung ließ sie verstummen. »Du bist die Einzige, der ich vertraue.«

»Ich bin nicht einmal von deinem Volk. Ich glaube an den Gott der Christen, nicht an Allah.«

Er schüttelte den Kopf. »Du bist meine Frau geworden,

um das Leben zahlloser Menschen zu retten. Das ist die Tat einer Königin. Und du hast mehr von einer Nizari an dir, als Shadhan es je haben könnte, ganz gleich, wie viele Gesetzestexte und Traktate er studiert hat.«

Sinaida schluckte. »Wann?«

Khur Shah erhob sich und hielt ihre Hand. »Bevor deine Leute die Burg überrennen. Jetzt gleich.«

~

Treppen führte er sie hinab, Treppen über Treppen über Treppen. Sinaida verlor bald jedes Gefühl für die Entfernung, die sie zurückgelegt hatten, und noch immer lagen hinter jeder Tür nur noch weitere Stufen und steilere Schächte.

Sie trugen Fackeln in der einen Hand, während sie mit der anderen immer wieder nach Geländern und Griffen im Halbdunkel tasteten, um auf den steilen Abstiegen nicht das Gleichgewicht zu verlieren. Selbst Khur Shah, der diesen Weg bereits viele Dutzend Male gegangen war, drohte mehrfach zu stolpern.

Die oberen Treppen führten durch grob in den Fels gehauene Tunnel. Am Ende eines jeden befand sich eine eisenbeschlagene Holztür, deren rostige Scharniere knirschten, wenn Khur Shah sie öffnete. Er trug einen prallen Schlüsselbund bei sich. Die einzelnen Schlüssel hatten keinerlei Ähnlichkeit miteinander. Ihre Köpfe waren zu wundersamen Formen und Verzierungen geschliffen, die Sinaida für arabische Schriftzeichen hielt. Sie wollte Khur Shah danach fragen, doch etwas hielt sie davon ab, hier unten mehr als das Allernötigste zu sprechen. Eine erhabene Stille dräute in den steinernen Schächten im Inneren des Berges, nur dann und wann von Wassertropfen und dem Klirren der Schlüssel durchbrochen.

Bald führten die Treppen durch breitere Tunnel, deren Wände glatt waren, wie geschliffen. Sie drangen immer tiefer ins Gebirge vor. Das Licht der Fackeln wurde heller reflektiert, so als wäre es weiter oben im Stein versickert, während es hier davon abprallte.

Der Weg mündete in ein Gewölbe, das nicht von Menschenhand geschaffen war. Durch eine Öffnung traten sie schlitternd in eine Höhle voller Geröll, ein ganzes System von Höhlen. Der Untergrund fiel hier noch steiler abwärts. Dies waren keine Grotten, wie Sinaida sie anderswo gesehen oder in Geschichten beschrieben bekommen hatte. Vielmehr machte der Fels hier den Eindruck, als sei er vor Urzeiten von Riesenhänden wie Papier zerknüllt worden. Was dabei an Hohlräumen entstanden war, durchquerten sie jetzt, vielfach verwinkelt, mal Schwindel erregend hoch, mal beängstigend eng. Bucklige Überhänge führten in lichtlose Abgründe, deren Formen sich ihnen nur Schritt für Schritt offenbarten, fast als würde der flackernde Schein ihrer Fackeln die Umgebung erst nach und nach erschaffen.

Irgendwann endeten auch die Höhlen, und sie stießen erneut auf Treppen. Khur Shah versicherte ihr, sie müsste sich keine Sorgen machen, aber natürlich tat sie es trotzdem. Sie hatte keine Angst vor diesen Felsklüften; vielmehr fürchtete sie, dass Khur Shah sich verletzen und sie gezwungen sein könnte, den Weg nach oben allein wieder zu finden, um Hilfe zu holen. Einfach immer weiter aufwärts, sagte sie sich, aber es beruhigte sie nicht wirklich. Einfach war hier unten überhaupt nichts, denn in den Höhlen hatte es Verzweigungen gegeben, kleine Spalten, durch die sie geklettert waren, und andere, die sie links liegen gelassen hatten.

Sie gelangten auf einen behauenen Balkon über dem Abgrund eines tiefen Felsendoms. An seiner Wand führten weitere Stufen hinab. Das Gestein zu ihrer Rechten sah aus wie mit Edelsteinen besetzt, während zu ihrer Linken schwarze Leere gähnte. Der Fackelschein brach sich millionenfach und folgte ihnen als überirdische Aureole die Treppen hinunter.

Dann wieder kamen sie in Gefilde, durch die sich Felsstränge wie triefendes Harz zogen, vor Jahrtausenden erstarrt. Die Wände waren gemustert wie das Fell wilder Pferde, der Untergrund so wellig wie das Meer.

Zuletzt standen sie vor einer Tür, schmaler und niedriger als jene, die sie zuvor durchquert hatten, aus dunklem Holz, das beinahe wie versteinert aussah.

Khur Shah zählte einen Schlüssel an seinem Ring ab, schob ihn in das breite Schlüsselloch und drehte ihn zwei Mal erfolglos herum. Er murmelte etwas, das ein Fluch sein mochte, und drehte ihn ein drittes Mal. Diesmal griff der Mechanismus mit einem hohlen Klacken und Krächzen.

Er wollte die Tür nach innen schieben, doch Sinaida legte ihm eine Hand auf den Unterarm und hielt ihn zurück. »Wie kann hier unten ein Garten existieren, so ganz ohne Licht und Wasser und frische Luft?«

»Hab Geduld«, sagte er. »Du wirst alles erfahren.«

»Zauberei?«, fragte sie.

»Was erwartest du vom Garten eines Gottes? Dass er hinter einer gewöhnlichen Mauer liegt wie die grünen Innenhöfe Bagdads?«

Für einen schmerzlichen Augenblick kam ihr der Gedanke, dass er sie vielleicht nur hierher gelockt hatte, um sie einzusperren. Um sie vor Hulagu und Doquz zu verstecken und als Geisel zu benutzen. Aber gleich darauf schämte sie sich ihres Misstrauens zutiefst. Khur Shah würde ihr nie etwas antun.

Vertrau mir, und ich werde dir vertrauen. Das waren ihre eigenen Worte gewesen.

Khur Shah stieß die Tür auf.

Das Eis auf dem Rhein erstrahlte in glitzerndem Lichterzauber, so grell, dass einem die Augen schmerzten, wenn man länger als nötig hinsah. Winde fauchten über die weite Fläche, wirbelten Schnee und Eiskristalle empor und trieben sie wie geisterhafte Tänzer vor sich her.

Ein paar Männer standen rund um ein Loch, dass sie in die Eisdecke geschlagen hatten. Die Schnüre ihrer Angelruten reichten straff gespannt in die Fluten, die unter ihnen entlangschossen. Ihre magere Ausbeute lag neben ihnen im Schnee. Die Fische hatten aufgehört zu zucken, nicht aber, weil sie erstickt waren, sondern weil ihre Schuppen am Eis festfroren.

Als die Männer die beiden Hundeschlitten kommen sahen, ließen sie für einen Moment von ihrer Arbeit ab, beobachteten die Näherkommenden und folgten ihnen mit neugierigen Blicken, während die bepackten Gefährte an ihnen vorüberglitten.

Aelvin hielt sich mit beiden Händen am Rand der Sitzbank fest. Albertus und Favola saßen vor ihm, warm eingepackt in ihre Mäntel und Decken. Er warf einen Blick auf die angelnden Männern: zerlumpte Gestalten, ausgehungert und frierend, die den Winter möglicherweise nicht überleben würden.

Genau wie wir, dachte Aelvin. Wir überleben vielleicht nicht einmal diesen Tag.

Er hatte sich auf Ludwigs Hof Wangen und Kinn rasiert,

doch den weichen Flaum, der allmählich seine Tonsur ausfüllte, hatte er nicht angetastet. Zögernd und neugierig zugleich fuhr er manchmal mit der Hand darüber und ertastete die Stoppeln, die sich dort bildeten. Nach all den Jahren war das ein befremdliches Gefühl.

Ihre Verfolger blieben unsichtbar, obwohl er bei jedem Umschauen die Befürchtung hegte, sie als schwarze Linie hinter der letzten Biegung hervorpreschen zu sehen. Er wusste nicht, wie schnell die Pferde auf dem Eis galoppieren konnten. Er hatte auch keine Ahnung, wer einen direkten Wettlauf gewinnen würde – acht Hunde vor einem Schlitten oder die Rösser aus den erzbischöflichen Stallungen.

Als er den Kopf ein wenig drehte, fühlte es sich an, als wären sämtliche Muskeln steif gefroren. Sie alle würden sich den Tod holen, wenn sie nicht bald rasteten und sich an einem Feuer wärmten.

~

Die Männer waren müde. Oberon schien es nicht zu bemerken, aber Gabriel spürte es. Er ließ seinen Blick über die Gesichter der Wolfskrieger schweifen, und er konnte in den Zügen eines jeden Anzeichen beginnender Schwäche erkennen. Keiner zeigte es offen, doch Gabriel sah es trotzdem: die Weise, auf die sie ihre Augen angesichts der blendenden Schneefelder verkniffen; die Anspannung ihrer Kiefer, wenn sie ein Gähnen unterdrückten; erste Spuren von Achtlosigkeit im Führen ihrer Rösser.

»Wir müssen rasten«, rief er zu Oberon hinüber, der neben ihm ritt. Die Pferde liefen zügig durch den tiefen Schnee, aber sie galoppierten nicht. Sogar der Nigromant hatte begriffen, dass es niemandem nützte, wenn sie die Tiere zu Schanden ritten. Was er nicht einzusehen schien, war die Tatsache, dass auch die besten Männer Schlaf brauchten.

»Noch nicht.« Oberon blickte stur den Fluss hinauf. Der Nigromant trug einen wehenden Mantel aus schwarzem Samt und Fell. Er hatte eine eng anliegende Haube aus Leder aufgesetzt, die zwar die Ohren, nicht aber den Nacken bedeckte; dort quoll sein wildes schwarzes Haar hervor und flatterte im Wind. Eis funkelte in seinem ungezähmten Bart.

In einer Lederhülle an Oberons Sattel steckte ein schmuckloser Holzstab, glatt gearbeitet und so hoch wie er selbst. Der Nigromant nannte ihn den Aaronstab, in Anlehnung an eine Episode im Alten Testament. Als Gott Moses und Aaron befohlen hatte, beim ägyptischen Pharao die Freilassung des Judenvolkes zu verlangen, hatten die beiden Männer ihre Stäbe mit in den Palast genommen. Aaron hatte den seinen vor dem Herrscher und dessen Dienern zu Boden geschleudert, worauf sich das Holz in eine Schlange verwandelte. Der Pharao rief seine Zauberer herbei, die ihre eigenen Stäbe zu Schlangen machten. Doch das Reptil, das aus dem Stab des Aaron geboren war, verschlang alle anderen und versetzte die Höflinge in Angst und Schrecken.

Es irritierte Gabriel, dass das Gefäß mit Oberons Schlange nirgends zu sehen war. Insgeheim hegte er eine Befürchtung: dass nämlich der Nigromant das Reptil, das er ihm im Kloster gezeigt hatte, nun in Gestalt des Aaronstabes bei sich trug. Bei diesem Gedanken überkam Gabriel ein solches Grauen, dass er für eine Weile alle Pläne, Oberon zu beseitigen, verdrängte.

Oberon war vor sechs Jahren, am Ende der Karwoche, vor dem Sitz des Erzbischofs aufgetaucht; es war ihm gelungen, eine Audienz bei Konrad von Hochstaden persönlich zu erhalten. Unter den engsten Getreuen des Erzbischofs war es kein Geheimnis, dass Konrad ein erhebliches Interesse am Übernatürlichen pflegte. Die Nigromantie – christliche Zauberei, im Einklang mit dem Willen des Allmächtigen – war ihm ein besonderes Anliegen. Jene, die sie praktizierten, machten viel Aufhebens darum, sich von schwarzer Magie, Teufelswerk und Hexenbrauch abzugrenzen. Für Gabriel jedoch war dies alles eins, und er hatte voller Sorge mit angesehen, wie Oberon innerhalb kürzester Zeit zu einem Vertrauten des Erzbischofs aufstieg. Niemand wusste, woher er gekommen war, womöglich nicht einmal der Erzbischof selbst. Keiner ahnte, was er tatsächlich bezweckte, welche Ziele er verfolgte, und ob ihm wirklich – wie er behauptete – nur an der Festigung von Gottes Reich auf Erden gelegen war.

Gabriel hatte ihn anfangs für einen Betrüger gehalten, einen jener Schwarzkünstler und Quacksalber, die es im Reich zu Tausenden gab. Sie zogen von Ort zu Ort, auch an die Höfe der Herrschenden, und versprachen den Menschen, Wunder zu wirken. Gold, Glückseligkeit und die Gnade des Schicksals im Austausch gegen eine warme Mahlzeit, ein paar Münzen oder auch ein Dach über dem Kopf.

Als Konrad Gabriel damals vorgeschlagen hatte, von seinem Posten als Befehlshaber der bischöflichen Garde zurückzutreten, um stattdessen im Geheimen für ihn tätig zu werden, hatte Gabriel dies für einen besonderen Vertrauensbeweis des Erzbischofs gehalten. Er wurde reichlich entlohnt, besaß Häuser in Köln, Höfe in der Provinz und hatte sich ein gewisses Ansehen der kirchlichen Oberschicht gesichert – auf jeden Fall aber ihre Furcht, denn keiner war erpicht darauf, Gabriel von Goldau zum Feind zu haben.

Nun aber behauptete Oberon, dies alles sei auf seine Veranlassung hin geschehen. Es war verlockend, auch dies als Prahlerei abzutun, doch etwas sagte Gabriel, dass er es sich damit zu einfach machte. Oberon besaß unbestrittene Autorität. Er hatte keine Skrupel, seinen Einfluss beim Erzbischof geltend zu machen. Und er *mochte* ein Interesse daran gehabt haben, Gabriel aus der unmittelbaren Nähe Konrads zu entfernen.

Er blickte zu dem Nigromanten hinüber. In der Flut seines schwarzen Haars und des verwilderten Bartes wirkte Oberon nicht wie einer der höfischen Gecken oder kirchlichen Würdenträger, die einem Mann wie Gabriel für gewöhnlich Macht und Ansehen neideten. Er erweckte vielmehr den Eindruck eines Einsiedlers, der eben erst aus seiner Höhle gekrochen war; eines Räuberhauptmanns, der die Burg eines niederen Fürsten geschliffen hatte; eines Schreckgespensts aus dem Albtraum all jener, die sich mit Seide und Juwelen schmückten.

Gabriel hatte es hier mit einem Gegner zu tun, der mehr war als irgendein lästiger Emporkömmling. Die einzige Möglichkeit, sich seiner gefahrlos zu entledigen, war, die Lumina so schnell wie möglich an sich zu bringen und sie dem Erzbischof demutsvoll zu Füßen zu legen: »Euer Wunsch ist Euren Wölfen Befehl, Eminenz.«

Sonnenstrahlen glosten über das Eis. Wirbel aus Pulverschnee tänzelten wie einbeinige Gespenster über die Oberfläche. Die Spuren der beiden Schlitten, die Albertus von dem Bauern erhalten hatte, lagen wie eingebrannt vor ihnen. Es war nicht schwer gewesen, die Wahrheit herauszufinden. Gabriel persönlich hatte den jüngsten Sohn des Gutsbesitzers von der Scham bis zum Kehlkopf aufgeschlitzt und eiskalt lächelnd den Schwur geleistet, dasselbe mit jeder Frau und jedem Mann auf dem Hof zu tun, falls man ihm nicht die Wahrheit sagte. Er hatte noch nicht das Blut von der Klinge gewischt, als die Leute auch schon zu reden begannen. Nur der alte Bauer hatte geschwiegen und totenstarr über dem Leichnam des Jungen gekauert; vielleicht, weil er ahnte, dass er in diesem Augenblick nicht einen, sondern drei Söhne verloren hatte.

Gabriel verspürte keine Freude oder gar Triumph bei dieser Erinnerung. Entgegen dem, was alle über ihn dachten, tötete er nicht gern. Gewalt war eine Währung wie Goldmünzen, mit der man für das zahlte, was man begehrte. Aber niemand gab sein Gold gerne her, und das galt auch für ihn.

Eine Windböe peitschte Gabriel ins Gesicht. Eiskristalle kratzten wie Dornendickicht über seine Haut. Unvermittelt wandte ihm der Nigromant das Gesicht zu. Sein schwarzer Blick bohrte sich wie Nägel in Gabriels Schädel. Beinahe hätte er die Kontrolle über sein Pferd verloren.

Die Pein schwand so schnell, wie sie gekommen war.

Oberon lächelte. Vermochte er Gabriels Gedanken zu lesen?

»Die Männer müssen rasten«, presste Gabriel zwischen zusammengebissenen Zähnen hervor. Am liebsten hätte er sie in die Kehle Oberons geschlagen wie ein Wolf. Ihm die Gurgel zerfetzt, sein Blut gesoffen. Und sich danach die eigenen Wunden geleckt. Sein Hang zum Selbstmitleid machte ihm manchmal zu schaffen. Lerne aus deinen Fehlern, hatte Konrad einmal zu ihm gesagt. Werde stark aus deinen Schwächen.

Oberon schüttelte den Kopf. »Keine Rast«, gab er zurück. Sein Bart schluckte mehr von den Worten als der Lärm der Hufe, das Pfeifen der Winde. »Wir müssen ihren Vorsprung verringern.«

Gabriel richtete seinen Blick wieder nach vorn, schloss einen Herzschlag lang die Augen.

Schärfe deinen Hass wie eine Klinge. Schlage ihn mit seinen eigenen Waffen. Trage die Lumina zum Erzbischof.

Und dann, erst dann, reiß dem Nigromanten das Herz heraus.

~

Libuse beobachtete ihren Vater von der Seite, ihre Blicke tasteten über die Umrisse seiner Züge vor dem Weiß der vorüberziehenden Winterlandschaft.

»Woher kennst du Gabriel?«, fragte sie. Mehr über ihren Peiniger zu erfahren würde den Schmerz nicht lindern, aber vielleicht nahm es Gabriel ein wenig von der dämonischen Größe, die er in ihrer Erinnerung einnahm.

»Er war nur irgendein Junge«, sagte Corax. »Der Sohn eines unbedeutenden Adeligen, irgendwo aus ... ach, weiß der Teufel, woher er kam. Einer meiner Leute tauchte eines Tages mit ihm auf. Er hatte ihn zu seinem Knappen gemacht, weil Gabriel ihn angeblich aus irgendeiner prekären Lage befreit hatte ... eine Weibergeschichte vermutlich, aber ich habe es nie herausgefunden. Hab's auch gar nicht versucht. Jedenfalls lernte er schnell. Er wurde ein guter Knappe, ein ... nun, auf seine Weise ein guter Junge.« Er sagte das widerstrebend, so als wollte er Libuse nicht verletzen, indem er etwas anderes als Verachtung für den Mann zeigte, der ihr Gewalt angetan hatte. Aber es änderte nichts an dem Gesicht, das sie in ihren Albträumen sah. An den höhnischen Augen. Dem Blut seines Feuermals auf ihren Lippen.

»Manche haben ihn verspottet wegen seines Gesichts«, fuhr Corax fort. »Doch Gabriel ging seinen Weg, zielstrebiger als die meisten anderen. Als er schließlich zum Ritter geschlagen wurde, hatte ich ihn bereits unter meine Fittiche genommen. Der Ritter, dessen Knappe er gewesen war, war während einer der Fieberepidemien in Köln gestorben. Jemand musste seine Ausbildung fortsetzen.«

»Gabriel ist dein Knappe gewesen?«

»Nicht lange. Er besuchte die Klosterschule und lernte genauso viel über Gott wie über den Umgang mit Schwert und Lanze und Bogen. Außerdem konnte er mit Hunden umgehen, das war vielleicht eines seiner größten Talente. Er stand den Hundeführern des Erzbischofs in nichts nach, übertraf sie gar an Können. Wildfremde, bissige Tiere fraßen ihm aus der Hand. Einmal kam er von einem seiner Ausritte mit einem gezähmten Wolf zurück. Einem *Wolf*! Es war unglaublich. Die anderen Knappen und Klosterschüler erfuhren davon und begannen, ihn zu fürchten. Manche nannten ihn den Wolfsjungen, später ehrfurchtsvoll den Wolfsritter. Es schien ihm zu gefallen, denn er wählte den Wolf als Wappentier, und seine Männer …« Er verstummte rücksichtsvoll. »Nachdem er in den Ritterstand erhoben worden war, stieg er bald zum Stellvertreter des Gardeführers auf.«

»Zu deinem Stellvertreter«, sagte Libuse tonlos.

Die Hand ihres Vaters krallte sich um den Stoff seines Mantels. »Ich hätte damals tiefer in sein Inneres blicken müssen. Alles, was ich sah, war seine Leistung – seine Kraft, sein Geschick, seine Fähigkeit, sich in die Köpfe der einfachen Soldaten hineinzudenken. Er verstand sich gut darauf, Menschen zu führen, – weit besser als ich. Und als ich ins Heilige Land zog, da ließ ich Gabriel zurück, weil ich die Garde bei ihm in guten Händen glaubte.« Er zuckte die Achseln. »Ich ließ Jerusalem und die Wüste hinter mir, zog immer tiefer in die Länder des Morgens und … begegnete deiner Mutter. Ich beschloss, nicht mehr nach Köln zurückzukehren. Ich nahm eine *andere* Art von Posten an.« Er drehte das Gesicht zur Seite, sodass sie ihn nicht mehr direkt ansehen konnte. »Aber schließlich kehrte ich doch heim, mit einem kleinen Kind an der Hand. Gabriel hatte längst meinen Platz eingenommen, doch das kümmerte mich nicht. Ich legte die Ritterwürde ab und zog mit dir in die Wälder.«

»Aber warum hasst Gabriel dich so?«

»Er hasst mich nicht. Er, nun, vielleicht fürchtet er mich. Weil ich weiß, wie er früher war: ein Junge, der von anderen gehänselt wurde. Er war immer zielstrebig und ist nie vor Gewalt zurückgeschreckt. Er war … ein guter Soldat. Niemals wählerisch in seinen Mitteln und dadurch fast immer erfolgreich in dem, was er tat. Als ich heimkehrte, da war er in vielen Dingen noch immer derselbe Junge, den ich erzogen hatte – und in manchen ein vollkommen anderer. Weißt du, es gibt Menschen, die verlieren ihr Ziel aus den Augen und verlieben sich in den Weg, der sie dorthin führt. Sie gelangen nie ans Ende ihrer Suche, sie sind niemals zufrieden. Gabriel ist solch ein Mensch. An weltlichem Besitz hat er alles, was ein Mann sich nur wünschen kann, genug Gold, um nie wieder einen Finger rühren zu müssen. Aber darum geht es ihm nicht. Er hat sich in seine eigenen Taten verliebt. Nach meiner Rückkehr habe ich mir viel über ihn erzählen lassen, über Dinge, die er getan hat, während ich fort war. Die Zeichen waren deutlich. Ich habe andere Männer wie ihn gekannt, und sie alle gingen den gleichen Weg und verirrten sich. Sie drehen sich im Kreis, stehen nach jeder Schandtat vor der nächsten, weil sie nicht mehr erkennen, dass der Weg auch Gabelungen hat. Immer weiter, mit geschlossenen Augen, immer vorwärts. Ein Mann wie Gabriel ist in Wahrheit längst tot. Für ihn wird sich nichts mehr ändern im Leben, bis er eines Tages aufschaut und bemerkt, dass es zu Ende ist.«

»Das klingt fast, als würdest du ihn bedauern.«

»Nach dem, was er dir angetan hat? Was er mir angetan hat?« Vielleicht sollten Corax' Worte energisch klingen, so als gäbe es nur eine einzige Antwort darauf. Doch er sprach nachdenklich, beinahe zweifelnd. »Ich kann auch den hungrigen Wolf bedauern, wenn er winselnd vor mir in der Falle liegt. Er wird mich ankläffen, nach mir schnappen, er wird mich töten wollen – aber er liegt da und stirbt, und ich weiß, mir wäre es wie ihm ergangen, wäre ich statt seiner in die Falle getreten.«

~

Aelvin war eingedöst, als die Schlitten anhielten. Er schrak hoch, stieß sich die Knie an der vorderen Sitzbank und versuchte, in dem Gewirr aus Mantel, Decken und Gepäck auf die Beine zu kommen. Als es ihm schließlich gelang, war er hellwach und erkannte, dass keine unmittelbare Gefahr bestand.

Eine Horde Reiter galoppierte am Ufer entlang nach Süden, dick vermummte Männer, die die Fahne eines Fürsten vor sich hertrugen, ein goldener Krug auf blau-rotem Grund. Zwei oder drei von ihnen mochten wohl Ritter sein, die Übrigen einfache Waffenknechte. Sie blickten zu den beiden Schlitten auf dem Eis herüber, hielten aber nicht inne. Bald waren sie hinter dichten Tannen verschwunden. Das gedämpfte Hämmern der Pferdehufe verklang in der Ferne.

»Könnten das die Reiter gewesen sein, die du gehört hast?«, rief Albertus zu Corax hinüber.

Einen Moment lang schien es, als hätte Libuses Vater die Frage nicht gehört, denn er blickte starr zum Ufer hinüber, als könnte er dort tatsächlich irgendetwas erkennen. Dann aber hob er die Schultern. »Möglich«, sagte er. »Vielleicht waren sie es, vielleicht auch nicht.«

Albertus schaute für einen Augenblick ziemlich hilflos drein. »Ihre Zahl könnte stimmen. Fünfzehn oder zwanzig, hast du gesagt.«

»Ja.«

»Vielleicht hatten wir noch einmal Glück. Mag sein, dass uns unsere Verfolger längst nicht so dicht auf den Fersen sind, wie wir glaubten.«

Corax stieg mit Libuses Hilfe vom Schlitten und horchte abermals am Eis. Diesmal nahm er sich mehr Zeit, lauschte wieder und wieder, als wäre er nicht ganz sicher. Dann aber schüttelte er den Kopf.

»Nichts mehr. Vielleicht waren es wirklich diese Männer, die ich gehört habe.«

Favola seufzte leise. Während Aelvin geschlafen hatte, hatte sie erneut den Gitterschrein der Lumina aus dem Bündel genommen. Mit beiden Händen presste sie ihn fest in ihren Schoß. Das trübe Tageslicht umfloss die Pflanze hinter dem schlierigen Glas wie flüssiger Bernstein.

Albertus räusperte sich und legte dem Schlittenlenker eine Hand auf die Schulter. »In der nächsten Ortschaft suchen wir uns ein Dach über dem Kopf und ein Bett für die Nacht. Dort könnt ihr ausruhen.«

Die Reise ging weiter. Die Landschaft veränderte sich, die Hänge waren weniger steil. Bald erstreckten sich rechts und links des Flusses sanfte Hügel und Ebenen. Nahezu überall bedeckten dichte Wälder das Land. Sie passierten leer stehende Zollstationen, die erst nach der Schneeschmelze wieder besetzt werden würden. Auch ein, zwei verlassene Gehöfte sahen sie, einmal ein niedergebranntes Dorf, dessen Ruinen unter dem Schnee kaum mehr auszumachen waren: Nur eines von unzähligen Opfern der Grenzstreitigkeiten, in die sich die Fürsten seit Beginn der kaiserlosen Zeit verzettelten. Ohne einen wahren Herrscher, der die Zügel des Reiches in der Hand hielt, drohten sich die Adelshäuser gegenseitig zu zerfleischen. Im Winter aber schienen nicht einmal sie die Kraft aufzubringen, sich die Köpfe einzuschlagen. Warum bei Eis und Schnee in den Kampf ziehen, wenn das Frühjahr vor der Tür stand? Selbst den erbittertsten Feinden verging die Lust am Krieg, wenn ihnen in der Kälte die Rüstungen am Körper festfroren.

Die Gefährten übernachteten in einer kleinen Herberge. Der Wirt war dankbar für jeden Gast. Nach einigen Verhandlungen mit Albertus erklärte er sich bereit, die sechzehn Hunde im leeren Schankraum am Feuer schlafen zu lassen; auch ihnen konnte ein wenig Behaglichkeit nicht schaden.

Einigermaßen ausgeschlafen und satt, frisch gewaschen, die Männer rasiert, brachen sie früh am Morgen auf. Aelvin fragte sich, worüber wohl Favola und Libuse in ihrer Kammer beim Einschlafen redeten. Ihr Verhältnis zueinander war freundschaftlicher geworden, und das konnte schwerlich an Libuses Ehrfurcht vor der Lumina liegen. Aelvin hätte sich darüber freuen mögen, hätte sich dadurch nicht das Gefühl in ihm verstärkt, vom Bund der anderen ausgeschlossen zu sein. Libuse hatte ihren Vater und nun auch noch Favola; Corax schien gänzlich zufrieden mit der Nähe seiner Tochter zu sein; Albertus war sich selbst genug.

Nur Aelvin fühlte sich einsam. Jetzt, da sie so viel Zeit schweigend im Schlitten gesessen hatten, musste er immer öfter an Odo denken, an seinen furchtbaren Tod im Aquädukt, und er ertappte sich bei dem Wunsch, Odo möge jetzt hier sein, selbst wenn er die ganze Zeit nur gezetert hätte, dass es gewiss ein schlimmes Ende mit ihrer Fahrt nähme. Sie würden alle sterben, und wofür? Für ein dreimal verfluchtes *Kraut*.

~

In den beiden nächsten Tagen passierten sie die eine oder andere größere Stadt. Plötzlich gab es weit mehr Schlitten auf dem gefrorenen Fluss als bisher, aber auch Soldaten, die alle Fremden argwöhnisch musterten und manche befragten. Sie hatten Glück, dass man sie stets passieren ließ, manchmal unterstützt durch einige von Albertus' Münzen, die unauffällig den Besitzer wechselten.

Meist aber zog am Ufer nichts als menschenleerer Wald vorüber, stille Hänge unter tiefem Schnee oder gefrorenes Sumpfland, und so war es ihnen allen am liebsten.

In der letzten Nacht am Fluss, in einem Gasthaus am östlichen Ufer, schlich Aelvin sich aus der Kammer, die er sich mit Albertus und Corax teilte. Lautlos tappte er über den Gang zur Tür der beiden Mädchen.

Es war die Nacht, in der Gabriel von Goldau sie fand.

Was willst du hier?«

»Mit euch reden.«

»Mitten in der Nacht?«

»Wann denn sonst?« Aelvin stand im Türrahmen und trat unsicher von einem Fuß auf den anderen. Seine Hand ruhte noch immer auf der rostigen Klinke. »Albertus hütet Favola wie seinen Augapfel, und du fährst auf dem anderen Schlitten. Es ist nicht so, dass wir dauernd singend am Feuer sitzen und es uns gut gehen lassen, oder?«

Libuses finstere Miene zerfloss zu einem widerwilligen Lächeln. »Mach endlich die Tür zu. Wenn Albertus dich hört, wird er dich hundert Rosenkränze beten lassen.«

Aelvins Hand zuckte instinktiv an die Stelle über seinem Brustbein, wo er die kleinen Holzperlen durch den Stoff seines Hemdes ertasten konnte. Kutte und Skapulier hatte er auf Ludwigs Hof zurückgelassen, doch von dem Rosenkranz würde er sich niemals trennen.

»Die *Tür*«, zischte Libuse beharrlich.

Er schob sie hinter sich zu und trat in den Schein der einzelnen Kerze, die auf einem Hocker zwischen den Betten der beiden Mädchen flackerte. Sie war weit über die Hälfte heruntergebrannt, ganz im Gegensatz zu jener in der Männerkammer; Albertus hatte sie sofort gelöscht, nachdem er mit Aelvin das Abendgebet gesprochen hatte. Danach hatte niemand mehr ein Wort geredet, genau wie in den vorangegangenen Nächten.

Favola setzte sich im Bett auf. Neben ihr am Boden stand ein kleines, verkorktes Tonfläschchen. War das ihre Medizin?

Die Mädchen trugen die Nachtgewänder von Ludwigs Hof, weite, knielange Leinenhemden. Favolas Wunde war darunter noch immer bandagiert, die Polsterung hob sich deutlich unter dem Stoff ab. Wegen der Kälte schliefen sie für gewöhnlich alle in ihren Beinkleidern; allerdings bemerkte Aelvin, dass Libuses Hose über einem Pfosten hing. Vor ihrem Bett lag zusammengeknüllt ein Tuch mit dunklen Flecken.

»Ist das Blut?«, entfuhr es ihm besorgt.

Libuses Gesicht lief dunkel an, ihre Hand schoss vor und schob das Tuch blitzschnell unters Bett. »Nasenbluten«, sagte sie und räusperte sich.

Favola kicherte verschämt, und einen Augenblick später prustete auch Libuse los. Aelvin begriff nicht, was an Nasenbluten so umwerfend lustig war, aber es war ihm auch egal.

»Ich halte das nicht mehr aus«, sagte er, nachdem sich die Mädchen wieder beruhigt hatten. Favola blickte ihn neugierig an. Sie hatte noch kein Wort gesagt, seit er eingetreten war. Aber sie schien nicht verärgert zu sein über seinen unerwarteten Besuch. Im Gegenteil, sie wirkte erwartungsvoll, beinahe erfreut.

Falls es Libuse genauso erging, verbarg sie ihre Gefühle gekonnt. Widerborstig verzog sie das Gesicht. »Was hältst du nicht aus? Mir tut von diesen verfluchten Schlitten auch der Hintern weh, wenn es das ist, und ich –«

»Das Schweigen drüben im Zimmer«, sagte Aelvin. »Und dass alle hier mich behandeln, als wäre ich gar nicht da.«

»Ich weiß, was du meinst«, sagte Favola, bevor Libuse etwas erwidern konnte. »Und es tut mir Leid.«

»Albertus will nicht, dass wir miteinander reden oder dass

ich dir irgendwie zu nahe komme. Und ich habe keine Ahnung, wovor er eigentlich Angst hat.«

Die Mädchen wechselten einen Blick.

»Seht ihr«, sagte Aelvin, »genau das meine ich.«

Libuse runzelte die Stirn. »Was?«

»Diesen Blick, gerade. Alle scheinen hier irgendwelche Geheimnisse vor mir zu haben.«

Libuse seufzte, aber sie wirkte jetzt nicht mehr ganz so abweisend wie zuvor. Mit der rechten Hand klopfte sie auf ihre Decke. »Setz dich. Da unten ans Fußende.«

»Ich kann stehen.«

»Stell dich nicht so an und setz dich schon.«

Favola nickte ihm auffordernd zu.

Aelvin näherte sich Libuses Bett und wartete darauf, dass er etwas von der alten Aufregung empfinden würde, die ihm früher im Wald so oft fast den Atem abgeschnürt hatte. Aber irgendwie war jetzt alles anders. Er *war* aufgeregt, sehr sogar, doch das hatte nichts mit Libuses nackten Beinen unter der Decke zu tun. Jedenfalls nicht allzu viel.

Libuse zog die Knie an, damit er mehr Platz hatte. Allerdings setzte er sich so weit unten am Rand, dass das gar nicht nötig gewesen wäre.

»Hat Albertus dir auch verboten, *mir* zu nahe zu kommen?«, fragte sie schmunzelnd.

Favola rückte sich im Schneidersitz zurecht und ließ die Decke über ihren Beinen liegen. Im flackernden Kerzenschein wirkte sie gar nicht mehr blass, sondern zum ersten Mal frisch und gesund. Er fand sie sehr hübsch, wie sie so dasaß, und das Lächeln, das man so selten bei ihr sah, machte sie sogar noch hübscher.

»Ist das dumm?«, fragte er. »Dass ich hergekommen bin?«

Libuse winkte ab. »Du hast schon Dümmeres gemacht, schätze ich.«

Sie weiß es, dachte er. Sie weiß genau, dass ich es war, der sie im Wald beobachtet hat. »Dieses Erdlicht«, sagte er nach kurzem Zögern, »wie machst du das?«

»Ich mach's einfach. Ich habe das schon immer gekonnt.«

»Aber wie?«

Libuse zögerte. »Ich rede mit den Bäumen. Und mit der Erde. An manchen Orten im Wald ist ihr Wille noch stark, und dann zeigen sie, dass sie mich verstehen. Sie antworten mir durch das Licht.«

Aelvin warf einen unsicheren Blick zu Favola hinüber, die ihn beobachtete, als wollte sie seine Reaktion prüfen. Sie wirkte nicht überrascht; wahrscheinlich hatte sie mit Libuse bereits ausführlich darüber gesprochen.

Aber er war nicht hergekommen, um Libuse über das Erdlicht auszufragen. »Da ist was, das mir keine Ruhe lässt«, sagte er. »Und ich dachte, vielleicht wisst ihr eine Antwort darauf.«

Favola senkte den Blick.

»Warum bin ich hier?«, fragte er.

»Weil du die beiden schnarchenden alten Männer im anderen Zimmer satt hast?«, schlug Libuse vor.

Aelvin ignorierte die Bemerkung. »Warum wollte Albertus, dass ich euch begleite?«

Er sah, dass Libuse schluckte und einen weiteren Blick mit Favola wechselte. Die Novizin nickte ihr kaum merklich zu.

»Willst du es ihm allein sagen?«, fragte Libuse.

Noch ein Nicken.

Aelvin sah von einer zur anderen. »Was sagen?«

»Dreh dich um«, bat Libuse.

»Warum?«

»Mach schon«, verlangte sie. »Und gib mir die Hose rüber.«

»Oh.« Er tat rasch, was sie verlangte, und hörte, wie sie aufstand. Die Vorstellung, dass sie unter dem Nachtgewand nackt war, ließ seine Hände zittern. Eilig legte er sie auf seine Knie, damit es niemandem auffiel. Das Rascheln des Stoffes verriet, wie sie erst das eine Bein, dann das andere in die Hose schob. Aelvin versuchte, sich auf etwas anderes zu konzentrieren. Einen Augenblick später raschelte es abermals, dann zurrte Libuse den Bund mit einem Lederband zusammen. Zuletzt hörte er, wie sie in ihre Stiefel stieg.

»Ich gehe eine Weile an die frische Luft«, sagte sie, als sie an ihm vorbeitrat, dabei ein wollenes Wams überstreifte und in die Schaffellweste schlüpfte. Im Hinausgehen griff sie nach ihrem Kapuzenmantel und zog die Tür hinter sich zu, ohne noch einmal zurückzublicken.

»Sieh mich an«, sagte Favola.

Hastig drehte er sich um. Sie saß unverändert da, und erst jetzt fiel ihm auf, dass sie sogar im Bett die dünnen Lederhandschuhe trug. Sie bemerkte seinen Blick. »Ich trage sie, damit ich keinen anderen Menschen aus Versehen berühren kann.«

»Hat Albertus das verlangt?«

Sie schüttelte den Kopf. »Nein. Ich trage sie schon seit vielen Jahren. Nur wenn niemand in der Nähe ist, lege ich sie ab … früher, wenn ich mit der Lumina allein war.«

Sein Blick suchte das Bündel. Es stand neben ihrem Kissen auf dem Bett.

»Warum?«

Sie lächelte schwach. »Vorhin hast du etwas anderes gefragt; weshalb du hier bist.«

»Es hängt alles zusammen, oder? Die Handschuhe, die Lumina. Der Traum, in dem du mich hast sterben sehen.«

Favola nickte.

~

Auf Zehenspitzen passierte Libuse die Kammertür, hinter der ihr Vater und Albertus schliefen. Draußen streiften nächtliche Winde den Gasthof und ließen das Dachgebälk knirschen.

Aus dem verlassenen Erdgeschoss wehte der Geruch von abgestandenem Bier und kaltem Pfeifenrauch herauf wie die Geister vergessener Zecher. Sie fröstelte in dem eisigen Luftzug. Das Feuer im Erdgeschoss musste niedergebrannt sein. Mitternacht war längst vorüber.

Vorsichtig schlich sie die Treppe hinab in den Schankraum. Die beiden Erker neben der Tür waren mit Sitzbänken ausgestattet, um diese Zeit waren sie ebenso verlassen wie all die anderen Tische und Stühle. Das schmutzige Stroh auf dem Boden würde erst morgen früh durch frisches ersetzt werden. Auf einem Tisch lag ein vergessener Schlapphut. Die Tür zur Küche stand einen Spalt weit offen, vom Herdfeuer drang schwacher, rötlicher Lichtschein herüber; im großen Kamin des Schankraums gab es nicht einmal mehr ein Glühen in der Asche.

Sie fror jetzt ganz erbärmlich, vielleicht nicht nur wegen der Kälte, sondern weil ihr einmal mehr bewusst wurde, auf welch aussichtsloses Unterfangen sie sich eingelassen hatten. Einen Moment lang erwog sie, in die Küche zu gehen und sich dort vor die Reste des Herdfeuers zu kauern. Aber sie hatte das Gefühl, ein Stück laufen zu müssen, und der schale Geruch des Schankraums war ihr zuwider.

Der Eingang war von innen verriegelt. In den bewaldeten Hügeln, die sich weiter östlich von hier erhoben, musste es Räuber geben, allerlei Gesindel. Aber sie wollte ja nicht weit gehen, vielleicht bis ans Ufer des vereisten Flusses oder hinüber zum Stall, wo die Hunde sich im Stroh aneinander wärmten; die Brüder waren bei ihnen, sie hatten sich geweigert, eine Kammer in der Herberge zu beziehen.

Sie hob den Riegel aus den eisernen Winkeln, lehnte ihn an die Wand und verließ das Haus. Das Gebäude hatte Wände aus Lehm und Holz, keine Mauern. Der Giebel war spitz und mit Reisig gedeckt. Im ersten Stock gab es keine Glasfenster, nur Holzluken, in die man mit Haut bespannte Rahmen einsetzen konnte, um Tageslicht einzulassen. Mitten in der

Nacht aber waren alle Läden geschlossen, nirgends ein Zeichen von Leben.

Der Stall lag auf der gegenüberliegenden Seite des Hofplatzes, in dessen verharschter Schneedecke Stiefel, Hufe und Karrenräder einen Irrgarten aus Furchen und Schlaglöchern hinterlassen hatten. In dieser Gegend war seit Tagen kein neuer Schnee gefallen. Auch heute Nacht war der Himmel sternenklar. Über den Bäumen, die sich wie ein geisterhafter Wall hinter dem Grundstück erhoben, schwebte eine feine Mondsichel wie ein halb geöffnetes Auge.

Libuse zog die Tür bis an den Rahmen, doch es gab keine Klinke und kein Schloss. Die Stallungen lagen geradeaus vor ihr, links führte ein abschüssiger Weg in einer schmalen Kurve zum Ufer hinab. Der Rhein war nur einen Steinwurf entfernt, im fahlen Mondlicht schimmerte die Eisdecke grau wie ein ungeheuerliches Band aus Asche.

Die zerfurchte Schneekruste des Hofes war steinhart gefroren und weigerte sich, unter ihren Sohlen nachzugeben. Immer wieder rutschte Libuse von schroffen Kanten ab und wäre beinahe gestürzt. Statt den unebenen Weg zu benutzen, lief sie parallel dazu durch steif gefrorenes Gras, das unter ihren Füßen brach wie Vogelknochen. Die beiden Schlitten waren neben einer Anlegestelle abgestellt, das Gepäck hatten die Gefährten hinauf in die Herberge geschafft.

Einer Eingebung folgend wanderte Libuse allein auf den Fluss hinaus. Falls hier draußen jemand herumschlich, der ihr gefährlich werden konnte, würde sie ihn auf der Eisfläche am ehesten entdecken.

Seit Tagen folgten sie nun bereits dem vereisten Gewässer, doch sie hatten nie innegehalten, um die unwirkliche Szenerie auf sich wirken zu lassen. Erst jetzt fiel Libuse auf, wie schön der Rhein war, wie majestätisch sich der gefrorene Strom nach Norden und Süden erstreckte. Je länger sie die Umgebung beobachtete, desto deutlicher sah sie das feine

Glitzern der Gestirne auf dem Eis, schwache Reflexionen, die man beim ersten Hinsehen kaum bemerkte. Verträumt setzte sie einen Fuß vor den anderen, ging immer weiter hinaus. Hier draußen gab es nichts, nur leere Weite. Keine Pflanzen, keine anderen Menschen, keine Bewegungen. Es war das genaue Gegenteil der Landschaft, in der sie aufgewachsen war, dem dichten Waldland der Eifel, wo sie nur den Arm ausstrecken musste, um den nächsten Baum, das nächste Gebüsch zu berühren. Hier aber gab es nur sie und die schwarze Kuppel des Sternenhimmels.

Als sie die Mitte des Flusses erreicht hatte, blieb sie stehen. Der Rhein wirkte hier besonders breit, denn das Ufer war flach und zu jeder anderen Jahreszeit sicher sumpfig. Das Hügelland erhob sich weiter im Osten, vielleicht einen halben Tagesmarsch entfernt. Trotz des Mondscheins waren die Hänge nicht zu erkennen. Jenseits der silbrig umrissenen Baumwipfel verlor sich alles in Schwärze.

Sie stand ganz ruhig da, den Mantel mit beiden Händen vor der Brust zusammengerafft, die Kapuze hochgeschlagen. Der Wind spielte mit dem Stoff und versuchte, bis zu ihrer Haut vorzudringen. Sie achtete nicht darauf. Hundert Gedanken gingen ihr durch den Kopf. Über Aelvin und Favola, über ihren Vater, den Magister – und die Männer, die sie verfolgten. Fast zwanghaft kehrten ihre Gedanken zu den Ereignissen im Turm zurück. Sie sah die Gesichter ihrer Peiniger vor sich, schwitzend und verzerrt, manche lachend, andere ernst. Sie konnte sich an die Augen jedes Einzelnen erinnern, an die Farben, an ihren Ausdruck – viel besser als an ihre eigentlichen Züge oder gar den Schmerz, den sie ihr verursacht hatten. Sie würde noch lange mit diesen Bildern leben müssen, das wusste sie. Aber sie würde alles tun, um stark zu bleiben, sich nicht von den Träumen übermannen zu lassen. Ihr Herz schlug weiter, und ihr war, als gewänne es mit jedem Tag, der verstrich, an neuer, unerschütterlicher Kraft.

Keiner wusste, was vor ihnen lag. Nicht einmal Albertus, der immerhin die Karte des Jüngers kannte, schien zu ahnen, was ihnen bevorstand, sobald sie die Grenzen des Reiches hinter sich ließen. Gewiss, er wusste um Orte, geheime Routen, aber die kommenden Ereignisse blieben auch für ihn ein Rätsel. Obgleich sie das hätte ängstigen müssen, gab es ihr tatsächlich neue Hoffnung. Mit der Ungewissheit kam sie zurecht; Unausweichlichkeit dagegen hätte ihr wahrlich zu schaffen gemacht.

Am liebsten hätte sie sich für einen Augenblick hingesetzt. Aber dazu war es zu kalt, und sie fürchtete, einzuschlafen und zu erfrieren, bevor irgendjemand sie fand. So ging sie noch ein paar Schritte weiter, dem gegenüberliegenden Ufer entgegen, begleitet von kleinen Wirbeln aus Eiskristallen, die wie Feenstaub um ihre Füße tanzten.

Morgen früh würden sie sich von den beiden Ludwigs verabschieden und nach Südosten ziehen. Albertus wollte durch die Täler der Schwäbischen Alb zur Donau ziehen und dem Flusslauf bis nach Regensburg folgen. Dort erwartete sie sein gelehrter Freund Saphilius mit einem weiteren Stück der Karte des Jüngers. Nicht nur Libuse erhoffte sich von ihm Aufschluss über den weiteren Verlauf ihrer Reise.

Erneut blieb sie stehen, ließ ihren Blick über das Ufer schweifen und entdeckte nichts als Eis und Schnee und Dunkelheit. Mit einem leisen Seufzen drehte sie sich um und machte sich auf den Rückweg. Allmählich drang die Kälte durch die Schichten aus Wolle und Fell. Sie zitterte leicht, und ihre Lippen wurden spröde.

Sie hatte erst wenige Schritte gemacht, als sie abermals verharrte.

Drüben am Ufer, unweit der schwarzen Giebelsilhouette des Gasthofs, hatte sich etwas bewegt.

Jetzt war wieder alles ruhig, die Schatten wie erstarrt. Hatte sie sich getäuscht?

Ihr Magen verhärtete sich. Sie ging weiter, jetzt zügiger. Schmerzlich wurde ihr bewusst, dass sie in ihrer Eile, Favola und Aelvin allein zu lassen, nicht einmal eine Waffe eingesteckt hatte. Selbst den schmalen Dolch, den sie seit Beginn ihrer Reise stets im Stiefel trug, hatte sie liegen lassen.

Was ihr eben noch wie ein Vorteil erschienen war – die weite, ungehinderte Sicht über das Eis –, stellte sich nun als Nachteil heraus. Falls dort am Ufer tatsächlich jemand war, der ihnen Böses wollte, musste er sie längst bemerkt haben.

Noch gut hundert Schritt, schätzte sie.

Ganz bestimmt hatte sie sich getäuscht. Womöglich war dort gar niemand.

Sie wünschte sich eine Tarnung herbei, etwas, in dessen Schutz sie bis zum Ufer schleichen könnte. Doch hier auf dem Eis gab es nichts. Nur ebene, eisige Leere.

Dabei bist du doch nicht mal sicher, dass da wirklich etwas ist, wisperte es in ihr. Du hast es dir eingebildet. Nur ein Hirngespinst.

Kein Hirngespinst. Denn jetzt sah sie es wieder.

Ein Rumoren in der Finsternis, als hätten die Winde Gestalt angenommen wie wehende Bahnen aus schwarzem Samt.

Noch dreißig Schritt bis zum Ufer. Deutlich schälten sich jetzt die verlassenen Schlitten aus der Dunkelheit. Der eingefrorene Holzsteg auf seinen hölzernen Pfählen. Der gewundene Weg, der zu dem leicht erhöhten Gasthof führte.

Der Schnee wurde von etwas Vagem, Verschwommenem zur scharf umrissenen Form des Geländes. Nirgends eine Menschenseele. Auch kein Wolf oder Fuchs, natürlich nicht.

Die Hunde!, schoss es ihr durch den Kopf.

Wäre wirklich jemand da, hätten die Hunde anschlagen müssen. Wenn sechzehn Hunde losbellten, musste das bis zum anderen Ufer zu hören sein. Sicher wären längst alle Schläfer auf den Beinen und die beiden Ludwigs in heller Aufregung.

Doch rund um den Gasthof herrschte Stille.

Gut, dachte sie erleichtert. Niemand da. Doch alles nur Einbildung.

Sie verließ den Fluss und ging an Land. Eine Windhose aus Eiskristallen folgte ihr ein Stück weit des Weges und zerstob zu leerer Nachtluft.

Die Tür des Gasthauses war noch immer zugezogen, der Schnee auf dem Hof zu verkrustet, um frische Spuren entdecken zu können.

Sie hatte sich getäuscht, ganz bestimmt. Zäh wie Harz floss die Furcht von ihr ab, noch immer widerwillig, nicht ganz überzeugt.

In der Mitte des Vorplatzes blieb Libuse stehen. Blickte an der Fachwerkfassade des Hauses empor, an den geschlossenen Fensterläden, durch die nirgends ein Lichtschimmer drang. Auch nicht durch jene ihres eigenen Zimmers. Sie erinnerte sich an die Kerze und runzelte die Stirn. War da vorhin, als sie losgegangen war, ein Flackern in den Ritzen gewesen? Oder waren die Läden zu dicht?

Sie drehte sich langsam um die eigene Achse, ließ ihren Blick über die dunklen, schneegekrönten Bäume schweifen, die Umgebung des Gasthofs, hinüber zum Stall.

Das Tor stand weit offen.

Zuvor war es zu gewesen. Sie war ganz sicher.

Noch immer war kein Knurren zu hören. Kein Winseln. Nicht einmal ein Rascheln.

Sehr vorsichtig, damit das Eis nicht unter ihren Stiefeln knirschte, bewegte sie sich über den Platz auf die Scheune zu. Sie versuchte sich zu erinnern, ob es noch andere Gäste mit Tieren gegeben hatte, mit Pferden oder Hunden oder wenigstens mit einem Maultier. Plötzlich war sie nicht mehr sicher, ob außer ihnen überhaupt noch Reisende in der Herberge schliefen.

Sie näherte sich dem Tor des Stalls seitlich in einem weiten

Bogen. Falls jemand dort drinnen war, konnte er sie durch den Spalt nicht kommen sehen.

Mach dir nichts vor! Er hat genug Zeit gehabt, um dich zu entdecken. Auf dem Fluss. Unten am Ufer. Sogar auf dem Hof, als du dich umgeschaut hast.

Mit einer lautlosen Bewegung ließ sie den Kapuzenmantel von ihren Schultern gleiten. Er würde sie behindern, falls sie sich wehren musste.

Warum nur, zum Teufel, hatte sie keine Waffe eingesteckt?

Noch hätte sie umkehren können, zurück zu den anderen laufen, um dann mit einem von ihnen oder allen gemeinsam im Stall nach dem Rechten zu sehen. Aber vielleicht war da gar nichts. Dann würde ihr Vater wissen wollen, was sie nachts allein im Freien zu suchen hatte. Und Albertus würde bemerken, dass Aelvin im Zimmer der Mädchen war.

Lieber mit einem Räuber kämpfen, als *das* über sich ergehen lassen.

Nur noch wenige Schritte, dann war sie am Tor. Der Spalt war gerade breit genug für die Schultern eines Mannes. Kein Lichtschein fiel nach außen, was ein gutes wie ein schlechtes Zeichen sein mochte. Es konnte bedeuten, dass tatsächlich niemand da war, nur sechzehn schlafende Hunde. Aber hätte *sie* eine Kerze entzündet, wenn sie jemandem auflauern wollte?

Sie war drauf und dran, das Tor aufzustoßen, damit schlagartig Mondlicht ins Innere fiel. Falls sie sich aber geirrt hatte, würden sämtliche Hunde in helle Aufregung verfallen und die beiden Männer oben in ihrer Kammer aufwecken. Das konnte sie Aelvin nicht antun.

Was scherst du dich um ihn?, fragte eine Stimme in ihrem Inneren. Du bist ihm nichts schuldig.

Nein, natürlich nicht. Aber das, was er gesagt hatte, rührte etwas in ihr. Er fühlte sich einsam und ausgeschlossen, und sie wusste, was für ein Gefühl das war. Allein mit ihrem wortkargen Vater in den Wäldern war es ihr manchmal genauso ergangen. Es hatte Tage, ganze Wochen gegeben, in denen Corax sie völlig aus seinen Gedanken, seinem Leben ausgeschlossen hatte. An solch einem Tag war ihr zum ersten Mal das Erdlicht erschienen.

Libuse betrat den Stall nicht, sondern ging außen an seiner Seitenwand entlang. Nach mehreren Schritten fand sie einen Spalt zwischen den Brettern, der breit genug war, um hindurchzuschauen.

Im Inneren war es zu dunkel. Nichts zu erkennen.

Wo waren die gottverdammten Hunde? Es fiel ihr schwer, sich vorzustellen, dass so viele Tiere auf engstem Raum völlig geräuschlos schlafen konnten.

Sie sind tot, durchfuhr es sie.

Natürlich hatte sie schon vorher daran gedacht, aber jetzt erschien ihr die Vorstellung erstmals unausweichlich.

Alle tot.

Sie atmete tief durch, straffte sich und blickte entlang der Stallwand zurück zum Hof. Im Sternenlicht sah sie den unförmigen Umriss ihres abgestreiften Mantels wie eine Pfütze aus Schatten; er schaute zur Hälfte hinter der Ecke des Stalls hervor.

Und er bewegte sich.

Er verschwand langsam aus ihrem Blickfeld, zur Vorderseite des Stalls. Zum Tor. Er sah jetzt aus wie eine fette schwarze Schnecke, die sich geräuschlos über das zerfurchte Eis schob.

Mit einem Fluch rannte sie los, zurück zur Ecke.

Einer der Hunde kroch rückwärts durch den Torspalt ins Dunkel, einen Stoffzipfel zwischen den Zähnen, und zerrte den Mantel mit sich in den Stall. Gleich darauf war er in den Schatten verschwunden, während der Mantel ihm immer noch folgte, als wäre der Wollstoff von eigenem Leben beseelt.

»Was, bei allen –«

Sie sprang vor, gab dem Torflügel einen Stoß und ließ das eisige Licht der Sterne über ihre Schultern ins Innere strömen.

Auf dem Boden aus verdrecktem, halb gefrorenem Stroh saßen fünfzehn Hunde in einem perfekten Kreis, die Augen in die Mitte gewandt. An einer Stelle hatte ihr Zirkel eine Lücke, dort war das sechzehnte Tier ausgebrochen, um Libuses Mantel zu holen. Es bewegte sich nun wieder dorthin, ließ den Stoff los und setzte sich zu seinen Artgenossen.

Keiner der Hunde blickte zu Libuse herüber. Sie waren wie erstarrt, beinahe andächtig.

In der Mitte des Kreises, auf einem umgedrehten Holzeimer, saß ein Mann.

Im selben Augenblick, da sie ihn erkannte, wandten alle sechzehn Hunde auf einen Schlag die Schädel und starrten sie an, bleckten die Fänge und verfielen in unterschwelliges Knurren; es klang beinahe sakral, ein drohender, Ehrfurcht gebietender Singsang.

»Besser, du rührst dich nicht«, sagte der Wolfsritter mit sanftem Lächeln. »Sie würden dich in Stücke reißen.«

~

Aelvin hatte Favola nicht unterbrochen, während sie erzählte. Sie sprach von jener furchtbaren, prophetischen Gabe, die sie die Todsicht nannte; davon, dass eine kurze Berührung der Haut genügte, ihr das Sterben eines jeden Menschen zu zeigen; und von dem, was sie in jener Nacht gesehen hatte, als Aelvin ihre Wange gestreichelt hatte. Sie gestand ihm, dass sie Albertus davon erzählt hatte und dass er ihren Visionen vorbehaltlos vertraute – sie war die Hüterin der Lumina, eine Erwählte vor Gottes Gnaden. Der Magister glaubte, dass Aelvin Favola irgendwann durch seinen eigenen Tod das Leben retten würde, ja, dass von ihm das Gelingen ihrer Mission abhing.

Als sie geendet hatte, saß sie mit dem Rücken an die Wand gelehnt, hatte unter der Decke die Beine vor die Brust gezogen und beide Arme um die Knie gelegt. Ihr kurzes schwarzes Haar stand struppig von ihrem Kopf ab, und sie wirkte sehr müde. Er war nicht sicher, ob der Grund dafür ihre lange Rede war oder vielmehr der Schluck aus dem Tonfläschchen, den sie zwischendurch genommen hatte. Danach war sie rasch sehr viel ruhiger geworden.

»Was ist das?«, fragte er und deutete auf das Gefäß.

Sie blinzelte überrascht, denn sie hatte wohl mit jeder anderen Frage gerechnet – nach der Art und Weise seines Todes, zum Beispiel.

»Medizin«, sagte sie. »Von Albertus.«

»Und wofür?«

»Mein Herz«, sagte sie traurig, halb versteckt hinter ihren Knien, als schämte sie sich für ihre Krankheit. »Es ist zu schwach. Irgendwann wird es einfach aufhören zu schlagen. Das da ... es gibt mir mehr Zeit.«

Zorn stieg in Aelvin auf. »Er gibt dir die Medizin, damit dir genug Zeit bleibt, die Lumina ans Ziel zu bringen!«

»Was ist schlecht daran?«

»Er tut das nicht für dich, sondern nur für sich selbst.«

»Nein«, widersprach sie sanft. »Für uns alle. Für jeden Menschen.«

Er schnaubte abfällig. »Diese Männer heute Abend im Schankraum ... glaubst du, auch nur einer von denen wartet auf ein neues Paradies? Einen zweiten Garten Eden? Oder diese Kerle, die uns verfolgen und die Odo getötet haben? Alle diese Menschen draußen in den Städten?« Er schüttelte niedergeschlagen den Kopf. »Ihnen ist es vollkommen gleichgültig, ob irgendwo in einem fernen Land ein neues Paradies existieren wird oder nicht.«

»Das Paradies ist mehr als ein einfacher Garten.«

»Aber die Lumina *ist* eine einfache Pflanze. Mag sein, dass sie widerstandsfähiger ist, weil sie in dieser Kälte da draußen überleben kann. Und vielleicht hat sie dich auserwählt und spricht sogar mit dir. Aber gäbe es hundert davon, oder zehntausend, welchen Unterschied macht das für die Menschheit? Keinen, Favola. Überhaupt keinen.«

»Du redest nicht wie ein Mönch.«

Vielleicht bin ich kein Mönch mehr, dachte er, wagte aber nicht, es laut auszusprechen. Es hätte so endgültig geklungen, wie ein Urteil, das er über sich selbst verhängte.

»Ich denke nur nach«, sagte er schließlich. »Ich kann nicht alles als gegeben hinnehmen, was der Magister sagt. Und du tust das doch auch nicht, oder?«

Sie senkte den Blick. »Ich glaube an das, was ich sehe. Und das ist die Lumina, die ganz sicher keine gewöhnliche Pflanze ist, egal was du über sie denkst. Ich sehe, dass Menschen uns jagen, weil sie sie mir abnehmen wollen. Dafür muss es einen guten Grund geben, oder?«

»Und du siehst den Tod anderer Menschen.«

»Ja.«

Die Frage lag ihm auf der Zunge – *Wie werde ich sterben?* –, aber er hielt sie mit aller Macht zurück. Er wollte es wissen und wollte es doch nicht. Und das nicht nur, weil sie ihm erzählt hatte, was mit ihrer Schwester geschehen war: dass sie erst durch das Wissen um ihren Tod tatsächlich gestorben war.

Es könnte mich retten, dachte er. Oder auch nicht.

Ganz sicher würde es ihm Angst machen, mehr noch, als er jetzt schon hatte. War es wirklich erstrebenswert, zu viel über den eigenen Tod zu wissen? Vielleicht hatte Favola eine bestimmte Landschaft gesehen, einen Ort, den er irgendwann wieder erkennen würde. Würde es ihm helfen, dann einen Bogen darum zu machen? Oder war das, was sie gesehen hatte, ohnehin unausweichlich?

Zudem blieb natürlich die Möglichkeit, dass sie sich irrte. Er wünschte sich, für einen Augenblick in ihren Körper zu schlüpfen. Ihre Gedanken zu denken. Herauszufinden, woher sie die Kraft nahm, mit all dem zu leben. Die Verantwortung für die Lumina. Das schreckliche Wissen um den Tod anderer Menschen. So viel Kraft steckte in ihr, obwohl sie nach außen so klein und zerbrechlich wirkte. So viel Mut.

Sie hatte es verdient, dass er an ihrer Seite blieb und ihr half. Nicht wegen der verdammten Lumina. Erst recht nicht wegen Albertus' Besessenheit von einem neuen Garten Eden. Nein, Favola selbst war es, die ihn zu diesem Entschluss brachte. Er bewunderte sie, ja, er verehrte sie in gewisser Weise, obgleich sie doch nichts von einer Heiligen an sich hatte. Sie war keine Muttergottes, keine Märtyrerin. Nur ein einsames, trauriges Mädchen.

Und er war drauf und dran, sich in sie zu verlieben.

Er rückte von Libuses Bett hinüber auf das ihre, aber diesmal wich sie nicht zurück. Er machte keinen Versuch, sie zu berühren, natürlich nicht. Sie vertraute ihm. Lächelte scheu aus der Tiefe ihrer Verunsicherung zu ihm herauf wie vom Grunde eines Brunnenschachts.

Gott, dachte er, was tue ich hier nur?

Er schloss die Augen und bewegte kaum merklich die Lippen.

»Ich glaube dir«, flüsterte er. »Ich bleibe bei dir bis zum Ende.«

~

Zweiunddreißig Hundeaugen glitzerten in der Dunkelheit wie polierter Marmor. Speichel troff von schimmernden Leftzen. Hechelnder Atem erfüllte den Stall, überlagert von kehligem Knurren.

Libuse war wie erstarrt. Nicht wegen der Tiere. Ihre gebleckten Zähne sah sie gar nicht, nicht die Mordlust in ihren Blicken.

Sie sah allein Gabriel von Goldau zwischen ihnen sitzen, ein Befehlshaber inmitten seiner Leibgarde. Der Mann, der sie vergewaltigt, der ihren Vater geblendet hatte.

Da saß er nun vor ihr, beinahe lässig auf dem umgedrehten Holzeimer, ein Bein angewinkelt, das andere fast gestreckt. Die Fingerspitzen seiner schlanken Hände berührten einander, in seinem Schoß.

»Tu's nicht«, sagte er leise. »Versuch gar nicht erst, die anderen zu wecken oder davonzulaufen.« Aber es klang, als glaubte er nicht wirklich, dass sie eine dieser Möglichkeiten ernsthaft erwog. Sie stand vor ihm wie hypnotisiert, zu Salz erstarrt vor kochendem, überschäumendem Hass.

»Du kannst mich hassen. Du kannst mich verachten. Das wird nichts ändern. Vielleicht wirst du mich an irgendeinem fernen Tag einmal töten, wer weiß? Aber dieser Tag ist nicht heute, süße Libuse. Also erspare uns beiden das Pathos eines Versuchs.«

»Was willst du?« Kaum zu fassen, dass sie die Vernunft aufbrachte, ihn anzusprechen, statt sich einfach auf ihn zu stürzen, ganz gleich, was die Hunde mit ihr tun würden.

»Reden«, sagte er. »Vor allem reden.«

»Wo sind unsere Schlittenlenker?« Sie wusste, dass er sie getötet hatte. Natürlich hatte er das.

»Sie schlafen hinten im Stall. Beide haben eine kräftige Beule am Kopf, aber sie leben. Ich habe sie gefesselt und geknebelt.«

»Das soll ich dir glauben?«

»Du kannst dich später gern selbst überzeugen. Aber im Grunde ist es egal, ob du mir glaubst oder nicht. Es spielt keine Rolle.«

Sie stellte sich vor, dass seine Wolfskrieger in diesem Augenblick durch den Gasthof schlichen, die Kammertüren aufstießen und ihre Gefährten mit blankem Stahl aus dem Schlaf rissen. Ihren Vater, hilflos in seiner Blindheit. Aelvin und Favola. Gott, sie würden Favola das Gleiche antun wie ihr, und ihr Herz würde aufhören zu schlagen.

»Ich bin allein gekommen«, sagte er unvermittelt. Er ahnte wohl, was in ihrem Kopf vorging. »Niemand sonst ist hier.«

»Du lügst.«

»Nur weil du mich nicht magst, bedeutet das nicht, dass ich ein Lügner bin.« Machte er sich über sie lustig? Nein, er sagte es ganz ernst, so als hätte sie ihn tatsächlich gekränkt. »Es gibt Ehre … und *Ehre*. Ich bevorzuge die zweite Variante.«

Was auch immer er da faselte, es interessierte sie nicht. Sie wollte ihn töten. Mehr als alles andere.

»Worüber?«, fragte sie verbissen.

»Was?«

»Worüber reden?«

Er lächelte. Die Tiere hatten sich nicht gerührt, fixierten noch immer Libuse, als sähen sie in ihr den Fleisch gewordenen Urfeind aller Hunde. »Ich will etwas haben. Ihr besitzt es. Es ist ganz einfach.« Er sprach immer noch leise und einlullend, so als versuche er, bei ihr den gleichen Trick anzuwenden, mit dem er sich die Tiere gefügig gemacht hatte.

»Die Lumina?« Sie unterdrückte ein Beben in ihrer Stimme, das nichts mit der Pflanze zu tun hatte. »Was willst du damit?«

»Ich? Gar nichts. Du weißt, wer sie haben will.«

»Küsst du deinem Herrn auch den Arsch, wenn er es von dir verlangt?«

Er lachte leise, vielleicht, weil ihn ihr Mut beeindruckte. Dabei verbarg sich dahinter nichts als Fatalismus. »Lass uns nicht unsere Rollen in diesem Spiel infrage stellen«, sagte er. »Zu was soll das führen?«

»Und wenn du bekommen hast, was du willst, was wirst du dann tun?« Sie nickte in Richtung der fletschenden Tiere.

»Deine Hunde auf mich hetzen, wie du es schon einmal getan hast?«

»Niemandem wird etwas geschehen.«

Nun war sie es, die lachte. Es war gespielt und kostete Überwindung, und sie fürchtete, dass er das ganz genau wusste. »Ich hatte vergessen, dass du ein Ehrenmann bist.«

»Und du bist meine Geisel – so Leid es mir tut.« Er erhob sich, blieb aber im Ring der Hunde stehen. Aus einer goldgeschmückten Scheide an seinem Gürtel zog er einen Dolch. Die Klinge schimmerte weißgrau im Mondschein, ein schmaler Dorn aus Nachtlicht. Gabriel stieß einen gedämpften Pfiff aus, und sofort öffnete sich die Formation der Hunde. Hechelnd beobachteten die Tiere, wie er auf Libuse zuging.

Sie wich langsam zurück, bis sie wieder im Rahmen des Stalltors stand.

»Nicht weiter«, sagte er.

Sie blieb stehen. »Was hast du vor?« Sie wollte Zeit gewinnen, ohne zu wissen, wofür. Niemand würde ihr zu Hilfe kommen. Corax und Albertus schliefen. Aelvin und Favola vermissten sie nicht.

»Wir werden gemeinsam nach oben gehen. Das Mädchen wird mir die Lumina geben. Ich werde dich freilassen und verschwinden. Das ist alles.«

»Und deine Leute?«

»Die anderen suchen euch ein paar Stunden weiter flussabwärts. Ich bin der beste Fährtenleser, den sie haben. Sie haben mir geglaubt, als ich ihnen erklärt habe, eure Fährte führe plötzlich nach Osten. Mittlerweile haben sie wahrscheinlich gemerkt, dass ich nicht mehr bei ihnen bin. Gut möglich, dass sie jetzt auf dem Weg hierher sind. Ein Grund mehr, diese Sache schnell hinter uns zu bringen.«

»Du hast deine Männer in die Irre geführt? Warum?«

»Vielleicht ist es mir wichtig, die Lumina persönlich in die

Hände zu bekommen.« Etwas blitzte in seinen Augen, das sie nicht einordnen konnte. Ein Anflug von Zorn? Von Verbitterung? Sie konnte deutlich die Wunden inmitten seines Feuermals erkennen, zwei Sicheln aus hässlichen Blutkrusten. Sie hätte ihm das ganze Gesicht vom Schädel reißen sollen, als sie Gelegenheit dazu gehabt hatte. Wie ein Wolf, der seine Beute zerfleischt.

Er bemerkte ihren Blick. Seine linke Hand tastete über seine Wange, fuhr der Form ihres Bisses nach. Er führte die Fingerspitzen vor sein Gesicht und betrachtete sie, als erwartete er, frisches Blut auf ihnen zu sehen.

Zwei, drei Herzschläge lang war er abgelenkt. Eine winzige Lücke in seiner Aufmerksamkeit.

Er sah den Schlag gerade noch kommen und reagierte blitzschnell.

Nicht schnell genug.

Ihre Faust traf seinen Kehlkopf, und sie spürte, dass ihre Handknöchel davon abglitten wie Zähne von einem Stück Knorpel. Es war ein widerliches Gefühl, und es bereitete ihr keinen Triumph, als sie sah, wie sich seine Augen weiteten. Ein Keuchen entrang sich seinem offenen Mund, als er stolperte und in die Knie sank.

So einfach?, durchzuckte es sie, doch dann explodierten ihr Hass und ihr Zorn auf ihn, und sie sah sich selbst mit dem Fuß ausholen und ihm einen Tritt genau ins Gesicht verpassen, so kraftvoll, dass sie zurückgeworfen wurde und beinahe das Gleichgewicht verlor.

Gabriel wurde nach hinten geschleudert. Seine Hand hielt immer noch den Dolch.

Einer der Hunde stieß ein hohes Jaulen aus, als hätte der Tritt ihm gegolten. Alle sechzehn Tiere gingen in Angriffsstellung. Libuse packte den Eisenring an der Außenseite des offenen Tors und zog im Hinauslaufen daran. Der hohe Holzflügel schlug zu. Sie war draußen. Von innen sprangen mehrere

Hunde gleichzeitig gegen das Holz, begannen zu bellen und zu scharren.

Nirgends ein Riegel.

Die Hunde konnten das Tor nicht aufziehen, aber falls Gabriel schon wieder auf den Beinen war –

Egal. Lauf los. Schnell!

Sie rannte, stolperte, schlitterte über den vereisten Hof zur Tür der Herberge hinüber, schaute nicht zurück, hörte die Kruste unter ihren Füßen brechen, sah das Haus näher kommen, den Eingang. Dahinter lehnte ein Riegel an der Wand, den sie nur würde vorlegen müssen, ganz einfach, ganz sicher.

Das Gebell der Hunde steigerte sich zu ohrenbetäubendem Lärm. Ihre Krallen wüteten am Tor, schwere Körper warfen sich von innen dagegen.

Sieben, sechs, fünf Schritt bis zum Eingang.

Libuses rechter Fuß glitt in einer Karrenradfurche aus. Ihr blieb nicht einmal Zeit, den Sturz wirklich wahrzunehmen, denn da krachte sie schon mit dem Rücken zu Boden, auf die scharfkantigen Grate aus gefrorenem Schlamm. Es fühlte sich an, als wären ihr mehrere Knüppel zugleich ins Kreuz gefahren. Sie schrie auf, vor Schmerz, vor Wut und vor Hass auf Gabriel. Ihre Hände rutschten über den steinharten Boden, suchten Halt. Sie wollte sich hochstemmen, glitt ab, fiel zurück, versuchte es erneut. Taumelte auf die Beine und blickte dabei über die Schulter.

Der Torflügel ruckte. Bewegte sich nach innen.

Sie wartete nicht, bis sie die Hunde sah, die ihre Verfolgung aufnahmen. Die Tür! Sie musste zur Tür!

Ihre Hand berührte das Holz, stieß es nach innen.

Das Hundegebell erklang nicht länger gedämpft durch das Stalltor. Glasklar und schrill hallte es durch die Nacht. Das ganze Rudel fegte über den Hof, hinter Libuse her, die im selben Moment die Gasthaustür hinter sich zuwarf.

Wo war der Balken? Sie hatte ihn doch irgendwo hier gegen die Wand gelehnt … Da! Sie fand ihn, packte ihn, wollte ihn mit beiden Händen in die Eisenhaken rechts und links des Eingangs wuchten. Er war so breit wie ihr Oberschenkel, so lang wie ihr ganzes Bein. Nicht zu schwer für sie, aber sperrig.

Das Bellen, das Hecheln, das Kratzen der Krallen auf Eis war jetzt vor dem Haus. Eine Wolke heißen Hundeatems trieb durch den Spalt, als die Tür nach innen aufschwang.

Libuse brüllte vor Zorn und Enttäuschung.

Sie hielt den verdammten Riegel in Händen, aber sie war nicht schnell genug. Alles geschah innerhalb eines einzigen Atemzugs. Hundeaugen hinter dem Türspalt. Sie selbst mit dem Balken in der Hand, den sie nicht mehr in die Haken hatte heben können. Und dann, vollkommen unvermittelt, eine Gestalt, die sich an ihr vorbei gegen das Holz warf. Hundejaulen an der Außenseite, als der Türflügel gegen empfindliche Nasen krachte.

»Schnell!«, brüllte Aelvin und stemmte sich mit dem Rücken gegen die Tür. »Lauf nach oben!«

Sie stand da, in den Händen den nutzlosen Balken, der nicht in die Vorrichtung passte, solange Aelvin sich gegen die Tür stemmte.

»Nach oben!«, rief er noch einmal. Schweiß glänzte auf seinem Gesicht. Sein Atem raste.

»Nein!«, entgegnete Libuse. »Ich laufe nicht vor ihm davon.«

»Vor wem?« Die Worte kamen verbissen über seine Lippen, während er sich mit aller Kraft gegen den bebenden Türflügel stemmte. Natürlich, er wusste nichts von Gabriel! Er sah nur, dass die Hunde verrückt spielten.

»Wer ist da draußen?«, fragte er noch einmal.

Gabriel, wollte sie erwidern, doch ihre Stimme versagte.

Im selben Augenblick barst das Erkerfenster rechts neben

der Tür, nur zwei Schritt von ihr entfernt. Bräunliche Splitter spritzten in einer Kaskade über die Sitzbank, das Fensterbrett, klirrten auf den Boden.

Libuse wartete nicht ab, bis sie die Gestalt deutlich sehen konnte, die dort hereinsprang. Sie packte den Holzriegel mit beiden Händen an einem Ende, holte aus wie mit einem Schwert und schlug zu.

Gabriel sprang genau in die Bahn ihres Hiebes. Er schrie auf, als das schwere Holz seine linke Hand streifte und vor seine Brust prallte. Seine Finger knickten nach hinten ab wie Äste, und selbst inmitten dieses Chaos, des Lärms der Hunde, der Glassplitter und Aelvins verzweifelter Rufe, vernahm Libuse das Bersten der Knochen.

Irgendwie kam Gabriel dennoch auf beiden Füßen auf, gefolgt von dunklen Schatten, die hinter ihm durch das Scherbenmaul des Fensters quollen. Bellend und jaulend kamen sie ins Haus geflogen, landeten auf ihren Pfoten, manche schlitternd, andere im Lauf. Libuse holte abermals aus, und erneut galt ihr Schlag dem Mann, der schwankend vor ihr stand und die verletzte Hand an sich presste. Sie hätte seinen Kopf getroffen, hätte nicht einer der Hunde nach ihrem Bein geschnappt. Sie bremste den Hieb nicht ab, ungeachtet der Schmerzen, aber das Zerren des Hundes änderte die Schlagrichtung, und so streifte der Balken Gabriels Schulter.

Aelvin verließ seinen Platz an der Tür, nun da das Rudel durchs Fenster kam. Stattdessen ergriff er einen dreibeinigen Holzschemel von einem der Tische und ließ ihn auf einen der angreifenden Hunde krachen. Das Tier jaulte auf und ließ von ihm ab.

Ein Poltern ertönte auf der Treppe, als Albertus dort erschien, einen von Corax' Dolchen in der rechten Hand, in der linken seinen Stab. Auch er trug wie sie alle nur das bleiche Nachtgewand und sah aus wie ein Gespenst. Zwei Hunde rasten auf ihn zu, aber er machte sich nicht die Mühe, sie mit dem Dolch abzuwehren. Ein Wirbeln seines Stabes, dazu ein scharf gebrüllter Befehl, und sie zogen mit eingekniffenen Schwänzen ab.

Gabriel stürzte sich auf Libuse. Der Arm mit den gebrochenen Fingern schlackerte ungelenk an seiner Seite, doch die andere hielt den Dolch. Die Klinge glühte im fahlen Schimmer des Herdfeuerscheins, verfehlte sie und streifte stattdessen Aelvin, der ihr zu Hilfe kommen wollte. Er stieß einen dumpfen Schmerzensschrei aus, schleuderte dennoch den Schemel in Gabriels Richtung, erwischte ihn an der geprellten Schulter und entlockte auch ihm einen heiseren Schrei.

Irgendwie befreite er sich von Libuse und Aelvin und überließ sie dem Angriff der Hunde. Sein Gesicht lag im Dunkeln, so als wären das Feuermal und die Schatten ineinander geflossen.

Libuse schlug auf die Tiere ein, verjagte eines und hatte sogleich zwei weitere vor sich, die nach ihr schnappten und wütend knurrten. Auch Aelvin kämpfte verzweifelt mit mehreren Hunden zugleich, während Albertus die Stufen herabsprang und mit seinem Stab die übrigen Tiere davon abhielt, an ihm vorbei die Treppe hinaufzujagen.

Gabriel holte aus und schleuderte seinen Dolch in Albertus' Richtung. Der Magister ging in Deckung, ließ dabei seine Abwehr außer Acht und wurde von drei Hunden gleichzeitig zu Boden geworfen.

Taumelnd setzte Gabriel über ihn hinweg und überließ ihn den gefletschten Fängen der Tiere. Libuse sah ihn die Stufen hinauflaufen. Sie stieß einen weiteren Hund von sich und folgte ihm. Sie würde nicht zulassen, dass er Favola erreichte, dass er ihr die Lumina entriss oder etwas zuleide tat.

»Halte ihn … auf …!«, keuchte Albertus, während er sich gegen die Hunde zur Wehr setzte und nicht schnell genug auf die Beine kam, um Gabriel selbst zu verfolgen.

Libuse nickte im Laufen, drängte sich durch die kläffenden Bestien, trat eine von der untersten Stufe und packte eine andere am Schwanz, die vor ihr die Treppe hinauflaufen wollte. Jaulend wurde das Tier von den Pfoten gerissen, verlor seinen Halt und schlitterte rückwärts die Stufen hinab.

Weiter, peitschte sie sich ein, weiter, weiter, weiter!

Die Treppe hinauf in den Korridor, an dem die Kammern der Gäste lagen. Zwei Hunde liefen aufgeregt umher, doch sie griffen sie nicht an, weil niemand ihnen den Befehl dazu gab; sie schnupperten an Türen, winselten leise und wedelten mit den Schwänzen. Libuse rannte an ihnen vorbei zu den beiden gegenüberliegenden offenen Zimmertüren.

Sie blickte erst in die eine Kammer – niemand zu sehen –, dann in die andere.

Favola kauerte auf dem Bett und presste das Bündel mit der Lumina an ihre Brust. Vor ihr stand Gabriel. Keuchend, schwitzend, blutend. Den linken Arm wie toten Ballast an seiner Seite baumelnd, die rechte Hand um den Dolch gekrallt.

»Nein!«, brüllte Libuse.

Die Kammertür wurde zugeworfen. Vor ihrer Nase.

Aber nicht von Gabriel, der bereits zu tief im Zimmer war. Jemand hatte *hinter* der Tür gestanden. Hatte gewartet, bis Gabriel im Raum war und ihm den Rücken zuwandte.

»Vater!«, brüllte sie und schlug die Klinke herunter. Aber sie wagte nicht, die Tür einfach aufzustoßen, aus Angst, dabei Corax zu treffen.

Ein Poltern ertönte, Schreie.

Sie konnte nicht anders. Öffnete die Tür.

Und sah gerade noch, festgefroren in der kristallscharfen Brillanz eines endlosen Augenblicks, wie Corax mit dem Schwert ausholte. Wie Gabriel herumwirbelte. Wie Favola den Mund aufriss und schrie.

Dann sprang ein Hund in Libuses Rücken und schleuderte sie gegen ihren Vater.

Zweierlei
Himmel

Drittes Buch

Worin sich die Schlange regt. Und die Wölfe wieder heulen.

Die Prophezeiung

Sinaida schlief und träumte.

Träumte vom Garten Gottes, von den Gärten aller Götter. Sie teilte feuchte, fleischige Blätter. Etwas Körperliches haftete diesen Vorhängen und Wänden aus Buschwerk und glitzernder Nässe an. Ihre Hände stießen tiefer in die dampfende Vegetation dieses Ortes vor, durchdrungen von Wärme und Schatten und verschlungenen Ästen wie Geflechten aus Muskelsträngen und Adernestern. Der Geruch erregte sie und ließ sie von Kopf bis Fuß erbeben, er raubte ihr den Atem und sandte Schübe aus wohliger, prickelnder Hitze durch ihre Glieder.

Sie erwachte im Dunkel ihrer Kammer auf Burg Alamut, aber ihr war, als wäre der warme Odem des Gartens noch einen Augenblick länger um sie, benetzte ihre Haut, machte ihren Körper biegsam und schlüpfrig. Dann zog sich die Erinnerung an den Traum zurück, und mit ihm die Erinnerung an die Wirklichkeit des Gartens, und sie spürte mit überempfindlicher Präzision jede Faser der Wolldecke über ihrem nackten Körper, das Webwerk des Lakens unter sich.

Sie schlug die Augen auf, und für einen Moment war die Finsternis um sie herum so vollkommen wie jene hinter ihren Lidern. Dann flammte der Spalt unter der Tür aus der Schwärze, glosend vom Schein der Fackeln draußen auf dem Gang. Auch die dichten Vorhänge vor dem Fenster waren von einem gräulichen Glanz umrissen, Mondlicht, das sich über die Felsen und die Zinnen der Festung ergoss. Vom Ofen in der Ecke ging noch immer eine sanfte Wärme aus, aber keine Helligkeit.

Ihre Hand tastete nach rechts, doch Khur Shahs Hälfte des Bettes war leer. Er musste noch immer unten im Heerlager der Mongolen sein, am Fuß des Berges, um mit Hulagu und seinen Befehlshabern über die Hinrichtungen zu sprechen, deren Zahl sich innerhalb der letzten drei Tage vervielfacht hatte. Angeblich hatten die zum Tode verurteilten Nizaris versucht, entgegen dem Befehl ihres Meisters Anschläge auf die Eroberer durchzuführen. Khur Shah hatte Sinaida versichert, das sei absurd, und sie glaubte ihm. Hulagu musste aus irgendeinem Grund beschlossen haben, dass es nötig sei, Exempel zu statuieren, und er tat dies mit der ihm eigenen Kompromisslosigkeit. Früher hätte sie als Schwägerin des Il-Khans das Recht gehabt, an solchen Gesprächen teilzunehmen; jetzt aber war sie die Frau Khur Shahs, das Weib eines besiegten Feindes, und damit hatte sie ihre Stellung in der Familie des Il-Khans verloren. Aber im Austausch für dieses Privileg hatte sie mehr erhalten, als sie je zu hoffen gewagt hatte. Die vergangenen Wochen waren voller Überraschungen gewesen. Wie hätte sie erwarten können, an diesem Ort aufrichtiger Liebe zu begegnen? Bestenfalls Respekt. Und doch fühlte sie sich nun mit Khur Shah verbunden wie mit keinem Menschen zuvor. Unausgesprochen verstanden sie die Wünsche des anderen, vertrauten und begehrten einander. Sie waren eins geworden, in Herz und Sinn.

Khur Shah war allein den Berg hinabgestiegen, um mit Hulagu zu debattieren und um Gnade für seine Leute zu erbitten. Sinaida war nicht wohl bei dem Gedanken, ihn allein inmitten seiner Feinde zu wissen – auch wenn es ihre Verwandten waren –, und es war ein Wunder, dass sie trotz allem eingeschlafen war. Stundenlang war sie am Nachmittag und Abend in den Hallen Alamuts auf und ab gelaufen, hatte ihre Zeit mit unwichtigen Entscheidungen vertan oder reglos aus dem Fenster gestarrt, über das Meer der Jurten und Zelte unten im Tal. Ihr war bewusst geworden, wie fremd ihr die Große Horde innerhalb kurzer Zeit geworden war.

Drei Tage war es her, dass Khur Shah sie in den Garten der Nizaris geführt hatte.

Drei Tage, seit sie die Wahrheit kannte.

Sie schlug die Decke zurück, weil sie die haarfeinen Nadelstiche der Fasern nicht mehr ertrug. Noch immer war ihr ganzer Körper eine einzige Membran, ihr Geist noch immer den Wundern des Traums ausgeliefert. Sie fühlte sich verletzlich, und in dieses Chaos aus Reizen und Empfindungen, das sie wie ein Nest aus Distelblättern umgab, schlug die erneute Sorge um Khur Shah wie ein Axthieb.

Sie schnellte aus dem Bett. Ihre Fußsohlen berührten die weichen Borsten des Teppichs; es fühlte sich an, als träte sie auf ein Nagelbrett. Der Schmerz, der ihre überempfindlichen Sinne plagte, rüttelte sie endgültig wach.

Erst zaghaft, dann entschlossener trat sie an eines der Fenster aus dickem, undurchsichtigem Glas. Die Räume des Fürsten befanden sich im Südturm der Festung und grenzten an die Außenmauer der Burg. Wenn sie das Fenster öffnete, würde sie das verästelte Delta aus Lagerfeuern überschauen können, das durch die zerklüfteten Täler der Elburzberge mäanderte. Aber auch das war nur ein kleiner Teil der Großen Horde, nur ein Ende des mächtigen Heerwurms, der von hier bis in die endlosen Steppen reichte, der lange Schwertarm Karakorums.

Sie zog den Vorhang beiseite. Mondschein strömte durch das trübe Glas, formte den Umriss ihres nackten Körpers nach. Für einen Augenblick genoss sie das kühle, silbrige Licht auf ihrer Haut, spürte es ebenso intensiv wie zuvor die Wollfasern der Decke. Ihre Brustwarzen richteten sich in der Kälte auf, und für einen Augenblick sah sie sich wieder im Garten ihres Traumes wandeln, gestreichelt von den weichen Blättern, geküsst von tausend Blütenkelchen.

Sie war nicht allein in der Kammer.

Sinaida wirbelte herum.

Wo die Dunkelheit zwischen Außenwand und Türspalt am dichtesten war, inmitten eines Geflechts aus Schatten, stand eine Gestalt.

Sie widerstand dem Reflex, nach dem Vorhang zu greifen, um damit ihre Blöße zu bedecken. Stattdessen strafft sie ihren Körper und machte entschieden einen Schritt nach vorn.

»Shadhan«, sprach sie ihn an, so beherrscht, wie sie es unter den Umständen zuwege brachte. »Was tust du hier?«

Der alte Gelehrte verharrte schweigend in der Finsternis. Sie erahnte ihn mehr, als dass sie ihn sah, und sie fragte sich, ob er genoss, was er erblickte.

»Ich habe dir eine Frage gestellt«, sagte sie.

»Er hat ihn dir gezeigt, nicht wahr?« Sie fand, dass seine Stimme alt klang. Alt und brüchig, aber nicht weniger bedrohlich. Hatte er schon immer so geklungen, auch damals, als er nur der Bibliothekar der Burg gewesen war?

»Was gezeigt, Shadhan?«

»Den Garten.«

Kaltblütig überspielte sie ihr Zögern mit einem Lächeln. »Nur der Herr der Nizaris darf den Garten sehen, das weißt du.«

»Er hat ihn Kasim gezeigt. Und dir.«

»Nein.«

»Lüg mich nicht an.« Sein Tonfall gewann an Schärfe. »Damit bringst du Schande über dich, und auch über Khur Shah.«

»Was würde Khur Shah wohl sagen, wenn er wüsste, dass du nachts in sein Schlafzimmer eindringst? Das Zimmer, in dem seine Frau auf seine Rückkehr wartet – allein und unbekleidet.«

»Er hätte das Recht, mich dafür töten zu lassen«, entgegnete der Weise unbeeindruckt. Genau wie dich.«

»Wohl kaum«, erwiderte sie abfällig, aber insgeheim war sie nicht sicher, ob er vielleicht die Wahrheit sagte.

»Er könnte uns beide hinrichten lassen«, sagte Shadhan, »das wäre sein Recht als betrogener Ehemann.«

»Das ist lächerlich. Khur Shah würde niemals annehmen, dass ich mit dir –«

»Nein«, stimmte Shadhan ihr zu, »das würde er nicht. Aber möglicherweise müsste er sich dem Willen seiner Untertanen beugen. Du bist eine Fremde, Sinaida. Noch dazu eine Frau aus dem Volk, das tausende Nizaris in diesen Bergen hingerichtet hat. Denkst du wirklich, sie würden dir glauben? Dass sie dir glauben *wollen*?«

»Warum bist du hergekommen?«

»Ich will wissen, was du gesehen hast, Sinaida.« Er machte einen einzelnen Schritt nach vorn, und die Schatten schienen ihm zu folgen wie ein Mantel aus Dunkelheit. Noch immer sah sie nur seine Silhouette, die Form seines weiten Kaftans. Sein silbergraues Haar, sein schwarzer Bart – all das wurde eins in der Finsternis, so unsichtbar wie seine dunklen, stechenden Augen. Trotzdem spürte sie seine Blicke wie Messer, die ihre Gefühle sezierten.

»Khur Shah hat dir eine Antwort gegeben, als du ihn gebeten hast, dir den Garten zu zeigen«, sagte sie. »Sicher verlangst du nicht von mir, mich über das Urteil meines Mannes zu erheben.«

Sie hörte ihn Luft holen, scharf und pfeifend, wie der Atem eines Kranken. »Er hat ihn mir all die Jahre verwehrt, doch dir hat er ihn gezeigt.«

»Du selbst hast mich in diese Burg geholt, Shadhan.«

»Vielleicht war das ein Fehler.«

»Ich habe dich für einen Mann gehalten, der zu seinen Entscheidungen steht. Du bist oft bei Hulagu im Lager. Über was redest du mit ihm? Was rätst du ihm?« Plötzlich überkam sie die Furcht, dass er aus Rache für die Verweigerung des Gartens Khur Shahs Tod empfohlen haben könnte. Hulagu hatte Respekt vor den Nizaris, und gewiss galt ihrem weisesten Gelehrten seine Achtung. Erst recht, wenn dieser Gelehrte ihm anböte, in Zukunft sein Berater zu sein, nicht mehr jener des Nizarifürsten.

Sie wusste es, ohne es beweisen zu können: Shadhan hatte sie verraten. Khur Shah, sie selbst, alle überlebenden Nizaris – Shadhan hatte sie den Mongolen ausgeliefert.

»Bagdad«, flüsterte sie tonlos.

Er erwiderte nichts.

»Das ist es, nicht wahr?« Sie spürte, wie ihre Knie bebten. Ihr wurde noch kälter. »Hulagus Ziel ist schon seit langem Bagdad. Er will die Abbasiden vom Kalifenthron stoßen. Hat er dir ihre Bibliothek versprochen, Shadhan? Im Austausch für das Wissen der Nizaris? Für deinen Verrat an Khur Shah?«

»Du wirst überleben, Sinaida«, wisperte er, und nun kam es ihr vor, als stünde er direkt neben ihr und flüstere ihr ins Ohr. Dabei sah sie ihn doch noch immer dort drüben vor der Wand stehen. »Du wirst leben, wenn du mir gibst, was Khur Shah mir vorenthält. Ich habe es verdient. All die Jahre auf dieser Burg, all die Jahre allein in der Bibliothek. Die zahllosen Tage und Nächte, in denen ich die Gesetze der Nizaris geformt und verfeinert habe ... all die Mühen, die Entbehrungen. Ich habe es verdient, alles zu erfahren. Die ganze Wahrheit über den Garten der Alten vom Berge.«

»Und du bist in keinem deiner Bücher auf sie gestoßen?«

»In keinem«, sagte er. Ihr war, als spüre sie seinen Atem auf ihrer Wange. »Kein Geheimnis in diesen Mauern wird besser gehütet, an keinem anderen bin ich so oft gescheitert.« Er atmete wieder ein, und es klang, als öffnete sich irgendwo ein Fenster, durch das ein peitschender Luftzug wehte. »Du wirst es mir sagen, Sinaida.«

»Du drohst mir?«

»Ich drohe dir nicht mit dem Tod, denn das kann ich nicht.« Natürlich nicht, sie war immer noch Doquz' Schwester. »Doch ich verspreche dir endloses Leid, endlosen Seelenschmerz. Und wenn du stirbst, dann nicht durch eine Klinge, sondern durch die Qual in deinem Herzen. Du wirst dir wünschen, tot zu sein.«

»Verschwinde«, flüsterte sie. »Hinaus aus dieser Kammer. Und hinaus aus dieser Burg.«

»Tu das nicht.«

»Ich bin die Frau des Nizarifürsten. Ich bin die Schwägerin des Il-Khans. Und ich befehle dir, auf der Stelle zu verschwinden. Lass dich nicht mehr hier blicken, und wage es nie wieder, das Wort an mich zu richten.« In ihr brannte der Wunsch, ihn mit ihren bloßen Händen zu töten, jetzt und hier; und eine Stimme wisperte ihr zu, dass dies vielleicht die letzte Möglichkeit war. Die allerletzte Möglichkeit, bevor seine Drohungen wahr wurden.

Die dunkle Gestalt in den Schatten glitt wie ein Gespenst zur Tür hinüber. Er ließ ihr nicht die Zeit, dem Drängen in ihrem Inneren nachzugeben.

Er sagte etwas, das sie nicht verstand, vielleicht, weil es Worte aus einer anderen, älteren Sprache waren; sprach es, öffnete die Tür und huschte lautlos hinaus. Die Fackeln auf dem Gang erloschen, ihr triefendes Licht wurde von einem Herzschlag zum nächsten von Finsternis verschluckt.

Draußen vorm Fenster schimmerte die Welt im Mondlicht.

Die wahre Nacht aber befand sich hier in der Burg. Eben noch in Sinaidas Kammer, wehte sie jetzt durch die steinernen Fluchten Alamuts, wehte wie Wind, wie Krankheit, wie Schwingenschlag.

Sinaida riss den Vorhang herab und hüllte sich in seine seidenen Bahnen. Aber es war nicht die Blöße ihres Leibes, die sie verbarg. Es war die wunde Nacktheit ihres Herzens.

Sie betete für sich und für Doquz.

Sie betete für Khur Shah.

~

Es dämmerte bereits, als sie sich auf den Weg machte.

Einsam wanderte sie den gewundenen Pfad durch die Felsen hinab. Folgte sie zu Anfang nur ihren Befürchtungen, den dunklen Vorahnungen, die sie plagten, so war es doch bald der Schein eines großen Feuers in der Ferne, der sie leitete. Der Gestank von brennendem Menschenfleisch.

Schließlich rannte sie fast, und als die ersten Wachen versuchten sie anzuhalten, damit sie sich zu erkennen gäbe, war sie drauf und dran, sie niederzuschlagen. Die Fertigkeiten, die Kasim ihr beigebracht hatte, reichten allemal dazu aus. Stattdessen aber zeigte sie den Männern ihr Gesicht. Die Wächter erkannten sie und ließen sie passieren.

Sie konnte nur an Khur Shah denken, während sie den Wegen zwischen den Jurten und Zelten folgte, niedergebrannte Lagerfeuer umrundete, dem Schein anderer auswich und versuchte, sich so rasch und unauffällig zu bewegen, dass niemand auf sie aufmerksam wurde. Ihre Fähigkeiten waren nur ein Abglanz jener, die ein echter Nizari beherrschte, aber sie reichten aus, den meisten Blicken zu entgehen. Und wenn doch jemand sie wahrnahm, dann sah er in ihr nur eine Frau, die sich gegen die Kälte in dunkle Gewänder hüllte.

Dennoch zweifelte sie nicht daran, dass längst ein Läufer unterwegs war, um Hulagu und Doquz von ihrer Ankunft in Kenntnis zu setzen.

Der Feuerschein schwebte wie eine glühende Kuppel über einem weiten Platz, mehrere Bogenschussweiten vom Zelt des Il-Khans und seines Weibes entfernt. Er beleuchtete eine nahe

Felswand, zeichnete bizarre Schattenspiele übergroß auf das Gestein wie Scherenschnitte verwachsener Riesen. Die Formation der Wachen vor Hulagus Zelt zeigte ihr, dass er und Doquz nicht anwesend waren. Sie mussten bei den Feuern sein. Dort, wo die Menschen brannten.

Sie schwitzte unter ihrem Gewand, ihr Atem ging viel zu schnell. Beherrsche dich, schien die Stimme Khur Shahs in ihren Gedanken zu flüstern. Halte deine Gefühle unter Kontrolle. Sei die Nacht, der Wind, das eherne Gestein der Berge.

Aber sie war nichts von alldem, nur eine Frau, die um das Leben ihres Mannes fürchtete, die verzweifelt gegen ihre Panik ankämpfte und zerrissen war zwischen Angst und Wut und loderndem Hass.

Der große Platz, auf dem sonst Reiterwettkämpfe und Truppenübungen stattfanden, war trotz der frühen Morgenstunde von Tausenden von Menschen bevölkert. Sie bildeten einen weiten Ring um eine offene Fläche. Es gab nur eine einzige Schneise, die durch das Gewimmel dorthin führte.

Sinaida war sicher, dass ihr Schwager mittlerweile wusste, dass sie im Lager war. Es gab keinen Grund mehr, sich zu verstecken, und sie verzichtete darauf, sich durch die Menge zu drängen. Stattdessen ging sie allein durch die Gasse, deren Ränder von Wachen flankiert wurden, damit die Umstehenden den Spalt nicht schlossen. Viele Blicke folgten ihr, als sie zügig dahinschritt, doch niemand vertrat ihr den Weg oder sprach sie an. Sie hatte das Tuch, das sie zuvor wie einen Schleier umgelegt hatte, abgenommen, und nun konnte jeder sie erkennen.

Kein Krieger hätte es gewagt, sie aufzuhalten. Wie der gestaltgewordene Tod glitt sie in ihrem schwarzen Gewand an den Menschen vorüber, die Augen starr geradeaus gerichtet auf das Fanal aus Flammen, das in der Mitte des Platzes nach den Sternen leckte.

Mindestens drei Dutzend Kreuze waren aus diagonalen

Balken aufgerichtet worden, angeordnet in einem weiten Ring. Daran hingen Männer, gefesselt an Waden und Handgelenken, die Gesichter zur Masse der Zuschauer gerichtet. Sie alle waren Nizaris, unbekleidet bis auf ein Lendentuch. Drahtige, muskulöse Körper; schwarzes langes Haar und kurz geschnittene Bärte; wilde, aber auch zornige Blicke, mit denen sie wie Bogenschützen einzelne Gesichter in der Menge fixierten und ihre ganze Konzentration auf diesen einen Mann, auf diese eine Frau richteten. Denn auch dies gehörte zur Lehre der Nizaris: Im Angesicht einer Übermacht wähle dir immer einen einzelnen Feind, ganz gleich, wie viele an seiner Seite stehen; richte all dein Streben auf seine Niederlage, denn dann werden dir weder die Zahl noch die Überlegenheit deiner Gegner Respekt abringen.

Jedes zweite Kreuz brannte lichterloh.

Die Männer, die daran hingen, waren längst tot. An den Handgelenken waren die Fesseln verbrannt, aber geschmolzenes Fleisch ließ die Arme weiterhin am Holz kleben. Ihre abgeklappten Hände tanzten auf der heißen, wabernden Luft und machten winkende Bewegungen. Von allen Körpern troffen brennende Haut und Fett in die Flammen. Die lebenden Männer an den benachbarten Kreuzen spürten die Hitze von rechts und links; sie musste beinahe so unerträglich sein wie die Gewissheit, dass ihnen das gleiche Schicksal bevorstand. Und doch schrien sie nicht, keiner bettelte um Gnade. Umwabert von Hitze und Hass erwarteten sie ihren Tod.

Sinaida hatte viele solcher Hinrichtungen mit angesehen. Sie hatte selbst schon auf der niedrigen Tribüne gesessen, die bei solchen Anlässen für Hulagu und sein Gefolge am Rand des Platzes errichtet wurde. Im Augenblick waren der Il-Khan und seine Befehlshaber hinter den lodernden Feuern nicht zu sehen, aber Sinaida wusste, dass sie dort waren und zusahen.

Als sie den Platz betreten hatte, blieb sie für einen Augenblick stehen und suchte die Blicke der Nizaris an den Kreuzen, doch keiner beachtete sie. Jeder Einzelne war ganz auf seinen imaginären Gegner in der Menge konzentriert, wartete auf den Tod.

Die Zuschauer wurden auch zum Platz hin von Wächtern auf Distanz gehalten. Es gab keinen Jubel, keine verächtlichen Rufe, nicht einmal von den Kindern, die sich zwischen den Beinen der Erwachsenen drängten. Alle verfolgten die Hinrichtung mit ernsten Gesichtern.

Sinaida überwand ihre Abscheu und ging am Rand des Platzes entlang. Unbeschreiblicher Gestank von kochenden Körpersäften und verkohlten Knochen raubte ihr den Atem. Mit erhobenem Haupt, scheinbar unbeteiligt, umrundete sie die Feuer, drei, vier Schritt von den Wachen am Rand der Menge entfernt. Wieder folgten ihr zahllose Blicke, während sie selbst sich alle Mühe gab, nicht zu den Kreuzen emporzuschauen, aus Angst, dort den Mann zu entdecken, um dessen Leben sie mehr fürchtete als um ihr eigenes.

Es war ein Gang, der kein Ende zu nehmen schien. Mehrfach glaubte sie, ihre Kräfte würden sie verlassen, und ihr war, als müsste sie Khur Shahs Namen brüllen und auf seine Antwort warten, nur um zu hören, dass es ihm gut ging, dass er keiner von denen war, die dort oben zu grotesken Stockpuppen aus Asche und Schlacke verglühten.

Endlich nahm sie die letzte Biegung und sah die Tribüne des Il-Khans zu ihrer Linken liegen, mit Fellen und Teppichen geschmückt. Sie entdeckte Hulagu, links daneben Doquz. Shadhan war nirgends zu sehen. Es saßen auch mehrere Berater und Unterführer auf den Rängen, einige ihrer Frauen und Kinder, des Weiteren eine Hand voll Schamanen, die Hulagu nur dann an seine Seite einlud, wenn ihm nach dem Beistand der Geister zumute war.

Khur Shah saß auf einem Platz zu Hulagus Rechten.

Sinaida stolperte, als für die Dauer eines Herzschlags ihre Knie vor Erleichterung nachgaben.

Er hatte sie noch nicht bemerkt. Wie aus Stein gemeißelt saß er da, sehr gerade und aufrecht, ohne jedes Mienenspiel. Er blinzelte nicht einmal angesichts der Flammenglut und der Hitze, als hätte er abgeschlossen mit seinen eigenen Gefühlen, vollkommen konzentriert auf das Leiden seiner Brüder an den Kreuzen.

Während Sinaida auf die Tribüne zulief, löste sich ein Pulk aus Fackelträgern vom Fuß des Podest und schwärmte aus. Sinaida kreuzte ihren Weg, und ihr Blick begegnete dem eines jungen Mongolen, der in seiner Rechten eine lodernde Fackel hielt. Er verharrte kurz, ließ sie passieren und setzte seinen Weg fort. Die Männer schwärmten um den gesamten Platz aus, jeder bezog Stellung vor einem der Gekreuzigten. Sie hoben die Fackeln über die ölgetränkten Bündel aus Zweigen und Stroh, die am Fuß der Kreuze aufgeschichtet waren, warteten aber noch ab. Dann drehten sich alle gleichzeitig zur Seite und blickten auf den Fackelträger zu ihrer Linken, bis der gesamte Kreis durch Blicke miteinander verbunden war.

Sinaida kannte den weiteren Ablauf, Dutzende Male hatte sie ihn schon mit angesehen: Sobald Hulagu das Kommando gab, setzte der erste Mann sein Opfer in Brand, gefolgt vom Nächsten in der Reihe, einer nach dem anderen, bis schließlich alle ihre Fackeln in das Reisig gestoßen hatten.

»Khur Shah!«, rief sie. Doch das einzige Gesicht, das sich ihr zuwandte, war das von Doquz. Ihre Augen weiteten sich unmerklich, und einen Herzschlag lang sah es aus, als wollte sie aufspringen und ihrer jüngeren Schwester entgegeneilen. Dann aber zuckte sie merklich zusammen: Hulagu hatte seine linke Hand über ihre rechte geschoben und gemahnte sie wortlos, an ihrem Platz zu bleiben. Also hatte auch er Sinaida bemerkt, wenngleich er nicht in ihre Richtung schaute.

Und Khur Shah? Er musste sie doch sehen!

Im Laufen folgte sie seinem Blick zum Kreis der Verdammten, und erst jetzt erkannte sie, wen Khur Shah da anstarrte, wessen Blick er mit dem seinen festhielt, als wäre er selbst der ärgste Feind jenes Nizari, der dort am Kreuz auf seinen Feuertod wartete.

Es war Kasim. Sinaidas Lehrmeister, der sie monatelang in die Mysterien der Nizaris eingewiesen hatte. Jener Mann, der im Namen seines Meisters um ihre Hand angehalten hatte. Seine Augen waren fest auf seinen Herrn gerichtet. Da wurde ihr klar, dass es Khur Shah war, der diesen Blickkontakt wollte, nicht Kasim. Khur Shah fühlte sich verantwortlich für den Tod dieser Männer. Er hatte die Hinrichtung nicht verhindern können. Er fühlte sich als Verräter an seinem eigenen Volk, nicht stark genug, sie zu retten. Er wollte, dass Kasim ihn zu seinem Todfeind erwählte, in diesen letzten schmerzlichen Augenblicken.

Hasse mich!, schien sein Blick Kasim entgegenzuschreien. *Wähle mich als deinen ärgsten Feind, deinen verhasstesten Gegner! Nichts Besseres habe ich verdient!*

Nie war Sinaida die Grausamkeit Hulagus deutlicher vor Augen getreten als in diesem Moment. Wie viele Hinrichtungen hatte sie mitangesehen, wie viele Opfer seines endlosen Kriegszugs waren vor ihren Augen gestorben? Manchmal hatte sie Mitleid empfunden, meist aber gar nichts. Sie war zu einem Leben in der Großen Horde erzogen worden. Von Kindheit an hatte man sie mit dem Sterben, dem Töten, dem Untergang ganzer Völker vertraut gemacht.

Doch heute, im Angesicht dieses Zirkels aus brennenden Leibern, erkannte sie die Wahrheit. Über Hulagu, über sich selbst, über ihr ganzes bisheriges Leben.

Sie stieß zwei der Wachen des Il-Khans auseinander und stieg zwischen ihnen auf die Tribüne. Mit drei, vier raschen Schritten war sie bei Khur Shah.

Noch immer sah er sie nicht an. Aber sie wusste jetzt, dass das nichts mit ihr zu tun hatte. Er wollte die Verbindung zu

Kasim nicht unterbrechen, jenen stummen Austausch von Gedanken, Gefühlen und Vorwürfen.

Hulagu hob die Hand – und ließ sie sinken.

Eine Feuersäule schoss um den Mann links von Kasim empor, als der Fackelträger zu seinen Füßen das Stroh entzündete. Gleich darauf senkten sich reihum die Fackeln, ein Strohbündel nach dem anderen ging in Flammen auf, während das Feuer sofort auf die Streben der Kreuze und die Verurteilten übergriff. Fauchend fuhr ein Flammeninferno nach dem anderen in den Himmel, umtanzt von Schwärmen aus Funken, zu denen sich dichter Qualm gesellte, sobald das Feuer auf Haut und Haare übergriff.

»Nein!«, schrie Sinaida und wollte sich vor Hulagu auf die Knie werfen. Doch ein Turgaude, einer der Leibwächter des Il-Khans, vertrat ihr den Weg.

»Doquz!«, wandte sie sich flehend an ihre Schwester. »Kasim ist mein Freund!«

Doquz hatte Tränen in den Augen, als sie den Blick senkte. Sicher hatte sie versucht, ihren Gemahl umzustimmen. Vergebens.

»Bei Gott, Hulagu!«, schrie Sinaida wie von Sinnen, während der Turgaude versuchte, sie zurückzudrängen. »Ich flehe dich an, verschone Kasim!«

Hulagu achtete nicht auf sie.

»Geh!«, forderte der Turgaude mit einer Hand auf dem Säbelgriff.

Sinaida löste ihren Blick widerwillig von dem verhassten Gesicht des mongolischen Kriegsherrn, erkannte den Turgauden, der früher ihr Freund gewesen war – und handelte so schnell, dass er sein Ende nicht kommen sah. Mit einem zornigen Aufschrei rammte sie die ausgestreckte Hand vor, zielsicher in die schutzlose Stelle unter seinem Brustbein. Er schnappte nach Luft, sank in die Knie, seine Hände griffen ins Leere, und im nächsten Augenblick hatte sie seinen Schädel gepackt und brach ihm mit einer kurzen, kaum sichtbaren Bewegung das Genick.

Im Hintergrund wanderte die Kette der Flammensäulen einmal um den Platz, von einem Kreuz zum nächsten. Noch fünf Verurteilte, ehe Kasim als Letzter an der Reihe war.

Im selben Augenblick, als der tote Turgaude zusammenbrach und drei andere auf Sinaida zuschnellten … im selben Augenblick, als Hulagu erkannte, was sie getan hatte, und sie aus dem Augenwinkel Shadhan entdeckte, unten am Rand der Menschenmenge, mit einem zufriedenen Lächeln in ihre Richtung … im selben Augenblick, da auch Khur Shahs Züge zerflossen vor Leid und wohl auch vor Angst um ihr Leben … in eben jenem Augenblick, da dies alles zugleich geschah, fing Kasims Scheiterhaufen Feuer.

Sinaida sah die Flammen um seinen Körper emporsteigen. Dann packten die Turgauden sie und schleuderten sie zu Boden, während Khur Shah von seinem Platz federte, um ihr zu Hilfe zu kommen, Doquz einen gequälten Schrei ausstieß und Hulagu weiterhin regungslos dasaß, mit versteinerter Miene auf seinem Thron, umspielt vom Glanz der prasselnden Menschenfeuer.

~

Sinaida blinzelte in die Helligkeit, als das Fell am Eingang der Jurte beiseite geschlagen wurde. Die Silhouette ihrer Schwester wirkte vor dem gleißenden Tageslicht noch schmaler als sonst. Doquz hatte ein schlichtes hellbraunes Kleid angelegt, ohne Verzierungen oder andere Zeichen ihrer Würde. Einer der Krieger, die draußen Wache hielten, wollte mit eintreten, um die Frau des Il-Khans vor ihrer Schwester zu schützen, doch Doquz schickte ihn fort. Der Vorhang fiel wieder zu. Erneut wurde Sinaida von mattem Dämmerlicht umfangen.

»Hulagu verzichtet darauf, dich zu bestrafen«, sagte Doquz

und setzte sich ihr gegenüber auf ein Lager aus Kamelhaardecken.

Sinaida schwieg. Sie saß mit angezogenen Knien auf den Decken, den Rücken gegen eine der Stützstangen gelehnt, und blickte ins Leere.

»Er hat dich begnadigt«, versuchte Doquz es erneut. Sie sah aus, als würde sie jeden Augenblick in Tränen ausbrechen, und sie schien sich nichts mehr zu wünschen, als ihre jüngere Schwester in die Arme zu nehmen. »Hörst du mir zu?«

Sinaida bewegte mit einem Ruck den Kopf in Doquz' Richtung. »Ich bin nicht taub.«

Erleichterung erstrahlte auf Doquz' Zügen, und nun lief ihr tatsächlich eine Träne über die rechte Wange. »Sie haben gesagt, du wärst … verwirrt. Dass du mit niemandem redest und dein Verstand von Geistern besessen ist, und dass –«

»Etwas Besseres ist ihnen nicht eingefallen?« Sinaida stieß ein verächtliches Schnauben aus. »Natürlich. Hulagu könnte niemals zugeben, dass die Schwester seines geliebten Weibes sich aus freien Stücken gegen ihn gewandt hat.« Doquz wollte etwas sagen, doch Sinaida fuhr ihr grob über den Mund: »Damit niemand auf die Idee kommt, dass so etwas überhaupt möglich ist, nicht wahr? Rebellion, ein Aufstand in der eigenen Familie. Undenkbar.« Sie packte wutentbrannt einen Tonkrug mit Wasser, den man ihr vor einer Weile gebracht hatte, und schleuderte ihn gegen die Zeltwand. Sofort stürmten zwei Wächter mit gezogenen Waffen herein, doch Doquz schickte sie gereizt wieder fort.

Gleichgültig sah Sinaida zu, wie ihre Schwester näher an sie heranrückte und ihre Hand ergriff. »Du solltest ihn nicht verurteilen.«

Sinaida entzog ihr die Finger. »Weil meine Schwester für diesen Mörder die Beine breit macht?«

Doquz versetzte ihr eine Ohrfeige.

Sinaida ignorierte den Schmerz in ihrer Wange und hielt

Doquz' Blicken stand. »Khur Shah hat sich ihm ergeben«, sagte sie. »Er hat kapituliert, mit all seinen Leuten. Wenn Hulagu jetzt behauptet, die Nizaris bereiteten eine Verschwörung gegen ihn vor, dann ist das eine Lüge. Und warum? Weil er sie immer noch fürchtet und sie nicht in seinem Rücken wissen will, wenn er sich auf den Weg nach Bagdad macht.«

»Hulagu ist auch dein Herr, Sinaida.«

»Khur Shah ist mein Fürst und mein Ehemann. Ich gehöre jetzt zu seinem Volk, nicht mehr zu … deinem.«

Doquz schüttelte den Kopf, weil sie wohl einsah, dass dieses Gespräch zu nichts führte. Sie schaute zum Eingang und senkte die Stimme. »Wenn es so wäre, wie du sagst, dann hast du selbst Hulagu heute Morgen eine neue Waffe in die Hand gegeben. Das Weib des Nizarifürsten hat vor den Augen aller einen Leibgardisten des Il-Khans ermordet. Damit hast du *dein Volk* ans Messer geliefert. Ist dir das klar?«

Doquz' Stimme war so eindringlich geworden, dass sie allmählich durch Sinaidas Panzer aus Zorn und Selbstverleugnung drang. Ihre Schwester hatte Recht. Sinaida war blindlings in die Falle gelaufen, die Shadhan ihr gestellt hatte. Erst hatte er Hulagu überredet, Kasim und die anderen als angebliche Verschwörer hinzurichten, um damit Khur Shah zu schwächen; dann hatte er Sinaida bedroht und sie dazu gebracht, hinunter ins Lager zu laufen, die Hinrichtung mit anzusehen und mit ihrem Angriff den Beweis für den ungebrochenen Widerstand der Nizaris zu geben. Sie selbst, die Fürstin auf Burg Alamut, hatte Khur Shahs Volk durch ihre Tat den Todesstoß versetzt.

Für die Mongolen war sie zu einer wahnsinnigen Attentäterin geworden, so als wäre der Wille zum Meuchelmord eine Krankheit, mit der man sich in den Mauern Alamuts ansteckte wie mit einem Fieber.

»Wie geht es Khur Shah?«, fragte sie leise. Sie spürte, wie die Verbitterung von ihr abfiel. Verzweiflung und Angst kämpften sich an die Oberfläche.

Doquz senkte den Blick.

Sinaida packte sie an den Schultern. »Was ist geschehen? Ist er – «

»Nein«, entgegnete Doquz eilig. »Ihm wurde kein Haar gekrümmt.«

Sinaida atmete auf. »Kann ich ihn sehen?«

»Ich fürchte, nein.«

»Aber – «

»Er ist nicht mehr hier.«

»*Was?*«

»Er ist vor einigen Stunden aufgebrochen.«

Sinaidas Kehle verengte sich. »Wohin?«

Doquz schloss einen Herzschlag lang die Augen. »Er hat es selbst angeboten. Er ist ein mutiger Mann. Hulagu hat – «

»*Wohin?*«

Ein langes Zaudern. »Nach Karakorum.«

Sinaida sackte in sich zusammen. Ihre Hände glitten von Doquz' Schultern, ihr Kopf sank nach vorn. Ihr langes schwarzes Haar schloss sich vor ihrem Gesicht. »Das ist Wahnsinn.«

»Der Großkhan wird ihn anhören«, sagte Doquz eilig. »Möngke ist ein gestrenger Herrscher, aber er wird ihm zuhören. Khur Shah wird Gelegenheit bekommen, die Wahrheit über den Überfall der Nizaris auf Karakorum darzulegen und um Vergebung für sein Volk zu bitten.«

Sinaidas Stimme klang rau und tonlos. »Er wird niemals in Karakorum ankommen.«

»Hulagu hat – «

»Selbst wenn Hulagu keine Mörder auf Khur Shah angesetzt haben sollte, die ihn unterwegs beseitigen, müssen er und seine Begleiter auf dem Weg nach Osten tage-, vielleicht wochenlang an den Flanken der Großen Horde vorüberziehen.« Sinaidas Hände hatten sich in die oberste Kamelhaardecke gekrallt. »Unterwegs gibt es zu viele Häuptlinge, zu viele niedere Befehlshaber, die es sich kaum entgehen lassen werden, den Kopf des Nizarifürsten zu erbeuten und Möngke persönlich zu Füßen zu legen. Das *weißt* du.«

Doquz schüttelte erbittert den Kopf. »Hulagu hat Befehl gegeben, ihm nichts anzutun.«

»Und wen wird das interessieren? Mit jedem Tag, den man an der Großen Horde entlangreitet, wird die Macht des Il-Khans geringer. Die Stämme sind verfeindet, nur die Treue gegenüber Karakorum hält sie zusammen. Nicht jeder liebt Hulagu. Und Khur Shahs Kopf ist eine Trophäe, die den Häuptlingen gerade recht kommt, um damit dem Großkhan gefällig zu sein.« Sie hatte Mühe, weiterzusprechen. Um Khur Shah würde ein regelrechter Wettkampf entbrennen. Und sie war sicher, wusste es mit aller Gewissheit, dass Hulagu dies einkalkuliert hatte.

Hulagu – oder Shadhan.

Immer wieder Shadhan.

Sie sprang auf, schwankte und musste die Erniedrigung über sich ergehen lassen, von Doquz aufgefangen und gestützt zu werden. Widerspenstig riss sie sich los.

»Ich reite ihm nach!«

»Nein, das wirst du nicht.« Doquz' Tonfall hatte an Kraft gewonnen, ihre Worte waren kein Flehen, sondern eine Feststellung. »Du bist freigesprochen von deiner Schuld, aber du wirst Alamut nicht verlassen. So lautet Hulagus Befehl. Und noch etwas, Sinaida: Wenn du deinem neuen Volk eine gute Herrscherin sein willst, dann ist es deine Pflicht, an seiner Seite zu stehen und nicht freiwillig in dein Verderben zu reiten.«

Sie kamen besser voran, als sie erwartet hatten. Acht Tage brauchten sie, nachdem sie die beiden Bauernsöhne mit ihren Schlitten heimgeschickt hatten. Acht Tage vom Ufer des Rheins zum Ufer der Donau, durch die Täler des Schwarzwalds und über die Höhen der Schwäbischen Alb.

Trotz ihrer Schnittwunden und Hundebisse.

Trotz ihres Gefangenen.

Gabriel von Goldau stolperte hinter einem der beiden Maultiere her, die Albertus auf einem Bauernhof südlich von Karlsruhe gekauft hatte. Aelvin und Libuse hatten ihm die Arme an den Oberkörper gefesselt, mit einem festen Strick, den sie ihm lieber um den Hals gelegt hätten. Doch Albertus war dagegen, ihn zu töten.

Libuse war einsilbig und blass und hielt sich von Gabriel fern. Aelvin wunderte sich über ihre Beherrschung.

Corax hingegen ließ keine Stunde verstreichen, in der er nicht polternd Gabriels Tod forderte. Mehr als einmal war erbitterter Streit zwischen ihm und Albertus über das Schicksal des Gefangenen ausgebrochen.

»Warum willst du ihn am Leben lassen?«, wollte Corax wissen, und Aelvin fand, dass dies eine berechtigte Frage war. »Warum sollen wir uns mit ihm abplagen und ihm vielleicht noch die Möglichkeit geben, die anderen auf unsere Spur zu locken?«

Albertus hielt dagegen, dass Gabriel ihr einziges Faustpfand war, falls die Wolfskrieger sie tatsächlich einholen sollten.

Aelvin fand all das durchaus nachvollziehbar – und doch erschien es ihm nicht ausreichend, um die Mühsal eines Gefangenentransports zu rechtfertigen. Acht Tage stapften sie über verschneite Händlerstraßen, was beschwerlich genug gewesen wäre, ohne jederzeit darauf achten zu müssen, dass sich ihrer Geisel keine Möglichkeit zur Flucht bot.

Gabriels Oberkörper war unter seiner Fellkleidung straff mit dem Strick umwickelt, und einem oberflächlichen Beobachter mochte nicht auffallen, dass die Arme des Mannes keineswegs in seinen Ärmeln steckten, sondern unter Jacke, Wams und Mantel zusammengeschnürt waren. Die gebrochenen Finger hatten sie einigermaßen fest umwickelt, aber nicht geschient, und allen war bewusst – auch wenn sie nie darüber sprachen –, dass sie Gabriel damit zum Krüppel machten.

Die Beine konnten sie ihm nicht binden, denn laufen musste er aus eigener Kraft. Ein Knebel gar, wie sie ihn anfangs erwogen hatten, hätte zu viel Aufmerksamkeit erregt, selbst in einer so einsamen Gegend und um diese Jahreszeit. Zugute kam ihnen, dass ihr Gefangener seit der Nacht in der Herberge kein Wort mehr gesprochen hatte. Beharrlich schwieg er auf jede Frage, bis selbst Albertus aufgab und ihn fortan in Ruhe ließ.

Sie übernachteten in Schutzhütten und zwei Mal in den Scheunen einsamer Gehöfte, mieden aber jeden Gasthof oder andere Orte, an denen ihnen zu viele Menschen begegnen mochten. Um alle Städte und Ortschaften machten sie einen großen Bogen, was sie um einen Tag zurückwarf, dafür aber gewährleistete, dass Gabriel keine unverhoffte Unterstützung bei reisenden Rittern oder Vertretern der Obrigkeit fand.

Seine Anwesenheit belastete die Stimmung in der Gruppe erheblich, ganz gleich, welche Argumente Albertus auch für sein Bleiben finden mochte. Corax kochte vor Zorn, während Aelvin unwohl war, weil er dem Mann auch gefesselt jedwede List und Schandtat zutraute. Favola blieb Gabriel so fern wie nur möglich, sprach nie mit ihm, beschimpfte ihn auch nicht, obgleich sie wusste, dass sie ihm die Wunde in ihrer Schulter zu verdanken hatte und ihre Schwestern im Kloster den Tod. Albertus schien ihn nach den ersten Tagen beinahe vergessen zu haben, ließ nur dann und wann seine Fesseln kontrollieren oder achtete darauf, dass Libuse ihren Vater nicht in seine Nähe führte; insgesamt aber schenkte er Gabriel kaum mehr Beachtung als den beiden Maultieren, die sie stoisch durch die Winterlandschaft begleiteten. Während der ganzen Tage sah Aelvin Albertus kein einziges Mal die Karte des Jüngers entrollen, womöglich weil er ihrem Feind keinen Hinweis auf die Existenz der uralten Wegbeschreibung geben wollte.

Die meiste Zeit über blieb Aelvin in Favolas Nähe, unterhielt sich leise mit ihr, wenn sich die Möglichkeit bot, und beschränkte sich während der übrigen Stunden darauf, ein Auge auf sie zu haben und darauf zu achten, dass Gabriel niemals näher als zehn Schritt an sie und die Lumina herankam.

~

Die Ereignisse in der Herberge am Rheinufer ließen Libuse keine Ruhe. Wieder und wieder ließ sie sie an ihrem inneren Augen vorüberziehen. Der Marsch durch den Schnee war zu einem einförmigen Schritt-um-Schritt-um-Schritt geworden, der Anblick der bewaldeten, tief verschneiten Berge zu beiden Seiten der Talwege bot keine Ablenkung, und Albertus' glorreicher Einfall, Gabriel mitzuschleppen, hielt sie alle davon ab, offene Gespräche über ihr Ziel, ihre Reise oder ihre Gefühle zu führen.

Wenn sie die Augen schloss, sah sie sich wieder die Tür aufstoßen, sah ihren Vater mit dem erhobenen Schwert in der

Hand, Favola zusammengekauert in einer Ecke ihres Lagers und den Wolfsritter, wie er mit dem Messer in der Rechten auf das Mädchen zuwankte, die schlaffe Linke neben sich baumelnd wie das Körperglied eines Toten. Der Hundeangriff schleuderte Libuse gegen ihren Vater. Er kam nicht dazu, den Schwerthieb auszuführen, krachte seinerseits mit ganzem Gewicht gegen Gabriel und begrub ihn unter sich. Und während der Scherge des Erzbischofs noch versuchte, sich von dem blinden Ritter, dem Mädchen und dem tobenden Hund zu befreien, sprang Favola vom Bett, holte mit dem Fuß aus und trat ihm mit aller Kraft gegen die Schläfe.

Wenig später hatten die beiden Brüder, denen Gabriel in der Tat kein Haar gekrümmt hatte, das Rudel wieder unter ihre Kontrolle gebracht. Libuse, Aelvin und Albertus waren mit Kratzern und harmlosen Bissen davongekommen, und auch keinem der Hunde war ein ernsthaftes Leid geschehen. Als die beiden Ludwigs sie am nächsten Morgen vor ihre Schlitten gespannt hatten, waren die Tiere von schnappenden Bestien wieder zu folgsamen Schlittenhunden geworden, so als hätten die Ereignisse der Nacht niemals stattgefunden.

Libuse, die Gabriel mehr hasste als irgendeinen anderen Menschen auf der Welt, bemerkte, dass mit jedem Tag in seiner Nähe ihre Selbstsicherheit wuchs. Er war ihr ausgeliefert. Sie konnte mit ihm tun, was ihr gefiel. Damit waren die Umstände ihrer ersten Begegnung umgekehrt worden. Sie begann, eine bittere Genugtuung bei diesem Gedanken zu empfinden.

Noch immer schauderte sie, wenn sie manchmal während ihres Weges zu ihm hinübersah und bemerkte, dass er sie beobachtete. Dann war ihr, als spürte sie wieder seine Hände auf ihrer Haut. Die seinen und die seiner Männer. Doch meist erkannte sie gleich darauf, dass er alle anderen mit ähnlichen Blicken musterte. Dass er seine Möglichkeiten abwägte.

In den Nächten fesselten sie ihn und banden seine Füße aneinander. Libuses Schlaf in seiner Nähe war unruhig und von bösen Träumen geplagt. Gabriel aber machte keine Anstalten zu fliehen und verlor mit jedem Tag ein wenig mehr von seiner bedrohlichen Aura. Aus der Ferne, als unsichtbare Gefahr, die ihnen im Nacken gesessen hatte, war er ihr gefährlicher erschienen als jetzt, leibhaftig in Fleisch und Blut.

Sie konnte ihn töten, wenn sie wollte. Das sagte sie sich immer wieder.

Und manchmal stand sie tatsächlich kurz davor, vor allem dann, wenn sie die Brandwunden im Gesicht ihres Vaters betrachtete. Noch immer bestand seine Welt aus verschwommenem Weiß und schemenhaftem Grau, was schrecklich war, aber doch eine Gnade im Vergleich zu vollkommener Blindheit. Vor allem für einen Mann, der eigentlich nichts auf der Welt fürchtete – mit Ausnahme der Dunkelheit.

Es waren Tage der Entbehrungen, der Kälte und völliger Erschöpfung, während deren sie sich über die Berge in Richtung der Donau schleppten. Für Libuse aber waren es vor allem Tage der Verwirrung. Sie glaubte zu wissen, was sie wollte, und wusste doch in Wahrheit überhaupt nichts. Sie hatte Angst, ihr Ziel aus den Augen zu verlieren, und konnte sich doch schon jetzt immer weniger daran erinnern, was ihr Ziel eigentlich war.

Die Wahrheit über ihre Mutter? Ihre Rache an Gabriel? Beistand für ihren Vater? Oder, zu alledem, gar ein verrücktes Pflichtgefühl ihren neuen Freunden Favola und Aelvin gegenüber?

Sie wusste es nicht.

Dieser verfluchte Schnee! Er machte sie ganz krank.

Sie wusste es einfach nicht.

~

Der Winter schien hinter ihnen auf den Bergen zurückzubleiben, obgleich Weihnachten vor der Tür stand und mit weiterem Schnee zu rechnen war. Es war noch immer kalt, doch schon von weitem entdeckten sie, dass das Eis auf der Donau bis auf wenige Meter an den Ufern geschmolzen war. Durch die breite Schneise fuhren Kähne und Boote auf dem Wasser, und die Gefährten fassten die Hoffnung, dass sich ihre Weiterreise recht bald als weniger mühsam erweisen würde.

Gegen Mittag des neunten Tages erreichten sie Ulm, schifften sich gegen Zahlung einiger Münzen an Bord eines Handelskahns ein und gingen tags darauf in Regensburg an Land.

Das Haus des Saphilius lag unweit des Flusses und entpuppte sich als ehemalige Kornmühle, die hoch über dem Wasser thronte. Es war ein wunderlicher Bau, einem wunderlichen Mann wie Saphilius angemessen.

Gleich am Ufer, keine fünf Schritt vom Wasser entfernt, erhob sich ein zweigeschossiger runder Steinturm, breit wie ein Burgfried, auf dessen flacher Krone ein komplettes Fachwerkhaus errichtet worden war. Da der Grundriss des Hauses quadratisch, der Turm aber rund war, standen an vier Seiten die Ecken des Fußbodens über und mussten durch eine waghalsige Konstruktion aus Pfeilern gestützt werden.

Das Haus selbst hatte gleichfalls zwei Stockwerke, ein hohes Erdgeschoss und eine etwas niedrigere erste Etage. Darüber trafen sich die Schindelschrägen des Daches als spitzer Giebel. Es gab mehrere Fenster mit vielen Streben und zahllosen kleinen, undurchsichtigen Scheiben.

An der vom Fluss abgewandten Seite des Turms hatte man ein weiteres Holz- und Lehmgebäude errichtet, das sich in seltsamen Winkeln an die Rundung der massiven Mauer schmiegte. Auf der Uferseite befanden sich die halb zerfallenen Überreste eines Holzanbaus, aus dessen verwitterter Flanke die Speichen des einstigen Wasserrades ragten; sie schienen den Reisenden zuzuwinken wie gespreizte Finger einer Knochenhand, die sich riesenhaft aus dem Ufereis gen Himmel reckte.

Im Gegensatz zu seiner emporstrebenden Behausung war

Saphilius ein ungewöhnlich kleiner Mann. Selbst Favola überragte ihn um einen halben Kopf, was Aelvin zu der Vermutung brachte, dass der Regensburger Gelehrte schon als Kind aufgehört hatte zu wachsen. Corax war beinahe doppelt so groß wie er.

Doch Saphilius blickte nicht auf wie ein Kind zu einem Erwachsenen, sondern wie ein Holzfäller zu einem Baum, dem er sich in jeder Beziehung überlegen fühlt. Es war eine Art von Überheblichkeit im Blick des kleinen Mannes, die Aelvin gleich zu Anfang auffiel und ihm bis zuletzt als das hervorstechendste Merkmal des Saphilius von Regensburg erschien.

Er hatte schulterlanges graues Haar, das sich am Scheitel lichtete, und ein unrasiertes Kinn, genau wie Aelvin und die übrigen Wanderer. Überhaupt schien er es mit der Reinlichkeit nicht allzu genau zu nehmen. So schmuddelig wie die Kammern seines Hauses war auch er selbst, und das bodenlange Gewand, das er bei ihrer Ankunft trug, sah aus, als hätte er damit gerade erst die Feuerstelle in der Halle ausgewischt.

Als sie ihn zum ersten Mal sahen, trug er gerade zwei Holzeimer mit dem stinkenden Inhalt seines Aborts zum Flussufer. Er schwankte und schlitterte dabei und zog einen dunstigen Schweif aus Schimpfworten hinter sich her. Sie beobachteten ihn vom Weg aus, und Albertus hielt sie mit einem amüsierten Lächeln zurück, während sie zusahen, wie der kleine dicke Mann versuchte seine Eimer in den Fluss zu entleeren. Er wagte sich dabei zwei, drei Schritte auf das knirschende Eis hinaus, bevor er, aufgeschreckt von einem garstigen Knirschen, die kompletten Eimer von sich schleuderte und mit einem saftigen Fluch den Rückzug antrat. Die eklige Brühe schwappte übers Eis, die Eimer rollten über die Kante ins Wasser.

Saphilius schimpfte vor sich hin, gestikulierte wild mit den Armen und hatte fast das Haus erreicht, als er die Wanderer auf der Straße entdeckte. Sein Gesicht hellte sich auf, dann kam er auf seinen kurzen Beinen auf sie zugestolpert, umarmte Albertus herzlich und grüßte die anderen mit einem Nicken und höflichen Worten, allerdings ohne sie zu berühren – zur ausgesprochenen Erleichterung aller. Selbst Gabriel verzog beim Anblick des unsauberen Zwerges abfällig die Nasenflügel.

Bald darauf saßen sie um einen Tisch in dem seltsamen Turmhaus, während von vier Seiten fahles Winterlicht durch die schlierigen Butzenscheiben fiel. Den Gefangenen hatten sie unten im Turm in eine fensterlose Kammer gesperrt, in deren schmalen Abmessungen er sich zum ersten Mal seit neun Tagen frei bewegen konnte. Albertus hatte, gegen Corax' Proteste, sogar Gabriels Hand untersucht und den Verband erneuert. Selbst Aelvin hatte sehen können, dass die Brüche schief verheilten und dass Finger und Handrücken hässlich geschwollen waren. Gabriel würde die linke Hand nicht mehr benutzen können und niemals wieder irgendwem mit einem Bogen gefährlich werden. Er musste all die Tage über furchtbare Schmerzen gehabt haben und hatte doch nie ein Wort darüber verloren. Aelvin aber spürte, dass Gabriels Gleichgültigkeit nichts als Maskerade war und dass er nur auf eine passende Gelegenheit wartete, sie alle hinterrücks zu ermorden.

Der Tisch, an dem die Gefährten mit Saphilius Platz genommen hatten, war alt und mit Kerben übersät. Der Rest des engen Raumes war angefüllt mit Kisten, in denen Sträuße aus Schriftrollen steckten; mit Türmen aus Büchern, die Aelvin schmerzlich an seine geruhsame Arbeit im Skriptorium erinnerten, ganz abgesehen von dem brennenden Wunsch, in all diesen Folianten zu blättern und einen Blick auf den Buchschmuck und die Schreibkunst der Kopisten zu werfen. Zudem gab es eine Unzahl anderer wunderlicher Gegenstände, die meist in irgendeiner Form der Kartographie zu dienen schienen: Holzreliefs fremder Landschaften, in denen kleine Nägel Orte markierten; Holzstangen, die mit Kerben und

Schriftzeichen übersät waren und wohl von sehr weit her stammten; eine Holzscheibe, groß wie eine Tischplatte, die eingestaubt an der Wand lehnte und mit ihren verworrenen Mustern die Welt darstellte; und noch ein anderes Ding, einer leicht gestreckten Kugel ähnlich, eher noch einem hölzernen Ei, das gleichfalls mit den Formen der drei Kontinente bedeckt war. In einer Ecke stand ein merkwürdiges Gerüst, das sich erst auf den zweiten Blick als stilisierter Baum entpuppte, an dessen rechtwinkligen Ästen winzige Kugeln und Scheiben baumelten – die Weltenesche der antiken Mythen.

Noch viel anderes gab es zu betrachten, und während sie sprachen, ertappte sich Aelvin immer wieder dabei, dass er den Blick über das faszinierende Sammelsurium streichen und seine Gedanken in ferne Landschaften wandern ließ. Er hatte nach dem Wenigen, das Albertus über Saphilius erzählt hatte, einen Gelehrten wie den Magister selbst erwartet, bewandert in den Belangen des Glaubens und des Christentums. Stattdessen fand er sich nun im Hause eines Mannes wieder, der sich komplett der Weltenkunde verschrieben hatte und – zumindest in seinen Gedanken, Überlegungen und geographischen Kalkulationen – bereits alle bekannten und wohl auch einige unbekannte Länder bereist hatte.

Zum allerersten Mal seit ihrem Aufbruch verspürte Aelvin die Faszination der Fremde. Bislang hatten sich seine Erfahrungen mit Reisen zu anderen Orten auf die Angst vor Verfolgern und die Furcht vor Frostbeulen beschränkt. Nun aber, inmitten dieses eigentümlichen Hauses, an dem sich alle Wege sämtlicher Welten zu kreuzen schienen, war ihm, als könnte auch er den Sog des Unbekannten spüren.

»Du hast das zweite Stück also wirklich gefunden!« Albertus deutete auf die Karte des Jüngers, die entrollt auf dem Tisch lag. Das unversehrte Ende war mit einem alten Dolch beschwert, die faserige Abrisskante mit einem Tonbecher.

»*Ein* zweites Stück«, sagte Saphilius. »Denn es gibt offenbar mindestens drei. Aber es gibt auch eine gute Neuigkeit: Das Stück, das ich aufgetrieben habe, schließt direkt an deines an.«

»Warum ist das eine gute Nachricht?«, fragte Aelvin. »Wenn es das letzte Stück wäre, könnten wir daraus doch entnehmen, wo sich der Standort des Garten Eden befindet und einfach den schnellsten Weg dorthin nehmen.« Er sah, wie Libuse zustimmend nickte.

Albertus aber wischte seinen Einwand mit einer ungeduldigen Handbewegung beiseite. »Gar nichts könnten wir daraus entnehmen. Auf der Karte des Jüngers sind keine Namen von Ländern oder Städten verzeichnet, denn viele von den uns heute bekannten gab es zu seinen Lebzeiten noch gar nicht. Nur Beschreibungen von Wegpunkten hat er niedergeschrieben, landschaftliche Besonderheiten, die Form von Flüssen, die überschritten werden müssen, und so weiter. Das Endstück allein würde uns nicht weiterhelfen, weil wir damit zwar die Beschreibung eines Landstrichs erhielten, aber keine Hinweise darauf, wie wir dorthinfinden könnten.«

Saphilius nickte mit seinem zu groß geratenen Kopf. »Es war schwer genug, die Beschreibungen auf dem ersten Stück bestimmten Gegebenheiten zuzuweisen. Das Gleiche aber für Gebiete tun zu müssen, die uns unbekannt sind, wäre ungleich schwieriger.«

Aelvin seufzte und schwieg. Allerdings entging ihm nicht, dass Libuse ihm ein aufmunterndes Lächeln schenkte. Allein dafür nahm er die Zurechtweisung des Magisters gerne in Kauf.

Favola hatte derweil den Luminaschrein enthüllt und ihn in die Nähe eines der Fenster gestellt, wo Tageslicht auf die kümmerlichen Blätter fiel.

Saphilius griff hinter sich und zog aus einer Kiste einen Fetzen gegerbter Rindshaut. Er strich ihn glatt und legte ihn an das abgerissene Ende des vorderen Kartenstücks. Das Leder war mit winzigen Schriftzeichen bedeckt, die Aelvin aus der Entfernung nicht entziffern konnte.

Albertus wollte einen Blick darauf werfen, doch Saphilius legte hastig die flache Hand darauf und zog das Stück wieder fort.

Der Magister musterte ihn verwundert. »Was soll das?«

»Wir sollten vorher etwas bereden.«

»So?«

»Der Erzbischof hat großes Interesse an der Lumina.« Saphilius blickte zum Treppenabgang hinüber, als wäre dort in diesem Moment Gabriel samt bischöflichem Gefolge erschienen.

»Und?«, fragte Albertus, dem wohl Zweifel daran kamen, ob er nicht allzu großes Vertrauen in seinen kleinwüchsigen Freund gesetzt hatte.

»Konrad hat einen Grund für dieses Interesse«, fuhr Saphilius fort, die eine Hand noch immer auf dem Kartenstück, »und es ist kein schlechter, wie mir scheint.«

Corax beugte sich unmerklich vor, die fast blinden Augen starr auf den Kartographen gerichtet. Saphilius zuckte kaum merklich zusammen, weil er die Bewegung ganz richtig einschätzte: als Drohung.

»Du willst uns an ihn verraten?« Albertus hatte sich mit steifem Oberkörper zurückgelehnt.

Saphilius war sichtlich entsetzt. »Wo denkst du hin? Sind wir den Weg bis hierher nicht gemeinsam gegangen?«

Aelvin war da ganz anderer Meinung. Doch Saphilius spielte nicht auf die Reise an, und Albertus verstand ihn sehr wohl.

»Und gerade weil wir unsere Nachforschungen gemeinsam betrieben haben, kann es nicht dein Ernst sein, dass dir nun mit einem Mal eine andere Möglichkeit in den Sinn kommt.« Der Magister blickte vom Gesicht seines Freundes hinab auf die Karte und wieder zurück. »Ich bitte dich, lass ab von diesem Unfug, damit wir gemeinsam beraten können, wie es weitergehen soll.«

»Warum wohl, glaubst du, will Konrad die Lumina an sich bringen?«

Bei diesen Worten hob Favola eilig den Schrein von seinem Platz am Fenster und drückte ihn an sich wie ein Neugeborenes, das ihres Schutzes bedurfte.

Albertus knurrte unwillig. »Konrad will nicht einsehen, warum das Paradies auf Erden im Land der Ungläubigen entstehen soll. Er ist der Ansicht, das Paradies gehöre in die Hochburg des Christentums, in die Mitte der Welt.«

»Nach Rom?«, fragte Aelvin erstaunt.

»Nach Köln«, entgegnete Albertus, ohne ihn anzusehen. »Dorthin, wo Konrad den Grundstein zu einem mächtigen Dom gelegt hat. Dort, wo er seinen Thron errichten wird, wenn er erst zum Papst ernannt wurde. Denn in seinem Größenwahn glaubt er, dies sei ein angemessener Lohn für jenen, der den Garten Gottes im Land der Gläubigen wiedererstehen lässt. Dabei kann die Lumina nicht einfach *irgendwo* eingepflanzt werden. Dieser Dummkopf will das nicht verstehen! Warum wohl ist in Favolas Kloster in Frankreich kein neuer Garten Eden erblüht?«

Weil ihr *alle* euch täuscht?, dachte Aelvin.

»Weil das nicht der Ort war, den der Herr dafür auserwählt hat!« Die Stimme des Magisters wurde lauter, die Worte kamen schnell und heftig über seine blutleeren, vom Frost gesprungenen Lippen. »Es gibt nur eine Stelle auf Erden, an der der Garten gedeihen kann, damals und in Zukunft: das Land Eden. Gottes Land. Auf diesen einen Ort ist die Wahl des Allmächtigen in seiner grenzenlosen Weisheit gefallen. Wie kann irgendwer sich zu dem Irrglauben hinreißen lassen, eine bessere Wahl als Gott zu treffen? Wie kann Konrad solch einem Irrtum, einer solchen Blasphemie verfallen – oder du, Saphilius?«

Der Kartengelehrte schrak zusammen wie ein Novize, der vom Abt bei Ungehörigem erwischt worden ist. Ein flüchtiges

Lächeln huschte über seine Züge, und er rieb sich nervös mit dem Handrücken über die Stirn.

»Ich habe nichts mit dem Erzbischof zu schaffen«, brachte er eifrig hervor. »Das solltest du wissen, alter Freund.« Er gab dem Wort einen vorwurfsvollen Klang, doch sein beleidigter Tonfall prallte vom Magister wirkungslos ab. »Ich bin kein Verräter, und mir ist alles, was du gesagt hast, vollkommen klar. Jedenfalls bis zu einem gewissen Punkt.«

Albertus hob finster eine Augenbraue. »Nun?«

»Sieh«, begann Saphilius, krallte die Hand um das Kartenbruchstück und erhob sich. Er blieb zwischen Stuhl und Tischkante stehen wie jemand, der vor dem Essen ein Gebet sprechen will. »Ich habe mein Leben lang nichts anderes getan, als mich mit dem Bild der Welt zu beschäftigen, mit allen Bildern, die sich Menschen seit Alters her von ihr gemacht haben. Und stets hat es geheißen, sie habe irgendwo einen Ursprung. Andere Völker haben ihm einen anderen Namen gegeben, aber wir nennen ihn den Garten Gottes im Lande Eden. Richtig?«

Albertus nickte verhalten, jedoch keine Spur weniger misstrauisch.

Saphilius stemmte die Fäuste auf den Tisch, was bei seiner Größe höchst unbeholfen aussah. Zudem hielt er in der einen Hand noch immer die zusammengeknüllte Karte, was nun sogar Aelvin mit einer gewissen Sorge erfüllte. »Das alles bedeutet, der Garten war zuerst da. Als es ihn gab, gab es nichts anderes. Nur den einen, womöglich unendlich großen Garten.«

Aelvin kam der frevelhafte Gedanke, dass Saphilius nicht einmal falsch liegen mochte. Der kleine Mann hatte sich der Angelegenheit nicht als Geistlicher, sondern als Kartograph genähert – er sah in der Lage des Garten Eden kein Problem des Glaubens, sondern eines der Logik. Plötzlich hatte er Aelvins ungeteilte Aufmerksamkeit.

»Wenn es aber erst nur den einen Garten gab und er aufgehört hat zu existieren, dann kann er nach unseren heutigen Maßstäben gar keine konkrete Lage besessen haben. Denn es gab ja nichts außer ihm.« Saphilius wedelte mit dem kostbaren Hautfetzen, als handelte es sich dabei um nichts als ein wertloses Stück Pergament. »Ich sage: Der Garten Gottes war überall und nirgends, und der eine konkrete Ort, an dem du ihn finden könntest, Albertus, existiert nicht. Er hat nur so lange existiert, wie es den Garten selbst gab. Und als er aufhörte zu sein, da entstand etwas vollkommen Neues: unsere Welt.«

»Aber die Lumina –«

Saphilius unterbrach ihn. »Die Lumina mag genau das sein, was wir in ihr sehen. Aber es spielt keine Rolle, wo der Jünger sie gefunden hat. Denn wenn der Garten überall war, dann war er auch hier, genau zu unseren Füßen, und wir könnten die Lumina ebenso gut auf dem Misthaufen hinterm Haus einpflanzen und abwarten, was geschieht.«

Albertus schob streitlustig das Kinn nach vorn. »Du vergisst das Kloster in Frankreich. Jahrhundertelang war die Lumina dort eingepflanzt, und doch ist dort niemals auch nur die Spur eines Gartens entstanden. Nicht einmal ein Blumenbeet, in Dreiteufelsnamen!«

Aelvin hatte den Magister noch nie so aufgebracht gesehen, nicht einmal nach der Flucht aus dem Kloster. Mit der Bedrohung durch die Mordbrenner des Erzbischofs hatte Albertus gerechnet. Nicht aber damit, dass ein Freund seine Überzeugung in Zweifel ziehen könnte. Aelvin erkannte sehr wohl, dass es hier um weit mehr ging als den gelehrten Zwist zwischen zwei alten Vertrauten. Was Saphilius infrage stellte, war der Grundstein all ihrer Überlegungen. Die Argumentation des kleinen Mannes drohte, Albertus' Überzeugungen den Boden unter den Füßen wegzuziehen: Wenn die Lage des Gartens keine Rolle spielte, wäre ihre ganze Reise umsonst. Und wenn das Paradies ebenso gut hier wie anderswo wiedererstehen könnte, sprach nichts dagegen, es damit zu versuchen. Ja, dann gab es nicht einmal mehr einen guten Grund, die Lumina *nicht* dem Erzbischof zu überlassen – außer jenem, dass Albertus und ihn eine persönliche Feindschaft entzweite.

Und doch sprach etwas dafür, die Pflanze vor Konrad in Sicherheit zu bringen: Die Lumina war nichts ohne Favola. Und *sie* würde Aelvin gewiss keinen Männern wie Gabriel oder Konrad von Hochstaden anvertrauen.

Der Streit der beiden Gelehrten war derweil fortgeschritten. Auch Albertus war jetzt von seinem Platz aufgestanden und redete auf Saphilius herab, als wollte er ihn allein durch seine Größe zum Schweigen bringen. Der aber ließ sich davon nicht beeindrucken.

»Es mag tausend Gründe geben, warum der Garten ausgerechnet in diesem Kloster nicht gedeihen konnte«, ereiferte sich Saphilius. »Und ich würde gewiss keinen Eid darauf leisten, dass meinem Misthaufen – oder irgendeinem anderen Ort – ein größeres Glück beschieden wäre. Aber wir sollten es zumindest versuchen. Lass uns Forschungen anstellen, Albertus! An fünf, vielleicht zehn verschiedenen Stellen. Zu unterschiedlichen Jahreszeiten. Von mir aus mit und ohne Weihwasser. Hast du denn durch deinen Glauben an Gott wirklich all deinen Glauben in die Wissenschaft verloren?«

»Aber genau das ist es doch!«, gab der Magister erzürnt zurück. »Die Wissenschaft kann Gott nicht erklären! Nicht Gott – und nicht all sein Wirken.«

»Das ist Sache der Philosophen, nicht die meine. Ich beschäftige mich mit Karten, mit Orten – und du bist auf der Suche nach einem Ort. Darum solltest du dich nicht gänzlich gegen alles sperren, was ich zu sagen habe.«

Libuse warf Aelvin einen hilflosen Blick zu. Er zuckte vorsichtig die Achseln, während Corax einen tiefen Zug aus seinem Weinkrug nahm und schwieg, als ginge ihn dies alles nichts an. Favola hingegen schaute immer unsicherer zwischen Albertus und Saphilius hin und her, während sie den Luminaschrein schützend an sich presste.

»Warum willst du es nicht ausprobieren?«, rief Saphilius erneut.

»Weil dazu keine Zeit ist! Konrads Leute sind uns auf den Fersen.«

»Zumindest wissen sie, wen sie jagen. Aber du? Du jagst nur einem Hirngespinst hinterher.«

»Der Garten Eden ist kein Hirngespinst! Genauso wenig wie die Lumina und dieses Mädchen.«

Favolas Stimme war nur ein Hauch. »Lasst mich dabei aus dem Spiel.«

Beide Männer rissen den Mund auf, um in ihrem Disput fortzufahren. Doch als Favolas Worte zu ihnen durchdrangen, verstummten sie und blickten die Novizin an.

Sie schob den Stuhl zurück und stand auf. »Die Wahrheit ist doch, dass ich nichts über all das hier weiß. Ich bin die Hüterin der Lumina, ich weiß nur, was gut für *sie* ist. Der ganze Rest …« Sie schüttelte den Kopf. »Ich bin es leid, mich herumschieben zu lassen wie eine Spielfigur. Mein Leben lang habe ich nur das getan, was alle von mir verlangt haben. Und nun wird schon wieder über meinen Kopf hinweg über etwas gestritten, das wahr oder nicht wahr, richtig oder falsch sein könnte … Ich habe das alles so satt.« Sie ging zur Treppe. »Sagt mir Bescheid, wenn Ihr fertig seid, und lasst mich Eure Entscheidung wissen. Ich mache weiter wie bisher, aber ich sage Euch, ich habe keine Ahnung, was oder wem ich glauben soll. Ich weiß es einfach nicht.« Als sie sah, dass Albertus ihr folgen wollte, winkte sie ab. »Habt keine Sorge, ich laufe Euch nicht weg. Wie könnte ich auch? Ich würde sterben ohne Eure Medizin … Ich möchte einfach eine Weile meine Ruhe haben, das ist alles.«

Libuse sah aus, als wäre sie gern mit ihr gegangen, und

Aelvin bemerkte, wie sehr sie sich dazu zwingen musste, Favolas Wunsch zu respektieren. Er ahnte, wie Favola sich fühlte musste, doch auch er blieb widerwillig sitzen.

Saphilius starrte Albertus finster an. »Warum?«, fragte er in die Stille, nachdem Favolas Schritte auf den Stufen verklungen waren. »Warum tust du das wirklich?«

Albertus schwieg noch einen Augenblick länger, dann ließ er sich müde auf seinen Platz sinken. »Wenn du vor zwölfhundert Jahren die Möglichkeit gehabt hättest, Jesus vor dem Kreuz zu retten, hättest du es nicht getan?«

»Aber dieses Mädchen ist kein Messias.«

»Nein«, sagte Albertus. »Aber wer weiß, ob ihre Aufgabe nicht noch wichtiger ist als seine.«

Seine linke Hand brannte wie von einem Schlangenbiss. Gabriel wusste genug über Knochenbrüche, um den Schmerz einschätzen zu können: Was da so wehtat, waren nicht mehr allein die gesplitterten Fingerknochen. Es war die gottverdammte Entzündung, die seine Hand in ein rotes, geschwollenes Etwas verwandelt hatte und vermutlich bald seinen Arm hinauf und in sein Herz wandern würde, wenn er, ja, wenn er sich nicht weiter von dem Magister behandeln ließ.

Er war nicht einmal sicher, ob ihnen bewusst war, wie sehr sie ihn in der Hand hatten. Nicht die Fesseln hatten ihn all die Tage über gehalten, und erst recht nicht das Messer, mit dem die rothaarige Hure dann und wann vor seinem Gesicht herumgefuchtelt hatte, um ihm zu zeigen, dass er ihr ausgeliefert war. Nein, es waren die verfluchte Salbe und die Kräuter, die ihn fester an diesen Haufen Unglückseliger banden als alle Ketten.

Ohne die Medizin würde ihn die Entzündung in seiner Hand innerhalb kürzester Zeit auffressen. Er hatte zu viele Männer an leichteren Verletzungen, als dies eine war, verrecken sehen. Auf Schlachtfeldern, im Fieberwahn, sogar nach einem Sturz vom Pferd. Der Tod holte einen schneller ein, als man meinte. Und Gabriel war noch nicht bereit, sich so einfach aufzugeben. Er hatte über die Schulter geschaut und ihn gesehen, nicht allzu fern, und er hatte beschlossen, noch einmal alle Kraft in seine nächsten Schritte zu legen und vor ihm davonzulaufen.

Selbst wenn das bedeutete, sich weiterhin in Fesseln legen und in stinkenden Löchern wie diesem hier einschließen zu lassen. Er brauchte die Medizin des Magisters, jedenfalls so lange, bis er aus eigener Kraft irgendeinen Quacksalber aufsuchen konnte. Immerhin – hier in Regensburg mochte das eher der Fall sein als in den verschneiten Bergen, die hinter ihnen lagen.

Er fragte sich, ob es Oberon und den Wolfskriegern gelungen war, seine Spur wieder aufzunehmen. Vermutlich. Sie mussten bald auf die verwüstete Herberge gestoßen sein. Die Münzen, die Albertus dem Wirt für den entstandenen Schaden und sein Schweigen bezahlt hatte, hatten gewiss nicht verhindern können, dass Oberon den Mann zum Sprechen brachte. Wer weiß, vielleicht hatten sogar die beiden Brüder mit ihren Schlitten seinen Weg gekreuzt?

Wahrscheinlich waren Oberon und das Rudel gerade auf dem Weg nach Regensburg. Was Segen und Fluch zugleich war: In der Stadt würde es weit schwieriger werden, Albertus und seine Begleiter ausfindig zu machen.

Und dann war da auch noch die Kleinigkeit von Gabriels Täuschung. Vor den Wolfskriegern hatte Gabriel keine Angst; wenn es hart auf hart käme, waren sie noch immer seine Männer. Was aber Oberon selbst anging, so musste er sich ein unangenehmes Rumoren tief in seinem Inneren eingestehen. Er wusste nicht, über welche Mächte der Nigromant tatsächlich gebot. Ihn zu unterschätzen mochte ein verhängnisvollerer Fehler sein als Gabriels Alleingang im Gasthaus. Albertus und sein schwächlicher Haufen waren berechenbar. Oberon hingegen … nun, er beunruhigte Gabriel. Nein, wenn er ganz ehrlich zu sich war, machte er ihm eine Heidenangst.

Aber eines nach dem anderen.

Erst musste seine Hand so weit heilen, dass sie keine Bedrohung mehr für sein Leben darstellte. Dann musste er die Lumina an sich bringen. Und, falls irgend möglich, diese Novizin gleich dazu, denn so lautete Konrads Order: Bringt mir die Pflanze *und* das Mädchen!

Mit nur einer Hand.

Herrgott noch mal!

Gabriel erhob sich vom Boden der Kammer, wo er gesessen hatte, seit sie ihn hier eingesperrt hatten. Er ertrug die Untätigkeit nicht mehr. Die Untätigkeit und den lodernden Schmerz in seinem linken Arm.

Der Raum besaß bis auf einen schmalen Lichtschlitz keine Fenster. Die Wände waren aus grobem, festem Stein gemauert, vermutlich einen Schritt breit oder etwas mehr. Es gab nur eine einzige Tür aus dicken Eichenbrettern, beschlagen mit Eisen; in ihrer Mitte, ein wenig unterhalb seiner Augenhöhe, befand sich eine Luke, die von außen geöffnet werden konnte. All das sprach dafür, dass dies einst ein Kerkerbau gewesen war, lange bevor irgendwer eine Mühle und schließlich dieser Zwerg Gott weiß was daraus gemacht hatte.

Ruhelos ging Gabriel auf und ab. Seine Gedanken drehten sich im Kreis. Das Pochen seines linken Arms, den er mit dem rechten vor seine Brust presste, drohte ihn um den Verstand zu bringen.

»He da, alter Mann!«, brüllte er. »Ich brauche mehr von deiner Teufelssalbe! Oder willst du, dass ich hier unten krepiere?«

Er bezweifelte, dass irgendwer ihn hören konnte. Die feuchten Mauern, das stinkende Holz: Sie saugten seine Stimme auf wie ein Schwamm.

Er stieß einen heftigen Schrei aus, teils vor Schmerz, teils vor Zorn über seine Hilflosigkeit. Es wäre leichter gewesen, einen Todesstoß von seinem einstigen Lehrmeister Corax zu akzeptieren als dieses qualvolle Zugrundegehen auf Raten.

Du stirbst nicht!, hämmerte er sich ein. Du wirst leben! Und du wirst deine Rache bekommen.

Etwas schien in seinem Magen zu wühlen, ihm wurde schlagartig übel, und ehe er sich's versah, fiel er mit einem würgenden Laut auf die Knie. Gott! War das schon das Gift aus der Entzündung? Oder hatten *sie* ihn vergiftet?

»*Verflucht!*«, brüllte er, als sich der Schmerz abermals regte. Etwas bewegte sich, er spürte es genau, so als wäre da etwas in ihm. Etwas, das an ihm fraß, sich durch seine Eingeweide wälzte.

Er sank mit dem Gesicht vornüber, stieß mit dem Kopf auf den Boden und sackte zur Seite. Zusammengekrümmt blieb er liegen und wartete darauf, dass die Pein in seinem Inneren nachließ.

Unvermittelt hörte es auf.

Seine Bauchmuskeln entspannten sich, sein Körper wurde schlaff – es tat nicht mehr weh. Die Hand brannte, der ganze Arm. Aber nicht mehr dieses … andere.

Er rappelte sich hoch, zog sich mit der gesunden Hand an der Wand empor, bis er einigermaßen sicher auf beiden Beinen stand.

Es hatte sich angefühlt, als wäre da tatsächlich etwas in ihm. Etwas, das sich ausbreitete, Platz beanspruchte, einen lebenden, atmenden Teil von ihm verschlang.

Und dann, wie aus dem Nichts, war da ein grauenvoller Verdacht.

Oberon.

Gabriel schwitzte jetzt stärker. Seine Kleidung klebte an seinem Körper, ihm war eiskalt: eine Kälte, die nichts mit dem Winter zu tun hatte, sondern aus seinem Inneren kam.

Oberon und seine verteufelte Schlange.

Erneut regte sich der Schmerz in seinen Gedärmen, doch es war nur ein Schatten jener Pein, die gerade eben in ihm gewühlt hatte. Wie ein sardonisches Stochern in der Wunde.

Sieh, was ich dir angetan habe, hörte er Oberon in seinen Gedanken flüstern. *Und wer ist jetzt der Klügere von uns beiden?*

Das Fieber brachte ihn um den Verstand. Ja, das musste es sein. Kein Gift. Kein Fluch. Nur das Fieber. Keine Zauberei. Nur Fieber.

Es ergab keinen Sinn. Warum jetzt, nach all diesen Tagen? Welche Art von Gift wirkte erst am neunten oder zehnten Tag?

Alles drehte sich um ihn, der Boden schwankte, die Mauern senkten sich wie Zugbrücken auf ihn herab, doch er konnte nicht davonlaufen, sie würden ihn zerquetschen.

Und *wieder* der Schmerz in seinem Inneren.

Gabriel brüllte auf, fiel zu Boden, wälzte sich in seiner Qual im Schmutz.

Und wer ist jetzt der Klügere von uns beiden?

Wer, Gabriel?

Er riss den Mund auf, und etwas quoll über seine Lippen. Ein Schwall Erbrochenes, gefolgt von etwas anderem, Festem. Ein langes, schillerndes Ding schlängelte sich aus seinen Innereien ins Dämmerlicht des Kerkers.

Gelähmt lag er da, zusammengekrümmt, in absoluter Panik. Er konnte es sehen, direkt vor sich, und war doch nicht in der Lage, sich zu bewegen. Das eine Ende war noch immer in ihm – *in ihm!* –, und er spürte, wie es sich zwischen seinen Zähnen hindurchschob, hinaus ans Licht, und sich in seinem Erbrochenen wand wie ein Aal.

Er bekam keine Luft mehr und begann hysterisch, durch die Nase zu atmen, stoßweise, schnaufend. Seine Brust pumpte wie ein Blasebalg.

Im Dämmer seines Verlieses sah er die dunkle Silhouette. Wie ein schmaler Fluss brach sie aus dem Umriss der Pfütze aus. Im ersten Moment hätte es tatsächlich ein Rinnsal sein können, das sich seinen Weg durch Fugen und Spalten im

Boden suchte. Aber es bewegte sich, schlängelte sich, und nun hob sich das Ende vom Boden, eine schlanke, stumpfe Lanzenspitze.

Augen starrten ihn an. Gelbe, geschlitzte Reptilienaugen.

Wer ist jetzt der Klügere?

Gabriel wollte schreien, aber er konnte es nicht, denn sein Mund war angefüllt mit dem, was da aus seinem Inneren emporkroch. Seine Zunge stieß gegen glatte, kühle Haut. Der Brechreiz war noch immer überwältigend, aber nicht einmal dazu brachte sein Körper die Kraft auf.

Das Fieber.

Nur das Fieber.

Der Schwanz der Schlange steckte noch immer in ihm, füllte seinen Magen, seinen Hals, seinen Mund aus. Der Schädel aber pendelte über dem Boden. Sie starrte ihn an.

Du bist mein. Bist immer mein gewesen. Alles geschieht nach meinem Willen.

Das kann nicht sein!

Du bist mein Sklave. Mein Diener. Mein Spion.

Niemals!

Meine Hand, die zupackt, wenn die Zeit gekommen ist.

Ein Scharren drang an Gabriels Ohren. Es ertönte am äußeren Rand seiner Wahrnehmung, irgendwo in einem anderen Universum, weit, weit weg von ihm.

Die Schlange schoss einen letzten eisigen Blick in seine Richtung ab wie einen Pfeil, dann schlängelte sie sich rückwärts zurück in seinen Schlund, und noch immer war er machtlos, wollte sie packen und konnte es doch nicht, war gelähmt, ein toter Körper, der mehr Gefängnis war als diese Mauern. Er sah den Schädel rückwärts auf sich zugleiten, wollte schreien wie ein Kind. Tränen strömten über seine Wangen. Seine Mundwinkel schienen bis zu den Ohren einzureißen, so stark war der Schmerz, als sich der Kopf über seine Lippen zwängte, an seinem Gaumen entlangschrammte, das Zäpfchen in seinem Rachen verbog und wie ein zu groß geratener Bissen schmerzhaft durch seine Speiseröhre abwärts glitt, zurück in das warme, weiche, lebende Nest seiner Eingeweide.

Hustend und heulend lag Gabriel am Boden, das Gesicht im Erbrochenen, während abermals Galle aus seinem Mund schoss und dann Licht in seine Augen fiel, Fackellicht von außen.

»Du bist sehr krank«, sagte eine helle Stimme. »Du brauchst mehr Medizin.«

»Verreckt doch … an eurer … Medizin«, brachte er stoßweise hervor, aber er wusste nicht, ob er die Worte wirklich aussprach oder ob sie im Würgen und Husten untergingen.

»Sehr krank«, sagte die Stimme wieder. Sie gehörte zum struppigen Umriss eines Kopfes, der hinter der offenen Luke in der Tür erschienen war.

Die kleine Nonne. Das Mädchen mit der Lumina.

Er hob den Kopf, konnte sich wieder bewegen, wenn auch schwerfällig, kraftlos, wie ein winziges Insekt in einem Wassertropfen.

»Lass mich in Frieden«, keuchte er.

Die Luke blieb offen. Die Kleine musste dort draußen auf Zehenspitzen stehen, um hereinschauen zu können. Was hatte sie gesehen? Wie viel von dem, was geschehen war – oder was er sich eingebildet hatte?

»Ich sage Albertus, dass du Hilfe brauchst.«

»Nein!« War das überhaupt er selbst, der da sprach? Oder gab ihm ein anderer Befehle, ohne dass es ihm selbst bewusst war? So wie jenen, sich von den anderen zu trennen und zur Herberge zu reiten. Die Order zu einem Überfall, der vielleicht von Anfang an zum Scheitern verurteilt war … der scheitern *sollte*, damit er nun hier war, mitten unter ihnen.

Meine Hand, die zupackt, wenn die Zeit gekommen ist.

Ihm wurde abermals übel, aber diesmal kam nicht einmal mehr Galle, so als wäre sein ganzer Körper ausgetrocknet.

Als er zitternd aufschaute, blickte sie ihn noch immer an, auch wenn er ihre Augen nicht erkennen konnte.

»Verschwinde.«

»Dann wirst du vielleicht sterben.«

»Was kümmert das dich?«

Sie schwieg, als müsste sie über die Antwort nachdenken. »Du brauchst Wasser, um dich zu waschen. Und frische Sachen.«

Er dachte, wenn er sie ignorierte, würde sie vielleicht aufgeben und ihn in seinem Schmerz und seiner Selbstverachtung allein lassen.

Warum jetzt?, dachte er immer wieder. Warum nach so vielen Tagen? Aber zumindest das ergab einen Sinn, denn er war zum ersten Mal allein, ohne dass Albertus ihn im Auge behielt.

Sie war immer noch da, starrte herein.

»Gott verdammt, was willst du von mir?«, brüllte er mit brechender Stimme.

»Dich berühren«, sagte sie unvermittelt und klappte die Luke zu.

Was?, durchzuckte es ihn. Was hatte sie gesagt?

Im nächsten Moment wurde außen der Riegel zurückgeschoben. Die Tür schwang auf.

Das Mädchen sah sehr klein und schmächtig aus, als es durch den Spalt hereinglitt und die Tür sorgfältig hinter sich schloss, so als wäre Gabriel ein Hund, der durch die schmalste Lücke entfliehen könnte. Dabei war die Tür doch ohne den vorgelegten Riegel kein Hindernis für ihn.

»Du wirst nicht fliehen«, sagte sie sanft. Sie hatte das Bündel mit dem vermaledeiten Kraut nicht dabei. Während der vergangenen Tage hatte sie sich nie weiter als zwei Schritt davon getrennt. Hatte sie es vielleicht vor der Tür abgestellt? Vor der *unverschlossenen* Tür?

Alles würde gut werden. Er würde –

»Du wirst nicht fliehen, und du wirst nicht versuchen, mir ein Leid zuzufügen«, unterbrach sie seinen Gedankengang. »Ohne die Medizin wirst du sterben. Und du bist zu schwach, um zu kämpfen. Sogar mit mir.«

Drei Schritte trennten sie voneinander. Sie stand da und zog sich mit der Linken den rechten Handschuh herunter. Eine helle, ungemein schlanke Hand kam zum Vorschein. Ein, zwei Atemzüge lang betrachtete das Mädchen sie, als hätte sie seit langer Zeit keinen Blick mehr darauf geworfen. Sie bewegte die Finger, einen nach dem anderen, als bediente sie ein unsichtbares Musikinstrument.

Gabriel lag noch immer am Boden und wusste, dass sie Recht hatte. Aus eigener Kraft würde er nicht einmal auf die Beine kommen, geschweige denn, Favola als Geisel nehmen, die Lumina und die Medizin an sich bringen und von hier verschwinden. Er war ein Wrack. Seine einzige Genugtuung war, dass er damit auch für den Nigromanten ohne Nutzen war.

»Wie viel hast du gesehen?«

Sie kam langsam näher. »Dir war schlecht.«

Er lachte laut auf.

Favola legte den Kopf schräg. »Was ist so lustig daran?«

»Du«, entgegnete er böse. »Du bist so lustig. Zum Totlachen.«

Sie schien nicht beleidigt, nicht einmal irritiert. Stattdessen streckte sie ihre weiße Hand nach ihm aus, und etwas in ihm warnte ihn, besser davor zurückzuweichen.

Sie hat die Schlange nicht gesehen!, durchfuhr es ihn blitzartig. Warum hat sie die Schlange nicht gesehen?

Weil keine Schlange da war. Du hast sie dir eingebildet.

Nein. Sie war hier!

War sie das wirklich?

Ihre Hand, ihre weiße, geisterhafte Hand, berührte seine Stirn. Alles in ihm revoltierte dagegen, aber das Einzige, was er zustande brachte, war ein krächzendes »Lass mich«.

Ihre Augen weiteten sich.

Ihr Mund klappte auf. Er konnte ihre kleinen weißen Zähne sehen.

Dann schien eine verborgene Faust sie zu treffen und zurückzuschleudern. Mit einem leisen Aufschrei schlitterte sie nach hinten, verlor den Halt und stürzte. Sie fing sich mit beiden Händen ab, saß mit gespreizten Beinen da und atmete so gehetzt, als hätte sie gerade einen langen Lauf hinter sich gebracht. Ihre Augen waren weit aufgerissen, und das Weiße darin schien aus den Höhlen zu dampfen wie dünne Atemwolken.

Gabriels Hand fuhr an seine Stirn, tastete über die schweißnasse Haut, als müsste er sich vergewissern, dass dort kein zweites Feuermal erschienen war.

Aber da war nichts. Nur kalter Schweiß. Verklebte Haarsträhnen. Er fieberte, seine Haut war unter all der Nässe glühend heiß.

Favolas Lippen öffneten und schlossen sich, formten lautlose Worte, ein gespenstisches Flüstern.

»Was?«, keuchte er abgehackt.

»Das kann nicht sein«, sagte sie ohne jede Betonung, als läge der Schrecken in etwas Ungeheuerlichem, das sie mitangesehen hatte.

»Verschwinde endlich«, stöhnte er und sackte erneut zusammen. Sein Gesicht fiel in die erkaltete Galle; sie war zäh wie Honig, als er die Wange mühsam anhob und dann abermals zurückfiel. »Hau doch endlich ab!«

»Aber das ist … unmöglich.« Sie schien jetzt mit sich selbst zu reden, ganz sicher jedenfalls nicht mit ihm. Hatte sie den Verstand verloren?

Sah sie *Schlangen*?

»Hast du sie gesehen?«, flüsterte er. »Die Schlange?«

Sie gab keine Antwort. Schob sich rückwärts bis zur Tür und mit dem Rücken daran empor, bis sie schwankend aufrecht stand.

»Die Schlange?«, brüllte er mit letzter Kraft. »Kannst du sie sehen?«

Zerfahren schüttelte sie den Kopf. »Da war keine Schlange.« Es gelang ihr kaum ihre zitternden Finger zurück in den Lederhandschuh zu schieben.

Gabriel heulte auf, und es war ihm egal, was mit ihm geschah, wo er war, sogar wer er war. All das war gleichgültig geworden. »Du musst sie doch gesehen haben!«

»Ich …«, begann sie, brach mit einem zweiten Kopfschütteln ab und floh durch die Tür nach draußen, durch einen Fächer aus Fackelschein, schmal, breit, wieder schmal, dann ganz verschwunden.

»Warte!«, kreischte er verzweifelt. »Geh nicht!«

Aber da schlug sie die Tür schon hinter sich zu. Der Riegel schabte über Holz und durch Eisenbeschläge.

»Geh … nicht«, flüsterte er ein letztes Mal, ehe die Tränen seine Stimme erstickten.

Seine Eingeweide rumorten, als glitten sie wie Würmer umeinander. Aber da waren keine Würmer. Nur das uralte Reptilienhirn in seinem Körper.

Draußen erklangen stolpernde Schritte auf der Treppe.

Gabriel fühlte eine gespaltene Zunge durch die geheimen Kammern seines Herzens tasten.

Sinaida ging den ganzen Weg allein.

Im Schein ihrer Fackel glitt sie durch die Schächte und Kavernen des Berges wie durch das Innere eines unermesslichen Lebewesens, durch Arterien, Venen und Organe aus Stein.

Sie fragte sich, ob sie verfolgt wurde, mehr als einmal. Doch immer, wenn sie sich umschaute, sah sie nur die Finsternis, die ihr nachdrängte, immer auf der Spur des Fackelscheins, der wie eine goldene Wolke durch die unterirdischen Hohlräume wanderte.

Als sie endlich die Tür am tiefsten Punkt ihres langen Abstiegs erreichte, atmete sie vor Erleichterung auf. Zugleich aber wurde ihr noch schwerer ums Herz: Zuletzt war sie mit Khur Shah hier unten gewesen, und sie vermisste ihn neben sich.

Sie hatte den Schlüsselbund in Tuch eingewickelt und an ihrem Gürtel festgebunden, damit er bei ihren Schritten auf dem harten Stein keine Geräusche verursachte. Jetzt packte sie ihn aus, zählte einen Schlüssel ab und schob ihn in das grobe, mit Grünspan und Rost überzogene Türschloss.

Sie zögerte noch einmal, schaute sichernd über ihre Schulter in die bedrückende Finsternis, dann drehte sie den Schlüssel herum. Der Mechanismus verhakte sich, gab dann aber knirschend nach.

Die Tür schwang auf. Dahinter lag ein kurzer Gang, an seinem Ende erwartete sie eine weitere Tür. Sinaida öffnete sie mit einem zweiten Schlüssel.

Noch ein Gang, noch eine Tür.

Insgesamt musste sie sieben Schlösser öffnen und sieben Türen wieder hinter sich versperren, ehe sie endlich im Allerheiligsten der Alten vom Berge stand.

Es war kein Garten. Natürlich nicht.

Sie hatte Recht gehabt, als sie eingewendet hatte, keine Pflanzen könnten in einer solchen Tiefe ohne Sonnenlicht gedeihen. Damals – und es kam ihr tatsächlich vor wie *damals*, obgleich es keine zwei Wochen her war – hatte Khur Shah ihr die Wahrheit über den Garten der Nizaris gezeigt, jenen Ort, der zugleich der mythische Garten Allahs war. Der Ort, an dem die Märtyrer in ewiger Freude lebten; der Ort, zu dem all jene gingen, die im Einklang mit ihrem Glauben lebten und starben. So jedenfalls stand es in den Schriften Hassans, dem Gründer des Nizarikults, der von sich behauptete, als Erster einen Zugang entdeckt zu haben, durch den auch ein Lebender den Garten betreten und wieder von dort zurückkehren konnte.

Sinaida war Christin, und es fiel ihr leicht, an den Mythos vom göttlichen Garten zu glauben, denn auch ihre Religion kannte diesen Ort, aus dem heraus Gott einst die Welt erschaffen hatte. Gott und Allah mochten ein und derselbe sein, wer wusste das schon – die Gärten beider Religionen jedenfalls ähnelten sich in ihren Schilderungen zu sehr, um nicht dasselbe Paradies zu beschreiben.

Der Raum hinter der siebten Tür war eine schmucklose Kammer, deren Boden mit Teppichen ausgelegt war. Die meisten waren verblichen und schimmelten vor Feuchtigkeit. Es waren noch immer dieselben Teppiche, die Hassan selbst einst hier entrollt hatte, und weder Khur Shah noch seine Väter hatten gewagt, sie durch neue zu ersetzen. Die Kammer war annähernd quadratisch, und ihre vier Wände überragten Sinaidas Kopf um eine halbe Mannslänge.

In der Mitte gab es einen hohen Stuhl, beinahe ein Thron, mit ledernen Polstern, deren Ränder mit reich verzierten Nietenköpfen an dem schwarzen Holz befestigt waren. An manchen Stellen war der Lack rissig geworden und abgeblättert, dennoch strahlte dieser Sitz noch immer etwas Erhabenes aus.

Die Wände waren schmucklos und leer, doch gab es noch einen weiteren Gegenstand in der Kammer, rechts neben dem Thron, in Reichweite seiner geschwungenen Armlehnen. Auf den ersten Blick schien es sich um ein steinernes Becken zu handeln, das Sinaida bis zur Hüfte reichte, nicht breiter als ein Fass, mit runden, glatten Wänden und einem Deckel aus Eisen. Er war durch ein weiteres Schloss gesichert, auf das der achte und letzte Schlüssel am Bund passte.

Sinaida öffnete den Deckel und klappte das schwere Halbrund aus Metall an seinen kreischenden Scharnieren nach hinten. Sie musste mit der Fackel hineinleuchten, um die Flüssigkeit zu sehen, die tief unten den Grund des Beckens bedeckte, kaum höher als ein, zwei Fingerbreit. In die Umwandung war unterhalb des oberen Randes eine Vertiefung eingearbeitet, in der ein kleiner tönerner Becher stand.

Sie zog die Fackel mit einem Fauchen der Flamme beiseite, damit kein Pech in das Becken tropfen und die Flüssigkeit an seinem Boden verunreinigen konnte. Mit dem Schaft steckte Sinaida sie in eine Halterung an der Wand.

Ihr Herz klopfte in heller Aufregung, als sie den Tonbecher aus seiner Höhlung nahm und im flackernden Feuerschein betrachtete. Rundherum war er mit Spuren der Flüssigkeit verklebt, denn in den Jahrhunderten seit Hassans Tod war er niemals gereinigt worden. Mehrere Generation der Alten vom Berge hatten daraus getrunken, doch keiner hatte den Frevel gewagt, die Spuren des Urahnen zu beseitigen, die sich noch immer unter all den anderen Resten des Trunks verbergen mochten.

»Das heilige Fluidum geht zur Neige«, hatte Khur Shah gesagt und sich tief in das Becken hinabbeugen müssen, um den Becher erst für Sinaida, dann für sich selbst zu füllen. »Niemand kennt die Rezeptur, und wenn der Rest aufgebraucht ist, schließen sich damit auch für uns die Pforten des Gartens.«

»Warum ist die Flüssigkeit nie verdunstet?«, hatte sie zweifelnd gefragt.

»Und warum verwandelt sich während eurer Zeremonien gewöhnlicher Wein in das Blut deines Propheten?«

»Das ist etwas anderes.«

Khur Shah hatte gelächelt. »Dann ist es nicht sein Blut, das ihr trinkt?«

»Nein … oder doch …«

»Alles ist so einfach, wenn man nur glauben kann.«

Sie hatte den Inhalt des Bechers ausgetrunken, als er sie darum bat, und dann hatte er sie zu dem Thron geführt.

»Aber dieser Platz ist für dich bestimmt«, hatte sie widersprochen.

»Jetzt ist es auch deiner.«

Während ihr Blick sich allmählich verschleierte, hatte sie zugesehen, wie er den Becher abermals in die Flüssigkeit tauchte und in einem Zug leer trank. Dann hatte er sich im Schneidersitz zu ihren Füßen auf die alten Teppiche gesetzt, ihr das Gesicht zugewandt und stumm zu ihr aufgeblickt.

»Was geschieht … jetzt …?«, hatte sie noch hervorgebracht, dann war die Antwort vor ihren Augen erschienen.

~

An diesem Tag, Wochen später, füllte Sinaida den Becher erneut, und sie stellte sich vor, wie all die vergangenen Oberhäupter des Nizarikults sich über den Rand des Beckens gebeugt hatten, tief hinein in die Finsternis, und wie wenig Ehrfurcht gebietend das ausgesehen haben musste, wenn alte Männer mit müden Knochen und schlaffen Muskeln bis zur Hüfte im Inneren der steinernen Röhre verschwanden.

Beinahe hätte sie darüber gelächelt. Nur beinahe.

Sie setzte sich mit dem vollen Becher auf den Thron und drehte das kleine Gefäß in der Hand. Der Inhalt hatte die Konsistenz von Wasser, doch selbst im trüben Fackelschein erkannte sie den grünlichen Schimmer der Flüssigkeit.

Khur Shah, dachte sie, falls du nicht mehr am Leben bist, dann halte dich an dein letztes Versprechen!

Seit seiner Abreise vor über einer Woche hatte sie keine Nachricht von ihm erhalten. Das eine Mal, als sie Doquz während dieser Zeit gesehen hatte, hatte diese ihr versichert, es müsse Khur Shah gut gehen, denn die Bewacher, die Hulagu ihm zur Seite gestellt hatte, würden sein Leben schützen wie ihr eigenes.

Doquz mochte an ihre Worte glauben. Sinaida tat es nicht. Sie wusste mit unabänderlicher Gewissheit, dass Khur Shah dem Tod geweiht war. Selbst wenn er den Ritt nach Karakorum ohne Attentate und Überfälle machtgieriger Stammesfürsten überstand, so hatte sie doch keinen Zweifel, dass am Hofe des Großkhans nicht Vergebung, sondern ein scharfes Schwert auf ihn wartete. Möngke würde es sich nicht nehmen lassen, den Kopf des Anführers der gefürchteten Nizaris vor seinen Toren aufzupflanzen. In jenem Augenblick, als Khur Shah den Entschluss gefasst hatte, Alamut zu verlassen, hatte er sein Todesurteil besiegelt. Und Sinaida fragte sich wieder und wieder, ob er die Wahrheit nicht gewusst hatte und ob er sie deshalb in das Geheimnis des Gartens eingeweiht hatte.

Damals, bei ihrem gemeinsamen Besuch dort, hatte er sie im Schein einer ewigen Morgensonne in die Arme genommen und einen Schwur geleistet:

»Falls mir jemals ein Leid geschieht und ich nicht zu dir

zurückkehren kann, dann werde ich hier auf dich warten. Und wenn du den gleichen Weg antrittst, werde ich hier sein, und dich bei deiner Ankunft mit Blumen schmücken.«

Das waren seine Worte gewesen. Sie hatte sich jedes einzelne haargenau eingeprägt, jede Betonung, alle Nuancen der Leidenschaft in seiner Stimme.

Sinaida versuchte, ihre Muskeln zu entspannen. Während ihrer ersten Reise an Khur Shahs Seite war sie verkrampft gewesen, ängstlich wie ein Kind, das über eine unbekannte Schwelle tritt. Heute aber wollte sie stark sein, bereit für das, was auf sie wartete – vielleicht Khur Shah, vielleicht aber auch eine neue Hoffnung, ihn doch noch in diesem Leben wiederzusehen.

»Ich bin bereit«, flüsterte sie, als sie den Becher an die Lippen führte. Die smaragdgrüne Oberfläche kräuselte sich, als ihre Worte darüber hinwegstrichen.

Sinaida schloss die Augen und ließ die Flüssigkeit über ihre Zunge perlen.

Es ging schneller als beim ersten Mal, vielleicht, weil jeder ihrer Sinne bereit war für den Übertritt. Alles Licht, jede Spur von Helligkeit schien sich um die Fackel an der Wand zusammenzuziehen. Bald war der Feuerschein nur noch ein winziger Punkt in der Ferne, dann verblasste er gänzlich.

Und aus der Schwärze hob sich eine neue Umgebung voll von fremden Geräuschen, Gerüchen und einer Luft, die nach exotischen Gewürzen und frisch gefallenem Regen schmeckte. Sattes, leuchtendes Grün umgab sie, als hätte die Flüssigkeit um Sinaida Gestalt angenommen, wäre zu Formen erstarrt, zu dichter, üppiger Vegetation.

Mit dem Wort »Garten« hatte sich für sie eine ganz bestimmte Vorstellung verbunden, in Erinnerung an die bewässerten Gärten der Wüstenstadt Karakorum: Palmenalleen und sauber gestutztes Buschwerk, schmale Wege unter symmetrischen Kuppeln aus Laub, Pflanzen mit großen Blättern, die nur mit viel Geschick und noch mehr Wasser am Leben erhalten werden konnten.

Dieser Garten aber war etwas vollkommen anderes. Es gab keine festen Merkmale, an denen man sich hätte orientieren können, denn sobald man aus der einen Richtung zurück in eine andere blickte, schien sich dort alles gewandelt zu haben, als zöge jemand kunstvoll bemalte Vorhänge vor und zurück, um den Betrachter zu täuschen oder stets mit neuen Aussichten zu erstaunen. Es gab Schneisen und weite Lichtungen, doch sie waren nur so lange da, wie man auf ihnen wandelte; drehte man sich um und schaute zurück, war dort, wo im einen Moment ein Palmenhain wuchs, im nächsten schon ein dunkler Tannengrund und im übernächsten eine Wiese mit blühenden Obstbäumen entstanden. Und doch war keine dieser Verwandlungen erschreckend, denn alles hier schien sich in einem ewigen, harmonischen Fluss zu befinden. Man selbst kam sich vor, als sei man laufenden Änderungen unterworfen, die einen an die Umgebung anpassten – nicht äußerlich, aber im Geiste, sodass man beim ersten Atemzug über einen herrlichen Rosenbusch in Verzückung geriet, sich aber im nächsten schon nichts Schöneres vorstellen konnte als das Orchideengewächs, das statt seiner dort stand.

Sinaida war erst zum zweiten Mal hier. Noch immer war dies alles neu und faszinierend und gewiss auch ein wenig beängstigend für sie. Sie hatte Khur Shah um Erklärungen gebeten, doch er hatte ihr keine geben können, denn hier schien es für nichts einen Grund, für nichts eine Ursache zu geben. Alles geschah, weil es geschah. Ein endloser Kreislauf aus Veränderungen, der manchmal in seiner Schönheit oberflächlich wirkte, aber unter dieser Oberfläche nur weitere Schönheiten barg, und weitere Wandlungen.

Wie groß dieser Ort war? Darauf gab es keine Antwort. Ob dies dieselbe Stelle war, an der sie auch mit Khur Shah gestanden hatte? Auch das blieb ungewiss.

Sie konnte nur hoffen, dass er, falls er wirklich auf sie wartete, *hier* auf sie wartete.

Um sie herum wechselte das Panorama des wuchernden Grüns mit jedem Wimpernschlag. Sie stand vor einer Wand aus dichtem Buschwerk, dann wieder öffnete sich eine Wiese unter einem azurblauen Himmel, schließlich ein Hohlweg, durch dessen Blätterdach ein Gitterwerk goldener Sonnenstrahlen fiel. Sie folgte dem Pfad, ehe er verschwinden konnte. Die Fähigkeit, sich zu orientieren, verlor hier jede Bedeutung. Und so spielte es auch keine Rolle, ob der Beginn ihrer Wanderung vor oder hinter ihr lag, links oder rechts. Wenn sie wollte, würde sie wieder dort ankommen, jetzt gleich oder erst nach Stunden. Der Garten formte sich wild und willkürlich, solange niemand Einfluss darauf nahm. Wünschte man sich hingegen eine bestimmte Aussicht, einen bestimmten Punkt herbei, so lag er gleich hinter dem nächsten Vorhang aus Lianen, jenseits einer Wand aus Efeu oder auf der anderen Seite eines Schauers warmer Regentropfen.

Sinaida war schon bei ihrem ersten Besuch der Verdacht gekommen, dass dieser Garten womöglich nur in ihrem Kopf existierte, dass sie ihn zwar hören, riechen, ertasten konnte, all diese Sinne aber nur ebenso Opfer einer Täuschung waren wie ihre Augen, vor denen sich die Wandlungen vollzogen wie zauberisches Gaukelspiel.

Als sie gegenüber Khur Shah diesen Verdacht geäußert hatte, hatte er nur die Schultern gezuckt. Was für eine Rolle spielte das? Sie waren hier, und sie waren zusammen. Und wenn es nur eine Täuschung wäre, eine Art Traum, wie kam es dann, dass sie ihn gemeinsam erlebten?

Sie wanderte durch das üppige Grün mit all seinen fantastischen Schattierungen, und manchmal glaubte sie Bewegungen wahrzunehmen, obgleich nie jemand da war, wenn sie hinschaute. Es gab keine Tiere in diesem Garten, kein Vogelzwitschern im Geäst, kein aufgeregtes Schnüffeln im Unterholz. Die einzigen Laute waren das Rascheln der Blätter und Zweige, durch die sanft der warme Wind fuhr.

»Khur Shah?«, sprach sie seinen Namen aus, wagte aber nicht, ihn laut zu rufen, denn es schien ihr wie Blasphemie, das Säuseln der Bäume mit ihrer Stimme zu übertönen.

Sie bekam keine Antwort.

Noch einmal versuchte sie es, beim dritten oder vierten Mal ein wenig lauter. Doch Khur Shah kam nicht zu ihr, und einen Moment lang musste sie stehen bleiben, weil vor Erleichterung ihre Beine weich wurden und zugleich eine schwere Bürde auf ihre Schultern drückte.

Was, wenn der Großkhan ihn am Leben ließ und einkerkerte? Man munkelte von Gefangenen in den Kerkern Karakorums, die dort seit Jahrzehnten auf ihren Tod warteten. Manche wurden selbst viele Jahre nach ihren Vergehen wieder und wieder gefoltert, ohne dass man ihnen die Gnade eines schnellen Sterbens gewährte.

War es das, was Khur Shah bevorstand? Das war ein schlimmeres Schicksal als der Tod, denn dann bot ihnen der Garten keine gemeinsame Zuflucht.

Stärke schien aus dem Boden an ihren Beinen emporzusteigen, als wäre sie selbst zum Baum geworden, der durch seine Wurzeln neue Kraft aus dem Erdreich saugte. Farbe und Licht übertünchten die Schwarzmalerei in ihren Gedanken. Ihre Verzweiflung verebbte.

Khur Shah war nicht hier. Er lebte. Das war ein Grund zur Freude, kein Anlass, den Mut zu verlieren.

Sie hob das Haupt und schaute sich mit neuer Entschlossenheit um. Diesmal hatte sich die Landschaft des Gartens nicht verändert, und sie erinnerte sich an Khur Shahs Worte, dass der Zauber dieses Ortes eine Weile brauchte, ehe er den

Garten im Inneren eines Menschen auf die Außenwelt übertrug. Sinaida hatte diese Erklärung damals nicht verstanden, doch nun begriff sie allmählich: Der Garten Allahs war für jeden, der hierher kam, ein anderer, und der vielfache Wechsel der Landschaft bei ihrer Ankunft war ein unfasslicher Akt des Ausprobierens gewesen, ein allmähliches Festlegen auf eine endgültige Erscheinungsform.

Für Sinaida stellte er sich als luftiges, lichtdurchflutetes Paradies dar. Nicht weit von ihr floss ein Bach plätschernd durch ein Bett aus weißem Kies. Auf der Oberfläche brachen sich die Strahlen der Sonne, die hier im Garten einen ewigen Morgen schufen und die Laubkronen der Bäume mit Mustern aus Hell und Dunkel tupften. Es gab Palmen und Eukalyptusbäume, Zweige, die sich vor Oliven und Früchten nur so bogen, aber auch hohe Tannen und Fichten, deren lange Nadeln sich im Wind bewegten wie Federn. Es war eine seltsame Mischung aus der Vegetation, die sie während ihrer Reise mit der Großen Horde gesehen hatte, und solcher, die sie nur aus den Beschreibungen ferner Länder kannte, sodass ihr Abbild hier im Garten womöglich gar nicht der Wirklichkeit auf Erden entsprach, sondern nur Sinaidas Vorstellung davon.

Und dann entdeckte sie etwas, das ihre Angst um Khur Shah auf einen Schlag von neuem emporkochen ließ.

Für die Dauer eines Wimpernschlages, zu kurz, um ganz sicher sein zu können, sah sie andere Menschen. Menschen mit gesenkten Häuptern, in betretenem Schritt.

Ein Trauerzug.

Er verschwand so schnell, wie er am Rande ihres Blickfeldes aufgetaucht war. Es mochten nur Schatten gewesen sein. Aber Schatten wovon? Nicht von den Bäumen, und am Himmel standen keine Wolken. Außerdem hatte sie zu viele Details wahrgenommen – die niedergeschlagenen Blicke, die gesenkten Gesichter –, als dass es eine Täuschung hätte sein können.

Eilig machte sie sich auf den Weg, hastete über eine Wiese aus blühenden Gräsern, umstanden von Bäumen wie Säulen eines grandiosen Thronsaals. Ihre Schritte wirbelten Pollen auf, die sie in einen schweren, süßen Duft hüllten. Schon nach kurzer Zeit raste ihr Atem, nicht vor Erschöpfung, sondern vor Erregung und Sorge. Furcht hätte an diesem Ort etwas Fernes, Fremdes sein müssen, doch Sinaida hatte sie mit hierher gebracht wie etwas, von dem sie sich nicht trennen konnte.

Hinter einigen Bäumen hatte sie die Prozession trauernder Gestalten gesehen. Aber nun war dort niemand mehr. Die Grashalme standen aufrecht, es gab keine Spuren.

Du hast sie dir eingebildet. Deine Angst spielt dir einen Streich.

Plötzlich kamen ihr die Tränen, so unvermittelt, als wäre sie selbst ein Teil jener Trauergesellschaft, die es vielleicht nie gegeben hatte. Tiefe Niedergeschlagenheit überkam sie. Sie weinte, vielleicht um Khur Shah, vielleicht um sich selbst. Womöglich auch, weil in ihr die Ahnung aufstieg, dass bei alldem hier Betrug im Spiel war, eine Täuschung, so umfassend, dass sie ihr den Atem raubte.

Erschöpft sank sie am Fuß eines Baumes nieder. Unter Sinaidas tränentrübem Blick wurden die Spitzen der Grashalme zu einem Ozean gebogener Klingen. Sie vergrub das Gesicht in den Händen und weinte so lange, bis sie meinte, ihr Schluchzen würde eins mit dem Flüstern des Windes. Schließlich schaute sie auf, suchte abermals nach einem greifbaren Grund für ihren Gram, doch da war noch immer nichts. Es war, als wäre das Leid von außen in sie eingepflanzt worden, als hätte eine unsichtbare Hand in ihre Brust gegriffen und ihr Herz mit Fingern aus Melancholie umschlossen.

Nur sehr langsam fiel das Gefühl von ihr ab und wurde von Müdigkeit verdrängt. Schwerer, bleierner Müdigkeit.

Die Pforten des Gartens öffneten sich einmal mehr für sie,

und ihr Verstand stürzte aus wogendem, wolligem Grün zurück in die Schatten des Berges.

Eine Stimme schallte ihr entgegen.

~

»Ergreift sie«, befahl Shadhan in der Zunge der Mongolen, noch bevor sie ihn erkannte. »Packt sie und bringt sie nach oben!«

Hände ergriffen sie und zerrten sie vom Thron der Alten vom Berge.

»Shadhan«, stieß sie mit schwacher Stimme aus. Sie fühlte sich benommen, wie in Trance. »Was ... soll das? ... Ich befehle dir ...«

»Du befiehlst nichts mehr, Verräterin«, spie er ihr entgegen. Er trug nicht mehr den Kaftan, den er früher nie abzulegen schien, sondern ein nachtblaues Prachtgewand mongolischer Manufaktur; es war mit silbernen Stickereien und einem Saum aus schwarzen Perlen verziert. Er hatte sich den schmalen schwarzen Bart gekürzt, und an seiner rechten Hand blitzte im Fackelschein ein Ring, den Sinaida schon einmal gesehen hatte. Sie erinnerte sich nur verschwommen, noch immer wie betäubt von ihrer Rückkehr in die Wirklichkeit. Oder war sie niemals fort gewesen?

Sie versuchte, die Hände der beiden Krieger abzuschütteln, doch sie war zu geschwächt. Von ihrem ersten Besuch im Garten wusste sie, dass es Stunden dauern würde, ehe sie wieder alle Sinne und Kräfte beisammen hatte.

»Du nennst mich eine Verräterin?«, fragte sie.

»Du hast dein Volk hintergangen und um das Oberhaupt seiner Feinde gebuhlt. Gemeinsam mit Khur Shah hast du Attentate auf den ehrwürdigen Il-Khan und sein Weib geplant. Erst in der letzten Nacht gab es einen erneuten Anschlag auf ihr Leben.«

»Doquz?«, entfuhr es ihr alarmiert. »Was ist mit ihr?«

Shadhan wandte sich mit einem verächtlichen Schnauben an die Krieger, die ihr unter seiner Führung zur geheimen Kammer im Berg gefolgt waren. »Hört sie nur heucheln! Als läge ihr wirklich etwas am Wohlergehen der Fürstin!«

Sie vernahm seine Worte wie durch Wasser. »Was ist mit meiner Schwester?«

Shadhan lächelte. Fackelschein blitzte in seinen Augen. »Es geht ihr gut. Der Vorkoster des Il-Khans konnte deinen feigen Anschlag vereiteln… Gift, Sinaida! Du hast versucht, deine eigene Schwester zu vergiften.«

Sie schüttelte verständnislos den Kopf, zu benommen, um das ganze Ausmaß dieser Ungeheuerlichkeit zu erfassen.

Sein Blick wanderte zu dem steinernen Becken, aber es war nur ein Schauspiel für das Dutzend Krieger, das sich an den Wänden der Kammer drängte. Auch seine Worte waren nichts als Hohn. »Sieht aus, als hätten wir deine geheime Giftküche gefunden.« Er beugte sich näher an ihr Gesicht und flüsterte: »Khur Shah wäre niemals so dumm gewesen, anderen den Weg hierher zu weisen.«

Auf einmal erinnerte sie sich, wo sie den Ring zuletzt gesehen hatte: am Finger eines von Hulagus ältesten Beratern. Shadhan musste seinen Platz eingenommen haben. Sinaida bezweifelte, dass sein Vorgänger noch lebte. Was hatte man ihm vorgeworfen? Einen falschen Ratschlag? Oder ebenfalls Verrat?

Sie hatte nicht die Kraft, gegen Shadhans Vorwürfe anzureden. Dazu würde später Zeit sein, wenn sie Doquz und Hulagu gegenüberstand.

»Und das alles für die Bibliothek von Bagdad?«, fragte sie bissig, als die Männer sie an Shadhan vorbei zur Tür führten. Seine Miene blieb steinern. »Du opferst deinen Herrn Khur Shah und dein gesamtes Volk für eine *Bibliothek*, Shadhan? Ist sie das wirklich wert?«

Ganz kurz sah es aus, als wollte er antworten, doch dann wandte er sich mit einem Ruck ab und deutete auf den Thron und das Becken. »Das also ist das Geheimnis um den Garten Allahs? Ein Stuhl und ein Rauschmittel? All die Jahrzehnte, die ich damit verbracht habe, die Geschichte der Alten vom Berge zu studieren … Und dann soll *das hier* alles gewesen sein?« Er schüttelte den Kopf. »Daran glaube ich nicht.«

Widerspruch lag ihr auf der Zunge, doch sie schluckte ihn wie bittere Medizin.

Die Krieger wollten sie durch die erste der sieben Türen hinausbringen, als Shadhan die Hand hob. »Wartet! Sie soll mit ansehen, was mit dem Gift geschieht, das sie dem edlen Il-Khan und seinem Weib zugedacht hatte.« Er gab zwei Männern einen Wink. »Zerschlagt das Becken und den Thron. Lasst nichts übrig. Alles muss zerstört werden.«

»Nein!«, entfuhr es Sinaida. »Tut das nicht!« Wenn der Rest des Fluidums verloren ging, hatte sie keine Möglichkeit mehr, Khur Shah im Garten zu begegnen. Wie sollte sie ihn dann wieder sehen, ohne selbst zu sterben? Dazu war sie noch nicht bereit; nicht, solange Shadhan am Leben war.

»Hört ihr sie?«, rief Shadhan spöttisch. »Selbst jetzt noch wird diese Schlange von dem Wunsch verzehrt, euren Herrn zu vergiften.«

Die Griffe um ihre Oberarme verstärkten sich. Für die Soldaten ergaben Shadhans Worte durchaus einen Sinn. Was er sagte, passte zu den Gerüchten, die seit Tagen im Lager umgingen: Dass Sinaida dem Zauber der Nizaris verfallen war. Dass sie den Verstand verloren hatte.

»Nein!«, brüllte sie mit aller Kraft. »Ihr dürft das nicht zulassen! Er ist der Verräter!«

Mehrere Krieger begannen, das Becken mit Tritten zu traktieren. Das morsche Gestein knirschte, hielt aber stand.

»Wir brauchen Werkzeug«, sagte einer von ihnen. »Hammer und Axt.«

Shadhan fuhr ihn an: »Ist das etwa die berühmte Stärke der mongolischen Krieger? Bringen die neuen Herrn der Welt es nicht einmal fertig, ein Stück Stein zu zerstören?«

Die Männer sahen einander an. Shadhan, dem die mongolische Mimik fremd war, mussten der Widerwillen und der Zorn in ihren Gesichtern entgehen. Sinaida dagegen erkannte beides sehr wohl, und noch einmal schöpfte sie neue Hoffnung.

»Er verspottet euch! Er ist unser Feind – eurer und meiner! Gehorcht ihm nicht!« Abermals versuchte sie, sich loszureißen, um sich schützend vor das Becken zu stellen. Doch ihre Bewacher waren zu kräftig und sie selbst noch immer viel zu geschwächt von ihrer Reise in den Garten. Auch die Nizarikampfkunst half ihr in diesem Zustand nicht weiter.

Einen Moment lang zögerten die Männer tatsächlich. War Shadhan zu weit gegangen?

Da aber drängte vom Gang einer der Turgauden herein, ein breitschultriger Mann, der einen Kopf größer war als alle anderen und nur von Hulagu selbst Befehle entgegennahm. Er trug schweres Rüstzeug, das ihm auf dem Rückweg die Felsen und Stufen hinauf zu schaffen machen würde.

»Gehorcht dem Berater Hulagus!«, rief er in die Kammer hinein. »Der Il-Khan will es so!«

Sinaida kannte diesen Mann, hatte ihn vor langer Zeit sogar gemocht. Er aber würdigte sie keines Blickes. Shadhans giftiger Stachel war in der kurzen Zeit tiefer in das Herz der Mongolen gedrungen, als sie für möglich gehalten hatte.

»Nehmt das!«, rief der Turgaude. In seinen Händen lag eine gewaltige Kriegskeule, wie die Mongolen sie nur beim Kampf zu Fuß benutzten, niemals auf dem Rücken eines Pferdes. Er schleuderte sie den Männern vor die Füße. Das eiserne Ende schlug eine tiefe Kerbe ins Gestein.

»Nein!«, schrie Sinaida verzweifelt.

Shadhan lächelte zufrieden.

Einer der Männer hob die Keule vom Boden auf, wog sie einen Augenblick prüfend in beiden Händen – dann ließ er sie auf den Rand des Beckens niederkrachen. Augenblicklich barst das Gestein. Staub und Splitter spritzten in alle Richtungen.

Sinaida warf sich gegen ihre Bewacher, tobte wie eine Wahnsinnige und versuchte, die Männer abzuschütteln. Vergeblich.

»Sie ist besessen«, stellte der Turgaude fest und blickte ihr zum ersten Mal ins Gesicht. In seinen Augen standen Abscheu und eine Spur echter Erschütterung. »Bringt sie fort!«

Sie wehrte sich erbittert, doch die Männer zogen sie rückwärts durch die Tür.

Die Kriegskeule fuhr wieder und wieder auf das Becken herab. Die Trümmer stürzten ins Innere, verschütteten den kläglichen Rest der grünen Flüssigkeit.

Sinaida schrie noch immer, während die Männer sie durch die sieben Türen zogen. Ihr war, als schlüge jede einzelne unsichtbar hinter ihr zu. Die Pforte zum Garten war verschlossen. Sie würde Khur Shah nicht wieder sehen.

Das Letzte, was sie im Fackelschein erkannte, war der leere Becher, der von der Armlehne des Throns gefegt wurde und schlingernd über den Boden rollte.

Shadhans Stiefel zermalmte ihn zu Staub.

Aelvin erschrak, als er Favola die Treppe heraufstolpern sah. Ihr Blick war gehetzt, ihr Gesicht aschfahl. Sie klammerte sich mit beiden Armen an den Luminaschrein, als wäre er es, der sie die Stufen herauftrug, nicht umgekehrt.

»Gabriel«, rief sie atemlos, als ihre Freunde von den Stühlen aufsprangen. »Er … er ist … krank. Er …«

Aelvin war als Erster bei ihr und ergriff sie am Arm, als sie zu fallen drohte. Sie schüttelte ihn ab und stützte sich mit beiden Händen auf die Tischkante.

»Er hat … Fieber, glaube ich.«

»Unglückseliges Kind!«, entfuhr es Albertus. »Warst du etwa bei ihm?«

»Er schreit … Und er … er …«

»Allmächtiger!«, stöhnte Albertus, nicht aus Mitgefühl für den Gefangenen, sondern aus Verärgerung über Favola. »Du hättest alles zunichte machen können!«

Sie schoss einen zornigen Blick in seine Richtung ab, der alle verblüffte. »Ihr meint, wenn er mich getötet hätte? Habt Dank, dass Euch mein Wohlergehen so sehr am Herzen liegt.« Ihr Tonfall wurde schneidend. »Oder sollte es Euch in Wahrheit nur um die Lumina gehen?«

Albertus stieß ein Seufzen aus und verdrehte die Augen.

Gleich wird er die Hände gen Himmel recken, dachte Aelvin spöttisch, und für uns alle um Vergebung flehen.

Doch der Magister trat nur um den Tisch herum und wollte Favola besänftigend an der Schulter berühren. Sie schüttelte ihn ebenso barsch ab wie zuvor Aelvin. Im Hintergrund huschte ein Lächeln über Libuses Gesicht.

»Was hast du dir nur dabei gedacht?«, zeterte der Magister.

Favola schüttelte den Kopf. »Er braucht Hilfe … Medizin. Schnell!«

Saphilius stöhnte auf. »Nun tut schon irgendwas! Ich will keinen toten Ritter in meinem Haus haben. Das alles wird schon genug Ärger geben.«

Albertus atmete tief durch, zerrte das Kräuterbündel unter seinem Gewand hervor und ging zur Treppe. Dort schaute er sich noch einmal um. »Du hast Recht, alter Freund. Wenn das hier vorbei ist, verschwinden wir. Besser heute als morgen.«

Corax war als Einziger sitzen geblieben. Er sagte kein Wort. Libuse stand neben ihm und hielt seine Hand, obgleich ihre Miene deutlich zeigte, dass sie am liebsten ebenfalls zum Kerker geeilt wäre.

Aelvin schloss sich Albertus an, und gemeinsam stürmten sie die Stufen hinunter ins Erdgeschoss des Turms. Favola gab sich einen Ruck und folgte ihnen. »Du bleibst oben!«, rief Albertus über die Schulter, doch sie tat, als hätte sie es gar nicht gehört. Aelvin verkniff sich ein Grinsen, blickte aber gleichfalls zurück und traf für einen Herzschlag Favolas Blick. Sie war aufgebracht, noch immer totenbleich, doch zugleich war da ein neues Feuer in ihr, ein unverhoffter eigener Wille.

Hinter der Tür von Gabriels Kerker herrschte Stille. Albertus wechselte einen Blick mit Aelvin und runzelte zweifelnd die Stirn. Dann schob er die Sichtluke zurück und blickte ins Innere.

»Gabriel?«

Eine Weile lang herrschte Schweigen. Dann ertönte sehr schwach die Stimme des Gefangenen: »Fort mit euch … Lasst mich …!«

Aelvin drängte sich neben den Magister, um einen Blick in die Zelle zu erhaschen. Kurz sah er im Halbdunkel eine Gestalt auf allen vieren am Boden, den Oberkörper auf die unverletzte Hand gestützt, den Kopf vornüber gebeugt, das Gesicht vom langen Haar verdeckt. Ein grauenhafter Gestank nach Erbrochenem drang durch die Öffnung.

Albertus schob Aelvin unwirsch beiseite. »Was ist mit dir, Gabriel? Ist es die Hand? Hast du Schmerzen?«

Ein irres Lachen ertönte hinter der Tür.

Albertus drehte sich zu den anderen um. »Ich gehe rein. Ihr müsst die Tür hinter mir verriegeln, damit er –«

»Er wird dir nichts tun«, sagte eine entschlossene Stimme hinter Favola. Libuse war ebenfalls die Treppe herabgestiegen. Ihre Miene war düster, in der Rechten hielt sie das Schwert ihres Vaters. »Ich begleite dich. Falls er irgendetwas versucht, töte ich ihn.«

Aelvin hob eine Augenbraue und deutete auf die Waffe. »Kannst du damit umgehen?«

Einmal mehr würdigte sie ihn keiner Antwort, drängte sich an Favola vorbei und trat neben Albertus. »Gehen wir?«

Der Magister zögerte kurz, dann nickte er. Mit beiden Händen zerrte er den Riegel aus seinen Verankerungen.

Drinnen war wieder Ruhe eingekehrt. Gabriels Gelächter war verklungen.

»Lass mich vorgehen«, sagte Libuse. »Ich halte ihn in Schach, bis die Tür hinter uns verriegelt ist.«

Aus dem Kerker drang Stöhnen, gefolgt von einem Rascheln. »Haltet mir ja diese Hexe vom Leib!«, keuchte Gabriel.

Im ersten Moment glaubte Aelvin, er meinte Libuse. Dann aber begriff er. »Du warst bei ihm?«, fragte er Favola. »Da *drinnen*?«

Auch Albertus starrte die Novizin fassungslos an.

Sie nickte stumm, jetzt wieder scheuer, legte den Kopf

schräg und schmiegte eine bleiche Wange an den Deckel des Luminaschreins.

»Das darf doch alles nicht wahr sein«, stöhnte Albertus und schüttelte energisch das kahle Haupt. »Bist du bereit?«

Libuse nickte. »Bereit.«

Nacheinander drückten sie sich durch den Spalt in den Kerker. Aelvin trat vor, verriegelte hinter ihnen die Tür und blickte angespannt durch die Luke ins Innere.

~

Libuse kämpfte gegen den Würgereiz an, der in ihrer Kehle aufstieg. Trotz der kühlen Luft verströmten die Pfützen aus Erbrochenem am Boden einen sauren Gestank, der sie beim Eintreten wie ein Schlag ins Gesicht traf. Dazu kam der durchdringende Geruch von Schweiß und Exkrementen. Gabriel hatte das Wasser nicht halten können, und nun kauerte er inmitten seines eigenen Drecks wie ein Tier auf drei Beinen; den verletzten Arm hielt er angewinkelt wie ein Hund eine verletzte Pfote. Noch immer hatte er das Gesicht gesenkt, doch Libuse beschlich das Gefühl, dass er zwischen den fettigen Haarsträhnen lauernd zu ihnen herüberstarrte.

»Mach nur eine falsche Bewegung«, knurrte sie mit der Klinge im Anschlag, »und ich spalte dir den Schädel.«

»Gabriel«, sagte Albertus. »Was ist hier geschehen?«

Ein leises Kichern ertönte aus den Schatten. »Die Hexe«, flüsterte der Gefangene. »Die Hexe war hier.«

»Favola?«

Gabriel gab keine Antwort und drückte sich rückwärts an die Wand. Seine Knie zogen Spuren aus stinkendem Sekret über den Boden. Mit einem Stöhnen lehnte er den Rücken gegen die Mauer, streckte beide Beine aus.

»Ist sie für … das hier verantwortlich?«, fragte Albertus und machte zwei Schritte auf Gabriel zu. Libuse rückte neben ihm vor, aber der Magister hob eine Hand und hieß sie stehen zu bleiben.

»Du solltest nicht allein so nah an ihn herangehen«, sagte sie. Ihre Mission hing ebenso an Albertus wie an Favola. Ohne ihn würde ihre Reise hier enden, und es stand zu befürchten, dass Gabriel dies wusste.

»Er ist zu schwach, um mir etwas anzutun«, widersprach Albertus. »Was ist geschehen?«

Keine Antwort.

»Ich werde deine Hand behandeln und alles andere, was Heilung bedarf«, sagte Albertus. »Du wirst leben. Das verspreche ich dir. Aber du musst mir die Wahrheit sagen.«

Gabriel hob die Hand mit den verschmutzten Bandagen vor sein Gesicht und betrachtete sie wie etwas, das nicht Teil seines Körpers war. »Sie… tut weh.«

»War Favola bei dir?«

Gabriels Blick tastete an der Hand vorbei zum Gesicht des Magisters. »Ja.«

Ein Seufzen kam über Albertus' Lippen. Libuse sah, dass er für einen Moment die Augen schloss. Er hat Angst, durchzuckte es sie, Angst davor, die Kontrolle über uns alle zu verlieren.

Sie näherte sich den beiden Männern von der Seite, sodass sie Gabriel mit einem einzigen Ausfallschritt erreichen konnte.

Die gesunde Hand des Gefangenen tastete zitternd über seine Stirn.

»Sie hat mich berührt«, flüsterte er.

~

»Du hast *was* getan?« Aelvin wirbelte herum und starrte Favola entgeistert an. »Du hast ihn angefasst?«

Sie stand drei Schritt von ihm entfernt. Mit einer Hand

fuhr sie unablässig über den Luminaschrein. Hinter ihr auf der Treppe war Saphilius aufgetaucht und blickte mit einer Miene zu ihnen herab, als könnte er gar nicht fassen, was für einem Haufen Verrückter er Zutritt zu seinem Haus gewährt hatte.

»Ja«, sagte Favola leise und klang beinahe ebenso tonlos wie Gabriel auf der anderen Seite der Kerkertür.

»Warum, um Himmels willen?«

»Ich... weiß nicht.«

»Du weißt es nicht?« Aelvin verschluckte sich fast. »Herrgott noch mal...« Er drehte sich wieder zur Tür, presste das Gesicht an die Luke.

Libuses Schwertspitze hing eine Armeslänge vor Gabriels Gesicht in der Luft, völlig bewegungslos. Wie vollkommen sie sich unter Kontrolle hatte! Der beißende Gestank machte Aelvin zu schaffen, doch das war nichts gegen seine Sorge um Corax' Tochter. Seine Hand lag auf dem Riegel, um ihn im Ernstfall blitzschnell zurückzuschieben und Libuse zu Hilfe zu eilen.

Albertus ging neben Gabriel in die Knie. »Deine Hand«, sagte er. »Gib sie mir.«

Zu Aelvins Erstaunen gehorchte der Gefangene. Er ließ zu, dass Albertus den Verband löste. Im Halbdunkel und aus der Entfernung konnte Aelvin die Schwellung nicht erkennen, aber er hörte sehr wohl, dass der Magister scharf die Luft einsog.

»Aelvin.« Ein Flüstern an seinem Ohr. Die Wärme eines Gesichts dicht an seinem. Er wagte nicht, den Kopf zu drehen, aus Angst, sie damit wieder zu verjagen. »Ich habe gesehen, wie er stirbt.«

Aelvin wurde schwindelig.

»Ich weiß, wie er ums Leben kommt«, wisperte sie noch einmal. »Ich musste es einfach wissen, so erbärmlich wie er aussah in all dem Schmutz.«

»Er ist unser Feind«, sagte er und zog sich jetzt ganz, ganz langsam von der Luke zurück, um Favola ansehen zu können. »Du weißt doch, was er getan hat.«

»Niemand hat es verdient, wie ein Tier gehalten zu werden.«

»Aber er *ist* ein Tier! Denk nur an Libuse und Corax!«

»Ich habe Angst, Aelvin«, wisperte Favola und wich seinem vorwurfsvollen Blick aus. Sie klammerte sich noch fester an den gläsernen Schrein, und für einen Augenblick durchfuhr Aelvin fast so etwas wie Eifersucht: Warum suchte sie bei diesem Ding Schutz statt bei ihm? Er hätte sie gern in die Arme genommen. Er wollte sie trösten, ihr sagen, dass alles gut werden würde, ganz gleich, wie aussichtslos im Moment alles aussah. Er verspürte den Wunsch, sie zu küssen, jetzt sofort. Ihm war die Unmöglichkeit bewusst, der Ernst ihrer Lage. Und doch –

»Ich werde ihn töten«, sagte Favola.

Er brachte keinen Ton heraus. Sein Verstand war leer gewischt wie die Tische nach einer Wirtshausschlägerei.

»*Ich* bin es, die ihn töten wird«, sagte Favola noch einmal, so leise, dass nur er sie hören konnte.

Aelvin wandte schwerfällig den Kopf, blickte durch die Luke zu Gabriel, eine zusammengesunkene Gestalt im Dämmerlicht des Kerkers. Albertus bestrich seine linke Hand mit Kräutertinkturen. Libuse sah reglos dabei zu wie die Steinstatue einer mythischen Kriegerin.

Aelvin blickte zurück zu Favola. Saphilius war von der Treppe verschwunden, Gott weiß wohin.

»Du?«, fragte er leise. »Aber warum?«

»Ich weiß es nicht«, sagte sie. »Es ist das, was ich gesehen habe.«

»Bist du ganz sicher?«

Sie nickte.

»Wie? … Ich meine … *wie* tötest du ihn?«

Sie hob das Gesicht, sah ihm einen Moment lang tief in die Augen und schien dann durch ihn hindurchzublicken. »Er liegt am Boden«, flüsterte sie. »Er... er ist voller Blut und Wunden. Und ich... ich...« Sie verstummte, biss sich auf die Unterlippe und sprach dann weiter: »Ich habe einen Dolch in der Hand und stoße ihn ihm ins Herz. Mitten hinein. Und er heult, während er stirbt... Heult wie ein Hund.« Sie schluchzte leise. »Sogar jetzt noch, in meinen Gedanken.«

Tränen liefen über ihre Wangen. Aelvin legte erst zögernd, dann fester seine Hände an ihre Oberarme und zog sie unbeholfen zu sich heran. Sie vergrub das Gesicht an seiner Schulter. Ihre Haarspitzen berührten sanft seine Wangen, aber das schien nicht auszureichen, um neuerliche Bilder seines Todes in ihr heraufzubeschwören.

»Ich kann doch keinen Menschen töten«, brachte sie stockend hervor. »Ich... ich kann das nicht, verstehst du?« Sie zog den Kopf zurück und sah ihn an.

»Du musst es nicht, wenn du nicht willst«, sagte er.

»Aber es ist die Zukunft«, widersprach sie. »Ich habe sie gesehen.«

»Vielleicht gibt es... ich weiß nicht, noch eine andere Zukunft. Für dich, für ihn... sogar für mich.«

Ihre Augen weiteten sich unmerklich, als sie sich an die Bilder erinnerte, die sie damals bei Aelvins Berührung gesehen hatte. Erschrocken löste sie sich von ihm.

»Wer weiß.« Sie senkte wieder den Blick.

Ich verliere sie, dachte er panisch. Ich verliere sie für immer.

»Nichts ist festgeschrieben«, sagte er entschieden. »Alles kann sich ändern, mit jeder winzigen Entscheidung, die wir treffen. Vielleicht tötest du ihn wirklich, wenn... was weiß ich... wenn wir sofort aufbrechen, zum Beispiel. Und vielleicht geschieht etwas ganz anderes, wenn wir eine Nacht lang hier bleiben. Jeder Schritt kann alles andere verändern.«

Vielleicht, dachte er, haben wir die Zukunft schon in diesem Augenblick verändert. Dadurch, dass sie mir erzählt hat, was sie gesehen hat. Durch unsere Umarmung. »Als ich dich im Kloster berührt habe, da war ich noch ein anderer. Ich war Aelvin, der Zisterziensernovize. Und jetzt? Ich weiß nicht mehr, was ich bin. Bin ich noch ein Mönch? Ein Geistlicher?« Und in Gedanken setzte er hinzu: Ich weiß ja nicht einmal, ob ich noch an das alles hier glauben kann. An die Lumina. Den Garten Eden. An Gott.

Sie hob ihre behandschuhte Rechte, küsste die Kuppe ihres Zeigefingers und drückte sie zärtlich auf Aelvins Lippen. »Du bist noch immer du, und deshalb hab ich dich so gern.«

Als flüchtete sie vor ihren eigenen Worten, fuhr sie herum und lief die Treppe hinauf.

Aelvin starrte ihr hinterher wie einem Geist. Ihre Worte blieben bei ihm zurück, hallten in ihm nach wie ein fernes Echo.

Als er wie betäubt durch die Luke sah, blickte Libuse reglos zu ihm herüber, das Gesicht im Schatten verborgen, nur blitzende Augen im Dunkel.

Sie hatte alles mit angesehen.

~

Es war noch immer stockfinstere Nacht, als sie das Haus des Kartographen verließen. Sie trugen neue Mäntel über ihrer Reisekleidung, eng gewebte, dunkelbraune Kapuzenumhänge mit dickem Fellfutter, die Saphilius für sie besorgt hatte. Die beiden Maultiere ließen sie nach einigem Abwägen bei ihm zurück, doch alle Versuche Albertus', ihm auch den Gefangenen aufzuschwatzen, schlugen fehl.

»Nur zwei Tage«, hatte der Magister gesagt, »bis unser Vorsprung groß genug ist. Danach kannst du ihn laufen lassen.«

Aber Saphilius hatte sogleich die Hände über dem Kopf

zusammengeschlagen und gezetert, um keinen Preis der Welt wolle er noch tiefer in diese Sache hineingezogen werden. Nicht genug, dass sie den Schergen eines Erzbischofs verschleppt und in *seinem* Haus gefangen gehalten hatten, o nein, offenbar sei nun auch noch der Teufel in den Gefangenen gefahren und habe gewiss nicht nur die Reisegesellschaft und ihre Mission verflucht, sondern auch ihn selbst, Saphilius von Regensburg, den gottesfürchtigen Kartographen und unbescholtenen Studiosus.

»Hier«, hatte er mit zitternden Händen gesagt, »nimm die verdammte Karte und pflanz dein Paradieskraut ein, wo immer du magst. Am besten möglichst weit weg von hier. Im Land der Ungläubigen? Was für ein prächtiger, *prächtiger* Einfall!«

Immerhin hatte Albertus Saphilius mit viel gutem Zureden dazu bewegt, ihm die halbe Nacht hindurch das zweite Fragment der Karte zu erläutern. Saphilius' Plan, die Lumina lieber hier zu behalten und damit zu experimentieren, schien auf einen Schlag vergessen zu sein. Gabriels Gestammel im Fieberwahn und die offensichtliche Furcht des Ritters vor Favola hatten den Kartenkundigen zutiefst verunsichert; auch er hielt in den verbliebenen Stunden einen respektvollen Abstand zu dem Mädchen, und die begehrlichen Blicke, die er zuvor auf die Lumina geworfen hatte, blieben nun gänzlich aus.

Der Mond leuchtete trüb hinter Wolken, als die Reisenden sich im Schutz der Nacht zum Donauhafen aufmachten. Saphilius begleitete sie widerstrebend. Mit hochgeschlagenen Kapuzen näherten sie sich verstohlen dem Ufer. Libuse hielt ihren Vater am Arm, während Albertus den Gefangenen führte. Gabriel schleppte sich willenlos an ihrer Seite dahin, machte keinen Versuch, davonzulaufen, und hielt den Kopf gesenkt, sodass keiner von ihnen in sein Gesicht schauen konnte; immerhin verbarg er damit auch seinen Knebel. Unter dem

Umhang hatten sie ihm die Arme wieder an den Oberkörper gefesselt, diesmal ein wenig achtsamer, um seine ohnehin verkrüppelte Linke nicht noch stärker zu belasten. Aelvin hatte manchmal das Gefühl, dass der Wolfsritter sie unter dem Rand der Kapuze hervor beobachtete, vor allem Favola, der er sich niemals weiter als bis auf fünf Schritt näherte. Was immer Gabriel in dem Mädchen zu sehen glaubte, es flößte ihm panische Angst ein.

»Was, wenn er sie angreift?«, hatte Aelvin bei ihrem Aufbruch zu Albertus gesagt.

»Wir werden ihn wohl im Auge behalten müssen, nicht wahr?«

Aelvin hegte den Verdacht, dass Albertus dem Gefangenen mehr als nur lindernde Kräuter verabreicht hatte, denn anstelle von Gabriels Hysterie war träge Gleichgültigkeit getreten. Er ließ sich vom Magister führen wie von einem Freund, dem er all sein Vertrauen schenkte.

Trotz der nächtlichen Stunde war der Hafen mit Tagelöhnern bevölkert, die im Schein von Fackeln und Feuerbecken die Flussschiffe entluden. Niemand nahm Notiz von der Gruppe vermummter Pilger. Ein scharfer Wind fegte von Westen mit der Strömung heran und ließ die Eiskristalle auf den Planken und Tauen tanzen. Ein halbes Dutzend großer Schiffe hatte an der Landestelle festgemacht, dazwischen lagen eine Hand voll kleinerer Boote. Rufe und Befehle ertönten aus allen Richtungen, während an Flaschenzügen mit geschmierten Seilen die schweren Kisten mit Handelsgut von den Decks an Land gehievt wurden.

Albertus führte sie ans östliche Ende des Hafengeländes, wo sich die Menge der Tagelöhner verlor. Bald schon war außer ihnen kein Mensch mehr zu sehen. Hier gab es keine Fackeln, der Boden war ungepflastert und von gefrorenen Karrenspuren und Hufabdrücken zerfurcht, die vor allem Corax das Gehen erschwerten. Am lautesten von allen fluchte Saphilius, bis der Magister ihn nachdrücklich bat, endlich zu schweigen, oder würde er vielleicht wollen, dass die Hafenwache auf sie aufmerksam wurde?

Schließlich ließ Albertus sie anhalten und blickte entlang eines Steges auf den rauschenden Fluss hinaus.

»*Das* ist unser Schiff?«, fragte Aelvin ungläubig, als ihm klar wurde, welches Gefährt der Magister für sie ausgewählt hatte.

»In der Tat.«

»Was ist damit?«, fragte Corax.

Libuse runzelte neben ihrem Vater die Stirn. »Das ist kein Schiff.«

Corax drehte den Kopf in die Richtung, in der er Albertus hatte sprechen hören. »Was sonst?«

»Ein Kirche.« Aelvin atmete tief durch. »Eine schwimmende Kirche.«

Der Magister gestattete sich ein Lächeln. »Der Besitzer ist ein alter Freund.«

»Oh«, machte Libuse gedehnt und mit einem Seitenblick auf Saphilius, der von einem Bein aufs andere trat und sich nervös in der Dunkelheit umschaute. »Etwa ein alter Freund wie dieser hier...?« Doch alle Blicke waren auf das Gefährt gerichtet, das sich in der Finsternis auf dem Wasser erhob. Der blasse Mondschein meißelte seine Formen vage aus der Nacht und raubte ihm alle Farben.

Tatsächlich hatte der seltsame Kahn mehr Ähnlichkeit mit einem Gebäude als mit einem Schiff, und der turmähnliche Aufbau im Heck ließ wenig Zweifel an seinem Zweck: Sogar eine kleine Glocke hing dort oben in einer Art Käfig, überragt von einem Kreuz. Ein Teil des Decks war überdacht, die Fenster mit hauchdünnen Häuten bespannt. Weitere Kreuze waren an die Wände und den flach im Wasser liegenden Rumpf gemalt worden.

»Wunderbar«, knurrte Libuse.

Albertus reichte Saphilius die Hand. »Hab Dank, Freund. Wir haben kein Recht, deine Gastfreundschaft länger als nötig in Anspruch zu nehmen.«

»Schon gut, schon gut.« Der kleine Mann winkte ab. »Solange ihr mir nur diesen Wahnsinnigen vom Leib schafft.« Er zeigte auf Gabriel, der reglos neben Albertus stand und auf den finsteren Strom hinausschaute. Aelvin aber entging keineswegs, dass Saphilius heimlich zu Favola hinübersah, die das Bündel mit dem Luminaschrein unter dem Umhang vor ihren Bauch gebunden hatte, als trüge sie ein Kind unter ihrem Herzen; Aelvin war nicht sicher, ob dies ihrer Tarnung als Pilger zugute kam oder eher unerwünschte Aufmerksamkeit erregte.

»Wir werden Gabriel unterwegs irgendwo an Land setzen«, sagte Albertus zu Saphilius. »Du brauchst ihn nicht zu fürchten.«

»Was, wenn er zurückkommt?«, fragte der Kartograph. »Er wird sich daran erinnern, wo er gefangen gehalten wurde.«

»Der Erzbischof hat es nur auf uns abgesehen, nicht auf dich. Mach dir keine Sorgen.«

Einmal mehr empfand Aelvin Albertus' Vorgehen als verantwortungslos. Sie alle wussten, was mit Favolas Klosterschwestern geschehen war, und Odos Tod stand ihm in aller Deutlichkeit vor Augen. Ganz zu schweigen von dem Unheil, das Libuse und Corax ereilt hatte. Und wer wusste schon, wie es um Aelvins Brüder im Zisterzienserkloster stand?

Trotzdem spielte Albertus die Gefahr herunter. »Falls Gabriel tatsächlich zu seinen Leuten zurückfindet, wird er anderes im Sinn haben, als Rache an einem kleinen Kartographen zu nehmen, denkst du nicht auch?«

»Warum sagst du ihm nicht die Wahrheit?«, platzte es aufgebracht aus Aelvin heraus. »Wir ziehen eine Spur aus Leichen hinter uns her. Das Mindeste, was wir tun können, ist, ihn zu warnen.« Er wandte sich von dem sprachlosen Magister an Saphilius. »Vielleicht hat Albertus Recht und sie vergessen dich einfach. Doch du tätest gut daran, in den nächsten Wochen Acht zu geben, wer an deine Pforte klopft.«

Saphilius nickte verdattert, murmelte ein »So lebt denn wohl« in seinen dicken Wollschal und eilte auf seinen Stummelbeinen davon. Sie hörten noch das ferne Knirschen seiner Schritte auf dem gefrorenen Schnee, als die Dunkelheit ihn längst verschluckt hatte.

Aelvin erwartete eine Schelte von Albertus, doch zu seinem Erstaunen legte ihm der Magister eine Hand auf die Schulter. »Manchmal ist es keine schlechte Sache, jemanden bei sich zu haben, der einem das Gewissen wachrüttelt.«

Aelvin wollte ihm in die Augen sehen, doch da wurde die Hand schon wieder fortgezogen.

Albertus betrat als Erster den hölzernen Steg und näherte sich dem Deck der schwimmenden Kirche. In einer schwankenden Reihe folgten sie ihm, wobei Aelvin die undankbare Aufgabe überlassen blieb, den teilnahmslosen Gabriel über die Planken zu bugsieren. Ihm entging nicht Favolas verstohlener Blick, der ihn daran gemahnte, dass sie den Gefangenen an Land setzten konnten, wo immer sie wollten – früher oder später würden sie ihn wieder sehen. Sie glaubte fest daran, dass sie Gabriel eines Tages töten würde.

Albertus und den anderen gegenüber hatten sie nichts von dem Vorfall erwähnt. Selbst als der Magister versucht hatte, Favola zur Rede zu stellen, hatte sie alles abgestritten: Sie habe Gabriel mit dem Handschuh berührt, das sei wohl richtig. Nichts sonst sei da gewesen, alles andere entspränge der Einbildung des Gefangenen. Wohl oder übel hatte sich Albertus damit zufrieden geben müssen. Nur Libuse sandte Favola und Aelvin misstrauische Blicke, als sei mit einem Mal eine Verschwörung im Gange, deren Bedeutung sie noch nicht abschätzen konnte. Aelvin schämte sich für die Geheimniskrämerei, aber er wollte das Vertrauen, das Favola in ihn setzte, nicht enttäuschen. Und dann war da immer noch die Erinnerung an die zarte Berührung ihres Fingers an seinen Lippen.

An Bord des Kirchenschiffs empfing sie ein hünenhafter Geistlicher namens Sebastianus. Albertus kannte ihn von seinen Reisen als Provinzprior und hatte ihn schon vor Wochen über seine Ankunft in Kenntnis gesetzt. Nach der Begrüßung zogen sich die beiden Männer in die Kajüte zurück. Alle Übrigen legten sich in einer Kammer schlafen, die sich gleich hinter dem Raum befand, in dem Sebastianus seine Messen für die versprengten Gemeinden am Donauufer abhielt.

Aelvin versuchte, nicht an ihre Verfolger zu denken. Niemand konnte ernsthaft bezweifeln, dass die Männer ihrer Fährte bis nach Regensburg folgen würden. Zum Glück hatte es zahllose Gruppen von Reisenden in der Stadt gegeben, meist Pilger, die sich anstelle des Seewegs ins Heilige Land für die Route über die Donau und Konstantinopel entschlossen hatten.

Pilger, wie wir jetzt selbst welche sind, dachte Aelvin, als ihn der Schlaf übermannte.

Pilger auf dem Weg zu den Stätten ihres Glaubens.

Ins Paradies oder geradewegs in die Hölle.

~

Tagelang fuhren sie auf der Donau nach Südosten.

Am Nordufer erhob sich der schneegekrönte Granit bewaldeter Berge, im Süden uferte der Fluss weit aus und reichte bis in Talniederungen, die im Sommer sanfte Auen bilden mussten. Aelvin konnte Stunden um Stunden hinaus in diese Landschaft blicken, ohne mit irgendwem ein Wort zu wechseln. Der Fluss schien immer breiter zu werden, erst hundert, dann zweihundert, schließlich dreihundert Schritt von einem Ufer zum anderen. Das Eis wich so weit an die Ränder zurück, dass es manchmal kaum mehr auszumachen war. Sebastianus' kleine Mannschaft musste dann und wann treibenden Eisschollen ausweichen, die wie Kristallklingen durch den Rumpf eines Bootes schneiden konnten, doch die meiste Zeit über verlief ihre Fahrt ereignislos.

Am Heiligen Abend des Jahres 1257 befanden sie sich auf der Höhe von Linz und beteten gemeinsam in Sebastianus' Kirche. Unverhofft fand Aelvin zum ersten Mal seit Wochen wieder Geborgenheit im Schoße seines Glaubens. Während dieser Gebete, der vielen Lieder, die sie sangen, und den Worten des Flusspriesters fühlte er ein solches Heimweh nach den geordneten Abläufen seines Klosterdaseins, den Messen und Fürbitten, den strengen Predigten des Abtes und der geruhsamen Arbeit im Skriptorium, dass ihn die Erinnerung daran zutiefst bedrückte. Er vermisste es, Feder und Pinsel in der Hand zu halten und tagelang winzige Muster mit Farbe zu füllen; er vermisste das hennenhafte Geglucke der älteren Brüder und das verstohlene Kichern der Jüngeren; er vermisste die Mahlzeiten an den Tafeln des Refektoriums und die langen Winterabende bei Kerzenschein, während die Ältesten unter den Mönchen Geschichten von Heiligen und Herrschern, von Kriegern und Tyrannen erzählten. Er wünschte sich zurück in jene überschaubare Welt, die mit ihren Regeln und Gepflogenheiten so viel Sicherheit gegeben hatte. Heute, da sie der Vergangenheit angehörten, erschien ihm jeder dieser Tage wertvoll, jede Stunde wie ein Geschenk, die Minuten wie kleine, funkelnde Kostbarkeiten.

Kurz nach Weihnachten entschied Albertus, Gabriel an Land abzusetzen. Der Wolfsritter hatte den Großteil der Flussfahrt unter Deck zugebracht, nicht weil sie ihn dort eingeschlossen hatten, sondern weil er es so wünschte. Sein Denken schien sich im Alleinsein zu klären, und obgleich alle ahnten, dass nicht viel Gutes dabei herauskommen konnte, überließen sie ihn seiner brütenden Einsamkeit. Nach wie vor scheute er

Favolas Nähe, und umgekehrt verhielt es sich nicht anders: Seine Anwesenheit an Bord erfüllte das Mädchen mit Schrecken, und mehr als einmal dachte Aelvin gemeinsam mit ihr darüber nach, wie man Albertus dazu bekommen könnte, den Gefangenen loszuwerden, ohne ihm Favolas Vision – und damit ihre Lüge – zu enthüllen.

Als der Magister schließlich verkündete, dass es an der Zeit sei, Gabriel laufen zu lassen, war Aelvin zutiefst erleichtert. Er hatte angenommen, dass es Favola genauso ergehen würde, doch ihre Ängste verminderten sich nicht, ganz im Gegenteil: Nun mutmaßte sie über allerlei Katastrophen auf ihrem künftigen Weg, die sie erneut mit Gabriel zusammenbringen mochten, damit die Prophezeiung der Todsicht sich doch noch erfüllte.

Aelvin jedoch fühlte nichts als Hoffnung. Wenn sich Gabriels Tod durch Favolas Hand nicht bestätigte, dann mochte auch ihre Vision über sein eigenes Ende falsch gewesen sein. So vieles war geschehen, so vieles mochte die Zukunft längst in andere Bahnen gelenkt haben. Ein Schatten hob sich von seiner Seele, den er bislang kaum wahrgenommen hatte, und sogar Libuse merkte während einer ihrer gemeinsamen Mahlzeiten an, Aelvin wirke so befreit wie niemals zuvor. Etwas Neues müsse wohl in sein Leben getreten sein, sagte sie spitz, und erst nach einem Augenblick begriff er, was sie damit meinte: Libuse glaubte, er sei in Favola verliebt.

Und, Gott, wie Recht sie damit hatte.

~

Am Morgen des Tages, an dem sie Gabriel am Ufer absetzen wollten, heulten Wölfe in den Wäldern. Auf den Zügen des Ritters erschien ein unheimliches Lächeln, und so beschlossen sie, ihn noch einen Tag länger bei sich zu behalten und abzuwarten, ob ihnen das Wolfsrudel folgte oder ob das Auftauchen der Tiere nur ein Zufall gewesen war. Doch schon bald verklang das Geheul der Wölfe.

Sebastianus warnte sie, dass sie in Kürze Wien passieren würden und es womöglich keine gute Idee sei, den Gefangenen in der Nähe einer so großen Stadt abzusetzen; er würde hier schneller Unterstützung finden, als ihnen lieb sein konnte.

Doch Albertus ließ sich nicht beirren. Libuse war froh, dass sie Gabriel los sein würden. Denn auch wenn sie sich stark gab, hatte sie insgeheim Angst vor ihm, ganz entsetzliche Angst, selbst jetzt noch, da er ihr Gefangener war und es zu jedem beliebigen Zeitpunkt in ihrer Macht gestanden hätte, ihm die Kehle durchzuschneiden.

Dabei hatte sie das Gefühl, dass ihr Vater genau das von ihr erwartete. *Töte ihn*, schienen seine blutunterlaufenen Augen inmitten des Narbengewebes zu sagen, wenn er durch sie hindurchsah. *Töte ihn für das, was er getan hat.*

Aber sie konnte es nicht. Aus einem unerfindlichen Grund war sie nicht in der Lage, ihren Dolch zu zücken und kurzerhand in sein Herz zu stoßen. Sie litt unter ihrer eigenen Unentschlossenheit und brachte es doch nicht über sich, ihn zu ermorden.

Die Sonne war bereits untergegangen, als Sebastianus das Boot so nah wie möglich ans Ufereis steuerte. Sie lösten Gabriels Fesseln, banden aber zu seiner Sicherheit ein langes Seil an seinem Gürtel fest, für den Fall, dass das Eis unter ihm nachgeben sollte. Es blieb Aelvin überlassen, ihm über die niedrige Reling zu helfen. Gabriels linke Hand war fest bandagiert, der Schmerz halbwegs betäubt, doch zum Klettern reichte seine Kraft nicht aus.

Schließlich sahen sie zu, wie er sich ohne ein weiteres Wort im Halbdunkel über die knirschende Eisschicht entfernte und bald darauf das schneebedeckte Ufer erreichte. Vor dem Wall der nahen Bäume war er jetzt kaum mehr zu erkennen. Libuse durchtrennte das Seil und sah zu, wie es sich gleich einer Schlange über das Eis wand und Gabriel folgte. Er zog es wohl im Schatten der Bäume zu sich heran. Wie aus eigenem Willen kroch es hinter ihm her und wurde eins mit der Dunkelheit.

~

Zwei Nächte später stand Aelvin allein im Mondschein am Bug der schwimmenden Kirche, eingewickelt in seinen fellgefütterten Umhang und eine zusätzliche Decke, und blickte den geheimnisvollen Ländern des Ostens entgegen. Sie hatten steile Felswände und weites Marschland passiert, hatten die Alpen und den Südrand der Karpaten gestreift und die große Stadt Wien mit ihren Türmen und Herrschaftshäusern hinter sich gelassen. Nun öffnete sich zu beiden Seiten der Donau weites flaches Tiefland, eine erste Ahnung der einsamen Ebenen, durch die sie der Fluss bald tragen würde.

Aelvin war bewusst geworden, dass die vertraute Welt nun endgültig hinter ihm lag. Stumm nahm er Abschied und war doch selbst nicht ganz sicher, wovon. Von den deutschen Fürstentümern, die seit Jahren in endlosem Streit miteinander lagen und beim geringsten Zwist die Klingen zückten? Die Länder, die vor ihm lagen, waren vermutlich nicht friedlicher, ganz im Gegenteil.

»Kannst du nicht schlafen?« Aelvin erschrak, als er die Stimme des Magisters vernahm.

Albertus trat neben ihn an die Reling und blickte hinaus ins Dunkel. Seit Wien gab es kein Eis mehr auf dem Fluss. Solange der Mond die Ufer beschien, ging Sebastianus das Wagnis ein, bis tief in die Nacht hinein zu segeln.

»Ich bin nicht müde«, sagte Aelvin. Seine Worte nahmen in der Kälte als graue Wolken vor seinen Lippen Gestalt an.

»Wir alle sind müde«, widersprach Albertus. »Das bringt solch eine Reise mit sich. Ich kann mich schon kaum mehr an eine Zeit erinnern, in der ich nicht müde war. All die Jahre unterwegs, von einem Kloster zum anderen ...« Er schüttelte gedankenverloren den Kopf. »Ich werde allmählich zu alt für so etwas.«

Aelvin verbarg sein Erstaunen über dieses Geständnis. »Ich weiß, was Ihr meint.«

Eine Zeit lang schwiegen sie, sahen auf die schneebedeckte Ebene zu beiden Seiten des Stroms und hingen ihren Gedanken nach.

»Du hast allen Grund, mich nicht zu mögen, Junge«, sagte Albertus unvermittelt.

»Ihr habt mich damals aus Köln fortgeschickt«, sagte Aelvin.

»Auch ich hatte einen guten Grund.«

»Ich war fast noch ein Kind. Die Beschwerden der anderen Mönche –«

»Hatten nichts damit zu tun«, unterbrach Albertus ihn ruhig.

Aelvin starrte ihn von der Seite an. »Was?«

»Es ging nie um deine Jungenstreiche. Du warst gewiss nicht einfach, aber die eine oder andere Tracht Prügel hätte dir schon die Flausen ausgetrieben.«

»Ich verstehe nicht –«

»Ich hatte Angst um dein Leben. Deine ehrenwerte Verwandtschaft war mittlerweile so weit, sich mit blanker Klinge um das Erbe deiner Eltern zu streiten. Das erste Blut war schon vergossen worden.«

»Das habe ich nicht gewusst.«

»Es war nur eine Frage der Zeit, bis einem von ihnen eingefallen wäre, dass es ja noch einen weiteren möglichen Erben gab, jemanden, der von allen das größte Anrecht auf den Besitz deiner Eltern hatte.«

»Dann habt Ihr mich deshalb aus der Stadt fortgeschickt?« Nicht ein einziges Mal in all den Jahren war ihm dieser Gedanke gekommen.

Albertus nickte. »Das Gezeter der übrigen Mönche war ein guter Anlass, deinen Verwandten mitzuteilen, dass du für unseren Konvent nicht mehr tragbar seiest und verschwinden müsstest. Es dauerte damals keine Stunde, ehe die Nachricht zurückkam, natürlich wäre man gerne bereit, dich wieder im Schoß der Familie willkommen zu heißen. Wäre ich darauf eingegangen, hättest du die erste Nacht bei diesen Leuten nicht überlebt. Also schickte ich dich fort und nahm deinen Ordenswechsel von den Dominikanern zu den Zisterziensern als Anlass, zu behaupten, ich hätte selbst nicht die geringste Ahnung, wohin es dich verschlagen hätte. So warst du sicher vor allen Bedrohungen, konntest eine gute Erziehung genießen und hättest später noch immer die Möglichkeit gehabt, dein Erbe einzufordern – diesmal nicht mehr als wehrloses Kind, sondern als Mann der Kirche. Nicht einmal deine verrohte Familie hätte es gewagt, die Hand gegen einen Geistlichen zu erheben.«

»Das alles habt Ihr geplant?«

Albertus wandte den Kopf und begegnete seinem Blick. »Sicher.«

»Und … ich dachte immer …«

»Dass ich ein herzloser, übellauniger alter Mann bin – ich weiß. Und das will ich keineswegs abstreiten.« Er gab Aelvin einen sanften Klaps auf den Hinterkopf. »Aber in dieser einen Sache, da hatte ich tatsächlich dein Bestes im Sinn.«

Aelvin war beschämt. All die Wochen über war er nie auf den Gedanken gekommen, dass Albertus in ihm etwas anderes sehen könnte als einen lästigen, nutzlosen Taugenichts.

Jetzt wirkte die strenge Miene des Magisters nicht mehr ganz so ernsthaft wie sonst. »Was nicht bedeuten soll, dass ich deine Missetaten billige, mein Junge.«

»Ich möchte Euch trotzdem danken. Und … mich entschuldigen.«

»Wofür?« Jetzt lachte Albertus. Er wechselte seine Launen

schneller als ein Herbstwind die Richtung. »Dafür, dass du mir ein paar Jahre lang die Pest an den Hals gewünscht hast? Wie du siehst, bin ich noch einmal davongekommen. Also bitte mich nicht um Verzeihung.«

»Aber ich habe die ganze Zeit über einen anderen in Euch gesehen.«

»Und vielleicht hast du damit gar nicht so falsch gelegen.«

»Um ehrlich zu sein, so weiß ich nun nicht mehr recht, was ich über Euch denken soll.«

»Wie langweilig wäre die Welt, wenn wir einander immer gleich durchschauen würden, meinst du nicht auch?«

»Aber das Leben wäre auch einfacher, denke ich.«

Albertus zuckte die Achseln. »Das ist keine Frage für einen Winterabend auf der Donau. Eher für die Debattierstube eines Philosophen.«

»Wie Ihr zweifellos einer seid.«

»Nicht heute Nacht.« Er blickte wieder hinaus auf den nächtlichen Flusslauf. Das einzelne Segel des Schiffs flatterte leise im Wind. Nicht weit von ihnen erlosch eine der Lampen an der Reling. »Ich bin nicht nur an Deck gekommen, um dir das alles zu erzählen, Aelvin.«

»Wenn es wegen Favola ist«, beeilte sich Aelvin zu sagen, brach aber ab, als Albertus den Kopf schüttelte.

»Ich will dir danken«, sagte der Magister. »Dafür, dass du mich daran erinnerst, dass es manchmal falsch sein kann, das Richtige zu tun.«

»Das verstehe ich nicht.«

»Beim Abschied von Saphilius, als du mir widersprochen und den kleinen Mann gewarnt hast vor unseren Verfolgern – nun, das war eine ehrenwerte Entscheidung, die du da getroffen hast.«

»Aber ich habe gar nicht darüber nachgedacht. Ich habe einfach nur gesagt, was mir in den Sinn kam.«

»Und genau das ist es, was mir selbst manchmal schwer

fällt. Ich habe den Verstand immer über das Herz gestellt, das Abwägen stets über den spontanen Gedanken. Darum bin ich froh, dass ich dich an meiner Seite weiß. Du sollst mein Gewissen sein, Aelvin. Der Engel, der über meine Schulter schaut, wenn ich einmal mehr dem Kalkül folge, nicht dem Ruf der Seele.«

Aelvin lachte leise. »Ganz gewiss bin ich kein Engel.«

»Vielleicht aber so etwas wie der gute Geist unseres Auftrags.«

Aelvin hätte nie für möglich gehalten, dass ausgerechnet ihn irgendjemand so nennen könnte.

»Bewahre dir dein Herz, mein Junge. Wir mögen es noch viele Male nötig haben auf dem Weg, der vor uns liegt.« Albertus nickte ihm zu, dann drehte er sich um und ging zurück unter Deck.

Aelvin starrte ihm nach, eine schattenhafte Gestalt im Flackerschein der Bootslampen. Das Herz, das er sich bewahren sollte, hämmerte so heftig in seiner Brust, dass es ihm fast den Atem raubte.

Eine weitere Flamme erlosch.

Das Boot glitt tiefer in die Nacht.

Am Ufer heulten wieder die Wölfe.

Dunkelheit.
So viele Tage Dunkelheit.
Aber als schließlich fremde Hände die Binde von ihren Augen lösten, brach kein Licht über sie herein, sondern nur eine andere, nicht weniger irritierende Finsternis.

Inmitten der Schatten schwebte ein Gesicht wie eine Erscheinung.

»Doquz«, sagte Sinaida leise und erschrak, als sie ihre eigene Stimme hörte. Sie klang rau und erschöpft. Seit Tagen hatte sie kein Wort gesprochen. »Was willst du?«

»Ich bin deine Schwester«, sagte Doquz, als sei das Erklärung genug.

»Und das ist dir heute Nacht wieder eingefallen?«

»Hulagu hat mir verboten, zu dir zu gehen.«

»Und natürlich hast du ihm gehorcht.«

Doquz' Züge erstarrten. »Er ist der Il-Khan der Großen Horde und unser aller Gebieter.«

Sinaida spuckte vor ihrer Schwester auf den Boden der Jurte, in der man sie seit einer Woche mit verbundenen Augen gefangen hielt. »Gebieter«, knurrte sie abfällig. »Natürlich.«

Einen Augenblick lang sah Doquz aus, als wollte sie auffahren, doch dann schüttelte sie niedergeschlagen den Kopf. »Es tut mir so Leid, was geschehen ist.«

Sinaida lag eine weitere bissige Bemerkung auf der Zunge, aber sie schluckte sie hinunter. Sie hatte zu viel gelitten in diesen letzten Tagen, um sich jetzt noch auf einen Streit mit ihrer Schwester einzulassen, vielleicht dem einzigen Menschen auf der Welt, der ihr geblieben war.

»Habt ihr Nachricht von ihm bekommen?«, fragte sie.

Doquz zog einen schmalen Dolch aus dem Gürtel ihres schwarzen Kleides. Ohne zu antworten, trat sie um den Pfahl herum, hinter dem Sinaidas Hände mit Lederbändern gefesselt waren. Einen Atemzug später konnte Sinaida ihre Arme wieder bewegen. Sie fühlten sich taub und nutzlos an.

Doquz reichte ihr den Dolch. »Für die Fesseln an deinen Füßen.«

Sinaida bückte sich nicht, um die Bänder zu zerschneiden. Aufrecht blieb sie stehen und starrte Doquz durchdringend an. »Was ist mit Khur Shah?«

Ihre Schwester schloss die Augen. »Er ist tot.«

Der Dolch lag gut in Sinaidas Hand. Sie konnte die Maserung des hölzernen Griffes spüren, das kalte Metall der Klinge. Einen Moment lang stand sie reglos an den Pfahl gelehnt, dann sank sie in die Hocke. Sie hatte es längst geahnt.

Die Klinge züngelte durch das Leder, dann war sie frei.

»Es … es tut mir Leid«, stammelte Doquz erneut. »Du musst mir glauben.«

Sinaida kauerte am Boden. Die Nacht presste von allen Seiten auf sie ein, so als wäre die Dunkelheit selbst ihr Gefängnis, nicht diese Jurte, nicht einmal das Lager. Eine Dunkelheit, die sie fortan nicht mehr loslassen würde.

»Wie ist es geschehen?«

»Ein Überfall.«

Sinaida lachte bösartig auf. »Ein Überfall!«

»Es passierte, kurz bevor sie das Ende der Großen Horde erreichten. Einer der niederen Stammesführer … er hat ein paar andere aufgestachelt.«

Sinaida sagte nichts und starrte den Dolch in ihrer Hand an, ohne ihn wirklich wahrzunehmen.

Doquz' Tonfall wurde verteidigend. »Alle diese Männer hatten Freunde verloren durch die Klingen der Nizaris. Du kannst ihnen keinen Vorwurf machen, dass sie Khur Shah gehasst haben.«

»Keinen Vorwurf?« Sinaidas linke Hand schoss vor und packte Doquz' Kinn zwischen Daumen und Zeigefinger. Ihr Blick bohrte sich in die dunklen Augen ihrer Schwester. »Sie haben meinen Mann ermordet. Den Mann, den ich geliebt habe.«

»Du hast ihn geheiratet, damit der Krieg ein Ende hat. Du kanntest ihn kaum.«

»Wir haben uns geliebt.« Sinaida betonte jedes einzelne Wort.

Doquz schüttelte abermals den Kopf. Sinaidas Hand löste sich von ihrem Kinn. »Du musst fliehen.«

»Nein.«

»Shadhan fordert deinen Tod.«

»Shadhan ... Wie konnte er so schnell so große Macht über Hulagu erlangen?«

»Seine Worte sind weise, sagt Hulagu, und sein Rat ist gut.«

»So wie der, mich hinzurichten? Oder Khur Shah ermorden zu lassen?«

»Er sagt, du hättest versucht, uns zu vergiften.« Doquz' Finger zuckten vor und legten sich auf Sinaidas Lippen. »Ich weiß, dass das eine Lüge war. Aber Hulagu glaubt ihm. Shadhan hat ihm versprochen, das ganze Wissen der Nizaris mit ihm zu teilen, alle Geheimnisse der Bibliothek von Alamut. Kampfkunst, Kriegsstrategien ... Das ist alles, was im Augenblick noch für Hulagu zählt. Er ist besessen davon, das Kalifat der Abbasiden zu stürzen.«

»Bagdad!«

»Ja, Bagdad. So lautet der Auftrag des Großkhans. Die Große Horde bricht in den nächsten Tagen auf. Das ganze Lager ist in Aufruhr. Hulagu plant, so schnell wie möglich nach Süden zu ziehen und die Truppen in den Ebenen östlich von Bagdad zu sammeln. Er will keinen endlosen Heerzug mehr, sondern eine geballte Armee aus hunderttausenden von Kriegern, die die Stadt von allen Seiten zugleich angreift.«

»Und Shadhan hat ihm eingeredet, er werde leichtes Spiel haben?«

»Shadhan behauptet, er kenne Bagdad und den Kalifen gut. Vor allem aber wisse er, wie die Abbasiden die Stadt verteidigen werden.«

»Was die Verteidigungsstrategie angeht, so mag er Recht haben. Shadhan hat mehr gelesen als irgendein anderer Mensch. Vielleicht weiß er wirklich, wie die Stadt eingenommen werden kann.« Sie wollte nicht an ihn denken, versuchte in ihren Gedanken immer wieder das Bild des verfluchten Nizarigelehrten durch das von Khur Shah zu ersetzen. Sie hatte sieben Tage lang um ihn getrauert; seit ihrer Gefangennahme war kein Augenblick vergangen, in dem sie nicht gespürt hatte, dass Khur Shah verdammt war. Es musste kurz nach ihrem Besuch im Garten geschehen sein. Sie hatte ihn dort vielleicht nur knapp verfehlt. Sie war sicher, dass er seinen Schwur hielt. Er wartete dort auf sie, auch jetzt, in diesem Augenblick. Doch der Zugang war versperrt, denn Shadhan hatte den Rest des Fluidums vernichtet. Also musste sie einen anderen Weg finden – einen Weg, Khur Shah wiederzusehen, zugleich aber auch am Leben zu bleiben, um Rache an dem Verräter zu nehmen.

»Wo ist Shadhan jetzt?«, fragte sie.

Doquz sah sie erschrocken an. »Ich habe dich befreit, damit du davonlaufen kannst – nicht um dir deine Rache an Shadhan zu ermöglichen. Er wird streng bewacht, du würdest niemals bis zu ihm vorstoßen. Flieh von hier, Sinaida! Du musst dich beeilen. Der Wächter vor dem Zelt wird schweigen.«

Sinaida deutete auf die Ledertür am Ausgang. »Steht er jetzt dort draußen?«

»Ja.«

»Hulagu wird ihn töten lassen.«

»Vielleicht.«

»Aber vorher wird der Mann verraten, dass du hier gewesen bist.«

»Das ist mir egal. Ich habe nur eine Schwester.« Doquz sah jetzt unendlich traurig aus. »Begreifst du das denn nicht? Ich würde das Leben jeden Mannes in diesem Lager opfern, wenn ich damit deines retten kann.«

»Auch das Leben Hulagus?«

Doquz senkte den Blick und trat einen Schritt zurück. »Ich habe deine Grausamkeit nicht verdient, Sinaida. Hulagu wird mich bestrafen, wenn er erfährt, dass ich dir geholfen habe. Er wird mich nicht töten, aber er wird mich bestrafen.«

»Dann komm mit mir!«

»Ich liebe Hulagu. Ganz gleich, was er getan hat oder noch tun wird. Ich könnte ihn niemals verlassen.«

»Obwohl er dich verachten wird?«

Doquz' Lächeln war melancholisch und stolz zugleich. »Deshalb bin ich nicht sicher, ob du weißt, was wahre Liebe bedeutet. Hulagu wird mich nicht verachten. Seine Wut wird verfliegen. Ich kenne ihn viel zu gut.«

Sinaida schob den Dolch unter ihren Gürtel und nahm ihre Schwester in den Arm. »Ich flehe dich an, geh mit mir fort von hier.«

»Niemals«, flüsterte Doquz an ihrem Ohr. »Wohin willst du gehen?«

»Erst einmal muss ich so viele Nizaris wie möglich dazu bewegen, mir zu folgen.«

Doquz erstarrte in ihrer Umarmung, dann löste sie sich von Sinaida. »Ich hätte es dir gleich sagen sollen.«

Sinaida sah sie an und spürte, wie sich das Zelt um sie drehte. »Das hat er nicht –«

»Ich habe versucht, ihn umzustimmen. Du musst mir glauben. Das habe ich wirklich.«

»Sag es.«

»Ich –«

»Sprich es aus!«

Doquz wandte sich ab und schlug die Hände vors Gesicht. Sinaida sprang auf, riss ihr die Arme herunter und blickte in die tränenroten Augen ihrer Schwester. »Alle?«, fragte sie.

Doquz nickte.

»Die Frauen? Und die Kinder?«

»Jeden Einzelnen. Sie … sie wurden im Schlaf überrascht, vor drei Nächten.« Doquz schluckte und musste die Worte durch ihre Kehle heraufwürgen. »Die Krieger haben sie alle im großen Hof von Alamut zusammengetrieben und von den Zinnen aus mit Öl übergossen.«

Sinaida taumelte zurück und stützte sich mit einer Hand an dem Pfahl ab, an den sie sieben Tage gefesselt gewesen war.

»Shadhan«, wisperte sie.

»Er hat Hulagu gesagt, dass die Horde nie sicher sein werde, solange ein einziger Nizari am Leben bleibt. Beim Kampf um Bagdad könne er es sich nicht leisten, dass die Nizaris ihm in den Rücken fallen.«

»Warum bin ich dann noch am Leben?«

»Du bist eine von uns. Herrgott, Sinaida, du bliebest auch meine Schwester, wenn du den Teufel persönlich geheiratet hättest.«

Sinaida blickte durch einen Tränenschleier auf ihre Schwester. »Nein, Doquz, das hast *du* getan.«

Sie gab sich einen Ruck, stieß sich von dem Pfahl ab und zückte den Dolch. Doquz wich erschrocken zurück bis zum Ausgang der Jurte, aber Sinaida war viel schneller als sie. Die Fähigkeiten, die Kasim sie gelehrt hatte, wehten sie leicht wie einen Schatten auf ihre Schwester zu.

»Nicht«, flüsterte Doquz, aber es klang ergeben, als hätte sie sich in diesem einen Augenblick mit ihrem Schicksal abgefunden.

Doch Sinaida richtete den Dolch nicht gegen ihre Schwester. Stattdessen stieß sie die Klinge mit aller Kraft durch das Fell vor dem Eingang. Ein Flattern. Ein Keuchen. Sie spürte, wie die scharfe Spitze außen in den Körper des Wächters drang.

Doquz starrte sie an. »Er hätte dich gehen lassen.«

»Und dich verraten.« Sinaida zog das Lederstück beiseite. Sie war selbst erstaunt, wie gut sie den Stoß bemessen hatte. Die Klinge war genau ins Genick des Mannes gefahren. Er war auf der Stelle tot gewesen. Ihre steifen Gelenke erholten sich rascher, als sie befürchtet hatte.

»Sinaida!«

Sie drehte sich um.

Doquz ergriff ihre Hand und bemühte sich, keinen Blick auf den Toten zu werfen. »Reite so schnell und so weit fort, wie du kannst. Shadhan wird dich verfolgen lassen.«

»Das braucht er nicht. Er und ich ... wir werden uns wiedersehen.«

»Was hast du vor?«

Sinaida streichelte in einer traumwandlerischen Geste die Wange ihrer Schwester. »Alle hier werden sterben, Doquz. Verlasse die Horde, solange du noch kannst.«

»Du bist nur eine einzelne Frau. Was willst du –« Begreifen erhellte ihre Züge, als alles Blut aus ihrem Gesicht floss. »Das kannst du nicht tun!«

»Ich gehe nach Bagdad. Der Kalif wird mich anhören.«

Doquz legte die Hand vor den Mund. Ihre Augen waren weit aufgerissen und weiß wie Monde.

»Es wird kein Sieg in einem Handstreich, was immer Shadhan Hulagu einredet«, sagte Sinaida verbissen. »Man wird euch erwarten.«

»Dann werden Hunderttausende sterben«, brachte Doquz stockend hervor.

»Jeder, den ich mitnehmen kann.«

»Hunderttausende, Sinaida!«

Sie küsste ihre Schwester ein letztes Mal auf die Stirn. »Ihr Blut für das der Nizaris.«

Doquz stockte. »Die Nizaris bedeuten dir nichts. Was immer du tust, tust du nur für Khur Shah.«

»Ich liebe ihn noch immer.«

»Ich werde nicht fortgehen«, sagte Doquz wie betäubt. »Ganz gleich, was uns alle erwartet.«

Sinaida drehte sich um und rannte.

~

Es fiel ihr nicht leicht, davonzulaufen.

Mehr als einmal auf ihrem Weg zu den Pferdekoppeln überkam sie das brennende Verlangen, umzukehren und das Wagnis einzugehen, die Zelte Hulagus zu erreichen. Zweifellos hatte er die Wachen verstärkt – es konnte noch immer versprengte Meuchelmörder in den Bergen geben, die bereit waren, ihr eigenes Leben zu opfern, um den Schlächter ihres Volkes zu töten. Im Zentrum des Lagers musste es vor Turgauden nur so wimmeln. Sinaida würde einige von Hulagus Leibwächtern besiegen, sogar mit dem Dolch, doch bis zum Il-Khan würde sie nicht vordringen. Und somit auch nicht bis zu Shadhan. Sie wäre bereit gewesen, zu sterben, hätte sie damit die Vollstreckung ihrer Rache erkaufen können.

So aber musste ihre Vergeltung warten. Einige Wochen. Vielleicht einige Monate. Aber der Zeitpunkt würde kommen, an dem sie Shadhan erneut gegenüberstünde.

Wieder und wieder stellte sie sich das verhängnisvolle Gespräch zwischen ihm und Hulagu vor, und es spielte keine Rolle, ob sich alles genau so oder ganz anders abgespielt hatte.

Gib mir die Bibliothek von Bagdad, hatte Shadhan zum Il-Khan gesagt, *und ich gebe dir alles andere. Die Stadt, die Menschen, den Kalifen. Den Reichtum und Ruhm für dich, für mich nur das Wissen.*

Sinaida huschte durch das verästelte Band aus Zelten und Jurten, das sich vom Lager bis in die Täler der Elburzberge zog und sie füllte wie die aufgestauten Fluten eines Gebirgsstroms. Der Mond stand hoch am klaren Winterhimmel, die meisten Lagerfeuer waren längst erkaltet. Wie viele Stunden noch bis zum Sonnenaufgang? Genug Zeit jedenfalls, um einen Vorsprung zwischen sich und ihre Verfolger zu bringen.

Der tote Wächter war mittlerweile bestimmt entdeckt worden. Vermutlich waren die Turgauden gerade dabei, Hulagu die Nachricht von ihrer Flucht zu überbringen.

Hinter ihr ertönte ein Hornstoß. Zweimal, dreimal nacheinander. Irgendwo in der Ferne, an den Rändern des Lagers, antwortete ein zweites Horn, gefolgt von weiteren in allen Richtungen.

Sinaida hätte einiges für die schwarze Nachtkleidung der Nizaris gegeben; stattdessen trug sie eine schlichte lederne Hose und ein grobes Baumwollhemd, darüber eine Jacke aus Fell, die ihr irgendwer vor drei oder vier Tagen umgehängt hatte. In der Jurte, in der sie gefangen gehalten worden war, hatte Tag und Nacht ein Feuer gebrannt, doch die Bewegungslosigkeit am Pfahl hatte ihr die Kälte trotz allem tief in die Gebeine kriechen lassen.

Das Gewirr der engen Gassen zwischen den runden Nomadenzelten nahm kein Ende. Sie hatte vermutet, dass ihr Gefängnis sich nicht weit von der Unterkunft des Il-Khans befände, doch diese Annahme erwies sich als Trugschluss. Dies hier war ganz offensichtlich ein anderer Seitenarm des Tales, nicht einmal Alamut konnte sie von hier aus sehen.

Die Hornstöße verklangen. Alle Wachtposten waren gewarnt, dass aus dem Inneren des Lagers Gefahr drohte. Jetzt würde es noch schwieriger werden, die Täler zu verlassen.

Aus den Zelten, die Sinaida passierte, eilten Männer ins Freie, zerrten ihre Kleidung zurecht oder schoben ihre Krummschwerter in die Scheiden. Nicht mehr lange, und das nächtliche Lager würde vor Kriegern nur so wimmeln. Sinaida musste so schnell wie möglich eine der Pferdekoppeln erreichen.

Ihre Stiefel wirbelten die kalte Asche der Lagerfeuer auf, trugen sie über herumliegendes Kochgeschirr und Tongefäße. Aus einem verlassenen Zelt besorgte sie sich die Kleidung eines Mongolenkriegers und streifte sie in fieberhafter Eile über die Sachen, die sie bereits am Körper trug. Ihren langen schwarzen Zopf stopfte sie unter die Mütze und in den Kragen der gesteppten Jacke. Jetzt hatte sie auch ein Schwert, einen zweiten Dolch und ein Wurfseil. Solange sie keinem der Feuer zu nahe kam, würde niemand bemerken, dass sich unter dieser Maskerade die Schwägerin des Il-Khans verbarg.

Das Tal machte vor ihr einen scharfen Knick nach rechts. Der Großteil des Lagerwurms erstreckte sich in östliche Richtung. Anhand der Sterne stellte sie sicher, dass sie nach Süden lief. Auf diesem Weg würde sie am schnellsten an einen der Ränder gelangen.

Wieder ertönten die Hornstöße.

Sie bog um die Felskehre und konnte in einiger Entfernung das Ende des Lagers erkennen. Dort brannten in einer langen Linie die Feuer der Wachtposten. Im Schein der Flammen konnte Sinaida zahlreiche Männer ausmachen, schemenhaft und glutfarben angeleuchtet.

So weit draußen gab es kaum noch Jurten und Zelte. Stattdessen befanden sich hier die Pferdekoppeln, kaum eine umzäunt oder mit Seilen gesichert. Sinaida hatte vorgehabt, eines der Tiere zu stehlen und damit durch die Reihe der Wachtposten zu brechen. Jetzt aber änderte sie ihren Plan.

Mit weit ausgestreckten Armen lief sie in die Herde hinein, bis auch das letzte Tier erwacht war. Schnauben und Wiehern erhob sich aus dem dicht gedrängten Pulk. Die Wachtposten bemerkten die Unruhe. Da Sinaidas Entdeckung ohnehin kurz bevorstand, konnte sie ihr ebenso gut zuvorkommen: Mit schrillen Pfiffen und Rufen begann sie, die Pferde vor sich her zu treiben.

Die Tiere liefen nicht in eine Richtung, sondern alle durcheinander. Schon erklangen neuerliche Hornstöße, diesmal von den Feuern direkt in der Nähe. Die Männer riefen Unterstützung herbei.

Noch war Sinaida inmitten der Pferde unsichtbar. Nicht die Männer waren im Augenblick die größte Gefahr, sondern die Tiere: Sie musste ungemein Acht geben, nicht von ihnen niedergetrampelt zu werden. Dutzende Rösser drängten sich auf engstem Raum, bald würde ihre Nervosität auf Hunderte weitere überspringen. Sie wieherten und bockten, während ihre Hufe über den felsigen Boden dröhnten.

Die ersten Pferde galoppierten auf die Linie der Wachtposten zu, preschten durch die Lücken zwischen den Feuern und sprengten hinaus in die Nacht. Das Donnern der Hufe wurde von den hohen Felswänden zurückgeworfen. Falls noch immer in die Hörner gestoßen wurde, so ging ihr Klang im Lärm unter. Befehle wurden gebrüllt, doch von niemandem mehr verstanden.

Sinaida klammerte sich seitlich an einen schwarzen Hengst, ein Bein über seinem Rücken, eine Hand an der Mähne, die andere am Zaumzeug. Andere Tiere streiften sie und drohten sie mit sich zu reißen, doch es gelang ihr, sich festzuhalten. Ähnliche Kunststücke hatte sie während unzähliger Wettkämpfe in der Steppe erprobt.

Die Mütze wurde ihr vom Kopf gerissen, ihr Zopf wirbelte im Wind. Ein Wächter zeigte auf sie, andere entdeckten sie ebenfalls. Dann war der Hengst bereits an ihnen vorüber und galoppierte inmitten der aufgebrachten Stampede durch die Schlucht nach Süden.

Reiter nahmen die Verfolgung der ausgebrochenen Herde

auf. Sinaida sah sie vor den Feuern, als sie über ihre Schulter blickte und sich auf den Rücken des Hengstes zog.

Die Kluft zwischen den Felsen wimmelte von trampelnden Pferden. Erst nach einer Weile begann sich die panische Menge zu verlieren. Viele blieben zurück, andere brachen in die verästelten Seitenarme der Felsentäler aus.

Als sich endlich die Morgenröte über den Gipfeln zeigte, waren Sinaida und ihr Hengst allein unterwegs. Ihr war klar, dass sie Hulagus Männer nicht abgeschüttelt hatte. Irgendwo in ihrem Rücken trieben die Verfolger ihre Pferde zu noch größerer Eile an. Aus Erfahrung wusste sie, dass es mindestens zehn waren, vielleicht sogar mehr, die Hulagu auf ihre Fährte gesetzt hatte. Turgauden, wahrscheinlich. Ganz sicher sogar.

Der Hufschlag des Hengstes hallte von schroffen Steilwänden wider. Ein erster Sonnenstrahl stach über die zerklüfteten Kuppen und ließ eine Felsformation vor ihr in überirdischem Licht erstrahlen; einen Augenblick lang sah das Gebilde aus wie die Türme einer fernen Stadt. Im Näherkommen wurde wieder karges Gestein daraus, doch es brauchte keinen Schamanen dazu, das Omen zu deuten.

Adler stürzten sich bei Tagesanbruch aus ihren Berghorsten in die Tiefe, kreisten vor dem lodernden Himmel oder fegten die Hänge herab auf der Jagd nach Beute. Außer den Nizaris hatte es hier seit vielen Jahrzehnten keine Menschen gegeben. Jetzt gab es nicht einmal mehr sie.

Sinaida weinte, während das Pferd sie südwärts trug. Sie hatte einen Weg eingeschlagen, auf dem es kein Zurück gab. Irgendwo vor ihr, noch weit entfernt, lag das Kalifat der Abbasiden, das Werkzeug ihrer Vergeltung.

Sie spürte Khur Shah in ihren Gedanken, sah ihn vor sich, sah ihn lächeln.

Erst Shadhans Tod. Dann der Garten.

Sie hatten Preßburg hinter sich gelassen, die bewaldeten Steilufer der Visegráder Gipfel und das Börzsöni-Bergland. Auffallend viele Festungen waren am Ufer zu sehen, und Albertus erklärte, dies sei eine Folge des Mongolensturms, der fünfzehn Jahre zuvor über Ungarn hinweggefegt sei. Blutrünstige Horden aus den Steppen des Ostens hatten die Donau überquert und weite Teile des Landes verwüstet. Erst nach zehn Monaten waren sie zurückgeschlagen worden und hatten Hunderttausende von Toten hinterlassen, dazu eine Unzahl verwüsteter Burgen und Dörfer. »Lasst uns beten«, fügte Albertus hinzu, »dass wir diesen Teufeln niemals begegnen.«

Die zehnte Nacht an Bord der schwimmenden Kirche verbrachten sie im Donauhafen der ungarischen Stadt Pest, eingepfercht zwischen anderen Flussschiffen, von denen einige bereits die weite Strecke vom Schwarzen Meer bis hierher hinter sich gebracht hatten.

Ein Tuchhändler warnte sie, dass es weiter im Osten sehr wohl noch versprengte Tataren gebe, doch Albertus versicherte allen, dass sie den Fluss lange vorher verlassen würden. Obgleich er keinem einen Blick auf die Karte des Jüngers gewährte, hatten Aelvin, Favola und Libuse schon früher aus seinen Bemerkungen heraushören können, dass er der alten Pilgerroute über Nisch und Sofia nach Konstantinopel folgen wollte – und darüber hinaus.

Allen war leichter zumute, seit Gabriel nicht mehr bei ihnen war. Sie vertrieben sich die Zeit mit den Geschichten, die der Magister ihnen von seinen jahrelangen Wanderungen erzählte, aber auch vom Heerzug des Kaisers Barbarossa, der die Donau in einem Zelt befahren hatte, das sich über drei Lastkähne spannte. Sogar Corax ergriff dann und wann das Wort und sprach von seiner Ausbildung zum Ritter, seinen ersten Turnieren und dem Tag, an dem er zum ersten Mal den roten Schleier einer Dame an seiner Lanzenspitze getragen hatte. Albertus hob dabei missbilligend eine Augenbraue, obgleich Aelvin den Grund nicht verstand: Was war denn Unanständiges daran, die Farben einer Edeldame in den Kampf zu tragen?

Während der übrigen Stunden versuchten sie es mit diesem und jenem Zeitvertreib, sangen gemeinsam die alten Lieder, kochten mit Sebastianus das Essen für Besatzung und Passagiere und ließen sich von Albertus die Landschaften links und rechts des Stroms erklären.

Irgendwann nahmen Libuse und Corax ihre Schwertübungen wieder auf, die sie seit Wochen vernachlässigt hatten. Die Blindheit des alten Recken hielt ihn nicht davon ab, komplizierte Schlagfolgen vorzuführen – allerdings nur, solange niemand in seiner Nähe stand, wofür Libuse mit viel Geschrei und wilden Gesten sorgte. Zudem hielt er lange Vorträge über die Kunst des Schwertkampfes. Aelvin hörte aus einiger Entfernung zu und bewunderte, wie geschmeidig Libuse die Vorgaben ihres Vaters wiederholte. Schließlich fasste er sich ein Herz und fragte, ob er an den Übungen teilnehmen dürfe. Von Libuse hatte er eine spöttische Bemerkung erwartet, doch sie sah ihn nur erstaunt an und lächelte schließlich. Corax sagte, ihm sei es einerlei. Da warf Libuse Aelvin eine kurze Klinge zu, die Corax all die Tage am Gürtel getragen, allerdings niemals blankgezogen hatte. Die Waffe war schwerer, als sie aussah, und anfangs stellte sich Aelvin alles andere als geschickt an.

Nach ein, zwei Stunden, als Corax die Lust an den Übungen verlor, setzte Libuse den Unterricht mit Aelvin fort, und schon am ersten Tag hallte das Klingen ihrer Schwerter bis tief in die Nacht übers Deck.

Favola kam zwischendurch dazu und beobachtete die beiden, lehnte aber ab, als Aelvin ihr übermütig anbot, doch gleichfalls ein Meister der Schwertkunst zu werden, so wie er selbst bald einer sein würde.

Am nächsten Morgen konnte Aelvin sich nicht mehr bewegen. Jeder Muskel in seinem Leib schien zu Stein erstarrt, und seine Gelenke fühlten sich an wie die eingerosteten Scharniere des Leeren Ritters Ranulf. Libuse und Favola machten Witze auf seine Kosten und drohten damit, seine Mahlzeiten aufzuessen, wenn er sich nicht zusammenreißen und wie ein ganzer Mann benehmen würde. Schließlich kam Albertus dazu, beäugte ihn mit gerunzelter Stirn, murmelte etwas über Benimmregeln für junge Mönche und schmierte ihn mit einer Salbe ein, die derart stank, dass keiner ihm mehr zu nahe kommen wollte. Schon am nächsten Tag stand Aelvin erneut an Deck, um die Übungen fortzusetzen. Libuse sprach es nicht aus, aber er sah ihr an, dass sie beeindruckt war.

Am selben Nachmittag verkündete Corax, Libuse habe nun genug von ihm gelernt; alles weitere sei eine Frage der Erfahrung. Ob Corax damit sein Augenleiden überspielen wollte oder ob es ihm wirklich ernst damit war, spielte keine Rolle. Libuse trug die Nasenspitze für den Rest des Tages ein wenig höher als sonst, legte sich dafür aber bei ihrem eigenen Schwertunterricht mit Aelvin noch stärker ins Zeug.

Beim Aufstehen am Morgen darauf tat ihm erneut alles weh, doch diesmal gab er vor, alles sei in bester Ordnung. Mit noch größerer Verbissenheit stellte er sich seiner neuen Aufgabe. Ein Meister würde nie aus ihm werden, das erkannte er recht schnell, vielleicht nicht einmal ein passabler Fechter – zumindest aber wollte er in der Lage sein, es mit dahergelaufenen Strolchen aufzunehmen, von denen sie gewiss noch dem einen oder anderen begegnen mochten.

Favola saß die meiste Zeit über dabei, badete die unverhüllte Lumina im Tageslicht und beobachtete Lehrerin und Schüler, während sie mit den Klingen aufeinander einhieben und sich umkreisten wie bei einem bizarren Tanz. Libuse lachte viel während dieser Stunden, mehr als in all den Tagen zuvor, und Aelvin nahm gern in Kauf, dass sein Ungeschick der Grund dafür war, wenn sie nur endlich ein wenig aus sich herausging und vergaß, was die Wolfskrieger ihr angetan hatten. Noch vor wenigen Wochen hätte er jeden für verrückt erklärt, der ihm prophezeit hätte, dass er sich irgendwann einmal mit dem rätselhaften Mädchen aus den Wäldern auf einem Donauschiff im Schwertkampf messen würde. Es war erstaunlich und auch ein wenig beängstigend, wie rasch sich die Dinge verändert hatten. Sein Leben war aus den Fugen geraten, sein ganzes Dasein auf den Kopf gestellt – und er genoss es mit jedem Tag mehr.

Albertus hielt sich mit Schelte für den jungen Novizen zurück. Freilich waren die Übungen mit Libuse nichts, das einem Geistlichen gut zu Gesicht stand. Doch der Magister sah darüber hinweg, so als sei ihm bereits lange vor Aelvin bewusst geworden, dass der Junge für die Kirche verloren war. Ein Klosterschüler würde wohl nicht mehr aus ihm werden, auch wenn sie noch immer so taten, als habe sich daran nichts geändert. Aelvin ahnte es nur, doch für Albertus schien es unabänderlich festzustehen: Aelvins Tage als Ordensbruder waren gezählt.

Erst nach einer Weile kam Aelvin der Gedanke, dass die Gewissheit des Magisters noch einen anderen Grund haben mochte: Favolas Prophezeiung. Die Vision von Aelvins Ende.

Er parierte Libuses Schläge mit neuer Beharrlichkeit, und zum ersten Mal brachte er sie ernsthaft in Bedrängnis. Dann aber erwischte sie ihn mit der flachen Klinge an der Stirn, er verlor die Waffe aus der Hand und musste sich geschlagen geben.

Am Abend führte er Favola allein hinaus an Deck.

»Sag mir, was genau du gesehen hast«, bat er sie. »Ich muss es jetzt wissen.«

Sie zögerte, doch dann nickte sie und blickte hinaus über die schneebedeckte Ebene, die sich von einem Horizont zum anderen erstreckte. Mondschein überzog Favolas Gesicht mit silbernem Eislicht.

»Ich liege im Sand«, sagte sie leise. »Ich bewege mich nicht. Du kniest neben mir, beugst dich über mich und bewegst den Mund – vielleicht rufst du meinen Namen, aber ich kann dich nicht hören, jedenfalls nicht in diesem … Traum.« Ihr Lächeln schien um Verzeihung zu bitten. »In der Todsicht gibt es keine Geräusche, weißt du?«

Er nickte ungeduldig. »Was passiert dann?«

»Jemand drängt sich zwischen uns. Er will mir wehtun, glaube ich. Du kämpfst mit ihm. Mit bloßen Händen kämpft ihr. Eine Gestalt in einem langen Gewand, aber ich sehe sie nur von hinten, kein Gesicht. Ihr ringt miteinander, aber der andere ist stärker … oder schneller … und dann –«

Er bemerkte, dass er beide Hände zu Fäusten geballt hatte. Seine Fingernägel gruben sich schmerzhaft in die Handballen. »Dann tötet er mich?«

Favola nickte. »Ja. Er stößt dich zu Boden und würgt dich mit seinen Händen und –« Sie presste die Hände vor ihrem Gesicht aufeinander und rieb sich gedankenverloren den Nasenrücken. »Dann war es vorbei.«

»Das war alles?« Er zuckte zusammen, als ihm bewusst wurde, dass sie seine Worte falsch verstehen könnte. »Ich meine, du hast nicht gesehen, was weiter passiert?«

»Nein.«

»Aber dann … dann kannst du ja gar nicht sicher sein, ob ich wirklich tot bin.«

»Aelvin?«

»Hmm?«

»Warum nenne ich es wohl *Tod*sicht?«

»Weil ... « Himmel, er kam sich so dumm vor. »Ich wüsste trotzdem gern, wer diese Gestalt war. Und ... na ja, und was danach aus dir wird.«

Als sie ihm in der Herberge erzählt hatte, dass er ihr einmal das Leben retten würde, da hatte er sich das Ganze irgendwie ... heroischer vorgestellt. Vor allem aber sehr viel eindeutiger. So, wie sie es ihm jetzt geschildert hatte, mochte sein Mörder Favola zu guter Letzt doch noch töten.

»Ich bin nicht wichtig«, flüsterte sie in den eisigen Wind. »In Wahrheit mache ich mir über etwas ganz anderes Gedanken.«

»Was meinst du?«

»Die Lumina«, sagte sie heiser. »In der Vision konnte ich sie nirgends sehen.«

~

Am Dreikönigstag des Jahres 1258, mehr als zwei Wochen nach ihrem Aufbruch aus Regensburg, passierten sie die Häuser und Türme Beograds als zackige Silhouette jenseits einer Wand aus Schneeflocken. Ihre Flussfahrt nähere sich nun dem Ende, verkündete Albertus, und sie alle überkam dabei Wehmut und auch die Furcht vor den neuen Gefahren, die auf dem weiteren Landweg vor ihnen lagen.

Die Fahrt an Bord der Flusskirche war nach den Strapazen ihrer Schlittenfahrt auf dem Rhein und der Wanderung über die Berge erholsam gewesen, trotz der eisigen Kälte, die sie tagein, tagaus begleitet hatte. Immer wieder waren sie von wildem Schneetreiben überrascht worden, das von Osten kommend aus der Puszta über den Fluss fegte, und an einigen Tagen war es nahezu unmöglich gewesen, einen Fuß an Deck zu setzen. Den weiteren Weg jedoch aus eigener Kraft zu bewältigen, statt sich auf die bequeme Strömung des Flusses zu verlassen, war keine angenehme Aussicht, zumal das Wetter unberechenbar und die Eiswinde beißend blieben.

Wie es schien, hatte sich sogar das Land gegen sie verschworen. Während das Gelände im Norden flach blieb, drängte von Süden her dicht bewaldetes Gebirge bis ans Ufer des Stroms. Es hob ihre Stimmung keineswegs, dass Sebastianus sie vor den berüchtigten Räuberbanden dieser Wälder warnte. »König Stefan, der Herrscher Serbiens, hat oft versprochen, ihrem Treiben ein Ende zu bereiten«, erklärte der Priester, »aber man hört nach wie vor von ermordeten Pilgern und geplünderten Händlerzügen. Gebt also Acht, welchen Weg ihr einschlagt und wem ihr euer Vertrauen schenkt.«

Mit solch grimmen Worten verabschiedet, umarmten sie Sebastianus ein letztes Mal, wünschten auch den Männern seiner Mannschaft Lebewohl und gingen unterhalb der Festung Semlin an Land, dort wo der Fluss Morava sich von Süden her durch die Berge heranschlängelte und in die Donau mündete. Ein letztes Mal winkten sie ihren Wohltätern hinter der Reling der schwimmenden Kirche zu und nahmen Abschied von dem Wasserlauf, der sie so treulich all die Tage über getragen hatte; fast war es, als ließen sie ein braves Reittier zurück.

Die Anlegestelle war mit einem missmutigen Zöllner und drei Soldaten bemannt, die schon von weitem erkannt hatten, dass bei den Pilgern nichts zu holen war. Ohne echtes Interesse fragten sie nach dem Ziel der Reisenden, wünschten ihnen Glück auf dem Weg und verkrochen sich rasch wieder in die Kaminwärme ihres Holzhauses.

Der Rest des Tages verging mit Vorbereitungen. Den Bauern in den Hütten am Fuß der Festung handelten sie zwei Maultiere ab. Sie verbrachten die Nacht in einer Herberge im Tal, aßen sich am Morgen ein letztes Mal satt, stockten ihre Vorräte widerstrebend mit Hirse, Öl und Nüssen auf und machten sich auf den Weg. Der Himmel war klar und blau und verhieß keinen neuen Schnee, als sie entlang der gewundenen Morava nach Süden wanderten, auf dem vereisten Pflaster einer uralten Römerstraße.

~

Die Hänge zu beiden Seiten der Morava waren steil und mit dichtem Tann bewachsen. Ehrfurcht gebietend erhoben sich die Berge in den Himmel, schlummernd unter einem Mantel aus Stille. Dann und wann wurden die Wälder lichter, hier bestimmten verwobene Kronen blattloser Laubbäume das Bild. Doch die meiste Zeit wanderten die Gefährten entlang turmhoher Mauern aus starr gefrorenen Nadelbäumen. Die Welt verlor ihre Farben, das Weiß des Schnees und das Schwarz tiefer Schatten bedrängte sie von allen Seiten. Selbst die Tannen- und Fichtenwedel wirkten um diese Jahreszeit so grau wie die Wasser der Morava, die sich glucksend einen Weg durch das kurvenreiche Tal bahnte. Im Sommer mochte diese Landschaft den Reiz rauer Schönheit besitzen, ganz ähnlich den endlosen Wäldern und Hügeln der Eifel, an die sie Aelvin manchmal erinnerte; im Januar aber wirkte sie beängstigend in ihrer erhabenen Wildheit.

Die Straße, auf der sie gen Süden zogen, führte sie entlang des Flusstals. An vielen Stellen lag sie unter Schneewehen begraben, doch hier und da hatten Winde und kurze Eisschmelzen ihr buckliges Pflaster entblößt. Albertus erzählte ihnen Geschichten von römischen Legionen, die einst über diese Steine marschiert waren, doch falls er ihnen damit Ehrfurcht vor dem Vergangenen einflößen wollte, so schlugen seine Versuche fehl. Sehr viel mehr beschäftigten sie die vereisten, aber deutlich erkennbaren Hufspuren, auf die sie gelegentlich stießen, und manchmal führten Stiefelabdrücke aus den Wäldern herab auf die Straße und von dort zurück ins Unterholz.

Einmal kamen sie an eine Stelle, wo die Schneedecke von zahlreichen Füßen zertrampelt und das Eis an manchen Stellen dunkelbraun gefärbt war. Albertus sprach ein Gebet für die armen Seelen, die hier ihr Schicksal ereilt hatte, aber Aelvin machte sich größere Sorgen um seine eigene arme Seele und die der beiden Mädchen. Daran vermochte auch das Gewicht des Kurzschwertes nichts zu ändern, das er jetzt unter seinem Mantel trug. Corax hatte es ihm geschenkt mit den Worten, er selbst werde es wohl kaum mehr benötigen, und dann zum ersten Mal zugegeben, dass seine Fähigkeit zu sehen sich während der Flussfahrt verschlechtert hatte. Noch immer vermochte er Hell und Dunkel zu unterscheiden, auch Bewegungen nahm er wahr, doch er hatte jegliches Gefühl für Entfernungen verloren und ihm war, als herrsche den ganzen Tag über düsteres Dämmerlicht. Libuse biss sich bei diesen Worten auf die gesprungene Unterlippe, sagte aber nichts, umarmte ihren Vater und strich sanft über das rosa Narbengewebe unter seinen Augen.

Sie verbrachten die Nacht im dichten Unterholz, das sie vor Wind und unliebsamen Blicken von der Straße schützte. Eine Weile lang wärmte Libuse sie mithilfe des Erdlichts, doch schon bald schwächte die Beschwörung sie zu sehr und ihnen blieb keine andere Wahl, als ein Lagerfeuer zu entzünden und es die ganze Nacht lang am Brennen zu halten. Reihum hielten sie Wache, doch die Kälte ließ auch die Übrigen nur unruhig schlafen, trotz all ihrer Decken. Einmal war es Aelvin während seiner Wache, als zöge ein finsterer Umriss über den Fluss nach Süden, eine Verdichtung aus Dunkelheit, die alles Mögliche sein mochte: eine Rauchwolke, ein Boot, ein Ungeheuer ohne Stimme. Dann hörte er Knarren und Plätschern, vielleicht von Rudern, und rasch setzte er sich so vor das Feuer, dass es die Reisenden auf dem Fluss durchs Unterholz nicht entdecken konnten.

Am zweiten Tag ihrer Reise auf der Römerstraße erwähnte

Corax zu ihrer aller Erstaunen, dass er diese Gegend schon einmal durchquert habe. Und nicht nur er allein – auch Libuse war damals bei ihm gewesen. Sie war darüber so erstaunt wie alle anderen, und Corax sagte, sie sei viel zu jung gewesen, um sich heute noch daran zu erinnern.

»Damals hörte ich so einiges über die Bewohner dieses Landstrichs«, sagte Corax, »und wenn euch allen noch nicht kläglich genug zumute ist, dann will ich euch von ihnen erzählen.«

Albertus sah einen Moment lang aus, als wollte er ihn zurückhalten, doch dann ließ er die Hand wieder sinken und zuckte nur die Achseln.

»Die Räuber, die sich in diesen Wäldern herumtreiben, haben es nicht nur auf Reichtümer abgesehen, denn davon bekommen sie in diesen Tagen nur wenig zu sehen.« Corax wurde von Libuse am linken Arm geführt, und sein halb blinder Blick war starr geradeaus gerichtet, so als sähe er dort Dinge, die allen anderen verborgen blieben: die Vergangenheit vielleicht. »Es gibt noch etwas, auf das sie ganz versessen sind, und das sind die Schädel ihrer Opfer.«

»Schädel?«, wiederholte Aelvin dumpf.

»Sie sammeln Köpfe, denn nur jener unter ihnen gilt etwas, der von sich behaupten kann, eine große Zahl von Männern und Frauen enthauptet zu haben. Eine Sitte, die sie aus den Geschichten über die Skythen übernommen haben, wie's scheint. Sie benutzen dazu den *Handzhar*, eine kurze, schwere Klinge, mit der sie ihrem Opfer mit einem einzigen Schlag den Schädel von den Schultern hauen. Aber es sind nicht nur Köpfe, die sie sammeln, sondern auch alle anderen Körperteile. Finger, ganze Hände, Ohren und Nasen. Zieht ein Mann in dieser Gegend in den Kampf, ganz gleich, ob es sich um eine Schlacht für seinen Fürsten handelt oder um einen Überfall, dann muss er mindestens einen Kopf mit nach Hause bringen, um vor seinen Söhnen damit zu prahlen.«

Aelvins Blick wanderte über die stillen Berghänge und fragte sich, wie viele solcher Schädelsammler sich in den Schatten der Nadelbäume verbargen. Auch das gefrorene Blut, das sie gestern entdeckt hatten, schien ihm mit einem Mal eine noch grässlichere Bedeutung anzunehmen.

Favolas Stimme schnitt durch die Pause in Corax' Erzählung und ließ alle anderen aufhorchen. »Welchen Unterschied macht es schon, von einem Räuber um einiger Münzen willen oder wegen des Schädels erschlagen zu werden?« Sie zuckte die Achseln. »Mir ist es gleich.« Dass diese Worte ausgerechnet von ihr kamen, überraschte Aelvin. Auch Libuse schaute voller Erstaunen auf.

»Erzähl weiter«, bat die Novizin. »Wir sollten alle wissen, was uns hier droht. So offen ist schließlich nicht jeder hier mit uns anderen.«

Der Magister zuckte leicht, und Libuse verkniff sich ein anerkennendes Lächeln.

»Nun«, fuhr Corax fort, »ein Mann trägt die Köpfe seiner Feinde nach Hause, macht sie in Salzfässern haltbar und pflanzt sie auf Stecken vor seinem Haus auf. Ich habe solche Häuser gesehen, weiter im Süden, und glaubt mir, der Anblick übertraf alles, was ich in den Ländern der Ungläubigen geschaut habe. Die Männer hier rasieren sich die Kopfhaut, denn das macht es für einen Feind schwerer, ihre Köpfe vom Schlachtfeld zu tragen. Sie müssten ihm die Hand in den Mund stecken, um ihn zu tragen, ohne dabei die Waffe abzulegen, und die Leute hier glauben, dass sich ein guter Christ dies selbst im Tod nicht gefallen lässt – er würde seinem Mörder alle Finger abbeißen.«

Albertus bekreuzigte sich seufzend.

»Es gibt regelrechte Gesetze für das Köpfen von Gegnern«, sagte Corax, plötzlich so redefreudig wie selten zuvor. Aelvin sah Libuse an, dass sie sich darüber freute, ganz gleich wie schrecklich die Bilder waren, die ihr Vater heraufbeschwor.

»Verletzen zwei Männer in einem Kampf denselben Feind, dann gehört sein Schädel jenem, der ihn als Erster hat bluten lassen. Oft entstehen daraus Streitigkeiten, sodass beim Kampf um den Schädel des Toten neuerliches Blut fließt, diesmal unter Freunden, und so mag es sein, dass der Sieger mit zwei Köpfen statt mit einem nach Hause kommt. Ziehen aber zwei Blutsbrüder in den Krieg und stirbt der eine, dann ist es die Pflicht des anderen, seinen Kopf zu bergen und sicher in die Heimat zurückzubringen, damit er keinem Feind in die Hände fällt. So heilig ist diesen Menschen der Kopf, dass sie sogar auf die erbeuteten Schädel ihrer Gegner schwören. Sie sagen: ›Ich schwöre vor Gott und den dreizehn Köpfen der Männer, die mein *Handzhar* gefällt hat.‹«

Es raschelte im Unterholz. Gleich darauf schoss ein Fuchs vor ihnen über die Straße, schlug am Flussufer einen Haken und raste zurück ins Gebüsch. Zwei Eichelhäher flatterten auf. Irgendwo in den Wäldern heulten Wölfe.

Zufällig streifte Aelvins Hand die von Favola, doch weil beide Handschuhe trugen, blieb es ohne Folgen. Favola hielt seine Finger fest, und eine ganze Weile gingen sie Hand in Hand. Keiner der anderen schien es zu bemerken, nicht einmal Libuse, die gleichermaßen fasziniert wie entsetzt den Worten ihres Vaters lauschte.

Corax senkte seine Stimme. »Im letzten Jahrhundert haben die Kreuzritterheere diesen Weg genommen, um ins Heilige Land zu gelangen – das war, bevor sie Verträge mit den Venezianern schlossen, die ihnen die Überfahrt auf Schiffen über das Mittelmeer gewährten. Sie benutzten genau diese Straße hier, wie schon die Römer tausend Jahre vor ihnen. Und nach allem, was ich gehört habe, wüteten sie schrecklich unter den Bewohnern dieser Wälder. Sie verwüsteten ganze Dörfer im Namen des Herrn, weil sie die Menschen für Ungläubige hielten, ganz gleich, wie oft diese beteuerten, dass sie alle an denselben Gott der Christen glaubten. Anfangs hatten sie leichtes

Spiel, aber später bildeten die Bewohner kleine Armeen, die die Ritter aus dem Hinterhalt überfielen. Damals trugen sie Tausende von Schädeln zurück in ihre Dörfer und pflanzten sie vor den Toren ihrer Kirchen auf.«

Nun brauste Albertus doch noch auf. »Kein Ritter würde im Namen des Allmächtigen Unschuldige ermorden!«

Corax lachte verbittert. »Ich bin dort gewesen, mein Freund. Ich habe die Heiligen Stätten gesehen und auch die Grausamkeiten, die unsere ehrenwerten Brüder dort verübt haben. Herrgott, eine Zeit lang war ich einer von ihnen!«

Libuse witterte eine Gelegenheit, mehr über diese Jahre im Leben ihres Vaters zu erfahren, aber noch ehe sie eine Frage einwerfen konnte, blieb Aelvin plötzlich stehen.

»Seht!«, rief er aus und zeigte entlang der Römerstraße nach Süden, wo sie eine Biegung machte und hinter einem waldigen Bergbuckel verschwand. Die Stelle war gut hundert Schritt entfernt. Favolas Hand schloss sich noch fester um seine Finger.

Libuse ließ ihren Vater los und zog das Schwert aus der Scheide auf ihrem Rücken.

»Was ist dort?«, fragte Corax alarmiert.

Mehrere Gestalten hoben sich vor dem gescheckten Weiß der Wälder ab. Schweigend blickten sie den Wanderern entgegen.

Sind das Räuber?«, fragte Favola.

Libuse runzelte die Stirn. »Nur sechs.«

»*Nur* sechs?« Aelvin berührte unter seinem Mantel den Schwertgriff, um sich Mut zu machen. Unwillkürlich begann sein Hals zu jucken. »Für uns dürften das sechs zu viel sein.«

Corax schüttelte Libuses Hand ab. Wie sie trug er sein Schwert auf dem Rücken, und als er es zog, wirkte die Bewegung eine Spur zu unbeholfen, um irgendwen narren zu können. Im Kampf würde er ihnen keine Hilfe sein. Seine Kiefer mahlten verbittert.

»Wartet!« Albertus schob Libuse, die sich an die Spitze der Gruppe begeben hatte, sachte beiseite. »Das sind keine Räuber. Das sind Frauen.«

Vier der Gestalten standen noch immer dort, wo sie aufgetaucht waren, aber zwei hatten sich in Bewegung gesetzt und kamen mit zügigen Schritten auf sie zu. Aelvin verengte die Augen, um die Gesichter besser erkennen zu können.

»Es könnten trotzdem Räuber sein«, gab Libuse zu bedenken, ohne die Klinge zu senken.

Albertus hob zweifelnd eine Braue, sah dann aber die Entschlossenheit in Libuses Blick und schwieg. Aelvin dachte, dass sie Recht hatte – obgleich er noch nie von Räuberinnen gehört hatte, war Libuse der beste Beweis dafür, dass sich auch Frauen auf den Umgang mit Waffen verstanden.

Eine der beiden Vermummten rief etwas in einer Sprache, die Aelvin nicht verstand. Die sonderbaren Worte hallten von den steilen Waldhängen wider.

»Was sagt sie?«, fragte er.

Der Magister zuckte die Achseln, doch nun ergriff Corax das Wort. »Sie will wissen, wohin wir gehen.«

Libuse fuhr herum. »Du verstehst sie?«

»Ich habe vor den Toren Jerusalems an der Seite von serbischen Rittern gekämpft.«

»Dann antworte ihnen«, sagte Albertus. »Sag ihnen, wir sind Pilger auf dem Weg zu den Heiligen Stätten.«

Corax rief stockend einige Sätze zu den beiden Frauen hinüber, die jetzt bis auf zwanzig Schritt herangekommen waren. Beide trugen Fellmützen, Schals und dicke Wollkleider. Sie sahen aus wie Bäuerinnen mit grauen, ausgezehrten Gesichtern. Wieder musste Aelvin an die Eifel denken, an die Bewohner der einsamen Gehöfte, die im Winter oft auf die Gaben der Klosterbrüder angewiesen waren.

»Ich habe ihnen gesagt, dass Albertus ein großer Mann der Kirche ist«, sagte Corax. »Die Menschen hier sind sehr gläubig.«

»Wahrscheinlich räuchern sie ihre Schädelsammlung in Weihrauch«, bemerkte Libuse, doch niemand ging darauf ein.

Eine der Frauen antwortete, und Corax übersetzte: »Sie fragen, ob wir unterwegs auf Spuren eines Kampfes gestoßen sind. Außerdem meinen sie, wir hätten großes Glück gehabt, dass wir keinem von – Augenblick.« Er rief etwas zu den Frauen hinüber, bekam Antwort und fuhr fort: »Offenbar gibt es hier einen Räuberhauptmann, vor dem man sich ganz besonders in Acht nehmen sollte. Sie nennen ihn Klinge oder Sichel … ich bin nicht sicher, ob ich das richtig übersetze. Jedenfalls sagen sie, wir hätten großes Glück, dass wir keinem von seinen Männern begegnet sind.«

»Die Blutspuren«, murmelte Aelvin. »Das müssen sie gewesen sein. Vielleicht hatten sie erst kurz zuvor andere Reisende überfallen und waren gerade dabei, ihre Beute in ihren Unterschlupf zu bringen.«

Favola schüttelte sich, und auch Aelvin lief es kalt über den Rücken.

Wieder sagte die Frau etwas zu Corax. Aelvin konnte jetzt ihre schlechten Zähne erkennen und die runzelige Haut.

»Libuse«, sagte der Ritter, »das Schwert.«

Sie half ihm, seine Klinge in die Rückenscheide zu schieben, und ließ dann mit offenem Widerwillen auch ihre eigene Waffe verschwinden.

»Sie laden uns in ihr Dorf ein«, sagte Corax. »Ich denke, wir sollten annehmen.«

»Und wenn es eine Falle ist?«, fragte Aelvin. Favola ergriff wieder seine Hand.

»Ihre Männer oder sie selbst könnten uns jederzeit aus dem Hinterhalt überfallen«, sagte Albertus nachdenklich. »Auf der Straße sind wir ihnen kaum weniger ausgeliefert als in ihrem Dorf. Außerdem mag es von Nutzen sein, ein wenig über diesen Räuberhauptmann zu erfahren.«

Libuses finstere Miene verriet nicht, was sie dachte. Vielleicht vertraute sie dem Urteil ihres Vaters, ohne ihr Misstrauen gänzlich zu verlieren.

Die Sprecherin der Frauen trat allein auf sie zu, fiel vor Albertus auf die Knie und küsste seinen Handschuh. Mit demütig gesenktem Haupt murmelte sie etwas.

»Sie erbittet deine Hilfe«, sagte Corax. »Sie sagt, ihr Dorf brauche dringend den Beistand eines Geistlichen.«

Albertus räusperte sich und half der Frau, sich vom Boden zu erheben. »Dann wollen wir sie nicht enttäuschen, oder?«

~

Das Dorf lag in einem Seitenarm des Moravatals, kaum dreihundert Schritt vom Ufer entfernt, aber durch eine Biegung der engen Kluft vor Blicken von der Straße geschützt.

Der Duft von Torf- und Holzfeuern hing in der Luft, durchmischt mit dem Gestank von Viehmist. Ein Dutzend ärmlicher Holzhütten umringte einen lang gestreckten Platz. An seinem Ende stand eine hölzerne Kirche, deren Dach auf einer Seite ein gewaltiges Loch aufwies. Schwarze, halb verkohlte Balken stachen ins Leere wie faule Zahnstümpfe in einem aufgerissenen Maul.

Aelvin fuhr zusammen, als eine ihrer sechs Begleiterinnen einen Ruf ausstieß. Sie hatten den Dorfplatz noch nicht betreten, als aus mehreren Hütten weitere Frauen ins Freie traten. Hühner liefen gackernd durch den aufgewühlten Schnee, aus einem Stall drang das Blöken von Schafen. Auf dem Holzkreuz der Kirche, hoch über dem Eingang, hockten zwei Krähen und krächzten.

»Gibt es hier nur Frauen?«, fragte Favola verwundert.

Tatsächlich waren die Gesichter, die ihnen entgegenblickten, allesamt weiblich. Frauen jeden Alters, zwei oder drei junge Mädchen und Kinder. Aber kein einziger Mann. Einige Frauen erhoben Mistgabeln und Beile, doch auf einen scharfen Zuruf ihrer Anführerin hin ließen sie ihre Waffen sinken.

»Frag sie, was mit der Kirche geschehen ist«, sagte Albertus zu Corax.

Bald darauf bekam er die Antwort. »Sichels Leute haben sie in Brand gesteckt, weil diese Menschen einem Trupp Königstreuer Unterschlupf vor einem Schneesturm gewährt haben. Als hätten sie eine andere Wahl gehabt.«

»Dann gibt es also Männer des Königs in dieser Gegend!«, rief Aelvin hoffnungsvoll. Er erinnerte sich an das, was Sebastianus über das Versprechen des serbischen Königs Stefan gesagt hatte; darüber, dass er der Räuberei in diesen Wäldern ein Ende machen wolle.

Corax sprach erneut mit der Anführerin, dann erklärte er: »Scheint so, als wüssten sie kaum etwas über ihren König oder das, was er vorhat. Aber sie sagen, es seien tatsächlich Ritter gewesen, Männer in Rüstzeug und mit vielen Waffen. Sichel habe sich an den Dorfbewohnern gerächt, weil diese Reiter gekommen seien, um Jagd auf die Räuber zu machen.«

An die fünfzehn Frauen hatten sich jetzt auf dem Platz versammelt, und ihrer aller Blicke hingen erwartungsvoll an Albertus. Ehrfürchtig schwiegen die meisten, nur einige tuschelten hinter vorgehaltener Hand miteinander und wurden dafür von anderen zurechtgewiesen.

»Sichel hat ihnen verboten, die Kirche wieder aufzubauen«, sagte Corax nach einem weiteren Wortwechsel mit der Sprecherin. »Ein Jahr lang sollen sie gottlos leben, hat er gesagt. Ihren Priester hat er bei dem Überfall über das Tor der Kirche genagelt und befohlen, dass er dort hängen bleiben soll. Sonst ergehe es ihnen so wie ihren Männern.«

Aelvin erinnerte sich an das Urteil des Erzbischofs Konrad über den Leeren Ritter Ranulf. Die Menschen in diesem Dorf waren offenbar aus anderem Holz geschnitzt als die fügsamen Zisterzienser, denn nun berichtete Corax, dass die Frauen den Leichnam des Priesters gleich am nächsten Tag beerdigt hatten. Lediglich ein kirchlicher Segen müsse noch über das Grab gesprochen werden, und darum seien sie dankbar, dass Albertus ihre Einladung angenommen habe.

»Was ist mit ihren Männern geschehen?«, fragte Favola.

Corax redete abermals auf die Anführerin ein. Schließlich nickte sie, beschwichtigte den Widerspruch einiger anderer Frauen und rief etwas in die Runde.

Aus der Dunkelheit der Behausungen traten ein Dutzend Gestalten ins Tageslicht, Männer, aber auch Jungen. Alle trugen Tücher vor ihren Gesichtern, die sie bis unter die Augen heraufgezogen hatten; im ersten Moment sahen sie dadurch selbst aus wie Räuber, die sich für einen Überfall maskiert hatten. Zögernd näherten sie sich den Besuchern in der Mitte des Dorfplatzes.

Die Sprecherin des Dorfes trat auf einen zu, der wohl ihr Ehemann oder Bruder war, nahm sein Gesicht in beide Hände und küsste ihn auf die Stirn. Ihre Blicke trafen sich, und beide hatten Tränen in den Augen. Dann pellte der Mann, ein kahlköpfiger Serbe mit harten, ausgehungerten Zügen, das Tuch von seinem Gesicht.

Aelvin spürte, dass Favola wieder nach seiner Hand tastete, doch diesmal fühlte er nichts dabei.

»Was ist mit ihnen?«, flüsterte Corax.

Libuse konnte nicht antworten. Die Männer des Dorfes nahmen nun die Tücher ab, einige mit einem einzigen harten Ruck, andere vorsichtig, mit gebeugten Rücken, als zwänge der Schmerz sie in die Knie. Manche stießen ein leises Wimmern aus, doch es gab auch Männer, die ihre Verstümmlungen zeigten, ohne eine Miene zu verziehen.

Sichels Räuber hatten ihnen die Nasen abgeschnitten. Einem jeden hatten sie das Nasenbein entzweigehackt und das Fleisch mitsamt der Oberlippe fortgerissen. Klaffende schwarzbraune Wunden hatten gerade erst begonnen, Narbenwülste zu bilden; manche waren noch immer dick verkrustet. Die obere Zahnreihe lag bei allen bloß, darüber schimmerte die Ruine des Nasenbeins: ein gelblicher, zersplitterter Dorn, der wie ein geborstener Schnabel aus dem Fleischkrater ragte.

Aelvin wollte den Blick abwenden, aber er konnte es nicht. Wie in Trance sah er von einem der Männer zum anderen.

Die Anführerin der Frauen redete mit tränenerstickter Stimme auf Corax ein, doch das nahm Aelvin kaum wahr. Erst als der Ritter selbst das Wort ergriff, war es, als packte jemand Aelvin am Kragen und zerrte ihn aus einem Pfuhl aus Schmerz und Schrecken zurück ans Tageslicht.

»Etwa die Hälfte der Leute sind an den Verletzungen gestorben«, sagte Corax. »Verblutet oder an entzündeten Wunden. Sichel hat die Nasen an den Schnauzbärten zu einer Kette zusammenbinden lassen und sie sich um den Hals gelegt wie einen Rosenkranz.«

Albertus, Favola und sogar Aelvin bekreuzigten sich.

Rundum zogen die Männer ihre Tücher und Verbände zurück über die Wunden, einige warfen sich herum und stolperten zurück in die Hütten, um sich vor der Welt und sich selbst zu verstecken. Andere verharrten an der Seite ihrer Weiber, Schwestern und Töchter.

Corax wandte sich an Albertus. »Sie erflehen deinen Segen für sich und ihre Kirche. Sie warten auf eine Geste, auf irgendein Zeichen.«

»Sag ihnen, ich werde eine Messe in der Ruine ihrer Kirche lesen. Ich werde ihrem Priester die Letzte Ölung und eine christliche Bestattung geben. Doch zuerst will ich jeden Verletzten untersuchen und für sie tun, was in meiner Macht steht.«

Corax übersetzte, und dann geschah etwas, das Aelvin bis an sein Lebensende nicht vergessen sollte. Rundum sanken alle Bewohner des Dorfes, Männer wie Frauen, auf die Knie und beugten die Häupter. Die fünf Gefährten standen in ihrer Mitte wie Heilige.

Aelvin empfand keinen Stolz, nicht einmal Verlegenheit. Nur Grauen. Und ihm war gleich, was die Mädchen über ihn denken mochten: Lautlos brach er in Tränen aus.

~

Zwei Tage und zwei Nächte blieben sie im Dorf. Albertus nahm jede Wunde in Augenschein, aber er konnte nur wenig tun, um die Schmerzen der Männer zu lindern. Nach einer kurzen Beratung mit den übrigen Gefährten verbrauchte er einen Großteil seiner Salben und Tinkturen, hielt aber einen Rest für sie selbst zurück. Im tiefen Schnee war es unmöglich, neue Zutaten zu finden, und so blieb ihm keine Wahl, als nur jene zu verarzten, die seine Hilfe am nötigsten hatten. Zuletzt las er eine Messe für den ermordeten Priester und eine zweite für das Seelenheil jener, die den grausamen Verstümmelungen erlegen waren. Er riet den Menschen, die Kirche vorerst nicht wiederaufzubauen, damit der Zorn der Räuber sie kein zweites Mal träfe. Manchmal, so sagte er, sei es falsch, auch die andere Wange hinzuhalten.

Als sie aufbrachen, begleiteten sie fast alle Frauen und viele Männer des Dorfes bis zum Fluss, küssten und umarmten sie, sprachen Gebete für den guten Fortgang ihrer Pilgerfahrt und winkten ihnen lange nach. Erst als sie hinter einer Biegung zurückblieben, atmete Aelvin leise auf, und er sah, dass Favola und die anderen dasselbe taten. Ihnen allen war, als könnte es keinen Schrecken geben, der diesen einen überträfe, und für eine Weile machte ihnen das beinahe neuen Mut.

Insgeheim aber kannten sie die Wahrheit: Der Anblick der verstümmelten Dorfbewohner war womöglich nichts als ein Vorgeschmack auf das, was ihnen selbst bevorstand.

~

Sie alle hatten Angst, auch wenn sie nur selten darüber sprachen. Die steilen dunklen Wälder hatten an Bedrohlichkeit zugenommen, und jedes Rascheln im Geäst, jedes Knirschen der schneeschweren Zweige und Tannenwedel ließ sie aufhorchen. Die alte Heerstraße war von beiden Seiten des Ufers gut einzusehen, und es gab keine Möglichkeit, abseits davon durch das dichte Unterholz zu wandern. Die zahllosen Windungen, in denen sich die Morava nach Süden schlängelte, eigneten sich vortrefflich für Hinterhalte, und nicht selten seufzte einer von ihnen erleichtert, wenn sie eine weitere Kurve umrundet hatten, ohne dahinter erwartet zu werden.

Als am dritten Tag heftige Schneefälle einsetzten, waren sie trotz der nassen, schweren Flocken nahezu dankbar, denn sie hofften, dass bei solch einem Wetter auch die Räuber in ihren Unterschlupfen blieben.

Sie kamen schlecht voran, mussten mehrfach einen Schutz zwischen den Bäumen aufspannen und darunter Deckung suchen, und ihre Stimmung hätte kaum niedergeschlagener sein können. Sie redeten nicht viel, nur Aelvin und Favola verständigten sich dann und wann mit Blicken oder wechselten ein paar Worte mit Libuse. Ein einziges Mal fanden sie eine Stelle nahe der Straße, die es Libuse erlaubte, das Erdlicht heraufzubeschwören, aber sie war danach so entkräftet, dass die anderen entschieden, nur noch im schlimmsten Fall darauf zurückzugreifen. Stundenlang war Libuse so geschwächt, dass ihr nicht einmal Widerworte einfielen.

Dies war ihre Lage, als sie am zweiten Tag nach ihrem Abschied von den Dorfbewohnern aus ihrem eintönigen Marsch gerissen wurden.

Hinter ihnen wurde Hufschlag laut.

Corax war der Erste, der darauf aufmerksam wurde, und mit einem Zeichen gab er allen zu verstehen, keinen Laut mehr von sich zu geben. Frierend und ausgelaugt verharrten sie in derselben lang gezogenen Reihe, in der sie schon seit Stunden wanderten, und horchten in die Stille der Wälder.

»Runter!«, rief Corax einen Augenblick später. »Runter von der Straße!«

Und dann rannten sie, stolperten, fluchten über die Behäbigkeit der beiden Maultiere und kauerten sich schließlich hinter einer Bodenwelle am Waldrand in den Schnee, obgleich sie wussten, dass dies ein jämmerliches Versteck war. Zudem waren die Maultiere zu hoch, um völlig hinter der Erhebung zu verschwinden.

Angespannt starrten sie durch das lichte Geäst zurück zur letzten Kurve, auf die steile Felswand, die dort den Blick auf die dahinter liegende Straße verwehrte.

»Was ist mit unseren Fußspuren?«, zischte Libuse.

Sie bekam keine Antwort. Es schneite noch immer, aber längst nicht heftig genug, um ihre Stapfen innerhalb so kurzer Zeit unsichtbar zu machen.

Jetzt hörten sie es alle. Das Getrampel vieler Pferdehufe, gedämpft vom Schnee auf dem Weg und in der Luft, stumpf und dröhnend wie der Lärm einer fernen Lawine, die von den Gipfeln herabdonnerte.

»Kann *er* das sein?«, flüsterte Favola ganz nah an Aelvins Ohr. Instinktiv lösten ihre Hände das Bündel mit dem Luminaschrein vom Rücken und pressten es schützend gegen ihre Brust.

»Gabriel? Nie im Leben.« Aber seine Zuversicht klang so gekünstelt, dass kein Kind darauf hereingefallen wäre.

»Still!« Albertus' Hand krallte sich in Aelvins Mantel. »Kein Wort mehr!«

Lauter wurde das Donnern, lauter und lauter.

Dann preschten die ersten Reiter um die Biegung, zunächst grau und kaum sichtbar jenseits der Schneeflocken, dann aber immer näher, immer klarer.

Es waren viele, weit über zwanzig, aber genau ließ sich das nicht erkennen, denn die ersten Reiter verbargen jetzt den weiteren Verlauf der Straße und es war nicht auszumachen, ob der Trupp schon ein Ende hatte oder ob immer noch mehr Pferde um die Felskehre galoppierten.

Es waren keine Wolfskrieger, so viel war gewiss. Die Männer an der Spitze trugen glänzende Rüstungen und wallende Mäntel. Berittene Vasallen hielten Lanzen mit flatternden Bannern. Auch die vorderen Rösser waren gerüstet, ihr Zaumzeug mit bunten Bordüren geschmückt. Obgleich der Himmel schwer von Schneewolken war und kein Sonnenstrahl ins Tal der Morava fiel, schienen die Rüstungen und Waffen doch zu blitzen, als wälze sich eine Flut aus flüssigem Silber durch die Kluft zwischen den Bergen.

»Tragen sie ein Wappen?«, flüsterte Corax. »Irgendwelche Banner oder Wimpel?«

»Ein silberner Adler auf rotem Grund«, sagte Albertus leise. Noch waren die Reiter nicht heran, aber es war nur eine Frage weniger Herzschläge, ehe sie die Stelle erreichen würden, an der die Spuren der Gefährten ins Unterholz führten. »Und ein weißes Pferd, das auf den Hinterbeinen steht.«

»Das ist ein Einhorn«, sagte Libuse. »Kein Pferd.«

»Ein Einhorn?«, vergewisserte sich ihr Vater.

Albertus nickte. »Sie hat Recht.«

Die ersten Ritter galoppierten über die Spuren der Gefährten hinweg. Die folgenden Reiter waren Vasallen und Waffenknechte, in Wolle, Fell und Leder gehüllt, manche mit eisernen Schalenhelmen. Viele trugen Spieße an ihren Sätteln, außerdem Schwerter, Äxte oder Eisenkeulen. Einige hatten Bögen und Köcher voller Pfeile geschultert, mindestens zwei hatten schwere Armbrüste an ihren Sätteln befestigt.

Drei der fünf Ritter an der Spitze passierten zügig das Versteck. Dann der vierte.

Der fünfte aber hob die Hand, stieß einen lauten Ruf aus und riss sein Pferd zurück.

»Verdammt!«, fluchte Libuse. Ihre Hand suchte den Schwertgriff über ihrer Schulter. Lautlos unter all dem Lärm kam die Klinge zum Vorschein.

»Ich kenne das Zeichen des Einhorns«, sagte Corax. Seine Züge entspannten sich. »Das sind Ritter des serbischen Königs.«

»Heißt das, wir haben nichts zu befürchten?«, fragte Aelvin.

»Nur wenn sie uns nicht für Räuber halten.«

Mittlerweile waren fast alle Pferde zum Stehen gekommen, stampften im Schnee, schnaubten Dampf aus glänzenden Nüstern. Der Ritter, der die anderen angehalten hatte, gab einem seiner Vasallen einen Wink. Sofort glitt der Mann aus dem

Sattel, untersuchte die Spuren am Wegrand und deutete zum Wald. Sein Finger zeigte in Richtung ihres Verstecks.

Pfeile wurden an die Sehnen gelegt, Bögen gespannt. Klingen glitten schleifend aus Schwertscheiden. Der Ritter gab einen Befehl, dann eilte der Vasall zum Waldrand, folgte der Spur und zog dabei ein Kurzschwert aus seinem Gürtel.

»Wir sollten uns zu erkennen geben«, sagte Albertus, und noch ehe irgendwer ihn aufhalten konnte, erhob er sich.

»Hervorragend«, knurrte Libuse.

Favola warf Aelvin aus aufgerissenen Augen einen Blick zu. Er zuckte die Achseln, aber sein Puls überschlug sich.

»Ihr edlen Herren!«, rief Albertus mit ausgestreckten Armen. »Wir sind einfache Pilger!«

Noch mehr blankgezogene Klingen. Behandschuhte Hände kurbelten Armbrustsehnen zurück.

»Sie verstehen Euch nicht«, rief Aelvin vom Boden aus. Er dachte gar nicht daran, ebenfalls aufzustehen.

Corax kämpfte sich unbeholfen auf die Beine, tastete nach Albertus' Schulter und blieb neben ihm stehen. Er rief etwas in derselben Sprache, in der er auch mit den Dörflern gesprochen hatte.

Mehrere Vasallen brachen durchs Unterholz. In Windeseile waren die fünf Gefährten umzingelt.

Libuse sah aus, als wäre sie dem Magister am liebsten an die Kehle gegangen, während sie ihr Schwert zornig zurück in die Scheide stieß.

Wenig später standen sie alle auf der Straße, eingekreist von den Knechten, hoch überragt von den fünf Rittern zu Ross. Einer der Edlen – der Anführer des Tross – klappte sein Visier nach oben. Die Scharniere knirschten vom Eis.

»Pilger mit Schwertern auf den Rücken?«, fragte er auf Latein, sodass sie ihn alle verstehen konnten. »Und Dolchen unter ihren Mänteln?«

»Dies sind gefährliche Lande«, sagte Albertus. »Gewiss

könnt Ihr es uns nicht verübeln, wenn wir uns gegen Räuber und andere Unbill zur Wehr setzen wollen.«

Der Ritter, der ihre Spuren entdeckt hatte, hob gleichfalls sein Visier. Ein buschiger schwarzer Schnurrbart wucherte von unten in das Sichtfenster des Helms. »Ein Prediger, ein blinder Alter, zwei Mädchen und ein Bürschchen – eine wehrhafte kleine Bande seid Ihr, in der Tat.« Er lachte leise, aber sein Spott wirkte gutmütig. Aelvin gestattete sich erstmals seit dem Auftauchen der Reiter ein vorsichtiges Durchatmen. Nur Corax knurrte ungehalten.

»Nun, Räuber seid Ihr wohl keine«, sagte der erste Ritter. Er war es, der das Einhorn auf seinem Harnisch trug. »Aber Ihr seid leichtsinnig, um diese Zeit des Jahres einen solchen Landstrich zu durchqueren. Im Sommer schützen unsere Patrouillen den Pilgerweg nach Süden, aber im Winter …« Er schüttelte den Kopf, begleitet von einem metallischen Quietschen. »Ich bezweifle, dass Ihr auf Euch allein gestellt heil in Nisch angekommen wärt.«

Die Gefährten wechselten Blicke.

»Bedeutet das, dass wir mit Eurem Schutz rechnen können, edle Herren?«, fragte Albertus.

Der Ritter betrachtete sie von oben bis unten und schaute dann zweifelnd auf die beiden Maultiere, die gleichmütig ins Leere blickten. »Wir sind auf dem Weg in die Schlacht. Das Wetter hat uns bereits aufgehalten, und ich bezweifle, dass wir es uns leisten können, noch mehr Zeit zu verlieren. Andererseits können wir Euch schwerlich in Euer Verderben ziehen lassen.«

»Nennt uns Eure Namen«, verlangte der Schnauzbärtige.

Das taten sie, worauf zwei weitere Ritter ihre Helme öffneten. Sie trugen identische Adlerwappen, und als ihre Gesichter zum Vorschein kamen, verriet ihre verblüffende Ähnlichkeit, dass es sich um Brüder handeln musste. Beide waren noch jung und sicher erst kurz zuvor in den Ritterstand erhoben worden.

»Albertus von Lauingen, sagt Ihr?«, fragte der eine. »Von den Dominikanern?«

Der Magister nickte.

»Dann erlaubt uns, dass wir beide Euch unseren Schutz antragen. Wir wissen, wer Ihr seid, Herr. Unser Vater bestand darauf, dass wir so viele Eurer Schriften wie nur möglich studierten.«

Der Blick des Bärtigen verriet, dass er keine Ahnung hatte, wovon die beiden jüngeren Männer sprachen, doch der Ritter an der Spitze sah mit Verwunderung auf Albertus herab. »In der Tat, ich muss Euch um Verzeihung bitten, Euren Namen nicht gleich erkannt zu haben. Ich weiß sehr wohl, wer Ihr seid, Albertus von Lauingen, den viele auch Albertus Magnus nennen. Und wenn meine beiden Gefährten Euch Ihre Begleitung anbieten, so rate ich, dies anzunehmen. Gleichwohl möchte ich Euch bitten, Euch mit einem von ihnen zufrieden zu geben, denn im Kampf werden wir jeden Mann brauchen.«

»Dann will ich gehen«, sagte der Ältere der beiden Brüder. Er setzte den Helm ab, und sogleich sprang einer seiner Vasallen vom Pferd und half seinem gerüsteten Herrn aus dem Sattel. »Ich bin Dragutin, Sohn des Bernardin, der Euch und Euer Werk bis zu seinem Tod vor einem Jahr zutiefst verehrt hat. Mein Bruder Sava wird mit doppelter Kraft gegen den Feind kämpfen, wenn er weiß, dass mein Schwertarm Euch schützen wird, Herr.«

Sava nickte entschieden. »Unser Vater wird mit Stolz auf uns herabblicken, wenn er weiß, dass wir Euch unsere Hilfe anbieten konnten.«

Albertus räusperte sich, und beinahe schien es Aelvin, als sähe er den Magister zum ersten Mal verlegen. »Gerne nehmen wir Euren Schutz in Anspruch, Ritter Dragutin. Und auch Euch danken wir, Ritter Sava. Und allen anderen wünschen wir Glück bei dem, was Ihr Euch vorgenommen habt.«

Corax stellte in der Sprache der Ritter eine Frage und erhielt sogleich Antwort von dem Bärtigen, der recht froh zu sein schien, dass ihm etwas zu sagen blieb, nachdem seine beleseneren Gefährten solche Ehrfurcht vor dem Häuflein Wanderer zeigten.

Corax dankte ihm und wandte sich an die anderen. »Wie ich es mir dachte. Sie sind unterwegs, um sich mit einem Trupp zusammenzuschließen, der von König Stefan persönlich angeführt wird. Der Feind, gegen den sie ins Feld ziehen, ist der Räuberhauptmann, der den Dörflern so übel mitgespielt hat. Gemeinsam wollen sie Sichels Festung angreifen.«

Dragutin nickte. »Dann habt Ihr also schon von ihm gehört. Der König hat geschworen, seinem Treiben ein Ende zu bereiten. Sichel wird das nächste Frühjahr nicht erleben.« Unter seinen Vasallen erhob sich ein begeistertes Hurra, in das die übrigen Knechte einfielen. Dragutin brachte sie mit einer einzigen Handbewegung zum Schweigen, was wiederum von dem älteren Ritter an der Spitze mit einem respektvollen Lächeln quittiert wurde; vielleicht fühlte er sich verantwortlich für die beiden Brüder.

»Die armen Seelen in den Dörfern werden es Euch danken«, sagte Favola, und zum ersten Mal richteten sich die Blicke aller Männer auf sie. Mancher mochte sich wundern, was so Wertvolles in ihrem Bündel steckte, dass sie es so fest an ihr Herz presste.

»Es geht nicht allein um die Bauern«, sagte der bärtige Ritter. »In diesen Bergen liegen die größten Silberminen unseres Königreichs. Pilger und Händler sind nur kleine Fische für Sichel und seine Männer – vor allem geht es ihm um die Silbertransporte. Die Zahl seiner Überfälle ist von Jahr zu Jahr gestiegen, und nun bleibt dem König keine andere Wahl, als einzugreifen.«

»Wie konnten wir auch annehmen«, bemerkte Libuse spitz, »dass dem König das Leben einfacher Bauern wichtiger sein könnte als das Silber auf seiner Tafel.«

Der Blick des Bärtigen verfinsterte sich, doch Dragutin lief rot an wie ein kleiner Junge. »Meine Dame, natürlich zählt das Leben jedes Einzelnen! König Stefan ist ein guter und weiser Herrscher, dessen seid versichert, und er würde nie – «

»Genug davon«, rief der Ritter an der Spitze. »Wir wollen nun Abschied nehmen und uns eilen. Dragutin, dir sei das Leben dieser Pilger anvertraut. Begleite sie bis Nisch, und kehre so schnell wie möglich zu uns zurück.«

Der junge Ritter verbeugte sich. »Das will ich tun.« Er trat ans Pferd seines Bruders, und die beiden nahmen Abschied voneinander. Sava ließ sein Visier zuklappen. Nach weiteren Lebewohls und guten Wünschen galoppierten die Ritter mit ihren Knechten davon. Nur Dragutin und vier seiner Vasallen blieben bei den Gefährten zurück.

Libuse beugte sich an Aelvins Ohr. »Ein stattlicher Kerl, findest du nicht?«

Verwundert blickte er von ihr zu Dragutin, dem gerade zurück aufs Pferd geholfen wurde. »Nun ja …«, begann er, ehe ihm Libuses verschmitztes Grinsen auffiel.

Machte sie sich über ihn lustig?

Himmel, wollte sie ihn gar eifersüchtig machen?

Doch ehe er antworten konnte, war Favola neben ihm und streifte mit ihrem Handschuh den seinen. »Ich … ähm …«, war alles, was er da noch hervorbrachte.

Libuse ließ ihn stehen und trat vor Dragutin. »Ein feines Pferd habt Ihr, Herr Ritter. Sagt, wie viel Silber ist es wohl wert?«

Dragutin blickte ebenso verwirrt wie Aelvin, doch ehe Libuse noch fortfahren konnte, stand Corax neben ihr. »Lass gut sein, Tochter. Wir müssen weiterziehen.«

~

Stundenlang marschierten sie gen Süden. Die Pferde der Ritter und ihrer Knechte hatten den Schnee auf der Straße niedergetrampelt, sodass die Wanderung um einiges leichter fiel als zuvor. Trotzdem waren zwei von Dragutins Begleitern abgestiegen und hatten darauf bestanden, die beiden Mädchen in ihre Sättel zu heben und die Pferde an den Zügeln zu führen. Libuse nahm unter der Bedingung an, dass für ihren Vater ein drittes Pferd freigemacht wurde, und obgleich Corax sich sträubte, geschah es so, wie seine Tochter es wollte. Aelvin wünschte insgeheim für sich dasselbe, doch machte keiner Anstalten, auch ihm einen Platz auf einem Ross anzubieten. Missmutig trottete er neben den anderen her, die beiden bepackten Maultiere im Schlepptau. Seine Füße taten ihm dabei gleich noch weher als zuvor, vielleicht weil die Aussicht, sie ein wenig zu schonen, so nah und doch so unerreichbar war.

Dragutin hatte Albertus sein Pferd angeboten, doch der Magister bestand darauf, weiterhin zu Fuß zu gehen. So sei es für einen Dominikaner Gesetz, erklärte er. Aelvin zog verstohlen eine Grimasse, weil er an all die anderen Dominikanergesetze dachte, die Albertus während ihrer Reise bereits gebrochen hatte.

So führten Albertus und Dragutin sie an, der Ritter in all seinem Eisen zu Pferd, der Magister neben ihm am Boden. Der serbische Edelmann stellte zahllose Fragen und tat sein Möglichstes, Albertus in eine theologische Diskussion zu verwickeln – es war keine Prahlerei gewesen, als er behauptet hatte, er habe die Schriften des Magisters studiert.

Gegen Abend sahen sie in der Ferne zerklüftete Felsen zu beiden Seiten des Flusses, und Dragutin erklärte, die Straße führe dort über schmale Galerien, die die Römer einst in die Felswände geschlagen hatten. Hoch über dem Fluss verliefen sie, sagte er, und aufgrund des Eises würden sie Acht geben müssen, wohin sie ihre Füße setzten. Allerdings sei dies eine Aufgabe, der man sich besser bei Tageslicht stelle, daher schlage er vor, die Nacht am Fuß der Felsen zu verbringen und am Morgen erholt und ausgeschlafen die Reise fortzusetzen.

Als Aelvin lange vor Sonnenaufgang erwachte, fühlte er sich weder ausgeschlafen noch erholt. Dafür jedoch verspürte er einen Anflug hämischer Genugtuung, als Libuse klagte, ihr Hinterteil täte vom Reiten so weh, als habe man sie den ganzen Tag mit Tritten vor sich her getrieben.

Favola konnte es nicht viel besser gehen, und obgleich sie sich mit keinem Wort beschwerte, wirkte sie erleichtert, als Dragutin meinte, auf den Galerien müssten sie alle von den Pferden steigen, anders sei es zu gefährlich für Reiter und Tiere. Mithilfe seines Knappen wechselte er in leichteres Rüstzeug, das es ihm ermöglichte, einigermaßen bequem zu Fuß zu gehen; die übrigen Teile wurden auf den Pferden verstaut.

Bald löste sich die Straße vom Flussufer, führte steil bergauf durch einen dichten Buchenwald und ging schließlich in die schmale Felsengalerie über, vor der Dragutin sie gewarnt hatte. Sie befanden sich nun gute zehn Mannslängen über dem Strom.

Die Galerie ähnelte dem Längsschnitt eines Tunnels, der von den Römern entlang der Bergwand ins Gestein gegraben worden war. Zur Linken war sie offen, dort gähnten der Abgrund und das verengte Flussbett der Morava. Es gab kein Geländer. Auf dem Weg konnten nur mit Mühe zwei Wanderer Seite an Seite gehen. Die Gefährten zogen es vor, hintereinander zu bleiben und der Felskante nicht näher als nötig zu kommen.

Das Klappern der Hufe hallte laut von den Steinwänden wider. Schnee gab es hier keinen; der wenige, den der Wind seitlich hereingetragen hatte, war von den Hufen und Füßen des vorauseilenden Rittertrupps zerstampft worden. Umso tückischer aber war die Eisschicht, mit der der eisige Wind den Fels überzogen hatte, und nicht nur die Menschen strauchelten dann und wann: Auch die Rösser hatten ihre liebe Not, auf dem rutschigen Untergrund Fuß zu fassen.

Die Spuren der anderen Ritter und ihrer Männer waren auf dem gesamten Weg nicht zu übersehen.

Plötzlich blieb Dragutin stehen und untersuchte den Boden, ging dann aber ohne ein Wort weiter. Als Aelvin die Stelle erreichte, entdeckte er Blutspuren, als wäre dort ein Körper über das raue Gestein geschleift worden. Vorsichtig blickte er über die Kante in den Abgrund, doch falls ein Mensch oder ein Tier dort hinabgestürzt war, gab es keinen weiteren Hinweis darauf. Die Fluten der Morava waren so klar wie venezianisches Glas und in dieser Enge stark genug, um selbst einen schweren Körper flussabwärts zu tragen.

Bis zum Mittag marschierten sie ohne Unterbrechung. Manchmal öffneten sich die Galerien zu natürlichen Plätzen, die mit dornigem Buschwerk bewachsen und zum Himmel hin offen waren – breite Spalten oder Klüfte im Gestein, die sich ebenso gut für eine Rast wie für einen Hinterhalt anboten.

»Sichels Festung liegt ein gutes Stück weiter südöstlich in den Bergen«, erklärte Dragutin. »Die Armee des Königs sammelt sich einen halben Tagesritt von hier an der Straße, um die Räuber vereint in ihrem Bau anzugreifen. Vermutlich werden sie schon aufgebrochen sein, wenn wir die Sammelstelle erreichen, aber wer weiß, vielleicht bekommt Ihr Gelegenheit zu einer Audienz beim König.«

Keinem von ihnen lag besonders viel daran, doch Albertus nickte freundlich, als wäre ihm ein solches Zusammentreffen die größte Freude. Seit sie die Felsgalerien betreten hatten, waren Dragutins Versuche, mit dem Magister zu disputieren, seltener geworden, was keineswegs an Albertus lag. Vielmehr schien der Ritter die Lust am Gespräch zu verlieren, solange sie auf diesen unsicheren und beschwerlichen Wegen unterwegs waren.

Am späten Nachmittag weitete sich die Galerie erneut. Hier verkündete ihnen Dragutin, dass sie bald ans Ende dieser Etappe kämen. Noch ein schmales Stück Weg, dann ändere sich die Landschaft und die Straße führe wie zuvor unten am Ufer entlang. Alle waren erleichtert, als sie dies hörten, und so beschleunigten sie ihre Schritte bei der Aussicht, das Schlimmste bald hinter sich zu haben.

Die Römergalerie endete, und der Weg führte um einen kegelförmigen Felsen hinab ins Moravatal. Die Schaumkronen auf dem Wasser schienen zu wetteifern in ihrem Bestreben, sich durch das Felsentor zu zwängen.

Zwei Stunden lang zogen sie durch eine Landschaft aus Wald und schroffen Felskuppen. Dann entdeckten sie den ersten Toten. Es war einer der Waffenknechte, und man hatte ihn enthauptet.

Der zweite war Sava, Dragutins Bruder. Sie erkannten ihn an dem Adler auf seiner Brust.

Der einzige Laut zwischen den Hängen war das Gurgeln des Flusses, der mit enormer Macht gen Norden raste. Er hatte ein tiefes Bett in den Grund des bewaldeten Tals getrieben.

Am Ufer herrschte eisiges Schweigen.

Dragutin kniete mit gesenktem Haupt neben dem Leichnam seines jüngeren Bruders. Sie hatten Sava und die drei anderen erschlagenen Ritter nebeneinander aufgebahrt. Die Vasallen lagen noch genauso im Schnee, wie sie gefallen waren, und die Hilflosigkeit angesichts dieses wahllosen Tötens setzte Aelvin beinahe ebenso zu wie die Furcht vor dem, was ringsum in den Wäldern lauern mochte.

Der gesamte Trupp war aufgerieben worden. Dreiundzwanzig enthauptete Leichen. Die Männer, die den Rittern und ihren Knechten hinter den Felsen aufgelauert hatten, hatten jedem Einzelnen den Kopf abgeschlagen und waren mit ihren Trophäen verschwunden. Sogar die Räuber, die bei dem Kampf gefallen waren, waren verstümmelt worden; nach ihrem Tod hatten ihre Kameraden keinen Unterschied gemacht zwischen Freund und Feind.

Wie ein Feld aus Klatschmohn leuchtete der rote Schnee auf dem Schlachtfeld. Obgleich das Blut inzwischen gefroren war, hing noch immer der Gestank offener Wunden und aufgeschlitzter Bäuche in der Luft, als fände er keinen Weg aus dem Tal.

Sie alle standen wie betäubt zwischen den Leichen, unfähig, irgendetwas Sinnvolles zu tun. Der Boden war zu hart gefroren, um Gräber auszuheben, und ohnehin waren da zu viele Tote, die sie hätten beerdigen müssen. Lediglich die vier Ritter lagen nebeneinander auf einem Felsen, die Hände über der Brust verschränkt, die grässliche Leere über ihren Schultern mit dem Stoff der Mäntel bedeckt.

Albertus sprach über sie und alle anderen Gefallenen den Segen des Herrn, aber Aelvin kamen die Worte leer und bedeutungslos vor. Er fand keinen Trost darin, und auch Dragutin sah aus, als gäbe es nichts, das den Gram von ihm nehmen könnte. Dennoch vergoss der Ritter vor seinen Männern keine Träne, und als er sich schließlich erhob und sein Pferd bestieg, war seine Miene entschlossen und sein Blick so kalt wie die Wasser der Morava.

»Sava war mein einziger Bruder«, sagte er und sah dabei Libuse an, als wären die Worte allein an sie gerichtet. »Seit dem Tod meines Vaters habe ich die Verantwortung für ihn getragen. Ich habe unserer Mutter versprechen müssen, auf ihn Acht zu geben, bevor wir losgeritten sind.« Er hob die Hand ans Visier, um es nach unten zu klappen, doch auf halbem Weg stieß es auf Widerstand. Ein Ruck fuhr durch seinen Körper.

In Dragutins Gesicht steckte ein Armbrustbolzen.

Als er seitwärts vom Pferd kippte, zog er einen Schweif aus sprühendem Blut hinter sich her.

»Lauft!«, schrie Albertus. »Um Gottes willen, lauft um euer Leben!«

Die vier Waffenknechte des Ritters hatten ihren Schrecken noch nicht überwunden, als am Waldrand Geschrei laut wurde. Einer von ihnen wurde von einem Pfeil getroffen; die Wucht des Einschlags hob ihn in die Luft und schleuderte ihn gut zwei Schritt entfernt in den Schnee. Die beiden anderen ergriffen Schwert und Bogen, obgleich die Zahl der unheimlichen

Gestalten, die den Hang herabstürmten, keinen Zweifel am Ausgang des Kampfes ließ. Es musste sich um eine Nachhut jenes Trupps handeln, der die Ritter niedergemacht hatte, und es waren mehr als genug Männer, um es mit der kleinen Gruppe Wanderer und ihren Beschützern aufzunehmen. Zehn, schätzte Aelvin, ohne sich die Zeit zu nehmen, sie zu zählen. Vielleicht ein paar mehr.

Er ließ die Maultiere los, wollte Favola packen, doch sie war im selben Moment aus ihrer Erstarrung erwacht und rannte mit ihm. Sie trug den entblößten Luminaschrein in beiden Händen. Ihr blieb keine Zeit, ihn zurück in das Bündel auf ihrem Rücken zu schieben, als sie entlang des Flusses in südliche Richtung liefen. Auch die Übrigen hatten sich in Bewegung gesetzt. Corax wurde von Libuse mitgezerrt. Er stellte keine Fragen; das wilde Geschrei der Räuber war Erklärung genug.

Dragutins Knappe hatte seinen Bogen gespannt und in rascher Folge drei Pfeile abgeschossen. Er war der Einzige, der nicht davonlief. Breitbeinig stand er über dem Leichnam seines Herrn und sandte den Räubern den gefiederten Tod entgegen. Sein erster Pfeil traf den Bogenschützen, der zweite den Räuber mit der Armbrust. Der dritte ging fehl, und nun waren die Männer bereits zu nah heran, als dass er erneut in den Köcher greifen und die Sehne spannen konnte. Er ließ den Bogen fallen, zog sein Schwert und knurrte wie ein in die Enge getriebener Wolf. Sein Gefährte schaute im Lauf über die Schulter, erkannte den Wagemut seines Freundes und warf sich kurz entschlossen herum. Mit blanker Klinge stürmte er zurück und stellte sich gemeinsam mit dem Knappen den Räubern entgegen.

»Da vorne!«, rief Favola. »Da sind noch mehr!«

Das letzte Licht der Abendsonne blitzte auf Eisen, weit entfernt bei der nächsten Wegkehre. Das Geschrei der Angreifer musste einen zweiten Räubertrupp alarmiert haben, der jenseits der Kehre einen weiteren Hinterhalt vorbereitete.

Die Gesetzlosen versuchten, die Königlichen von der Verstärkung abzuschneiden. Sichel musste über eine enorme Zahl an Männern gebieten, mehr als jeder andere Räuberhauptmann, von dem Aelvin jemals gehört hatte.

»Dort hinauf!« Albertus deutete im Lauf auf einen Hügel, der sich links von ihnen am Flussufer erhob. Auf seiner Kuppe ragten ein paar vereinzelte Felszacken empor wie die Krone eines vorzeitlichen Gottes, der dort einstmals begraben worden war.

Der Knappe und der Waffenknecht fochten derweil mit aller Entschlossenheit gegen die anbrandende Macht der Feinde. Sie waren ihren Gegnern an Kampfkunst weit überlegen, aber der Masse der Wegelagerer würden sie auf Dauer nicht trotzen können. Eisen hieb auf Eisen, Schreie ertönten, mal aus Wut, mal vor Schmerz. Noch mehr Blut färbte den Schnee, als der Knappe einem Räuber den Arm abhieb und ein dunkelroter Fächer das Kampfgeschehen teilte wie der Federschwanz eines exotischen Vogels.

Für Gesetzlose waren die Männer recht gut bestückt, mit Einzelteilen erbeuteter Rüstungen, mit Lederpanzern und dem einen oder anderen leichten Kettenhemd. Das Ungewöhnlichste an ihnen aber war der auffällige Schmuck aus Leder und Geweihspitzen, den sie trugen. Einige hatten sich ganze Kränze aus Hornenden um den Hals, die Schultern oder die Stirn gelegt. Archaische Symbole schmückten ihre zusammengewürfelte Kleidung, und es war keiner unter ihnen, der sein Gesicht nicht mit schwarzer, blauer oder blutroter Farbe angemalt hatte, grob mit den Fingern verstrichen, als wollten sie damit vergessenen Götzen huldigen. Sie sahen Furcht einflößend aus in ihrem heidnischen Anputz, unzivilisierter, grausamer Pöbel, der aus einer Zeit zu stammen schien, als in diesen Landen der Glaube an Blutgötter und lasterhafte Waldgeister vorherrschte. Räuber mochten sie sein, aber Aelvin ahnte, dass sie zudem noch etwas ganz anderes waren:

Teufelsanbeter womöglich, ganz sicher aber von jeglichem Glauben an Gott abgefallen.

Die Felsspitzen auf dem Hügel standen weiter auseinander, als es von unten den Anschein gehabt hatte. Keineswegs handelte es sich dabei um eine Art natürlichen Zinnenkranz, wie die Gefährten gehofft hatten, und sie boten keine Sicherheit. Zum Fluss hin war ein Teil des Hügels schon vor langem abgesackt und fortgerissen worden, sodass er nach Osten hin an einer Kante endete, hinter der eine Steilwand gut zwei Mannslängen tief in die reißenden Fluten abfiel.

Der zweite Räubertrupp war verborgen hinter einer Wolke aus aufstiebendem Pulverschnee und grellen Reflexen der Abendsonne. Er war noch weit entfernt, eine Ansammlung von Punkten in der Ferne. Es schien, als wären auch Reiter darunter; kein Wunder, denn die Pferde von Sava und den anderen tapferen Männern waren gemeinsam mit den Schädeln ihrer Herren verschwunden.

Aelvins Hand zitterte, als er das Kurzschwert unter seinem Mantel hervorzog. Es war eine hilflose Geste, und alles, was er in den Tagen auf der Donau über den Schwertkampf gelernt hatte, schien auf einen Schlag wie fortgewischt. Er war ein Zisterziensernovize. Was wollte er mit einer Klinge in der Hand? Es war lächerlich. Dann aber sah er den verbissenen Ausdruck auf Libuses Zügen, als sie ihre eigene Waffe aus der Rückenscheide riss und sich mit einem Wutschrei jenen Räubern zuwandte, die von dem Knappen und dem Knecht abgelassen hatten; die vermeintlichen Pilger auf dem Hügel erschienen ihnen als die leichteren Opfer.

Selbst Corax hielt nun sein Schwert in der Hand, und trotz seiner Blindheit bot er einen Respekt einflößenden Anblick: Wer nicht direkt in seine Augen sah, musste ihn aus der Ferne für einen mächtigen Krieger halten. Tatsächlich verlangsamten die vier Räuber ihre Schritte ein wenig, als sie den Hünen entdeckten.

Unten auf dem Schlachtfeld, zwischen den Leichen seiner einstigen Kameraden, erhielt der Knappe einen Schwerthieb in die Seite. Er stockte, starrte auf das Blut aus seiner Hüfte, blickte wieder auf – und bekam einen Axthieb geradewegs in die Stirn. Gefällt stürzte er in den Schnee, während sein Gefährte wutentbrannt aufbrüllte, von seinem eigenen Gegner abließ und sich dem Mörder des Knappen zuwandte: Mit drei, vier heftigen Schwertstreichen trieb er ihn zurück, brachte ihn zum Stolpern und durchbohrte ihn. Nun aber steckte seine Klinge im Leib des Räubers fest. Darauf hatten die Übrigen nur gewartet: Drei Schwerter fuhren gleichzeitig auf ihn herab und hackten ihn in Stücke.

Aelvin sah Dragutins Männer fallen. Voller Grauen erkannte er, dass ihre Mörder nun in einen Streit um die Schädel der beiden gerieten. Immerhin hielt sie das davon ab, den anderen Räubern zum Hügel zu folgen.

Mit dem Schwert in der Hand schob Aelvin sich vor Favola. Sie alle standen nahe der Abbruchkante. In ihrem Rücken rauschte der Strom und griff mit Tropfenfingern nach ihren Waden. Corax erwartete die Gegner mit bewundernswerter Ruhe, noch immer verriet er mit keiner Regung seine Hilflosigkeit. Dabei konnte er die Feinde bestenfalls als dunkle Schemen erkennen. Libuse trat zwischen Aelvin und ihren Vater, um schlimmstenfalls beiden zu Hilfe kommen zu können.

Dann waren die vier Räuber heran. Einer stieß einen überraschten Ruf aus, als er Corax' Verletzungen erkannte. Für einen Moment waren alle anderen abgelenkt, und Libuse war kaltblütig genug, diesen Fehler auszunutzen. Wie ein Wirbelwind sprang sie mit zwei Sätzen nach vorn und führte einen Hieb gegen einen der Räuber. Sie hatte auf seinen Hals gezielt, doch die Klinge traf leicht angewinkelt sein Nasenbein, schrammte daran empor und schälte ihm die halbe Stirn vom Schädelknochen. Das Band aus Geweihspitzen um seinen Kopf zerriss, Hornnadeln spritzten in alle Richtungen. Mit einem Schrei, halb wahnsinnig vor Schmerz, ließ der Kerl seine Waffe fallen und riss beide Hände vors Gesicht. Da aber war Libuse schon an ihm vorbei und schlug nach einem zweiten Räuber. Auch er trug keine tödliche Verletzung davon, doch ihre Klinge schnitt tief genug in seine Schulter, um ihn rückwärts den Hang hinabstolpern zu lassen.

Aelvin erwachte aus seiner Erstarrung. Auch er stieß einen wilden Ruf aus, von dem er hoffte, dass er kriegerisch und vor allem kampferfahren klang. Grimmig sprang er vor und kreuzte die Klinge mit dem dritten Räuber. Dabei hatte er ebensolchen Respekt vor dem Schwert seines Gegners wie vor jenem, das Corax schwang, gefährlich nah an Aelvins Rücken. Der Gedanke, in seinem allerersten Gefecht versehentlich von einem Freund niedergestreckt zu werden, ließ ihn nur noch entschlossener vorpreschen, denn damit brachte er sich zumindest aus der Reichweite des blinden Ritters.

Als sich die Waffen zum zweiten Mal berührten, fuhr die Wucht des Hiebes bis hinauf in Aelvins Schulter und drohte ihm die Klinge aus der Hand zu prellen. Irgendwie aber gelang es ihm, einen weiteren Schlag zu führen, ehe er nur noch parieren konnte und dabei Schritt um Schritt zurückweichen musste. Er hatte Favola nicht mehr im Blick, sah aber aus dem Augenwinkel Albertus, der seinen Wanderstab in beiden Händen hielt und ihn von hinten auf den Rücken des vierten Räubers sausen ließ.

Alles ging viel zu schnell, als dass Aelvin sich bewusst seine Lektionen hätte ins Gedächtnis rufen können. Sein Anteil am Kampf bestand vor allem aus Reaktionen auf die Attacken seines Gegners, wobei er sich alle Mühe gab, nicht so sehr auf das flirrende Eisen als vielmehr in das Gesicht des Mannes zu blicken. Dies immerhin war ihm durch die Übungen mit Libuse in Fleisch und Blut übergegangen: Ein Schwertkampf wird selten durch reine Körperkraft entschieden, sondern vielmehr durch die Fähigkeit, den Rhythmus des Feindes einzuschätzen, seine Handlungen vorauszuahnen und ihm im rechten Moment zuvorzukommen.

Der Verletzte am Fuß des Hügels kämpfte sich auf die Beine, brach aber auf halbem Weg den Hang herauf erneut zusammen. Zwischen den Fingern des zweiten Verwundeten strömte Blut hervor, während er verzweifelt versuchte, den zurückgeklappten Stirnlappen wieder auf den blanken Knochen zu pressen. Libuse tötete ihn durch einen raschen Streich. Mit dem verwüsteten Gesicht zuvorderst krachte er in den Schnee.

Aelvins Gegner hatte es leichter, obgleich er wohl nicht mit einer so erbitterten Gegenwehr des Jungen gerechnet hatte. Der Räuber starrte Aelvin aus dunklen Augen an, die wie kohlenschwarze Löcher inmitten seiner blauroten Kriegsbemalung gähnten. Die Geweihspitzen um seinen Nacken sahen aus wie Knochenenden, die aus seinen Schultern ragten, als steckte da ein Gerippe in diesem Körper, das nur wenig Ähnlichkeit mit dem eines Menschen hatte.

»Aelvin!«

Favolas Ruf warnte ihn vor dem gähnenden Abgrund in seinem Rücken. Er spürte den Sog der Leere, sah zugleich Libuses Klingenspitze, die mit einem Mal aus der Brust seines Gegners ragte, sah Favola, die auf ihn zusprang, um ihn festzuhalten, aber nur eine Hand frei hatte, weil die andere die Lumina hielt. Sein Schwert fiel zu Boden, als er versuchte, sich an Favola festzuhalten, an der ausgestreckten Hand vorbeigriff und stattdessen das Gitterwerk des Luminaschreins zu fassen bekam.

»Vorsicht!«, rief Favola.

»Nein!«, brüllte Albertus.

Aelvin verlor endgültig das Gleichgewicht, sein rechter Fuß trat ins Leere. Seine Arme ruderten, und mit dem einen entriss er Favola die Lumina. Er sah den Schrein der heiligen

Pflanze an sich vorüberfallen, funkelnd wie Gold in der Abenddämmerung. Die Luft erschien jetzt so zäh wie Honig. Er sah die entsetzten Gesichter der anderen, als würden sie nach hinten davongerissen. Dabei war doch er es, der rückwärts stürzte, fort von der Kante, fort von Favola, von Libuse und den nahenden Räubern.

Kälte und Wasser waren eins – eine Klinge, die ihn von oben bis unten aufzuschlitzen schien, so erbarmungslos war der Schmerz beim Aufprall.

Er bekam keine Luft mehr, doch das begriff er erst, als er Wasser schluckte und von der eisigen Morava fortgezerrt wurde.

~

Libuse ließ das Schwert im Rücken des Räubers stecken, als sie vorsprang, um Aelvin festzuhalten. Doch ihre Hand griff ins Leere. Um sie waren Schreie, von Favola, von Albertus, und irgendetwas rief auch ihr Vater. Doch ihr Blick war starr nach unten gerichtet. Der Luminaschrein wurde als Erster von den Fluten erfasst, nur den Bruchteil eines Augenblicks bevor auch Aelvin die reißende Oberfläche berührte und von ihr fortgewischt wurde wie ein Kreidestrich auf einer Tafel: Im einen Moment war er da, im nächsten bereits verschwunden.

Libuses Herz gefror, als wäre sie selbst es, die in den Fluten unterging. Sie zögerte, einen lauten, hallenden Atemzug lang, dann tat sie den einen, vielleicht tödlichen Schritt.

Ohne einen Laut sprang sie hinter Aelvin her in die Tiefe.

Die Kälte traf sie, als wäre sie auf einem Pferd in rasendem Galopp gegen eine Mauer gesprengt. Für lange Zeit spürte sie gar nichts mehr, war tot, so schien es ihr. Dann aber trieb sie plötzlich wieder an die Oberfläche, starr wie ein Eiszapfen, wurde hin und her geschleudert in den tobenden Fluten wie ein Stück Treibholz. Sie sah etwas vor sich, einen dunklen Umriss, und dachte, es wäre Aelvin. Doch er war es nicht – es war ein Felsen, auf den sie geradewegs zuschoss und der gewiss ihr Tod gewesen wäre, hätte der wirbelnde Strom sie nicht in einer schicksalhaften Laune beiseite gerissen und daran vorbeischlingern lassen.

Sie trieb noch immer oben, jedenfalls ihr Gesicht, doch ihre Brust hatte sich vor Kälte zusammengezogen und weigerte sich, Atem zu holen. Etwas streifte sie unter Wasser, aber sie vermochte nicht zu sagen, ob es ein Fels war und ob er ihr den Leib aufriss. Der Schmerz, den sie seit ihrem Eintauchen fühlte, war alles beherrschend. Wasser war in ihren Augen, in ihrem Mund, und sie wusste nicht recht, wo oben und unten war, geschweige denn, was vor und was hinter ihr lag. Sie hatte kein Gefühl für die Geschwindigkeit, mit der sie davongetragen wurde, und wo Aelvin war, ließ sich erst recht nicht erkennen.

Dunkler Wald und Schnee im Goldlicht der untergehenden Sonne mischten sich zu einem verwirrenden Farb- und Schattenchaos, durchbrochen von der Schwärze der Untiefen.

Es mochten nur wenige Herzschläge seit ihrem Sprung vergangen sein, vielleicht auch Minuten. Etwas rammte sie. Diesmal heftig genug, um den Schmerzpanzer des Eiswassers zu durchbrechen und einen neuen, scharfen Akzent zu setzen. Plötzlich hing sie fest, in Ästen, ja, einem Baum, der gefällt in der Strömung lag. Ihr Haar hatte sich in den Zweigen verheddert, ihre Arme, ihre Beine wurden von Händen aus Holz gehalten. Neben ihr war schwerer, nasser Stoff, und es dauerte einen Moment, ehe ihr klar wurde, dass er nicht zu ihrem eigenen Mantel gehörte. Noch jemand hatte sich in der gestürzten Baumkrone verfangen.

Aelvins Gesicht war weiß, seine Augen geschlossen. Er regte sich nicht. Wie ein toter Fisch im Netz hing er im Geäst des umgestürzten Baums, gleich neben ihr, und vor Erleichterung machte ihr Herz einen Sprung.

Es war eine elende und gefährliche Plackerei, den bewusstlosen Aelvin so weit aus den Zweigen zu befreien, dass sie ihn am Baum entlang mit sich an Land zerren konnte. Die Strömung drückte sie mit ungeheurer Kraft immer wieder gegen das Holz. Die durchtränkte Wolle ihrer Kleidung zog sie abwärts und verhakte sich ein ums andere Mal in den Ästen. Sie brüllte Aelvin an, gefälligst aufzuwachen und ihr zu helfen, aber er zeigte kein Anzeichen von Leben außer dem schwachen Heben und Senken seiner Brust, das ihr immerhin verriet, dass sie keinen Toten geborgen hatte.

Es dauerte eine halbe Ewigkeit, ehe sie die Baumkrone hinter sich ließ und an dem glatten Stamm entlang etwas leichter vorankam. Libuse spürte endlich Boden unter ihren Füßen, hart und felsig, voller scharfer Kanten und Stolperfallen. Dann war sie an Land und zerrte Aelvin neben sich auf den festgefrorenen Schnee.

Sie befanden sich am linken, am östlichen Ufer der Morava. Der Fluss hatte sie wohl ein gehöriges Stück nordwärts getragen, wenn auch nicht bis zurück zu den Felsklüften. Ihre Gefährten waren auf der rechten Seite zurückgeblieben. Das bedeutete, dass sie irgendwie den Fluss überqueren mussten.

Der Gedanke an die anderen tat weh, mehr noch als die Kälte, die längst kein Frieren mehr verursachte, sondern ein Brennen wie tausend Wespenstiche. Vier der Räuber mochten sie vorhin besiegt haben, aber da waren noch mehrere auf dem Schlachtfeld gewesen, ganz zu schweigen von dem berittenen Trupp, der sich von Süden her genähert hatte. Gegen ihren Willen sah Libuse wieder die offenen Halsstümpfe der Leichen vor sich: rotbraune Eiszapfen und strähnig gefrorenes Blut an ausgefransten Wundrändern.

Ihre Tränen brannten heiße Bahnen in den Eisfilm auf ihrem Gesicht, während sie Aelvin von hinten unter den Achseln packte und ein paar Schritt hangaufwärts zog, bis zu einem Krater, den der entwurzelte Baum im Erdreich hinterlassen hatte. Es war eine Eiche, die gemeinsam mit ein paar anderen Bäumen vom Fluss unterspült und umgestürzt worden war. Stränge des Wurzelwerks waren noch immer im Boden verankert, und Libuse spürte, dass da noch Leben war, ein Hauch nur, das fahle Nachglühen eines einstmals lodernden Feuers. Genug, hoffentlich, um das Erdlicht zu beschwören und ihnen beiden Wärme zu spenden.

Sie zerrte Aelvin die nasse Kleidung vom Leib, bis er nackt vor ihr im Schnee lag. Ihr blieb keine Zeit, für sich dasselbe zu tun, sonst würde er vor ihren Augen erfrieren. Er sah aus, als wäre er längst tot, die Haut ganz weiß, mit einem Stich ins Blaue.

Sie hockte zwischen den Wurzeln und rückte seinen Leib in einem engen Bogen um ihre Knie, damit er sich so weit wie möglich im Zentrum des Erdlichts befand. Sie spürte ihre Hände nicht mehr. Ihr Zähneklappern war nur ein Geräusch unter vielen.

Mühsam versuchte sie, sich zu konzentrieren. Die Gesichter der anderen tantzten hinter ihren geschlossenen Augenlidern. Das raue, herzliche Lächeln ihres Vaters aus besseren Zeiten. Vielleicht alle tot.

Sie ertastete Wärme, Reste von Leben in dem Gehölz. Durch einige der Wurzeln floss noch immer etwas von der Kraft, die durch den Boden und alle Pflanzen strömte und die Eiche jahrhundertelang aufrecht gehalten hatte. Sie spürte die Macht der Erde und des Holzes, hörte ihr Wehklagen über den Fall des großen Baumes, fühlte die Bereitschaft, aus der Finsternis auszubrechen, wieder zu scheinen, zu wärmen, Leben zu spenden.

Das Erdlicht kroch aus den gefrorenen Spalten unter dem Schnee und aus den Wurzeln der Eiche, floss um Libuse und

Aelvin und erhellte die anbrechende Dunkelheit wie plötzlicher Flammenschein. Libuse erschien es wie eine gleißende Säule, die rund um sie gen Himmel strömte, mehr Kraft, als sie erwartet hatte, so als wäre da ein unterirdisches Reservoir, das lange, viel zu lange nicht angezapft worden war.

Ihre Augen waren geschlossen, aber sie sah die Glut durch ihre Lider hindurch, ein vernetztes Aderwerk aus purem Licht, das seine verästelten Arme durch Aelvin und sie selbst webte, geheime, magische Punkte in ihnen berührte und die Kälte schlagartig ersetzte. Nicht nur durch Wärme, sondern den Willen, nicht mehr zu frieren, warm und gesund und voller Lebenskraft zu sein.

Aelvin bewegte sich, aber sie sah ihn nicht an, weil es ihre Konzentration unterbrochen hätte. Sie unterdrückte die Erleichterung, die Freude darüber, dass er erwachte, dass es ihm besser ging. Wieder erbebte sie, und diesmal nicht mehr vom Frost. In ihr war ein Gefühl, das sich zur Ekstase steigerte. Es kochte empor und quoll nach außen, strömte aus ihrem Körper, aus jeder Öffnung, jeder Pore, und sie stieß einen Schrei aus, der weithin über das Wasser hallte.

~

»Alles umsonst«, sagte Aelvin, während er in seine Stiefel schlüpfte. »Ohne die Lumina ist unsere Reise am Ende.«

Er konnte Libuse nicht in die Augen sehen, aus einem Grund, den er selbst nicht recht verstand. Scham, weil sie ihn ausgezogen hatte? Herrgott, sie hatte dadurch sein Leben gerettet!

»Gar nichts ist am Ende«, widersprach sie mit brüchiger Stimme. Dunkle Ringe lagen unter ihren Augen. Sie sah erschöpft aus. »Ich habe diese Reise nicht wegen eurer dummen Pflanze angetreten. Ich will die Wahrheit über mich und meine Mutter erfahren, das ist alles.«

»Wir müssen zurück zu den anderen«, sagte er und rückte seine Kleidung zurecht. Die Wolle war so trocken wie Laub im Hochsommer und ganz steif, so als hätte sie zu lange und zu nah an einem Feuer gelegen. »Ich muss Favola finden.«

Libuse antwortete nicht, sah ihn nur an.

Er hielt inne und erwiderte ihren Blick. »Sie ist nicht tot.«

»Woher weißt du das?«

»Sie kann nicht tot sein. Sie … sie dient dem Herrn. Sie *lebt* nur für ihn.«

Sie sah ihn zweifelnd an, deutete dann aber nur mit einem Kopfnicken zum Ufer hinab, ein graues Band, das in der Finsternis erstarrt zu sein schien. Allein das unablässige Donnern der Strömung verriet, dass das Wasser mit unverminderter Geschwindigkeit dahinrauschte. Das gegenüberliegende Ufer war in der Nacht gänzlich unsichtbar geworden. »Wie willst du über den Fluss kommen?«

»Er hat uns wieder nach Norden getragen, zurück auf dem Weg, den wir gekommen sind«, sagte Aelvin. »Aber weiter im Süden muss es eine Brücke geben. Oder eine Furt. Die Ritter haben gesagt, Sichels Festung liege auf der Ostseite. Irgendwie müssen die Räuber ja auch herübergekommen sein.«

Dass sie auf dem Weg dorthin die Stelle passieren würden, an der sie in den Hinterhalt geraten waren, lediglich auf der *anderen Seite* des Flusses, war kaum zu ertragen. Was, wenn sie auf dem Hügel die Leichen von Favola, Corax und Albertus liegen sehen würden? Sie könnten nicht einmal zu ihnen gehen, um sie zu begraben, weil der Fluss es ihnen nicht gestattete. Vielleicht war es ja eine Gnade, dass mittlerweile stockfinstere Nacht über dem Land lag.

Libuse nickte langsam, und erst jetzt wurde Aelvin klar, dass sie verzweifelt gegen ihre Trauer ankämpfte. Sein schlechtes Gewissen ließ ihn erröten: Als sie ihm nachgesprungen war, hatte sie ihren Vater zurückgelassen. Je länger er darüber nachdachte, desto unbegreiflicher erschien es ihm.

Seine Stimme wurde sanft, und er begriff, dass er alles falsch gemacht hatte. Er hatte sich wie ein herzloser Tölpel aufgeführt. »Es tut mir Leid«, sagte er. »Wirklich – ich bin ein Dummkopf.«

Er stand auf und reichte ihr die Hand, denn nun war er der Kräftigere von ihnen beiden: Die Beschwörung hatte sie eines Großteils ihrer Reserven beraubt. Ihre Hand war sehr kalt und zitterte leicht, als sie die seine ergriff und sich auf die Beine ziehen ließ. Zögernd standen sie sich gegenüber. Schließlich umarmten sie einander unbeholfen.

»Danke«, sagte er leise an ihrem Ohr. Ihr langes rotes Haar roch nach Erde und Harz. »Du hast mein Leben gerettet.« Noch vor wenigen Wochen hätte er sein Augenlicht für einen Moment wie diesen gegeben. Libuse in seinen Armen.

Ein wenig zu abrupt ließ er sie los, und dann blickten sie beide zu Boden, erst verdattert, dann peinlich berührt.

»Lass uns gehen«, brachte er heiser hervor.

»Ja«, sagte sie leise.

~

Sie wussten nicht, wie lange sie schon liefen, nahezu wortlos und wie unter einer Glocke aus Unwirklichkeit. Der Himmel war dicht verhangen, nirgends waren ein Stern oder gar der Mond zu sehen.

»Glaubst du, wir sind bereits daran vorbei?«, fragte Aelvin irgendwann, während er noch immer erfolglos versuchte, jenseits der Nachtschwärze das andere Ufer auszumachen.

Libuse zuckte die Achseln. »Es ist zu dunkel.«

Sie klagte nicht über ihre Erschöpfung, doch er spürte deutlich, wie schwach sie war. Der Marsch durch die Nacht war anstrengend genug, immer wieder stolperten sie in der

Finsternis über Steine, Buschwerk und Wurzeln. Doch Aelvin vermutete, dass Libuse am meisten unter der Entkräftung durch die Beschwörung litt.

Sie hatten keine Möglichkeit, eine Flamme zu entzünden, denn sämtliches Gepäck war bei den anderen zurückgeblieben: Beide hatten ihre Rucksäcke abgestreift, bevor sie sich den Räubern im Kampf gestellt hatten.

So tappten sie durch die Dunkelheit, immer am Fluss entlang. Schaumkronen und Wasserwirbel waren selbst aus der Nähe nicht mehr zu erkennen, nur ein vages Rumoren, Schattierungen von Grau in Grau.

Irgendwann war da plötzlich etwas vor ihnen, ganz unvermittelt. Ein Bootswrack. Sie bemerkten es erst, als sie direkt davorstanden. Schwarz, wie verkohlt, lag es halb im Wasser, halb am Ufer. Der Rumpf war von den Felsen aufgerissen worden, und zersplitterte Planken stachen in den gähnenden Laderaum.

»Das liegt noch nicht lange hier«, stellte Libuse fest, während ihre Finger über das Holz fuhren.

»Woher weißt du das?«

»Sonst wäre viel mehr Schnee darauf festgefroren.«

Das Boot lag schräg auf der Seite, das Deck wies nach Süden. Es war ein recht stattliches Gefährt, wohl ein Händlerboot, mindestens so groß wie die schwimmende Kirche. In der Dunkelheit ließ sich nicht viel erkennen. Die Öffnung des Laderaums an Deck stand weit offen, ein finsteres Rechteck inmitten der Nacht. Der überdachte Steuerstand, ein Gerüst aus Holz und gefettetem Tuch, war bei dem Aufprall zerschmettert worden, genauso wie der Mast, der in drei Teile geborsten war. Das Segel lag in einem Gewirr aus schlaffem Seil über den Bug und ein Stück des Ufers gebreitet.

»Hier ist keiner mehr«, flüsterte Libuse, als fürchtete sie, etwas im Inneren des Rumpfs zu wecken.

»Muss ein schlimmer Aufprall gewesen sein«, sagte Aelvin.

»Schwer vorzustellen, dass sich dabei niemand verletzt haben soll.«

»Du meinst, da drinnen liegen vielleicht noch Leichen?«

»Möglich.«

Sie atmete tief durch. »Und wenn schon. Das hier ist nicht unsere Sache.«

Aelvin erinnerte sich an seine einsame Wache in einer der ersten Nächte im Moravatal und an das Gefühl, dass etwas Großes, Dunkles den Fluss hinaufgeglitten war. War das dieses Boot gewesen?

Er konnte den Blick nicht von der offenen Ladeluke nehmen, sie sah aus, als könne jeden Moment etwas daraus hervorspringen und sich auf sie stürzen. »Jedenfalls liegt es sicher länger als ein paar Stunden hier. Das heißt, dass wir es heute Nachmittag hätten sehen müssen, wären wir daran vorbeigekommen. Und das wiederum bedeutet –«

»Dass wir schon weiter südlich sind als die Stelle, an der die Räuber uns überfallen haben«, bestätigte sie. »Wir sind schon daran vorbei.«

Das hätte ein Grund zu verhaltener Freude sein können, denn damit lagen auch die Furt oder die Brücke ein gutes Stück näher. Doch die Vorstellung, dass sie womöglich im Dunkeln an ihren toten Gefährten vorübergeirrt waren, brachte eine Woge neuer Verzweiflung und Hilflosigkeit mit sich. Eine Weile schwiegen sie von Trauer erfasst und gaben vor, den Rumpf zu untersuchen, als sei er mit einem Mal von enormer Wichtigkeit. Schließlich fasste Aelvin sich ein Herz und stieg durch den geborstenen Rumpf in den Laderaum. Er musste sich äußerst vorsichtig vorantasten, denn die Dunkelheit im Inneren war so vollkommen, dass nicht einmal Umrisse auszumachen waren.

»Warte, ich komme mit«, flüsterte Libuse jenseits des ausgezackten Lochs.

»Pass lieber draußen auf.«

»Und worauf?«

Er versuchte auf Geräusche in den Tiefen des Bootswracks zu lauschen, doch das Brausen des Flusses übertönte jedes Atmen, jedes Rascheln. Beim Klettern stieß er sich den Kopf an unsichtbaren Verstrebungen, schürfte sich die Fingerknöchel an einem groben Balken auf und ertastete die Ecken durcheinander geworfener Kisten. Sie waren aufgebrochen und leer, soweit sich das erkennen ließ. Eine so leichte Beute hatten sich die Räuber nicht entgehen lassen. Vermutlich hatten sie die Überlebenden des Unglücks erschlagen und in den Fluss geworfen.

»Hast du irgendwas gefunden?«, zischte Libuse von der Öffnung her.

»Nur leere Kisten.«

»Komm lieber wieder raus.«

Seine Hand berührte etwas Weiches. Mit einem Aufschrei zog er sie zurück.

»Was ist?«

»Ich hab was angefasst … Haare, glaube ich.«

Sie gab eine dumpfe Verwünschung von sich.

Sehr zaghaft streckte er erneut die Hand aus, fand die Stelle erst nicht, berührte dann gefrorene Haarspitzen. Ekel stieg in ihm auf, und es kostete ihn erhebliche Überwindung, die Finger nicht gleich wieder fortzuziehen.

Es war kein Kopf. Den hätten wohl auch die Räuber mitgenommen.

Fell. Ein Kleidungsstück womöglich.

Aufatmend packte er fester zu und zog es an sich. Er suchte nach einem zweiten, fand aber keines. Mit einem Keuchen zwängte er sich durch das Leck und kam neben Libuse auf den Felsen hinauf.

»Hier«, sagte er und hielt ihr seinen Fund hin. »Das wird dich warm halten.«

Ihm schien, als starrte sie den Ballen aus Fell eine Ewigkeit lang an, ehe sie die Hand danach ausstreckte. Mit bloßem Auge war in der Finsternis nicht zu erkennen, von welchem Tier der Pelz stammte. Doch als sie ihn zwischen den Händen rieb und daran roch, spürte Aelvin, wie sie erstarrte.

»Wolf«, flüsterte sie und schlug das Fell zu seiner vollen Größe aus. »Das ist der Mantel eines Wolfskriegers.«

Bald ließ die Strömung merklich nach. Wahrscheinlich wurde das Flussbett breiter. Das gegenüberliegende Ufer konnten sie nach wie vor nicht sehen. Wäre nicht die Kälte gewesen, hätten sie die Morava hier durchschwimmen können. Stattdessen aber blieb ihnen nur, sich weiterzuschleppen und auf einen trockenen Überweg zu hoffen.

»Ein Zufall«, murmelte er zum wiederholten Mal. »Wir haben sie doch schon vor Wochen abgeschüttelt.«

»Glaub mir, ich kenne ihren Geruch«, sagte sie tonlos. »So etwas vergisst man nicht.«

Sie hatten den Fellmantel zurückgelassen, auch wenn sie seine Wärme bitter nötig hatten. Keiner von ihnen, schon gar nicht Libuse, hatte es über sich gebracht, das Ding um die Schultern zu legen.

»Vielleicht haben die Räuber sie getötet«, sagte er.

»Wohl eher *sie* die Räuber.«

»Glaubst du, Gabriel ist bei ihnen?«

»Ich weiß es nicht. Wir hätten ihn töten sollen, als wir die Gelegenheit dazu hatten. Mein Vater hatte Recht.«

»Du selbst hast ihn doch davon abgehalten.«

»Weil ich dachte –« Mit einem Knurren, das selbst ein wenig wölfisch klang, unterbrach sie sich. »Egal. Jetzt ist es ohnehin zu spät.«

»Selbst wenn es seine Männer sind, müssen sie ihn nicht

aufgelesen haben. Wir hatten einen Vorsprung von mehreren Tagesreisen, als wir ihn ausgesetzt haben.«

»Was macht dich da so sicher? Ebenso gut können sie uns von Regensburg aus auf dem Fluss gefolgt sein. Vielleicht waren sie nur wenige Stunden hinter uns. Vielleicht sind wir ihnen ein paar Mal nur knapp entkommen, ohne es überhaupt zu bemerken.«

»Vielleicht, vielleicht«, murmelte er mürrisch.

Sie blieb stehen und zog ihn an der Schulter zu sich herum. »Du kennst diese Männer nicht halb so gut, wie ich sie kenne.«

»Nein. Aber ganz gleich, was sie dir und deinem Vater angetan haben, sind sie doch am Ende nur Menschen. Mörder, gewiss. Gottlose Bestien. Aber sie besitzen keine übernatürlichen Kräfte, und sie sind genauso an Gottes Erde gebunden wie wir.« Beinahe hätte er hinzugefügt: *Sonst wären sie mit dem Teufel im Bunde.*

»Sie *sind* es«, behauptete sie beharrlich. »Ich weiß es. Und wo sie sind …« Sie ließ seine Schulter los und blickte zur schwarzen Mauer des Waldrands, nur wenige Schritte entfernt. »Sie sind irgendwo in diesen Wäldern«, wisperte sie wie zu sich selbst.

Sie gingen weiter, doch schon bald vernahmen sie aus dem Tann zu ihrer Linken Geräusche. Das Tosen des Flusses war zu einem gleichförmigen Rauschen geworden, seit die Strömung nachgelassen hatte. Undeutlich drangen Stimmen zwischen den verschneiten Bäumen hervor.

Blitzschnell stolperten sie an den Rand des Unterholzes und gingen zwischen struppigen Holunderbüschen in die Hocke. Sie konnten nichts sehen und nur die ungefähre Richtung der Menschen ausmachen.

»Das sind sie nicht«, flüsterte Aelvin ein wenig zu hastig, weil er ein Gutteil seiner Überzeugungskraft darauf verwenden musste, seine eigenen Zweifel zu besänftigen.

Libuse rührte sich nicht. Im ersten Moment glaubte er, sie lausche angestrengt ins Dunkel. Doch dann erkannte er, dass es der Schrecken war, der sie hatte erstarren lassen. Die Erinnerung an die Ereignisse im Turm. So hart sie sich nach außen hin geben mochte, gegen das Grauen jener Stunden war sie so hilflos wie ein Kind.

Sehr vorsichtig nahm er ihre Hand. Sie ließ es geschehen.

»Das sind keine Wolfskrieger«, flüsterte er noch einmal, um sie zu beruhigen. Aber insgeheim dachte er: Nein, es sind Sichels Spießgesellen, und ich weiß nicht, welches von beidem schlimmer ist.

Ihr Atem ging viel zu schnell, beinahe schnaufend. Ihre Haut schien sogar durch die Handschuhe eine schreckliche Kälte auszustrahlen. Aelvin erinnerte sich an etwas, das er einmal Bruder Marius bei einem Mönch hatte tun sehen, dem es ganz ähnlich ergangen war: Er legte – erst sehr zaghaft, dann fester – beide Hände muschelförmig über Libuses Mund und Nase und ließ sie die eigene verbrauchte Luft einatmen. Sie starrte ihn aus großen, angstgeweiteten Augen über seine Handschuhe hinweg an, widersetzte sich aber nicht.

»Ist gut«, flüsterte er sanft. »Ist schon gut. Sie sind es nicht. Das da oben im Wald müssen Serben sein.«

Sie entspannte sich nur ganz allmählich, und als sie sich wieder regte und er es wagte, die Hände von ihrem Gesicht zu nehmen, da waren die Stimmen so laut geworden, dass sie nun eindeutig Worte in der harten Sprache dieses Landes benutzten.

Libuse atmete noch zwei, drei Mal tief durch, dann nickte sie langsam. »Danke«, wisperte sie. »Es … es tut mir Leid.«

»Das braucht es nicht.« Er war so erleichtert, dass er sie am liebsten an sich gedrückt hätte. Doch dann legte er nur den Finger an ihre blau gefrorenen Lippen, damit sie nicht weiterredete, und deutete mit einer Kopfbewegung hinauf in den Wald. Widerstrebend folgte sie seinem Blick.

Zwischen den Bäumen, ein gutes Stück entfernt, war jetzt Helligkeit zu erkennen. Mehrere helle Punkte schwebten wie Irrlichter jenseits der Stämme. Ein Fackelzug.

»Mindestens zehn«, flüsterte Aelvin so leise, dass er nicht sicher war, ob Libuse ihn überhaupt hören konnte. »Sie kommen von Süden und ziehen in die Berge.«

»Können das die sein, die uns überfallen haben?«

Er hob die Schultern. »Wenn sie ein Stück weiter südlich den Fluss überquert hätten – ja, ich schätze, schon.«

Nach kurzem Zaudern bewegten sie sich so leise wie eben möglich durch das Unterholz den Hang hinauf. Aelvin schlich voran, Libuse folgte ihm. In der Dunkelheit mussten sie ungemein vorsichtig sein, wohin sie ihre Füße setzten. Das Gelände wurde steiler, der Untergrund felsiger. Die Bäume standen nun weiter auseinander. Schon von weitem erkannten sie, dass es sich um eine Schar von etwa dreißig Männern handelte. Einige trugen Fackeln, manche führten bepackte Maultiere.

Aelvin musste Libuse nicht erst fragen, um zu wissen, dass sie die gleiche Hoffnung hegte wie er: Falls die Räuber Favola, Corax und Albertus nicht auf der Stelle getötet hatten, brachten sie die drei womöglich als Gefangene in ihr Versteck. Und falls dies hier tatsächlich jene Männer waren, dann –

»Das sind andere«, flüsterte Libuse jäh.

»Woher willst du das wissen?«

»Die Maultiere. Unsere sind nicht dabei.«

»Vielleicht hatten sie schon genug davon und konnten unsere nicht gebrauchen.« Doch je näher sie dem Räuberzug kamen, desto stärker stellte sich auch bei Aelvin die Gewissheit ein, dass sie es mit einer anderen Schar zu tun hatten als jener, die sie angegriffen hatte. Viele der Männer waren verletzt; manche trugen fleckige Verbände, andere humpelten oder hatten blutverkrustete Wunden in den bemalten Gesichtern. Von ihrem Hornschmuck war kaum etwas übrig geblieben.

Die Bündel auf den Rücken der Maultiere waren prall gefüllt mit Säcken und Krügen, sogar Hammelbeinen und Speck, und alles war mit einer glitzernden Eisschicht gezuckert. Das hier war nicht die Beute eines gewöhnlichen Raubzugs – diese Männer schafften Verpflegung heran, womöglich von weit her. Sichels Festung stellte sich auf eine Belagerung durch die Ritter des Königs ein. Demnach hatte der Angriff, von dem Dragutin gesprochen hatte, noch nicht begonnen.

»Sieh dir das an!«, entfuhr es Libuse.

Sie deutete auf eines der Maultiere. Ein Räuber schlurfte vorneweg. Zwei große Körbe waren mit einem Wirrwarr aus Stricken auf dem Rücken des Tiers befestigt. Und dazwischen steckte, eingezwängt hinter Knoten und Schlingen – der Luminaschrein.

Auch er war von einem dicken Eispanzer überzogen. Unmöglich zu sagen, ob das Gitter stark genug gewesen war, um das Glas dahinter vor den Felsen im Flussbett zu schützen. Auch war zweifelhaft, ob die Pflanze das Bad im kalten Wasser überlebt hatte – und die Trennung von Favola.

»Sie müssen sie herausgefischt haben«, flüsterte Aelvin. »Was tun wir jetzt?«

Sosehr er sich auch um einen klaren Gedanken bemühte, es wollte sich einfach keiner einstellen. Er überlegte lange hin und her, ehe er endlich eine Entscheidung fällte. Falls die anderen wirklich tot waren, war die Rettung der Lumina das Einzige, was ihnen zu tun blieb. Lebte Favola hingegen noch, dann hätte sie erst recht gewollt, dass sie die Pflanze vor den Räubern schützten. Ganz gleich also, von welcher Seite er die Sache betrachtete – das Ergebnis blieb dasselbe.

»Wir holen sie uns zurück«, flüsterte er, ohne seinen Blick von dem Räubertross zu lösen.

Libuse nickte. Womöglich war sie zu demselben Schluss gekommen wie er.

Sie warteten ab, bis das Ende des Zuges ihr Versteck zwischen den Büschen passiert hatte. Dann folgten sie den Männern in einigem Abstand, gerade nah genug, um die letzten Fackeln hinter den Bäumen umhergeistern zu sehen. Die Räuber schienen ebenso erschöpft und durchgefroren zu sein wie sie selbst. Um so viele Vorräte zu besorgen, mussten sie einen weiten Weg zurückgelegt haben. In den umliegenden Dörfern ließ sich um diese Jahreszeit gewiss nichts mehr holen. Hinzu kamen die Patrouillen des Königs. Die Männer waren kraftlos und vermutlich einfach froh, bald die Festung zu erreichen.

Aelvin und Libuse liefen gebückt durchs Unterholz, nur wenige Schritt vom Pfad entfernt. Die Müdigkeit machte auch ihnen zu schaffen, doch jetzt war beileibe nicht der Moment, um an Schlaf zu denken. Dazu würde ihnen später genug Zeit bleiben.

Aelvin hatte erwartet, dass der Pfad zum Gipfel des Berges führen würde, doch er hatte sich getäuscht. Stattdessen verlief er auf halber Höhe um die bewaldete Flanke herum nach Osten, sodass sie den Fluss bald auf der anderen Seite hinter sich ließen.

Über den Baumwipfeln und Bergkuppen dämmerte ein grauer Morgen herauf, als sich vor ihnen endlich, in einem Einschnitt aus drei schroffen Felswänden, die Festung des Räuberhauptmanns Sichel erhob.

Der Pfad wand sich in weiten Kurven aus den Wäldern hinab talwärts und mündete in den Vorplatz der Festung. Bis auf eine Spur in der Mitte war er zu beiden Seiten mit Geröll zugeschüttet. Der Schnee, der diese Gesteinshalden überzog, musste zahllose Spalten und Löcher verbergen, sodass ein Angriff im Talgrund erschwert wurde. Der schmale Mittelweg zwischen den Geröllhaufen führte auf ein Tor zu, das sich im unteren Teil eines Turms befand. Daran schloss sich rechts und links in einem Halbkreis eine zinnenbewehrte Ringmauer an, die zu beiden Seiten an den Felswänden endete. Dahinter lag ein bogenförmiger Vorhof von etwa fünfzig Schritt

Breite, bebaut mit einfachen Holzhütten, woran schließlich die eigentliche Burg grenzte: ein klobiges Bauwerk aus drei Türmen und einem schmucklosen Palas, dem Herrenhaus der Feste. Nur einer der Türme war hoch genug, um über die Felswand an der Rückseite des Tals hinauszuragen.

Nirgends wehten Fahnen oder Wimpel, wie es auf anderen Burgen üblich war. Nicht einmal Wächter erkannte Aelvin auf den Zinnen der Ringmauer oder in den Fenstern und Schießscharten der Türme. Auch einer der Männer an der Spitze des Räubertrupps deutete hinauf zu den leeren Wehrgängen, doch seine Kumpanen winkten erschöpft ab. Die meisten beschleunigten ihre Schritte, konnten sie es doch nicht mehr erwarten, es sich endlich an einem warmen Feuer gut gehen zu lassen.

Noch etwas fiel Aelvin auf, während das Dämmerlicht über die Mauern kroch. Innerhalb des Vorhofs, dort, wo er zu beiden Seiten an den Felswänden zwischen Burg und Ringmauer endete, klafften schwarze Öffnungen im Berg, viereckige Tore, die von mächtigen Balken gehalten wurden.

»Minen«, flüsterte er. »Das da waren einmal Silberminen. Bestimmt ist die Burg zu ihrem Schutz erbaut worden.«

Libuse zuckte die Achseln. »Na und?«

»Sichel besitzt nicht nur die Dreistigkeit, die Transporte der königlichen Silberminen in diesen Wäldern zu überfallen – er hat sich gleich eine eigene Mine samt Festung unter den Nagel gerissen. Kein Wunder, dass König Stefan so erpicht auf seinen Kopf ist.«

»Es sieht nicht aus, als würde dort noch irgendwas abgebaut.«

Kantige Schneebuckel vor den beiden Minentoren ließen darauf schließen, dass die Karren zum Transport des Abraums seit langem nicht mehr benutzt worden waren. Womöglich war das Silbervorkommen in diesem Berg längst erschöpft. Das würde erklären, wie es einem Räuberhauptmann gelingen konnte, eine solche Festung zu erobern; vielleicht hatte sie seit Jahren leer gestanden oder war nur von einer kleinen Wachmannschaft verteidigt worden, nachdem die Minen stillgelegt worden waren.

Er seufzte. »Wie sollen wir da nur reinkommen?«

»Zusammen mit den anderen, wenn wir schnell genug sind.« Und damit sprang Libuse auf, zog an seinem Mantel und eilte mit ihm im Schatten von Bäumen und Felsen den Hang hinab ins Tal. Aelvin folgte ihr stolpernd und fluchte leise vor sich hin.

Die heimkehrenden Räuber waren viel zu entkräftet, um auf den zurückliegenden Weg zu achten. Sie sahen nur die Mauer vor sich emporwachsen und mit ihr die Verheißung von Wärme, Essen und heißem Wein. Aelvin und Libuse erreichten gerade das Ende des Zuges, als von innen das eisenbeschlagene Tor in der Ringmauer geöffnet wurde. Die Kolonne war gut hundert Schritt lang, und während die vorderen Räuber bereits den Vorhof betraten, drängten sich Libuse und Aelvin mit hochgeschlagenen Kapuzen und gesenkten Gesichtern zwischen die Maultiere am Ende der Schar. Die Lumina schaukelte nur wenige Schritt vor ihnen zwischen prallen Lastenkörben.

Niemand schöpfte Verdacht, als sie gemeinsam mit den Tieren als Letzte durch das Tor wanderten. Aelvin wagte nicht, den Kopf zu heben und sich umzuschauen, als er die schweren Torflügel in seinem Rücken knarren und zuschlagen hörte. Ein metallisches Knirschen verriet, das von innen ein schwerer Riegel vorgeschoben wurde.

Mit ihren Kapuzenmänteln unterschieden sich die beiden kaum von den übrigen vermummten Räubern unter ihren Fellen und Umhängen. Auch als der Trupp zum Stehen kam, nahm niemand Notiz von ihnen.

Plötzlich traten aus den Schatten der Mauer und den umliegenden Holzhütten hünenhafte Gestalten. In Windeseile waren die Heimkehrer eingekesselt. Blankgezogene Klingen schimmerten in der Morgendämmerung. Pfeile und Armbrustbolzen richteten sich auf die erschöpften Männer. Nur allmählich erhoben die Ersten die Stimmen, aber keiner zog eine Waffe.

Einen wunderbaren Augenblick lang glaubte Aelvin, die Männer des Königs hätten die Burg bereits eingenommen und die Räuber erwartet. Libuse packte seine Hand, und der Griff ihrer Finger war so fest, dass er beinahe zurückzuckte.

Zweierlei wurde ihm schlagartig klar.

Er und Libuse unterschieden sich äußerlich kaum von den abgerissenen Räubern. Die Königlichen würden sie niedermachen, ehe sie auch nur die Möglichkeit hatten, ihnen die Wahrheit zu erklären. Und selbst wenn: Warum sollten sie ihrer Geschichte Glauben schenken?

Zum Zweiten aber – und diese Einsicht folgte kaum einen Atemzug auf die erste – *waren* die Bewaffneten gar keine Männer des Königs.

Über mattem Rüstzeug trugen sie schwarzgraue Pelze, die ihre Schultern noch breiter machten. Ihre eisernen Handschuhe sahen aus wie spitze Krallen. Die geschlossenen Visiere ihrer Helme hatten die Form spitzer Wolfsschnauzen.

~

Niemand richtete besonderes Augenmerk auf die beiden Vermummten, die zwischen den Maultieren am Ende des Zuges standen. Zwischen den stummen Wolfskriegern trat ein Mann in weiten Gewändern und Fellen hervor. Er hatte langes schwarzes Haar, das wild in alle Richtungen wucherte und bis weit über seine Schultern fiel. Ein dichter Vollbart verbarg die untere Hälfte seines Gesichts, und als er sprach, blieben seine Lippen unsichtbar. Stattdessen bebten bei jedem Wort die geschwollenen Tränensäcke unter seinen schmalen dunklen Augen.

Er redete auf Serbisch mit den Männern, ruhig, fast freundlich, und was immer es sein mochte, das er sagte, es löschte auch den letzten Funken von Widerstand in den Köpfen der Räuber. Sie alle nickten. Aelvin und Libuse hielten es für das Beste, das Gleiche zu tun.

Vom höchsten Turm der Festung ertönte ein schriller Pfiff. Alle Gesichter wandten sich nach oben. Auf dem Zinnenkranz des Bergfrieds waren zwei Wolfskrieger erschienen, die Mäntel vom scharfen Wind zerzaust – und noch ein dritter Mann.

Selbst aus der Ferne erkannte Aelvin Gabriel von Goldau. Auch er trug jetzt Panzer und Pelze eines Wolfskriegers, doch sein Kopf war entblößt, das lange Goldhaar strähnig.

Libuse stieß scharf die Luft aus, aber sie sagte kein Wort und verriet durch keine weitere Regung, dass sie den Mann dort oben kannte. Nach ihrer heftigen Reaktion am Bootswrack hielt sie sich nun bemerkenswert wacker.

Gabriel gab den beiden Kriegern mit seiner gesunden Hand einen Wink. Mit der Leichtigkeit von Riesen schleuderten sie einen leblosen Körper über die Zinnen ins Leere. Er stürzte zwei, drei Mannslängen tief, dann schwang er mit einem grässlichen Ruck herum und baumelte wie eine Lumpenpuppe an einem Strick vor der Turmmauer. Der Tote war ein großer, ungemein muskulöser Mann gewesen; das sah man deutlich, denn der Leichnam war nackt. Sein Oberkörper war mit einer braunen Blutkruste bedeckt, ausgetreten aus einer kreuzförmigen Wunde, die quer über seine Brust und vom Kehlkopf zum Schambein verlief. Ein Raunen ging durch den Pulk der Räuber.

Aelvin hatte keinen Zweifel, wer der Tote war, den der Wind dort oben nackt und entstellt gegen die Turmmauer schlug. Sichel, der Räuberhauptmann, lebte nicht mehr. Die Silberfeste hatte einen neuen Herrn, und der stand dort oben mit zerzaustem Haar und blickte auf den Räubertrupp herab. Aus der Ferne sah das dunkle Feuermal auf seiner Wange wie eine schreckliche Wunde aus.

Aelvin hatte das Gefühl, dass Gabriel geradewegs ihn und Libuse anstarrte, als wüsste er, wer sich unter den Mänteln verbarg. Doch Gabriel konnte sie von dort oben unmöglich erkennen. Ihre Gesichter lagen tief in den Schatten der Kapuzen.

Wir müssen die Lumina in Sicherheit bringen, bevor einer von ihnen sie entdeckt, dachte Aelvin panisch. Weder Gabriel noch der unheimliche Bärtige ahnten vermutlich, dass das, worauf sie es abgesehen hatten, bereits mitten unter ihnen war. Das jedoch mochte sich bald ändern. Spätestens, wenn die Räuber ihre Beute entluden.

Unendlich langsam schob er sich vorwärts, bis er nur noch den Arm ausstrecken musste, um den Luminaschrein zu berühren. Der Mann mit der schwarzen Haarmähne redete jetzt wieder. Auf sein Zeichen hin öffnete sich das Tor der Festung, und eine große Schar zerlumpter Männer trat zögernd auf den Vorplatz – jene Räuber, die den Handstreich der Wolfskrieger überlebt hatten. Einige riefen den Neuankömmlingen etwas zu, und bald schien es beschlossene Sache zu sein, dass sich alle Gesetzlosen ihren neuen Herrn unterwarfen.

Aelvin tat einen letzten Schritt. Der Mann, der zuvor das Maultier mit der Lumina geführt hatte, hatte beim Auftauchen der Wolfskrieger das Seil losgelassen und war neben einen anderen Räuber getreten, um notfalls Rücken an Rücken mit ihm zu kämpfen. Statt seiner ergriff nun Aelvin den Strick, und als Gabriels Krieger bald darauf die Waffen senkten und erlaubten, dass sich der Pulk auflöste, führte Aelvin das Tier zielbewusst zu einer der Hütten hinüber, die ihm von weitem wie Stallungen erschienen. Libuse folgte ihm, ebenso vier weitere Räuber, die sich um die anderen Maultiere kümmerten.

Erleichtert sah Aelvin unter dem Rand seiner Kapuze, dass der Bärtige mit einer Leibwache aus sechs Wolfskriegern hinüber zum Burgtor ging. Wahrscheinlich zog er sich zurück, um mit Gabriel das weitere Vorgehen zu besprechen. Wer immer der Mann war, er schien dem Ritter des Erzbischofs an Macht über die Krieger keineswegs nachzustehen.

Die anderen Räuber nutzten den Weg zu den Stallungen, um aufgebracht zu tuscheln. Ihre Erschöpfung nach der anstrengenden Reise war wie weggewischt. Sie redeten leise auf Serbisch miteinander, aber Aelvin bezweifelte, dass sie ernsthaften Widerstand planten. Sichel war bestimmt kein gnädiger Hauptmann gewesen, und, wer weiß, vielleicht hatten sie es mit ihren neuen Herren besser getroffen. Die vier waren so in ihr Gespräch vertieft, dass keiner auf die Idee kam, unter die Kapuzen der beiden Maultierführer zu schauen, die ein paar Schritte vor ihnen gingen.

Aelvin und Libuse erreichten den Stall als Erste. Aelvin führte das Tier wie selbstverständlich in den hintersten Winkel des zugigen, eiskalten Schuppens, wo bereits mehrere andere Maultiere standen, so reglos, als seien sie in der Kälte zu Eis erstarrt. In der Bretterwand dahinter gab es einen niedrigen Durchgang. Ein kurzer Blick durch den Stall genügte, um deutlich zu machen, dass dies augenscheinlich der einzige Fluchtweg war. Einen Kampf mit den vier Männern zu wagen war aussichtslos; ihre Schwerter waren auf dem Hügel zurückgeblieben, allein Libuse besaß noch einen Dolch.

Wie beiläufig schob sie sich vor Aelvin und begann damit, Körbe zu entleeren und Beutel und Krüge auf dem Boden zu stapeln. Dabei schirmte sie ihn von den Blicken der anderen Männer ab. In Windeseile löste Aelvin den Luminaschrein vom Rücken des Tiers, schlang sich mehrfach ein Stück Seil um den Oberkörper und verknotete den Schrein vor seinem Bauch. Zuletzt zog er den Mantel darüber. Falls irgendwer genauer hinsah, würde er sofort bemerken, dass Aelvin etwas verbarg. Im Halblicht der Morgendämmerung aber, und in diesem düsteren Schuppen, mochte er fürs Erste damit durchkommen.

Im Stalltor erschienen zwei weitere Räuber und riefen

einem der vier anderen etwas zu. Sogleich ließen alle von ihrer Arbeit mit den Maultieren ab und gingen zum Eingang. Aelvin und Libuse nutzten die Gelegenheit, um sich durch den niedrigen Durchschlupf an der Rückseite des Schuppens davonzustehlen.

Dahinter befand sich ein zweiter Stall mit offener Front zum Vorhof. Hier waren ein paar magere Gäule angebunden, ungepflegt und unterernährt. Niemand sonst hielt sich hier auf, erst in einiger Entfernung bewegten sich ein paar Männer zwischen den Hütten des Hofs.

Aelvin und Libuse huschten an den Pferden vorbei zur anderen Seite des Stalls und blickten vorsichtig ins Freie.

»Wie sollen wir hier jemals wieder rauskommen?«, flüsterte er.

Libuses Miene war verbissen. »Wenn ich vorhin Pfeil und Bogen gehabt hätte, dann wäre mir egal gewesen, was mit mir – «

»Überleg dir lieber, wie wir heil von hier verschwinden können.« Mit einer Kopfbewegung wies er auf die Zinnen der Ringmauer. Dort oben hatte jetzt ein halbes Dutzend Wolfskrieger Stellung bezogen, verstärkt durch ebenso viele Räuber. In weiten Abständen standen sie auf der Mauer und spähten hinaus ins Tal. Gabriel und der Bärtige mussten wissen, dass ein Angriff auf die Festung bevorstand. Womöglich war ihnen die Gefahr, in der sie schwebten, erst klar geworden, als sie Sichel und seine Männer bereits überrumpelt hatten. Der Gedanke, dass sich die Schergen des Erzbischofs selbst in eine solche Mausefalle manövriert hatten, brachte ein Lächeln auf Aelvins Gesicht.

Libuse blickte verstohlen zum Turm hinauf, aber die Plattform war jetzt wieder leer. Sichels Leichnam drehte sich an seinem Seil im Wind. Die Krähen, die um die Zinnen flatterten, wagten sich zusehends näher an den Toten heran. »Wenn Gabriel wüsste, dass die Lumina hier in der Burg ist … und wir beide noch dazu …« Sie schüttelte den Kopf. »Alles, worauf er es abgesehen hat, befindet sich gleich vor seiner Nase – und er hat nicht die geringste Ahnung.«

»Mir wär's recht, wenn das so bliebe.«

»Meinst du, wir schaffen es bis zum Eingang der Mine?« Sie sah zu dem rechteckigen Tor im Fels. Schnee war hinein geweht und warf Morgenlicht in den vorderen Teil des Schachts. Dort waren halbherzig ein paar schräge Balken angebracht worden, die niemanden ernsthaft davon abhalten würden, ins Bergesinnere vorzudringen. Dahinter herrschte Finsternis.

»Willst du dich dort verstecken, bis die Männer des Königs die Festung stürmen?« Aelvin war nicht sicher, ob das eine gute Idee war. Er brannte darauf, zum Fluss zurückzukehren und nach den anderen zu suchen.

»Wir schaffen es hier nicht raus!«, flüsterte Libuse eindringlich. »Sieh dir die Männer da oben an! Sie würden uns sofort bemerken, selbst wenn wir irgendwie durch das Tor kämen.«

Widerstrebend stimmte er zu. Er warf einen nervösen Blick zurück zum Durchgang zur anderen Stallhälfte. Jeden Moment mochte sich einer der übrigen Räuber wundern, wohin sie verschwunden waren.

»Versuchen wir's«, sagte er.

Vor ihnen lag eine offene Fläche, die vom Wehrgang und der Burg aus frei einzusehen war. Aber die Wächter auf den Zinnen der Ringmauer wandten ihnen den Rücken zu. Falls keiner auf die Idee kam, sich zum Hof umzudrehen, konnten die beiden es schaffen.

Libuse trat aus dem Stall und bewegte sich zügig über den verharschten Schnee Richtung Mine. Aelvin folgte ihr und ging leicht vornübergebeugt, damit sein Mantel über die Ausbuchtung des Luminaschreins fiel. Jeder flüchtige Blick in ihre Richtung musste offenbaren, dass sie etwas zu verbergen hatten.

Aus dem Augenwinkel bemerkte er Bewegungen zwischen den Hütten, wagte aber nicht, hinüberzusehen, weil er fürchtete, allein dadurch die Aufmerksamkeit anderer Räuber auf sich zu ziehen. Er schloss zu Libuse auf und ging neben ihr auf der hofabgewandten Seite, damit sie ihn mit ihrem Körper abschirmte.

Eine Weile lang sah es so aus, als würde ihr Plan gelingen. Niemand vertrat ihnen den Weg.

Noch zwanzig Schritt. Das war nicht viel. Sie konnten es schaffen. Noch fünfzehn Schritt. Zwölf. Zehn.

Eine Stimme schnitt durch die morgendliche Winterstille. Unverständliche Worte auf Serbisch.

Aelvin blieb wie angewurzelt stehen.

»Komm schon!«, fauchte Libuse ihm zu.

Aelvin schaute über die Schulter und sah, wie die Räuber aus dem Stall zu einem Mann hinübereilten, der zwischen zwei Hütten nahe der Ringmauer stand. Er sah nicht zu Aelvin und Libuse herüber, sondern gestikulierte wild in Richtung der Männer.

Libuse packte Aelvin am Ärmel. Stolpernd sprangen sie an den eingeschneiten Gerätschaften der Silberschürfer vorbei in den Schatten des Mineneingangs. Das Dämmerlicht blieb zurück, Dunkelheit griff nach ihnen. Aus der Tiefe des Berges wehte ihnen ein eiskalter, muffiger Geruch entgegen.

»Sie haben uns nicht gesehen«, sagte sie.

Er folgte ihr die wenigen Schritte bis zu den Balken, die kreuz und quer zwischen den Felswänden verkantet waren. Ihre Füße hinterließen deutliche Fußstapfen in der dünner werdenden Schneedecke. Ihm war schlecht. Er zitterte vor Aufregung und Kälte. Als Libuse ihre Kapuze zurückschlug, sah er, dass es ihr nicht besser erging.

Er löste den Luminaschrein von seinem Körper, um ungehindert hinter Libuse her durch die Zwischenräume der Balken zu klettern. Das Holz war mit Eis überzogen, genau wie der rohe Felsboden des Stollens. Bevor Aelvin sich durch die Lücke schob, reichte er Libuse die Lumina. Sie nahm sie beidhändig und mit merklicher Ehrfurcht entgegen.

Hinter dem Balkengewirr führte der Schacht tiefer in den Berg. Das Licht vom Eingang reichte noch drei, vier Schritt weit, zersplittert zwischen den Schatten der Balken. Dahinter versank alles in Finsternis. Der Boden war leicht abschüssig und mit feinem Geröll bedeckt, der Schacht gerade breit genug, dass zwei Männer mit Schubkarren einander beim Auf- und Abstieg passieren konnten.

Libuse blieb stehen und hatte für einen Moment nur Augen für den Luminaschrein in ihren Händen. Die Eisschicht zwischen Gitter und Glas war unter Aelvins Mantel angetaut. Mit den Fingerspitzen kratzte und schabte sie das Glas frei und versuchte, einen Blick auf die Pflanze im Inneren des Behälters zu werfen.

»Wie geht es ihr?«, fragte Aelvin.

»Schwer zu sagen. Es ist zu dunkel.«

»Ist Wasser eingedrungen?«

»Kann ich nicht erkennen. Zumindest ist das Glas nicht gesplittert. Aber ob irgendwo Risse sind … ich weiß nicht.«

»Wir hätten draußen im Hellen einen Blick darauf werfen sollen.«

Sie zuckte die Achseln. »Sie muss durchhalten, so oder so. Falls nicht, liegt es nicht in unserer Macht, irgendwas daran zu ändern.«

Aelvin musterte Libuse in der Dunkelheit, konnte aber ihren Gesichtsausdruck nicht erkennen.

»Spürst du etwas?«, fragte er.

»Ich bin nicht Favola.«

»Aber du redest mit Bäumen. Du hast dein ganzes Leben im Wald verbracht. Das Erdlicht …« Er stockte. »Das Erdlicht ist eine große Gabe.«

Nach kurzem Zögern seufzte sie leise. »Favola hat gesagt,

die Lumina spricht zu ihr. Aber falls das wirklich stimmt… nun ja, ich kann jedenfalls nichts hören.«

»Versuch es trotzdem.«

Sie stand da, hielt die Lumina in ihrem Arm wie ein Neugeborenes und versuchte, auf eine Stimme in ihrem Inneren zu lauschen, irgendeine Art von Botschaft.

»Nichts«, sagte sie schließlich.

»Vielleicht ist das Erdlicht der Schlüssel. Kannst du nicht versuchen, es zu beschwören?«

Im Dunkeln starrte sie ihn an. »Aus der *Lumina*?«

»Warum nicht?«

»Sie ist kein Baum.«

»Sie ist auch nicht wie irgendeine Pflanze, die wir kennen. Weshalb versuchst du es nicht?«

»Weil es nicht klappen wird.«

»Hast du einen besseren Vorschlag? Sie braucht die Wärme mindestens ebenso sehr wie wir.«

Sie zauderte noch ein paar Herzschläge länger, dann trat sie mit der Lumina an ihm vorbei, tiefer in den Schlund der Mine. Aelvin folgte ihr gespannt. Sie mussten aufpassen, wohin sie ihre Füße setzten, vielleicht gab es Spalten oder unsichtbare Abgründe in der Finsternis des Berges.

Nach wenigen Schritten blieb Libuse abermals stehen. Sie waren jetzt weit genug vom Mineneingang entfernt. Libuses Mantel raschelte, als sie sich auf die Knie sinken ließ. Ihre Hand griff aus der Dunkelheit nach Aelvin und zog ihn zu sich herab. Tastend erkannte er, dass der Schrein jetzt genau zwischen ihnen am Boden stand.

»Konzentriere dich auf sie«, flüsterte Libuse.

Er schluckte. »Warum ich?«

»Denk einfach an Favola. An das, was die Lumina ihr bedeutet hat. Vielleicht hilft es.«

Er wusste nicht, wie sie das meinte, aber er tat trotzdem, was sie von ihm verlangte. Sein Magen verhärtete sich zu einem Eisklumpen, und er spürte ein schmerzhaftes Ziehen in den Eingeweiden. Der Grund dafür waren Sorge und Todesangst, aber zugleich wurde ihm bewusst, dass sie seit einer Ewigkeit nichts mehr gegessen hatten. Ganz abgesehen von dem Schlaf, der ihnen fehlte. Noch wurden sie von Furcht und Erregung wach gehalten, aber Aelvin merkte, dass seine Aufmerksamkeit nachließ. Die elende Dunkelheit tat das ihre, um seine Sinne zu betäuben.

Um sie herum schien die Schwärze immer dichter zu werden. Aelvin hatte das Gefühl, dass irgendetwas sie umschlich. Albtraumgespinste regten sich wie Geister.

Er rief sich Favolas Gesicht vor Augen, und beschämt wurde ihm klar, dass er sich nur vage an ihre Züge erinnern konnte. In seinem Gedächtnis existierte sie eher als verschwommener Eindruck denn als vollständiges, detailliertes Porträt. Selbst der Versuch, sich ihr seltenes Lächeln vorzustellen, erzeugte in ihm eher den Widerhall eines Gefühls als ein konkretes Abbild.

Verzweifelt kämpfte er gegen seine Tränen an. Mit einem Mal waren da Sätze in seinem Kopf, die sie gesagt hatte, Empfindungen, die ihre Nähe in ihm ausgelöst hatte.

Ich spüre sie, durchfuhr es ihn. Für einen Augenblick verschlug es ihm vor Aufregung den Atem.

Libuse stieß ein leises Stöhnen aus.

Ein Windstoß jagte durch das Tor herein, so kalt wie frisch gefallener Schnee, aber noch während er ihre Leiber streifte, erwärmte er sich.

Helligkeit flammte vor ihnen am Boden auf. Wie Kerzenlicht in einem Lampenkäfig erglühte die Lumina hinter Gitterwerk und Glas. Das Eis schmolz und floss in dicken Tautropfen am Schrein herab, sammelte sich als Pfütze auf dem Fels und reflektierte den Lichtschein.

Aelvin hatte das Gefühl, Favola in seinem Nacken atmen zu spüren, doch er wagte nicht, sich umzudrehen, weil er wusste, dass sie nicht wirklich da war. Es war die Lumina, die diese Empfindung erzeugte. Sie war getränkt mit Favolas Präsenz, strahlte das Gefühl ihrer Nähe aus wie das Licht und die Wärme.

Libuse weinte leise vor Demut und Glück.

~

Im Palas der Silberfeste packte Gabriel von Goldau einen Kelch und schleuderte ihn mit aller Kraft von sich; er hatte mit rechts geworfen, seine Linke lag bandagiert und nutzlos vor ihm auf dem Tisch. Das Gefäß krachte gegen einen ausgebleichten Wandteppich, der Minenarbeiter bei der Arbeit zeigte. Wein spritzte bis zu der hohen Gewölbedecke aus Sparrenwerk; die Balken waren mit Schnitzereien, Wappen, griechischen Sinnsprüchen und Jahreszahlen verziert.

»Sie sind noch hier!« Seine Stimme schnitt wie das Splittern von Glas durch den Saal. »Irgendwo auf dem Fluss oder in den Wäldern. Sie können nicht viel weiter gekommen sein als wir. Das ist unmöglich.« Er starrte den bärtigen Nigromanten am anderen Ende der Tafel hasserfüllt an. »Was ist mit deinen Zauberkünsten, Oberon? Warum setzt du sie nicht ein, wenn wir sie einmal wirklich brauchen?«

Oberon hob eine Augenbraue.

Die Schlange in Gabriels Innerem begann sich zu rühren, ringelte sich eiskalt um seine Eingeweide. Nur eine Warnung. In den vergangenen Wochen hatte er es zu wahrer Meisterschaft darin gebracht, seine Todesangst mit Zorn und Wutausbrüchen zu überspielen.

Oberon schenkte ihm ein mitleidiges Lächeln. »Meine Macht reicht nicht aus, diese Berge zu zermahlen und durch ein Sieb zu schütten, bis das Mädchen und der Zisterzienser obenauf liegen.« Er nippte an seinem Wein und stellte ihn sanft auf der Tafel ab, unweit eines unberührten Brotlaibes und kalt gewordenen Bratenfleisches. »Das mag dein Verständnis von Magie sein, mein Freund, aber glaube mir, das beweist nur einmal mehr die Einfalt deines Geistes.«

Gabriel lehnte sich in seinem hohen Stuhl zurück und krallte seine unverletzte Hand um die geschnitzte Armlehne. Die Schlange in ihm tobte, erzeugte Brechreiz, und er war drauf und dran, sich zu übergeben.

Könnte ich ihm nur ins Gesicht speien!, dachte er wutentbrannt. Ihn mit seinem eigenen Schlangengift verpesten!

Oberon schien in Gabriels Hass jenen Genuss zu finden, der ihm beim Essen versagt blieb. Als er sprach, klang er satt und zufrieden. »Ich habe nicht den geringsten Zweifel, dass wir sie finden werden. Vielleicht sind sie uns näher, als du denkst.«

Gabriels Zustand hatte sich gebessert, seit Oberon und die Wolfskrieger ihn am Ufer der Donau aufgelesen hatten. Sogar die gebrochenen Knochen seiner linken Hand bereiteten ihm nicht mehr gar solche Schmerzen wie noch vor zwei Wochen. Der Nigromant hatte ihm eine Medizin verabreicht, nicht unähnlich jener, die er von Albertus bekommen hatte.

Die Schlange aber war noch immer in ihm. Oberon gefiel es, sie ihn dann und wann spüren zu lassen. Und doch schien es, als verringere die Nähe des Nigromanten die Auswirkungen des Fluchs.

Falls es ein Fluch war – und nicht bloß Einbildung.

Du weißt es besser. Du hast sie *gesehen*.

Gabriel gab sich keinen Illusionen darüber hin, dass Oberon ihn nach seinem Alleingang und Scheitern nur aus einem einzigen Grund am Leben gelassen hatte: Zwar gehorchten die Wolfskrieger dem Nigromanten aufs Wort, aber Oberon musste die Spannung unter den Männern spüren und das verhohlene Missfallen über den neuen Befehlshaber. Gabriel war ihnen stets ein guter Anführer gewesen, einer, der genau wusste, welche Mischung aus Gewalt und Gunstbezeugung nötig war, sich die Männer gefügig zu machen. Sie alle waren keine Ritter, und doch genossen sie Privilegien, die ihnen das harte Los gewöhnlicher Waffenknechte ersparten. Ohne Gabriel und das Vertrauen, das der Erzbischof einst in ihn gesetzt hatte, waren sie nichts als Söldner. Besser ausgebildet, reicher entlohnt, und doch zuletzt nur bezahlte Kämpfer, wie es sie in jeder Taverne gab. Gabriel hatte ihnen das Gefühl gegeben, mehr zu sein. Sie waren seine Wölfe, sein Rudel, und es war seine Führung, der sie ihre Erfolge auf früheren Missionen zu verdanken hatten.

Oberon hingegen war nicht einmal ein Mann des Schwertes. Sie fürchteten und verachteten ihn gleichermaßen, und er wusste, dass dies keine guten Voraussetzungen für eine schlagkräftige Truppe waren. Solange sie jedoch Gabriel an der Seite des Nigromanten sahen, folgten sie Oberons Befehlen: Ordnete sich der Rudelführer einem anderen unter, taten es auch seine Wölfe.

Gewiss, Gabriel hatte mehr als einmal mit dem Gedanken gespielt, seinen Einfluss auf die Krieger geltend zu machen und Oberon zu töten. Doch er ahnte, dass er damit nur den Mann, nicht aber die Schlange in seinen Eingeweiden loswerden würde. Niemals in seinem Leben hatte Gabriel sich einem anderen Menschen so ausgeliefert gefühlt. Niemals hatte er so sehr gehasst.

Er selbst hatte die Wolfskrieger ausgebildet, hatte sie zu seinen Vollstreckern, seinen Todesengeln geschmiedet. Und obgleich ihr Sold aus den Schatzkammern des Erzbischofs bezahlt wurde, waren sie doch Gabriels Rudel. Das Fleisch und Blut, das er sich geformt hatte zu seinem Eigen.

Die Männer mochte Oberon ihm genommen haben. Nicht aber seinen Willen. Nicht seine Selbstachtung.

In seinem Verlies in Regensburg war er drauf und dran gewesen, sich aufzugeben. Doch seit er das Rudel wieder um sich hatte, gewann er mit jedem Tag an Kraft. Als er hörte, dass seine Wölfe den Kartographen aufgespürt und getötet hatten, hatte ihn das mit Genugtuung erfüllt. Doch wahren Triumph empfand er erst, als sie ihm offenbarten, dass die Spur der Lumina nicht verloren war. Der kleine Mann hatte geredet, bevor sie ihm die Kehle durchschnitten. Die Fährte war so frisch wie eh und je.

Und beinahe, nur beinahe hätten sie Albertus und die anderen schon viel früher gefangen. An der Moravamündung hatten die Wolfskrieger einen Bauern ausfindig gemacht, der ihnen zwei Maultiere verkauft hatte. Gabriel hatte davon abgeraten, sie weiterhin mit dem Boot zu verfolgen, doch Oberon hatte nicht auf ihn hören wollen. Sicher, auf dem Fluss waren sie schneller als der Haufen Wanderer auf der verschneiten Römerstraße. Aber die Gefahr, sie am Ufer zu übersehen, erst recht bei Nacht, war von Bord eines Bootes aus groß. Oberon hatte das nicht einsehen und die Luminaträger zur Not in Nisch erwarten wollen, falls sie ihnen entwischten. Und, wer weiß, womöglich hätte er Recht behalten – wäre der verdammte Kahn nicht aufgelaufen und leckgeschlagen. Dort hatte ein Räubertrupp das Wrack des vermeintlichen Händlers angegriffen und unglückselige Bekanntschaft mit den Klingen der Wolfskrieger gemacht. Statt zu Fuß weiterzuziehen, wie Gabriel es empfohlen hatte, war Oberon der Ansicht gewesen, sie bräuchten Pferde für die Weiterreise – und diese fänden sie am ehesten im Schlupfwinkel der Räuber. Ihr Anführer, ein gewalttätiger, engstirniger Schlächter, war einfältig genug gewesen, mit Oberon zu verhandeln. Offenbar hatte er gehofft, die Wolfskrieger seiner Bande einverleiben zu können – Unterstützung, die er im Angesicht eines bevorstehenden Angriffs königlicher Truppen gut gebrauchen konnte.

Spätestens als Gabriel gehört hatte, dass Ritter durch die Wälder streiften, hatte er Oberon überzeugen wollen, schnellstmöglich von hier zu verschwinden und den Luminaträgern weiter im Süden aufzulauern. Doch erneut hatte der Nigromant seinen Rat in den Wind geschlagen: Zu Fuß würden sie – und damit hatte er wohl vor allem sich selbst gemeint – Albertus und die anderen niemals einholen. Und so war das Unvermeidliche geschehen. Als die Verhandlungen über den Erwerb von dreißig Pferden scheiterten, hatten die Wolfskrieger den Räuberhauptmann und eine Hand voll seiner Getreuen kurzerhand getötet und die Festung besetzt. Erst da hatten sie festgestellt, dass es in den Ställen der Burg gar keine Pferde gab, abgesehen von ein paar zerschundenen Ackermähren, die niemals lebend in Nisch ankommen würden.

Ursprünglich hatte Oberon in der Silberfeste nur für eine Nacht Quartier beziehen und den Männern eine Ruhepause gönnen wollen. Kein schlechter Gedanke, wie Gabriel zugeben musste, denn selbst seine Wölfe verfügten nicht über unerschöpfliche Reserven. Die Wochen auf dem Wasser hatten sie ausgelaugt, und beim Untergang des Bootes waren mehrere von ihnen verletzt worden. Eine Nacht, so hatte er zugestimmt, dann ziehen wir weiter. Doch die Vorstellung, zu Fuß oder – noch schlimmer – auf Mauleseln die Reise nach Süden anzutreten, hatte aus der einen Nacht rasch zwei gemacht, bis schließlich Späher berichteten, die Silberfeste sei weiträumig von Truppen des Königs umzingelt.

Und nun saßen sie fest, in einer Burg, die nicht die ihre war, verstrickt in einen Konflikt zwischen einem toten Räuber und einem König, der um seine Silbervorkommen fürchtete.

Ironie des Schicksals, behauptete Oberon.

Ein tödlicher Fehler, fand Gabriel. Doch als er dem Nigromanten vor den versammelten Kriegern Vorhaltungen machte, verwandelte sich die Schlange in eine bissige Furie und quälte ihn, bis er schreiend im Schmutz lag und sich wand wie ein Sterbender. Seither beäugten ihn die Wolfskrieger mit Argwohn, als habe er sich freiwillig mit Oberon und dessen Zauberkunst eingelassen. Sie waren Kämpfer, sie fürchteten weder Schwert noch Tod; allein ihr Aberglaube übertraf ihren Mut.

»Du hast deine Krieger gut ausgebildet«, sagte der Nigromant am anderen Ende der Tafel und riss Gabriel aus seinen Gedanken. Diese letzte Demütigung vor seinen Männern lag gerade einmal einen Tag zurück. »Du solltest mehr Vertrauen zu ihnen haben.«

»Du glaubst allen Ernstes, sie könnten diese Festung verteidigen? Gegen eine Armee?« Gabriel schüttelte den Kopf, sprach aber den Rest seiner Gedanken nicht aus. Die Schlange war noch nicht wieder zur Ruhe gekommen, und die Furcht davor, erneut ihre Zähne zu spüren, trieb ihm kalte Schweißperlen auf die Stirn.

Sie hatten diese Diskussion bereits mehr als einmal geführt, und Gabriel war ihrer überdrüssig. Achtundzwanzig Wolfskrieger und über sechzig Räuber standen bereit, die Feste zu verteidigen. Doch die anrückenden Gegner verfügten über ein Vielfaches an Männern, darunter Dutzende von Rittern. Und es war keineswegs irgendein Feind, der ihnen da auf den Leib rückte; nein, es war der König selbst.

Herrgott, ein *König*!

Die Vorstellung war von solch hysterischer Lächerlichkeit, dass Gabriel sie sich nicht vor Augen führen konnte, ohne in Gelächter auszubrechen. Sie würden in dieser elenden Burg am Ende der Welt sterben, weil ein König sie für eine gottverfluchte Räuberbande hielt. Und Beteuerungen des Gegenteils würden so sinnlos sein wie die Hoffnung, der geballten Macht einer königlichen Vergeltungsaktion standzuhalten. Die überlebenden Räuber würden, wenn es erst so weit war, nur zu bereitwillig mit dem Finger auf sie zeigen und bezeugen, dass es die Fremden in ihren Wolfspelzen waren, die sie zu den Überfällen auf Minen und Transporte angestiftet hatten. Niemand würde ernsthaft irgendeine andere Möglichkeit in Betracht ziehen.

»Diese Gelassenheit, Oberon… Was steckt dahinter? Maskierst du damit deine Angst? Oder bist du tatsächlich so verblendet, zu glauben, dass wir dem Heer eines Königs standhalten können?«

Oberon schien nachzudenken, weniger über das, was Gabriel gesagt hatte, als vielmehr über die Frage, ob es an der Zeit sei, ihn abermals zu erniedrigen.

Doch die Schlange vibrierte nur leicht in Gabriels Leib, als bewege sie sich in einem tiefen Traum.

»Ich fühle, dass das, was geschehen ist, richtig war«, sagte der Nigromant so leise, dass seine Stimme gerade eben bis ans andere Ende der Tafel trug. »Wir sind der Lumina hier näher als jemals zuvor.«

Gabriel warf die Hände in die Höhe und stieß einen Fluch aus. »Ich kann es nicht glauben! Tu mit mir, was du willst – aber lass dir sagen, dass du verblendet bist. Wir werden alle an diesem Ort sterben.« Jetzt hielt ihn nichts mehr auf seinem Platz. Aufgebracht sprang er hoch und schritt fahrig im Saal auf und ab. Der Blick des Nigromanten folgte ihm ohne eine Kopfbewegung. Ein Reptil auf der Lauer.

»Ich habe zig Stellungen verteidigt und gegen so manche Übermacht gekämpft«, ereiferte sich Gabriel. »Aber das hier … das ist Wahnsinn.«

Oberon flüsterte etwas.

»Was?« Gabriel blieb stehen.

Der Nigromant blickte zum doppelflügeligen Portal des Saals. Draußen kamen Schritte näher, hart und laut auf dem steinernen Boden.

Ein Pochen.

»Was ist?«, rief Gabriel.

»Herr!«, entgegnete einer seiner Wolfskrieger. »Wir haben sie!«

»Tritt ein!«, befahl Oberon, stützte die Ellbogen auf die Tischkante und verschränkte die Hände vorm Kinn.

»Ihr habt wen?«, fragte Gabriel ungehalten.

»O, ich bitte dich, Gabriel«, sagte Oberon seufzend. »Hörst

du mir denn gar nicht zu?« Er wartete nicht auf eine Antwort, sondern sah den Mann in der Wolfsrüstung an, als wüsste er längst, was dieser zu sagen hätte. »Sprich!«, verlangte er.

Gabriel wurde schwindelig. Es fiel ihm immer schwerer, einen Gedanken länger als einen Augenblick festzuhalten.

Der Wolfskrieger nahm Haltung an und sprach mit starrem Blick in die Leere zwischen den beiden Männern. »Ein paar von diesem Gesindel haben zwei Fremde bemerkt, draußen bei den Ställen. Sie schwören Stein und Bein, dass sie sie noch nie hier in der Festung gesehen haben.«

Gabriel runzelte die Stirn und hätte sich gern irgendwo festgehalten. »Spitzel des Königs?«

»Das vermuten auch die Räuber. Sie trugen Kapuzenmäntel. Der eine habe sich wie eine Frau bewegt, sagen sie.«

»Wie eine Frau«, wisperte Oberon tonlos.

»Wo sind sie jetzt?«, fragte Gabriel. Wenn er die Lider schloss, sah er Schlangenaugen wie glühende Sonnenräder in der Dunkelheit. Er musste sich konzentrieren. Wieder klar werden.

»Zuletzt wurden sie bei einem der Ställe gesehen«, sagte der Wolfskrieger. »Aber nun sind sie verschwunden.«

Oberons Blick wandte sich zu einem der hohen Fenster, als könnte er durch das milchige Glas geradewegs in die Felsen sehen.

»Weit können sie nicht gekommen sein«, rief Gabriel. »Findet sie!«

»Die Männer sind schon auf dem Weg«, sagte der Wolfskrieger. »Aber da ist noch etwas. Einer der Räuber hat auf dem Weg hierher etwas im Fluss gefunden. Er sagt, es sei ihm nach seiner Rückkehr gestohlen worden.«

»Was interessiert uns – «

»Er behauptet, es sei ein Behälter aus Glas gewesen, geschützt durch ein Gitter..«

Oberon hatte die Augen geschlossen. Ein feines Lächeln

breitete sich über seine Züge, halb verborgen unter der Wildnis seines Bartes.

Gabriel versteifte sich.

Schweiß glänzte über der Oberlippe des Kriegers, als er abermals die Stimme erhob. »Das Ding sei noch da gewesen, als die Maultiere zum Stall getrieben wurden, behauptet der Mann. Aber als er es kurz darauf holen wollte, war es fort. Und die Einzigen, die zuvor in der Nähe waren, waren die beiden Fremden.«

Die Schlange regte sich wieder. Streckte sich.

»Bring sie mir, Gabriel«, sagte Oberon, ohne ihn anzusehen. Oder war es die Schlange, die zu ihm sprach? »Ich will sie. Hol sie mir her.«

Das hat keinen Zweck«, keuchte Aelvin, während sie tiefer ins Dunkel irrten. Der Schein der Lumina wurde mit jedem Schritt schwächer. Schon sahen sie kaum noch, wohin sie ihre Füße setzten. Auch die Wände des Tunnels rückten immer weiter zurück in die Finsternis.

Libuse gab keine Antwort. Nur ihr Atem hallte stoßweise von den Felswänden wider.

Die Lumina flackerte ein letztes Mal, dann erlosch ihr Licht.

»Aelvin ...« Libuses Stimme war nur ein Hauch. Dann hörte er, wie sie neben ihm zusammenbrach.

»Nein!«, entfuhr es ihm.

Seine Hände tasteten in die Schwärze, fanden ihre Schulter, dann ihren Arm. Er versuchte, sie auf die Beine zu ziehen, aber sie stolperte nur zwei taumelnde Schritte vorwärts und stürzte erneut. Aelvin beugte sich in einem Anflug von Panik über sie. Nur die Schritte ihrer Verfolger waren zu hören, und bald sah er aus dem Augenwinkel auch wieder den Schein ihrer fernen Fackeln.

»Nimm die Lumina und ... lauf«, brachte Libuse kraftlos hervor. »Du musst mich hier lassen.«

»Niemals.«

»Weiter ... in die Mine ...«

»Nein! Wir gehen zusammen.« Wieder zog er an ihr, aber

ebenso gut hätte er einen Stein dazu bewegen wollen können, ihm zu folgen. Ein Stück weit würde er sie vielleicht tragen können, aber er machte sich nichts vor: In völliger Finsternis, an einem Ort wie diesem, war alle Hoffnung verloren.

»Sie kommen näher«, stöhnte Libuse.

Er nickte stumm, ein hilfloses Eingeständnis seines Versagens. »Ich bleibe bei dir.«

»Die Lumina – «

»Ich lasse dich nicht allein.«

»Hier«, flüsterte sie und schob den Dolch in seine Hand.

Er nahm ihn, überlegte kurz und legte ihn dann lautlos neben sich auf den Felsboden.

Es war vorbei.

Schweigend warteten sie und lauschten, während die Schritte näher kamen. Zuerst holte sie das Licht ein, dann die Wolfsritter. Im Schein ihrer Fackeln sah Aelvin, dass Libuse das Bewusstsein verloren hatte; er dankte Gott dafür, dass er sie nicht mit ansehen ließ, wie ihre Peiniger sie umringten. Ihr Kopf lag in seinen Schoß gebettet. In ihrem eigenen hielt sie die Lumina, mit beiden Händen an sich gepresst, ganz so, wie Favola es immer getan hatte.

Aelvin wehrte sich erst, als sie ihn von Libuse fortrissen. Es gelang ihm, den Dolch zu packen. Die Klinge schrammte über Eisen, schnitt durch Wolfsfell, Wolle und Muskelfleisch. Ein Schrei, dann ein Schlag, der Aelvin fast den Arm brach. Der Dolch klirrte zu Boden.

Ein Krieger pflückte den Luminaschrein aus Libuses Armen und fluchte, weil sie ihre Finger so fest in das Gitter verkrallt hatte.

Eine behandschuhte Faust traf Aelvin in den Magen und nahm ihm den Atem. Jemand riss ihm einen Arm auf den Rücken und zwang ihn, sich trotz der Schmerzen aufzurichten. Dann wurde er vorwärts gestoßen, auf dem Weg, den sie gekommen waren. Ein Krieger warf sich Libuse über die

Schulter und trug sie dem Tageslicht entgegen. Ein anderer hielt die Lumina mit ausgestreckten Armen von sich, so als hätte er Angst, sich daran zu verbrennen.

Gabriel erwartete sie am Eingang der Mine. Er starrte Aelvin an, dann Libuse. Hinter ihnen trat der Träger der Lumina als einer der Letzten aus der Dunkelheit.

Schweigend nahm Gabriel den Schrein entgegen.

~

Wenig später schritt der Wolfsritter auf das Tor des Palas zu. Er hielt die Lumina mit seiner unverletzten Hand in der rechten Armbeuge. Er vermutete, dass Oberon ihn von einem der Fenster aus beobachtete, auch wenn er das Gesicht des Nigromanten nirgends entdecken konnte.

Wer ist jetzt der Stärkere?, hatte der Nigromant ihn vor Wochen gefragt. Jetzt blickte Gabriel auf den Luminaschrein in seinen Händen und stellte sich die Frage erneut. Wer *war* der Stärkere? Gewiss doch derjenige, der das Paradieskraut dem Erzbischof zu Füßen legte. Die Gelegenheit dazu würde sich kein zweites Mal bieten.

Im Gegensatz zu Oberon, der in den vergangenen Tagen den Bankettsaal der Silberfeste nur zum Schlafen verlassen hatte, hatte Gabriel die Burg gründlich erkundet. Er hatte sich Gänge und Treppenhäuser eingeprägt; niedrige Türen, die ins Nirgendwo zu führen schienen und doch für Überraschungen gut waren; Korridore, die jenseits der Wände hoher Hallen verliefen und die Festung auf geheimen Wegen mit den Minen verbanden.

Gabriel betrat den Palas der Burg. Er wandte sich nicht den Treppen zu, die hinauf zum Bankettsaal führten, sondern nahm eine Abzweigung nach rechts, durch einen schmalen Gang, an dessen Ende die Wärme der Feuer merklich nachließ. Hier befand sich eine selten benutzte Tür, die Gabriel mit der Schulter aufstoßen musste, so verzogen war das Holz in dem steinernen Rahmen.

Er zwang sich dazu, nicht auf die Regungen der Schlange zu achten. Im Augenblick blieb sie ruhig. Oberon hatte noch keinen Verdacht geschöpft.

Lieber wollte Gabriel draußen in den Wäldern am Schlangengift verrecken, als weiter den Lakaien des Nigromanten zu spielen. Wenn er erst ins Freie gelangt war und die Truppen des Königs angriffen, würde Oberon genug andere Sorgen haben, als sich um den verschwundenen Gabriel zu kümmern – zum Beispiel, wie er dem König klar machen sollte, dass nicht er selbst der gesuchte Räuberhauptmann war. Vorausgesetzt, man ließ ihm überhaupt die Gelegenheit dazu.

Gabriel würde die Lumina nach Köln bringen, koste es, was es wolle. Der Verlust der Wolfskrieger schmerzte ihn. Sie in der Silberfeste zurückzulassen, unter Oberons unfähiger Führerschaft, bedeutete ihr Todesurteil. Doch ein ganzer Trupp, der versuchte, durch den Ring der Königlichen zu brechen, musste unweigerlich für Aufsehen sorgen. Ein einzelner Mann hingegen konnte vielleicht durch die Lücken schlüpfen ohne aufzufallen.

Als Gabriel hinausgeeilt war, um die Gefangenen zu inspizieren, hatte er sich seinen Mantel umgeworfen und einen gefütterten Handschuh über seine Rechte gestreift. Die Linke war noch immer dick verbunden und damit einigermaßen vor der Kälte geschützt. Er trug wollene Winterkleidung und leichtes Rüstzeug.

Seine Flucht war minutiös geplant. Er hatte seit zwei Tagen darauf hingearbeitet. Dass ihm das Schicksal nun sogar die Lumina in die Hände gespielt hatte, grenzte an ein Wunder. War es ein Wink Gottes? Ein Zeichen, dass der Herr selbst in so dunkler Stunde noch immer über ihn wachte? Immerhin erfüllte Gabriel einen Auftrag des Erzbischofs, sein Tun war gut und segensreich.

Jedes Bollwerk dieser Größe besaß geheime Ausgänge, und die Silberfeste war keine Ausnahme. Er durchschritt mehrere kleine Kammern, durch deren Schießschartenfenster das frühe Morgenlicht in bleichen Fächern fiel. Hinter der letzten Tür lag eine Treppe, die, dort wo die Burg an die Felswand grenzte, geradewegs in den Berg getrieben worden war. Gestern hatte Gabriel hier Fackel und Zündzeug bereitgelegt, und jetzt benutzte er beides. Wenig später huschte er im zuckenden Feuerschein die Stufen hinunter. Den Luminaschrein hatte er sich unter den linken Arm geklemmt. Er brannte darauf, ihn genauer zu untersuchen, doch dafür würde später noch Zeit genug sein. Erst musste er fort von hier.

Die Treppe endete nach einigen Dutzend Stufen an einer weiteren Tür. Diese war aus gröberem Holz gefertigt als jene im Inneren der Burg. Es gab keine Klinke, nur einen schweren Eichenbalken, der sie bis gestern von innen verriegelt hatte, nun aber nutzlos am Boden lag; es war nicht leicht gewesen, ihn mit nur einer Hand aus der Verankerung zu heben.

Gabriel ließ die Tür angelehnt, als er hinaus in einen der Minenschächte trat. Er musste jetzt schnellstmöglich zum Ausgang auf der anderen Seite des Berges gelangen. Weder Oberon noch die Räuber schienen vom alten Osttor der Minen zu wissen. In den Gemächern des Räuberhauptmanns war Gabriel während seiner Erkundungsgänge auf Pläne der alten Schachtanlagen gestoßen. Es hatte nicht lange gedauert, bis er fand, was er sich erhofft hatte. Die ersten Silberschürfer hatten den Berg von der anderen Seite aus erschlossen, obwohl es dort hinderliche Wildbäche und bodenlose Spalten gab. Erst spätere Generationen hatten sich entschlossen, Teile des Waldes im Westen zu roden; von dort aus waren sie durch die Felswand ins Erdinnere vorgestoßen. Die alten Schächte im Osten waren seither stillgelegt, das ursprüngliche Tor vergessen.

Mit hoch erhobener Fackel folgte Gabriel dem Stollen ein Stück bergab, ehe er aus einer Felskammer zu seiner Linken einen Lichtschein fallen sah. Ohne zu zögern eilte er darauf zu und fand alles genau so vor, wie er es am vorigen Abend zurückgelassen hatte.

Die Kammer war nicht groß, der Beginn eines blinden, ungenutzten Stollens. An einem Stützbalken war ein sandfarbenes Pferd angebunden, daneben lag ein Sattel mit prall gefüllten Taschen. In zwei Halterungen an den Wänden loderten Fackeln, die erst in ein paar Stunden ausbrennen würden. Gabriel hatte dem Tier die Augen verbunden, bevor er es in der Nacht hier herabgeführt hatte. Es war ein alter Gaul, kaum besser genährt als die übrigen Mähren in den Ställen der Räuberburg. Die schlechte Behandlung hatte das Tier genügsam gemacht und ihm jeden eigenen Willen ausgetrieben. Es war so geduldig und fügsam wie ein altes Weib, das im Leben zu viel durchgemacht hatte, um sich noch von irgendetwas in Aufregung versetzen zu lassen.

Gabriel nahm sich einen Augenblick Zeit, den Luminaschrein genauer zu betrachten. Das engmaschige Gitter war verkratzt und an einigen Stellen eingedrückt, doch der hohle Glaskern darunter schien unbeschädigt. Darin befand sich eine Handbreit Erdreich, festgebacken wie Lehm, aus dem ein blasses Kraut entspross, mit gezackten, braungrünen Blättern, die elend nach unten hingen.

Gabriel konnte kaum glauben, dass dies der Schatz war, dem sie wochenlang nachgejagt waren. Dieses halb tote Pflänzchen sollte der Ursprung für ein neues Paradies sein? Andererseits wusste er, dass viele gute Männer ihr Leben auf der Suche nach schäbigeren Reliquien gelassen hatten: Holzspänen, die womöglich vom Kreuze Christi stammten; Tonbechern, aus denen vielleicht ein Jünger beim Letzten Abendmahl getrunken hatte; mürbe Knochenreste, die Gott weiß wem gehört haben sollten.

Die Lumina war nur ein weiteres unscheinbares Ding, das manch einem Erlösung und Himmelreich bedeutete. Wenn Erzbischof Konrad so erpicht darauf war, würde Gabriel es ihm bringen. Gern auch hübsch verpackt und in Weihrauch geschwenkt, wenn das die Heiligkeit erhöhte.

Er leerte eine der prallen Satteltaschen und schob den Schrein hinein. Die Tasche ließ sich nicht vollständig schließen, der Deckel des Behälters schaute zwei Fingerbreit hervor.

Er wollte gerade die Zügel des Pferdes lösen, als sich ein scharfer Schmerz tief in seine Eingeweide bohrte. Die Schlange erwachte aus ihren kalten Reptilienträumen. Der Nigromant musste erkannt haben, dass Gabriel ihn erneut hinterging.

Er schrie ohrenbetäubend, als der Schmerz unerträglich wurde. Fiel auf die Knie und spie einen Schwall Erbrochenes auf den Felsboden. Das Pferd wurde unruhig und tänzelte nervös, Atemwolken stießen aus seinen trockenen Nüstern. Gabriel hielt sich mit seiner gesunden Hand am Steigbügel fest, zog sich mühsam wieder auf die Beine. Merkwürdigerweise ließ die Pein jetzt ein wenig nach, auch die Bewegungen der Schlange wurden schwächer. Auf dem Weg hier herunter hatte er das Biest in seinem Inneren kaum gespürt, so als sei Oberons Fluch kurzzeitig aufgehoben.

War es möglich, dass –

Gott, ja, vielleicht! Zitternd legte er beide Hände – die gesunde und die zermalmte – auf den Deckel des Luminaschreins. Er hatte ein Zeichen erwartet, irgendeinen Anhaltspunkt, dass er mit seiner Hoffnung richtig lag. Aber weder strahlte die Pflanze Wärme aus, noch verhießen ihm Blitz und Donner den Einfluss des Überirdischen.

Und doch, die Schlange erschlaffte. Der Schmerz erlosch. Nur ein leichtes Ziehen erinnerte ihn noch an den Augenblick der Qual.

Er konnte es nicht glauben. Und doch gab es keine andere Möglichkeit. Die Lumina *war* mehr als ein gewöhnliches Kraut. Sie setzte die Zaubermacht des Nigromanten außer Kraft, solange er nur so nah wie möglich bei ihr blieb.

Es dauerte eine Weile, ehe er den Schrein mit nur einer Hand aus der engen Gepäcktasche gezogen hatte. Wenn er erst im Sattel saß, würde er sie wieder dorthin zurückstecken. Solange er das Tier jedoch am Zügel durch die Tunnel führte, wollte er den Schrein vorsichtshalber im Arm tragen. Er verfluchte sich, weil er keinen Rucksack mitgebracht hatte.

Nahe dem Eingang der Felskammer lag ein Bündel mit den Plänen der Mine. Er hatte sich die Schächte so gut wie möglich eingeprägt, doch er wollte sichergehen, sich nicht in den Tiefen des Berges zu verirren. Die Karten, gezeichnet auf dünner Kuhhaut, waren ihrerseits in festes Leder eingeschlagen und mit einem Band gesichert. Gabriel schob das Bündel in die leere Satteltasche, löste die Augenbinde des Pferdes, knotete sich die Zügel an den verletzten Unterarm – das war schmerzhaft, aber unvermeidlich – und nahm die Fackel in die rechte Hand. Endlich bereit zum Aufbruch, machte er sich auf den Weg durch die Dunkelheit.

Lange wanderte er durch die Finsternis, ein gleichförmiges Einerlei aus Stollen und Schächten. Dann und wann stieß er auf zurückgelassenes Werkzeug, und einmal entdeckte er unter der Decke Fledermäuse; doch sie rührten sich nicht, als er unter ihnen vorüberzog und die Fackel sie mit Ruß vernebelte.

Das Pferd folgte ihm duldsam. Einmal ließ er es an einem schmalen Wasserlauf trinken, der aus einer Wand rann. Er gewährte ihm den Vortritt, bevor er selbst trank, nicht aus Furcht vor Vergiftung, sondern weil er Mitleid mit dem armen Tier hatte, das für den Weg durch die Bergtiefen noch weniger geschaffen war als er. Er hatte Pferde immer gemocht, und er bedauerte, dass er keine andere Wahl hatte, als es durch diese engen Schächte zu führen. Der Anblick der geschundenen, abgemagerten Tiere in den Ställen der Burg hatte ihm fast das Herz gebrochen. Er hatte den Räuberhauptmann dafür ein wenig langsamer getötet.

Gabriel verlor das Gefühl für die Zeit, doch damit hatte er gerechnet. Zwei, drei Mal schlug er die Minenpläne auseinander und stellte zufrieden fest, dass er sich noch immer auf dem richtigen Weg befand. Er orientierte sich anhand der Abzweigungen, die er sorgfältig zählte. An vielen waren noch die alten Markierungen erhalten, manche eingemeißelt ins Gestein, andere mit Kreide geschrieben.

Die meiste Zeit über verlief der Grund leicht abschüssig. Viele Tunnel waren gerade in den Berg getrieben worden, Querstollen zweigten in rechtem Winkel ab. Nur dann und wann gab es Gabelungen. Einige Male passierte er schwarze Abgründe, über die sich die morschen Balkengerippe alter Flaschenzüge spannten. Mit Körben waren hier einst die Arbeiter in die tieferen Ebenen befördert worden.

Die Schlange verhielt sich weiterhin ruhig, aber er spürte ihre Gegenwart, auch wenn er sich Mühe gab, nicht an sie oder an Oberon zu denken.

Der Stollen wurde eben, die Wände rückten weiter auseinander. Er hatte den alten Haupttunnel erreicht, den die ersten Silberschürfer vor über zweihundert Jahren in den Fels getrieben hatten. Nicht mehr weit bis zum Tor. Der Boden war zerfurcht von den Rädern der Karren, die einst hier entlanggerollt waren. An einigen der Stützbalken, die in regelmäßigen Abständen Decke und Wände hielten, hatten Zeit und Feuchtigkeit gefressen. Hin und wieder kreischten Ratten in der Schwärze außerhalb des Fackelscheins, was Gabriel für ein Zeichen hielt, dass der Ausgang nahe war.

Eiskalte Winde folgten ihm aus dem Bergesinneren, wehten in seinen Nacken und bauschten seinen Mantel, sodass er einen Herzschlag lang glaubte, Gestalten am Rande seines

Blickfelds zu sehen. Die Stute wieherte verhalten, das erste Mal, dass sie überhaupt einen Laut von sich gab.

Sollte er nicht allmählich Licht sehen?

Er blieb abermals stehen und kontrollierte die Pläne. Zweifellos befand er sich auf der richtigen Ebene. Die Wegstrecke konnte er nicht abschätzen – es gab auf der Karte keine Entfernungseinheiten, nur die Nummern und Markierungen an den Abzweigungen –, aber all seine Zählungen stimmten überein.

Es gab noch eine andere Möglichkeit, eine, die er vage einkalkuliert hatte, und die ihm doch einen Schauer über den Rücken jagte: Vielleicht war das Tor schon seit vielen Jahren unpassierbar. Hatten die Minenbesitzer es einstürzen lassen, als sie dem Berg von Osten her zu Leibe gerückt waren? Sah er deshalb kein Licht? In den Plänen gab es darauf keinen Hinweis. Sie hatten sich bisher als erstaunlich präzise erwiesen, und er konnte sich nicht vorstellen, dass ein so wichtiger Umstand unerwähnt geblieben wäre. Und falls doch – lieber wollte er sich mit bloßen Händen durch einen Steinwall graben, als sich erneut Oberons Willkür auszusetzen.

Der Hufschlag der Stute echote durch den Stollen und folgte ihnen als geisterhafter Hall mit einem Atemzug Verspätung. Fast klang es, als wäre ein zweiter Gaul hinter ihnen. Aber Verfolger kamen nicht infrage. Nicht hier unten und nicht so nah. Nur eine Täuschung.

Und dann endlich sah er Licht.

Er hörte Stimmen. Rufe. Das Klirren von Eisen.

Ihm blieb keine Zeit mehr, die Flucht zurück zu ergreifen. Sie kamen von überall aus der Finsternis, eine große Zahl von Bewaffneten. Sie riefen ihn an in der Sprache dieses elenden Landes, und als er nicht reagierte, wiederholten sie ihre Worte auf Griechisch und Latein. Nach einem von ihnen schlug er mit seiner Fackel, doch er lachte bitter dabei, weil er wusste, wie aussichtslos es war.

In all seinen Plänen hatte er eines nicht bedacht: Der König kannte den alten Eingang zur Mine. Er fiel den Räubern in den Rücken.

Sie nahmen ihm das Schwert ab, das an seinem Sattel hing, ließen ihm aber die Lumina und das Pferd. Sie wussten, er würde nicht fliehen; er musste einsehen, dass es sinnlos war. Er klammerte sich an den Schrein, als hinge sein Leben davon ab, und vielleicht tat es das ja tatsächlich.

Der Hauptstollen führte in eine Grotte, deren Ausgang am Ende einer natürlichen Rampe lag, im oberen Teil mit Schnee gepudert und zu hoch, um vom Höhlengrund aus ins Freie zu blicken. Deshalb also hatte er das Tageslicht von weitem nicht sehen können.

Inmitten der Höhle, unter einem Himmel aus schwarzem Fels, lagerte die Streitmacht des Königs. Hier waren all jene versammelt, die nicht damit beschäftigt waren, durch die Wälder zu streifen und die Verteidiger durch einen Angriff von außen abzulenken. Aus allen Richtungen ertönten Stimmen und der Tritt von Stiefeln, das Klirren von Schwertern und Knirschen der Brünnen. Fackeln brannten, und auf jede kamen mehrere Männer, Edelleute und einfache Waffenknechte.

In der Mitte der Höhle stand ein spitzgiebeliges Zelt, bewacht von der königlichen Garde. Gabriel wäre wohl nie bis dorthin gelangt, hätte er sich nicht einem der Edelmänner als Ritter zu erkennen gegeben. Ob der Mann ihm glaubte, wusste er nicht, doch sie verzichteten darauf, ihn wie einen Räuber auf der Flucht zu erschlagen, und das gab ihm vage Hoffnung.

Sechs Männer begleiteten ihn und seine kränkliche Stute bis zu dem kleinen Platz vor dem Zelt, drei auf jeder Seite. Hier ließen sie ihn anhalten, und einer eilte voraus und verschwand im Inneren.

Wenig später öffnete sich der Eingang und zwei Ritter traten heraus, gefolgt von einem dritten Mann. Der König war hoch gewachsen und schlank, mit hageren Zügen und dunklen, nachdenklichen Augen. Eine Narbe, die nicht nach einem Schwerthieb aussah, verunzierte sein Kinn. Sein dunkelbraunes Haar war so voll, dass es sich kaum bändigen ließ, und so hatte er es im Nacken zusammengebunden und ließ es als Pferdeschwanz über seinen roten Umhang und den silbernen Harnisch fallen. Er hatte noch keine vierzig Winter gesehen, vermutete Gabriel, ein Herrscher in der Blüte seiner Jahre. Mit fünfzehn, so hieß es, hatte er seinen älteren Bruder ermordet, um selbst den Thron zu besteigen.

Gabriel machte eine tiefe Verbeugung.

König Stefan erwiderte die Begrüßung nicht. »Ihr behauptet«, sprach er in klarem Latein, »dass Ihr ein teutonischer Ritter seid, der aus der Gefangenschaft der Räuber geflohen ist?«

»Ihr seht mich als Bittsteller, Herr, denn ich habe all mein Hab und Gut beim Angriff der Wegelagerer auf unseren Pilgerzug verloren. So wie auch alle meine Gefährten.«

»Mir scheint, es sind um diese Jahreszeit mehr Pilger auf unseren Straße unterwegs als üblich«, sagte der König und blickte Gabriel ruhig an. Hinter ihm trat ein weiterer Mann aus dem Zelt, gekleidet in einen wallenden Mantel mit zurückgeschlagener Kapuze.

»Wie ich sehe«, sagte Albertus, »bringst du mir die Lumina zurück.«

Der König gab seinen Männern einen Wink.

Hände entrissen Gabriel den Schrein. Er brüllte und tobte, und da drohten sie ihm mit den Klingen, doch noch immer gab er keine Ruhe.

Sie dachten, er wäre wahnsinnig, und schlugen ihn, bis der König ihnen Einhalt gebot. Aber er spürte nichts davon, denn all sein Fühlen und Denken war nach innen gerichtet.

Als sie ihn in Ketten legten, fern der Lumina, fraß die Schlange sein Herz.

Das Stroh, auf dem sie kauerten, stank nur deshalb nicht nach Fäulnis, weil es steif gefroren war. Die Zelle befand sich in einem Nebengebäude der Hauptburg, und abgesehen von den Ratten schien niemand sonst in diesen Kammern sein Dasein zu fristen.

»Es ist aussichtslos«, sagte Aelvin.

Libuse blickte ihn über ihre Knie hinweg an, als wollte sie widersprechen, ließ es dann aber bleiben. Sie war genau wie er fest in ihren Mantel verpackt, hatte die Beine an den Körper gezogen und die Arme um die Knie geschlungen. Sie saßen Seite an Seite, eng beieinander, um sich gegenseitig zu wärmen. Gelegentlich stand einer von ihnen auf, machte ein paar Schritte und ließ sich zurück auf seinen Platz vor der kalten Mauer fallen. Sich mit dem Rücken daran zu lehnen hatte sich als wenig ratsam erwiesen, denn davon kühlte der Körper nur noch schneller aus.

»Wie lange werden sie uns hier drin sitzen lassen?«, fragte Libuse.

»Wenn wir Pech haben, vergessen sie uns einfach. Oder Glück, ganz wie man's nimmt.«

Als Gabriel mit der Lumina verschwunden war, hatte er den Wolfskriegern keinen Befehl gegeben, wie mit den beiden Gefangenen zu verfahren sei. Es war ihm einerlei, ob sie lebten oder starben. Einer der Männer hatte vorgeschlagen, sie auf der Stelle zu töten; ein anderer hatte zu bedenken gegeben, dass in diesen Tagen niemand mehr vorausahnen konnte, was sich der Nigromant und Gabriel als Nächstes in den Kopf setzten. Womöglich wäre es sicherer, den Jungen und das Mädchen einzusperren, bis jemand eine eindeutige Order erteilte.

Und so waren sie hierher gebracht worden, schon vor Stunden, wie es schien. Libuse war noch immer bewusstlos gewesen, als die Männer sie auf dem Zellenboden abgelegt hatten wie ein totes Stück Vieh. Aelvin hatte sie in ihren Mantel gewickelt und mit seinem eigenen zugedeckt, ihren Kopf in seinen Schoß gebettet und ihr rotes Haar gestreichelt, bis sie endlich erwacht war, leichenblass und erschöpft. Sie war noch eine ganze Weile liegen geblieben, hatte still vor sich hin geweint und seine hilflosen Versuche geduldet, sie zu trösten. Er hatte das Gefühl, dass der Grund für ihre Tränen nicht ihre verzweifelte Lage war. Libuse weinte um die Lumina. Und um ihren Vater und Favola und wohl auch um Albertus.

»Ich konnte es spüren«, sagte sie jetzt, lange nachdem ihre Tränen versiegt waren und sie neben Aelvin kauerte. »Ich weiß jetzt, was Favola gemeint hat.«

»Dann ist die Lumina wirklich eine Pflanze Gottes?«

Er hatte erwartet, dass sie widersprechen würde. Aber sie hob nur die Schultern, ganz zaghaft. »Irgendwas ist in ihr.«

»Hat sie wirklich zu dir gesprochen?«

»Nicht mit einer Stimme. Eher durch ein … Gefühl.« Sie wandte ihm das Gesicht zu. Ihre Lippen waren farblos und zitterten leicht, als sie sprach. »Glaubst du, es hat etwas zu bedeuten, dass sie sich mir offenbart hat? Ich meine – «

»Dass Favola tot ist?« Wie leicht es fiel, das Undenkbare auszusprechen. Als täte es ein anderer für ihn. »Dann werden wir sie bald wieder sehen. Wir erfrieren in diesem Loch.«

Ihre Augen blieben auf ihn gerichtet, und er sah ein Feuer darin, das weit davon entfernt war, zu verlöschen. Er wünschte sich, etwas Ähnliches wäre auch in ihm, nur ein Bruchteil ihrer Kraft. Doch er spürte nur Leere in seinem Inneren, nicht einmal Verzweiflung. Nur eine gefährliche Gleichgültigkeit.

»Wenn es so leicht für die Lumina ist, sich einen neuen Hüter zu suchen, dann ist sie nicht halb so anfällig, wie wir alle geglaubt haben«, überlegte er laut. »Wer weiß, vielleicht hat der Erzbischof ja Recht. Vielleicht ist es egal, wo sie eingepflanzt wird. Soll er sein neues Paradies in Köln erschaffen, von mir aus in seinem Kräutergarten. Ich habe nie verstanden, warum ausgerechnet wir das Recht haben sollten, zu entscheiden, wo der neue Garten Eden entsteht. *Falls* er überhaupt entsteht.«

»So einfach ist das nicht.«

»Erst Favola, dann du«, sagte er unbeirrt. »Vielleicht ist sogar Gabriel der Nächste. Oder dieser Kerl da oben in seinem Turm.«

»So einfach ist das nicht. Die Lumina wird sterben, wenn sie nicht zu Favola zurückkehrt. Ich bin nicht ihre Hüterin. Ich bin nur für einen Augenblick von ihr berührt worden. Aber Favola ...« Sie schüttelte den Kopf. »Favola und die Lumina sind eins. In gewisser Weise.«

»Ich verstehe das alles nicht.« Er rieb sich mit den Händen durchs Gesicht. »Aber das muss ich ja auch nicht. Ich bin nur hier, weil Favola mich hat sterben sehen. Aber was sind ihre Visionen wert, wenn sie nie eintreten? Ich bin noch am Leben, Gabriel ist noch am Leben – und sie selbst ist wahrscheinlich tot. Es war alles nur ein« – er konnte kaum glauben, dass er das sagte – »ein Irrtum.«

»Denkst du das wirklich?«

»Ich weiß nicht mehr, was ich denken soll.« Er schlug die Arme vor den Oberkörper und zog die Knie noch enger an. »Mir ist so kalt, dass ich bald Eiszapfen pisse.«

Sie zauberte ein Lächeln hervor, das aus einer besseren Stunde zu stammen schien. »Ich hab immer gewusst, dass du mich im Wald beobachtest. Und du weißt, dass ich es weiß, oder?«

Fast war es ihr gelungen, dass er für einen Moment aufhörte, vor Kälte zu zittern. »Tut mir Leid.«

»Tut es nicht.«

»Nein.« Er konnte nicht anders, als ihr Lächeln zu erwidern. »Aber ich schäme mich dafür. Ein bisschen.«

»Ich war jedes Mal gespannt, ob du wieder da sein würdest.« Ihre Hand kroch unter dem eng umschlungenen Mantel hervor und berührte seine Wange.

Jetzt wurde ihm warm. Eine seltsame Art der Wärme, die vielleicht seine Zehen nicht vor dem Erfrieren retten würde, wohl aber sein Gemüt. »Du bist das schönste Mädchen, das ich jemals gesehen habe.«

War es ein Verrat an Favola, so etwas zu sagen?

Sie beugte sich vor und gab ihm einen Kuss auf die Wange. Dann, eine Spur sicherer, als er den Kopf nicht zurückzog, einen zweiten auf die Lippen. Ihr Mund war so kalt wie der seine, doch das war nur äußerlich. Aelvin errötete, irgendwo unter der blutleeren, durchgefrorenen Haut. Sein Herzschlag pochte in seinen Schläfen.

Sie zog sich zurück, nur ein Stück. Ihm aber kam es vor wie das andere Ende der Welt.

Ihre Hand tastete nach seiner, dann lag Handschuh auf Handschuh. »Darf ich dich etwas fragen?«

»Du küsst mich. Wir erfrieren gerade. Und du willst wissen, ob du mich etwas *fragen* darfst?«

Wieder das Lächeln. »Du bist doch Schreiber gewesen. Im Kloster, meine ich.«

Er nickte, wenn auch ein wenig verwundert. »Kopist«, sagte er.

»Das heißt, dass du – wenn du dort geblieben wärst – vielleicht dein ganzes Leben lang nichts anderes getan hättest, als das, was andere niedergeschrieben haben, zu kopieren.«

»Schon möglich. Ja.«

»Du hättest immer nur die Gedanken von anderen Leuten aufgeschrieben. Und nie deine eigenen.«

»Wer sollte sich für das interessieren, was ein Novize denkt?«

»Ich.« Sie wehrte ab, als er etwas darauf entgegnen wollte. »Aber darum geht es nicht. Sind die vielen Reiseberichte und all das Zeug nicht auch von ganz gewöhnlichen Mönchen geschrieben worden? Hast du jemals einen davon kopiert?«

»Nein. Aber ich kenne einige.«

»Dann hat irgendwer anders sie abgeschrieben.«

»Sicher.«

»Und derjenige, der das getan hat… glaubst du, er hat diese Reisen nie selbst machen wollen? Selbst etwas erleben wollen?«

Er schaute sich in dem eisigen Kerker um. »Meine Begeisterung für Reisen und Abenteuer hält sich derzeit in Grenzen.«

»Aber wenn du oder irgendein anderer Kopist im Skriptorium sitzt, kommt ihr dann nie in Versuchung, etwas dazuzuerfinden? Ein paar eigene Gedanken einzuflechten? Wahrscheinlich würde niemand das je bemerken.«

»Auf was willst du hinaus?«

»Wie kann man sein ganzes Leben damit verbringen, die Worte anderer Leute niederzuschreiben, wenn es doch auch die eigenen sein könnten?«

»Ich kann nur abschreiben. Das ist wie… ein Initial malen. Linien und Bögen zeichnen und mit Farbe ausfüllen. Etwas zu *beschreiben* ist etwas ganz anderes.«

»Aber vielleicht könntest du es trotzdem.«

Er zögerte. »Wer weiß.«

»Dann musst du mir etwas versprechen.«

»Küss mich noch mal… dann versprech ich dir, was immer du auch willst.«

Ohne zu zögern gab sie ihm noch einen Kuss, und diesmal schien er eine Ewigkeit zu dauern. Trotzdem nicht lange genug. »Schreib alles auf«, sagte sie, als sie ihre Lippen von seinen löste, noch immer ganz nah an seinem Gesicht. »Alles, was passiert ist und noch passieren wird. Wenn wir hier rauskommen, irgendwie – «

»Tun wir nicht.«

»Und wenn doch – dann musst du alles aufschreiben.«

Er seufzte, aber mit einem Mal war da noch etwas anderes. Eben war er mutlos gewesen, gleichgültig, ohne jede Hoffnung – und nun *wollte* er plötzlich tun, was sie von ihm verlangte. Er wollte aus diesem Gefängnis fliehen, und wenn auch nur, um sein Versprechen einzulösen.

»Ich werd's tun«, sagte er.

Diesmal nahm sie sein Gesicht sanft in beide Hände, während sie ihn küsste. Dafür hätte er ihr versprochen, die ganze Welt mit Lettern zu bemalen.

»Ich dachte, du magst mich nicht mal besonders«, sagte er nach einer Weile.

Sie stupste mit dem Zeigefinger an seine Nasenspitze, schüttelte dann lächelnd den Kopf und gab keine Antwort. Plötzlich aber runzelte sie die Stirn.

»Was ist?«, fragte er.

»Hast du das gehört?«

Er lauschte, aber ihm war noch immer schwindelig, und er hörte nichts als das Rauschen in seinen Schläfen. »Was denn?«

Sie sprang auf, eilte zu dem schmalen Gitterfenster und versuchte im Gehen unbeholfen, den Mantel um ihren Körper zu raffen. Die Öffnung befand sich viel zu hoch in der Mauer, fast drei Kopf über dem ihren.

So rasch, wie er es mit seinen steifen Gelenken zustande brachte, stand Aelvin auf und ging zu ihr hinüber. »Versuch's mal so«, sagte er, lehnte sich unter dem Fenster gegen die Wand und formte mit den Händen eine Art Steigbügel vor seinem Unterleib.

Sie nickte, stellte einen Fuß hinein und stemmte sich auf seinen Schultern nach oben. Sie war leichter, als er erwartet hatte, trotz der dicken Winterkleidung. Sie alle hatten in den vergangenen Wochen zu wenig gegessen, immer nur das Nötigste, um sich auf den Beinen zu halten. Seine eigenen Rippen stachen hervor wie Leitersprossen.

»Siehst du was?«, fragte er.

Sie hielt sich mit den Händen an den Gitterstäben fest und wurde dadurch noch leichter. Ihr Unterleib schwebte direkt vor seinem Gesicht. Ihr Wollmantel hatte sich um Aelvin geteilt und ihn verschluckt.

»Sag schon«, rief er, weil er spürte, dass seine eiskalten Hände sie nicht mehr lange halten konnten. Seine Finger fühlten sich an, als würden sie jeden Moment in Stücke brechen.

Jetzt hörte er draußen ein Poltern, sogar durch den Mantelstoff hindurch.

»Die Burg wird angegriffen!«, entfuhr es ihr.

»Männer des Königs?«

»Wer sonst? Aber ich kann nur ein kleines Stück vom Hof sehen. Räuber und Wolfskrieger, die umherlaufen.«

Nun hörte er Stimmen. Und wieder das Poltern. Der Boden erzitterte.

»Was ist das?«, fragte er alarmiert.

»Steine fallen vom Himmel. Große Steine.«

»Sie setzen Katapulte ein!«

Ein Bersten und Splittern ertönte. Eine Staubwolke schoss durch den Spalt unter der Tür herein und raste wie eine Wand auf die beiden zu. Libuse schwankte und verlor den Halt. Aelvins Hände rutschten auseinander. Er versuchte noch, sie aufzufangen, griff aber ins Leere. Aus dem Dachgebälk über ihnen rieselten Steinsplitter und noch mehr Staub. Boden und Wände erbebten so stark, als habe sich die Erde selbst unter dem Hof der Silberfeste aufgetan. Libuse kam mit einem dumpfen Laut vor seinen Füßen auf. Aelvin bekam keine Luft, hustete wild und fiel auf die Knie, um nach ihr zu sehen. »Bist du verletzt?«, keuchte er.

»Nein.« Sie rappelte sich schon wieder hoch, schwankend zwar, aber ohne Brüche und Prellungen.

»Das Gebäude ist getroffen«, sagte er und dachte, dass in einer besseren Welt eine der Kerkerwände eingestürzt wäre. Doch die Kammer war nach wie vor unbeschädigt, nirgends klaffte ein Loch in die Freiheit. Missmutig malte er sich aus, dass um sie herum der gesamte Gefängnisanbau ineinander gestürzt war und nur diese eine Zelle noch stand, ein steinerner Würfel inmitten des Trümmerfeldes.

Libuse lief hustend durch den Staub zur Tür, wollte daran rütteln – und schon bei der leichtesten Bewegung gab der Türflügel nach. An einem Scharnier schwang er nach außen, knirschte und schleifte mit der Unterkante über den Steinboden. Schon nach einer Handbreit verkantete er sich, und sie musste zweimal mit aller Kraft dagegentreten. Endlich war der Spalt breit genug, um hindurchzuschlüpfen. »Komm!«, rief sie.

Aelvin hielt sich den Unterarm vor Nase und Mund, um nicht noch mehr Dreck einzuatmen, und folgte ihr hinaus auf den Gang. Auf den ersten Blick hatte sich nicht viel verändert. Erst als ein Windstoß die Vorhänge aus Staub beiseite fegte, sahen sie, dass der Weg zu ihrer Linken jetzt im Freien endete. Vernebeltes Tageslicht erhellte einen Trümmerhaufen aus Steinen und geborstenen Balken.

Sie kletterten darüber hinweg und hatten Mühe, auf mehrere Dinge gleichzeitig zu achten: auf Löcher und Spalten im Untergrund; auf Feinde, die ihre Flucht bemerken mochten; und auf weitere Geschosse, die über die Ringmauer heranrasten und ringsum Hüttendächer und Mauern zermalmten.

Zumindest ihre Angst vor Entdeckung erwies sich als unbegründet. Niemand beachtete sie. Ein wimmelnder Pulk aus Wolfskriegern und Räubern hatte sich am Tor versammelt, wo sie durch den Mauerwall vor den Katapultgeschossen geschützt waren und zugleich auf den ersten Versuch ihrer Gegner warteten, die mächtigen Torflügel aufzustoßen.

Aelvin und Libuse erreichten den Fuß des Trümmerhügels. Einen Augenblick lang fehlte ihnen jegliche Orientierung. Zahlreiche Gebäude im Vorhof der Silberfeste waren eingestürzt, zerborsten unter der Gewalt der steinernen Geschosse. An mehreren Stellen waren Brände ausgebrochen. Rauch quoll in zerfasernden Säulen empor und verdüsterte den Himmel. Die Sicht betrug kaum fünfzig Schritt. Palas und Türme der Hauptburg lagen hinter Staubwolken und Qualm verborgen. Von allen Seiten ertönten Schmerzensschreie und Befehle, hektisches Getrampel und Waffengeklirr.

Die Räuber und Wolfskrieger stürmten durch die Gassen zwischen Ruinen und unversehrten Schuppen. Kaum einer der Räuber trug seinen Horn- und Geweihschmuck; schlichte Bauerngemüter mochte man mit dieser Maskerade ängstigen können, nicht aber die Ritter des Königs.

Viele Katapulte konnten die Königlichen in so kurzer Zeit nicht herangeschafft haben, doch Aelvin schien es, als nähme der Gesteinsregen vom Himmel kein Ende. Die Ungewissheit, wo das nächste Geschoss einschlagen würde, lähmte seine Glieder ebenso wie sein Denken.

Libuse packte ihn am Arm. »Los, komm schon!«

»Nicht in diese Richtung!«, rief er. »Zum Mineneingang! Im Berg sind wir wenigstens vor den Katapulten sicher.«

Sie nickte abgehackt, und dann rannten sie auch schon, Seite an Seite, und behielten den Himmel im Auge. Die Steinblöcke trudelten so schnell heran, dass ein Ausweichen fast unmöglich war. Nur ein paar Schritt entfernt blieb ein Wolfskrieger stehen, den Blick nach oben gerichtet, und stieß ein hohes Kreischen aus. Im nächsten Moment hieb ihn ein Felsblock in den Boden wie eine titanische Faust. Die Erschütterung riss Aelvin und Libuse fast von den Beinen. Taumelnd rannten sie weiter.

Der Kerkerbau, in dem einst Tagelöhner und Leibeigene gezüchtigt worden waren, befand sich am rechten Rand des Hofes, nicht weit entfernt vom Ende der Ringmauer. Bis zum Eingang der Miene konnte es nicht weit sein. Und, ja, jetzt trieben die Dunstfetzen auseinander, und dahinter erkannte Aelvin die gähnende Öffnung des Tunnels.

Drei Bogenschützen traten aus dem schwarzen Rechteck ins Tageslicht. Pfeile mit brennenden Spitzen lagen an ihren Sehnen. Breitbeinig bezogen sie Stellung, spannten die Bögen und schossen ihre brennenden Pfeile himmelwärts. Die Geschosse zerrissen die Rauchglocke und hinterließen drei dunkle Spuren, die augenblicklich zerstoben. Wie Sternschnuppen jagten sie über die Ringmauer und verglühten.

Das war das Signal für die Männer an den Katapulten. Über die Zinnen kamen keine weiteren Steine.

Hinter den Bogenschützen erwachte die Dunkelheit in den Minen zum Leben. Brüllend ergoss sich eine Flut von gerüsteten Leibern aus dem Felsschlund, schwärmte in alle Richtungen aus und fiel den Verteidigern in den Rücken.

Aelvin und Libuse waren unter den Ersten, die von der Angreiferwelle erreicht wurden.

~

Im Palas der Silberfeste roch es nach Rauch und Tod. Die Leichen der letzten Wolfskrieger, die sich hierher zurückgezogen hatten, waren eben erst fortgeschafft worden. Ritter in rußbeschmutzten, blutbespritzten Harnischen hielten Wache vor dem Portal. Aus dem Inneren drangen Wortfetzen auf den Gang, mehrere Stimmen, die sich zu einem wirren Durcheinander vermischten.

»... alle getötet ...«

»... die Leichen verbrennen ...«

»... was geschieht mit Gefangenen ...«

»… mehr Verluste, als wir gehofft hatten…«

Und zuletzt, als die Wächter auf der Schwelle auseinander traten und die beiden Besucher passieren ließen: »Da kommen sie.«

»Aelvin!« Favola drückte Albertus den Luminaschrein in die Hände und stürmte Aelvin entgegen. Er nahm sie in die Arme und ließ sie lange Zeit nicht mehr los. Libuse flog an ihnen vorüber und drückte ihren Vater an sich, der zwischen Albertus und dem König stand. Einige Ritter legten besorgt die Hände an ihre Schwertgriffe, als das Mädchen mit der wilden Mähne ihrem Herrscher derart nahe kam. Stefan gab ihnen mit einem Wink zu verstehen, dass keine Gefahr bestand, doch ihre grimmigen Mienen blieben.

»Wir dachten, ihr seid tot«, flüsterte Aelvin in Favolas Ohr. Er erkannte ihren Geruch wieder, trotz des Rußes in ihrem Haar. Früher war das Teil ihrer Ausstrahlung gewesen, aber jetzt nahm er jedes ihrer Merkmale von neuem wahr, so als müsste sich erst wieder eine Summe daraus ergeben.

Tränen liefen über ihr schmales Gesicht, das bleicher aussah, als er es in Erinnerung gehabt hatte. »Wir dachten dasselbe von euch… Gott, es ging alles so schnell. Du bist gestürzt, und Libuse ist hinterher gesprungen. Dann kamen auch schon die Männer des Königs auf ihren Pferden und… sie erschlugen alle Räuber und –«

»Die Reiter unten am Fluss?«

Sie nickte aufgeregt. »Sie waren unterwegs, um sich Dragutins Zug anzuschließen. Sie haben uns das Leben gerettet.«

Albertus kam auf ihn zu, den Schrein im Arm, und legte Aelvin eine Hand auf die Schulter. Auch er lachte, mit weit mehr Wärme, als Aelvin ihm zugetraut hätte. »Es ist gut, euch wieder zu sehen. Wir haben für euch gebetet, immer wieder. Aber dass ihr noch am Leben seid…« Er schüttelte den Kopf. »Bei allen Heiligen, wer hätte das gedacht!«

Corax hielt Libuse fest umschlungen. Aelvin beobachtete

die beiden einen Moment lang, während er immer noch Favola im Arm hielt, und für einen Augenblick stiegen Schuldgefühle in ihm auf. Dann spürte er, dass auch Favola weinte. Er legte seine Hand an ihren Hinterkopf und drückte sie noch enger an sich.

»Offenbar ist keinem ein Leid geschehen«, stellte Albertus fest, »und das ist wahrlich ein Wunder.«

»Gabriel …«, sagt Aelvin mit einem Blick auf die Lumina. »Ist er tot?«

»Nein.« Favola schüttelte den Kopf. »Der König hält ihn gefangen.«

»Und nur ihn«, sagte Albertus. »Alle Wolfskrieger wurden erschlagen, ebenso die Räuber. Die Leichen werden vor der Burg verbrannt, sobald der König und seine Männer von hier aufbrechen.«

»Und warum hat er Gabriel am Leben gelassen?«

Favola und Albertus wechselten einen Blick, aber es war König Stefan selbst, der ihm darauf eine Antwort gab. Der Herrscher aller Serben war unbemerkt herangetreten und winkte ab, als Aelvin Favola loslassen und sich verneigen wollte.

»Lass gut sein, Junge. Mir scheint, du hast es dir verdient, dein Mädchen in den Armen zu halten.«

Aelvin entging nicht, dass Albertus bei diesen Worten die Stirn in Falten legte.

»Der Gefangene hat den Verstand verloren«, sagte der König. »Er windet sich am Boden wie eine Schlange, obwohl meine Männer ihn in Ketten gelegt haben. Und er schreit so laut und erbärmlich, dass wir ihn knebeln mussten. Ein Heilkundiger hat ihn untersucht, kann aber keinerlei Verletzungen finden.«

»Gabriel ist dem Wahnsinn verfallen«, stimmte Albertus zu.

»Ihr solltet ihn töten«, mischte sich Corax mit dröhnender Stimme ein. Libuse führte ihn an der Hand heran. »Er hat den Tod dutzendfach verdient.«

»Aber wir haben ihn nicht unter den Räubern gefunden«, sagte König Stefan. »Er hat keinen Widerstand geleistet und sich, soweit ich sehe, keines Verbrechens innerhalb meines Reiches schuldig gemacht. Es ist nicht leicht, über ihn zu richten, solange es kein Vergehen gibt. Und, so Leid es mir tut, es gibt keine Ankläger, die stichfeste Beweise vorbringen können.«

»Er hat meinen Vater *geblendet*!«, rief Libuse erbost. Die Tatsache, dass er ihr Gewalt angetan hatte, verschwieg sie vor den fremden Männern.

Der König musterte die Verletzungen im Gesicht des alten Ritters. Sicher nicht zum ersten Mal. »Dann soll von Goldau das gleiche Schicksal erleiden.«

»Tötet ihn!«, forderte Corax erneut. »Er hat weit Schlimmeres verbrochen, als einen alten Mann zu blenden.«

Albertus hob schlichtend die Hand. »Das alles soll später besprochen werden. Und es ist des Königs Entscheidung, nicht die unsere – auch nicht deine, Corax. Ich bezweifle nicht, dass ein weiser Beschluss gefasst werden wird.«

»Lasst euch verköstigen und ruht aus, so lange ihr mögt«, sagte der König. »Vor übermorgen werden wir nicht von hier aufbrechen, und so lange solltet auch ihr ruhen und euch von den Schrecken dieser Tage erholen.« Damit wandte er sich ab und schritt zurück zu den übrigen Rittern. Er ließ sich auf einem hohen Stuhl nieder, den man für ihn auf ein Podest gehoben hatte. Sogleich schloss sich der Kreis der Männer um ihn, um die Beratungen fortzuführen.

Albertus senkte seine Stimme, während die Gefährten zum Ausgang der Halle gingen. »Der König hat uns Begleitschutz bis Nisch versprochen, vielleicht sogar bis nach Sofia.« Er unterdrückte mit wenig Erfolg ein geschmeicheltes Lächeln. »Mir war ja gar nicht bewusst, dass man meinen Namen sogar am serbischen Hofe kennt. Meine Werke sind –«

»Ja, ja, sehr schön«, unterbrach Aelvin ihn ohne jede Ehrfurcht. »Sagt lieber, was mit dem anderen Anführer der Wolfskrieger geschehen ist. Der Mann mit dem Bart. Ist er tot?«

Die Antwort erhielten sie, als Albertus hinauf zum höchsten Festungsturm zeigte. Der Leichnam des Räuberhauptmanns hing jetzt nicht mehr allein dort oben. Ein zweiter Mann baumelte von den Zinnen, mit schlaffen Gliedern und gebrochenem Genick. Langes Haar und zerzauste Bartsträhnen wehten im Wind. Eine Krähe grub mit dem Schnabel unter seinem rechten Augenlid. Sein Mund stand weit offen, als hätte er noch im Tod seine Henker mit Flüchen belegt.

»Er ruhe in Frieden«, sagte Albertus, während sie zu dem Toten emporschauten.

Favola sprach aus, was alle dachten. »Ich hoffe, er schmort in der Hölle.«

Libuse warf Aelvin ein Lächeln zu, so kurz, dass er einen Augenblick später nicht mehr sicher war, ob er es sich nur eingebildet hatte.

»In der Hölle«, knurrte Corax.

»Amen«, sagte Albertus.

Das
Paradies

Viertes Buch

Worin der
Orient bereist wird.
Und es so viele
Wahrheiten gibt wie
Sandkörner
im Wüstenmeer.

Bagdad

Sinaida sah die Stadt vor sich im Morgengrauen leuchten, eine Perle am funkelnden Band des Tigris.
Schon seit Tagen ritt sie nicht mehr allein durch die staubige Ebene. Die meisten Menschen, die sich von Osten her der Hauptstadt des Kalifats näherten, waren Bauern, die ihr Vieh zu den Märkten trieben. Viele ritten auf Maultieren, in deren Fell sich Schuppen aus Wüstensand festgesetzt hatten. Dann gab es die Karawanen der Händler, Kaufleute aus den unterschiedlichsten Regionen des Reiches, deren Reichtum oder Armut sich an der Art ihres Transports ablesen ließ: Da waren solche, die wie die Bauern auf Eseln ritten und ihre bescheidene Ware in Körben verstaut hatten; andere, die hoch über den Köpfen ihrer Trägersklaven auf Kamelen dahinschaukelten; und schließlich jene, die man gar nicht zu Gesicht bekam, denn sie verbargen sich vor der stechenden Wintersonne in ihren Sänften, dirigierten ein Gefolge aus Sklaven und Leibwächtern und hätten ebenso gut Fürsten, gar Könige sein können.

Sinaida machte einen Bogen um die größeren Reisegruppen, was in einer Gegend wie dieser nicht schwer fiel. Das Land war so eben, dass sie mühelos abseits der Straße reiten konnte.

Bald passierte sie die ersten Bewässerungskanäle, die in weiten Ringen um Bagdad herum angelegt worden waren. Im

Winter lagen die Felder brach, doch das konnte nicht darüber hinwegtäuschen, dass jedermann, selbst der ärmste Bauer, von den Kanälen profitierte. Durch das, was Sinaida unterwegs in Karawansereien und Handelsstationen über das Kalifat erfahren hatte, wusste sie, dass das ganze Land eine einzige Wüste gewesen wäre, hätten sich nicht schon vor Jahrhunderten Baumeister daran gemacht, ein Bewässerungssystem für die Umgebung der Stadt zu entwickeln.

Bagdads ursprünglicher Name war Medinat as-Salaam gewesen, die Stadt des Friedens, und Sinaida empfand es als heimtückische Ironie des Schicksals, dass ihr eigenes Volk ausgerechnet an einen Ort wie diesen Krieg und tausendfachen Tod tragen wollte. Als der Abbasidenherrscher al-Mansur die Stadt im Jahr 762 nach Christus gegründet hatte, war dem Vorhaben eine lange und gründliche Suche nach dem besten Standort für die künftige Hauptstadt vorausgegangen. Schließlich hatte man sich für eine Gegend am linken Ufer des Tigris entschieden, der wie sein Bruderfluss Euphrat das Land von Norden nach Süden durchschnitt. In einer weiten Kurve des Stroms hatte al-Mansur die Runde Stadt errichten lassen, das Herz Bagdads, das seitdem längst in Gestalt weitläufiger Vorstädte und Märkte in alle Richtungen wucherte, sogar hinüber auf die andere Flussseite.

Auch fünfhundert Jahre nach der Gründung Bagdads war die Runde Stadt noch immer das Zentrum des Kalifenreichs. Schon aus großer Entfernung war sie deutlich auszumachen. Ihre drei hohen Ringmauern bildeten einen perfekten Kreis. Der äußere Mauerwall, gekrönt von stufenförmigen Zinnen und über hundert Türmen, besaß vier Tore. Dahinter – das wusste Sinaida vom Leibwächter eines Kaufmanns, der hier einst als Soldat gedient hatte – lag zum Schutz vor Eindringlingen ein breiter Streifen Ödland. Hierauf folgte die zweite Mauer, ebenso hoch wie die erste und streng von Soldaten bewacht. Erst jenseits davon erstreckten sich eng verschachtelt die eigentlichen Wohnviertel. Hier verliefen alle Gassen sternförmig. Unter den hölzernen Balustraden und weit gespannten Tuchdächern hatten sich einstmals die berühmten Basare der Stadt befunden, doch ein Nachfolger al-Mansurs hatte die Märkte aus der Runden Stadt in die Vororte verlegt. Es hieß, ein byzantinischer Herrscher habe ihn eines Tages besucht, die prachtvolle Anlage Bagdads und all seine Wunder bestaunt, schließlich jedoch zu bedenken gegeben, dass sich eine Stadt wie diese nicht verteidigen ließe. Der Kalif war verblüfft über diese Worte, denn die Mauern Bagdads erschienen ihm doch als die höchsten und stärksten der Welt, und gewiss bedurfte es einer unerhört mächtigen Armee, einen solchen Wall zu brechen. Der byzantinische Kaiser aber erklärte, dass es für Feinde ein Leichtes sei, sich als Händler auszugeben und so mühelos ins Innere vorzudringen. Hier, so warnte er seinen Gastgeber, könnte eine Hand voll geschickter Spione ungleich größeren Schaden anrichten als jede feindliche Streitmacht durch einen Angriff von außen.

Der Kalif sprach darüber mit seinen Beratern, und so wurde die Entscheidung getroffen, alle Basare aus den Mauern der Runden Stadt zu weisen. In den Vorstädten wurden die neuen Märkte nach den Berufsständen der Handelnden gegliedert; der Kalif platzierte die Fleischer am äußersten Rand, denn sie, so meinte er, seien von allen die Dümmsten und Kräftigsten. Außerdem besaßen sie die schärfsten Klingen.

Seither waren Jahrhunderte ins Land gezogen, und als Sinaida die Stadt im Januar des Jahres 1258 betrat, waren die Viertel am Fuße der Mauern längst zu einem irrwitzigen Moloch aus Häusern, Hütten, Zelten und den alles überragenden Minaretten der Moscheen verwildert. Am Ostufer des Tigris ritt sie durch das Viertel ar-Rusafah mit seinen Palästen und waffenstarrenden Kasernen. Sie wollte den Fluss auf der mittleren der drei Brücken überqueren. Hier aber wurde sie angehalten und nach Süden verwiesen, zur unteren Brücke, die allein den Frauen vorbehalten war. Sinaida fügte sich, stieg am Beginn der Brücke vom Pferd und reihte sich in den Strom der Weiber ein, die hier beladen mit Krügen, Säcken und Bündeln von einem Ufer zum anderen wechselten.

Schon weit vor den Toren Bagdads hatte sie von einem Händler ein schlichtes Gewand mit Schleier erworben, das sie nun über Hose und Hemd trug. Die tiefblaue Seide verbarg die untere Partie ihres Gesichts, doch ihre Mandelaugen erregten so manchen argwöhnischen Blick. Sie fragte sich, ob die Nachricht vom Näherrücken der Großen Horde die Stadt womöglich schon erreicht hatte und ihre selbst gestellte Mission, den Kalifen vor Hulagus Angriff zu warnen, längst hinfällig war. Doch, nein, das war unmöglich, denn die Horde war bei aller Schnelligkeit der Einzelnen doch ein behäbiger Koloss, der noch viele Tagesreisen entfernt sein musste. Sinaida war auf dem kürzesten Weg hierher geeilt, hatte sich kaum eine Rast gegönnt und das arme Pferd fast zu Schanden geritten. Kein Bote, kein Späher konnte ihr zuvorgekommen sein.

Es würde nicht leicht werden, ihre Botschaft bis ans Ohr des Kalifen zu tragen. Die dritte und innere Mauer der Runden Stadt trennte die übervollen Wohnviertel mit ihrem Lärm und Gestank von den lieblichen Gärten des Herrschers, in deren Zentrum sich der Kalifenpalast, seine Moschee und die mächtige Bibliothek erhoben. Sinaida blieb keine Wahl, als irgendwie dorthin vorzudringen. Sie vertraute darauf, dass die Dringlichkeit ihrer Warnung Tore öffnen würde, die anderen verschlossen blieben.

Auf der gegenüberliegenden Seite der Brücke, südlich der Runden Stadt, befand sich das Viertel al-Karkh, der größte und älteste von Bagdads Basaren. Sinaida führte das Pferd jetzt am Zügel und folgte einer Straße, die parallel zu einem der zahlreichen Wasserkanäle verlief. Menschenmassen schoben sich in beide Richtungen. Es hieß, in der Stadt des Friedens lebten zwei Millionen Seelen, und hier, im lärmenden Gedränge al-Karkhs, begriff Sinaida zum ersten Mal, was diese Zahl bedeutete. Nach dem sagenumwobenen Konstantinopel, dem einstigen Byzanz, galt Bagdad als zweitgrößte Stadt der bekannten Welt, und Sinaida hatte Zweifel, dass es selbst in den unerforschten Regionen im Norden und Süden Orte gab, an denen mehr Menschen auf so engem Raum lebten.

Die Kälte des Winters verlor zwischen so vielen Männern und Frauen an Schärfe. Sinaida sah Bettler, die trotz zerlumpter Kleidung keine Zeichen von Erfrierungen zeigten. Gesindel wie sie wurde in Karakorum nicht geduldet, doch hier schien nichts Anstößiges daran zu sein, sich sein Überleben durch Almosen zu sichern. Sinaida kamen die meisten Menschen recht übellaunig vor, es wurde wenig gelächelt, dafür umso mehr gebrüllt. Schmutz und vielstimmiger Lärm waren allgegenwärtig. Es stank abwechselnd nach Urin, Gewürzen, Tierdung und Schweiß, und manchmal nach einer unbeschreiblichen Mischung aus alldem. Hunde, Katzen und Ratten wuselten zwischen den Füßen der Menschen umher. Zuweilen bekam ein Tier einen Tritt oder wurde von einem Karren angefahren, und dann drang aus der brodelnden Masse ein helles Quieken oder Kreischen, das alsbald von irgendwem durch einen kräftigen Hieb oder Messerstich beendet wurde.

Aus den oberen Stockwerken der Häuser ragten Balkone mit aufwändigen Verzierungen aus Holz, die den Mustern der Wandteppiche und Tücher unter den Fenstern ähnelten. Die Straße war zu weiten Teilen überdacht, manchmal mit farbigem Tuch, das das Licht darunter düster und seltsam unwirklich machte, hier und da auch mit baufälligen Lattenkonstruktionen, die unzählige Löcher und Lücken aufwiesen; es grenzte an ein Wunder, dass nicht bei jedem Windstoß Einzelteile herabfielen und die Passanten am Boden verletzten.

Laternen schwangen über den Köpfen der Menschen an Schnüren und eisernen Haken, und Sinaida vermochte die

Lichterpracht nur zu erahnen, die hier in den Nächten flackerte. Sie nahm sich vor, im Dunkeln zurückzukehren, um sich dieses Schauspiel anzuschauen. Wenn erst die Große Horde einfiel, würde von den Wundern Bagdads nicht viel übrig bleiben.

Mehr und mehr fiel ihr auf, dass nicht nur Araber hier lebten. Sie sah Händler, die ihre Ware als venezianisch anpriesen; Schausteller aus Frankreich, die hinter papierenen Schirmen bizarre Schattenspiele aufführten; afrikanische Sklaven, deren Haut so schwarz war, dass sie bei Nacht zweifellos unsichtbar wurden; eine Gruppe junger Mädchen mit Mandelaugen wie ihre eigenen und einen weißen Sklaventreiber, der sie an goldenen Fesseln durch die Straßen führte. Ein christlicher Priester wanderte zeternd umher und schwenkte sein Kreuz, was ihm einen Hagel aus Eiern und Pferdeäpfeln einbrachte, aber niemand erhob eine Waffe gegen ihn. Da waren Türken mit Säbeln so groß wie sie selbst. Ein alter Mann, aus dessen Augenhöhlen Maden krochen. Kinder mit Geschwüren und Beulen im Gesicht. Aber auch schlanke Frauen, deren exquisite Körper sich unter all der Seide nur erahnen ließen, und Männer von edler Anmut.

Schließlich machte die Straße einen Knick nach rechts und endete bald an einem der vier Zugänge zur Runden Stadt. Es war das Basra-Tor im Südosten der äußeren Ringmauer, und Sinaida erfuhr bald, dass es nicht gestattet war, Tiere mit ins Innere zu nehmen. Sie musste ihr Pferd bei einem hakennasigen Alten lassen, der die ihm anvertrauten Tiere auf einem finsteren Hinterhof verwahrte, so eng beieinander, dass Sinaida das Herz blutete, als sie ihren treuen Weggefährten derart eingepfercht sah. Zudem verlangte der Mann einen Preis für die Aufbewahrung, der endgültig jene Summe aufzehrte, die sie einem Händler am Fuß der Elburzberge gestohlen hatte. Voller Gewissensbisse ging sie danach auf das Tor zu, ehe sie es sich anders überlegte, umkehrte und das Tier zurückverlangte. Das Pferd bekam sie, nicht aber ihr Geld, und weil sie kein Aufsehen erregen oder gar als Diebin beschuldigt werden wollte, ließ sie die Münzen zurück. Das Pferd aber verkaufte sie zwei Häuser weiter an einen jungen Burschen, der ihr zwar einen lächerlichen Preis dafür bot, aber ein freundliches, ehrliches Gesicht hatte und aussah, als würde er in Zukunft gut für es sorgen.

Ohne Reittier und kaum Geld in den Taschen reihte sie sich in die Menschenschlange vor dem Basra-Tor ein. Ihr Krummschwert trug sie in ein schmutziges Tuch eingeschlagen unter dem Arm, der Dolch steckte in ihrem rechten Stiefel.

Der eigentliche Zugang befand sich in der Seitenwand der zinnenumkränzten Eingangsbastion und war kaum breit genug, um zwei Menschen nebeneinander einzulassen. Dahinter befand sich ein ummauerter Wachhof, der sich als langer Schlauch zwischen dem ersten und zweiten Mauerring erstreckte. Darauf folgte ein weiteres, ungleich größeres und stärker bewehrtes Tor, auf dem eine türkisfarbene Kuppel saß wie der Helm eines Riesen. Die Gerüche waren auch hier kaum zu ertragen, aber zumindest ließ der Lärm nach, denn die Soldaten an beiden Torbastionen sorgten mit gezückten Säbeln und Lanzen dafür, dass niemand aus der Reihe tanzte oder lauter als nötig palaverte.

Unter dem Bogen des zweiten Tors musste Sinaida einem gelangweilten Soldaten ihr Begehr vortragen, und so erklärte sie ihm wahrheitsgemäß, sie sei hier, um eine Audienz beim Kalifen zu erbitten. Halb erwartete sie, der Soldat würde sie für solch eine Anmaßung fortjagen, sie zumindest aber müde belächeln, doch er nickte nur und winkte sie durch.

Sie betrat die Wohnviertel der Runden Stadt, jenen breiten, maßlos verbauten Teil zwischen der zweiten und dritten Ringmauer. Die Straße führte vom Tor schnurgerade zu den ummauerten Gärten im Zentrum. Zu beiden Seiten kündeten offene Räume in den Erdgeschossen von den Geschäften, die sich hier bis zu ihrer Umsiedlung vor die Mauern befunden hatten. In einigen hatten sich trotz des Verbots wieder Händler breit gemacht und priesen überschwänglich Gewürze, Weine, Schmuck und Stoffe an.

Der Zauber, den Bagdad in den Geschichten aus der Blütezeit des Abbasidenreichs besessen hatte, war dem Schatten eines unaufhaltsamen Niedergangs gewichen. Die Zahl der Bettler und Kranken schien hier noch höher zu sein als in den Vorstädten. In der Enge der Runden Stadt war der Gestank nach Fäkalien kaum zu ertragen, und die überdachten Gassen taten das ihre, die widerlichen Wolken zwischen den Häusern festzuhalten. Die Holzgitter auf den Balkonen waren oftmals beschädigt, alte Malereien an den Fassaden verblasst oder mit neuen, schäbigeren Motiven verunziert.

Die Mauern waren hier wie überall in Bagdad aus sandfarbenen Lehmziegeln, denn in der Umgebung gab es kein Gestein, das man hätte verbauen können. An vielen Stellen waren die Ziegel brüchig geworden. Auf ihrem Weg zum Tor der Palastgärten zählte Sinaida an einer einzigen Straße vier eingestürzte Gebäude. Die Trümmer waren nie beseitigt worden. Kinder und wilde Hunde spielten in den Ruinen.

Die Mauer der Gartenanlagen im Mittelpunkt der Runden Stadt war so hoch wie sechs Männer und mit zweifach gestuften Zinnen umfasst. An ihrem Fuß standen Soldaten mit aufgepflanzten Schwertlanzen. Auch oben auf dem Wehrgang patrouillierten gerüstete Krieger in bauschigen Pluderhosen, Kettenhemden und schalenförmigen Helmen.

Ein gewaltiger Pulk aus Bittstellern hatte sich vor dem Tor versammelt, viele saßen auf dem Boden und hatten sich Decken umgelegt. Schon von weitem sah Sinaida, dass die Torwächter alle Hände voll damit zu tun hatten, Neuankömmlinge abzuweisen; einige, die besonders aufdringlich waren, wurden unter Androhung von Waffengewalt vertrieben.

Sie trat zu einem alten Mann, der am Straßenrand kauerte. Vor sich in den Schmutz hatte er mit einem kleinen Holzstück ein quadratisches Raster aus neun Feldern gezogen. Wieder und wieder zeichnete er Kreuze und Kreise in die Vierecke. Vermutlich irgendein Spiel, von dem Sinaida nie gehört hatte.

»Verzeiht mir«, sprach sie ihn an und ging neben ihm in die Hocke. Er blickte freundlich auf, runzelte aber die Stirn, als er ihre Mandelaugen über dem Schleier bemerkte. »Ich komme von weit her, um eine Audienz beim Kalifen zu erbitten«, sagte sie. »Könnt Ihr mir sagen, wie lange man warten muss, um vorgelassen zu werden?«

Sein Gesicht war so faltig wie das Trockenobst, das in einer Schale neben ihm lag. Dort wölbte sich auch ein Lederschlauch mit Wasser. »Ich komme jeden Tag im Morgengrauen hierher«, sagte er. »Und jeden Tag bei Sonnenuntergang gehe ich wieder nach Hause, ohne auch nur einen Blick auf die Gärten und den Palast geworfen zu haben. So geht das seit fast vier Wochen.«

»Vier Wochen!«

»Woher kommst du, meine Tochter?«

»Aus dem Osten.«

»Das kann ich sehen. Aber woher genau?«

Sie überlegte, ob etwas gegen die Wahrheit sprach. Schließlich zuckte sie unter ihrem Seidengewand die Schultern. »Aus den Elburzbergen.«

»Das ist in der Tat ein weiter Weg.« Er lächelte gutmütig und bot ihr mit einer Handbewegung von seinen Früchten an. Sie lehnte dankend ab, bereute es aber im selben Moment, als ihr bewusst wurde, dass sie kaum noch Geld besaß, um sich etwas zu essen zu kaufen. Der Mann stieß einen Seufzer aus. »Leider kümmert es diese uneinsichtigen Dummköpfe am Tor nicht, woher einer kommt und welche Reise er auf sich genommen hat. Vor zwei Wochen war die Delegation eines Fürsten hier, die einen ganzen Monat unterwegs gewesen war.

Die Soldaten haben sie drei Tage warten lassen, ehe die Männer unverrichteter Dinge wieder abgereist sind.« Er hob die Achseln. »War vielleicht kein wichtiges Anliegen.«

»Aber was ich zu sagen habe, kann keine vier Wochen warten!«, entfuhr es ihr aufgebracht.

»Geht es um die Zukunft des Reiches?«, fragte er mit erhobener Augenbraue.

»Woher weißt du das?«

Er kicherte leise. »Geht es darum nicht immer?«

»Aber –«

»Jeder hier, und mag sein wahres Anliegen noch so gering sein, erzählt den Soldaten von großen Gefahren für Leib und Seele des Kalifen, von den Ghul aus den Tiefen der Wüste oder feindlichen Armeen, die von Osten, Süden oder Norden näher rücken.« Er winkte ab. »Wenn es eine Lüge gibt, mit der man ganz gewiss *keine* Audienz erhält, dann diese.«

Sie war drauf und dran, zu widersprechen. Aber vermutlich hätte er sie nur ausgelacht.

»Ich habe hier Männer und Frauen getroffen, die acht oder neun Wochen gewartet haben, ehe sie schließlich aufgegeben haben«, fuhr der Alte fort. »Mach dir also keine allzu großen Hoffnungen.«

Sinaida blickte zum Tor und an der erdfarbenen Mauer empor. Die meisten Soldaten, die sie von hier aus sehen konnte, wirkten gelangweilt. Die Gleichgültigkeit der Männer gegenüber den Anliegen der Bittsteller machte Sinaida zornig. Zugleich entdeckte sie, dass gerade jemand eingelassen wurde, der sich unter vielen Verbeugungen bei den Torwächtern bedankte und katzbuckelnd im Inneren der Ummauerung verschwand. Also gab es in der Tat einige, die vorgelassen wurden. Die Frage war, wie sie es angestellt hatten.

Der Alte hatte ihren Blick bemerkt und winkte ab. »Bestechung«, flüsterte er. »Hast du Gold? Edelsteine?«

»Nein.«

Er klopfte auf den Boden neben sich. »Dann mach es dir bequem. Und hab keine Furcht vor einem alten Kerl wie mir. Ich kann mich schon gar nicht mehr daran erinnern, wie eine Frau unter ihren Gewändern aussieht, geschweige denn wie es ist, eine zu begehren.«

»Ich habe keine Angst vor Euch.«

Er zuckte nur die Achseln. »Gut«, sagte er und fuhr fort, Kreuze und Kreise in den Staub zu kratzen.

Sinaida dankte ihm und wandte sich zum Tor. Ihr fiel auf, dass die Soldaten keineswegs so desinteressiert waren, wie sie erst angenommen hatte. Besonders einer fiel ihr ins Auge, ein kleinerer Mann mit vernarbtem Gesicht, der ein wenig abseits des gröbsten Andrangs stand und die Männer und Frauen zu beiden Seiten der Straße genau im Auge behielt. Vermutlich suchte er nach Leuten, die aussahen, als könnten sie ein Bestechungsgeld aufbringen.

Sie näherte sich ihm so demütig wie möglich. Der Schleier machte es ihr leicht. »Verzeiht mir, edler Herr«, sagte sie und sah zu Boden. »Darf ich Euch eine Frage stellen?«

Er war alles andere als ein edler Herr, nur ein einfacher Soldat, wahrscheinlich schlecht entlohnt und unzufrieden mit sich und seinen Befehlshabern. Er musterte sie von oben bis unten, ehe sein Blick an ihren Augen haften blieb. Sie ließ ihn eine Weile gewähren, ehe sie wie ein Unschuldslamm aufschaute. »Herr?«

»Was willst du?«

»Würdet Ihr mir sagen, wie lange ich auf eine Audienz bei unserem allergnädigsten Herrn und Gebieter warten muss?«

Sein Blick schien sich durch die Seide zu wühlen. Ihr war, als fühlte sie seine Fingerkuppen auf ihren Wangen, auch wenn seine Hand nach wie vor auf dem Schwertknauf lag. »Das weiß keiner«, sagte er mürrisch.

»Es wäre mir wichtig, ihm meine Hochachtung auszusprechen.«

»Deine Hochachtung?«

Sie nickte schamvoll.

»Bist du schön?«, fragte er so direkt, dass sie einen Kloß in ihrem Hals verspürte.

»Meine Brüder sagen, ich sei die schönste Blume im Garten Allahs.«

»Deine Brüder scheinen mir gotteslästerliche Hunde zu sein.«

»Wie könnt Ihr das sagen, Herr? Ihr kennt meine Brüder nicht. Und Ihr wisst nicht, ob ich schön bin oder nicht. Ihr habt noch nicht unter meinen Schleier gesehen.«

Stirnrunzelnd verlagerte er sein Gewicht von einem Fuß auf den anderen. Er war es nicht gewohnt, dass eine Frau so offen zu ihm sprach.

»Wie hochachtungsvoll würdest du dich denn erweisen, um vorgelassen zu werden?«, fragte er.

»Meine Brüder haben mich gelehrt, dass das Leben aus Demut und Dienstbarkeit besteht. Sie sagen, dass alles Gute, das man einem treuen Diener des Kalifen tut, auch dem Gebieter selbst widerfährt.«

»In der Tat«, sagte er rasch. »Da haben deine Brüder wahr gesprochen. Vielleicht sind sie nicht solche Dummköpfe, wie ich dachte.« Er warf einen Blick zu den anderen Soldaten hinüber, aber alle waren zu beschäftigt, den Ansturm der Bittsteller abzuwehren, um das Gespräch der beiden zu bemerken. »Komm nach Sonnenuntergang zur Brücke über den Sarat-Kanal, gleich am Markt der Buchhändler. Ich warte dort auf dich.«

»Ich muss den Kalifen aber sehr *dringend* sprechen.«

Der Soldat atmete tief durch und tat gereizt, doch am Beben seiner Wangen erkannte Sinaida, dass er angebissen hatte. Er räusperte sich. »Siehst du den Einschnitt dort drüben bei den Häusern?«

Ihr Blick folgte dem Wink seiner rechten Hand zur vorderen Häuserzeile. Zwischen zwei Lehmziegelbauten, halb zerfallen und unbewohnt, befand sich eine enge Gasse, gerade breit genug für die Schultern eines Mannes.

Sinaida nickte.

»Warte dort auf mich.«

Erneut nickte sie, schenkte ihm ein Lächeln und ging voraus. Im Vorbeigehen bemerkte sie, dass der alte Mann das Gespräch aus der Ferne beobachtet hatte, und sie schämte sich so sehr vor ihm, dass sie seinem Blick rasch auswich und in einer andere Richtung sah.

Die Gasse war düster und schmutzig. Ein paar Schritt von der Straße entfernt lagen menschliche Exkremente. Sie stieg darüber hinweg und fand eine Öffnung in einem der unbewohnten Häuser. Weit konnte sie nicht hinein, denn die Decke des ersten Stockwerks war eingestürzt und ein Trümmerberg versperrte ihr den Weg.

Sie musste nicht lange warten, ehe sie von draußen Schritte und einen leisen Fluch vernahm. Der Soldat hatte den Unrat am Boden zu spät bemerkt.

Er sah sie nicht an, als er eintrat, sondern versicherte sich mit einem Schulterblick, dass niemand ihm gefolgt war. Als er sich zu ihr umschaute, sah er als Erstes, dass sie den Schleier abgelegt hatte. Dann fiel sein Blick auf den Dolch in ihrer Hand.

Er wirkte wenig beeindruckt. »Hast du das auch von deinen Brüdern gelernt? Männer auszurauben, die stärker und besser bewaffnet sind als du?« Die Schnelligkeit, mit der er seinen Säbel zog, war in der Tat bemerkenswert.

Sie wollte ihn nicht töten, aber er ließ ihr keine Wahl. Er glaubte, sie sei eine Dirne, die es auf einen größeren Anteil seines Soldes abgesehen hatte, als sie sich mit ein wenig falscher Zuneigung verdienen konnte.

»Weg mit dem Dolch«, sagte er. »Dann lasse ich dich später vielleicht am Leben.«

»Ihr seid sehr gnädig, edler Herr.«

Er öffnete den Mund, um etwas zu erwidern, doch seine Stimmbänder gehorchten ihm nicht mehr. Sinaidas Dolch steckte bis zum Schaft in seinem Hals. Ohne einen Laut brach er zusammen. Nur der Säbel klirrte leise, als Stahl auf Stein schepperte.

»Narr«, murmelte sie und verfluchte das Blut, das in seinen Ausschnitt lief und unter dem Kettenhemd die Kleidung tränkte. Bis sie ihm beides ausgezogen hatte, hatte die Wunde bereits eine elende Sauerei angerichtet. Sie streifte ihre eigenen Kleider ab und schlüpfte in die seinen. Das Blut fühlte sich eisig auf ihrer Haut an, so als wäre es nie durch einen warmen Körper geflossen.

Die Leiche hinter den Trümmern verschwinden zu lassen war mühsamer, als sie erwartet hatte, aber schließlich gelang es. Dann setzte sie sich auf ein Bruchstück der Zimmerdecke und blickte bis zum Einbruch der Dämmerung auf den Blutfleck; er schien sich vor ihren Augen zu verändern, neue Gestalt anzunehmen wie Wolken an einem Herbsttag.

Es wurde Nacht, ehe sie die Ruine endlich verließ, ein Gardist unter vielen am Fuße der Mauer. Wer ihr ins Gesicht sah, würde den Betrug sofort bemerken – und auf der Stelle sterben. Sie war eine Nizari. Wenn eine Bitte sie nicht zum Kalifen brachte, dann würde es ihre Klinge tun.

Der alte Mann am Straßenrand war verschwunden, doch sie sah das Spielfeld, das er zurückgelassen hatte. Das Raster war verwischt, und statt der Linien befand sich jetzt eine Zeichnung in dem quadratischen Rahmen: eine primitive Figur aus Strichen, in deren Brust ein Schwert steckte.

Er wusste, was sie getan hatte.

Er hatte weder sie noch den Soldaten aufgehalten.

Sie schüttelte stumm den Kopf. War eine solche Stadt es wert, vor dem Untergang bewahrt zu werden?

Sie betrat die nächtlichen Gärten mit einem ungeordneten Trupp Soldaten, der bei Nacht auf das Palastgelände zurückkehrte. Einige der Männer rochen nach Wein, andere nach Haschischrauch. Niemand bemerkte den schmalschultrigen Krieger ganz am Ende des Zuges. Auch nicht den Blutgeruch, der an ihm haftete.

Wären dies Mongolen gewesen, Hulagu hätte ihnen nicht einmal die Ehre einer Hinrichtung gewährt. Er hätte ihnen für ihre Achtlosigkeit die Kehlen durchgeschnitten und sie irgendwo verscharren lassen wie tollwütige Köter. Wer auch immer für Ordnung und Pflichtbewusstsein innerhalb der Streitmacht des Kalifen verantwortlich war, hatte gleichfalls keinen besseren Tod verdient. Dieser undisziplinierte, bestechliche Haufen würde den Klingen der Großen Horde keine zwei Tage standhalten.

Vielleicht verdankt ihr mir alle bald euer Leben, dachte sie, während sie mit gesenktem Haupt dem Pulk der Soldaten folgte, auf einem Seitenweg nahe der Mauer.

Oben auf dem Wehrgang brannten Fackeln. Im Garten hingen Ketten aus Lampions an den Hauptwegen, aber nur vereinzelte Feuerbecken jenseits der Abzweigungen.

Von der Pracht und Schönheit der Umgebung war in der Dunkelheit nur wenig zu erkennen. Tagsüber mochten das Immergrün der Hecken und die verwunschenen Haine die Edlen des Hofes verzücken. Bei Nacht aber wurde all das zu finsterem Dickicht.

Es dauerte nicht lange, da hatte Sinaida sich vom Trupp der trunkenen Heimkehrer gelöst und huschte allein durch die Dunkelheit. Zwei, drei Mal musste sie Patrouillen ausweichen, aber die Männer unterhielten sich so laut miteinander, dass Sinaida sie jedes Mal früh genug bemerkte und in weitem Bogen umgehen konnte. Schneller als sie erwartet hatte, näherte sie sich dem Zentrum der Gärten, wo sich vor dem Nachthimmel der Kalifenpalast und seine private Moschee erhoben, erhellt von Fackelreihen am Fuß der Mauern und hoch oben auf den Zinnen. Feuerschein flackerte über das gewölbte Auf und Ab der Kuppeldächer.

Schon von weitem hörte sie Schreie.

Im ersten Moment glaubte sie, es seien Kinder. Aber selbst wenn der Kalif alle Weiber seines Harems auf einmal geschwängert hätte, wären wohl kaum genug Bälger zustande gekommen, um solch ein Spektakel zu veranstalten. Es war ein Brüllen und Kreischen und Schnattern, ein Gezeter und Gekeife, als hätten sich alle Klageweiber des Orients versammelt, um einen Wettstreit auszutragen.

Je näher Sinaida dem grässlichen Lärm kam, desto deutlicher wurde ihr, dass dies keine menschlichen Stimmen waren. Sie schauderte bei der Vorstellung scheußlicher Ungeheuer, die der Kalif in seinen Kerkern gefangen hielt – oder, schlimmer noch, zur Bewachung seines Palastes frei durch die Gärten toben ließ.

Geschichten fielen ihr ein, alte Märchen über die Wunder und Albträume des Orients. Von Raubvögeln groß wie Häuser war da die Rede gewesen, von Dschinns, die ihre Feinde mit nichts als einem Blick zu töten vermochten, und von geisterhaften Kriegern aus Sand, die sich auf Befehl ihres Meisters aus den Dünen erhoben und erst wieder ruhten, wenn ihre Gegner zerstückelt waren.

Vor einer weiteren Patrouille wich sie in dichtes Unterholz aus. Als sie sich auf der anderen Seite zwischen den Zweigen hervorschob, stand sie plötzlich vor einer Allee aus Käfigen. Flammen zuckten in geschmiedeten Lampenkästen und tauchten die Gitterstäbe in Glut.

Kein Mensch war zu sehen.

Der Weg zwischen den Käfigen war etwa fünfzig Schritt lang und ein Dutzend Schritt breit. Er mündete in den Vorplatz eines dreistöckigen Gebäudes, ein Anbau des eigentlichen Palastes. Fenster gab es dort keine, nur ein doppelflügeliges Portal, das ins Innere führte. Über dem gewölbten Dach erhoben sich die Kuppeln der Kalifenresidenz wie düstere Gewitterwolken vor dem sternenklaren Nachthimmel.

Sinaida zögerte. Ein eiskalter Wind trieb das unheimliche Geschrei in an- und abschwellenden Böen zu ihr herüber. Es kam nicht aus den Käfigen, sondern aus dem Gebäude. Dennoch spürte sie Bewegung in den kastenförmigen Behausungen. Es roch nach heißem, animalischem Atem. Dann und wann war ein leises Fauchen und Knurren zu hören.

Ihre Neugier trieb sie aus der Sicherheit des Gebüschs näher an die vorderen Gitter heran. Das Krummschwert, das sie aus dem Lager der Großen Horde mit nach Bagdad gebracht hatte, trug sie offen in der Rechten; es lag besser in der Hand als die Klinge des Kalifenkriegers.

Etwas krachte von innen gegen das Käfiggitter.

Sinaida prallte zurück, doch im selben Augenblick war es schon wieder verschwunden, fortgeschnellt in die Schatten.

Auch am Hofe des Khans hatte es Löwen gegeben, wenn auch keinen wie diesen hier: schneeweiß und so groß wie ein Hengst, mit einer Mähne, die wie Silber schimmerte. Auch eine seiner Pranken hatte sie gesehen. Krallen wie Dolchklingen.

Angespannt schaute sie sich um. Es musste irgendwo Wachen geben, Pfleger für die Tiere. Aber noch immer war nirgends eine Menschenseele zu sehen.

Vorsichtig stahl sie sich weiter, entlang der rechten Käfigreihe, aber in respektvollem Abstand zu den Gittern. Aus jedem Verschlag drang Knurren und Schnauben, manchmal auch nur ein leises Rascheln, wenn sich einer der mächtigen Leiber im Schlaf regte. Hier und da konnte sie Formen im Dunkeln erahnen, riesenhafte Körper, manche liegend, andere gespannt und sprungbereit, als warteten sie nur darauf, dass Sinaida achtlos genug war, eines der Gittertore zu öffnen.

Ungehindert erreichte sie das Ende der Käfigallee. Der Platz an ihrem Ende war nicht groß, bis zum Portal des Anbaus waren es nur wenige Schritte. Jetzt sah sie, dass einer der beiden Torflügel einen Spalt weit offen stand. Das Kreischen hinter den Mauern war hier so laut, dass sie ihren eigenen Atem nicht mehr hören konnte.

Blitzschnell huschte sie über den Platz, so flink, dass ein zufälliger Beobachter sie für den Schatten eines Vogels hätte halten können. Mit dem Krummschwert im Anschlag blickte sie ins Innere des Hauses.

Dahinter lag ein kurzer, fackelbeschienener Gang, der vor einer Gittertür endete. Vom Portal aus konnte Sinaida nicht erkennen, ob das Gitter angelehnt oder verriegelt war. Durch die Eisenstäbe sah sie eine Wand aus grünem Blattwerk, augenscheinlich ein überdachter Garten im Inneren des Gebäudes. Kaum zu ertragender Gestank wehte ihr durch die feuchtwarme Luft entgegen, so stickig und widerlich, dass ihr der Atem stockte.

Lautlos pirschte sie zum Gitter. Die Tür aus Eisenstäben war nur mit einer Kette gesichert, die jemand einige Male um die Stangen geschlungen hatte. Sie zu öffnen dauerte nur wenige Herzschläge. Anschließend schob sie das Gitter vorsichtig hinter sich zu, befestigte die Kette und huschte unter die Blätter eines mannshohen Farns. Erst hier nahm sie sich die Zeit, ihre Umgebung genauer zu betrachten.

In der gewaltigen Halle wucherte ein Urwald, mit Bäumen so hoch, dass ihre oberen Äste die gläserne Decke berührten. Es gab keine Stockwerke, nur diesen einen gigantischen Raum. Sein Boden war von Bewässerungsrinnen durchzogen, und auch aus Rohren an der Decke tropfte Wasser; Sinaida vermutete, dass aus ihnen dann und wann ein künstlicher Regen auf das Blätterdach niederging. Der Gestank raubte ihr fast die Sinne, und sie musste sich zusammenreißen, damit ihre Achtsamkeit nicht nachließ.

Öllampen brannten in vergitterten Kästen an den Wänden und auf eisernen Haltern inmitten des Dickichts. Sinaida musste sehr genau hinsehen, um noch etwas anderes zu erkennen: Zwischen den fleischigen Blättern der Urwaldriesen spannte sich eine Kuppel aus engmaschigem Gitterwerk, ihr höchster Punkt berührte fast die Glasdecke. Die Baumkronen waren mit den Eisenstreben verwachsen, doch sie konnten nicht verhehlen, dass diese Halle ein Gefängnis war. Aber für wen oder was?

Etwas Dunkles huschte an ihr vorüber, flink wie ein Schatten. Es hätte ein kleiner Mann sein können, eher noch ein Kind, doch es war zu schnell. Die Blätterwand verschluckte das Wesen, bevor Sinaida Genaues erkennen konnte.

Ihr Blick fiel auf eine Balustrade, die über der Gitterkuppel an der Wand entlangführte und vor einer Tür im oberen Teil der Rückwand endete. Es schien sich um eine Art Aussichtspunkt zu handeln, von dem aus man das Treiben in der Tiefe beobachten konnte.

Sie musste irgendwie zu dieser Tür gelangen. Vielleicht gab es noch einen Ausgang aus der Gitterkuppel. Dann konnte sie außen an den Streben hinaufklettern und so die Balustrade erreichen.

Immer wieder fegte unweit von ihr etwas durchs Gebüsch. Das Geschnatter und Geschrei schmerzte in ihren Ohren.

Sie wollte gerade durch das Dickicht zum entgegengesetzten Ende der Halle pirschen, als sie sah, wie jemand aus dem Unterholz brach und auf die Tür zurannte, durch die sie hereingekommen war. Es musste ein Tier sein, das erkannte sie jetzt, wenngleich sein Körperbau einem Menschen ähnelte. Aufgerichtet mochte es ihr bis zur Brust reichen, doch es lief abwechselnd auf vier, dann auf zwei Beinen. Borstiges Fell bedeckte seine muskulösen Glieder, an manchen Stellen dunkelbraun, an anderen weiß. Das Gesicht war eine Fratze mit kleinen, tückischen Augen, fliehender Stirn und gerundeter

Schnauze. Das Hinterteil leuchtete in einem fleischigen, obszönen Rosa. Darüber entspross ein peitschender Schwanz.

Die Bestie verharrte kurz auf dem winzigen Platz vor der Tür, schnüffelte ins Leere, schien Witterung aufzunehmen. Ihre Haare stellten sich auf. Sinaida hob das Schwert. Dann aber machte das Wesen einen Satz, der es bis ans Gitter trug. Es packte die Stäbe mit missgeformten Händen – es hatte vier davon, an Armen *und* Beinen – und begann unter grässlichem Geschrei daran zu rütteln. Immer stärker und stärker zerrte es, tobte wie wahnsinnig, und kreischte mit den Stimmen von tausend Dämonen. Eisen schlug gegen Eisen. Die Kette rasselte, hielt aber stand.

Überall in den Bäumen antworteten jetzt andere Kreaturen auf das Geschrei ihres Artgenossen. Sinaida hörte sie durch das Unterholz hetzen, sah jetzt auch weitere von ihnen oben in den Ästen, kletternd, springend, hangelnd. Sie konnte die schnellen Schemen nicht zählen, vermutete aber, dass es mindestens ein Dutzend waren, vielleicht sogar viele mehr.

Zweige brachen und Blätter spritzten in alle Richtungen, als ein zweites Wesen aus dem Dickicht sprang und sich gleichfalls im Gitter verkrallte. Das Erste schnappte mit riesenhaften, eckigen Zähnen nach ihm, ließ dann aber zu, dass sie zu zweit an den Stäben rüttelten.

Unendlich vorsichtig schob Sinaida sich rückwärts durchs Unterholz. Überall um sie herum brachen Zweige, fegten Dämonen durch die schwarzgrünen Schatten.

Eine menschliche Stimme ertönte.

»Ihr da!«, brüllte jemand auf Arabisch. »Hört auf damit!«

Ein Koloss von einem Mann trat auf den Platz vor dem Gitter, kam von irgendwo aus dem Strauchwerk. Er war gewaltig, ein Gigant aus Muskeln, mit einer engen Lederkapuze, die auch seine mächtigen Schultern bedeckte. Darunter trug er grobe Kleidung und Stiefel bis über die Knie. Auf seine Stimme reagierten die Kreaturen eingeschüchtert wie kleine

Kinder. Sogleich ließen sie von dem Gitter ab, huschten zurück und sprangen mit schlenkernden Armen um ihn herum. Jetzt erinnerten sie weniger an Teufel als vielmehr an Hunde, die begierig auf eine Belohnung durch ihren Meister warteten.

Sinaida warf sich herum und lief los. Das Rascheln und Knacken, das sie in den Büschen verursachte, ging im Lärmen der Wesen unter. Ganz unvermittelt kamen sie über sie, von allen Seiten zugleich und so schnell, dass selbst die Instinkte einer Nizari nicht ausreichten, sie früh genug wahrzunehmen. Sie sah ihr Schwert durch die Dunkelheit zucken, als hätte ein anderer es geführt, purer Reflex, kein geplanter Schlag. Die Klinge traf etwas und wurde grob aus Sinaidas Hand gerissen. Etwas landete von hinten auf ihren Schultern, mit brutaler Wucht und dem Gewicht eines ausgewachsenen Mannes. Mit einem Aufschrei fiel sie nach vorn, wurde von Buschwerk gebremst und prallte mit Brust und Gesicht auf den Boden. Riesige, vielgliedrige Hände hielten sich an ihr fest, zerrten an ihr, zerfetzten ihre Kleidung. Etwas trampelte auf ihrem Rücken, traf ihren Hinterkopf, raubte ihr fast das Bewusstsein. Überall Kreischen, überall Bewegung.

Schmerz explodierte in ihrem Kreuz, ihrem Nacken, in ihrem Kopf. Der Helm war gleich beim ersten Angriff der Wesen herabgerutscht, und jetzt zogen sie an ihren Haaren, kniffen mit riesigen Fingern in ihr Fleisch, traten und schlugen sie.

Nach einer Ewigkeit der Pein ertönte abermals die Stimme des Mannes. Die Krallen und Hände zogen sich zurück, und aus dem zornigen Brüllen wurde wieder bettelndes Geschnatter.

Belohnung, irrlichterte es durch Sinaidas halb betäubten Verstand. *Sie wollen ihre Belohnung.*

Noch eine Stimme. Jünger. Männlich. Fragend.

Dann wieder die erste:

»… das soll der Wesir entscheiden.«

Ich solls aufschreiben hat sie gesagt daz andere lesen können was uns widerfahren in jenen tagen der jahre 1257 und 1258 unseres herrn jesus christus und seinem vater dem allmaechtigen. ich tus weil ichs versprochen hab und denk auch daz sie Recht hat. sie daz ist Libuse und ich beginn diez während sie ganz in der naehe izt und ich sehen kann wie sie schlafet.

Der König hat mir diesen gebundenen Codex geschenkt. Er ist nicht viel größer als meine Hand, aber mit Seiten aus feinstem Papier. Er ist eine kleine Kostbarkeit, ganz ohne Zweifel, und ich werde ihn in Ehren halten und mit meinem Leben verteidigen, ganz gleich, was noch kommen mag und wie unsere Reise ausgeht. Zudem vermute ich, dass hier die eine oder andere Sache Erwähnung finden wird, die nicht für fremde Augen oder Ohren bestimmt ist. Ich habe ein Gebet über den ledernen Einband des Codex gesprochen und den Herrn gebeten, dass er mir dies Büchlein bewahren helfe. Und falls es den Herrn nicht gibt oder er mir nicht zuhört, so will ich einfach hoffen, dass uns nach all den Unglücken auf unserer Reise diesmal das Schicksal hold ist und keiner, den es nichts angeht, diese Schrift in die Finger bekommt. Falls Ihr, kluger Leser, ein solcher seid, so mögen Euch die Hände abfallen und die Augen verfaulen. Wenn Ihr aber meint, dies sei für Euch geschrieben und Ihr hättet eine Berechtigung, es zu studieren, dann lest mit meinem Segen noch ein wenig weiter. Seid ihr aber unsicher, dann schließt das Buch auf der Stelle, denn sonst fallen Euch die Hände ab und Eure Augen verfaulen. Gewiss versteht Ihr, was ich meine.

~

Auch die anderen haben Geschenke bekommen: Favola erhielt neue Handschuhe, dünner als die abgegriffenen alten; Libuse ein schärferes Schwert, von dem sie widerwillig zugeben musste, dass es leichter und besser in der Hand liegt als ihr altes; Corax einen Helm aus Leder, mit einem Schutz für die obere Gesichtshälfte, damit er seine Wunden verdecken kann und nicht jedermann von weitem erkennt, wie es um seine Augen bestellt ist (er hat den Helm finster entgegengenommen und kaum ein Wort des Dankes verloren, aber, wer weiß, er mag ihm noch gute Dienste leisten); Albertus erhielt eine Brosche in Form eines königlichen Siegels, die ihn und uns als Freunde des serbischen Herrscherhauses ausweist, was immer das auch in den Ländern, die noch vor uns liegen, wert sein mag. Die meisten dieser Gegenstände, auch mein Codex, nicht aber das Medaillon, stammen aus dem Raubgut der Wegelagerer, aber mir scheint, wir wurden mit des Königs Wort die neuen rechtmäßigen Besitzer. Und falls irgendwer dies Büchlein vermissen oder wiedererkennen sollte, so seid versichert, dass es dem bestmöglichen Zweck zugeführt wurde. Habt Dank, gehabt Euch wohl. Und haltet Eure Finger im Zaum.

~

Wir wollten so schnell als möglich aufbrechen, aber Corax bestand darauf, Zeuge von Gabriels Bestrafung zu sein. Noch immer wollte er ihn lieber tot wissen – ich auch, das muss ich gestehen –, aber der König ging nicht ab von seinem Urteil, das da lautete, Gabriel von Goldau solle geblendet werden, mit heißer Klinge, so wie er es dem armen Corax angetan hatte.

Am zweiten Morgen nach dem Fall der Silberfeste wurde das Urteil auf dem Platz vor dem Tor vollstreckt, während im Hintergrund die Wächter vor dem Leichenberg sogar am hellichten Tage Mühe hatten, die Tiere des Waldes von den Kadavern der Räuber und Wolfskrieger fern zu halten. Erst gegen Mittag sollten sie endlich verbrannt werden, denn der König gedachte, zu jener Stunde gemeinsam mit uns aufzubrechen. Womöglich glaubte er, den Männern, die er zur Bewachung der Feste zurückließ, mache der Gestank des brennenden Fleisches nicht gar so viel aus wie ihm.

Gabriels Blendung wurde rasch und ohne große Umstände durchgeführt. Keine Trompeten ertönten, niemand hielt dem Verurteilten eine Rede, die ihn an seine Missetaten erinnern sollte. Mir war, als hätte Corax die glühende Klinge am liebsten selbst geführt, doch er musste sich damit zufrieden geben, dass einer der Lakaien des Königs – kein Ritter, ein einfacher Knecht – dies tat. Gabriel schrie und tobte, während man ihn auf den Richtplatz zerrte, doch dann hielt er in seinem Widerstand inne, fiel dort auf die Knie, wo man es von ihm verlangte und gab keinen Laut, *nicht einen Laut* von sich, als das heiße Eisen gegen seine Augen gedrückt wurde. Er verlor auch nicht das Bewusstsein. Stattdessen kniete er noch immer unverändert da, als die Klinge wieder zurückgezogen wurde. Uns allen wurde schlecht, als wir die frischen, rauchenden Wunden sahen, sogar Libuse, die in diesen Dingen für gewöhnlich den stärksten Magen bewies. (Erst später wurde mir klar, dass dies Bild ihr die Blendung ihres Vaters ins Gedächtnis gerufen haben muss und sie den besten aller Gründe gehabt hätte, sich als Erste abzuwenden.) Favola musste sich übergeben, und als ich sie dabei in den Arm nahm, erging es mir nicht besser. Beide spieen wir unser Essen in den Schmutz, husteten und keuchten, und so entging uns, wie Gabriel fortgebracht wurde – er sollte nach der Versorgung seiner Brandwunden auf freien Fuß gesetzt werden, am nächsten Tag oder dem darauf, was in gewisser Weise einem hinausgezögerten Todesurteil gleichkam, denn ohne Führer würde er in den Wäldern nicht weit kommen, ehe ihn die Wolfsrudel fanden. Doch das war, ganz ehrlich gesagt, nicht meine Sorge. Ich gönnte ihm jede Todesart, die man sich ausmalen kann, und wenn es wilde Tiere waren, die ihn zerrissen, so hatte er sich auch dies mit Leib und Seele verdient.

Favola hingegen ließ sich nicht von ihrer Überzeugung abbringen, dass dies keineswegs das Letzte war, was wir von Gabriel gesehen hatten. Die Todsicht hatte ihr ein anderes Ende für ihn offenbart, und sie glaubte fest daran. »Ich bin es, die ihn töten wird«, flüsterte sie mir zu, während Gabriel fortgeschafft wurde und wir beide bleich beieinander hockten. »Ich weiß es. Ich habe es gesehen.«

Albertus gab uns einen Wurzelsud aus seiner Kräutersammlung, die er mithilfe des königlichen Leibarztes neu aufgefüllt hatte, und das dämpfte die Übelkeit vorübergehend. Doch jedes Mal, wenn ich an das Zischen des Eisens und das Dampfen des kochenden Fleisches zurückdachte, überkamen mich Ekel und – Gott weiß, warum – Schuldgefühle. Sogar jetzt, da ich diese Zeilen niederschreibe, kann ich es wieder spüren, und es wird wohl niemals gänzlich weichen.

~

Wir verließen die Silberfeste wie geplant am Mittag. Bis zum Ufer der Morava ritten wir im zweihundertköpfigen Pulk der Königlichen, dann verabschiedeten wir uns. König Stefan wollte mit seinen Gefolgsleuten nach Norden reiten, während wir und der Schutztrupp, den er für uns abgestellt hatte, nach

Süden zogen. Jeder von uns besaß jetzt ein eigenes Pferd. Sogar Albertus hatte widerstandslos im Sattel eines prachtvollen Schimmels Platz genommen. Das eherne Gesetz der Dominikaner, niemals etwas anderes als die eigenen Füße zur Fortbewegung zu benutzen, schien ihm inzwischen gänzlich entfallen zu sein. Da ich fürchtete, er könnte es sich womöglich noch anders überlegen, sprach ich ihn nicht darauf an. Wohl wunderte mich nicht wenig, dass einer, der angeblich seit Jahrzehnten jeden Weg auf Schusters Rappen bestritt, so sicher im Sattel saß.

Ich selbst war das eine oder andere Mal auf den Gäulen des Klosters geritten, hatte aber, vor allem zu Beginn, arge Mühe, nicht vom Rücken meines Rosses zu fallen. Auch Libuse fehlte die Erfahrung mit Pferden – sie und ihr Vater hatten keines besessen –, sodass sie lieber hinter Corax Platz nahm, als auf einem eigenen Tier zu reiten. Die größte Überraschung aber war Favola, denn sie schwang sich so geschickt in den Sattel, dass wir alle kaum glauben konnten, was wir da sahen. Sie lächelte verlegen und sagte, es sei zwar eine Weile her, aber zu Hause, vor ihrem Eintritt ins Kloster, sei sie oft geritten und habe täglich die Pferde im Stall ihrer Eltern versorgt. Sie schloss sogleich gute Freundschaft mit ihrem Reittier und wurde manchmal so übermütig, dass sie nur noch wenig mit ihrem alten, kränklichen Ich gemein zu haben schien.

Die sechs Männer, die uns begleiteten, waren gestandene Ritter des Königs, starke, kampferprobte Recken, und zum ersten Mal seit Verlassen meines Klosters verspürte ich ein Gefühl der Sicherheit. Alles in allem erging es mir recht gut während unserer Weiterreise, jedenfalls nach außen hin, und mit den Tagen wuchs auch mein Vertrauen in mein Ross. Im Inneren aber drohten mich meine Gefühle zu zerreißen, und an manchen Tagen konnte ich es nicht über mich bringen, auch nur ein Wort mit Favola oder Libuse zu wechseln.

~

Unsere erste wichtige Station war Nisch, dann folgte Sofia. Dort verließen uns des Königs Ritter unter vielen guten Wünschen. Nun waren wir wieder auf uns allein gestellt. Aber wir behielten unsere Pferde, was das Reisen beträchtlich erleichterte, und hatten darüber hinaus die Gewissheit, dass uns keine Wolfskrieger und wohl auch keine anderen Bluthunde des Erzbischofs mehr auf den Fersen waren. Doch so ganz vermochte das keinem von uns die Unruhe zu nehmen.

Ich erinnere mich gut an jenen Abend in einem Gasthof, kurz vor Konstantinopel, als Albertus uns offenbarte, dass das zweite Fragment der Karte des Jüngers noch ein ganzes Stück weiter nach Osten und dann nach Süden reichte. Als wir verlangten, er möge nun endlich die ganze Wahrheit offenbaren, sprach er einen Namen aus, den ich erst wenige Male gehört hatte und der so fremdländisch und sagenumwoben klang, dass ich bis dahin nicht hätte beschwören mögen, dass er überhaupt einen wahrhaftigen Ort bezeichnete.

Bagdad. Die Stadt der Kalifen. Das also war unser Ziel. Dort, so hatte Saphilius bei seinen Nachforschungen herausgefunden, sollte der dritte und letzte Teil der Karte des Jüngers aufbewahrt sein. Jener Teil, der uns zum Ausgangspunkt seiner heiligen Reise führen würde. Und zum Ende unserer eigenen.

Es gab einen langen und lauten Disput darüber, wie verlässlich eine solche Angabe sein könne. Tatsächlich war dies der erste Streit, bei dem Albertus nicht nur Libuse und mich, sondern auch Corax und sogar Favola gegen sich hatte. Wir gaben zu bedenken, dass Saphilius Regensburg vermutlich niemals verlassen hatte und all seine Angaben lediglich auf der Auslegung irgendwelcher Schriften und, schlimmer noch, auf vagen Vermutungen gründen mochten; dass es schlicht und einfach Wahnsinn sei, nur aufgrund einer solchen Behauptung eine Reise wie diese bis ins Morgenland und womöglich darüber hinaus fortzuführen; und dass wir, selbst wenn wir heil bis Bagdad gelangten, keinerlei Faustpfand besäßen, gegen das wir die Karte eintauschen konnten. Ganz abgesehen von der Tatsache, dass wir nicht wussten, wo in der Stadt das wertvolle Stück zu finden sei. Dagegen zumindest führte Albertus an, dass solch eine Kostbarkeit nur in der größten Schatzkammer allen morgenländischen Wissens lagern könne, in der legendären Bibliothek von Bagdad selbst. Doch als wir dann noch immer keine Ruhe gaben, sagte Albertus – und das womöglich nur, weil er bereits den dritten Krug türkischen Biers getrunken hatte –, dass wir ihm keine andere Möglichkeit ließen, als das Wort an Corax abzugeben.

Genauso sagte er es. »An Corax.«

Man mag sich vorstellen können, dass wir da alle recht verblüfft dreinschauten. Am gespanntesten aber war Libuse, denn nun schien endlich die Stunde gekommen, da Corax gezwungen war, sein ehernes Schweigen über die Vergangenheit zu brechen.

~

Bevor ich euch aber schildere, was Corax uns offenbarte, will ich noch etwas zu unserer allgemeinen Verfassung sagen. Ein Abenteuer wie dieses hinterlässt an jedermann Spuren, und wir waren gewiss keine Ausnahme. Jeder von uns fünfen war müde und ausgelaugt. Nicht in jenem Sinne, wie man es manchmal des Nachts ist, wenn einen die Glocke zur nächsten Messe ruft und man seit der letzten noch kein Auge zugetan hat, wegen Kälte oder Ungeziefer oder beidem. Unsere Müdigkeit war keine, die einen gähnen lässt oder zum Einnicken während der Fürbitte bringt. Nicht unser Geist war schläfrig, jedenfalls nur selten und niemals, wenn es wirklich darauf ankam. Nein, unser Gemüt war es, das laut nach Ruhe verlangte; unser Wille, der längst nicht mehr so gefestigt war; und ich will nicht erst von meinem Glauben beginnen, denn er wankte und schwankte mit solcher Beharrlichkeit, dass ich manchmal selbst nicht zu sagen vermochte, ob Gott mir noch nahe war oder nicht. Zweifelsohne betete ich, vielleicht sogar mehr als zu Beginn der Reise, und es gab Tage, an denen ich den Allmächtigen anflehte, sich unserer zu erbarmen und das vermaledeite Erdloch, aus dem der Jünger einst die Lumina gezogen, vor uns aufzutun. Aber keines dieser Gebete war eine ehrliche Zwiesprache mit Gott, denn keines gab ihm Gelegenheit, zu mir zu sprechen. Immer war ich es, der redete, der klagte, der fluchte.

Aber nicht nur von mir will ich sprechen, sondern auch von den anderen.

Etwa von Albertus. Von uns allen hatte er sich während der Reise wohl am wenigsten verändert. Sein Glaube an Gott und an die gerechte Sache schien unerschütterlich, ganz gleich, welche Felsblöcke das Schicksal uns in den Weg rollte. Seit der Nacht auf der Donau, als er mir die wahren Hintergründe meiner Verbannung zu den Zisterziensern erklärt hatte, war meine Abneigung gegen ihn nicht mehr gar so tief. Und doch vermochte ich nicht, in ihm einen wirklichen Freund zu sehen. Einen Gefährten, ganz zweifellos, doch ich konnte nicht vergessen, dass er mich nur mit auf diese Reise genommen hatte, weil er überzeugt davon war, ich würde schlussendlich mein Leben für Favola und die Lumina opfern. So etwas ist nicht die beste Voraussetzung für innige Ergebenheit, das will ich euch sagen, auch wenn er im Laufe der Reise erkannt haben mochte, dass sich vielleicht noch das eine oder andere von Wert in mir verbirgt. Auch er war erschöpft, er fror wie wir alle in den eisigen Nächten, und wenn man sein Alter bedenkt, zeigte er neben Corax wohl das größte Durchhaltevermögen. Aber selbst nach all den Wochen konnte ich noch immer kein rechtes Urteil über ihn fällen. Er war und blieb eben Albertus. Albertus von Lauingen. Albertus der Magister. Er war weise, gestreng, erfüllt von göttlicher Überzeugung.

Dann war da Corax, der grimmige, bärenstarke, verbitterte Corax. Die Blendung seines Todfeindes Gabriel von Goldau hatte seinem Schmerz keine Linderung gebracht. Wir alle hatten wohl die Hoffnung gehabt, dass ihn die Bestrafung seines einstigen Schülers milder stimmen würde, doch davon konnte keine Rede sein. Er blieb so wortkarg wie zuvor, und nur Libuse gelang es bisweilen sein Herz zu erweichen. Viel schlimmer noch aber war die unausweichliche Tatsache, dass er mit den Wochen auch den Rest seines Augenlichts verlor. Eine Weile hatte wohl auch er selbst gehofft, jene hellen und dunklen Flecken, die er zu unterscheiden vermochte, seien ein Zeichen seiner Genesung. Doch noch in Serbien bemerkten wir, dass seine Bewegungen ungelenker wurden, seine Orientierung schlechter, und lange bevor wir Konstantinopel passierten (und noch vor dem Abend in jenem Gasthof, auf den ich gleich zurückkommen will), mehrten sich die Zeichen, dass eine endgültige, undurchdringliche Dunkelheit über ihn gekommen war. Er sprach nicht darüber, doch des Nachts hörten wir ihn in seinen Träumen fluchen und flehen, so als ränge er im Schlaf mit den Göttern der Blindheit, ein Kampf ohne Hoffnung. Schließlich sprach er mit Libuse darüber, und sie war es, die uns die Wahrheit sagte: Schon seit Sofia vermochte ihr Vater den Tag nicht mehr von der Nacht zu unterscheiden. Corax war unabänderlich und ohne jeden Ausweg erblindet. Bald erkannten wir, wie sehr er mit sich zu kämpfen hatte, und schließlich erzählte uns Libuse von seiner Angst vor der Dunkelheit. Welche schlimmere Strafe kann es für einen Menschen geben, der das Dunkel fürchtet, als eine Verbannung in ewige, unausweichliche Finsternis?

Ich fürchtete, dass dies auch Libuse verändern würde, doch zu meinem Erstaunen zeigte sie keine Anzeichen von Hoffnungslosigkeit. Sie schien sich mit dem Schicksal ihres Vaters abgefunden zu haben, sie nahm es hin als die Katastrophe, die es war, weigerte sich aber, daran zu verzweifeln. Dafür bewunderte ich sie nur noch arger.

Ich muss gestehen, sie bedeutete mir mit jedem Tag mehr, und auf eine Weise, die sich von meiner Zuneigung zu Favola unterschied. Ich vermag den Unterschied nicht zu benennen, und vielleicht lässt er sich gar nicht in Worte fassen. Doch er war da, ganz ohne Zweifel, und die Gewissheit meiner Gefühle für sie war mir Schmerz und Wonne zugleich. Ich fühlte mich Favola gegenüber schuldig, doch wie sollte ich aufhalten, was nicht aufzuhalten war? Ich weiß nicht, ob Gott die Karten mischt, die unsere Zuneigung von einem zum anderen flackern lässt, oder ob wir selbst die Schuld daran tragen, unstete Geister durch und durch. Ich litt und ich frohlockte zugleich, aber wenn es ein Gefühl gibt, das ich keinem Menschen wünsche, dann ist es jene Ungewissheit des eigenen Empfindens. Die Unschlüssigkeit, die Scham, das elende Sichschuldigfühlen. Und das alles durchmischt mit genug Verwirrung, um Armeen zu zerstreuen und Kriege zu entscheiden.

Libuse spürte, was in mir vorging, ich sah es an ihren Blicken, merkte es an der Art und Weise, wie sie mir manchmal auswich, um mich nicht in noch schlimmere Bedrängnis zu bringen. Natürlich fragte ich mich an jedem Tag, in jeder Stunde, was es wohl war, das sie an mir mochte. Anfangs hatte sie keinen Hehl aus ihrer Abneigung gemacht. Und dann, irgendwann, vielleicht auf der Donau, vielleicht auch erst, als sie mein Leben rettete, hatte sich etwas verändert. Aus dieser Wandlung war etwas Neues entstanden, etwas Tieferes, Wunderbares, Beängstigendes.

Favola ahnte es. Oder auch nicht. Da seht Ihr, wie weit meine Menschenkenntnis reicht. Nicht einmal dessen konnte ich sicher sein.

Trotz dieser Irrungen in meinem Inneren war meine Verbundenheit zu Favola ungetrübt. Sie suchte meine Nähe, und oft hielten wir uns an den Händen – immer mit Handschuhen, versteht sich –, während wir abends gemeinsam ums Feuer saßen und den Geschichten des Magisters lauschten. (Wir übernachteten auch in Gasthöfen, die jedoch spätestens seit Nisch immer fremdländischer wurden, sonderbare Getränke ausschenkten und die wunderlichsten Speisen feilboten.)

Seit Favola die Lumina verloren geglaubt hatte, pflegte sie die Pflanze mit noch größerer Hingabe. Sie goss sie sorgsam mit geweihtem Wasser und hielt sie ins Tageslicht, so oft es nur ging. Nicht selten sah ich sie stumm, aber mit bebenden Lippen, zur Lumina sprechen, und meist sah es aus, als erhielte sie eine Antwort, denn ihr Gesichtsausdruck war dabei der einer Lauschenden. Sie gab den Schrein nicht mehr aus der Hand, trug ihn überall mit sich, selbst bei der kleinsten Verrichtung. Einmal sagte sie, mein vermeintliches Ertrinken in der Morava habe ihr das Herz aus der Brust gerissen; der Verlust der Lumina aber ließe sich nicht mit solchen Vergleichen ermessen. Die Pflanze war Teil von ihr, war ihr Atem, ihr Fühlen, ihr Herzschlag.

Albertus hatte den Beutel mit Medizin aus den Beständen des königlichen Leibarztes so weit aufgefüllt, dass er die Menge des Mittels, das er Favola verabreichte, erhöhen konnte. Und, siehe da, sie blühte auf. Ihre Gesichtsfarbe blieb blass, und noch immer ging sie manchmal leicht gebeugt, als drücke etwas von oben sie hernieder – doch ihre Stimmung wurde geradezu unbeschwert, wozu auch die Freude an ihrem Ross beitragen mochte. Ihre Miene hellte sich auf, und sie begann, ein wenig von ihrer Kindheit zu erzählen, Beiläufiges und Kleinigkeiten, die Libuse und mir dennoch wie Offenbarungen erschienen. In dieser zarten, verletzlichen Novizin steckten alle Freuden, Empfindungen und Leiden eines ganz gewöhnlichen Menschen.

Manchmal lachte sie gar. Meine Favola lachte.

Meine Favola?

~

Hinter Sofia hörte es für eine Weile auf zu schneien, aber die bittere Kälte hielt an. Die Landschaft war felsig und oft von bedrückender Ödnis. Wir ritten durch tiefe Schluchten, die wie geschaffen waren für Hinterhalte. Dann wieder führte der Weg durch kahle Wälder, die von verästelten, vornübergeneigten Baumgerippen beherrscht wurden. Mehrfach überlegten wir, uns einer der vereinzelten Reisegruppen anzuschließen, doch Albertus traute keinem dieser Menschen; die Einen waren ihm zu hakennasig, die Nächsten zu dunkelhäutig, und in den Augen der Übrigen glaubte er Unehrlichkeit und Habgier zu erkennen. Ich wagte zu fragen, wie es wohl anginge, dass unser Heiland keineswegs hakennasig und dunkelhäutig gewesen sei, obgleich er doch in den Ländern der dunklen Haut und Hakennasen geboren wurde. Des Magisters Antwort war vage und unergiebig, und mir schien, er murmelte sie absichtlich so leise, dass ich die Worte nicht verstand.

So jedenfalls waren die Umstände, als wir durchgefroren und der tristen Lande überdrüssig jene Herberge erreichten, in der Corax nach einigem Zögern zu reden begann.

Meine Geschichte beginnt, wie so vieles, in Jerusalem«, sagte Corax. Er saß Aelvin genau gegenüber, und seine blinden Augen schienen ihn zu fixieren. »Vor beinahe dreißig Jahren, im Jahr 1229, schlossen Kaiser Friedrich und der Sultan al-Kamil einen Vertrag. Demnach sollte Jerusalem, die Heilige Stadt, wegen der sich Kreuzritter und Moslems seit einer Ewigkeit die Köpfe blutig geschlagen hatten, für zehn Jahre in den Besitz der Christen übergehen.

Auf beiden Seiten gab es gegen dieses Abkommen großen Widerstand. Bei den Moslems, weil sie nicht verstehen konnten, weshalb der Sultan freiwillig auf die Stadt verzichten wollte. Und unter den Christen, weil Friedrich nicht mit dem Segen des Papstes gehandelt hatte. Der nämlich hätte es vorgezogen, wäre die Stadt mit Gewalt genommen worden – und das nicht für zehn Jahre, sondern für immer. Ihr müsst verstehen, dass die Päpste seit Beginn der Kreuzzüge immer für eine kriegerische Lösung eingetreten sind. Und nun kam dieser Staufer, dieser Friedrich daher, setzte sich mit den Moslems an einen Tisch und tat nichts anderes, als sein Siegel unter einen Vertrag zu setzen. Keine Entscheidungsschlacht, kein Blutvergießen, keine endlosen Reihen von Pfählen mit den aufgespießten Schädeln der Ungläubigen. Nur zwei Männer, die einander mit Ehrerbietung begegneten, sich die Hände schüttelten und ein Abkommen unterzeichneten.

Freilich hatten beide gute Gründe. Seit Jahren machten den Moslems die mongolischen Horden zu schaffen, die immer wieder im Osten ihres Reiches auftauchten und ihnen herbe Niederlagen zufügten. Der Sultan sah in ihnen eine größere Bedrohung als in den Heeren der Kreuzfahrer, und so hoffte er, zum Preis der Übergabe Jerusalems in den Christen starke Verbündete gegen die mongolische Plage zu finden.

Friedrich wiederum war stets bemüht, seine kaiserliche Herrschaft von der Macht des Papstes abzunabeln und nach eigenem Gutdünken zu handeln. Der Gewinn Jerusalems, ganz gleich mit welchen Mitteln, musste ihn in den Augen vieler über den Heiligen Vater erheben, denn damit hatte er vollbracht, woran das Papsttum zwei Jahrhunderte lang gescheitert war.

Der Vertrag wurde also unterzeichnet, und Friedrich zog mit seiner Armee in die Stadt ein. Eigenhändig krönte er sich dort zum König von Jerusalem. Er gewährte den Moslems freien Zutritt zur Omar-Moschee und dem al-Aqsa-Tempel, tolerierte ihre Priesterschaft und war bemüht, alle Streitigkeiten, die ein solches Zusammenleben mit sich brachte, zu schlichten.

Dann allerdings, schon nach wenigen Jahren, geschah das Unvermeidliche. Der Sultan starb, seine Erben zerstritten sich und eine Rotte marodierender Moslemkämpfer marschierte in Jerusalem ein, sie töteten oder vertrieben die Christen und ergriffen erneut die Herrschaft über die Stadt. Jahrelang setzte kein Christ seinen Fuß dorthin, und falls es doch einer versuchte, wurde er auf der Stelle getötet.

Erst 1241, zwölf Jahre nach dem ersten Vertrag, wurden erneut Verhandlungen aufgenommen, diesmal zwischen Richard von Cornwall, dem Bruder des englischen Königs, und dem Sultan von Ägypten, Ayyub al-Saleh, dem die Besatzer Jerusalems unterstanden. Abermals wurde ein Abkommen unterzeichnet, und im April des Jahres kehrten die christlichen Priester in die Stadt zurück.

Doch auch diesmal war der Frieden nicht von Dauer. Bald schon geriet Sultan al-Saleh in Bedrängnis durch eine Liga feindlicher Sultane, und so rief er zu seinem Schutz ein Heer von zehntausend Türken zu Hilfe, die am Ufer des Euphrat stationiert waren. Sie marschierten mordend und brandschatzend durchs Heilige Land in Richtung Ägypten, und auf ihrem Weg überfielen sie Jerusalem und seine christliche Garnison. Im Herbst 1244 kam es zur Schlacht zwischen ihnen und den christlichen Rittern, die als Bewacher der Stadt abgestellt waren.«

An dieser Stelle verstummte Corax für eine Weile, und alle warteten gespannt darauf, dass er seinen Bericht fortsetzte. Aelvin konnte nur ahnen, was dies alles mit Corax selbst zu tun hatte, aber er hielt seine Neugier im Zaum und reizte ihn nicht durch Fragen. Am ungeduldigsten aber war Libuse, die mit großen Augen an den Lippen ihres Vaters hing.

»Ich war einer der Ritter, die Jerusalem verteidigen sollten«, fuhr er fort, nachdem er einen tiefen Zug aus seinem Becher genommen hatte. Er hatte ihn seit seinem ersten Schluck nicht mehr losgelassen, um sich nicht die Blöße zu geben, auf dem Tisch danach tasten zu müssen. »Wenige Jahre zuvor hatte ich Konrad von Hochstaden gebeten, mich für einige Jahre aus seinen Diensten zu entlassen. Ich hatte mich einem Heer angeschlossen, das 1239 ins Heilige Land zog, und wurde dort Graf Walter von Jaffa unterstellt. Als das zweite Abkommen zwischen Christen und Moslems besiegelt wurde, waren wir diejenigen, die den Schutz der Pilger in Jerusalem gewährleisten sollten. Dass wir einer Armee aus Türken und Mamelucken würden standhalten müssen, hatte damals keiner ahnen können.

Als Graf Walter hörte, dass sich die Türken Jerusalem näherten, beschloss er, die Feinde anzugreifen, ehe diese die Stadt erreichen konnten. Die ersten Späher hatten von tausend Gegnern gesprochen, und der Graf vertraute auf ihr Urteil, obgleich ihm alle von einem Ausfall abrieten. Jedermann war der Meinung, dass es sicherer sei, den Angriff in einer befestigten Stellung abzuwarten, doch Walter wollte davon nichts hören. Er glaubte, die Türken noch während ihres Aufmarschs aufreiben zu können. Und so kam es in den Sanddünen zwischen Gaza und Askalon zur Schlacht.

An jenem Tag sah ich so viel Blut und Tod wie niemals zuvor in meinem Leben. Auch ich war gegen den Ausfall gewesen. Und ich tat etwas, das ich bis zum heutigen Tage bereue: Ich befolgte einen Befehl *gegen meine Überzeugung*. Dabei hatte ich Köln verlassen, weil ich es müde war, der Willkür anderer zu dienen. Und nun fand ich mich auf diesem Schlachtfeld wieder, gegen mein besseres Wissen, und ich war gezwungen, um mein Leben zu kämpfen, obgleich ich von Anfang an geahnt hatte, dass dieser Angriff ein Fehler war. Damals, an jenem Tag in den Dünen von Askalon, beschloss ich, nie wieder irgendeines Mannes Befehle auszuführen. Ich war ein Krieger, das war, was ich am besten konnte, doch ab sofort würde ich nur noch das Schwert erheben, wenn ich selbst es für richtig hielt.

Als wir die Dünen erreichten, erwarteten uns nicht tausend, sondern zehntausend Feinde. Wie die Lämmer gingen wir ihnen in die Falle. Unsere Pferde waren zu langsam im Sand. Unsere Fußsoldaten wurden von den Reitern abgeschnitten und in den Dünentälern zusammengetrieben. Es war ein Massaker. Die Türken waren uns an zehnfacher Zahl überlegen. Die Schreie der Sterbenden hallten über die Wüste, und nur wenigen von uns gelang es, den türkischen Säbeln und Pfeilen zu entkommen. Walter von Jaffa war einer der Ersten, die die Flucht ergriffen, und mit ihm entkamen viele Berittene. Die Fußsoldaten aber waren nicht schnell genug, und einige von uns Rittern weigerten sich, sie zurückzulassen. Ich kämpfte an der Seite Heinrich von Bars, dem Befehlshaber der Infanteristen und desjenigen unter den Edelleuten, der neben dem Grafen von Jaffa am vehementesten für den Ausfall plädiert hatte. Ich sah, wie mehrere Türken zugleich über ihn herfielen und ihn zerstückelten, und so wie ihm erging es an diesem Tag einem Großteil unserer Leute.

Ich war einer der Letzten, die vom Schlachtfeld entkamen, blutend und geschlagen. Noch in derselben Nacht verließ ich die Reste unserer Streitmacht. Erst viel später hörte ich von den Gräueltaten der Türken in Jerusalem. Sie waren durch die Straßen gezogen und hatten jeden Christen ermordet, der ihnen unter die Klingen geriet, und nicht wenige Moslems, nur aus Freude am Töten. Die letzten Überlebenden der christlichen Gemeinde flohen in die Kirche vom Heiligen Grab, Frauen, Kinder und Alte. Doch die Eroberer kümmerte die Würde dieses Ortes nicht. Sie brachen durch das Portal und schnitten jedem, den sie fanden, die Kehle durch. Sie beschmierten die Heiligenbilder mit dem Blut der Christen, sie pissten auf die Reliquien und vergewaltigten die Frauen auf den Stufen der Altäre, die lebenden genauso wie die toten.«

Wieder verstummte Corax, und diesmal dauerte es noch länger, ehe er endlich fortfuhr. »Libuse, ich habe dir immer erzählt, ich hätte meine Ritterwürde abgelegt, als ich nach Köln zurückkehrte, doch das war eine Lüge. Die Wahrheit ist, ich tat es dort, auf dem Rückzug vom Schlachtfeld. Ich spie dem Grafen von Jaffa ins Gesicht und warf ihm mein Schwert zu Füßen. Er hatte Tausende in den Tod getrieben, weil er nicht auf jene hören wollte, die es besser wussten als er. Ich schwor, fortan keinem Herrn mehr zu dienen, und ich ritt davon.«

Alle ahnten, dass nun jener Teil der Geschichte folgen würde, in dem von Libuses Geburt die Rede sein würde. Und vom Tod ihrer Mutter. Aber Aelvin brannte noch eine andere Frage auf den Lippen, und nach kurzem Abwägen stellte er sie:

»Hattest du Angst, Corax?« Alle Blicke richteten sich auf ihn, und schon bereute er, seine Gedanken laut ausgesprochen zu haben: »Ich meine … bist du deshalb fortgegangen?«

Die starken Finger des Ritters schlossen sich noch fester um seinen Becher, sodass Aelvin fürchtete, der Ton würde bersten. »Ob ich geflohen bin und meine Kameraden im Stich ließ, willst du wissen?«

»So hab ich das nicht –«

»Du hast Recht«, sagte er mit regloser Miene. »Damals habe ich mir selbst etwas vorgemacht. Ich redete mir ein, dass ich fortging, weil ich die Dummheit und Willkür der Befehlshaber nicht mehr ertrug. Aber in Wahrheit … ja, ich bin davongelaufen.« Er machte eine kurze Pause und sagte dann: »Keiner der anderen hat überlebt.«

Aus diesem Grund also hatte er all die Jahre über geschwiegen. Er sah sich selbst als Feigling, als einen Mann, der seine Gefährten ihrem Schicksal und den Klingen der Feinde überlassen hatte.

Libuse kam ihm zu Hilfe. »Das ist keine Schande. Jeder von uns hätte das Gleiche getan.«

Aelvin dachte an zehntausend säbelschwingende Türken in den Straßen Jerusalems und kam nicht umhin, ihr zuzustimmen.

»Ich weiß nicht, ob es den anderen gegenüber ein Verrat war«, sagte Corax. »Aber mich selbst habe ich gleich zwei Mal verraten. Einmal, als ich mir einredete, ich ginge nur fort, um keinem anderen mehr zu folgen. Und zum zweiten Mal, als ich nur wenige Wochen später genau dies erneut tat – mich in die Dienste eines Herrn zu stellen.«

»In Bagdad«, murmelte Albertus und drehte dabei nachdenklich seinen Becher in den Händen.

Corax nickte, während seine blinden Augen noch immer auf Aelvin gerichtet waren. »Von Jerusalem aus konnte ich nicht nach Norden gehen, denn von dort aus rückte die Streitmacht der Türken an. Zurück nach Köln wollte ich nicht. Ich mochte das Heilige Land und seine Menschen, so merkwürdig das klingen mag. Ich mochte die Märkte und das wilde

Treiben, ich mochte die Geschichten und Legenden und sogar die Religion.«

Aelvin beobachtete Albertus' Reaktion auf diese Worte, doch der Magister gab durch keine Regung zu verstehen, was er dachte.

»Ich ritt hinaus in die Wüste, von einer Karawanserei zur nächsten, und es war in einer dieser Oasen, Libuse, wo ich deine Mutter traf.« Er senkte seine Stimme. Libuse schob ihre Hand über den Tisch und ergriff die seine. Ihre Finger wirkten auf seiner schwieligen, gegerbten Pranke fein und zerbrechlich. »Sie war die Gefangene eines arabischen Sklavenhändlers, was nichts Ungewöhnliches ist in diesen Gegenden. Frauen werden hier oftmals gehandelt wie Vieh, man kauft sie auf Märkten und in seidenumwehten Hinterzimmern, und viele landen in den Harems der Reichen. So wäre es wohl auch deiner Mutter ergangen, denn sie war eine schöne Frau. Du hast ihr feuerrotes Haar geerbt und noch so manches mehr. Sie war eine Normannin, und die Geschichte, wie es sie in diesen Teil der Welt verschlagen hatte, war lang und höchst seltsam. Aber davon vielleicht ein andermal. Ich sah sie in den Fängen dieses Sklaventreibers, und ich wusste sofort, dass ich nicht zulassen würde, dass er sie an irgendeinen arabischen Gewürzhändler verschacherte. Ist euch aufgefallen, wie die Männer hier Libuse und Favola anstarren? Ich sage euch, es wird noch viel schlimmer werden. Frauen mit weißer Haut sind eine begehrte Ware auf den Märkten von Konstantinopel bis Damaskus.«

Favola warf einen unsicheren Blick zu Libuse hinüber, doch Corax' Tochter war ganz gebannt von den Worten ihres Vaters. Sie konnte es nicht erwarten, dass er endlich fortfuhr.

»Ich versuchte, mit dem Mann zu handeln«, sagte Corax. »Ich bot ihm das Wenige, das ich besaß, schließlich sogar meinen Schwertarm als Leibwächter, doch er wollte nichts davon wissen. Das Weib werde einen Preis bringen, der nicht mit den Münzen eines abgerissenen Ungläubigen oder seinem fragwürdigen Geschick mit der Klinge aufzuwiegen sei, sagte er. Ich solle ihn in Frieden lassen, die Frau vergessen und meiner Wege ziehen. Nun, zumindest das *fragwürdig* nahm er zurück, als seine Wächter tot vor ihm im Wüstensand lagen, und ich war drauf und dran, auch ihn zu erschlagen, doch Nive – so hieß deine Mutter – hielt mich davon ab. Sie bat um sein Leben, denn er habe sie trotz allem gut behandelt und nicht erlaubt, dass einer seiner Männer ihr zu nahe kam. Ich dachte daran, ihr zu erklären, dass er dies nur aus eigennützigen Gründen getan habe, doch dann unterließ ich es und bat sie, mit mir zu reisen. Und genau das tat sie dann auch.«

Libuses Hand bebte jetzt, genau wie ihre Unterlippe. Sie hatte Tränen in den Augen.

»Als wir endlich Bagdad erreichten, besaßen wir nichts außer dem Pferd, das uns beide trug, unserer Kleidung und meinen Waffen. Ross und Kleider hätten wir verkaufen können, aber wie lange hätten wir davon leben können? Also entschloss ich mich, das Einzige feilzubieten, was übrig blieb – meine Hand mit Schwert, Dolch und Morgenstern. Nive wusste, dass ich mir geschworen hatte, niemals mehr einem anderen Mann zu dienen, und sie sagte, ich müsste es nicht tun, sicher würden wir andere Wege finden … Aber wir wussten es beide besser. Wir waren zwei Ungläubige, und bei allen Wundern dieser Stadt war es doch nur eine Frage der Zeit, ehe man mir hinterrücks die Kehle durchschneiden und Nive verschleppen würde. Als ich mich entschied, in die Dienste eines neuen Herrn zu treten, tat ich das nicht allein wegen des Geldes. Vor allem ging es mir darum, so schnell wie möglich in eine Stellung aufzurücken, die Nive Sicherheit gewähren würde – auch dann, wenn ich einmal nicht in der Nähe war, um sie zu beschützen.«

Aelvin dachte, dass es für einen Edelmann wie Corax, einen ehemaligen Ritter und Sohn aus adeligem Hause, schwer gewesen sein musste, sich mit solch einem Leben abzufinden. Und als hätte Corax geahnt, was Aelvin durch den Kopf ging, fuhr er fort: »Ich hätte alles getan, wenn es Nive nur gut erging und sie nie wieder auf das Podest eines Sklavenhändlers steigen musste. Ich habe deine Mutter sehr geliebt, Libuse.« Für einen Augenblick schien seine Stimme zu brechen, doch er hatte sich sogleich wieder in der Gewalt. »Ich beschloss, meine Dienste nicht gleich dem erstbesten Händler anzubieten. Einmal im Monat veranstaltete der Wesir des Kalifen einen Wettkampf, aus dessen Siegern er jene Männer auswählte, denen er einen Posten in seiner Leibgarde anbot.«

»Und du hast gewonnen«, stellte Libuse fest.

Corax nickte. »Ich besiegte sie alle. Und als der Wesir mich zu sich rief und nach meinem Namen fragte, da sagte ich ihm die Wahrheit: dass ich ein Ritter des Kaisers gewesen sei, der ausgezogen war, die Ungläubigen aus dem Heiligen Land zu vertreiben. Aber dass der Krieg mir offenbart hatte, dass der Gott, dem ich mein Leben lang gedient hatte, womöglich kein so gerechter Herr war, wie ich immer angenommen hatte. Ich erklärte ihm, dass ich mich von meinem Kaiser und meiner Kirche losgesagt hätte und nur noch jenem dienen wollte, den ich selbst mir als Herrn auserwählte. Da lächelte der Wesir, weil ihm gefiel, wie offen ich sprach und dass ich keine Furcht vor ihm zeigte. ›Und‹, fragte er, ›willst du mich als deinen Herrn akzeptieren?‹ ›Das will ich‹, erwiderte ich, ›wenn die Bezahlung gut ist und du mir Sicherheit für mich und mein Weib bietest.‹« Corax' Tonfall wurde so eisig wie der Wind, der in den Schankraum blies, wenn ein durchgefrorener Gast in einer Wolke aus Schnee hereinstolperte. »Und das war der größte Fehler meines Lebens.«

Albertus, der seit vielen Jahren wusste, was damals geschehen war, bestellte beim Wirt eine neue Runde heißen Kräuterwein. Obgleich Aelvin sich sonst über so viel Freigebigkeit gefreut hätte, konnte er in diesem Augenblick doch an nichts anderes denken als an die Ereignisse, die Corax' Worte heraufbeschworen.

»Nive und ich zogen in bescheidene Räumlichkeiten am hintersten Ende des Wesirpalastes, wo auch die übrigen Gardisten mit ihren Familien lebten, und eine Weile lang waren wir sehr glücklich. Wie sich bald herausstellte, war meine Aufgabe in der Leibgarde des Wesirs nicht allzu mühsam. Niemand hat während der ganzen Zeit versucht, ihm ein Haar zu krümmen. Einzig der Konkurrenzkampf mit der Garde des Kalifen war mitunter lästig, denn der Wesir verbrachte als oberster Minister des Kalifats viel Zeit mit seinem Herrn und Gebieter. Keiner von beiden legte dabei Wert auf doppelte Bewachung, und das führte oft zu Streit zwischen den Gardisten des Kalifen und uns. Kam es zu Handgreiflichkeiten, wurden wir von unseren Herren schwer dafür bestraft. Einige Tage, sogar mehrere Wochen im Kerker waren keine Seltenheit.

Deine Mutter und ich waren nicht verheiratet, aber das wusste niemand. Wir gaben vor, Mann und Frau zu sein, und so fühlten wir uns auch. Die Wahrheit hätte zu nichts als Schwierigkeiten geführt, wahrscheinlich zu meiner Entlassung, und so waren wir für alle Welt vermählte Eheleute.

Schon bald rückte ich auf, wurde Hauptmann der Leibgarde, und schließlich wurde der Kalif selbst auf mich aufmerksam – ich war ja auch schwer zu übersehen, als einziger hellhäutiger, hellhaariger Mann der Garde, noch dazu einen guten Kopf größer als die meisten anderen Soldaten. Nach gut einem Jahr in den Diensten des Wesirs wurde ich zum Hauptmann der Garde des Kalifen, bekam neue Vergünstigungen, aber auch viele neue Pflichten. Oft musste ich den Kalifen auf seinen Reisen begleiten, manchmal wochenlang. Und das bedeutete jedes Mal auch eine Trennung von Nive, was mir umso schwerer fiel, nachdem sie mir offenbart hatte, dass sie ein Kind erwartete.

Auf einer dieser Reisen wurden wir in einer einsamen Bergfestung von einem versprengten Trupp von Kreuzrittern angegriffen, Männern, wie ich selbst einmal einer gewesen war. Auch sie hatten sich von ihren Befehlshabern losgesagt und sich in den Bergen zu einer Räuberbande zusammengeschlossen. Zwar kämpften sie noch immer unter den Bannern des Kaisers und des Papstes, doch in Wahrheit waren sie nichts als Wegelagerer, die es nicht wagten, in die Heimat zurückzukehren. Stattdessen überfielen sie Sklavenkarawanen, töteten die Männer und behielten die Frauen für sich, bis sie ihrer überdrüssig waren. In den Felsschluchten beraubten sie Händler auf ihren Routen zwischen den Basaren und machten auch keinen Halt vor Angriffen auf Christen. Ihre Zahl war schon auf mehr als zweihundert angewachsen, und beinahe schien es, als würde jeder abtrünnige Ritter und Waffenknecht wie durch Magie von ihnen angezogen.

Als sie den Kalifen und uns Gardisten in der verlassenen Festung überfielen, in der wir unser Lager aufgeschlagen hatten, wussten sie wohl erst gar nicht, wer ihnen da über den Weg gelaufen war. Erst nach einer Weile und den ersten Verhandlungen erkannten sie die Wahrheit. Ich traf mich mit ihrem Anführer, um unseren freien Abzug zu fordern, und ich erkannte mich selbst in ihm wieder. Es hätte nicht viel gefehlt, und ich wäre wie er geworden. Nur meine Begegnung mit Nive hatte mich davor bewahrt. Zugleich begriff ich, dass er uns niemals gehen lassen würde, selbst wenn er mir sein Wort darauf gäbe – denn ich an seiner Stelle hätte dasselbe getan. Er wusste genau, dass der Kalif gleich nach seiner Heimkehr eine Armee losschicken würde, um die Bande aufzureiben. Diese Männer *konnten* uns gar nicht ziehen lassen.

Ich kehrte zu meinem Herrn zurück, erstattete Bericht und bat ihn, die Verteidigung der Festung in meine Hände zu legen. Er aber glaubte, dass es unmöglich sei, die Mauern mit nur dreißig Männern gegen eine Übermacht von zweihundert zu halten. Doch ich widersprach ihm: Unser Überleben sei keine Sache der Kraft, sondern nur der Taktik und des Geschicks. Und weil ich wusste, wie unsere abendländischen Feinde vorgehen würden – genau so, wie sie und ich es einst gelernt hatten –, traute ich mir zu, die Festung gegen sie zu verteidigen und die Gegner sogar zu besiegen. Der Kalif wollte lieber auf Verhandlungen setzen und konnte nicht glauben, dass ein Ungläubiger es wagen würde, den Kalifen von Bagdad zu töten, aber schließlich gab er nach. Falls es mir gelänge, das Unmögliche möglich zu machen, versprach er gar, mich zum obersten Befehlshaber seiner Armee zu machen. Ich sagte, dass ich keinen Lohn erwartete, denn mein einziges Glück sei sein Überleben. In Wahrheit aber dachte ich die ganze Zeit über nur an Nive, die daheim in Bagdad auf meine Rückkehr wartete und deren Leben verwirkt war, falls der Kalif in meiner Obhut ermordet würde. Auch wenn ich selbst bei diesem Kampf ums Leben käme, hätte man Nive als Weib jenes Schwächlings, der den Tod des Herrschers zu verantworten hatte, vom Hof verstoßen. Und wie lange hätte sie wohl hochschwanger in den Gassen Bagdads überlebt?

Für sie und für unser ungeborenes Kind gelang mir schließlich, was ich dem Kalifen versprochen hatte. Wir töteten viele Feinde bei ihrem ersten Ansturm, und noch einmal genauso viele beim zweiten. Dann schließlich wagten wir einen Ausfall, und am Ende des Tages waren die Berghänge rot vom Blut unserer Gegner. Keiner von ihnen überlebte, und ihren Anführer erschlug ich selbst vor den Augen des Kalifen.

Abermals gelobte er, mich gleich nach unserer Rückkehr nach Bagdad zum Oberbefehlshaber all seiner Heere zu machen. Freilich tat er dies nicht nur, um sein Wort zu halten, das er mir in der Stunde der Verzweiflung vielleicht vorschnell gegeben hatte. Tatsächlich fürchtete er seit langem, dass die Kreuzfahrer auch bis zu seinen Mauern vorrücken und die Stadt belagern könnten. Wenn er aber einen Heerführer hätte, der die Strategien seiner Gegner kannte, weil er einst selbst zu ihnen gehört hatte, mochte das die Stadt vielleicht irgendwann einmal retten – und damit sein ganzes Reich. In seinen Augen war das ein kluger Schachzug, aber mir war unwohl dabei, denn der Oberbefehl über das Heer hatte bislang allein dem Wesir oblegen.

Erschöpft, aber stolz, weil wir uns so tapfer geschlagen hatten, kehrten wir nach Bagdad zurück. Dort eilte ich sogleich zu Nive, während der Kalif die Zeremonie für meine Ernennung vorbereiten ließ. Doch statt sich über meine Rückkehr zu freuen, brach Nive in Tränen aus, schalt sich selbst eine Unwürdige und rief, sie sei es nicht wert, jemals wieder unter meine Augen zu treten. Ich versuchte, sie zu beruhigen, aber sie war außer sich, stieß mich von sich und schloss sich in ihre Kammer ein.

Ich kann nicht beschreiben, was ich in jenen Augenblicken dachte, wie ich mich fühlte. Ich verstand nicht, was passiert war. Ich bat, sie solle herauskommen und mit mir reden, doch sie weigerte sich. Gewiss, ich hätte die Tür aufbrechen können, aber ich wollte doch keine Gewalt anwenden, um sie wieder in meine Arme nehmen zu können! Und dann, endlich, mit der Tür zwischen uns und ohne dass sie mir in die Augen sehen musste, erzählte sie, was geschehen war.«

Corax trank erneut, in tiefen, gierigen Zügen, aber sein Blick war nicht ins Innere des Bechers gerichtet, sondern über den Rand hinweg ins Leere. Libuse liefen Tränen über die Wangen, aber weil sie selbst sie nicht fortwischte, wagte auch Aelvin nicht, es zu tun. Libuse fürchtete sich davor, den Ausgang der Geschichte – *ihrer* Geschichte – zu hören.

»Während meine Männer und ich in den Bergen um unser Leben kämpften, war der Wesir zu Nive gekommen. Er sagte zu ihr, er begehre sie, seit er sie zum ersten Mal gesehen habe, damals bei dem Wettkampf, als ich um einen Posten in seiner Garde gekämpft hatte. Der Hund behauptete, er habe mich nur deshalb aufgenommen und vor allen anderen bevorzugt, weil er sich gewünscht habe, dass sie in seiner Nähe sei. Und ich hatte nichts von alldem geahnt! Ich wusste nicht einmal, dass er überhaupt je einen Blick auf sie geworfen hatte!« Corax' Finger ballten sich auf dem Tisch zur Faust, und Libuse legte beruhigend beide Hände darum. »Er fragte, ob Nive wirklich mein Weib sei, und obwohl sie beteuerte, dass wir seit Jahren vermählt seien, bezichtigte er sie der Lüge. Ob es denn Beweise dafür gebe, fragte er sie. Und sicher wisse sie doch, was geschähe, wenn bekannt würde, dass am Hofe des Kalifen zwei Ungläubige miteinander buhlten, ohne vor Allah Mann und Frau zu sein. Sogar ein Kind wüchse da in ihrem Bauch heran, als Beweis unserer Schuld! Nive, meine arme, gepeinigte Nive, wurde schwach und gestand ihm alles, und sie bat ihn unter Tränen, das Geheimnis für sich zu behalten. Dieser Sohn eines Schakals aber sagte, das sei unmöglich, schließlich sei er der oberste Minister des Kalifen, und wenn am Hofe eine solche Ungeheuerlichkeit vorgehe…« Corax' Miene blieb unbewegt, nur das Narbengewebe unter seinen Augen zuckte und verriet, was in ihm vorging. »Falls sie allerdings einwillige, sich von mir loszusagen und stattdessen seine Frau zu werden, dann sei ihre Schuld getilgt. Gewiss könne er den Kalifen dann überzeugen, auch in meinem Fall gnädig zu sein. Ich würde dann nicht hingerichtet, sondern lediglich in die Verbannung geschickt. Sollte sie aber nicht zustimmen, sich ihm hinzugeben, dann bliebe ihm keine andere Wahl, als unser Treiben dem Kalifen zu melden. Das Schwein ließ ihr einen Tag Bedenkzeit, und was muss die Arme in jenen Stunden durchgemacht haben! Sie erzählte mir, sie habe sich sogar das Leben nehmen wollen, doch dann wäre ja auch das Kind in ihr gestorben, und eine solche Schuld wollte sie nicht auf sich nehmen. Sie war überzeugt, dass es nun in ihrer Hand läge, ob das Kind und ich am Leben blieben, oder aber ob wir alle drei sterben mussten. Und schließlich, schweren Herzens, willigte sie ein.«

»Oh, Vater«, flüsterte Libuse mit erstickter Stimme.

Aelvin suchte nach Tränen in den blinden Augen des Ritters, aber da waren keine. Nur die roten Narben zitterten und zuckten unablässig.

»Sie gestand mir, dass sie ihm zu Willen gewesen war. Er nahm sie gleich dort, in unserem Bett, in unseren Räumen. Er benutzte sie wie eine seiner Mätressen, von denen er zahllose hatte. Wie oft hatte ich selbst Wache vor den Häusern betrogener Ehemänner gestanden, während sich der Wesir mit ihren Frauen vergnügte! Wir Gardisten hatten immer geglaubt, sie gäben sich ihm freiwillig hin, aber heute weiß ich, dass er sie ebenso gezwungen und erniedrigt hat wie meine Nive.

Tag für Tag kam er nun zu ihr, oft für viele Stunden, und sie tat, was er von ihr verlangte. Immer dachte sie dabei nur an das ungeborene Kind und … an mich, daran, dass sie mit all dem unser beider Leben erkaufen würde. Der Wesir kannte keine Grenzen, keine Scham, und dass sie seit mehreren Monaten mit einem Kind schwanger war, störte ihn ebenfalls nicht. Ich kann nicht einmal ahnen, was sie in jener Zeit durchgemacht hat, wie sehr sie sich quälte, wie oft sie daran dachte, eine Klinge zu nehmen und allem ein Ende zu machen, weil sie die Schande und das Leid nicht mehr ertrug.

Schon bald wurden seine Besuche unregelmäßig, dann immer seltener. Er sprach nun nicht mehr von Hochzeit, denn er war auch ihrer jetzt überdrüssig geworden wie all seiner Gespielinnen zuvor. Er hatte sie benutzt, und nun warf er sie fort. Von einer Ehe wollte er nichts mehr wissen, und auch von ihr nicht. Als er sich zum letzten Mal an ihr verging, drohte er ihr wieder, dem Kalifen alles zu offenbaren, wenn sie mir gegenüber auch nur ein Wort darüber verlöre.«

Aelvin blickte zu Libuse hinüber, und an ihrem Gesichtsausdruck sah er, dass ihr gerade zum zweiten Mal Gewalt angetan worden war. Sie machte keinen Unterschied zwischen dem Leid, das die Wolfskrieger ihr zugefügt hatten, und dem Vergehen des Wesirs an ihrer Mutter. »Ich war dabei«, wisperte sie tonlos. »Was er Mutter angetan hat, das hat er auch mir angetan.«

»Sag das nicht!«, entfuhr es Corax mit schwankender Stimme. »Sag so etwas niemals wieder!«

Libuse schwieg, doch Aelvin sah ihr an, was sie dachte. Wieder überkam ihn die Furcht, er könnte sie soeben verloren haben. Was wog schon das, was sie beide verband, gegen den Hass und die Verzweiflung, die jetzt in ihr tobten?

Schweren Herzens näherte sich Corax dem Ende seines Berichts. »Wenige Tage nach dem letzten … *Besuch* des Wesirs kehrte ich heim. Ich kniete vor der Tür der Kammer, in der Nive sich eingeschlossen hatte, und ich brachte kein Wort heraus. Vielleicht glaubte sie, ich gäbe ihr eine Schuld an dem, was geschehen war … vielleicht …« Er verstummte, holte tief Luft und fuhr fort. »Ich hätte sie trösten müssen, sie besänftigen, doch stattdessen … Ich sprang auf, packte mein Schwert und ging geradewegs zum Wesir. Seine Garde, die Männer, die ich selbst einst angeführt hatte, stellten sich mir in den Weg, und ich erschlug ein halbes Dutzend von ihnen, darunter meine besten Freunde. Ich drang bis zum Wesir vor, der gerade erfahren hatte, dass der Kalif mich zum Oberbefehlshaber gemacht hatte, und vor Wut kochte … Ich stürmte auf ihn zu, ohne ein Wort zu sagen, und er begriff sofort, dass Nive mir alles gestanden hatte … Wir kämpften, und ich hätte ihn getötet, wären nicht weitere Wächter dazugekommen, immer mehr und mehr … Ich muss zehn oder noch mehr von ihnen getötet oder verstümmelt haben, ehe sie mich schließlich überwältigten. Ich wurde in einen Kerker geworfen, und ich schrie und flehte, Nive noch einmal wiedersehen zu dürfen, doch diese Gunst wurde mir nicht gewährt. Schließlich wurde ich dem Kalifen vorgeführt, und er erklärte mir, der Wesir habe behauptet, ich hätte versucht, ihn zu töten, um auch den Rest seiner

Ämter an mich zu bringen. Ob mir denn nicht klar sei, dass ein Ungläubiger zwar Anführer einer Armee, niemals aber Wesir sein könne? Ich hörte kaum zu, und ich war drauf und dran, ihm die Wahrheit zu sagen, doch ich wusste, was dann geschehen würde: Der Wesir würde behaupten, Nive sei nicht wirklich meine Frau, und er habe ein Anrecht auf sie erhoben, denn wenn sie keinem Mann gehörte, warum dann nicht ihm, der gelobt hatte, sie zu seinem Weib zu machen? Oh, er hätte sich zweifellos einen Berg von Lügen einfallen lassen, und der Kalif hätte gewiss eher ihm als einem treulosen Weib, einer Ungläubigen noch dazu, Glauben geschenkt. So oder so – Nive wäre verstoßen und als Hure vor der Palastmauer gesteinigt worden. Ich konnte nicht die Wahrheit sagen, und der Wesir wusste das genau.

Heute, mit dem Abstand der Jahre besehen, weiß ich, dass der Kalif keine andere Wahl hatte, als mich zu verurteilen. Trotz allem war er ein guter Mann und ein gerechter Herrscher, besser als alle, von denen ich im Abendland gehört habe. Er hatte viel gewagt, indem er mir den Befehl über das Heer versprach. Aber niemals, niemals hätte ihm sein Volk verziehen, wenn er dem Wort eines Fremden mehr Vertrauen geschenkt hätte als dem seines Wesirs, der ihm seit Jahren ein guter Berater und Freund gewesen war.«

»Welches Urteil hat er über dich verhängt?« In Favolas Stimme schwang tiefes Mitgefühl.

»Verbannung«, sagte Corax. »Er hätte mich hinrichten lassen können, aber er entschied, mich stattdessen des Landes zu verweisen. Zweifellos wandte er sich damit gegen den ausdrücklichen Wunsch seiner Berater. Ich denke, er tat es aus Dankbarkeit, weil ich ihm in den Bergen das Leben gerettet hatte. Vielleicht glaubte er, das sei er mir schuldig.«

»Damit hatte er wohl auch Recht«, sagte Aelvin erbost.

»Die Geschichte ist noch nicht zu Ende.« Corax' Tonfall ließ alle erahnen, dass das Schlimmste noch ausstand. »Wieder bat ich darum, Nive sehen zu dürfen. Der Kalif hatte Mitleid und entschied, dass sie mich begleiten sollte, sobald das Kind geboren und sie kräftig genug für die Reise war. Bis zur Geburt aber sollten wir uns nicht begegnen. Ich sollte im Kerker auf unsere gemeinsame Abreise warten.

Es waren schreckliche Stunden, allein in meinem Verlies, immer in der Ungewissheit, wie es Nive und dem Kind erginge. Ich lief den ganzen Tag auf und ab wie die Löwen des Kalifen in ihren Käfigen, und dabei beschäftigten mich nur zwei Dinge: meine Sorge um meine Familie und mein Hass auf den Wesir. Ich flehte zu Gott, mein Feind möge mich im Kerker besuchen, um mich zu verspotten, damit ich ihm schwören konnte, dass ich ihn eines Tages töten würde für das, was er getan hatte. Doch der Wesir kam nicht, und die einzige Nachricht, die mich von Nive erreichte, war die eine, die alles veränderte.

Eines Tages, drei oder vier Wochen nach meiner Verurteilung, kam eine Frau, die ich nicht kannte, mit einem neugeborenen Kind in den Armen zu mir in die Zelle. Es war ein Mädchen, und es war sehr klein und schwach, aber es hatte Nives Augen und darin« – Corax leerer Blick richtete sich auf Libuse – »darin war eine solche Kraft, ein so starker Wille, dass man sehen konnte, dass es leben würde. Mochte es noch so schwächlich erscheinen, noch so klein und verletzlich – dieses Mädchen würde zu einer starken, wunderbaren Frau heranwachsen.«

Libuse senkte den Blick. Favola weinte und Aelvin schluckte, um den Kloß in seinem Hals loszuwerden.

»Nive hatte sich das Leben genommen, bereits kurz nach meiner Verurteilung. Ein Arzt, der Leibarzt des Kalifen persönlich, hatte das ungeborene Kind aus ihrem sterbenden Leib geschnitten und die Kleine gerettet. Aber Nive … sie hatte nur noch diesen einzigen Ausweg gesehen. Vielleicht hat der Wesir sie erneut bedroht, weil sie mir alles offenbart hatte. Vielleicht hat sie die Entscheidung auch ganz für sich allein getroffen.

Als die Frau mir das Mädchen brachte, meine Libuse, da war Nive schon mehrere Wochen tot. Niemand hatte es mir gesagt. Man hatte warten wollen, ob das Kind überlebte, und nun, da es kräftig genug war, sollte ich die Wahrheit erfahren. Der Urteilsspruch blieb bestehen, und man erwartete von mir, dass ich ging und mitnahm, was von meiner Familie übrig war.

In jenen Augenblicken wurde ich ein anderer. Die Trauer um Nive brachte mich fast um den Verstand. Ich wollte sterben und wollte es doch nicht, denn nun war da dieses kleine Bündel Mensch, das mich mit seinen grünen Augen ansah und lächelte, als sei nichts geschehen.« Er räusperte sich, so belegt war jetzt seine Stimme. »Ich nahm Libuse und ging. Der Kalif gab mir eine Eskorte mit auf den Weg und auch die Amme, die mir meine Tochter gebracht hatte, und die ihr Milch geben konnte, solange es nötig war. Mehr konnte er nicht tun. Viele zu Hofe gierten nach seinem Thron und warteten nur auf einen Anlass, um ihn zu stürzen, allen voran der Wesir. Auch ihn sah ich nie wieder, und mein Hass auf ihn wurde mit den Jahren zu etwas Fremdem, weit Entferntem, während ich mit Libuse zurück in die Heimat reiste und sie und mich vor der Welt in den Wäldern verbarg …« Er atmete tief durch, beinahe erleichtert. »Den Rest der Geschichte kennt ihr.«

Libuse sprang auf und umarmte ihn, weinte leise an seiner Schulter und kümmerte sich nicht um die anderen Tavernengäste, die jetzt alle zu uns herüberblickten.

»Sein Name«, flüsterte sie an seiner Schulter. »Wie war der Name des Wesirs?«

Er zögerte. »Abu Tahir al-Munadi«, sagte er schließlich.

»Abu Tahir«, wiederholte sie leise und vergrub das Gesicht an seinem Hals. Favolas Lederhandschuh berührte zaghaft

Aelvins Finger. Er schenkte ihr einen kurzen Blick und umfasste ihre Hand.

Corax bewegte die Lippen, und seine Worte waren so leise, dass Aelvin sie mehr erriet als verstand. »Verzeih mir«, sagte der Ritter. »Ich hätte dir das alles viel früher erzählen sollen.«

Libuse hob den Kopf und küsste seine vernarbten Augenlider.

»Ich bin Abu Tahir al-Munadi«, sagte der Wesir des Kalifen, als Sinaida ihm vorgeführt wurde.

Sie befanden sich in einem hohen Raum mit Kuppeldecke. Zu beiden Seiten verliefen Säulenarkaden, die Bögen aus weißem und rotem Marmor trugen. Decken und Wände waren mit fein ziseliertem Stuck geschmückt. Wie in den Gängen des Palastes, durch die man Sinaida eskortiert hatte, gab es auch hier keine freie, unverzierte Stelle. Die Araber schienen eine Heidenangst vor leeren Flächen zu haben; kein Wunder in einem Land, das sich über endlose Wüsten erstreckte. Wo keine verschlungenen Blumenmuster oder Ornamente das Gestein zierten, verliefen gemeißelte Spruchbänder mit Zitaten aus dem Koran. Ein Großteil des Marmorfußbodens war mit Teppichen bedeckt. Aus Räucherschalen wölkten angenehme Gerüche empor.

Der Wesir erwartete sie am Kopfende des Raums, bei dem es sich wohl um eine Art Audienzsaal handeln musste. Er war kein junger Mann mehr, an die fünfzig, schätzte Sinaida, aber trotz der Umstände ihrer Begegnung entdeckte sie keine Wut oder gar Grausamkeit in seinem Blick. Seine grauen Augen musterten sie überaus aufmerksam. Falls er vorhatte, sie töten zu lassen – und damit rechnete sie –, so verriet er es durch kein Zeichen des Zorns, nicht einmal des Unwillens.

Er trug weiße Gewänder, die über seiner Hüfte mit einer

schwarzen Schärpe gegürtet waren. Darüber hatte er einen silbernen Schwertgurt gebunden. Sinaida fragte sich, ob die Klinge in der kunstvollen Scheide nur der Zierde diente, oder ob er tatsächlich damit umgehen konnte. Er war groß, doch nicht besonders breitschultrig. In seiner Jugend war er sicher ein drahtiger, geschickter Kämpfer gewesen, und auch heute noch lagen Zähigkeit und Ausdauer in seinem Auftreten. Als Zeichen seines hohen Standes trug er zahlreiche Ringe an seinen sehnigen Fingern, und sehnig war auch sein schmaler Hals. Sein Bart war kurz geschnitten und mit Grau durchwirkt, wenngleich das einstmals volle Schwarz noch immer zu erahnen war. Sein Haar lag unter einem Turban verborgen; die Kopfbedeckung war geschmückt mit silbernen Kettchen und einem türkisfarbenen Edelstein über der Stirn.

Abu Tahir al-Munadi war zweifellos ein eindrucksvoller Mann. Sinaida musste ihn nur ansehen, um zu erahnen, weshalb man ihn zum obersten Minister des Reiches gemacht hatte. Sein Auftreten war würdevoll, und es fiel gewiss leicht, ihm zu vertrauen und Weisheit in seinem Ratschluss zu finden. Beinahe wirkte er traurig darüber, dass Sinaida ihm als Gefangene vorgeführt wurde.

Doch sie ließ sich nicht täuschen. Sie wusste sehr wohl, was ihr bevorstand. Sie war bewaffnet in den Palast eingedrungen, trug die Kleidung eines ermordeten Soldaten und war noch dazu eine Angehörige jenes Volkes, das die Menschen in diesem Land mehr hassten als die Dschinn der Wüste.

»Verstehst du meine Sprache?«, fragte er.

»Ja.«

»Wie ist dein Name?«

»Sinaida.«

»Dann sag mir, Sinaida, wer dich hergeschickt hat.«

»Niemand. Ich bin aus freien Stücken nach Bagdad gekommen.«

»Woher hast du diese Kleidung?«

Sie wissen es nicht!, durchzuckte es sie. Ein weiterer Beweis für den jämmerlichen Zustand der Truppen. Spätestens bei der Wachablösung hätte das Verschwinden des Soldaten auffallen müssen.

»Ich habe sie von einem deiner Soldaten gekauft«, log sie. »Er sagte, er wird schlecht bezahlt für seinen Dienst, und da machte ich ihm ein Angebot, das er nicht ausschlagen konnte.«

Der Wesir hob eine schmale Augenbraue. »Du hast ein freches Mundwerk für ein Weib, das morgen früh gesteinigt vor der Palastmauer liegen wird.«

»Ich habe eine Botschaft für den Kalifen.«

»Natürlich. Jeder, den wir in den Palastgärten aufgreifen, hat eine Botschaft für unseren Gebieter. Welchen anderen Grund könnte es auch geben, hier einzudringen, ein oder zwei Wachleuten die Kehle durchzuschneiden und nach einem Weg in die herrschaftlichen Gemächer zu suchen?«

»Ich bin auf der Flucht vor meinem eigenen Volk«, sagte sie unbeirrt. »Die Große Horde des Hulagu nähert sich von Nordosten der Stadt.«

Der Blick des Wesirs wurde eine Spur interessierter. Er wirkte jedoch keineswegs alarmiert. »Hulagu ... ja, wir haben von ihm gehört. Stiftet eine Menge Unruhe im Osten. Bestimmt hätten unsere Leute an den Grenzen uns Botschafter gesandt, wäre dort wirklich ein Aufmarsch der Mongolen im Gange.«

»Eure Leute an der Grenze hatten dazu keine Gelegenheit mehr«, entgegnete Sinaida. »Unsere Pferde sind schneller als die euren, und unsere Bogenschützen treffsicher. Falls es tatsächlich irgendwem gelungen sein sollte, einen Boten loszuschicken, so ist er nicht weit gekommen. Eure Grenzen brennen, und Ihr wisst es nicht einmal.«

»Und um mir das mitzuteilen, hast du dich als Mann verkleidet und bist in den Palast eingedrungen?«

»Die Wächter am Tor wollten mich nicht einlassen.«

»Woraufhin du einen von ihnen ermordet hast… Ja, wir wissen von dem Toten. Du solltest nicht den Fehler machen, uns für so dumm zu halten, das Verschwinden eines Palastwächters nicht zu bemerken.«

Sie fühlte sich ertappt, nicht wegen des Mordes an dem Soldaten, sondern weil sie den Wesir unterschätzt hatte. Diesen Fehler würde sie kein zweites Mal begehen.

»Ihr solltet mir dankbar sein, dass ich den Mann beseitigt habe«, sagte sie ruhig. »Er war bestechlich und trieb es während seiner Dienstzeit mit den Bittstellerinnen.«

Ein feines Lächeln spielte jetzt um die Mundwinkel des Wesirs. »Du bist eine mutige Frau, Sinaida. Und hübsch obendrein. Der Kalif würde ein Weib wie dich in seinem Harem zu schätzen wissen.«

»Er würde wenig Freude an mir haben.«

»Die Eunuchen haben schon schlimmere Wildkatzen als dich gebändigt, glaub mir.«

»Ihr wollt mich nicht verstehen, nicht wahr?« Sie machte einen Schritt auf ihn zu, wurde aber sofort von den beiden Soldaten gepackt, die hinter ihr standen. Es wäre ihr nicht schwer gefallen, die Männer zu töten. Aber an der Tür standen vier weitere Gardisten und draußen auf dem Gang noch einige mehr.

»Ich *verstehe*, dass du ein Eindringling in das Allerheiligste meines Gebieters bist«, sagte der Wesir nun schärfer. »Du hast gemordet, gelogen und dich maskiert. Ganz abgesehen davon, dass du unverschleiert vor die Augen meiner Männer getreten bist – allein dafür könnte ich dich töten lassen.«

»Ich bin hier, um Euch zu warnen. Die Große Horde wird in spätestens zwei Wochen, vielleicht sogar noch früher vor Euren Toren stehen. Wie lange werdet Ihr gegen dreihunderttausend Mongolen bestehen können?«

»Dreihunderttausend?«, fragte er zweifelnd.

»Mindestens.«

»Sicher einschließlich aller Frauen und Kinder.«

»Dreihunderttausend bestens ausgebildete und ausgerüstete Krieger. Die gesamte Horde wird auf zwei Millionen Menschen geschätzt. Keiner weiß es genau, nicht einmal Hulagu selbst.«

Er sah sie durchdringend an, als wollte er wie mit Fackeln die Wahrheit hinter ihren Worten erhellen. Sie würde sich an weitere unangenehme Tatsachen erinnern, falls ihn das endlich dazu brachte, zuzuhören.

»Hulagus Weib ist meine Schwester«, sagte sie, bevor er ihr mit weiteren Fragen zuvorkommen konnte. »Ich bin eine Prinzessin aus dem Volk der Keraiten, und ich bin die Witwe des Khur Shah, den Ihr und die Könige des Abendlandes den Alten vom Berge nennt. Ich könnte dich und die Soldaten in diesem Saal mit bloßen Händen töten, wenn mir etwas daran läge, und vielleicht käme ich anschließend sogar lebend aus dem Palast heraus. Wenn nicht, wäre auch das nicht schlimm, denn ich kann es nicht erwarten, meinen geliebten Mann endlich wieder zu sehen.«

»Khur Shah ist tot?«, fragte der Wesir nach einem Augenblick.

»Ermordet von Hulagu und dem Verräter Shadhan. Nur deshalb bin ich hier. Eure Stadt und Euer Volk bedeuten mir nicht mehr als der Schmutz unter den Hufen der Kamele. Alles, was ich will, ist der Tod dieser beiden Männer. Nur darum bin ich hergekommen und warne Euch. Rüstet Euch gegen den Angriff! Schafft jeden Mann herbei, der ein Schwert tragen kann, und am besten auch jede Frau! Und sorgt dafür, dass Shadhan den nächsten Sommer nicht erlebt! Das ist alles, was ich verlange. Ein geringer Preis dafür, dass ich Euch mein Volk ausliefere.«

»Das sind verbitterte Worte, Sinaida, Prinzessin der Keraiten«, sagte der Wesir. »Und ich bin nicht sicher, ob ich einer Frau, deren Blick ganz offenbar von Trauer getrübt ist, vertrauen sollte.« Er hob eine Hand, als sie widersprechen wollte. »Tatsächlich erscheint es mir vernünftiger, dich vorerst in ein Verlies zu werfen und Späher auszusenden, um deine Worte zu überprüfen. Und falls sich dann erweisen sollte, dass du die Wahrheit gesagt hast, können wir abermals miteinander reden. Womöglich sogar unter freundlicheren Umständen.«

»Es wird keine freundlichen Umstände geben, weil Bagdad brennen wird. Dieser Palast wird brennen. Und Ihr und Euer Gebieter mit ihm. Lasst mich zu ihm selbst sprechen. Soll er entscheiden, ob er mir glauben will oder nicht, wenn Ihr nicht dazu in der Lage seid.«

Einer der Soldaten packte sie erneut von hinten am Arm, doch der Wesir gab ihm mit einem Wink den Befehl, sie wieder loszulassen. »Niemand spricht persönlich mit dem Kalifen außer mir und seinen Weibern. Selbst seinen Leibsklaven wurden die Zungen herausgeschnitten. Treibe es nicht zu weit, Prinzessin – falls du tatsächlich eine bist und nicht einfach nur irgendein Mongolenweib, das so sehr vom Hass zerfressen ist, dass es die Gefahr nicht sieht, in der es schwebt.«

Sinaida bewegte sich so schnell, dass den beiden Wächtern in ihrem Rücken keine Zeit blieb, einen Laut auszustoßen. Dem einen zerschmetterte sie mit dem Ellbogen den Kehlkopf; er brach röchelnd zusammen und starb. Dem zweiten schlug sie den Kopf in den Nacken, entwand ihm zugleich das Krummschwert und zog ihm die Klinge über den Hals, ehe sie selbst begriff, was sie tat. Reflexe hatten Besitz von ihrem Körper ergriffen, ihr Instinkt verdrängte jede Vernunft. Falls der Wesir sie demütigen wollte – gut, damit konnte sie leben. Aber sie würde nicht zulassen, dass er diese Farce auf Kosten ihrer Rache fortsetzte.

Breitbeinig, mit dem blutigen Krummschwert in der Hand, stand sie da und starrte Abu Tahir al-Munadi über die Leichen seiner Männer hinweg an. Ihr Atem blieb ruhig, aber sie spürte einen Schweißtropfen an ihrer Schläfe. Die Schritte der übrigen Soldaten in ihrem Rücken kamen näher, doch sie wandte sich nicht zu ihnen um. Der Wesir würde die Gardisten aufhalten, ehe sie Sinaida erschlagen konnten – dessen war sie jetzt ganz sicher.

»Beeindruckend«, sagte er nur.

»Tut mit mir, was Ihr wollt«, sagte sie verbissen. »Aber, bei Gott, ich hoffe, das hier ist Euch Beweis genug, dass Ihr meine Warnung ernst nehmt.«

Der Wesir hob langsam eine Hand. Das Fußgetrappel hinter Sinaidas Rücken erstarb. Eisen klirrte, Stoff raschelte. Aber die Männer kamen nicht näher.

Sinaidas Blick und der des Wesirs waren ineinander verbissen wie Kampfhunde in den Hinterhofarenen Bagdads. Keiner gab nach. Sie versuchten einander abzuschätzen. Der Wesir blieb ein Rätsel für Sinaida. Er wirkte willensstark und klug, und doch hatte er zugelassen, dass seine Armee zu einem Haufen korrupter Hurenböcke verkam. Konnte er verzeihen, dass eine Frau – eine Fremde, noch dazu – ihn vor den Augen seiner Garde gedemütigt hatte?

Er verschränkte die Arme vor seiner Brust. »Ich möchte dich um etwas bitten.«

Hinter ihr standen mindestens vier Soldaten mit blankgezogenen Klingen, vielleicht noch mehr, denn sie hatte gehört, wie die Saaltür geöffnet wurde. Sie würden Sinaida töten, ehe sie den Wesir erreichen konnte.

»Ich höre dir zu«, sagte sie und versuchte, ihre Anspannung nicht zu zeigen.

»Ich bitte dich um nichts als dein Verständnis, Prinzessin Sinaida.« Diesmal klang die Anrede nicht spöttisch. »Ich kann nicht jedem Glauben schenken, der mit einer verrückten Geschichte in der Runden Stadt auftaucht. Erlaube mir daher, Späher nach Norden und nach Osten zu schicken, die deine Worte bestätigen können.«

»Sie werden nicht zurückkehren. Die Pfeile der Großen Horde werden sie niederstrecken, ehe sie dir Bericht erstatten können.«

»Oh, lass das nur unsere Sorge sein. Nicht alle Soldaten des Kalifen sind so einfach zu besiegen wie diese beiden.« Er deutete mit einer verächtlichen Geste auf die Leichen zu Sinaidas Füßen.

Er täuscht noch immer Überlegenheit vor, dachte sie. Dabei müssen das hier zwei seiner besten Kämpfer gewesen sein, sonst hätte er sie nicht in seine persönliche Garde berufen.

»Deinen Spähern bleibt nicht viel Zeit«, sagte sie.

»Wie viel?«

»Eine Woche, ehe die Vorhut am Horizont auftaucht. Vielleicht zwei, bis sie den Belagerungsring schließen.«

Erschrak er bei diesen Worten? Sie war nicht sicher. Das Licht der Fackeln und Feuerschalen reichte nicht aus, um zu erkennen, ob er wirklich blass geworden war. »Dann haben die Späher drei Tage Zeit, um bis auf Sichtweite an deine Leute heranzukommen, und noch einmal drei Tage, um nach Bagdad zurückzukehren.«

»Falls sie überleben.«

»Ich werde genug von ihnen aussenden. Einer wird zurückkommen.«

Sie musterte ihn eisig. »Wie lange habt Ihr die Nizaris bekämpft, Ihr und Eure Vorgänger?«

»Zu lange.«

»Hulagu hat sie innerhalb kurzer Zeit ausgelöscht. Ihr solltet ihn nicht unterschätzen.«

»Zumindest eine hat er übersehen, nicht wahr?«

Sie sah ihn nur stumm an. Nickte nicht. Sagte nichts.

»Wäre es nicht eine wunderbare Ironie des Schicksals, wenn gerade diese eine seinen Untergang herbeiführt?«, fragte er.

»Hulagu tut, was er tun muss für sein Volk. Ich will den Kopf des Verräters Shadhan.«

»Dann geh jetzt mit meinen Männern. Du wirst ihnen dein Schwert aushändigen.«

»Wo werden sie mich hinbringen?«

»In den Harem des Kalifen.«

»Wenn du glaubst – «

»Nein. Niemand wird dich anrühren. Auch nicht der Gebieter selbst.«

»Es würde ihm nicht gut bekommen.«

Der Wesir starrte sie einen Augenblick lang finster an, dann brach er plötzlich in lautes Gelächter aus. »Was für ein feuriges Weib du bist, Prinzessin.«

»Du solltest dich von offenen Flammen fern halten, Wesir.«

»Sei unbesorgt. Mir liegen eher die Hasen als die Raubkatzen. Wenn ich bei einem Weib liege, will ich nicht Acht geben müssen, was es in meinem Rücken tut. Außer vielleicht ihn zu massieren.«

»Warum dann der Harem?«

»Weil du dort sicher bist vor den Brüdern dieser Männer.« Er zeigte erneut auf die Toten. »Und es in hunderten von Jahren noch keinem Weib gelungen ist, den Eunuchen zu entkommen. Du bist dort in Sicherheit – und wir sind sicher vor dir.«

Das gefiel ihr nicht, aber sie nickte kurz und wandte sich den Soldaten zu, die hinter ihr in einem Halbkreis standen. Sie war überrascht und ein wenig beunruhigt, dass es so viele waren. Die Blicke, mit denen sie Sinaida musterten, als sie ihnen das Schwert mit dem Blut ihrer Gefährten aushändigte, ließen keinen Zweifel an ihrem Hass. Erst jetzt wurde ihr bewusst, welche Niederlage sie dem Wesir zugefügt hatte. Sie bezweifelte, dass er das ohne weiteres hinnehmen würde.

»Noch etwas, Sinaida.«

Sie drehte sich zu ihm um. »Was?«

»Die Nizaris sind hier bei uns ebenso verhasst wie überall auf der Welt. Sie sind Ismailis. Nur weil sie wie wir zu Allah beten, bedeutet das nicht, dass sie nicht auch an unseren Höfen vielfachen Tod gesät hätten.«

»Das weiß ich.«

»Dann sei dir bewusst, Weib des Khur Shah, dass du hier im Palast nicht willkommen bist – selbst wenn deine Warnung bestätigt wird und alles andere, was du uns noch erzählen kannst, sich als wertvoll für uns erweisen sollte.« Der Wesir musterte sie eingehend, dann schüttelte er langsam den Kopf. »Wie könnte ich einer Frau vertrauen, die ihr eigenes Volk verrät?«

Am ersten Februartag des Jahres 1258 ereichten die Gefährten Bagdad.

Sie hatten einen weiten Bogen um Konstantinopel gemacht, die Meerenge überquert und waren am Ufer des Schwarzen Meeres nach Trapezunt gezogen. Von dort aus hatten sie den Weg nach Süden eingeschlagen, durch die Felswüsten Kurdistans mit seinen tristen Karawansereien und entlegenen Bergfestungen, die oft erst auf den zweiten Blick zwischen den Felsgraten zu entdecken waren. Schließlich hatten sie sich auf dem Tigris eingeschifft, auf dem Kahn eines ewig lachenden Kurden, der bereit war, die Pferde in Zahlung zu nehmen.

Für Libuse und Favola hatten sie bodenlange Gewänder gekauft, die sich die Mädchen kurzerhand über ihre Reisekleidung streiften. Bevor das Boot anlegte, verhüllten sie ihr Haar und befestigten die Schleier vor ihren Gesichtern. Bei jedem Atemzug sog Libuse den dünnen Stoff zwischen ihre Lippen und hatte das Gefühl, ersticken zu müssen. Sie bemerkte, dass Favola besser damit zurechtkam, weiß Gott, wie sie das anstellte.

»Beschreib mir alles, was du siehst«, bat Corax, als Libuse ihn vorsichtig über eine breite Planke an Land führte.

Sie überlegte, wo sie beginnen sollte. »Der Hafen zieht sich ein langes Stück am Flussufer entlang, und es gibt viele Abzweigungen zu kleinen Kanälen. Überall liegen Boote …

bestimmt einige Hundert. Die meisten sind nicht größer als unseres, mit nur einem Segel und schmalem Rumpf. Es gibt auch viele Ruderboote. Aber auch ein paar große Handelsschiffe.«

»Die Menschen strömen von überallher in die Stadt«, sagte Albertus. »Die Gerüchte über die Gefahr aus dem Osten scheinen sich rasch im ganzen Land herumgesprochen zu haben.« Der Magister war hinter den beiden als Letzter von Bord gegangen, nachdem er dem Bootsmann den Rest des vereinbarten Lohns ausgezahlt hatte. Aelvin und Favola warteten an Land und schauten sich staunend um.

»Der Hafen von Bagdad war schon damals überfüllt«, sagte Corax. »Das muss nichts bedeuten.«

»Aber Albertus hat Recht«, widersprach Libuse. »Ständig legen neue Boote an. Die letzten Stunden über war es, als würden wir in einer ganzen Flotte den Fluss hinabfahren. Und die meisten Menschen haben große Bündel und Körbe dabei. Wie Händler sehen sie nicht aus. Das sind Flüchtlinge.«

»Es scheint, als sei an dem Gerede doch mehr dran, als wir gedacht haben.« Albertus klang besorgt, und das nicht zum ersten Mal. Je näher sie Bagdad und seiner sagenumwobenen Bibliothek kamen, desto aufgeregter wurde er. In solch einem Getümmel würde es noch schwieriger werden, die Karte des Jüngers aufzuspüren.

Zum ersten Mal hatten sie von einer vagen Bedrohung aus dem Osten gehört, als sie sich hinter Trapezunt nach Süden gewandt hatten. Die Männer der Karawanen, denen sie begegneten, sprachen von Schlachten in den Bergen südlich der Kaspischen See. Jemand habe Alamut, die Felsenfestung der Nizaris, ausgeräuchert, hieß es, doch erstaunlicherweise wirkte niemand erleichtert darüber. Wem es gelang, die unbesiegbaren Meuchelmörder des Alten vom Berge zu bezwingen, der würde sich nicht mit ein paar kargen Gebirgstälern zufrieden geben. Ein Krieg zog herauf, darin waren sich alle

Händler, Schankwirte und Prediger einig. Wahre und falsche Propheten beschworen Bilder von Schlachten herauf, wie sie das Morgenland noch nicht erlebt hatte.

»Wenn es wirklich die Mongolen sind, dann werden sie hier leichtes Spiel haben«, murmelte Albertus, als sie alle beieinander am Ufer des Tigris standen und sich umschauten. »Niemand kann einen solchen Ameisenhaufen unter Kontrolle halten. Wenn der Zustrom an Flüchtlingen so weitergeht, wird Bagdad auseinander brechen, ohne dass nur ein einziges Katapult zum Einsatz kommt.«

Libuse beobachtete das aufgeregte Treiben der Bootsleute und ihrer Passagiere. Bei den meisten Menschen schien es sich um Großfamilien zu handeln, mehrere Generationen von Männern und Frauen, die sich mit Säcken, Krügen und Korbkisten abmühten. Hatten sie ihren Besitz endlich an Land gehievt, begannen erst die eigentlichen Schwierigkeiten. Durch Schneisen zwischen den niedrigen Gebäuden bewegten sie sich voll bepackt hinaus ins Gassengewirr der Vorstadt. In einiger Entfernung konnte man die Türme der Runden Stadt erkennen, aber dort würden wohl die allerwenigsten Unterschlupf finden. Libuse fragte sich, wie die Quartiere außerhalb der Befestigungsanlagen verteidigt werden sollten. Womöglich würden die meisten dieser Menschen bald herausfinden, dass sie den Invasoren hier ebenso schutzlos ausgeliefert waren wie daheim in ihren Dörfern.

Über allem wölbte sich eine Glocke aus Lärm und Gestank. Ziegen, Schafe und Kühe wurden von den Booten getrieben. Zahlreiche Kamele schoben sich schwankend zwischen den Menschenmassen dahin, manche mit Reitern, die meisten mit mannshohen Bündeln beladen.

»Warum hält man sie nicht auf?«, fragte Aelvin. »Sie können doch all diese Sachen nicht mit in die Stadt nehmen. Es wird nicht einmal Platz genug für die Menschen geben, geschweige denn für all ihren Besitz.«

Libuse hatte sich die gleiche Frage gestellt, und niemand wusste eine Antwort darauf.

»Wir sollten hier verschwinden, bevor irgendwem einfällt, den Hafen zu sperren«, sagte Albertus. »Corax, nun bist du an der Reihe. Wohin sollen wir uns wenden?«

»Der Mann, den wir suchen, heißt Ahmed bin Ja'far al-Khallal. Damals wohnte er in einem Haus am Großen Sarat-Kanal, ganz in der Nähe des Marktes von Abd-al-Wahid. Das ist im Westen des Viertels al-Karkh.«

Alle blickten nach dieser Beschreibung ziemlich ratlos drein. Wie sollten sie sich je in einer Stadt wie dieser zurechtfinden, wenn ihr einziger Führer ein Blinder war?

»Der Markt von Abd-al-Wahid«, sagte Corax noch einmal, und diesmal klang es, als blicke er in Gedanken zurück in die Vergangenheit, auf das Bagdad vergangener Tage. »Wenn wir erst einmal dort sind, finden wir Ahmed. Vorausgesetzt, er lebt noch.«

»Wie alt war er, als du ihn zuletzt gesehen hast?«, fragte Libuse.

»Einhundertundzwölf Jahre«, sagte Corax, und zum ersten Mal seit Tagen lächelte er. »Jedenfalls hat er das immer behauptet.«

»Einhundertzwölf!«, entfuhr es Aelvin.

»Im Orient leben die Menschen länger«, sagte Albertus.

Corax stieß ein tiefes Lachen aus. »Jedenfalls wenn man sich nicht mit der Palastgarde anlegt, die reichen Händler bestiehlt und die Frauen fremder Männer schwängert.«

Albertus räusperte sich. »Und dein Freund Ahmed hat all das getan?«

»Und Schlimmeres. Ich selbst habe ihn einmal in den Kerker geworfen. So bin ich ihm zum ersten Mal begegnet.«

Aelvin sah Libuse so verzweifelt an, als erhoffte er sich von ihr einen Beweis dafür, dass die Worte ihres Vaters nur ein Scherz waren. Aber sie wussten es beide besser.

»Gott steh uns bei«, murmelte Favola und legte beide Arme schützend um den Luminaschrein, den sie sich unter dem Mantel erneut vor den Bauch gebunden und mit Tuch gepolstert hatte. Libuse verspürte einen eifersüchtigen Stich, als sie Favola so neben Aelvin stehen sah. Die beiden wirkten wie ein junges Paar, das bald Nachwuchs bekäme.

»Wir suchen also einen Mann, der, falls er überhaupt noch lebt, über hundertzwanzig Jahre alt ist«, resümierte Aelvin und wirkte dabei, als sei ihm schrecklich übel. »Ein Verbrecher, Weiberheld und weiß Gott was sonst noch. Und der soll uns helfen, an die Karte des Jüngers heranzukommen? In einer Stadt, die wahrscheinlich in Kürze von blutrünstigen Mongolenhorden niedergebrannt wird?« Er rieb sich mit beiden Händen durchs Gesicht, als könnte er die Wirklichkeit damit als Albtraum enttarnen. »Und fast dachte ich, wir hätten das Schlimmste hinter uns.«

»Stehen wir hier nicht tatenlos herum«, sagte Albertus, ehe sich die Verzagtheit aller zu völliger Mutlosigkeit auswachsen konnte. »Machen wir uns auf die Suche nach diesem Ahmed.«

~

Nachdem sie sich erst einmal durch das Gedränge der stadteinwärts führenden Straßen gekämpft hatten, fanden sie den Weg zum Sarat-Kanal wie von selbst – sie mussten sich nur in Richtung der Runden Stadt drängeln und standen mit einem Mal an seinem Ufer. Corax hieß sie, am Kanal entlang nach Westen zu gehen, parallel zur äußeren Mauer, vorbei am Basra-Tor und durch den nördlichen Bezirk des al-Karkh-Quartiers. So gelangten sie bald, schwitzend trotz der Kälte, zum Markt von Abd-al-Wahid, der wie jeder Platz und jede Gasse der Stadt dicht mit Menschen bevölkert war.

Libuse dachte, dass alle Bewohner Bagdads ihre Häuser

verlassen haben mussten, um ein solches Gewimmel zustande zu bringen. Dann aber sah sie die Menschen hinter den Fenstern, auf den geschnitzten Balkonen und sogar auf den flachen Dächern der Gebäude, und da wurde ihr bewusst, dass die Straßen so überfüllt waren, weil niemand mehr in die Häuser passte.

Sie führte ihren Vater an der Hand, darum bemüht, in dem Gewühl nicht von ihm getrennt zu werden. Corax bewegte sich unsicher nach all den Tagen an Bord. Das Boot, das sie aus den grünen Bergen Kurdistans durch graubraune Wüsten nach Süden getragen hatte, hatte kaum ausreichend Platz geboten, um ein paar Schritte auf und ab zu gehen. Aufgrund der mangelnden Bewegung und der Tatsache, dass Corax das vorüberziehende Ufer nicht sehen konnte, zeigte er immer deutlichere Zeichen von Desorientierung. Auch hatte er beständig mit seiner Angst vor der Dunkelheit zu kämpfen. Er verriet niemandem, vor was genau er sich fürchtete; Libuse aber ahnte, dass es die Geister seiner Erinnerungen waren, die ihn plagten. Nachdem er sein Stillschweigen einmal gebrochen hatte, sprach er häufiger von früher, und es war längst kein Geheimnis mehr, dass sein erster Abschied vom Abendland eine Flucht gewesen war – nicht vor Männern in Eisen, sondern vor den Skrupeln, die ihn verfolgten, vor der Scham, den Selbstvorwürfen. Er hatte für Konrad von Hochstaden getötet, viele Male, und nun schien es, als drängten jene Taten und Ereignisse immer stärker zurück in sein Bewusstsein. Vielleicht sah er manches davon in der Finsternis seiner Blindheit wieder vor sich, und es war sicher kein schöner Anblick.

~

Ahmed bin Ja'far al-Khallal mochte ein Lügner und Betrüger sein, doch in einem zumindest hatte er ganz offensichtlich die

Wahrheit gesagt: seinem Alter. Er war zweifellos die älteste Kreatur, die Libuse je zu Gesicht bekommen hatte. Kreatur, weil er mit einem Menschen in etwa so viel Ähnlichkeit hatte wie die Strichzeichnung eines Kindes mit einem ausgewachsenen Mann.

»Nennt mich nicht Ahmed«, sagte er hinter einer Wolke von Opiumrauch, der das Hinterzimmer seines Hauses und gewiss auch jede Pore seine ausgedorrten Leibes erfüllte. »Ahmed hieß mein Vater, und ich habe ihn gehasst. Ahmed hießen auch mein Großvater und dessen Vater und Großvater, und sie alle waren lächerlich ehrliche Männer, die es im Leben zu nichts gebracht haben außer zu einem frühen Tod.« Er atmete tief ein, dann noch langsamer wieder aus. »Ich bin Ja'far, und es ist gut, dass Corax euch zu mir geführt hat. Ja'far ist Bagdad, und Bagdad ist Ja'far.« Er betonte das so gelangweilt, als hätte er diesen Satz bereits tausende Male zuvor gesagt, ohne jeden Enthusiasmus.

Es hatte keine herzliche Begrüßung zwischen Ja'far und Corax gegeben, nicht einmal einen Handschlag. Nur ein »Sei gegrüßt« und »Ich wusste, dass du eines Tages zurückkehren würdest«. Auch die Blindheit des Ritters schien dem alten Mann kein Wort wert zu sein, nicht einmal die Floskel, dass es ihm Leid täte, kam über seine blutleeren Lippen. Libuse verachtete ihn vom ersten Augenblick an.

»Wie hat er das gemeint?«, flüsterte Aelvin ihr zu, nachdem sie im Schneidersitz rund um ein niedriges Feuerbecken in der Mitte der Kammer Platz genommen hatten, auf Teppichbergen, die so hoch waren wie Schemel. »Wieso wusste er, dass dein Vater zurück nach Bagdad kommt?«

Sie kam nicht zu einer Erwiderung, denn Ja'far antwortete selbst, so als hätte Aelvin die Worte in sein Ohr gewispert.

»Corax ist ein Mann, der zu seinen Schwüren steht«, sagte der Alte. »Und er hat sich geschworen, dass er den Wesir tötet. Nur deshalb ist er hier.«

Aelvin wollte impulsiv widersprechen, doch Libuse berührte ihn vorsichtig an der Hand. Ja'far sagte die Wahrheit. Corax war nicht hier wegen der Lumina, oder weil er Albertus einen Gefallen schuldete. Nicht einmal der Verlust seines Augenlichts konnte ihn davon abhalten, Abu Tahir al-Munadi den Tod zu bringen – oder bei dem Versuch ums Leben zu kommen. Es tat Libuse weh, so viel Hass im Herzen ihres Vaters zu entdecken. So viel Verbitterung und Leid.

Noch größer aber war der Schmerz, den die Gewissheit brachte, dass er nur scheitern konnte. Corax war ein Krüppel, ob er es wahrhaben wollte oder nicht. Er würde niemandem mehr mit dem Schwert gegenübertreten – es fiel ihm schwer genug, mit einem Stock in der Hand seinen Weg zu finden.

Im glosenden Schein des Feuerbeckens war sein Gesicht so reglos wie das einer Statue. Er sah wahrlich aus wie ein Krieger, verbissen und stark. Sein leerer Blick war auf Ja'far gerichtet, als könnte er noch immer in seinen Zügen lesen.

»Wirst du uns helfen?«, fragte er den Alten, nachdem er ihr Ansinnen vorgetragen hatte.

Der grauhäutige Knochenmann wog sich im Nachhall vergangener Opiumträume. »Helfen werde ich dir, den Tod zu finden.«

Libuse wollte aufbegehren, doch Corax' Hand fand wie durch ein Wunder die ihre. »Wenn ich bei dem Versuch sterbe, ist das meine Sache, Ja'far. Meine Tochter braucht deine Hilfe. So wie einst dein Kind meine Hilfe gebraucht hat.«

Der Alte lächelte, doch noch immer schien es nicht dem Hier und Jetzt zu gelten, sondern etwas, das irgendwo tief in der Vergangenheit begraben lag und sich vielleicht gerade den Weg zurück ans Licht bahnte. Ein wieder belebtes Gerippe aus halb vergessenen Erinnerungen.

»Tamira hat geheiratet«, sagte Ja'far. »Einen Hauptmann

der Palastwache. Ein guter Mann, wenngleich nicht korrupt genug für diese Welt. Aber welcher Mann widersteht schon den Drohungen seines Weibes?« Jetzt kicherte er leise. »Ich jedenfalls vermochte es nicht, sonst wäre Tamira vielleicht gar nicht geboren worden, wer weiß. Sie wird sich an dich erinnern. Und sie wird ihren Mann bitten, dich zu unser aller Gebieter zu bringen.«

»Sieh an«, sagte Corax und schien beinahe zu lächeln. »Keine Kletterei im Dunkeln über bewachte Mauern? Keine Klingen bei Nacht und Gefechte in schmutzigen Hinterhöfen? Du enttäuschst mich.«

Ja'far winkte ab. Sein Gesicht wurde beim Lachen so faltig wie eine Dattel. »Aus diesem Alter sind wir beide heraus, mein Freund. Ich schon ein wenig länger als du, doch was soll's? Heute erledige ich dergleichen durch … sagen wir, gute Beziehungen zur Obrigkeit.«

»Du hast deine vierzehn Töchter sicher gewinnbringend vermählt.«

»Sehr gewinnbringend!«, gackerte Ja'far. »Und es sind mittlerweile sechzehn. Die beiden jüngsten kennst du nicht. Die eine ist schon verheiratet, die andere wird es demnächst sein. Ein Minister … nun, nur für Dächerbau, aber wer weiß, wofür es gut ist. Und wenn noch ein wenig Liebe im Spiel ist, kann es auch nicht schaden. Das macht diese Narren … hmm, sagen wir verhandlungsbereiter.«

Libuse wurde schwindelig bei der Vorstellung, dass ein Mann seines Alters noch Kinder zeugte. Ja'far war widerlich, er war unhöflich und er hatte Dreck am Stecken für zehn Leben – aber gewiss war er auch schlau für drei von seinem Schlage.

Als wollte er ihren Gedanken untermauern, deutete er auf Favola. »Wen soll diese Maskerade täuschen?« Er sah dabei erst Albertus, dann Corax an. Favola fuhr zusammen.

»Was meinst du?«, fragte der Magister steif.

»Nun, was immer die Kleine da unter ihrem Herzen trägt – ein Kind ist das nicht. Wer sechzehn Töchter in die Welt gesetzt hat und genug Enkelinnen, um damit die Harems aller Halsabschneider von hier bis Basra zu versorgen, der kann sehen, ob eine Frau schwanger ist oder nicht. Und diese da ist es ganz sicher nicht.« Er stützte die Ellbogen auf die Knie und legte sein Kinn auf die verschränkten Hände. »Also – was verbirgt sie unter ihrem Mantel außer einem Paar zarter Brüstchen und dem Flaum zwischen ihren Beinen?«

Albertus wollte auffahren, doch er besann sich im letzten Moment eines Besseren. Favola rückte näher an Aelvin, der einen nervösen Blick zu Libuse warf.

»Ich hoffe sehr«, fuhr Ja'far fort, als keiner eine Antwort gab, »ihr plant nicht insgeheim einen Anschlag auf das Leben unseres allseits geliebten Herrschers. Noch bevor sie euch hinrichteten, würden sie hier auftauchen und mich zu euch in den Kerker werfen.«

»Mach dir keine Sorgen«, sagte Corax. »Niemand hier hat vor, dem Kalifen ein Haar zu krümmen. Aber was dieses Mädchen bei sich trägt, ist nicht deine Sache.«

»Ihr seid doch nicht etwa dumm genug, ihr Gold anzuvertrauen? Kein Dieb in den Gassen Bagdads fällt auf diese Tarnung herein ... Nun, *ich* wäre es nicht, zu meinen besseren Zeiten.« Schamlos blickte er Favola an, bis diese neuen Mut fasste und trotzig zurückstarrte. »Nein, Gold ist es nicht«, sagte er. »Etwas anderes. Ich will nicht misstrauisch erscheinen, aber –«

»Dieses Mädchen hat nichts mit dir, mit mir oder dem Kalifen zu tun«, entgegnete Corax, während alle anderen einander besorgte Blicke zuwarfen.

»Sie soll hier bleiben«, sagte Ja'far.

»*Was?*«, stieß Aelvin aus.

Ja'fars lauernder Blick schien ihn zum ersten Mal wahrzunehmen. »Ist sie dein Liebchen?«

»Wir sind – «

»Favola ist nur dem Herrn versprochen, niemandem sonst!«, rief Albertus. »Wir sind Euch dankbar für Eure Gastfreundschaft, Ja'far. Aber das gibt Euch nicht das Recht, jemanden aus unserer Mitte zu beleidigen.«

Der Alte blieb ruhig. »Nichts läge mir ferner. Aber ich werde niemanden in einer so offensichtlichen Verkleidung in den Palast schicken – nicht wenn mein eigenes Leben mit daran hängt.«

Libuse spürte, wie ihnen die Lage entglitt. Auch Corax schien nun bemüht, die Situation wieder unter Kontrolle zu bringen.

»Ist das deine Bedingung?«, fragte er den Alten.

»Das Mädchen bleibt«, bestätigte Ja'far. »Ich will sie nicht in der Nähe des Kalifen haben. Da ist etwas um sie … ich kann es spüren.«

Favola presste die Lippen aufeinander und brachte kein Wort heraus. Aelvins Stirn war zerfurcht vor Wut, doch er hielt sich zurück, um Ja'far nicht zu verärgern; noch waren sie auf ihn und seine Beziehungen angewiesen.

»Mit ihr wird es keine Audienz geben«, sagte Ja'far. »Das ist mein letztes Wort.«

»Das ist inakzeptabel!«, entfuhr es Albertus. Er befand sich in einer Zwickmühle. Er musste mit zum Kalifen gehen, denn von ihnen allen war allein er in der Lage, die Karte des Jüngers in der Bibliothek ausfindig zu machen. Doch um nichts in der Welt würde er Favola und die Lumina im Haus dieses Lumpen zurücklassen.

»Ich bleibe bei ihr«, sagte Aelvin entschlossen. »Geht ihr anderen zum Kalifen. Ich beschütze Favola.« Er sagte es mit solcher Inbrunst und Überzeugung, dass sich selbst Ja'far jede spöttische Erwiderung verkniff. Stattdessen beugte der Alte das Haupt in Aelvins Richtung und sagte: »So sei es.«

»Aber das ist Irrsinn!«, begehrte Libuse auf.

»Bleib du bei den beiden«, sagte Corax zu ihr. »Albertus und ich werden allein zum Kalifen gehen.«

»Niemals!« Sie würde nicht zusehen, wie ihr Vater in den sicheren Tod lief, nur mit Albertus an seiner Seite, der vermutlich sogar seine eigene Mutter gegen die Karte des Jüngers eingetauscht hätte. Andererseits zerriss es ihr das Herz, Aelvin und Favola bei Ja'far zurückzulassen. Sie redete sich ein, dass sie sich lediglich Sorgen um die beiden machte, ja, dass sie um ihr Leben fürchtete. Doch da war auch noch etwas anderes. Es fiel ihr schwer, sich das einzugestehen – aber sie war eifersüchtig. Corax wusste es; Albertus mochte es bemerkt haben; wahrscheinlich sogar dieses Scheusal Ja'far. Und doch konnte sie nicht das Geringste dagegen tun. Es war, als hätte ein anderer die Gewalt über ihre Gefühle an sich gerissen.

»Ich gehe mit zum Palast«, sagte sie mit belegter Stimme. »Egal was geschieht, ich bleibe an deiner Seite.«

Ja'far lächelte liebenswürdig. »So sei es«, sagte er abermals.

»Du musst das nicht tun«, sagte Corax.

»Ich bin deine Tochter.«

»Ja«, sagte er stolz. »Das bist du.« Und an Ja'far gewandt fragte er: »Wann kann ich mit dem Kalifen sprechen?«

Nun blickten alle angespannt zwischen ihm und Ja'far hin und her. Albertus sah verbissener aus denn je und machte kein Geheimnis daraus, wie sehr es ihm missfiel, die Führung an einen anderen abzugeben. Hier in Bagdad begann womöglich die letzte Etappe ihrer Reise – vorausgesetzt, es gab kein viertes und fünftes Teilstück der Karte des Jüngers. Aber wie weit mochte ein Mann vor tausend Jahren gewandert sein? Über den Rand der bekannten Welt hinaus? Der Magister musste sich diese Frage tausendmal gestellt haben. Mit jedem Tag wurde er ungeduldiger.

»Du hast Glück«, sagte Ja'far zu Corax. »Der Kalif weilt in der Stadt. Eine Audienz dürfte rasch zu bewerkstelligen sein. Aber nimm dich in Acht. Al-Mutasim mag sich daran erinnern, dass er dir einst wohl gesonnen war. Dennoch hat er dich aus seinem Reich verbannt, und sein Urteil gilt auf Lebenszeit. Er könnte dich auf der Stelle hinrichten lassen.«

»Das weiß ich.«

»Dann weißt du sicher auch, dass Abu Tahir al-Munadi noch immer sein Wesir ist. Und seine Macht ist seit damals nicht geringer geworden.«

»Auch davon habe ich gehört«, sagte Corax gedämpft.

»Ich kann dich vielleicht zum Kalifen bringen, ohne dass der Wesir zuvor davon erfährt. Was allerdings während und nach der Audienz geschieht, nun, das entzieht sich meinem Einfluss.«

Eine Schattenhand griff nach Libuses Herz. »Niemand kann verlangen, dass mein Vater in den sicheren Tod geht«, platzte es aus ihr heraus. »Nur wegen einer verdammten Karte! Es muss einen anderen Weg geben.«

Albertus, dem keineswegs entging, dass sich dieser Vorwurf gegen ihn richtete, wollte etwas erwidern, doch Ja'far kam ihm zuvor. »Nur der Kalif selbst kann die Erlaubnis aussprechen, die Bibliothek zu betreten. Sie ist seinen engsten Beratern und weisesten Gelehrten vorbehalten. Das, was ihr verlangt, kann nur mit seiner Hilfe gelingen. Ohne sein Siegel wird keiner von euch die Bibliothek je von innen sehen.« Er wiegte wieder den Kopf und blickte ins Feuer. »Ihr müsst selbst entscheiden, welchen Preis ihr dafür zu bezahlen bereit seid.«

Libuse wollte abermals auffahren, doch diesmal kam Aelvin ihr zuvor. »Selbst wenn der Kalif Corax nicht auf der Stelle hinrichten lässt... Warum sollte er Albertus die Erlaubnis geben, die Bibliothek zu betreten?«

»Lasst das meine Sorge sein«, sagte Corax.

»Es *ist* aber nicht allein deine Sorge!«, entgegnete Libuse wutentbrannt. »Ich werde nicht zuschauen, wie –«

Das raspelnde Gelächter Ja'fars ließ sie verstummen. »Zornig sind die Frauen des Abendlandes, selbst wenn sie unter dem Auge Allahs geboren wurden. Du hast eine flinke Zunge, Tochter des Corax, und doch würdest du gut daran tun, sie im Zaum zu halte . Sprich in diesem Ton zum Kalifen, und es wird mehr als nur *ein* Kopf vor seinen Thron rollen.«

Am liebsten hätte sie die klapprigen Gebeine des Knochenmannes durchgeschüttelt wie einen Sack Brennholz. Aber sie beherrschte sich und nahm Corax' Hand. »Vater«, sagte sie beschwörend, »verlang nicht von mir, mit anzusehen, wie du in dein Verderben gehst.«

Seine Stimme wurde sanft, als seine Hände an ihren Schultern emportasteten und ihr verschleiertes Gesicht umfassten. »Versteh doch, Libuse: Ich habe mich zu lange vor dem Leben versteckt, um ihm jetzt noch nachzutrauern. Welches Verderben könnte größer sein als ewige Finsternis, zusammen mit den Bildern derer, die ich für Konrad ins Unglück gestürzt habe? Der Tod ist es ganz sicher nicht. Und falls Albertus wider Erwarten Recht hat und die Lumina uns ein neues Paradies auf Erden bringt… nun, dann wird kein Platz mehr sein für Männer, die so viel Schuld auf sich geladen haben wie ich.«

Libuse kämpfte gegen ihre Tränen an und war froh, dass der Schleier ihr Gesicht verbarg. »Du redest wie jemand, der mit allem abgeschlossen hat.«

»Ich hatte genug Zeit. Zu den Orten, die ich mit meinen Augen sehe, kann keiner mir folgen. Die Einsamkeit lässt einem viel Raum zum Nachdenken.« Er hob den Schleier und küsste ihre Wangen. »Ich bin bereit für alles, was kommen mag. Und wenn es euch und der Lumina von Nutzen sein kann, dann werde ich diese Gelegenheit nicht verstreichen lassen.«

Sie sah ihn fest an. »Du wirst sterben.«

»Vielleicht. Aber zuerst wird der Kalif mir zuhören.« Corax lächelte traurig. »Das wird er, glaube mir.«

»Es ist so weit«, sagte Ja'far einige Stunden später. Draußen vor den Fenstern war es dunkel geworden, doch der Lärm, der von der Straße heraufstieg, blieb unverändert.

Sie hatten in einem Zimmer seines Hauses auf den Aufbruch gewartet. Auch hier gab es Teppiche im Überfluss, eine offene Feuerstelle, deren wohlige Wärme ihnen den Winter aus den Gliedern trieb, und eine reichlich gedeckte Tafel, an der sie eine stark gewürzte Mahlzeit zu sich genommen hatten. Ja'far besaß zwei Sklavinnen, die für ihn sorgten, und er hatte nicht übertrieben, als er mit ihren Kochkünsten geprahlt hatte.

Der Alte hatte gleich nach ihrem Gespräch mehrere Boten ausgesandt, mit Nachrichten, über deren Inhalt er nicht sprechen wollte. Zaubersprüche seien es, bemerkte er feixend, Zaubersprüche, die einem Türen und Tore öffneten, so wie einst die Beschwörung des Ali Baba den Eingang zur Räuberhöhle.

Als er sie nun erneut in seiner düsteren Kammer empfing, war der berauschende Nebel noch dichter geworden. Libuse war es, als träte sie durch eine Wand aus süßlich riechender Seide.

»Es ist alles veranlasst«, erklärte Ja'far. »Der Kalif wird dich empfangen. Ich habe versucht, die Audienz vor dem Wesir geheim halten zu lassen, aber ich bin nicht sicher, ob es gelungen ist. Mag sein, dass er bereits Bescheid weiß. Obgleich er in Zeiten wie diesen Wichtigeres zu tun haben sollte, als sich um die Gäste seines Gebieters zu kümmern.«

»Ich danke dir«, sagte Corax und verneigte sich leicht.

»Danke mir nicht«, erwiderte Ja'far mit einem Kopfschütteln. »Wir waren einmal Freunde, Corax. Es schmerzt mich, dich in die Höhle des Löwen zu schicken.«

»Es ist meine freie Entscheidung«, sagte Corax.

»Das ist es«, sagte Ja'far und beugte sich so weit vor, dass die Flammenzungen aus der Feuerschale fast über seine Züge leckten. Die Glut schien dort nichts zu finden, das sich zu verbrennen lohnte. »Ich wünsche dir Glück, Corax. Aber wiedersehen werden wir uns nicht.«

Ja'fars Schwiegersohn Hilal war ein schweigsamer Mann, hager und mit langen schmalen Händen, die eher zu einem Spielmann passten als zu einem Krieger. Als Corax, Albertus und die verschleierte Libuse den Audienzsaal des Kalifen betraten, blieb Hilal am Tor zurück, wartete einen Augenblick und eilte dann überstürzt davon. Er mochte Hauptmann der Palastwache sein, doch auch er schien seinem Gebieter nicht länger als nötig unter die Augen zu treten.

Kalif al-Mutasim erwartete sie am anderen Ende des Saals, auf einem Podest aus sieben Stufen, dem sie sich bis auf zehn Schritte nähern durften. Zwei Gardisten verstellten ihnen den Weg. Die Augen von zwanzig weiteren folgten jeder ihrer Bewegungen.

»So also setzt du dich über meinen Urteilsspruch hinweg«, sagte der Kalif an Corax gewandt zur Begrüßung auf Lateinisch. Dann aber lächelte er. »Ich kann nicht umhin zu gestehen, dass es mich freut, dich wieder zu sehen.«

Bei diesen Worten hätte Libuse ein Stein vom Herzen fallen sollen, doch aus irgendeinem Grund wurde ihre Beunruhigung nicht geringer. Die Angst hatte so tief in ihr Wurzeln geschlagen, dass selbst das freundlichste Willkommen sie nicht herausreißen konnte. Libuse traute weder dem Kalifen noch den schwer bewaffneten Leibgardisten, die zwischen ihnen und dem Herrscher Stellung bezogen hatten. Sosehr sie sich auch bemühte, die Männer nicht zu beachten und sich ganz auf al-Mutasim zu konzentrieren, es wollte ihr doch nicht gänzlich gelingen. Die stummen Krieger mit ihren Schalenhelmen, Kettenhemden und Schwertlanzen mochten innerhalb eines Atemzuges ein Urteil vollstrecken, das vor vielen Jahren verhängt worden war.

Corax ließ sich auf die Knie sinken und zog Libuse mit sich. Albertus tat es ihnen gleich. Sie alle beugten die Oberkörper vor und breiteten die Arme am Boden aus.

»Gepriesen sei Allah, der Herr der Welten!«, sagte Corax. »Und Segen und Heil auch dir, Herr der Gottgesandten. Allah sei mit dir und gebe dir Frieden und Glück. Er ist der Allherrscher und allgeehrt und allgnädig und allgütig und allbarmherzig. Du aber bist seine Hand auf Erden, und deine Weisheit ist die Weisheit Gottes.«

»Erhebt euch«, sprach der Kalif.

Reglos beobachteten die Soldaten, wie die drei Besucher aufstanden. Libuse wollte ihrem Vater helfen, doch er schüttelte ihre Hand ab.

»Es ist dir nicht gut ergangen, wie ich sehe«, sagte al-Mutasim über die Köpfe der beiden Gardisten hinweg.

»Es ist auf dem Weg hierher geschehen, Allehrwürdiger«, log Corax, um sich weitere Erklärungen zu ersparen. »Schon vor vielen Wochen. Wir sind überfallen worden.«

»Nicht in meinem Reich, hoffe ich.«

»In deinem Reich haben wir nichts als Freundschaft und Hilfsbereitschaft erfahren, gnadenvoller Gebieter.«

Al-Mutasim nahm das Kompliment mit zufriedenem Lächeln entgegen. Libuse versuchte, ihn einzuschätzen, aber sie war noch immer viel zu aufgeregt.

Der Kalif hatte die Züge eines jungen Mannes, obgleich sein vierzigstes Jahr längst verstrichen war. Als er den Thron bestiegen hatte, kurz vor Corax' damaliger Ankunft in Bagdad, war er ein Jüngling gewesen, unerfahren und vom Willen erfüllt, Neuerungen durchzusetzen und Gerechtigkeit walten zu lassen. Doch das lag viele Jahre zurück. Hilals rasche Flucht vom Tor des Audienzsaals ließ nicht auf einen geduldigen Herrscher schließen.

Al-Mutasim trug weinrote Gewänder und einen schneeweißen Umhang, der bis zum Boden reichte. Sein schwarzer Bart war kurz gestutzt. Goldene Ringe und ein einzelner Armreif erschienen Libuse als bescheidenes Zierwerk im Vergleich zum übrigen Prunk des Palastes.

Er bewegte sich mit langsamen, hoheitsvollen Schritten die Stufen seines Thronpodests herab und gab den beiden Gardisten einen Befehl auf Arabisch. Sogleich traten sie mehrere Schritte auseinander. Nun stand der Kalif direkt vor seinen drei Besuchern, und Libuse senkte hinter ihrem Schleier den Blick.

»Ist das deine Tochter?«, fragte al-Mutasim.

»Sie ist es«, gab Corax zurück. »Nives Kind.«

Der Kalif runzelte die Stirn. »Nive«, flüsterte er. »Es ist so lange her.« Mit einem Ruck wandte er sich an einen der Gardisten. »Sie sind doch durchsucht worden?«

»Das sind sie, Gebieter. Sie tragen keine Waffen.«

Al-Mutasim lachte leise und sah wieder Corax an. »Ich habe diesen Mann kämpfen sehen. Er kann mit bloßen Händen ebenso töten wie mit dem Schwert. Aber deshalb ist er nicht hier, nicht wahr?«

»Ich komme mit einer Bitte, ehrwürdiger Gebieter.«

»Ich bin nicht mehr dein Gebieter, Corax von Wildenburg. Ich bin es nicht mehr, seit ich dich aus meinem Reich verbannt habe. Warum hast du gegen meinen Befehl verstoßen und bist zurückgekehrt? Du weißt, was das bedeutet.«

»Ich bin des Todes, Herr.«

Libuse ballte unter ihren Gewändern die Fäuste.

»Bevor ich dir den Kopf abschlagen lasse, sollten wir einen Becher Wein miteinander trinken«, sagte al-Mutasim. »Was hältst du davon?«

»Ich wäre geehrt und beglückt, Herr.«

Der Kalif wandte sich an einen der Wächter. »Der private Audienzraum soll vorbereitet werden. Wein für meine Gäste.« Fragend blickte er Corax an. »Etwas zu essen?«

»Wir sind nicht hungrig, Herr.«

Der Gardist verbeugte sich und lief im Eilschritt davon, um den Befehl seines Herrschers auszuführen.

Al-Mutasim seufzte kaum hörbar. »Ein Graus, wenn selbst ein Wiedersehen zwischen Freunden zu einer Staatsaffäre wird.«

~

Die beiden Männer umarmten sich wie Brüder, die nach vielen Jahren der Trennung wieder zueinander fanden. Für Libuse war es ein Schock, den Kalifen mit einem Mal so verändert zu erleben.

»Es tut gut, dich zu sehen«, sagte al-Mutasim voller Herzlichkeit und küsste Corax auf beide Wangen.

»Ich wäre glücklich, dasselbe sagen zu können«, entgegnete Corax, und erst nach einem Herzschlag begriff der Kalif, wie die Worte gemeint waren.

»Es tut mir Leid, was mit deinen Augen geschehen ist«, sagte al-Mutasim und stutzte. »Was *ist* geschehen?«

»Eine lange Geschichte. Keine schöne.«

»Nein, gewiss nicht. Aber die Tür ist verschlossen, und die Wächter auf dem Gang gehören zu der Hand voll, der ich vorbehaltlos vertraue. Und Zeit habe ich, so viel du beliebst.«

»Man hört, die Stadt bereite sich auf einen Krieg vor?«

Al-Mutasim zuckte die Achseln, als ginge ihn das nichts an. »Das wird sich herausstellen. Noch hat niemand den Feind wirklich gesehen.«

»Sicher habt ihr Späher ausgesandt.«

»Dutzende. Und nicht einer ist zurückgekehrt. Auch unter den Flüchtlingen ist keiner, der mehr als Rauch am Horizont gesehen hat. Falls da ein Gegner ist, ist er gründlich.«

Der Raum, in dem sie sich nun befanden, war ungleich kleiner als die weite Audienzhalle. Wände und Säulenbögen waren mit verschlungenen Malereien bedeckt, mit Symbolen und Schriftzeichen, aber auch winzigen Szenen aus Legenden und Märchen. Zahllose Kissen von unterschiedlicher Gestalt und Größe waren zu Hügeln aufgeschichtet, und in der Mitte des Zimmers befand sich ein niedriger Tisch ohne Stühle. Darauf stand eine Wasserpfeife. Um sie herum waren Gedecke mit süßem Backwerk, goldene Becher und zwei Karaffen mit Wein angerichtet. Es roch angenehm nach exotischen Gewürzen, die in kleinen Nischen in den Wänden verbrannten.

»Nehmt Platz«, bat der Kalif und deutete auf vier Kissen rund um den Tisch. Er ließ sich als Erster im Schneidersitz nieder und goss eigenhändig Wein in alle Becher. Corax setzte sich zu seiner Rechten, Libuse und Albertus nahmen nach kurzem Zögern die beiden übrigen Plätze ein.

»Heben wir die Gläser und trinken wir auf unser Wiedersehen«, sagte der Kalif.

Spätestens jetzt konnte Libuse nicht länger an sich halten. »Wie kann ich mit dem Mann trinken, der meinen Vater hinrichten lassen will?« Albertus berührte sie mäßigend an der Hand, doch sie entzog sie ihm blitzschnell und ließ sich nicht beirren.

Al-Mutasims Becher verharrte kurz vor seinen Lippen. Der Kalif blickte erstaunt von Libuse zu Corax. »Deine Tochter, mein Freund. Ganz zweifellos.«

»Ihr müsst ihr verzeihen.«

Libuse sah ihn aufgebracht an. »Niemand muss sich für mich entschuldigen! Das kann ich selbst tun … wenn es denn nötig wäre!«

Der Kalif lächelte sie an. »Heb deinen Schleier, mein Kind.«

»Man hat mir gesagt, das sei unzüchtig.« Sie machte keine Anstalten, dem Befehl Folge zu leisten. Neben ihr starb Albertus tausend Tode und kämpfte mit Schweißausbrüchen.

»Unzüchtig?« Al-Mutasim schmunzelte. »Nicht, wenn ich es bin, der dich darum bittet.«

Starrsinnig zögerte sie noch einen Moment länger, dann hakte sie die Seide auf einer Seite aus und ließ den Stoff herabsinken. Das Tuch, mit dem sie Nacken und Hinterkopf bedeckt hatte, glitt über ihr rotes Haar zurück auf die Schultern.

Eine Weile lang betrachtete der Kalif sie schweigend. Seine Augen verrieten nicht, was er dachte. Dann erst nickte er langsam. »Du hast gut daran getan, solche Schönheit hinter einem Schleier zu verbergen.« Er atmete tief durch, dann hob er mit einem Ruck den Becher und trank.

Corax und Albertus folgten seinem Beispiel. Nur Libuse ließ ihren Wein unberührt. »Vater, erklär mir bitte, was das alles –«

Al-Mutasim kam Corax zuvor. »Dein Vater und ich haben uns ewige Freundschaft geschworen, damals in den Bergen, als er mir mehr als einmal das Leben gerettet hat. Kennst du die Geschichte? … Nun, unser Eid von damals hat noch immer Bestand.«

»Vor den Soldaten der Leibgarde wäre ein solches Benehmen unverzeihlich gewesen«, sagte Corax.

»Und wir wollen doch nicht, dass Abu Tahir Wind von alldem bekommt, nicht wahr?«, fügte der Kalif hinzu und grinste wie ein Kind.

»Dann lasst Ihr meinen Vater gar nicht hinrichten?«

Diesmal war Corax der Schnellere. »Doch, natürlich. Für mein Vergehen muss ich sterben. Aber das hat nichts mit ein paar Bechern Wein und einem Plausch zu tun.«

»So ist es«, pflichtete der Kalif ihm lächelnd bei.

Libuse stockte der Atem. »Das kann doch nicht Euer Ernst sein!«

»Gesetz ist Gesetz«, sagte al-Mutasim. »Es kommt von Allah und ist allgerecht.«

Libuse blickte hilflos zu Albertus, der ebenso schockiert war wie sie, seine Gefühle aber besser unter Kontrolle hatte.

»Aber lasst uns jetzt von anderem reden«, sagte der Kalif. »Nicht von Hinrichtungen und von Krieg. Sag mir, Corax, was dich herführt. Was hat es mit der Bitte auf sich, die du vorhin erwähnt hast?«

»Auch das ist eine lange Geschichte.«

»Ich will sie hören.« Al-Mutasim trank seinen Becher in einem Zug aus und wischte sich mit dem Handrücken über den Mund. »Wir haben alle Zeit der Welt, nicht wahr? Und Wein gibt es im Überfluss.«

~

Aelvin und Favola standen vermummt auf dem Dach von Ja'fars Haus und sahen zu, wie immer mehr Sterne am Himmel erglühten.

»Warum erscheinen sie nicht alle gleichzeitig?«, fragte Favola.

»Vielleicht sind sie ja alle immer da, und wir sehen nur manche früher als andere.« Aelvin zog sich die Decken, die sie von Ja'fars Sklavinnen bekommen hatten, fester um den Leib. Der Februar war auch in einem Wüstenland wie diesem ein eiskalter Monat.

»Wenn sie da wären, müssten wir sie sehen können.«

»Unsere Augen können sie nicht alle gleichzeitig wahrnehmen. Es ist alles zu« – er überlegte – »zu groß. Zu prächtig. Und wir sind nur Menschen.«

»Aber warum sollte Gott dann so viele davon erschaffen haben, wenn wir sie nicht alle sehen können? Einen anderen Zweck scheinen sie doch nicht zu haben.«

»Gott hat auch mehr Menschen erschaffen, als du in tausend Leben sehen könntest.« Er zuckte die Achseln. »Mit den Sternen ist es vielleicht dasselbe.«

Favola lächelte in der Dunkelheit. »Gottes Wege sind unergründlich«, zitierte sie.

»Vielleicht ist er auch nur ein bisschen verrückt.«

»Lass das nicht Albertus hören.«

»Er ist ja nicht hier.«

Der Luminaschrein stand vor ihnen auf der breiten Mauerbrüstung. Dies war kein Dach, wie sie es aus ihrer Heimat kannten, sondern eine ebene Fläche aus Lehmziegeln. Die meisten Dächer Bagdads waren in dieser Bauweise errichtet worden, abgesehen natürlich von den Kuppeln, die nicht nur Moscheen schmückten, sondern auch die zahllosen Paläste der Gutbetuchten. In Bagdad waren Armut und Prasserei nie weiter als ein paar Schritt voneinander entfernt. Aus dem Gewirr der Straßen stieg noch immer das Lärmen zahlloser Stimmen herauf, obgleich der Menschenstrom schwächer geworden war. Überall vor den Eingängen und unter Balkonen lagen reglose Gestalten und schliefen im Freien, weil alle Herbergen überfüllt waren und es auch sonst keine Unterkünfte mehr für sie gab.

Eine Weile schwiegen die beiden. Aelvin sah nun schon so lange zum Sternenhimmel empor, dass er das Gefühl hatte, in ihn hineinzustürzen, ganz klein, ganz verloren. Es hätte ihn ängstigen müssen, doch heute erschien ihm die Nacht befreiend in ihrer schwarzen Grenzenlosigkeit.

»Hast du das ernst gemeint?«, fragte Favola leise. »Dass Gott vielleicht verrückt geworden ist?«

»Vielleicht ist er nie anders gewesen. Sonst hätte er die Welt nicht so erschaffen, wie sie ist, oder?«

»Voll von Männern wie Gabriel, meinst du?«

»Ja.«

»Irgendwer muss schließlich auch in die Hölle kommen«, sagte sie nachdenklich.

»Aber wenn es keine bösen Menschen gäbe, bräuchten wir keine Hölle.«

»Und wovor sollten wir uns dann fürchten? Keiner hätte mehr Angst davor, etwas Böses zu tun –«

»Und dann gäbe es keine Guten mehr«, beendete er lächelnd ihren Satz. »Eine ziemliche Zwickmühle.«

Favolas rechte Hand streichelte abwesend den Deckel des Luminaschreins wie den Kopf eines Hundes. »Immerhin beweist es, dass alles irgendeinen Sinn hat. Gut und Böse. Himmel und Hölle. Menschen wie Gabriel.«

»Und Menschen wie du.« Er wurde ein wenig verlegen. »Gute Menschen.«

Sie runzelte die bleiche Stirn, fast ein wenig verärgert. »Ich bin nicht so makellos, wie ihr alle denkt.«

»Dann verbirgst du deine Makel recht gut.«

Ihre Mundwinkel verzogen sich, jedoch nur ein wenig. »Ich habe genauso sündige Gedanken wie jeder andere.«

Er zögerte noch, dann legte er von hinten die Arme um sie. Sie lehnte ihren Kopf mit dem struppigen Haar zurück gegen seine Brust und sah wieder in die Nacht hinauf.

»Ich will nicht, dass du für mich stirbst, Aelvin.«

»Das werde ich nicht.«

»Die Todsicht –«

»Hat auch behauptet, dass du Gabriel umbringst. Und jetzt liegt er viele Tagesreisen entfernt in irgendeinem Erdloch im Wald. Jedenfalls das, was die wilden Tiere von ihm übrig gelassen haben.«

»*Ich* habe nicht gesehen, wie er starb. Du vielleicht?«

»Ein Blinder kommt allein nicht weit in den Wäldern. Erst recht nicht im Winter.«

Bagdads Dächer und Kuppeln wurden von rötlichem Lichtschein umrahmt, der sich erst weiter oben im Nachthimmel verlor: Rauch von hunderttausenden Feuern, die in den Häusern, aber auch auf den Straßen loderten, um den Menschen dort Wärme zu spenden. Die Schwaden wurden bei ihrem Aufstieg von den Flammen erleuchtet, sodass die ganze Stadt zu glühen schien.

»Was tun wir, wenn die anderen nicht zurückkommen?«, fragte Favola leise.

»Natürlich kommen sie zurück.«

»Und wenn nicht? Wenn sie Corax wirklich umbringen und Libuse ihm helfen will und ebenfalls …« Sie sprach den Rest nicht aus.

Die Vorstellung, dass er Libuse heute Abend vielleicht zum letzten Mal gesehen hatte, war wie eine Messerschneide, die gegen seine Kehle gedrückt wurde. Er hatte Mühe, durchzuatmen, wollte aber nicht, dass Favola es bemerkte.

»Du bist in sie verliebt«, sagte sie plötzlich.

Er schwieg.

»Ich weiß es schon lange.« Ihr Hinterkopf lag noch immer an seiner Brust, und wenn er nach unten sah, konnte er ihre dunklen Wimpern zittern sehen. »Und es ist richtig so. Sie ist besser für dich.«

»Du und ich«, sagte er, »wir sind keine Novizen mehr. Die Gesetze des Klosters gelten für uns nicht mehr.«

»Das meine ich nicht.«

Nein, dachte er traurig. Natürlich nicht.

»Sie ist … normal«, fuhr sie fort. »Du kannst sie berühren, ohne dass sie irgendwelche schrecklichen Visionen hat. Und sie mag dich. Sehr sogar.«

»Lass uns darüber jetzt nicht sprechen, ja?«

»Sie hat es mir gesagt. Dass sie dich mag.«

Schwer vorzustellen, dass Libuse so etwas zu irgendjemandem sagen könnte. Sie redete niemals über ihre Gefühle.

Favolas Stimme klang so leicht und schwebend wie der Ton einer fernen Flöte. »Sollten wir wirklich irgendwann dort ankommen … wo auch immer *dort* sein mag … dann werde ich bei der Lumina bleiben. Das ist meine Aufgabe. Darum bin ich hier. Und du kannst mit Libuse fortgehen.«

»Bitte, Favola, ich will jetzt nicht –«

Schritte ließen sie aufhorchen. Favola löste sich von Aelvin, als sie beide herumwirbelten.

Am Treppenaufgang, beschienen vom Fackelschein aus der Tiefe, stand Ja'far. »Ihr könnt hier nicht bleiben«, sagte er ernst. »Ihr müsst sofort verschwinden.«

~

Der Schatten seiner Taten fiel nach Süden.

Er eilte ihm voraus, als trüge ein Nordwind die Schreie der Sterbenden vor sich her. Als färbe das Blut der Toten den Tigris auf seinem Weg nach Bagdad mit rostroten Schlieren.

Gabriel verstand die Sprache seiner Opfer nicht, doch er sah es in ihren Blicken, wenn die Wölfe über sie herfielen. Sie erkannten ihn, so als erzählten sich ihre Ahnen seit Generationen Geschichten über ihn. Dabei waren es nur die Gerüchte, die ihm vorauseilten, die geflüsterten Warnungen in den Zelten der Nomaden. Das Raunen der Karawanenführer.

Er stellte sich vor, wie sie an Lagerfeuern über ihn raunten. Wie sie in alten Legenden nach den Gründen für sein Erscheinen suchten, in den Prophezeiungen und Visionen der Hellseher.

Wer ihm begegnete, der bekam keine Gelegenheit mehr, davon zu erzählen. Gerade einmal eine Woche lang hielt der Tod nun durch seine Hände und die Fänge der Wölfe Ernte. Doch für die Gerüchte reichte das aus. Geschichten, die der Wüstensand erzählte, und der Fluss, und die Wolken am Himmel.

Geschichten vom Rudelführer. Vom Wolfsreiter.

Vom Dschinn mit den Augen einer Schlange.

Sie gönnte ihm nur wenige wache Momente. Die Schlange hatte seinen Leib in Besitz genommen. Er wusste jetzt, dass auch Oberon nur ein Gefäß gewesen war. Ein Teil von ihr war schon vorher in Gabriel gewesen, doch nach Oberons Tod war auch der Rest, der wahre, reptilienhafte Verstand, aus dem Leichnam am Turm der Silberfeste gefahren und hatte sich seiner bemächtigt.

So stellte er es sich vor. Er wusste nicht, ob es die Wahrheit war. Er suchte nicht nach der Wahrheit.

Die Schlange war er. Er war die Schlange.

Mit den Wölfen reiste er nach Süden, einem hungrigen Rudel aus den serbischen Wäldern, halb wahnsinnig vor Furcht vor dem Rudelführer, denn sie witterten das kalte, fremde Wesen in ihm. Sie gehorchten aus Angst, aus Instinkt, aus animalischer Ehrerbietung.

Sie fürchteten ihn.

Und er fürchtete sich selbst.

Die Witterung war aufgenommen. Die Schlangenaugen ersetzten seine eigenen, geblendeten. Er blickte durch sie in die Welt hinaus und sah sie verändert. Alles war wundervoll. Alles war schön. Die Toten, die Furcht, die Schreie der Kinder – dies war sein Paradies. Seine Offenbarung allgegenwärtiger Herrlichkeit.

Auch die Schlange fürchtete sich. Sie hatte Angst vor der Veränderung, der Tilgung alter Sünde. Sie wollte keine Wandlung, keine Demut vor dem Gott der Menschen.

Ein neues Paradies auf Erden? Nicht, wenn sie es verhindern konnte.

Schlangenaugen durchdrangen den aufgewirbelten Sand. Betrachteten den Fluss auf seinem Weg nach Süden und den öden, sandigen Horizont. Streiften mit ihrem Blick die Wölfe, die aufjaulten und mit eingezogenem Schwanz einen Haken schlugen, das Fell verklebt zu einer stinkenden Kruste aus Menschenblut. Sie brauchten Nahrung, und sie fanden sie reichhaltig unter den Familien, die zu Fuß Richtung Süden flohen.

Erst hatte Gabriel geglaubt, er selbst sei der Grund für die Flucht, und das hatte ihm geschmeichelt. Aber jetzt wusste er es besser. Noch etwas anderes bedrohte das Land und seine Bewohner. Es würde Krieg geben. Vielfachen Tod und endloses Leid. Vielleicht war es kein Zufall, dass sich der Krieg gemeinsam mit der Ankunft der Schlange ankündigte.

Die Menschen sahen sich einer zweifachen Ahnung von Tod ausgesetzt. Sie fürchteten die Bedrohung aus dem Osten, die Klingen der Großen Horde und ihre legendäre Grausamkeit. Aber sie fürchteten auch den Mann mit dem verwüsteten Gesicht und sein Gefolge aus Wölfen. Den Mann, dessen Augen blutkrustig und zerstört waren, und aus denen doch die Tücke der Schlange blickte, mit geschlitzten Pupillen wie Messerwunden.

Die Schlange lenkte jeden seiner Schritte, jede seiner Bewegungen. Aber sie spielte auch mit ihm. Manchmal ließ sie ihm einen Hoffnungsschimmer auf sein altes Leben, ließ ihn in Erinnerungen schwelgen und das Ausmaß seines Verlusts begreifen. Dann suhlte sie sich in seiner Qual, saugte sie auf wie ihr eigenes Gift. Und immer wenn ihr daran die Lust verging, biss sie ein weiteres Stück aus seinem Verstand. So würde sie von ihm zehren, bis sie ihr Ziel erreichten, denn sie fand Vergnügen in den vergeblichen Anstrengungen seines Gewissens.

Bald würde sie ihn abstreifen wie eine alte Haut.

Die Kalifenmutter

Es war ein Raunen hinter Seide, ein Flüstern zwischen Kissen aus Brokat.

»Sie kommen! Sie werden bald hier sein! Sie brennen Bagdad nieder und ermorden uns alle!«

Im Harem sprachen die Frauen seit Tagen von nichts anderem mehr. Im großen Hauptsaal mit seinen Gebirgen aus Kissen und den wehenden Vorhängen fanden die Gerüchte die größte Verbreitung; ebenso im Badehaus, dessen Wasserbecken allein dem Kalifen und seinen Gespielinnen vorbehalten waren; in den Separees, eingerichtet nach Art fremder Länder und erfundener Städte; in den Musikzimmern und lichten Räumen für Malerei und Spiel; und selbst des Nachts hörte man geflüsterte Stimmen im Dunkeln, die die Gräueltaten der Mongolen heraufbeschworen wie Rachgeister aus einer magischen Flasche.

Nur dann verstummten die Gerüchte, wenn einer der Eunuchen in der Nähe war, Hünen mit kahl rasierten Schädeln und Gewändern aus Seide und Leder: Pluderhosen, spitzem Schuhwerk, bestickten Hemden und Westen, breiten Schärpen und goldenen Schwertgehängen. Sie standen stumm an allen Türen des weitläufigen Harems, traten manches Mal unverhofft hinter Säulen und Vorhängen hervor, wenn man sich unbeobachtet fühlte, und waren gleichermaßen darauf bedacht, die Säle vor Eindringlingen zu schützen wie auch die Frauen von einer vergeblichen Flucht abzuhalten.

Sinaida hatte rasch erkannt, dass das Dasein im Harem des Kalifen für seine Bewohnerinnen Fluch und Segen in gleichem Maße bedeutete. Sie führten ein Leben im Überfluss. Jeder Wunsch wurde ihnen von den Augen abgelesen und von greisen Dienerinnen in die Tat umgesetzt. Es gab Bäder in Stutenmilch und kostbaren Ölen, Kleider aus aller Herren Länder und den ganzen Tag musikalische Begleitung durch Flötenspiel und Lautenklänge.

Zugleich aber bedeutete der Eintritt in den Harem einen Abschied von der früheren Welt, denn die Bedeutung des Wortes Freiheit erschöpfte sich fortan in Spaziergängen in den Gärten des Palastes oder, einmal im Jahr, einem streng bewachten Ausflug in einen der Basare der Stadt. An solch einem Tag hatte niemand sonst Zutritt zu den Ständen. Auch die Händler nahmen gern in Kauf, dass man ihnen die Augen verband, denn es gab bei den Einkäufen der Haremsdamen kein Feilschen oder Anpreisen: Die Frauen wählten aus, was sie begehrten, und die Eunuchen bezahlten widerspruchslos jeden Preis, solange er in vernunftvollem Rahmen blieb – was stets der Fall war, denn kein Kaufmann wollte all seiner Besitztümer enteignet und in einen Kerker des Palastes geworfen werden.

Doch solch oberflächliche Vorzüge konnten nicht darüber hinwegtäuschen, dass es nur zwei Wege aus dem Harem gab. Entweder eine Frau verlor die Gunst des Herrschers und wurde mit einem hochrangigen Offizier oder Verbündeten verheiratet – oder aber sie nahm sich das Leben. Denn trotz aller Vorsichtsmaßnahmen und der Überwachung durch die Eunuchen gab es immer wieder Verzweifelte, die diesen Weg in die Freiheit wählten. Ein Schnitt am Handgelenk mit der Scherbe eines Bechers, ein Sprung von einem der Balkone in den sicheren Tod, sogar eigenhändige Strangulation mit Gürteln, goldenen Schnüren und Seidenschärpen.

Seit elf Tagen war Sinaida nun bereits eine Gefangene im

Harem al-Mutasims, und allmählich kam sie zu der Überzeugung, dass man sie nicht wieder laufen lassen würde. Den Wesir hatte sie seit ihrem ersten Gespräch nicht wieder gesehen, und man hatte ihr keine Botschaft von ihm überbracht. Die Tatsache, dass seit Tagen von der Bedrohung durch die Große Horde gewispert wurde, zeigte ihr immerhin, dass ihre Mühen nicht umsonst gewesen waren. Doch sie ahnte auch, dass der Wesir nie vorgehabt hatte, sie nach der Bestätigung ihrer Warnung durch seine Späher auf freien Fuß zu setzen. Stattdessen hatte er das Verdienst dieser Entdeckung zweifellos als sein eigenes ausgegeben.

Nicht, dass seine Hinterlist sie überraschte. Männer wie er festigten seit jeher ihre Stellung, indem sie die Ehre für die Leistungen anderer einheimsten. Sie hatte geglaubt, ihn durch den Tod seiner beiden Gardisten beeindruckt zu haben. Nun enttäuschte es sie, dass er ernsthaft zu glauben schien, ein paar baumlange Eunuchen mit Krummschwertern könnten sie aufhalten.

Heute, am elften Tag ihrer Gefangenschaft zwischen Seidenkissen, Duftwassern und feinem Lautenspiel, entschied sie, dass sie lange genug gewartet hatte. Die Große Horde konnte jeden Tag über die Stadt herfallen, und ganz gewiss würde sie Shadhan nicht in der Gewandung einer Haremsdame entgegentreten.

Wenn sie tief einatmete, war ihr, als könnte sie den Untergang bereits riechen, den Odem von Feuer und Blut. Noch verbarg er sich hinter den Düften von Rosenblättern, Lavendel und Moschus. Aber er war da. Sie konnte die Nähe des Krieges spüren wie das Heraufziehen eines Gewitters. Ein feines Knistern in der Luft, aufgestellte Härchen auf ihren Armen, der Geschmack von Eisen auf den Winden, die von den Terrassen hereinwehten. Sinaida kannte all das – die Große Horde hatte zu viele Schlachten geschlagen, als dass sie die Veränderung im Äther hätte missdeuten können.

Der Krieg rollte heran wie eine Flutwelle aus den Steppen des Il-Khanats. Zwei Millionen Menschen. Hunderttausende Krieger.

Und ganz besonders einer, der den Tod verdiente.

Es war an der Zeit, endlich Abschied zu nehmen.

~

Es war Nacht geworden, ehe sie ihren Plan in die Tat umsetzte. Sie teilte sich ein Schlafgemach mit drei anderen Mädchen, zwei Prinzessinnen aus den Kreuzfahrerstaaten und einer Schwarzen, die sie alle um einen ganzen Kopf überragte. Ihr Name war Nogube, und sie hatte den Körper einer Kriegerin, langgliedrig und muskulös. Sie war die Einzige, die dann und wann ein Wort mit Sinaida gewechselt hatte, denn eines verband sie vom ersten Augenblick an: Die übrigen Mädchen fürchteten sie. Nogube ängstigte sie ob ihrer Gestalt und dunklen Hautfarbe. Und Sinaida war eine Mongolin, eine Nachricht, die gleich am ersten Tag wie ein Lauffeuer durch die Säle und Gänge des Harems gefegt war.

Sinaida hatte Nogube gefragt, warum sie nicht versuchte, zu fliehen. Sie sei die Tochter eines Königs, hatte Nogube geantwortet, der Spross eines mächtigen Stammes in den Savannen jenseits der Wüste. Einmal zuvor sei sie geflohen, und zwar vor der Verantwortung, Königin zu werden, und geendet habe ihre Flucht in diesem Harem. Daraufhin hatte sie geschworen, niemals wieder vor irgendetwas davonzulaufen. Schon gar nicht vor dem Schicksal.

Also machte Sinaida sich allein auf den Weg in jener Nacht, und im Grunde war es ihr lieber so. Als sie sich aus dem Zimmer stahl, lächelte Nogube ihr in der Dunkelheit zu. Die beiden anderen Mädchen schliefen, ohne etwas zu bemerken.

Alle Schlafgemächer der Frauen grenzten unmittelbar an den Hauptsaal des Harems. Es hätte schon mit dem Teufel zugehen müssen, wenn hier keine Eunuchen patrouillierten, doch als Sinaida vorsichtig die Halle betrat, konnte sie niemanden entdecken.

Es war dunkel, nur in vereinzelten Glaskästen an den Säulen brannten Öllampen auf niedriger Flamme. Zwischen den Kissenbergen gähnten Schattentäler wie bodenlose Brunnenschächte. Ein Luftzug ließ die breiten Seidentücher zwischen Decke und Boden erbeben. Eines bewegte sich wie eine Tänzerin, und Sinaida erschrak weit heftiger, als es einer Nizari zustand.

Ihre Kleidung, mit der sie nach Bagdad gekommen war, hatte sie beim Betreten des Harems abgegeben. Angeblich hatte man sie reinigen wollen, doch sie hatte sie nie zurückerhalten. Nun trug sie ein hauchdünnes Kleid, das glatt bis auf ihre Knöchel fiel und über der Hüfte mit einer dünnen Schnur gegürtet wurde. Die Weste, die man ihr gegeben hatte, bedeckte ihren Oberkörper nur bis knapp über die Brüste. Rund um ihren nackten Bauchnabel hatte sie eine solche Gänsehaut, dass es ihr vorkam, als liefen Ameisen über ihren Leib. Tagsüber wurde der Harem geheizt, doch in der Nacht schwand die Wärme rasch dahin. Draußen auf den Gängen würde es wohl noch kälter sein. Falls sie heil hier herauskam, würde sie sich schleunigst warme Sachen besorgen müssen. Vorzugsweise Hose und Wams eines Wächters.

Sie hatte kein Schwert, natürlich nicht, nur zwei lange Haarnadeln, die sie den beiden Prinzessinnen gestohlen hatte; ihr selbst hatte man keine anvertraut.

Der große Haremssaal war kreisförmig und ringsum von mächtigen Säulen umstanden, auf denen das bemalte Kuppeldach ruhte. Der Ausgang lag ein gutes Stück links von hier.

Das Schlafgemach besaß keine Tür, nur einen schweren Vorhang, der verräterisch hinter ihr zitterte. Wo steckten die Wächter? Mindestens zwei würden draußen vor dem Hauptportal stehen. Aber auch hier drinnen musste es Eunuchen geben. Die Säulen mochten Gott weiß wie viele Bewacher vor ihr verbergen.

Sie durfte sich nicht einschüchtern lassen. Mit dem Rücken schob sie sich geräuschlos an der Wand entlang. Sie war barfuß und berührte nur mit den Zehenspitzen den Boden.

Kasim hatte einst versprochen, ihr beizubringen, wie man unter der Decke läuft, doch dazu war ihnen keine Zeit mehr geblieben. Wieder sah sie ihn auf dem großen Platz brennen, während das Feuer die Gesichter der Mongolen erhitzte. Einen Herzschlag lang musste sie die Augen fest zusammenkneifen, um die Heimsuchung wieder abzuschütteln.

Als sie die Lider öffnete, war sie nicht mehr allein.

In der Mitte des Saals stand eine kleine, schmächtige Gestalt, eine Silhouette in schwarzen Gewändern, so als wäre sie eben erst aus den Schatten zwischen den Kissen emporgewachsen. Sinaida hatte sie nicht hereinkommen sehen, und nun fragte sie sich verblüfft, ob die alte Frau schon dort gestanden hatte, als sie das Schlafgemach verlassen hatte.

»Prinzessin Sinaida«, sagte die Alte mit heiserer Stimme. »Sei so gut, und folge mir.« Damit wandte die Frau sich um, durchquerte den Saal und bog auf der gegenüberliegenden Seite in einen Korridor, der zum Badehaus des Harems führte.

Sinaidas Gedanken überschlugen sich. Sie kannte die Frau. Es war die Edle Zubaida, die Mutter des Kalifen und Gebieterin des Harems. Es war seit jeher Tradition, dass die Mutter des Herrschers auch über seine Frauen und Mätressen wachte, und Zubaida versah diese Aufgabe mit größter Strenge und Sorgfalt. Falls sie ahnte, dass Sinaida in dieser Nacht fliehen wollte, so hatte sie die Wachen sicher bereits alarmiert.

Es wäre ein Leichtes gewesen, die alte Frau zu überwältigen, sie zu knebeln und zu fesseln. Doch Sinaida zögerte.

Die Edle Zubaida war im Schatten zwischen den Säulen verschwunden und in einer Lichtinsel auf dem Korridor zum Badehaus wieder aufgetaucht. Dort stand sie vollkommen reglos, nur ein schwarzer Umriss, und schien darauf zu warten, dass Sinaida ihrer Aufforderung Folge leistete.

Mit einem tiefen Atemzug löste Sinaida sich von der Wand und trat ins Licht der Öllampen. Ohne Eile, aber so zielstrebig wie eben möglich, durchmaß sie den Kissensaal und betrat den Korridor. Tagsüber schallten einem hier die Stimmen der Badenden entgegen, das Geplätscher von albernen Wasserspielen. Jetzt aber, so spät am Abend, herrschte vollkommene Stille.

Zubaida hatte sich wieder in Bewegung gesetzt, als sie sicher war, dass Sinaida ihr folgte. In einem Abstand von zehn Schritten ging sie voran und erreichte bald den gewölbten Badesaal. Sein Portal stand weit offen.

»Tritt ein«, sagte Zubaida, und obgleich die Worte ein Befehl waren, klang ihre Stimme nicht so herrisch wie sonst. Die meisten Bewohnerinnen des Harems fürchteten sie wie den Teufel selbst, und viele hatten guten Grund dazu. Zubaida war keine gnädige Frau, und wenn sie glaubte, eines der Mädchen habe sich ihrem Sohn nicht mit aller Hingabe gewidmet, verhängte sie Strafen wie Stockschläge und Peitschenhiebe.

Das Badehaus lag unter einer eindrucksvollen Kuppel aus türkisfarbenen Kacheln und Mosaiken. Mehrere Becken waren in den Boden eingelassen, dazwischen verlief ein Netzwerk marmorner Laufstege. Einige Bassins waren mit filigranen Brücken überbaut.

Die Wasseroberflächen lagen glatt wie Spiegel. Seit Stunden war niemand hierher gekommen. Nirgends waren Eunuchen zu sehen. Der Schein vereinzelter Öllampen reflektierte auf dem Wasser, aber er reichte nicht aus, die Halle vollständig zu erhellen.

Zubaida ging voraus zu einer Nische, die in Form einer geöffneten Muschel in die gewölbte Wand eingelassen war. Es gab mehrere davon, die meisten mit gepolsterten Sitzgelegenheiten. Doch die alte Frau blieb stehen und wandte sich zu Sinaida um, als diese argwöhnisch näher kam. Ein Öllicht in einer Wandhalterung tauchte ihr Gesicht in gelblichen Schein.

»Ich weiß, was du vorhast«, sagte die Kalifenmutter. Sie war kleiner als Sinaida. Auch die weiten Gewänder konnten ihren zerbrechlichen Körperbau nicht kaschieren. Ihr Gesicht war schmal und faltig, die Nase breit, ihre Augen lagen tief in den Höhlen. Altersflecken bedeckten die vorstehenden Wangenknochen. Zubaida war sicher nie eine schöne Frau gewesen, und manche behaupteten, gerade deshalb ging sie mit den Mädchen des Harems besonders hart ins Gericht.

Sinaida sagte nichts. Wartete ab.

»Du willst von hier fliehen«, fuhr die alte Frau fort. »Und wer könnte dir das verübeln?«

»Wenn Ihr das glaubt, warum ruft Ihr dann nicht die Eunuchen?« Sinaida hatte gewusst, dass sie früher oder später nicht um einen Kampf herumkäme. Er konnte ebenso gut hier wie anderswo stattfinden.

Zubaida schüttelte den Kopf. »Warum sollte ich das tun? Ich habe sie selbst fortgeschickt.«

»Das wart Ihr?«

»Natürlich. Nicht einmal der Kalif bestimmt in diesen Räumen, ohne dass ich meine Zustimmung gebe.«

»Was also wollt Ihr von mir?«

»Die Wahrheit.«

Sinaida zögerte. »Wie meint Ihr das?«

»Versuch nicht, mich an der Nase herumzuführen, mein Kind. Du bist eine mongolische Prinzessin, so viel hat der Wesir mir verraten, als er dich herbringen ließ.« Sie musterte Sinaida aufmerksam, während sie sprach, so als wartete sie auf irgendein Zeichen. »Ist dir aufgefallen, dass der Kalif in den letzten Tagen kein einziges Mal hier im Harem war?«

In der Tat hatte Sinaida ihn nie zu Gesicht bekommen.

»Er hat keine Zeit für Ruhe und Entspannung«, sagte Zubaida. »Ein Krieg steht bevor, ganz Bagdad redet davon. Täglich verlassen Kundschafter die Stadt, um das Heer unserer Feinde auszuspionieren, aber bisher ist keiner zurückgekehrt. Der Wesir hat versucht, ihn zu überzeugen, eine eigene Streitmacht auf den Weg zu bringen. Aber der Kalif hält es für klüger, sich hier in Bagdad zu verschanzen. Er sagt, die Stadt sei uneinnehmbar, und vielleicht hat er Recht damit.«

Ein Dummkopf ist er, dachte Sinaida, behielt den Gedanken aber für sich. »Viele werden sterben«, sagte sie stattdessen. »Auf beiden Seiten. Aber am Ende wird Bagdad brennen, falls die Schlacht wirklich hier stattfindet.«

Zubaidas Augen verengten sich kaum merklich. »Wer bist du wirklich, Sinaida?«

»Glaubt Ihr etwa, ich könnte mein Volk aufhalten? Ist es das?«

»Ich wünschte, es wäre so. Aber keine Geisel der Welt könnte eine Streitmacht wie die eure aufhalten. Ja, mein Kind, ich habe von der Großen Horde gehört. Und ich zweifle nicht, dass sie bald vor unseren Toren steht.«

Sinaidas Körper spannte sich. »Ich bin die Schwägerin Hulagus, des Il-Khans der Großen Horde. Er ließ meinen Mann ermorden und mich gefangen nehmen. Ich konnte fliehen und kam hierher, um den Kalifen zu warnen.«

»Gewiss nicht aus Freundschaft.«

»Nein«, erwiderte Sinaida. »Alles, was ich will, ist, Hulagu scheitern zu sehen. Bagdad bedeutet mir nichts.«

»Dann geht es dir also nur um Rache.« Zubaida klang sachlich, so als hätte sie nichts anderes erwartet.

»Als er meinen Mann töten ließ, hat Hulagu mir das Einzige genommen, das mir etwas bedeutet hat.« Wie ein stummer Vorwurf geisterte das Gesicht ihrer Schwester durch Sinaidas Gedanken, doch sie verdrängte die Erinnerung. »Ist Rache ein so schlechter Grund, irgendetwas zu tun?«

Die alte Frau seufzte leise. »Nein … nein, das ist sie wohl

nicht. In meinem Alter vergisst man leicht, wie es ist, wenn etwas ein Feuer in einem entfacht. Ganz gleich, ob Liebe oder Hass.«

»Lasst mich Euch helfen. Ich will Euch alles verraten, was ich über die Große Horde weiß. Truppenstärken, Strategien, Bewaffnung … alles. Ich muss nur mit dem Kalifen darüber sprechen.«

Zubaida nickte. »Abu Tahir hätte dich viel früher zu meinem Sohn bringen sollen.«

»Noch ist es nicht zu spät.« Doch, dachte sie insgeheim, das ist es. Zu spät, um die Schlacht nach draußen in die Wüste zu verlagern. Die Vorboten der Großen Horde konnten jeden Tag eintreffen, und sie würden den Krieg geradewegs in die Gassen der Stadt tragen. Die äußeren Quartiere waren ungeschützt. Ein Massaker ließ sich kaum noch vermeiden. Nur die Runde Stadt war mit hohen Mauern befestigt, aber wie viele Menschen fanden darin wohl Schutz? Vielleicht ein Fünftel der Bevölkerung Bagdads? Vermutlich weit weniger, wenn erst die gesamte Armee innerhalb der Mauerringe Stellung bezogen hatte.

»Was wird aus deiner Flucht?«, fragte Zubaida.

Sinaida zuckte die Achseln. »Ich wollte nicht fliehen, um mein Leben zu schützen. Ich kann nur nicht tatenlos abwarten, bis Hulagu die Tür des Harems aufstößt und seinen Heerführern die Frauen des Kalifen vorwirft.«

»Der Wesir hat einen schweren Fehler gemacht«, stellte Zubaida nachdenklich fest. »Er hätte erkennen müssen, wie wertvoll du für uns bist. Sei versichert, dass der Kalif davon erfahren wird.«

Sinaida verneigte sich ehrerbietig. »Ich danke Euch, Edle Zubaida.«

Die alte Frau nickte ihr zu und deutete auf einen Überwurf aus feinsten Fellen, der auf den Kissen bereitlag. »Zieh das über. Ich führe dich jetzt zu meinem Sohn.«

~

Sinaida hatte ihren Schleier vor dem Gesicht befestigt und wartete im Schatten einer Säule, während Zubaida mit zwei Wachmännern sprach, die vor einer goldenen Tür zu den Gemächern das Kalifen standen. Nach einer kurzen Unterredung kehrte die alte Frau zu ihr zurück. Die Kalifenmutter war so klein und schmal, dass es aussah, als schwebe sie über dem marmornen Boden.

»Er ist nicht in seinen Gemächern. Offenbar ist er mit einigen Besuchern zur Bibliothek gegangen.«

»In *die* Bibliothek?«

Zubaida lächelte nachsichtig. »Wer diese eine besitzt, der braucht gewiss keine zweite.«

Die Erinnerung stieg sauer wie Galle in Sinaida empor. Die legendäre Bibliothek von Bagdad war der Preis, den Shadhan für seinen Verrat an Khur Shah und den Nizaris gefordert hatte. Aus ihr erhoffte er sich das nötige Wissen, um das letzte Geheimnis der Alten vom Berge zu entschlüsseln – die Macht, den Garten Allahs nach eigenem Gutdünken betreten und verlassen zu können. Das Volk von Alamut hatte dafür mit seinem Leben bezahlen müssen.

Zubaida setzte sich in Bewegung, ein Gestalt gewordener Schatten in den nächtlichen Fluren des Palastes. »Wir gehen gleich zu ihm«, sagte sie, ohne abzuwarten, ob Sinaida ihr folgte. »Abu Tahir hat bereits viel zu viel Zeit verschwendet. Beeilen wir uns!«

»Der Wesir wird nicht glücklich sein, wenn er davon erfährt.«

Die alte Frau machte ein abfälliges Geräusch. »Sei versichert, er *wird* davon erfahren! Er hat einmal zu oft seine eigenen Interessen über die des Reiches gestellt.«

Sie eilten durch ein Raster aus Dunkel und Mondschein, über verwunschene Innenhöfe und an endlosen Reihen von

Türen vorüber, mächtige Freitreppen hinab, die sich wie marmorne Wasserfälle von Stockwerk zu Stockwerk ergossen, und durch Gänge, die schier unendlich erschienen. Schließlich traten sie hinaus in die Kälte der Winternacht und durchquerten die Gärten.

»Siehst du die Zinnen dort, hinter den Bäumen?« Zubaida deutete im Gehen auf einen Wall aus dichtem Astwerk.

Sinaida nickte. »Sieht aus wie ein zweiter Palast.«

»Ein Palast des Wissens«, sagte die alte Frau. »Die größte Bibliothek der Welt.«

~

Zum ersten Mal in ihrem Leben tat Libuse, was von einer Frau erwartet wurde: Sie hielt sich im Hintergrund. Nicht etwa, weil sie nicht genauso wie die Männer beim Anblick dieses Ortes von Ehrfurcht gepackt wurde. Doch sie war nicht hier, um die Bibliothek zu bewundern, sondern um auf ihren Vater Acht zu geben. Das konnte sie am besten, wenn sie ein paar Schritt weit abseits stand und die Umgebung im Auge behielt.

Die Erbauer dieses Gebäudes hatten keinen Platz verschwendet. Es gab keine Eingangshalle, nicht einmal gefälliges Schmuckwerk – allein dadurch unterschied sich dieser Ort gänzlich vom Inneren des Kalifenpalastes.

Das Gemäuer mit seinen verschachtelten Höckern und Kuppeln, den breiten Türmen und Anbauten, bestand aus einer einzigen, schier unermesslichen Halle. Wie tief sie sich ins Dunkel ausdehnte, konnte Libuse nur erahnen, denn die Beleuchtung war schlecht. Es gab einige Öllichter, vor allem in der Nähe des Eingangs, die in mehrfach gesicherten Käfigen flackerten. Weiter weg blieb nur das Mondlicht zur Orientierung, das durch die hohen schmalen Fenster hereinfiel und eine Ahnung von Weite erzeugte, die so endlos schien wie der Sternenhimmel selbst.

An den Wänden verliefen hölzerne Balustraden, die durch schmale Treppen und Brücken miteinander verbunden waren. Diese Stege, gerade breit genug für einen Menschen, verliefen kreuz und quer über ihren Köpfen. Nur die unteren wurden zaghaft vom Licht der Lampen beschienen. Alle Übrigen – vier, fünf, sechs Stockwerke hoch oben – glichen einem schwarzen Netz vor dem eisgrauen Mondschein.

Libuse hatte Folianten erwartet, wie in der Kammer ihres Vaters daheim im Turm. Doch selbst im Halbdunkel der Nacht sah sie nun, dass lediglich ein Bruchteil der Regale mit ledernen Buchrücken gefüllt war. In den meisten waren Schriftrollen übereinander gestapelt, viele durch geschlossene Hüllen geschützt, andere offen dem schleichenden Verfall ausgesetzt. Es roch intensiv nach Papyrus, durchmischt mit dem Geruch gegerbten Leders. Auch glaubte sie den Duft gewisser Öle zu erkennen, mit denen ihr Vater seine kostbarsten Schriften einrieb, um die Rinderhäute geschmeidig zu halten.

Sie wünschte sich, Aelvin wäre hier, um das zu sehen. Nicht einmal seine Arbeit im Skriptorium hätte ihn wohl auf solch einen Anblick vorbereitet.

Auch Albertus stand da wie vom Donner gerührt. Er brachte kein Wort heraus. Er mochte kühne Fantasien gehabt haben, was die Ausmaße dieses Ortes betraf, doch sie verblassten vor der Wirklichkeit. Ganz langsam drehte er sich auf der Stelle und konnte sich nicht satt sehen.

»Unglaublich«, brachte er gepresst hervor. »Das ist … erstaunlich!.«

Corax, der nur erahnen konnte, welcher Anblick sich den anderen bot, starrte reglos geradeaus. Der Kalif stand neben ihm und hielt seinen Unterarm. Er hatte sich von Libuse das Privileg erbeten, seinen alten Freund führen zu dürfen, und weil auch ihr Vater es so wollte, war sie zögernd beiseite getreten.

Die Männer der Leibgarde hatten sich in einem weiten

Kreis um die vier Besucher verteilt, fast unsichtbar in den Schatten. Und doch entging ihnen nicht die geringste Bewegung. Libuse war bemüht, keine hastige Bewegung zu machen, weil sie fürchtete, umgehend von einer Lanze durchbohrt zu werden. Stattdessen strich sie mit der Hand über einen Stoß Schriftrollen und betrachtete ihre Fingerspitzen: Was da haften blieb, war kein gewöhnlicher Staub, sondern hauchfeiner Wüstensand.

Auf Arabisch rief al-Mutasim etwas ins Dunkel. Es gab keinen Hall, die Silben wurden von den Codices und Rollen aufgesogen wie Farbe.

Jemand kam stolpernd aus der Finsternis herbeigeeilt und zog sich im Laufen eine schmucklose Weste über. Sein Haar war zerwühlt, das weite Hemd in Unordnung. Er trug eine dunkle Pluderhose und Schuhe mit gebogenen Spitzen. Der Ruf seines Gebieters musste ihn aus dem Schlaf gerissen haben.

»Harun«, stellte der Kalif den Neuankömmling vor. »Der Hüter der Bibliothek.«

Harun war klein und schmächtig, und als er unter vielen Verbeugungen näher kam und sich schließlich vor dem Kalifen zu Boden warf, um dessen Füße zu küssen, erkannte Libuse, dass es ein Junge war, gerade einmal zwölf oder dreizehn Jahre alt. Fast noch ein Kind.

Wieder sagte al-Mutasim etwas auf Arabisch. Sogleich sprang der Bursche auf und verbeugte sich nun auch in Richtung der Besucher, wobei sein Blick einen Herzschlag länger an der verschleierten Libuse haftete als an den Männern. Im ersten Moment hielt sie ihn für unverschämt, doch dann wurde ihr klar, dass seine Reaktion nichts Anzügliches hatte – er war lediglich erstaunt, denn eine Frau hatte er in der Bibliothek wohl noch nie gesehen. Studium und Gelehrsamkeit war Männersache, hierzulande ebenso wie daheim.

Der Kalif redete eine Weile auf den Jungen ein, was dieser

mit unaufhörlichen Verbeugungen quittierte, so als wäre er seinem Herrscher dankbar für so viel Aufmerksamkeit.

Schließlich wandte sich al-Mutasim an Albertus: »Harun wird Euch bei Eurer Suche behilflich sein. Lasst Euch nicht von seinem Alter täuschen. Ich kenne keinen, der mehr Namen und Zahlen im Gedächtnis behalten kann als er. Ein ägyptischer Sultan hat ihn mir vor einigen Jahren geschenkt, als Sklaven zur Belustigung meiner Kinder. Es hieß, er könne alles im Kopf behalten, was er einmal gehört hat, nicht nur jede einzelne Sure des Korans, sondern jede Geschichte, jede Berechnung, einfach alles. Wir erkannten schnell, dass ein so ungewöhnlicher Verstand zu mehr berufen ist als zur Kinderunterhaltung.« Er warf dem kleinen Harun einen Blick zu, der beinahe väterlich wirkte. »Bis vor drei Jahren war das Wissen über die einzelnen Bereiche der Bibliothek auf viele Gelehrte verteilt, jeder wusste alles über ein bestimmtes Gebiet. Ich trug ihnen auf, Harun durch sämtliche Teile der Bibliothek zu führen und ihm die Bedeutung eines jeden Bereichs und die Titel so vieler Rollen und Bücher wie möglich zu nennen. Mehr als zwei Jahre haben sie dafür gebraucht, von morgens bis abends, aber Harun wurde niemals müde und vergaß nichts. Heute ist er der Einzige, der einen Überblick über die gesamte Bibliothek besitzt. Mit seiner Hilfe solltet Ihr finden, was Ihr sucht.«

Der Magister verbeugte sich tief und dankte dem Kalifen voller Ehrerbietung. Harun grinste sie an, als sei von einer besonderen Kunstfertigkeit die Rede gewesen, nicht von einem wahrhaftigen Wunder.

»Ihr solltet sofort mit Eurer Suche beginnen«, sagte al-Mutasim.

»Kann er mich verstehen?«, fragte Albertus, dem sichtlich unwohl dabei war, den Erfolg ihrer Mission von der Merkfähigkeit eines Kindes abhängig zu machen.

»Ich spreche Eure Sprache, Herr«, sagte Harun auf Lateinisch. »Und noch einige andere mehr, sollten die Hohen Herren es wünschen.«

»Das … wird nicht nötig sein«, erwiderte Albertus verdutzt.

Der Junge öffnete einen der Käfige und nahm eine Öllampe heraus. Mit ihr in der Hand sah er Albertus erwartungsvoll an. »Folgt mir bitte, Herr. Kartenwerk lagert in einem der hinteren Flügel der Bibliothek.«

Albertus schaute sich noch einmal zu den anderen um, dann konnte er seine Neugier nicht länger im Zaum halten. Bald verriet nur noch tanzender Lichtschein in der Finsternis, in welche Richtung er und der Junge sich entfernten. Irgendwo bogen sie ab und wurden dann gänzlich von der Schwärze verschluckt.

Libuse näherte sich sehr langsam ihrem Vater, um den Gardisten keinen Grund zu geben, einen Angriff auf den Kalifen zu befürchten. Entschlossen ergriff sie seine Hand und erschrak, als sie spürte, wie kalt seine Finger waren.

Al-Mutasim wandte sich an Corax. »Es sind seltsame Zeiten für eine Pilgerfahrt wie diese«, sagte er, »und noch seltsamere Zeiten für ein Wiedersehen wie das unsere.« Corax hatte während seines Berichts weder die Lumina noch Favola oder Aelvin erwähnt. Albertus sei ein frommer Pilger auf dem Weg zu einem heiligen Ort im Süden, hatte er gesagt, und habe ihn, Corax, als Leibwächter und Führer gedungen. Der Verlust seines Augenlichts sei ein furchtbarer Schicksalsschlag gewesen, und doch waren sie immerhin bis Bagdad gekommen, auch wenn der Magister den Rest der Reise nun wohl allein antreten müsse.

Der Kalif war kein dummer Mann, und er schien zu ahnen, dass weit mehr hinter der Angelegenheit steckte, als es den Anschein hatte. Aber er fragte nicht weiter, vielleicht aus Respekt vor Corax, vielleicht auch, weil ihn insgeheim ganz andere Sorgen beschäftigten. Auch Libuse konnte es nicht erwarten, das alles hier hinter sich zu lassen und aus Bagdad zu verschwinden – *mit* ihrem Vater. Im Gegensatz zu Corax selbst war sie weit davon entfernt, die bevorstehende Hinrichtung als unausweichlich zu akzeptieren. Sollte Albertus doch seine Karte aufspüren und mit Favola weiterziehen. Sie selbst jedenfalls würde ihrem Vater nicht von der Seite weichen.

Und Aelvin?

Ihre Gedanken wurden unterbrochen, als hinter ihnen das Hauptportal der Bibliothek mit einem Knirschen nach innen schwang.

Einer der Leibgardisten, die draußen Wache gehalten hatten, trat ein, verneigte sich vor seinem Gebieter und machte auf Arabisch eine Meldung. Al-Mutasim schien ungehalten über die Störung, nickte aber und schickte den Soldaten mit einem Wink hinaus.

»Die Edle Zubaida muss von Allah gesegnet sein«, sagte Corax, der im Gegensatz zu Libuse die Worte des Gardisten verstanden hatte. »Es tut gut zu hören, dass sie sich offenbar noch immer bester Gesundheit erfreut.«

Der Kalif seufzte verhalten. »Sie ist mir noch immer eine große Stütze in allen Belangen der Regierung.« Diesmal erkannte auch Libuse den spöttischen Unterton seiner Worte.

Zwei verschleierte Frauen betraten die Bibliothek. Beide waren klein und sehr zierlich. Die Mandelaugen der Jüngeren schienen vor mühsam unterdrückter Nervosität zu flackern – oder vor Ungeduld? Die Ältere, ganz in Schwarz gekleidet, trat ohne Zögern vor den Kalifen und deutete eine Verbeugung an.

»Dies ist Prinzessin Sinaida.« Die Alte deutete auf ihre Begleiterin, die sich pflichtschuldig verbeugte und den Blick zu Boden gerichtet hielt. »Nichte des Togoril von den Keraiten, Schwägerin des Il-Khans Hulagu von der Großen Horde.«

Al-Mutasim legte die Stirn in Falten. »Eine Mongolin?«

»In der Tat«, bestätigte die Edle Zubaida. »Und du solltest dir anhören, was sie zu sagen hat.«

»Hat das nicht Zeit bis –«

»Nein.«

Der Kalif war verärgert, doch er widersprach seiner Mutter nicht. Unwirsch wandte er sich der mandeläugigen Schönheit zu, deren Grazie sogar durch Schleier und Fellumhang zu erahnen war. »Sprich!«, verlangte er gereizt.

Sinaida hob das Kinn und begegnete seinem Blick. Die Unsicherheit, die sie bei ihrem Eintritt zur Schau gestellt hatte, war wie fortgewischt. An ihre Stelle trat eisiger Trotz.

»Nicht hier«, sagte sie. »Die Schatten haben zu viele Ohren.«

Libuse konnte nicht anders, als den Wagemut der jungen Frau zu bewundern. Sie war beeindruckt.

»Ich werde reden«, fuhr Sinaida fort. »Mit Euch allein, mein Gebieter, oder vor all Euren Gästen. Aber nicht hier.«

Die Edle Zubaida warf ihr einen warnenden Blick zu, doch die Mongolenprinzessin ließ sich nicht beirren.

»Ich kam her, um Eure Stadt zu retten«, sagte sie. »Aber nun ist es zu spät, fürchte ich. Und die Schuld daran trägt ein einzelner Mann.«

»So?«, fragte der Kalif. »Wer?«

Sinaida senkte die Stimme. »Euer Wesir, mein Gebieter.«

»Abu Tahir«, flüsterte Corax.

Am Basra-Tor

Vom Dach aus hatte Bagdad nach Einbruch der Dunkelheit ruhiger gewirkt als am Tag, doch das erwies sich als Trugschluss.

Aelvin erkannte seinen Irrtum, schon kurz nachdem Favola und er hinaus in die Gassen getrieben worden waren – die Menschen waren nicht weniger geworden, nur schweigsamer. Flüchtlingsfamilien ohne Aussicht auf eine Bleibe schoben sich ziellos durch Heerscharen von Dieben, Halsabschneidern und Totschlägern. Manch einer verlor in solch einem Pulk sein Hab und Gut, andere ihre Töchter, und wer aufbegehrte, das eigene Leben.

Aelvin und Favola mussten mindestens einen Mord auf offener Straße mit ansehen, während Ja'fars Handlanger sie durch das Gedränge schoben. Ein andermal konnte Aelvin nicht sicher sein, welches Ende ein heftiger Streit nahm, dessen Zeugen sie wurden; aber nach ein paar Schritten erklang hinter ihnen ein so grässlicher Schrei, dass kein Zweifel mehr am Ausgang des Kampfes bestand.

Ja'fars Männer stießen sie grob durch die Gassen, schützten sie zugleich aber vor all den anderen finsteren Gestalten, für die zwei junge Fremde sonst eine leichte Beute abgegeben hätten.

Ihre beiden Begleiter waren junge Burschen in zerlumpter Kleidung. Der eine trug einen schmutzigen Turban, der andere eine topfartige Mütze. Beide hatten dunkle Bärte und ließen sich im Halbdunkel der vorüberhuschenden Öllampen und Fackeln kaum auseinander halten. Sie schwiegen die meiste Zeit über, nur wenn Aelvin und Favola zu langsam wurden, stießen sie ihnen heftig in den Rücken und redeten in hektischem Arabisch auf sie ein. Sie sprachen kein Latein und schienen auch keines zu verstehen, denn als Aelvin zu Favola sagte, sie solle sich zur Flucht bereithalten, reagierten ihre Bewacher nicht darauf. Favola aber nickte kaum merklich, noch blasser als sonst, und klemmte beide Hände sichernd unter die Gurte, die das Bündel mit dem Luminaschrein auf ihrem Rücken hielten. Den Beutel mit Weihwasser, den Albertus bei ihnen zurückgelassen hatte, trug Aelvin unter seinem Mantel, zusammen mit dem in Leder geschlagenen Büchlein mit seinen Aufzeichnungen.

»Ihr könnt hier nicht bleiben«, hatte Ja'far zu ihnen gesagt, so fahrig, dass es keinen Zweifel daran gab, wie besorgt er war. »Alle reden davon, dass die Stadt angegriffen wird. Im Tabik-Viertel hat der Pöbel einen Wirt aufgehängt, weil er Pilgern aus dem Abendland eine Unterkunft gewährt hat. Die Leute haben behauptet, er mache gemeinsame Sache mit Spionen. Dabei haben sie nicht einmal mehr dort gewohnt. Sie sind irgendwo anders aufgegriffen worden und haben erzählt, dass sie die letzte Nacht dort verbracht haben. Jetzt baumelt er neben dem Schild über seiner Tür, und seine Töchter werden als Sklavinnen verkauft – falls nach diesem Krieg noch jemand da ist, der sie kaufen kann.«

»Du hast Corax versprochen, dass wir hier sicher sind«, hatte Aelvin protestiert und gewusst, dass es vergeblich war.

»Ja – aber nur, solange auch *ich* sicher bin. Ihr gefährdet nicht nur euch selbst, sondern auch mich.«

»Deine Geschäfte«, hatte Aelvin abfällig gesagt.

»Meinen Kopf.«

Ohne ein weiteres Wort hatte er sie von seinen beiden

Lakaien fortbringen lassen. Dass er sich bei alldem nicht einmal die Zeit nahm, den Luminaschrein zu untersuchen, zeigte ihnen, wie ernst die Lage war. Und das machte beiden eine Heidenangst.

Sie befanden sich jetzt in einer Gasse, die mit weiten, durchhängenden Tüchern überdacht war. Es roch intensiv nach Kot und Urin, die aus Eimern in die Rinnsteine rechts und links der Straße gegossen wurden. Im besten Fall lief das meiste davon in den nächstgelegenen Kanal, doch vieles blieb in Klumpen liegen und trocknete tagsüber in der Sonne. Bei Nacht kamen die Ratten hervor und wuselten wagemutig zwischen den Füßen der Menschen umher.

Immer wieder wurden sie von Blicken gestreift, bedrohlich und verschlagen. Düstere Gesichter schwammen in den Schatten und stiegen nur dann und wann ans Licht auf. Außer Favola war jetzt weit und breit keine Frau mehr zu sehen, die Flüchtlingsfamilien waren zurückgeblieben. Die Häuser wirkten hier heruntergekommener, die Gewänder der Leute schmutziger, und die Männer gingen Geschäften nach, von denen sie nur hinter vorgehaltener Hand oder mit abgewandten Gesichtern flüsterten. Was immer Ja'fars Handlanger hier mit ihnen vorhatten, es war gewiss nichts Gutes.

»Jetzt!«, rief Aelvin abrupt, packte Favola am Arm und rannte los. Sie lief ebenso schnell wie er, zwischen Gruppen aus Männern hindurch, von denen einige herumwirbelten und ihnen Verwünschungen auf Arabisch hinterherbrüllten.

Ja'fars Aufpasser stießen ebenfalls Rufe aus, als sie die Verfolgung aufnahmen. Aelvin wollte eigentlich nicht zurückblicken, doch dann tat er es trotzdem und sah die krummen Dolche in den Händen der beiden.

»Schneller!«, zischte er Favola zu, die stur geradeaus blickte, zupackenden Händen auswich und sich jetzt gar an die Spitze setzte.

Weiter vor ihnen war die Gasse durch eine Ansammlung

von Männern blockiert, die sich um irgendetwas versammelt hatten, das ihre ganze Aufmerksamkeit beanspruchte. Im Näherkommen hörte Aelvin Schreie, die Anfeuerungen oder auch Flüche sein mochten. Dann begriff er, dass dort vorn auf offener Straße ein Kampf ausgetragen wurde; schon sah er Favola vor seinem inneren Auge in ein Chaos aus blitzenden Klingen hineinplatzen. Doch sie hatte die Gefahr erkannt, schlug kurz vor dem Gedränge einen Haken nach rechts und verschwand in einem Spalt zwischen den Häusern.

Aelvin schaute sich noch einmal um, bevor er ihr folgte. Ihre Verfolger hatten nicht aufgeholt, waren aber noch immer hinter ihnen.

Der Durchgang war eng und dunkel. Das wenige Licht, das ihnen von der Gasse in dieses stinkende Loch folgte, blieb bald zurück.

»Pass auf!«, rief Favola über die Schulter. »Hier liegt lauter Abfall!«

Schon spürte er, wie er mit dem Fuß gegen etwas Hartes stieß. Er konnte gerade noch einen Satz darüber hinwegmachen und schrammte mit der Schulter an der Ziegelmauer entlang. Wenige Schritte weiter vorn wurde der Boden so rutschig wie Eis, aber dazu war es nicht kalt genug. Verfaultes Gemüse, durchzuckte es ihn angewidert. Essensreste für die Ratten und streunenden Hunde. Trotzdem gelang es ihm, sich irgendwie aufrecht zu halten und weiterzulaufen.

Wenig später hörte er es hinter sich poltern und stellte sich mit einiger Genugtuung vor, wie Ja'fars Leute übereinander fielen.

Als sie endlich wieder in den düsteren Schein vereinzelter Öllampen stolperten, stellte sich heraus, dass sie ihre Verfolger keineswegs abgehängt hatten. Einer hatte jedoch bei dem Sturz sein Messer verloren.

Aelvin hatte die verzweifelte Hoffnung, dass er in der Umgebung irgendetwas erkennen würde, eine Gasse, eine Kreuzung, das Ufer eines Kanals, den sie auf dem Weg zu Ja'fars Haus passiert hatten. Aber das war Wunschdenken. Eine Stadt, in der zwei Millionen Menschen lebten, musste verschachtelter sein, als er es sich in seinen kühnsten Gedanken ausmalen konnte.

Er lief jetzt wieder auf einer Höhe mit Favola. Die Gasse, in der sie sich befanden, war enger und weniger bevölkert als die Straße, der sie zuvor gefolgt waren. Immer noch schaute sich ab und an jemand nach ihnen um oder rief ihnen etwas nach, doch die meiste Zeit über war der Weg frei.

»Die kennen sich hier aus«, keuchte Favola. »Wir werden denen nie entkommen.«

»Abwarten!« Er hatte etwas entdeckt, nicht allzu weit vor ihnen. Die Gasse wurde jenseits einer Kreuzung breiter, und was er auf den ersten Blick für Berge von Abfall zu beiden Seiten des Weges gehalten hatte, waren in Wahrheit Dutzende von Menschen, die sich unter Balkonen und Tuchdächern zum Schlafen zusammengerollt hatten. Sie lagen eng beieinander, um sich gegenseitig zu wärmen. Da es niemanden gab, der Wache stand, musste es sich um verarmte Flüchtlinge handeln, die nichts besaßen, das sich zu stehlen lohnte.

Ihre Häscher waren gut fünfzig Schritt hinter ihnen. Ihr Sturz hatte Aelvins und Favolas Vorsprung vergrößert.

Außer Atem stürmten sie über die Kreuzung und geradewegs unter die Schlafenden. Es fiel schwer, zwischen all den vermummten und zugedeckten Leibern eine freie Stelle zu finden, um die Füße aufzusetzen, und bald schon murrten und schimpften die Ersten, die von ihren Tritten aus dem Schlaf gerissen wurden. Jemand packte Favolas Gewand, doch sie konnte sich losreißen. Aelvin musste gleichfalls Händen ausweichen, doch die meisten waren zu schlaftrunken, um schnell genug zuzugreifen.

So rannten und sprangen sie, so schnell sie konnten, durch das Menschenmeer und hinterließen eine Spur aus aufgebrachten Männern und Frauen, die vor Wut bald außer sich gerieten; sie alle waren tagelang durch die Wüste marschiert, vielleicht war dies ihre erste ruhige Nacht. Aelvins Plan ging auf.

Als ihre Verfolger die Gasse erreichten, hatten sich viele Leute verschlafen aufgesetzt, einige waren auf die Füße gesprungen. Die beiden ersten Störenfriede hatten sie notgedrungen entkommen lassen, doch die beiden nächsten, die achtlos durch die Menschenmasse trampelten, hatten weniger Glück. Von allen Seiten reckten sich Ja'fars Knechten jetzt Hände entgegen, und bald blieben sie fluchend und zeternd zwischen den Flüchtlingen stecken wie in einem Sumpf.

»Es klappt!«, rief Aelvin, als er und Favola das Ende der Gasse erreichten. Sie hatten die Schlafenden hinter sich gelassen und sahen aus einiger Entfernung, wie ihre Verfolger endgültig von den Füßen gerissen wurden. Wie in einem Rudel Wölfe gingen sie zwischen den vermummten Gestalten unter, während Hiebe und Tritte auf sie herabhagelten.

Aelvin fühlte solch einen Triumph bei diesem Anblick, dass er sich kaum davon losreißen konnte. Favola musste ihn am Arm packen und mit sich ziehen, damit er sich endlich wieder in Bewegung setzte.

Sie rannten um mehrere Ecken, bogen immer wieder in die Richtung, die sie für Norden hielten, in der Hoffnung, sich so erneut den Mauern der Runden Stadt zu nähern. Erst eine ganze Weile später, am Rande eines Platzes, auf dem sich zahllose Menschen um Lagerfeuer scharten, hielten sie atemlos inne, vorgebeugt und mit Seitenstichen, aber glücklich, dass sie ihre Gegner abgeschüttelt hatten.

Ihre Erleichterung war nicht von Dauer, denn bald wurde ihnen bewusst, wie hoffnungslos ihre Lage war. Sie hatten keine Ahnung, wohin sie sich wenden konnten. Wie sollten sie in diesem Moloch jemals ihre Gefährten wiederfinden? Sie konnten nur versuchen, so nah wie möglich an den Palast heranzukommen. Nachdem sie ganz sicher waren, dass sie nicht mehr verfolgt wurden, verließen sie die Schatten der Gassen und überquerten den Platz. Verstohlen huschten sie von einem Lagerfeuer zum nächsten, zwischen Pulks aus schlafenden und wachen Menschen hindurch, stets darauf bedacht, nur ja keine Aufmerksamkeit auf sich zu lenken.

Bald schälte sich aus der Schwärze über den Kuppeln und Zwiebeltürmen der vage Umriss gestufter Zinnen, in schwaches Rotgold getaucht vom Schein vieler Feuer, die hinter den Häusern am Fuß der Mauer brannten. Oben auf dem Wehrgang wanderten Lichtpunkte umher: Soldaten mit Fackeln auf Patrouille.

Am Ende einer weiteren Gasse erhob sich ein mächtiges Tor – einer der vier Eingänge zur Runden Stadt. Aelvin und Favola wussten nicht, ob ihre Freunde dasselbe Tor oder ein anderes benutzt hatten, doch für sie war es der einzige Weg hinein. Schon zeichnete sich aufgrund des Gedränges und Geschreis am Fuß der Mauern ab, dass die Wachen dem Ansturm der Massen nicht mehr lange standhalten würden. Der Aufruhr drohte in offene Rebellion umzuschlagen, und an mehreren Stellen des Getümmels erhoben sich rhythmische Sprechchöre aus zahllosen Kehlen. Aelvin verstand kein Wort, aber es gehörte nicht viel dazu, sich auszumalen, was die Menschen da brüllten: Sie alle forderten das Recht auf Zuflucht hinter den Mauern der Runden Stadt. Falls Bagdad tatsächlich angegriffen würde – und alle schienen mittlerweile davon auszugehen –, versprach allein die Festungsanlage im Zentrum der Stadt ihnen Sicherheit. Alles, was außerhalb lag, würde zum Schlachtfeld werden.

Notgedrungen machte Aelvin es genau wie alle anderen: Er schob und drängelte, schubste und stieß. Doch im Gegensatz zu den meisten hatte er keine vielköpfige Familie im Schlepptau, sondern nur Favola, und das erleichterte das Vorwärtskommen ungemein. Er verlor das Gefühl für die Zeit, während er sich durch einen Ozean aus Menschen zwängte, stets darauf bedacht, dass Favola bei ihm blieb. Mehr als einmal drohten sie getrennt zu werden, doch jedes Mal gelang es einem von ihnen, den anderen am Arm oder an der Kleidung festzuhalten und vorm Verschwinden in der Menge zu bewahren.

Das Tor wuchs über ihren Köpfen in die Nacht empor, bis sich die Fackeln auf den Zinnen kaum mehr von den Gestirnen unterschieden. Trotz der Kälte war es unmöglich, inmitten dieses verzweifelten Tumults zu frieren, überhaupt etwas zu verspüren außer der Furcht, zwischen den Menschenmassen zerquetscht zu werden. Mehr als einmal bekam Aelvin keine Luft, bis er wütend um sich schlug, gleichfalls Hiebe von irgendwo aus dem Gewimmel abbekam, aber nach einem Augenblick wieder durchatmen konnte. Er hatte schreckliche Angst um Favola und – zu seiner eigenen Überraschung – sogar um den Schrein auf ihrem Rücken. Wie leicht wäre es, ihn in diesem Gewühl zu verlieren.

Irgendwann, nach endlosem Schieben und Drücken und Drängeln, erreichten sie endlich das Tor. Der eigentliche Zugang befand sich nicht, wie bei abendländischen Stadttoren üblich, an der Vorderseite, sondern an der rechten Seitenwand des Torkastells; er war so schmal, dass gerade einmal zwei oder drei Menschen gleichzeitig hindurchpassten.

Wie Sand in einer Uhr dängte die Menge auf den Engpass zu, und hier wurde das Gewimmel mörderisch. Nicht weit von sich entfernt sah Aelvin eine kreischende Frau in den Körperfluten untergehen wie in einer Sturzflut; erst wedelte sie noch verzweifelt mit den Armen, dann verschwand sie, wurde niedergetrampelt und unter Dutzenden von Füßen zermalmt. Ein Mann schrie ihren Namen, wurde ebenfalls von den Wogen erfasst und untergespült. Ob sie Kinder hatten und was aus ihnen wurde, konnte Aelvin nicht erkennen, aber in diesem Mob stand es schlecht um jeden, der den anderen an Größe oder Stärke unterlegen war.

Er fluchte, als er sah, dass die Soldaten am Tor im Begriff waren, die hohen Holzflügel zu schließen. Das durfte nicht sein! Nicht, nachdem sie sich bis hierher vorgekämpft hatten!

Doch er hatte die Wut der Menge unterschätzt. Als immer mehr Menschen erkannten, dass sie ausgesperrt werden sollten, schoben sie sich mit noch mehr Macht nach vorn. Überall ertönten zwischen den zornigen Rufen jetzt auch Schmerzensschreie, als die Zahl jener, die dem Druck nicht mehr standhielten, schlagartig anstieg.

Aelvin schaute nach hinten, hatte Favola für einen Moment aus den Augen verloren, und wurde von Panik ergriffen, als er sich fragte, ob der Stoffzipfel in seiner Hand womöglich alles war, was er während der letzten Schritte mit sich gezerrt hatte. Dann aber tauchte sie wieder auf, wie eine Schiffbrüchige zwischen stürmischen Wellen, und er sah, dass sie gestikulierte. Sie war gleich hinter ihm, und jetzt ertastete ihr Handschuh den seinen. Seine Erleichterung war so groß, dass ihm blitzartig eine Frage in den Sinn kam: Konnte Favola es in diesem Getümmel wirklich vermeiden, die Haut eines anderen Menschen zu berühren? Gewiss, ein jeder hier war dick vermummt gegen die winterliche Kälte. Aber rieb nicht auch einmal Gesicht an Gesicht? Oder schob sich womöglich ein Ärmel zurück?

Doch Favola wirkte, trotz aller Angst, erdrückt zu werden, nicht so, als würde sie von den Todesvisionen fremder Menschen gepeinigt. War es möglich, dass sie schlichtweg nicht daran dachte? War das ein weiterer Beweis, dass die Todsicht nur ihrer Einbildung entsprang?

Eine neue Woge erfasste sie. Aelvin verlor den Boden unter den Füßen und wurde von der Menge vorwärts geschwemmt. Er konnte sich nicht bewegen, war vollständig eingeklemmt, während er und hundert andere in einem mächtigen Schwung über die schmale Brücke vor dem Zugang trieben, an den Torflügeln fast zerquetscht wurden und dann, noch immer im Pulk, aber urplötzlich freier und auf eigenen Füßen ins Innere der Runden Stadt stolperten und stürzten.

Hinter ihnen zückten die Soldaten jetzt ihre Schwerter und begannen, auf Nachzügler einzuhacken, als wären sie der Feind, der gegen die Stadt anrannte. Blut spritzte, als sich die ersten Wunden öffneten. Glieder wurden abgetrennt, Schädel gespalten, Gesichter zertrümmert. Hauptleute schrien Befehle, und erneut warfen sich Wächter von innen gegen das Tor.

Diesmal gelang es, der blutenden, geschundenen Menge entgegenzuwirken. Finger, Hände und Arme wurden zwischen den eisenbeschlagenen Kanten der Holzflügel zerquetscht und zerplatzten wie schlecht gestopfte Würste.

Dann war das Tor geschlossen. Die Männer legten zitternd einen schweren Balken in die Vorrichtungen. Der Zugang zur Runden Stadt war endgültig verriegelt.

Aelvin sah Blut auf seiner Kleidung, auch auf Favolas Gewand, und er konnte nur hoffen, dass es nicht ihr eigenes war. Wortlos griff er nach ihrer Hand, und dann trieben sie mit dem Strom weiter ins Innere, tiefer hinein in die letzte sichere Bastion im Herzen Bagdads.

~

Sinaida beendete ihren Bericht in einem der zahllosen Empfangszimmer des Palastes, schmuckloser als jenes, in dem der Kalif die Gefährten willkommen geheißen hatte. Außer dem Herrscher, seiner Mutter und der Mongolenprinzessin waren auch Corax und Libuse anwesend. Die Leibgarde hielt Wache draußen vor der Tür.

»Dieser Mann … Shadhan«, sagte al-Mutasim, »er will die Bibliothek, richtig?«

Sinaida nickte. »Genau genommen erhofft er sich nur einen einzigen Hinweis aus ihr, der Rest ist ihm gleichgültig.«

»Was für einen Hinweis?«

»Auf das Mysterium der Nizaris. Die Geheimformel der Alten vom Berge, die es ihnen erlaubt hat, den Garten Gottes zu betreten und lebend von dort zurückzukehren.«

»Aber das ist eine Legende!«, entfuhr es dem Kalifen.

»Nein«, sagte Sinaida ruhig, »das ist es nicht.« Sie zögerte, dann setzte sie hinzu: »Ich bin selbst dort gewesen.«

Der Kalif ballte die Fäuste und sprang von seinem Diwan auf. Mit zwei Sätzen eilte er die Stufen hinab, an deren Fuß sich die Übrigen versammelt hatten. Auch Zubaida stand dort, obgleich ihr ein Platz an der Seite ihres Sohnes zugestanden hätte.

Al-Mutasim baute sich vor Sinaida auf. Er überragte sie um einen Kopf. »Das ist Gotteslästerung! Wenn der Wesir oder einer der anderen –«

»Keiner von ihnen ist hier«, unterbrach ihn Zubaida. »Aus gutem Grund.«

Zumindest äußerlich schenkte der Kalif den Worten seiner Mutter keine Beachtung. »Du warst das Weib des Khur Shah«, sagte er zu Sinaida, »das Weib eines meiner Todfeinde. Und du bist die Schwägerin des Hulagu … noch ein Mann, der mich um mein Reich und vermutlich um mein Leben bringen will. *Und* du lästerst Allah!« Sein Gesicht war jetzt dicht vor ihrem, doch sie wich nicht vor ihm zurück, senkte nicht einmal den Blick. »Wie kann ich glauben, dass ein einzelner Mann für das Tor zum Garten Gottes ein ganzes Volk in den Untergang treibt?«

»Ich vertraue ihr«, kam die Edle Zubaida der Prinzessin zu Hilfe. »Wir alle haben schon von größerem Wahnsinn in der Sache des Glaubens gehört.«

»Und es sind *zwei* Völker«, verbesserte ihn Sinaida. »Erst die Nizaris, und nun das eure.«

»Schweig!«, fuhr er sie an, wirkte nun aber nur noch hilflos in seiner Wut. »Selbst wenn es so wäre und du die Wahrheit sagst, wie könnte uns das helfen?«

Corax hatte lange geschwiegen und zugehört. Nun aber machte er, geführt von Libuse, einen Schritt nach vorn und ergriff das Wort. »Mit Verlaub, mein Freund, aber du solltest ihr trauen. Sie hat nichts zu verlieren. Sie lügt dich nicht an.«

Der Kalif sah sich nun von zwei Seiten bedrängt, und das missfiel ihm außerordentlich. Wütend fuhr er herum, stieg schleppend, als trüge er ein Gewicht, die Stufen hinauf, und ließ sich auf seinem Diwan nieder.

»Denk an all die Menschen«, sagte Corax unbeirrt, »die aus dem Norden und Osten nach Bagdad strömen. Ihre Flucht hat sicher einen guten Grund.«

»Gerüchte! Niemand hat irgendetwas gesehen!«

»Niemand hat überlebt, um davon zu erzählen«, korrigierte ihn Corax. »Wer weiß, wie viele Dörfer die Mongolen bereits dem Erdboden gleichgemacht haben, ohne dass irgendwer entkommen ist? Und was ist mit deinen Spähern, die nie heimgekehrt sind?«

Al-Mutasim warf die Hände in die Höhe. »Bei Allah, Corax, ich weiß, dass irgendetwas näher rückt! Ich bin kein Narr. Ein Krieg steht uns bevor, und das vielleicht früher, als wir alle geglaubt haben. Auch will ich gern glauben, dass es Hulagu und seine Große Horde sind, die das Land im Osten verwüsten – eine Menge spricht dafür, nicht allein das Geschick, keine Zeugen am Leben zu lassen.« Er stützte die Ellbogen auf die Knie und vergrub das Gesicht in seinen Händen. Er sah jetzt sehr müde aus, aber das waren sie alle. »Trotzdem kann ich nicht glauben, dass er es wagt, Bagdad selbst anzugreifen. Seit einer Ewigkeit hat das niemand mehr versucht. Es wäre, als wollte er den Allmächtigen selbst herausfordern.«

Sinaida wollte etwas entgegnen, doch die Edle Zubaida hielt sie mit einer Berührung am Arm zurück.

»Die Verteidigung der Stadt muss organisiert werden«, sagte die Kalifenmutter. »Wir können uns nicht darauf verlassen, dass Allah uns beschützt.«

»Das wird er gewiss nicht tun, wenn ich mich von einem gotteslästernden Weib wie diesem da beraten lasse.« Der Kalif nickte in Sinaidas Richtung. »Du glaubst wirklich, es ginge in Wahrheit um den Garten Gottes? Nun, wenn du Recht behältst und wir alle sterben, werden wir früher dort sein, als uns lieb sein mag.«

»Lieber heute als morgen«, sagte Sinaida ernst. »Ich kann es nicht erwarten, meinen geliebten Khur Shah wieder zu sehen.« Sie ballte eine Faust und atmete so scharf ein, dass der Schleier sich eng an ihre Lippen legte. »Aber zuvor muss ich Shadhan sterben sehen.«

Libuse hatte schweigend zugehört, und bei der Erwähnung des Gartens Gottes fragte sie sich, was wohl Albertus dazu gesagt hätte – er war mit Harun in der Bibliothek geblieben und wusste noch nichts von den jüngsten Entwicklungen. Als keiner der anderen etwas auf Sinaidas Worte erwiderte, ergriff sie das Wort. »Was schlägst du vor?«, fragte sie die Prinzessin.

Sinaida schien sie zum ersten Mal wahrzunehmen. Ihre Blicke trafen sich, sie taxierten einander, doch dann wandte sich die Prinzessin erneut an al-Mutasim. »Lasst mich Euren Heerführer beraten. Ich bin keine Strategin, aber ich weiß, wie die Große Horde angreift – ich habe es auf dem Weg von Karakorum nach Westen oft genug mitangesehen. Ich kenne alle Listen, die sie bei der Einnahme einer Stadt anwenden, die offenen wie die versteckten. Und dann, wenn nach den ersten Angriffen Ruhe einkehrt und die Belagerung beginnt, gebt mir eine Hand voll Eurer besten Männer, und ich werde versuchen, bis zu Shadhan und Hulagu vorzustoßen und die Horde dort zu treffen, wo sie am empfindlichsten ist – in ihrem Hirn.« Sinaida mochte eine Frau sein, von bestechender Anmut und nur wenige Jahre älter als Libuse, ihre Worte aber klangen wie die eines Kriegers, der sich in zahllosen Schlachten bewährt hat.

»Sie spricht weise«, sagte Corax und wandte sich zum Kalifen. »Falls sie wirklich die Witwe des Alten vom Berge ist, solltest du ihr vertrauen. Hätte sie es darauf abgesehen, dass du stirbst, dann wärst du längst tot.« Und nach kurzer Pause fügte er hinzu: »Ich kenne die Nizaris. Ich habe gesehen, was sie anrichten können.«

Sinaidas Augen über dem Schleier verengten sich. Libuse entging keineswegs, dass die Prinzessin ihren Vater mit neu erwachtem Interesse musterte. Sie schien sich zu fragen, wer dieser blinde Riese war, kraftstrotzend trotz seines Alters und doch auf die Führung eines jungen Mädchens angewiesen.

Als der Kalif noch immer zögerte, ergriff Sinaida abermals das Wort. »Mein Gebieter«, sagte sie, und Libuse fand, dass diese Anrede aus ihrem Mund beinahe spöttisch wirkte, »ich habe Euch alles offenbart, was ich weiß. Mein Volk wird die Stadt bald erreichen. Es ist zu spät, um jetzt noch davonzulaufen oder der Großen Horde ein eigenes Heer entgegenzuschicken. Vor Tagen, als ich all dies Eurem Wesir erzählt habe, wäre noch Zeit gewesen, den Krieg von Bagdad fern zu halten. Jetzt aber könnt Ihr nur versuchen, so viele Menschenleben wie möglich zu retten.«

Eine ganze Weile verriet al-Mutasim mit keiner Regung, was er über ihre Worte dachte. Er legte den Kopf in den Nacken, schloss die Augen und sann nach. Irgendwo in der Ferne ertönte eine Trompete, kaum hörbar durch die dicken Palastmauern.

Schließlich erhob der Kalif sich erneut, schritt langsam die Stufen hinab, schaute in die Runde und legte dann Corax beide Hände auf die Schultern.

»Wir beide waren schon einmal in solch einer Lage, alter Freund.«

Corax nickte, und der Hauch eines Lächelns legte sich auf seine Züge. »Im Nachhinein scheinen das bessere Zeiten gewesen zu sein.«

»Damals waren wir eingekesselt wie heute, und wir standen einer Übermacht gegenüber. Du aber hast die Taktik unserer Gegner durchschaut, weil du selbst einmal einer von ihnen warst.«

»Wir haben sie aufgerieben, wie sie es verdient hatten.«

Der Kalif senkte den Blick, dachte nach, dann schaute er wieder auf, geradewegs in die blinden Augen des Ritters. »Falls dieses Mädchen die Wahrheit spricht, dann haben wir heute vielleicht denselben Vorteil wie damals: Auf unserer Seite kämpft jemand, der die Listen unserer Feinde kennt.«

Über das faltige Gesicht der Edlen Zubaida breitete sich zum ersten Mal im Beisein ihres Sohnes eine Wärme, die so etwas wie Mutterliebe zu verraten schien. Und Stolz darauf, dass al-Mutasim endlich das Richtige tat.

Der Kalif blickte in die Augen des Ritters, als könnten sie einander immer noch sehen. »Wenn wir das Wissen über unsere Gegner mit dem strategischen Geschick eines großen Heerführers vereinen, dann stünden die Dinge heute ganz ähnlich wie damals. Denkst du nicht auch?«

Corax nickte, doch nun schien ihm unwohl zu werden.

»Damals in der Bergfestung sind viele von uns auf diese Weise mit dem Leben davongekommen«, setzte der Kalif seine Rede fort. »Und wir können hoffen, dass uns heute das gleiche Glück widerfährt.«

»Ich bin nicht sicher, ob ich verstehe, worauf du hinauswillst«, sagte Corax vorsichtig.

»O doch, mein Freund, das weißt du sehr gut. Abu Tahir mag ein guter Minister sein, ein guter Wesir, wenn es um die Belange des Palastes geht – aber ein Heerführer ist er nicht. Ich habe dir schon einmal angeboten, dich zum obersten Feldherrn meiner Armee zu machen, Corax, und ich mache dir dieses Angebot erneut.« Al-Mutasim verneigte sich plötzlich vor Corax, obgleich er wusste, dass der andere es nicht sehen konnte. »Ich bitte dich, lass mich mein Versprechen von damals einlösen. Führe meine Truppen an. Verteidige Bagdad.«

Er zögerte, dann fügte er hinzu: »Ich lege dir die Zukunft meines Reiches zu Füßen.«

Bleierne Stille legte sich über den Saal. Niemand bewegte sich, alle waren wie erstarrt.

Corax überwand seine Überraschung und schüttelte sehr langsam den Kopf. Seine Stimme klang jetzt sanft, und Libuse hörte erstmals heraus, wie sehr er al-Mutasim noch immer respektierte. »Damals war ich ein anderer Mann. Ich war jünger und stärker. Ich liebte diese Stadt, und ihr Herrscher war mir so nah wie ein Bruder.«

»Und genauso soll es wieder sein.«

»Ich bin ein Krüppel! Wie soll ein Blinder eine Armee führen?«

Sinaida trat mit einem blitzschnellen Schritt an seine Seite. »Lass meine Augen die deinen sein. Mein Wissen über den Feind das deine. Gemeinsam können wir Hulagu besiegen.«

Libuse schluckte einen Kloß im Hals hinunter. Was hier gerade geschah, war so unverhofft wie unerhört.

»Ich mache sie zu deiner rechten Hand«, sagte der Kalif mit einem Seitenblick auf Sinaida, der noch immer nicht ganz frei von Abneigung war, aber auch voller Hoffnung. »Sag Ja, und so soll es geschehen.«

Corax seufzte. »Kein Hauptmann wird einem Blinden gehorchen.«

»Sie werden keine andere Wahl haben«, sagte Sinaida verbissen.

»Das ist lächerlich«, sagte Corax kopfschüttelnd, doch seine Miene war bitterernst. »Ein blinder Alter und ein Mädchen aus den Reihen unserer Feinde – wie sollen wir einen Krieg gewinnen?«

»Es hat noch keiner versucht, nicht wahr?«, mischte sich die Edle Zubaida ein. »Unterschätze nicht die Frauen, Corax von Wildenburg.«

Der Griff des Kalifen um Corax' Schultern wurde noch fester. »Schlag schon ein, alter Freund.«

Libuse schien es, als suchte ihr Vater nach den richtigen Worten, um endgültig abzulehnen. Nicht allein um Zeit für ihn zu gewinnen, fragte sie: »Was ist mit dem Todesurteil?«

Corax winkte ab. »Das hat hiermit nichts zu tun.«

»Ich hebe es auf«, sagte der Kalif mit fester Stimme.

»Und Allahs Wille?«, fragte Libuse.

»Wenn es Allahs Wille ist, dass Bagdad untergeht, dann werden wir alle sterben. Ist es aber sein Wunsch, dass das Reich seiner treuen Diener bestehen bleibt, dann wird er jeden von ihnen mit seiner Liebe und Gnade bedenken. Auch einen alten, widerspenstigen Kämpen wie deinen Vater.«

»Einen Narren, meinst du«, sagte Corax.

Al-Mutasim schmunzelte. »Narr genug, mein Angebot anzunehmen?«

Libuse hielt die Luft an.

»Narr genug«, flüsterte Corax.

Wie Glas gerann die Luft um sie, hielt sie alle fest in diesem einen atemlosen Augenblick. Doch ehe noch einer etwas sagen konnte, pochte es plötzlich ans Portal, und gleich darauf trat einer der Gardisten ein. Tief gebeugt machte er seine Meldung: »Ehrwürdiger Gebieter, der Wesir ist eingetroffen und bittet darum, Euch zu sprechen.«

»Abu Tahir«, sagte der Kalif nachdenklich und nickte langsam. »Das trifft sich gut.«

Libuse trat an die Seite ihres Vaters, packte ihn am Arm, ließ aber gleich wieder los, weil sie nicht wollte, dass irgendwer es als Zeichen seiner Schwäche auslegte. Schon gar nicht jener Mann, der die Schuld am Tod ihrer Mutter trug.

Corax' Kiefer mahlten, und sein Körper spannte sich so sehr, dass das Leder seiner Kleidung knarrte.

Der Kalif nahm wieder auf seinem Diwan Platz, das rechte Knie angezogen.

»Er möge eintreten«, sagte er und gab dem Gardisten einen Wink.

Einen Moment später wurde das Portal vollständig aufgestoßen, und mit einem einzigen Schritt trat Abu Tahir al-Munadi zurück in das Leben seines Todfeindes.

~

Sinaida verstand nicht, was gerade geschah. Vor einem Moment war die Situation noch völlig unter Kontrolle gewesen. Es waren Entscheidungen gefallen, gute Entscheidungen, und alle hatten Grund zum Aufatmen.

Nun aber schien mit einem Mal die Kälte einer Winternacht in der Halle Einzug zu halten. Und das war nicht die Schuld des Wesirs, der noch im Gehen die Stimme erhob. Sie fröstelte, als sie die Veränderung bemerkte, die mit Corax' verbrannten Gesichtszügen vorging. Die Sehnen an seinem Hals waren zum Zerreißen gespannt.

»Die Hörner ertönen über den Dächern«, rief der Wesir auf Arabisch. Er kam mit solch energischem Schwung in die Halle, dass er im ersten Moment keinen der Anwesenden wahrnahm. »Bagdad wird angegriffen!«

Schlagartig blieb er stehen, so starr wie die Gardisten vor der Tür. »Corax?«, flüsterte er, und sein Blick heftete sich auf das Gesicht des einstigen Ritters. »Bei Allah!« Er entdeckte Libuse, und nun weiteten sich seine Augen, wenn auch nur für einen Herzschlag. Unwillkürlich legte sich seine Hand auf den Knauf seines Krummschwerts. Über den weißen Gewändern trug er ein silbernes Kettenhemd, das wohl noch nie einen Kampf gesehen hatte, so blitzend poliert war jedes Eisenglied.

Er war gut zehn Schritt vor Corax stehen geblieben, fasste sich erstaunlich schnell und glitt zurück in seine eingespielte Rolle. Langsam ging er weiter, hielt dann jedoch abermals inne. Er war jetzt nahe genug, um Corax' Verletzungen erkennen zu können. Sein Ausdruck verriet nicht, was ihm dabei durch den Kopf ging.

»Was, bei Iblis und den sieben Fürsten, geht hier vor?«

Sinaida bemerkte, dass dem Kalifen sichtlich unwohl war. Er war ein schwacher Herrscher, und in keinem Moment zeigte sich das deutlicher als in diesem. Kurz hatte sie die Befürchtung, er könne seinen Entschluss noch rückgängig machen.

Dann aber sagte die Edle Zubaida: »Gut, dass du hier bist, Abu Tahir. Wir haben gerade von dir gesprochen.«

Der Wesir warf ihr einen Blick zu, dessen Feuer Bände sprach über den Hass zwischen ihnen. An jedem Hof gab es zwei, die um den stärksten Einfluss auf einen Herrscher buhlten, und hier waren es zweifellos Zubaida und Abu Tahir.

Corax sprach noch immer kein Wort. Er hätte ebenso gut aus Stein sein können. Nur die Adern an seinen Schläfen schwollen an und ab, an und ab.

Dann, zu Sinaidas heimlichem Erstaunen, erhob der Kalif die Stimme, und jetzt war kein Anzeichen von Nachgiebigkeit mehr darin zu erkennen. Entschlossen und willensstark erklärte er dem Wesir in wenigen Sätzen, wer fortan das Heer zur Verteidigung Bagdads führen würde. Er sprach Lateinisch, damit auch Corax und Libuse seine Worte verstanden.

Abu Tahir hörte zu, und aus Fassungslosigkeit wurde Zorn. »Ihr legt die Verteidigung der Stadt in die Hände eines Blinden? Eines Wracks wie ihm?« Sinaida ließ er dabei außen vor, so als sei sie ohnehin nicht ernst zu nehmen. Das machte sie wütend, brachte sie aber zugleich auf den Gedanken, dass es hier in Wahrheit um etwas ganz anderes ging. Nicht das Wohl der Stadt und ihrer zwei Millionen Bewohner, sondern allein die Feindschaft dieser beiden Männer stand plötzlich im Vordergrund.

Das war absurd, und so empfand es auch die Edle Zubaida. »Du, Abu Tahir, hast dein Wissen über den Feind absichtlich vor deinem Gebieter zurückgehalten, um es später zu deinen Gunsten auszuspielen.« Verachtung lag in ihrer Stimme. »Du bist deines Amtes nicht würdig. Dass der Kalif dich nicht festnehmen und in den Kerker werfen lässt, hat einzig den Grund, dass ein solcher Aufruhr zu einem Zeitpunkt wie diesem schlecht für die Moral des Volkes wäre.«

»Mit Verlaub, mein Gebieter, aber spricht Eure Mutter für Euch, oder wollt Ihr mir diese Vorwürfe selbst ins Gesicht sagen?«

Der Blick des Kalifen verdunkelte sich. »Du hast dem Reich ein Leben lang treu gedient, Abu Tahir, daher will ich dir deine unbedachten Worte nachsehen. Aber ich kann nicht tolerieren, dass du das Schicksal der Stadt und all ihrer Bewohner in den Dienst deiner Ränkespiele gestellt hast. Daher soll alles geschehen, wie ich es entschieden habe. Du bleibst bis auf Weiteres mein Wesir und oberster Minister, und vielleicht, wenn du dich in der dunklen Zeit, die jetzt vor uns liegt, bewährst, will ich Gnade walten lassen. Die Armee aber untersteht ab sofort Corax von Wildenburg und Prinzessin Sinaida von den Keraiten.«

Der Wesir gab sich alle Mühe, seine Demütigung nicht zu zeigen. Sinaida beobachtete ihn, das leichte Zucken unter seinem linken Auge; seine Hände, die sich zu Fäusten schlossen; die Art, wie er seine Schultern durchdrückte und vollkommen reglos stand. Sie sah all das und wusste, dass ihre Schwierigkeiten mit ihm vermutlich gerade erst begannen. Aber war sich darüber auch der Kalif im Klaren?

Schließlich war es Corax, der das eisige Schweigen brach. »Ein altes Versprechen wurde heute eingelöst«, sagte er, und die Silben grollten tief aus seiner Kehle empor. »Ein zweites soll erfüllt werden, sobald dieser Krieg beendet ist.«

Der Wesir trat näher an ihn heran und betrachtete mit kalter Faszination die blinden Augen des Ritters. »Du willst mich herausfordern?«

»Damals hatte ich keine Möglichkeit dazu, Abu Tahir. Aber diesmal werde ich dich töten.«

»Es liegt keine Ehre darin, einen Krüppel zu erschlagen.«

Libuse drängte sich zwischen die beiden. »Dann werde ich für meinen Vater kämpfen. Und für die Ehre meiner Mutter.«

Der Wesir hob eine Augenbraue. »Die Ehre deiner Mutter?« Ein feines Lächeln erschien auf seinen Zügen und weitete sich zu einem Grinsen. »Bei Allah, Mädchen, was hat er dir erzählt?« Lachend wirbelte er herum und verließ den Saal.

Libuse starrte ihm hinterher, als wollte sie sich auf ihn stürzen. Doch die Hand ihres Vaters kroch an ihrem Arm empor zur Schulter und hielt sie zurück. »Nicht«, sagte er leise. »Nicht heute.«

In der Ferne erklangen wieder die Hörner.

~

Je näher Aelvin und Favola dem zweiten Mauerwall kamen, der die Palastgärten von den Gassen der Runden Stadt trennte, desto dichter wurde die Menschenmenge. Tausende Leiber schienen zu einer festen Masse zu gerinnen wie Lehm in einem ausgetrockneten Flussbett. Wer das Pech hatte, darin festzustecken, kam nicht mehr vor und nicht mehr zurück.

»Da entlang!«, keuchte Aelvin und deutete auf den Eingang eines Gebäudes, das den Platz vor dem südöstlichen Gartenportal überschaute. Es handelte sich um ein Haus mit fensterloser Fassade, aus dessen flachem Dach ein Turm hervorstach. Die arabischen Schriftzeichen über der Tür konnte Aelvin nicht entziffern, aber er war ziemlich sicher, dass es sich trotz einer gewissen Ähnlichkeit nicht um eine Moschee handelte.

Der Platz war derart mit Menschen überlaufen, dass ein Trupp Soldaten, der vom Tor der Gärten zur Außenmauer der Runden Stadt aufgebrochen war, sich mit Hieben und Tritten eine Schneise durch die Massen bahnen musste. Klingen wurden diesmal keine gezückt. Aelvin vermutete, dass die Hauptleute den Einsatz von Waffen gegen das eigene Volk innerhalb der Runden Stadt verboten hatten, damit sich die Wut der Menschen nicht zu einem Aufstand emporschaukelte. Gefährlich genug, dass viele hatten mit ansehen müssen, wie ihre Verwandten und Freunde außerhalb der Mauern ausgeschlossen wurden.

Noch bewegte sich der Tumult nach vorn, in Richtung der inneren Mauer, sodass kaum jemand der offenen Tür des Gebäudes Beachtung schenkte. Auf vielen Dächern hatten sich Menschen versammelt und beobachteten die Aufregung und die immer wieder in Nestern ausbrechende Panik unten auf dem Platz.

Das Bauwerk mit dem Turm war bislang von dem Ansturm verschont geblieben. Zwar erkannte Aelvin auch dort oben ein paar Menschen, aber es waren vereinzelte Gestalten, die der Schein hunderter Fackeln vom Platz aus in trübes Orange tauchte.

»Glaubst du wirklich, irgendwer gewährt uns dort Unterschlupf?«, fragte Favola, während sie sich zum Rand des Platzes drängelten.

»Sieht nicht so aus, als wäre noch jemand da, der irgendetwas gewähren könnte.« Aelvin zwängte sich an einem fetten Mann mit halb aufgelöstem Turban vorbei. »Hier muss jeder selbst dafür sorgen, dass er einen sicheren Platz findet.«

Sie erreichten den Eingang und schlüpften ins Innere. Nach kurzem Überlegen versuchte Aelvin die Tür von innen zu verschließen, doch das Schloss war zerbrochen. Sie befanden sich in einer schmucklosen Halle, auf deren gegenüberliegender Seite eine breite Treppe auf eine Galerie führte. In zwei Wandhalterungen loderten Fackeln, bis auf die Hälfte heruntergebrannt. Erst als sich seine Augen an das Licht gewöhnten, erkannte er, dass sich mehrere Familien am Fuß der Mauern zusammendrängten. Das Gewimmer eines Kindes hob an, verstummte jedoch bald wieder.

Aelvin flüsterte in Favolas Ohr. »Wenn die Menschen da draußen begreifen, dass man die Palastgärten nicht für sie öffnen wird, werden sie alle Gebäude der Runden Stadt überschwemmen. Dann wird es hier von Leuten nur so wimmeln.«

Favola deutete auf die Treppe. »Dort rauf?«, fragte sie, machte sich aber bereits auf den Weg, ohne seine Antwort abzuwarten.

Aelvin folgte ihr. Auf der Galerie angekommen, entdeckten sie bald einen bogenförmigen Durchgang, der in ein enges Treppenhaus führte.

»Vom Turm aus können wir zumindest sehen, was draußen geschieht«, sagte er und lief voraus.

Als sie nach Dutzenden von Stufen durch eine Tür ins Freie traten, waren beide außer Atem. Favola konnte sich kaum noch auf den Beinen halten. Noch bevor sie sich umschaute, schluckte sie Kräutersud aus einem tönernen Fläschchen, das Albertus ihr gegeben hatte. Die Medizin half niemals auf Anhieb, dennoch beruhigte sie sich ein wenig.

Neun weitere Männer und Frauen hatten sich auf der Plattform des Turms versammelt. In einer Ecke des quadratischen Zinnenkranzes loderte ein Lagerfeuer.

Der Mann, der ihnen am nächsten stand, musterte sie argwöhnisch, sagte aber nichts. Favola mochte man ihre abendländische Herkunft aufgrund des Schleiers nicht sofort ansehen, aber Aelvin war ganz offensichtlich kein Araber. Er hoffte inständig, dass allen hier oben bewusst war, dass es keine Christen waren, die die Stadt angriffen. Vielleicht, so durchzuckte es ihn plötzlich, war es doch kein so guter Einfall gewesen, die Anonymität der Masse zugunsten eines Unterschlupfes aufzugeben, in dem sie mit wenigen Menschen auf engstem Raum zusammengepfercht waren.

Wie sich bald zeigte, war seine Sorge vorerst unbegründet. Die Aufmerksamkeit aller war auf etwas ganz anderes gerichtet.

Im Osten und Norden zog sich leuchtende Röte über den Horizont und tauchte die Wolkendecke von unten in geisterhafte Glut. Es sah aus, als würde jeden Moment die Sonne aufgehen.

Die Wahrheit erkannte Aelvin einen Augenblick später. Favolas Hand krallte sich um seinen Unterarm.

Die Mongolen hatten die Außenbezirke Bagdads auf der anderen Seite des Tigris in Brand gesteckt. Eine Feuerwand, die von einem Ende der Welt zum anderen zu reichen schien, schob sich auf das Ufer zu. Die Quartiere Nahr Buk und Kalwadha standen lichterloh in Flammen. Es war nur eine Frage der Zeit, bis auch das Häusermeer auf dieser Seite des Flusses gebrandschatzt wurde. Für die Menschen außerhalb der Runden Stadt gab es dann keine Verstecke mehr, keinen Schutz. Keine Hoffnung.

Aelvin legte einen Arm um Favolas Schultern. Vom Turm aus sahen sie zu, wie in immer mehr Vierteln Flammen emporloderten, nun auch im Süden, sogar im Westen. Die Krieger der Großen Horde mussten die Stadt in weitem Kreis umzingelt haben und rückten jetzt gleichzeitig vor.

Als feststand, dass die Angriffe tatsächlich begonnen hatten, war Libuses erster Gedanke gewesen, Aelvin und Favola aus Ja'fars Haus in die Runde Stadt zu holen. So schnell wie nur irgend möglich.

Bald aber erfuhr sie, dass alle Tore geschlossen waren und es keine Möglichkeit gab, eine noch so kleine Abordnung hinauszusenden. Die Eingangskastelle wurden nicht von Mongolen, sondern vom eigenen Volk belagert; sobald sich irgendwo auch nur ein Spalt zeigte, würden die verängstigten Massen die Gelegenheit nutzen, hereinzustürmen. Libuse sprach mit ihrem Vater darüber, der nun den Oberbefehl führte, doch er bestätigte nur, was sie längst wusste: Die Runde Stadt war abgeriegelt. Niemand konnte hinaus oder hinein.

»Nicht einmal um Aelvins und Favolas willen?«, hatte sie verbittert gefragt.

Corax hatte bedauernd den Kopf geschüttelt. »Es tut mir Leid. Das, was den Menschen innerhalb der Mauern noch an Sicherheit bleibt, darf keiner von uns aufs Spiel setzen. Um keinen Preis.«

Sie hatte das nicht verstehen können, hatte ihn angefleht, dann beschimpft, doch er blieb bei seinem Entschluss. Schließlich hatte sie erkannt, dass er es bereits schwer genug hatte, als Blinder die Hauptleute von seinen Fähigkeiten zu überzeugen; das Letzte, was er in dieser Lage brauchte, war eine zeternde Tochter an seiner Seite, die eine Sonderbehandlung für ihre Freunde verlangte.

Aber es waren auch *seine* Freunde, verflucht noch mal! Tief in ihrem Inneren konnte sie ihm das nicht verzeihen. Ganz gleich, ob alle Vernunft dagegensprach.

Falls Aelvin und Favola da draußen ums Leben kamen, trüge er einen Teil der Schuld. Auch er wusste das. Und doch konnte er nicht anders handeln.

Er war Heerführer. Der Blinde Riese, so nannten sie ihn.

Sie war nur seine Tochter, einfach irgendein Mädchen.

~

Von einem der Hauptleute ließ Libuse sich einen Passierschein ausstellen, der es ihr gestattete, die Palastgärten zu verlassen und durch die Runde Stadt zu streifen. Sie redete sich ein, dass Aelvin und Favola es vielleicht doch noch hinter den Mauerwall geschafft hatten, und ahnte zugleich, dass sie sich selbst etwas vormachte. Dennoch konnte sie nicht aufgeben, musste tun, was in ihrer Macht stand, um die beiden wiederzufinden. Die Angst, Aelvin könnte dort draußen in den brennenden Stadtvierteln ums Leben kommen, lähmte ihre Vernunft.

Was sie sah, als sie die Gärten durch das Kufah-Tor verließ, erschütterte sie zutiefst. Das Elend der Flüchtlinge, die sich in der Kälte des Winters auf den Straßen um Lagerfeuer scharten, berührte sie weit mehr, als sie für möglich gehalten hatte. Noch herrschte kein Hunger, doch schon jetzt erkrankten die Menschen an ihrem eigenen Schmutz. Es gab zu wenig Trinkwasser. Die Mongolen hatten die Kanäle gestaut, und zum Waschen blieb nicht ein einziger Tropfen. Nicht mehr lange, und es würden erste Krankheiten ausbrechen. Der Tod käme dann ganz von selbst, auch ohne die Schwerter der Großen Horde.

Die Soldaten auf den Wällen konnten nichts tun, um die Not zu lindern. Wie lange würden sie ihre Kampfmoral aufrechterhalten? Und was war mit jenen, die das Geschrei der Unglücklichen außerhalb der Tore nicht mehr ertrugen?

Meutereien waren unausweichlich, das erkannte Libuse gleich bei ihrem ersten Rundgang durch die überfüllten Gassen der Runden Stadt. Schon jetzt zeichnete sich ab, dass das Volk den Soldaten die Schuld an seinem Elend gab. Wenn einzelne Trupps vom Palast aufbrachen, um die Männer auf der äußeren Mauer zu verstärken oder abzulösen, wurden Steine geworfen und Beschimpfungen skandiert. Der Aufruhr kochte einem schrecklichen Höhepunkt entgegen. Libuse war zum ersten Mal dankbar für den Schleier vor ihrem Gesicht, denn bald fürchtete sie die randalierenden Massen ebenso sehr wie die näher rückenden Mongolen.

Vom Kufah-Tor aus folgte sie den Gassen durch die ehemaligen Basare zu den beiden äußeren Mauerringen. Von allen Seiten wurde sie bedrängt, bis sie sich fragte, wohin die Menschen einander eigentlich schoben. Mal flutete der Strom nach innen, dann wieder nach außen, obgleich man doch meinen sollte, dass die Massen aufgrund der verschlossenen Tore irgendwann zur Ruhe kommen würden. Offenbar aber gab es immer wieder welche, die anderswo einen besseren Platz vermuteten und mit ihren Familien dorthin aufbrachen, während aus derselben Richtung andere herbeidrängten, weil es den Gerüchten zufolge gerade hier erträglicher sein sollte. Dabei, so vermutete Libuse, ging es in Wahrheit gar nicht darum, dass irgendwer dem Gerede wirklich Glauben schenkte; vielmehr kämpften die Menschen gegen die Tatenlosigkeit an, zu der man sie verdammt hatte. Man verlangte von ihnen, dazusitzen und abzuwarten, bis die Mongolen über die Mauern stürmten.

Am ersten Tag musste Libuse auf halber Strecke aufgeben, weil es kein Durchkommen mehr gab. Für die meisten Menschen war nicht einmal ausreichend Platz, sich irgendwo hinzulegen; ein Großteil lehnte an den Mauern aus Lehmziegeln oder kauerte mit eng angezogenen Knien am Boden, um so wenig Raum wie möglich zu beanspruchen. Die schachtelförmigen Verkaufskammern der früheren Basare, rechts und links der Gassen, waren längst von Flüchtlingen vereinnahmt worden, ebenso die oberen Etagen und sogar die Dächer. Falls Aelvin und Favola es wirklich geschafft hatten, war es unmöglich, sie in diesem Gewimmel ausfindig zu machen.

Am zweiten Tag nach Corax' Ernennung zum Obersten Heerführer gelangte Libuse bis zur mittleren Mauer, die den Schutzstreifen aus Ödland von der eigentlichen Außenbefestigung der Runden Stadt trennte. Vor dem inneren Tor hockten Männer und Frauen auf Knien vor den Wachleuten und flehten sie an, den Durchgang noch ein einziges Mal zu öffnen, um Kindern, Eheleuten oder Eltern den Schutz der Runden Stadt zu gewähren. Libuse wandte sich rasch von diesem grausamen Spektakel ab. Immer wieder griffen Soldaten zur Peitsche, um die Bittsteller auseinander zu treiben. Geschah das auf Befehl ihres Vaters? Sie bezweifelte es – nicht, weil sie ihn in Schutz nehmen wollte, sondern weil er und Sinaida alle Hände voll damit zu tun hatten, sich mit einem nicht enden wollenden Strom von Hauptleuten zu besprechen, Beratungen mit dem Kalifen abzuhalten und sich aus den Archiven der Bibliothek Berichte über frühere Schlachten, die vor den Mauern Bagdads geschlagen worden waren, verlesen zu lassen; den Umgang mit den Flüchtlingen überließen sie anderen. Viele dieser Aufgaben hätten schon vor Wochen erledigt werden müssen. Sich erst jetzt damit zu beschäftigen, wo doch in den Vorstädten längst gekämpft wurde, war mehr, als ein Mensch bewältigen konnte. Und obgleich Sinaida Corax voller Tatkraft beistand und damit nicht nur ihn selbst überraschte, zeichnete sich doch ab, dass die meisten Verteidigungsmaßnahmen viel zu spät kamen.

Am dritten Tag kehrte Libuse erst gegen Abend in den Palast zurück. Einmal mehr war ihre Suche nach Aelvin und Favola erfolglos gewesen. Sie war kurz davor, alle Hoffnung zu verlieren. Sie erfuhr, dass Albertus sich nach wie vor in der Bibliothek vergrub, um mithilfe des Jungen Harun nach der Karte des Jüngers zu suchen. Ob er sie fand oder nicht – für Libuse spielte das kaum mehr eine Rolle.

Rund um die Stadt wurde der Himmel selbst bei Nacht nicht mehr dunkel. Die brennenden Quartiere tauchten die Wolkendecke in rotgoldenen Flammenschein. Der Rauch trieb über die Mauern und erschwerte zu mancher Stunde selbst hier, im Zentrum der Runden Stadt, das Atmen.

Sie fand ihren Vater in seinem Ruheraum, unmittelbar neben den Hallen, in denen er, Sinaida und der Kalif die Hauptleute empfingen, Taktiken besprachen und Strategien verabschiedeten. In einer Seitenkammer war ein Diwan errichtet worden, auf dem Corax sich in unregelmäßigen Abständen schlafen legte. Meist reichte die Zeit nicht für mehr als eine kurze Pause, niemals länger als zwei oder drei Stunden am Stück. Es war ungewöhnlich, dass er Libuse ausgerechnet hier empfing.

»Du wolltest mich sehen?«, fragte sie, als sie eintrat und die Tür vor den beiden Leibgardisten an der Außenseite zudrückte. Das Holz war mit kunstvollen Schnitzereien verziert, märchenhaften Darstellungen von Gärten voller Jungfrauen und Fabeltieren. Ob ihr Vater versucht hatte, sie zu ertasten? Entstanden dabei hinter seinen blinden Augen Bilder, die mit denen der Wirklichkeit übereinstimmten? Oder erzählten ihm seine Finger vollkommen andere Geschichten?

»Danke, dass du gekommen bist«, sagte er.

»Ich bin gerade erst in den Palast zurückgekehrt, sonst wäre ich schon früher bei dir gewesen.«

Er klopfte neben sich auf die Kante des Diwans und bedeutete ihr, sich zu ihm zu setzen. »Wie sieht es draußen aus?«

»Entsetzlich.«

Er schwieg einen Moment, und sie überlegte, ob er weitere Einzelheiten hören wollte. Dann aber schüttelte er langsam den Kopf. »Die meisten Berichte, die wir bekommen, stammen von außerhalb der Mauern. Was aber gleich vor unserer Tür passiert, verheimlichen sie uns.«

»Ich dachte, niemand dürfe die Tore passieren?«

»Es gibt eine Hand voll Kundschafter, die Wege unter den Mauern hindurch kennen. Geheime Wege abseits der Tore. Die Hälfte davon sind Verbrecher, vermute ich, Schmuggler und so weiter. Abu Tahir hat sie angeheuert, und sie erweisen sich als recht ordentliche Späher.«

»Heißt das, der Wesir kontrolliert, was von außerhalb der Mauern an eure Ohren gelangt?«

Er lächelte. »Es ist gut, dass du so besorgt bist, aber glaube mir, er ist nicht unsere einzige Quelle.«

»Ich hätte mit einem dieser Späher gehen können«, begann sie aufgeregt, »zu Ja'fars Haus und –«

»Du glaubst, ich erlaube meiner einzigen Tochter, sich mit Mördern und Halsabschneidern in einer lichterloh brennenden Stadt herumzutreiben?«

»Ist es wirklich so schlimm?«

»Wahrscheinlich schlimmer, als wir alle es uns vorstellen können. Zwei Millionen Menschen, Libuse … Und wie viele haben davon wohl Unterschlupf in der Runden Stadt gefunden?«

Sie wusste, dass der Eindruck der überfüllten Gassen täuschte, doch sie konnte die Zahl der Menschen nicht schätzen. Es mochten hunderttausend sein. Vielleicht auch fünfhunderttausend.

»Keine fünfzigtausend«, sagte Corax. »Den vorsichtigen Schätzungen zufolge.«

»Und ihr könnt nichts tun, um den Menschen dort draußen beizustehen?«

»Es gibt natürlich Soldaten in den Vorstädten. Einige der größten Kasernen befinden sich am Ostufer des Tigris.« Er verstummte einen Augenblick lang, dann erst fuhr er fort. »Aber es heißt, die Viertel jenseits des Flusses hätten als erste in Flammen gestanden. Und wenn die Mongolen auch nur halb so kluge Kriegsherrn sind, wie Sinaida behauptet, dann waren die Kasernen die ersten Gebäude, die bis auf die Grundmauern niederbrannten.«

Libuse nahm seine Hand. »Dann ist es aussichtslos, oder? Ich meine, auch für uns alle hier in der Runden Stadt.«

»Wir tun, was wir können, um die Verteidigung zu stärken. Auf den Zinnen des äußeren Mauerwalls drängen sich tausende von Soldaten. Aber damit ist es nicht getan. Am allerdringendsten brauchen wir Wasser. Trinkwasser, vor allem aber sicher bald Löschwasser. Und das wissen auch die Mongolen. Sie haben alle Kanäle gestaut. Ein paar unterirdische Aquädukte haben sie übersehen, die direkt hier in den Palast führen. Das ist alles. Sobald die ersten Dächer brennen, wird dieser Krieg schnell entschieden sein. Bagdad hat sich zu lange darauf verlassen, dass niemand wagt, es anzugreifen. Trotz seiner Größe ist es eine schwache Stadt geworden, verweichlicht und dekadent.«

»Abu Tahir«, flüsterte sie hasserfüllt.

»Es ist nicht allein seine Schuld.«

»Du verteidigst ihn?«

»Ich würde ihn auf der Stelle töten, wenn ich es könnte. Aber die Wahrheit ist, dass der Untergang Bagdads schon vor vielen Jahrzehnten begonnen hat, vielleicht vor Jahrhunderten. Eine schwache Generation hat die nächste hervorgebracht. Al-Mutasim weiß das. Aber er ist ebenso hilflos wie seine Vorgänger auf dem Kalifenthron.« Corax' Lachen kündete von Bitterkeit. »Die Tatsache, dass er einen *Blinden* zu seinem Heerführer ernennt, verrät viel über das Maß seiner Verzweiflung, denkst du nicht auch?«

»Ich wüsste keinen Besseren«, sagte sie mit fester Stimme.

Er zuckte nur die Achseln, so als hätte er sein Schicksal akzeptiert. »Sehen wir es von der erfreulichen Seite – mein Todesurteil wurde aufgehoben. Ich bin ein freier Mann … wäre da nicht die Kleinigkeit von dreihunderttausend Mongolenkriegern, die uns umzingelt haben.«

Seufzend rückte sie an seine Seite und legte schweigend den Kopf an seine Schulter. Er streichelte über ihr langes Haar und rieb die Spitzen zärtlich zwischen den Fingern wie ein Tuchhändler, der die Qualität einer edlen Faser genießt.

»Das Haar deiner Mutter«, flüsterte er.

Ihr lagen noch so viele Fragen auf der Zunge, doch sie behielt sie alle für sich. Dies war ein Moment allein zwischen Vater und Tochter. Ihre Mutter, sogar die Erinnerung an sie, gehörte nicht hierher.

»Aelvin und Favola sind tot«, sagte sie nach einer Weile, selbst erstaunt, wie emotionslos ihre Stimme klang.

»Das kannst du nicht wissen.«

»Mein Herz weiß es.«

»Du magst den Jungen, nicht wahr?«

Stumm nickte sie. Er konnte die Bewegung an seiner Schulter spüren, und das war Antwort genug.

»Und Favola?«, fragte er. »Ich dachte, sie und er …«

»Ich habe mit ihr darüber gesprochen, während der Fahrt auf dem Tigris, und auch schon davor. Sie hat gesagt, dass er sie mag. Dass er sie beschützt. Aber dass das, was er für sie empfindet, keine Liebe sei. Nicht wie die Liebe zwischen Mann und Frau. Eher wie … unter Geschwistern.«

Corax drückte sie an sich. »Du wirst ihn wieder sehen«, sagte er.

»So wie Sinaida ihren Khur Shah? Im Garten Gottes?« Sie hatte spöttisch klingen wollen, doch die Worte kamen nur traurig heraus.

Corax atmete tief durch. »Er liegt am Ende unseres Weges – auf die eine oder andere Weise. Zumindest darin wird Albertus wohl Recht behalten.«

~

Als Libuse die Kammer verließ, sah sie den Wesir am anderen Ende des Saales stehen, vertieft in ein Gespräch mit mehreren Männern, die sie zuvor noch nicht gesehen hatte. Vielleicht ein paar seiner Minister. Oder Meuchelmörder, wisperte ihre innere Stimme.

Viele Menschen befanden sich in dem Saal, vor allem Soldaten und deren Hauptleute. Sinaida und der Kalif standen weit entfernt am Kopfende des Saals und stützten die Hände auf den Rand eines großen Holzmodells der Stadt. Es war hoffnungslos veraltet, aber immer noch die beste Karte Bagdads, die sie besaßen.

Abu Tahir nickte den drei anderen Männern zu, dann verschwanden sie in einem Korridor. Er selbst verließ die Halle durch einen zweiten Gang.

Libuse folgte ihm in einigem Abstand. Besser, als untätig herumzustehen und den anderen bei der Planung der Verteidigung zuzuschauen.

Bald huschte sie durch einen Teil des Palastes, in dem sich weit weniger Menschen aufhielten als unweit des Thronsaals. Die Wände waren hier nicht mehr so schmuckvoll verziert, und es roch sonderbar. Während anderswo Fackeln und offene Kaminfeuer loderten, brannten hier in weiten Abständen einsame Öllampen und spendeten trübes Halblicht. In der Ferne hörte sie sonderbare Laute, die fast wie Geschrei klangen. Animalisches Kreischen.

Wenig später verlor sie den Wesir aus den Augen. Zu Hause im Wald hätte sie seine Fährte lesen können, doch hier, auf den blanken Fußböden, gab es keinerlei Anhaltspunkte.

Sie bog um eine Ecke, und mit einem Mal stand da jemand vor ihr.

»Libuse«, zischte eine Stimme. »Folge mir.«

Es war die Edle Zubaida, wie üblich ganz in Schwarz gekleidet, und ehe Libuse eine Frage stellen konnte, entfernte sie sich schon durch einen Korridor. Der Gang dieser Frau hatte etwas Gespenstisches an sich, fand Libuse, so als würden ihre Füße niemals den Marmor berühren.

Durch eine hohe Tür glitt sie in eine düstere Kammer. Libuse folgte ihr zögernd. Sie kannte die Geheimnisse dieses Palastes nicht, und erst recht nicht die seiner Bewohner. Mochte der Teufel wissen, welche Allianzen hier wer mit wem geschlossen hatte.

»Schließ die Tür«, sagte Zubaida.

Libuse tat es. »Was wollt Ihr von mir?«

»Du verfolgst den Wesir.«

»So?«

»Verschwende nicht unser beider Zeit, Mädchen. Ich weiß es, weil ich das Gleiche getan habe.«

Libuse sah sie schweigend an, aber durch die Schleier und im schwachen Licht der Öllampe war es unmöglich, die Gesichtszüge der alten Frau zu erkennen.

»Er plant, deinen Vater zu beseitigen«, sagte Zubaida.

Libuse blieb äußerlich gefasst. »Wagt er es wirklich, sich so offen gegen den Kalifen zu stellen?«

Zubaida stieß einen leisen Seufzer aus. »Mein Sohn ist schwach. Jeder, der Augen im Kopf hat, weiß das. Er hätte sich schon vor vielen Jahren von Abu Tahir abwenden sollen, damals, als diese Sache mit deiner Mutter geschehen ist. Aber Abu Tahir hat eine flinke Zunge und er ist nicht dumm. Er weiß, wie man meinen Sohn von einer Sache überzeugen kann. Und ich fürchte, es wird ihm auch diesmal wieder gelingen. Natürlich nur, solange es keine Beweise gibt, die ihn in eine direkte Verbindung zum Tod deines Vaters und der Mongolenprinzessin bringen.«

»Ihr scheint Euch sehr sicher zu sein.«

»Ich habe meine Quellen.«

»Was für Quellen sind das?« Libuse versuchte zu vergessen, dass es die ehrwürdige Mutter des Kalifen war, mit der sie sprach.

»Ich kenne die Männer, die den Mord für ihn durchführen werden. Sie waren selbst einmal hochrangige Hauptleute der Armee, und heute sind sie Minister. Das gibt ihnen Motive genug, auch ohne Abu Tahirs Anstiftung, einen, nennen wir es, Widerwillen gegen deinen Vater und die Mongolin zu entwickeln. Einfache Handlanger würde man nach Hintermännern befragen – diese drei aber sind selbst Intriganten und Drahtzieher. Der Wesir wird sie wohl gleich nach der Tat hinrichten lassen, vermute ich.«

»Drei Männer?«, fragte Libuse ohne große Überraschung.

»Du hast sie gesehen. Vorhin, in der Halle.«

»Das erklärt noch nicht, woher Ihr diese Pläne kennt.«

»Im Bett reden alle Männer. Alles eine Frage der Kunstfertigkeit.« Ihr Lachen klang wie knisterndes Pergament. »Schau mich nicht so an. Ich rede nicht von *mir*, dummes Kind! Aber vergiss nicht, ich bin die Gebieterin des Harems. Damit habe ich weit größere Macht, als manch einer vermuten mag.«

»Ihr habt Mätressen Eures Sohnes auf die Verräter angesetzt?«

»Es gibt keine besseren Spione, glaub mir. Sie haben nur einen Nachteil: Um zu beweisen, was ich weiß, müsste ich die Namen der Mädchen offenbaren – und was sie getan haben, um an ihre Kenntnisse zu gelangen. Das aber würde ihre sofortige Hinrichtung bedeuten ...«

»Die Eunuchen würden sie töten«, sagte Libuse, »ich weiß. Keine Frau aus dem Harem des Kalifen darf sich einem anderen Mann hingeben.«

»So ist es.« Zubaida senkte die Stimme, und nun lag eine unvermutete Wärme darin. »Diese Mädchen sind für mich wie Töchter, auch wenn ich sie das nicht oft spüren lasse.«

»Und was erwartet Ihr von mir?«

»Nur das, was jede Tochter für ihren Vater tun würde.« Zubaida trat näher an sie heran, bis Libuse sah, wie sich ihr Schleier beim Sprechen bewegte. »Beschütze ihn. Wenn es irgendwen gibt, der den Untergang der Stadt noch aufhalten kann, dann ist er es. Er ist ein guter Mann. Einen Besseren hat es hier in vielen Jahren nicht gegeben.«

Und während Libuse sich noch über die tiefe Zuneigung im Tonfall der Edlen Zubaida wunderte und sich zugleich erinnerte, dass sie selbst vorhin ganz ähnliche Worte gebraucht hatte, *liebevolle* Worte, huschte die alte Frau bereits an ihr vorbei und wurde eins mit der Dunkelheit des Korridors.

~

Aelvin schrieb mit einem Griffel auf das feine Pergament seines Codex. Die Spitze kratzte über die Oberfläche, aber er spürte es kaum, so kalt waren seine Finger. Um den Griffel richtig zu halten, hatte er den rechten Handschuh abstreifen müssen, und nun nahm seine Haut allmählich die Farbe von totem Fisch an. Seine Schrift wurde immer eckiger, und manchmal drückte er so fest auf, dass die Spitze tiefe Furchen hinterließ. Das kleine Feuer, dass er auf dem Steinboden vor sich entfacht hatte, war fast niedergebrannt. Lange würde er bei dieser Kälte nicht mehr durchhalten.

Während der drei Tage, die Favola und er bereits in diesem Turm festsaßen, war kaum etwas geschehen, das sich aufzuschreiben lohnte. So war er bald dazu übergegangen, auch die Geschehnisse vom Beginn ihrer Reise niederzuschreiben, die Schlittenfahrt über den gefrorenen Rhein, den Aufenthalt in Regensburg, die Bootsfahrt über die Donau und den Angriff auf die Silberfeste.

Seit er auf Libuses Veranlassung hin begonnen hatte, die Ereignisse in seinem Büchlein festzuhalten, verspürte er mehr und mehr einen befremdlichen Zwang dabei, so als schriebe er all das tatsächlich für kommende Generationen nieder. Obwohl, so dachte er düster, es doch sehr viel wahrscheinlicher war, dass das Buch mitsamt diesem Turm schon bald ein Raub der Flammen wurde.

Seit sich der Feuerring über den gesamten Horizont erstreckte, war die Sicht auf die Vorstädte immer schlechter geworden. Manchmal trieb der Wind fettige schwarze Wolken über die Runde Stadt hinweg und hüllte die Türme in Finsternis. Auch das Atmen fiel dann schwer und zwang Aelvin, Favola und die anderen Flüchtlinge hinab ins Innere des Gebäudes, wo sie sich Tücher vor Nase und Mund pressten, bis die Luft wieder aufklarte.

Im Augenblick aber stand der Wind günstig. Der Brandgeruch war zwar allgegenwärtig, doch die Sicht reichte ein gutes Stück über die Festungsmauern hinweg. Die Feuer waren abermals näher gerückt, vor allem im Norden und Osten, den Hauptstoßrichtungen des mongolischen Heeres. Manchmal trugen die Winde auch vielstimmige Schreie heran und erinnerten sie alle daran, dass dort draußen nicht nur die Häuser brannten.

»Du musst etwas essen«, sagte Favola. Er hatte sie nicht kommen hören und sah nur zögernd von seiner Arbeit auf. Es war Nacht geworden, auf Favolas Wangen lag eine unverhoffte Röte. Das Bündel mit dem Luminaschrein trug sie auf ihrem Rücken.

»Suppe?«, fragte er.

»Heißes Wasser mit … etwas«, gab sie schulterzuckend zurück.

Seit drei Tagen aßen sie nichts anderes – Wasser und *irgendetwas* –, aber vermutlich war das noch mehr als das, womit sich viele der Menschen unten in den Gassen den Magen füllten. Er hätte dankbar sein müssen, auch dafür, dass der Turm ihnen so etwas wie Sicherheit bot und die anderen Flüchtlinge, die sich hier verbarrikadiert hatten, ihnen nicht als Feinde begegneten. Die Angst vor dem gnadenlosen Gegner jenseits der Mauern schmiedete selbst so unterschiedliche Menschen wie die beiden Novizen und zwei Araberfamilien zusammen.

»Ich komme gleich rein«, sagte er und suchte in Gedanken nach dem Ende des Satzes, den er gerade begonnen hatte.

»Du solltest drinnen schreiben. Dort ist es zumindest ein bisschen wärmer.«

»Ich kann nichts aufschreiben, wenn all diese Kinder durcheinander schreien.«

»Sie haben nur Angst«, sagte Favola sanft. »Genau wie wir.«

Er seufzte, klappte das Buch zu und schenkte ihr ein Lächeln, von dem er nicht sicher war, ob sie es im Schein der fernen Feuer sehen konnte. »Du hast ja Recht.«

Sie streckte ihm eine Hand entgegen, um ihm aufzuhelfen – er lehnte mit dem Rücken an der Brüstung der Turmplattform –, doch als er sie gerade ergreifen wollte, fiel ihm sein Handschuh ein, und er streifte ihn rasch über, bevor sie sich berührten.

»Meiner hätte gereicht«, sagte sie, nachdem er vor ihr stand. »Außerdem glaubst du doch nicht an die Todsicht.«

Er wollte abermals lächeln, doch seine Züge waren so kalt, dass sie sich anfühlten wie steif gefroren. »Lass uns zusehen, dass wir noch was von der Suppe bekommen.«

Sie nickte, blieb aber stehen und sah hinaus auf den brennenden Horizont. Der Anblick wäre überwältigend schön gewesen, hätte sich dahinter nicht ein solches Grauen verborgen.

»Weißt du, was seltsam ist?«, fragte sie unvermittelt.

Er drehte sich um und schaute nun ebenfalls über die glutfarbenen Türme und Kuppeln der Moscheen. »Was?«

»Dort draußen herrscht Krieg, aber wir hören nichts außer den Schreien. Kein Schwerterklirren, keine Pferdehufe, kein

Donnern von Belagerungsmaschinen. Nichts von all dem, wie eine Schlacht eigentlich klingen müsste. Nur Todesschreie.«

»Weil das da draußen keine Schlacht ist, sondern ein Massaker.« Er wollte so etwas nicht sagen, aber da war es schon heraus. »Vielleicht gibt es außerhalb der Mauern schon lange niemanden mehr, der kämpfen kann.«

Sie schwieg einen Moment, aber ihr Gesicht verriet keine Regung. »Wir jedenfalls sterben noch nicht«, sagte sie schließlich. Er wusste, was sie meinte. »Nicht, bevor ich Gabriel von Goldau getötet habe.«

~

Die Wölfe hatten mehr Angst vor dem Feuer als er, und dennoch führten sie ihn in die Nähe der Brände.

Er bewegte sich mit der Nacht und dem Qualm der lodernden Palmenhaine und Dörfer.

Lange war er am Ufer des Tigris geblieben, bis die Reiter aufgetaucht waren, erst eine Vorhut, dann immer mehr – Hunderte, schließlich Tausende –, die von Osten heranpreschten und begannen, ein mächtiges Heerlager am Wasser zu errichten. Sie nutzten den Fluss, bevor er weiter nach Bagdad fließen konnte, löschten damit ihren Durst und den ihrer kleinen, stämmigen Pferde.

Verborgen im Gestrüpp hatte er beobachtet, wie in kürzester Zeit ein Meer aus Jurten und Zelten entstand. Schwer zu sagen, ob es an seinen Rändern noch weiterwuchs, oder ob seine Ausdehnung zum Stillstand gekommen war. Fest stand, dass sich dieses Lager nun zwischen Gabriel und der Stadt befand und ihm den Weg zur Lumina versperrte, zu dem Mädchen und zu den Menschen, die er mehr hasste als alles andere auf der Welt.

Mehr noch als die Schlange.

Er blickte mit ihren Augen in die Welt, sah mit ihren Augen das Leid der Bewohner Bagdads. Ihn erfüllte nichts als Kälte. Selbst sein Hass fühlte sich eisig an.

Er ritt auf dem größten der Wölfe, dem Rudelführer. Die dunklen Wolfsaugen waren matt geworden, die Lider entzündet und geschwollen. Einige der anderen zogen Pfoten nach, so lange, bis sie zurückfielen und starben oder von den Übrigen getötet wurden. Der Leitwolf war ein mächtiges Tier, unter dessen Fell sich steinharte Muskelstränge bewegten. Doch auch er hatte Angst wie sie alle, leckte sich die Genitalien, wenn er sich unbeobachtet fühlte, oder kratzte sich die Flanke blutig. Gabriel fand sich widerstrebend mit der Tatsache ab, dass der Rudelführer womöglich bald nicht mehr von Nutzen sein würde – wenn erst die anderen erkannten, wie es um ihn stand, würde einer von ihnen ihn zum Kampf fordern oder aber sie würden ihn gemeinsam davonjagen, fort in die Wildnis, wo er verkommen und schließlich an seiner eigenen Tollheit zugrunde gehen würde.

Kein Wolf hatte jemals einen Menschen auf seinem Rücken reiten lassen – keiner, von dem Gabriel je gehört hatte –, doch dieser tat es, denn er sah in ihm keinen Mann, sondern nur die Schlange: das tückische, giftige Geschöpf, das der Wolf noch aus den Wäldern kannte, kriechend, weil die Last seiner Bösartigkeit es schon zu Anbeginn der Zeit in den Schmutz gezwungen hatte, wo es nach Pfoten biss und im Verborgenen lauerte. Nichts kann tiefer sinken als die Schlange, das wusste auch Gabriel. Manchmal, in seinen wenigen menschlichen Momenten, fühlte er die panischen Gedanken des Leitwolfs wie seine eigenen, und er fragte sich, ob es umgekehrt genauso war.

Dann aber ergriff die Schlange die Macht über ihn, so wie sie es einst auch mit Oberon getan hatte, und er spürte nichts als Verachtung und den Wunsch, zu vernichten. Fort war die Neugier, die Furcht, der Schatten jeden Mitleids mit den Wölfen. Er erinnerte sich nicht mehr daran, dass sie einst seine Freunde und nicht seine Sklaven gewesen waren. Er war durchdrungen von reptilienkalter Wut.

Die Krieger entdeckten ihn, als er sich den Ausläufern Bagdads bis auf ein paar Steinwürfe genähert hatte. Er ritt im Schutz schwarzer Rauchschwaden, pirschte mit den Wölfen durch die Nacht. Späher bemerkten das Rudel und starben. Dann eine Hand voll Reiter, deren Blut sich mit dem ihrer Pferde mischte. Schließlich aber wurde ein Trupp Lanzenträger auf sie aufmerksam, und ihnen hatten die Wölfe nichts entgegenzusetzen. Einige schleppten sich mit Lanzen in den Flanken bis zu ihren Gegnern und fielen über sie her, doch die meisten Tiere starben im Lauf.

Der große Wolf, der Rudelführer, wurde zwei Mal getroffen. Die erste Lanze prallte von ihm ab und riss ihm die Seite auf. Eine zweite wurde in seine Brust gerammt, als er sich auf einen Mongolen stürzte, und noch im Sterben verbissen sich seine Fänge im Gesicht des kreischenden Mannes.

Gabriel war abgesprungen, als das Rudel auf die Lanzenträger zugeprescht war, und nun versuchte er, sich in der Dunkelheit davonzustehlen. Er kam nicht weit.

Sie fingen ihn, schlugen ihn, wollten ihn töten. Doch einer von ihnen sah die Schlange in ihm – vielleicht auch nur ihren Schatten – und spürte die Kälte, die von ihm ausging, denn es war die gleiche, die unter großen Steinen herrschte oder an den Wurzeln alter Bäume.

Schließlich brachten sie ihn zu einem ihrer Schamanen, in Ketten und geknebelt, denn er heulte wie ein Wolf. Nur seine Augen ließen sie frei, obgleich die Männer sie fürchteten und keiner es wagte, seinem Blick zu begegnen.

Der Schamane war ein alter Mann aus zähem Fleisch und ledriger Haut. Ein Wolf hätte keine Freude an ihm gehabt. Er hatte die Schlange schon früher gesehen, in seinen Träumen und beim rituellen Klang der Trommel, und nun erkannte er sie wieder. Das zu begreifen raubte ihm fast den Verstand, und schreiend verlangte er, man möge den Weisen holen, den fremden Berater des Il-Khans, denn womöglich wisse er, der doch aus diesen Landen stammte, welche Art von Dämon sie da gefangen hatten.

Der Gefangene zischte, als sie den Knebel lösten. Der weise Mann befragte ihn: Wer er sei. Woher er komme. Welcher böse Geist ihm befohlen habe, mit seinem Teufelsrudel nach Bagdad zu ziehen.

Einzelne Silben lösten sich aus seiner Kehle, die an das Sprechen nicht mehr gewöhnt war. Aus dem Zischen und Heulen wurden röchelnde Laute, dann Worte, schließlich Sätze.

Lumina. Corax.

Der Garten Gottes.

Der Garten Gottes.

Shadhan, der Berater des Hulagu, beugte sich vor und starrte in die verbrannten Augen.

»Dann gibt es noch einen anderen Weg dorthin?«

Schwerter bei Nacht

»Genug!«, rief Corax mit grollender Stimme. »Ich kann keinen Krieg führen, von dem ich nichts anderes höre als verwässerte Berichte. Ich kann kein Heer führen, wenn ich den Atem des Feindes nicht rieche und nicht die Hitze der Feuer spüre.«

Die übrigen Hauptmänner wechselten irritierte Blicke. Einige von ihnen flüsterten miteinander. Nur Sinaida, die längst keinen Schleier mehr trug und in lederne Hosen und ein eng geschnürtes Wams geschlüpft war, nickte langsam. Durch die hohen Fenster des Saales fiel trüb-graue Helligkeit, die Strahlen der Abendsonne wurden von den Rauchwolken über der Stadt verdunkelt.

Libuse saß auf einer Marmorstufe in der Ecke der Halle und beobachtete, was sich dort abspielte. Sinaida hatte sie anfangs verwirrt, aber mittlerweile mochte sie die junge Mongolin. Sie war kleiner als Libuse, zart gebaut, aber ausgesprochen drahtig. Dass sie sich über den Schleierzwang bei Hof hinwegsetzte, einfach, weil sie es *wollte*, hatte für allerlei Unruhe gesorgt, doch sie hatte die Beschimpfungen ignoriert und schien nun fast mit Belustigung zu beobachten, wie die übrigen Hauptleute sie immer wieder mit neugierigen Blicken streiften oder verstohlen musterten.

Außer Libuse schien Sinaida als Einzige zu verstehen, was Corax empfand. Es war absurd, eine Streitmacht auf die Verteidigung einer Stadt vorzubereiten, ohne selbst je dem Feind gegenübergestanden zu haben.

Corax beugte sich über das Modell der Stadt und stützte sich mit beiden Händen auf die Tischkante. Rundum standen die Strategen und starrten verlegen auf die Miniaturen von Häusern, die in Wirklichkeit längst ein Raub der Flammen geworden waren. »Ich kann nicht in diesem Palast darauf warten, bis Hulagu durchs Portal reitet und mich verspottet, weil ich nicht einmal – *nicht ein einziges Mal* – selbst auf den Mauern gestanden habe!«

Der Kalif seufzte auf seinem Thron am Kopfende der langen Tafel, auf der das Modell errichtet worden war. »Was gedenkst du zu tun?« Er war der Einzige, der die Stimme erhob. Alle anderen schwiegen betreten.

»Ich will auf den äußeren Wall. Noch heute Nacht.«

»Aber du kannst nichts sehen«, sagte die Stimme des Wesirs so schneidend, dass selbst der Kalif zusammenfuhr. Abu Tahir hatte die missliche Angewohnheit, immer dann aufzutauchen, wenn man ihn am wenigsten gebrauchen konnte. In schneeweißen Gewändern ragte er hinter den anderen Hauptleuten empor, und sogleich schufen sie bereitwillig einen Gang für ihn. Ohne sie eines Blickes zu würdigen, trat er an das Modell und starrte Corax über die Dächer Bagdads hinweg an.

Corax' Gesicht wandte sich in seine Richtung. Libuse war immer wieder erstaunt, wie perfekt ihn sein Gehör reagieren ließ. Auch sie musterte Abu Tahir von der Seite, und ihre Hand glitt unmerklich an den Griff des Kurzschwertes, das sie in der vergangenen Nacht in ihrer Kammer gefunden hatte. Ein Geschenk der Edlen Zubaida. Es war eine filigrane Klinge, in die wundersame arabische Schriftzeichen eingeätzt waren. Der Griff war so leicht, dass sie sein Gewicht kaum in der Hand spürte. Nie zuvor hatte sie eine schönere Waffe gesehen.

»Es geht nicht darum, den Feind zu sehen«, sagte Corax frostig, »sondern ihn zu *fühlen.*«

Einige der Hauptleute nickten beipflichtend, was den Wesir fraglos noch mehr aufbrachte.

»Lasst mich zu bedenken geben, dass es gefährlich sein könnte, die Runde Stadt zu durchqueren.« Abu Tahir sah in die Runde. Schließlich verharrte sein Blick auf dem Kalifen. »Die Menschen in den Gassen sind aufgebracht und suchen die Schuld für ihr Leid nicht nur bei den Mongolen. Unsere Truppen werden beim Marsch durch die Stadt regelmäßig von Aufrührern angegriffen. Unseren obersten Heerführer einer solchen Gefahr auszusetzen halte ich, mit Verlaub, für unbedacht.«

Al-Mutasim wandte sich an Corax. »Aus den Worten des Wesirs scheint mir Vernunft zu sprechen.«

»Einen Krieg gewinnt man nicht mit Vernunft«, entgegnete Corax. »Auch nicht mit Vorsicht oder Zaudern. Es bleibt dabei. Noch heute werde ich auf die Mauer steigen.«

Libuse beobachtete erst mit Erstaunen, dann mit einer düsteren Ahnung, wie sich das Gesicht des Wesirs verfinsterte. »Es ist Torheit, sage ich! Wir brauchen unseren Heerführer hier im Palast, nicht auf den Zinnen. Was willst du dort tun, Corax? Mit Pfeil und Bogen auf die Mongolen schießen?«

Alle im Saal hielten den Atem an.

Doch dann tat Abu Tahir etwas, das die meisten überraschte. »Verzeih, Corax«, entschuldigte er sich. »Ich wollte dich nicht beleidigen. Meine Worte habe ich aus Sorge gewählt, nicht aus Feindschaft.«

Corax' Miene blieb starr, auch als der Wesir fortfuhr:

»Wir mögen uns nicht, Corax, wohl wahr, aber du bekleidest jetzt ein wichtiges Amt. Das Wohl Bagdads ruht auf deinen Schultern. Das ist eine große Verantwortung, und du solltest sie nicht für eine kindische Idee aufs Spiel setzen. Es ist gefährlich dort draußen. Ich will nicht zusehen müssen, wie der aufgebrachte Pöbel den höchsten Befehlshaber unseres Heeres steinigt. Ob es mir gefällt oder nicht – daran hängt unser aller Wohlergehen, nicht nur das deine.«

Zustimmung machte sich unter den übrigen Hauptleuten breit. Auch der Kalif schien angetan von den Worten seines Wesirs.

Libuse aber ballte die Fäuste. Wenn Abu Tahir sich öffentlich so besorgt zeigte, dann womöglich nur, um seine Hände später in Unschuld waschen zu können, falls ihrem Vater tatsächlich etwas zustieß. Nach dieser Rede würde kein Verdacht mehr auf ihn fallen – denn war nicht er es gewesen, der alles versucht hatte, um Corax von Wildenburg von seinem Leichtsinn abzubringen?

Heute also!, durchfuhr es Libuse. Sie werden versuchen, ihn heute zu töten, wenn er den Palast verlässt! Eine bessere Möglichkeit würde sich ihnen kaum bieten. Die drei Mörder konnten sich mühelos unter die Menge mischen und nach der Tat untertauchen.

Libuse hatte versucht, ihren Vater zu warnen, gleich nach ihrem Gespräch mit Zubaida. Unter vier Augen hatte sie ihm erzählt, was die Haremsmädchen in Erfahrung gebracht hatten, und ihn angefleht, keine Risiken einzugehen. Er aber hatte nur abgewinkt. »Dort draußen gibt es wahrscheinlich zwei Dutzend Männer, die mich lieber heute als morgen tot sehen würden«, hatte er gesagt. »Und dass Abu Tahir ruhiger schliefe, wenn ich nicht mehr am Leben wäre, ist beileibe auch keine Neuigkeit.« Immerhin hatte er ihr versprochen, sein Leben nicht leichtfertig aufs Spiel zu setzen.

Und nun das!

Am liebsten wäre sie zu ihm hinübergelaufen, hätte ihn an den Schultern gepackt und durchgeschüttelt, bis er zur Vernunft kam.

Einen Krieg gewinnt man nicht mit Vernunft.

Ganz sicher aber auch nicht mit toten Befehlshabern.

»Ich danke dir für deine Fürsorge, Abu Tahir«, presste Corax zwischen den Zähnen hervor, und jeder wusste, was er tatsächlich dachte, »aber mein Entschluss steht fest.«

Wieder stieß der Kalif ein Seufzen aus. Mittlerweile beschränkten sich seine Beiträge während solcher Besprechungen vor allem auf Bekundungen seiner Resignation. »So warte zumindest ab, bis die Sonne untergegangen ist. In der Dunkelheit dürfte es leichter fallen, ohne allzu großes Aufsehen durch die Gassen zur Mauer zu gelangen.«

Corax schien widersprechen zu wollen, gab dann aber nach. »Einverstanden«, stimmte er zu, und einige der Hauptleute rund um den Tisch atmeten auf. Der Wesir jedoch wirbelte mit wehendem Umhang herum und verließ den Saal.

Libuse musste sich zügeln, um nicht aufzuspringen und ihn vor allen Anwesenden anzuklagen. Doch wer würde ihr glauben? Solange Zubaida die Mädchen aus dem Harem nicht als Zeuginnen benannte, hatte Libuse keine Beweise in der Hand. Und selbst sie waren keine ausreichende Handhabe, denn das Wort des Wesirs wog zweifellos schwerer als jenes einer Mätresse.

Sie stand auf und überlegte noch, wie sie Corax von seinem Vorhaben abbringen könnte, als ihr die Lösung wie von selbst in den Sinn kam. Der Schlüssel war nicht ihr Vater, denn sie kannte seinen Dickkopf. Es war Abu Tahir selbst, bei dem sie ansetzen musste.

Mit einem Mal wusste sie, was die Edle Zubaida ihr hatte sagen wollen, als sie das Schwert in ihre Kammer bringen ließ.

Der Wesir musste sterben.

Und Libuse war diejenige, die die Tat vollbringen sollte.

~

Diesmal ließ sie sich nicht abschütteln.

Lautlos folgte sie Abu Tahir durch die weitläufigen Korridore des Palastes. Durch lichte Säulenhallen mit gläsernen Decken; vorbei an Käfigen mit exotischen Vögeln; über Balkone im Freien, von denen aus man über die Gärten zur Mauer des Palastgeländes blicken konnte, scharf umrissen vor dem Inferno aus Rauchfahnen in der Ferne. Sie verfolgte ihn über Treppen so breit wie steinerne Flüsse, dann wieder durch schmale Flure, in denen jedes Geräusch von dicken Wandteppichen verschluckt wurde.

Schließlich verließ er den Palast durch eine Seitentür und trat hinaus in die Gärten, umrundete mehrere Gebäudeflügel und erreichte einen kleinen Platz vor einem hohen, fensterlosen Anbau. Aus dessen Innerem drang das entsetzliche Kreischen, das Libuse schon einmal vernommen hatte

In den Platz mündete ein gepflasterter Weg, der rechts und links von Käfigen aus Eisen flankiert war. Hinter den Gitterstäben drang vielstimmiges Fauchen und Grollen hervor. Noch während Libuse hinter dichtem Buschwerk in Deckung ging, sah sie, woher die Geräusche rührten.

Der Wesir gab einem Mann, der gerade mit einem Reisigbesen einen leeren Käfig ausfegte, einen Wink. Sogleich machte sich der Knecht davon. Der Wesir zog einen Schlüsselbund hervor, öffnete ein anderes Gitter und trat ein paar Schritte zurück.

Ein gewaltiger Löwe, weiß wie frisch gefallener Schnee, trottete knurrend aus den Schatten eines Käfigs hervor ans rauchgeschwängerte Tageslicht, glitt in einer fließenden Bewegung die kurze Rampe hinunter und gesellte sich in der Mitte des Weges zum Wesir. Zutraulich rieb er seine Flanke an der Hüfte des Mannes. Abu Tahir vergrub eine Hand in der langen Mähne und kraulte das Tier, als wäre es ein zahmer Hofhund.

Libuse nahm die Hand vom Knauf ihres Schwertes. Sie war drauf und dran gewesen, den Wesir zu stellen, doch mit einem solchen Untier konnte sie es nicht aufnehmen. Sie kannte Bestien wie diese nur aus den Erzählungen ihres Vaters und den ungenauen Illuminationen seiner Bücher; die Ähnlichkeit mit dem lebenden Löwen war vage, aber gerade eben groß genug, um sie erkennen zu lassen, um welche Art von Raubkatze es sich handelte. Sie wusste, dass ein Mensch keine Chance gegen die Urgewalt eines solchen Giganten hatte.

Stimmen ließen sie aufmerken. Rasch zog sie sich noch tiefer ins Gebüsch zurück. Auf der anderen Seite des Platzes waren dieselben drei Männer erschienen, die sie bereits am Vortag mit Abu Tahir gesehen hatte. Sie trugen weite dunkle Gewänder, einer in Rubinrot, die beiden anderen in Schwarz und Purpur. Sie erstarrten, als sie des Löwens gewahr wurden. Der Älteste unter ihnen, jener mit dem roten Umhang, deutete auf das Tier und rief etwas auf Arabisch.

Die Raubkatze wandte mit trügerischer Ruhe den riesigen Schädel in die Richtung der drei und stieß ein warnendes Brüllen aus. Dabei aber bewegte sie sich nicht von der Stelle, schmiegte sich noch enger an das Bein des Wesirs und ließ sich den Pelz kraulen.

Die drei Minister wichen einige Schritte zurück, und Abu Tahir lachte sie aus. Dann aber erwiderte er etwas, ging vor dem Löwen in die Hocke und gab ihm einen Kuss zwischen die Augen. Libuse saß da wie angewurzelt, hörte das wohlige Schnurren des Ungeheuers und bewunderte nicht nur die wuchtige Eleganz der Katze, sondern auch den Mut des Mannes. Widerstrebend musste sie erkennen, dass Hass und Respekt einander nicht zwangsläufig ausschlossen.

Abu Tahir erhob sich, klopfte liebevoll auf die Flanke des Löwen und schickte ihn mit einem knappen Befehl zurück in den Käfig. Die weiße Raubkatze trottete die Rampe hinauf und zog sich gehorsam hinter das Gitter zurück. Der Wesir legte die Kette um die Stangen und drehte den Schlüssel in dem kopfgroßen Vorhängeschloss herum. Dann erst winkte er die drei Minister heran, die sich ihm nach anfänglichem

Zögern näherten. Der Mann im rubinroten Mantel war sichtlich verärgert und schien Abu Tahir Vorhaltungen zu machen, die beiden anderen schwiegen verbissen. Der Jüngste unter ihnen zupfte verlegen am Saum seines Purpurgewandes, fast als schämte er sich für seine Furcht vor dem Löwen.

»Sind sie das?«

Die geflüsterten Worte ließen Libuse herumwirbeln.

Sinaida legte einen Finger an ihre Lippen und schüttelte stumm den Kopf. Libuse hatte die Mongolenprinzessin nicht kommen hören, und sie erinnerte sich an die Gerüchte, die man sich über die Nizaris erzählte. Sie nickte stumm.

Sinaida rückte neben sie, und dann blickten sie gemeinsam durch das Buschwerk hinaus auf den Weg zwischen den Käfigen. Die fleischigen Blätter der Pflanzen waren mit einer hauchfeinen Rußschicht überzogen, die erst sichtbar wurde, wenn man sie berührte. Die Oberflächen wirkten stumpf und kränklich.

Libuses Herzschlag trommelte in ihren Ohren, und Sinaida bemerkte wohl, was in ihr vorging. »Verzeih«, flüsterte sie. »Ich wollte dich nicht erschrecken.«

»Schon gut.« Das klang halbherzig, entsprach aber der Wahrheit. Sie hatten wahrlich andere Sorgen.

Libuses Hand am Schwertgriff war feucht, und ihre Atmung wollte sich beim besten Willen nicht beruhigen.

Sinaida dagegen wirkte so gelassen, als sähe sie ein paar Gärtnern bei ihrer Arbeit in den Palastbeeten zu. »Dein Vater ist ein uneinsichtiger alter Mann.« Als sie sah, dass Libuse zornig widersprechen wollte, hob sie abwehrend eine Hand und fuhr flüsternd fort: »Aber er weiß auch, was er tut. Er ist ein guter Stratege. Umsichtiger als Hulagu, das steht fest. Und vielleicht sogar gerissener als der Großkhan selbst… Jedenfalls werde ich nicht tatenlos zusehen, wie dieser Hundesohn dort drüben ihn ermorden lässt. Schon gar nicht von einem Haufen Höflinge.«

Libuse atmete tief durch. »Sie alle sind Hauptmänner der Armee gewesen, bevor sie Minister wurden.«

»So?« Sinaida hob eine Augenbraue. »Dann werden wir wohl gleich herausfinden, wie viel sie seither verlernt haben, nicht wahr?«

Die vier Männer standen noch immer einen Steinwurf entfernt zwischen den Raubtierkäfigen, steckten die Köpfe zusammen und redeten leise miteinander.

»Wie gut kannst du damit umgehen?« Sinaida deutete auf Libuses Schwert.

»Ich weiß, wie man die Deckung eines Gegners durchstößt«, erwiderte Libuse mit einem Kloß im Hals. »Ich kann einen Angriff unterlaufen und eine ganze Reihe von Paraden zunichte machen.«

»Aber weißt du auch, wie man tötet?«

»Ich hatte einen guten Lehrer.«

Sinaida musterte sie einen Moment mit ernster Miene, dann lächelte sie plötzlich. »Zeigen wir's ihnen.«

Und damit sprang sie ohne weitere Absprache oder Übereinkunft aus den Büschen ins Freie, riss ihr Krummschwert aus der Scheide und jagte in einem wilden Zickzack auf die vier erstaunten Verräter zu. Libuse schluckte, zog aber sogleich Zubaidas Kurzschwert und setzte hinterher. Noch während sie rannte und versuchte, alle überflüssigen Gedanken beiseite zu schieben, dachte sie, dass sie es in der Wahl ihrer Kampfgefährtin schlechter hätte treffen können – hätte ihr denn überhaupt irgendjemand eine Wahl gelassen.

Es war der Älteste der Verräter, der am schnellsten reagierte und ein Schwert unter seiner rubinroten Robe hervorzog. Dann rissen auch seine beiden Begleiter Waffen aus ihren Gürteln. Der Jüngste besaß zu Libuses Erstaunen eine kerzengerade Klinge, die man in dieser Gegend selten sah. Das Purpur seiner Kleidung spiegelte sich auf dem silbrigen Stahl; es sah aus wie getrocknetes Blut.

Es wurde keine Zeit mit Worten vergeudet, und das war vielleicht das gespenstischste an dem Kampf, der nun zwischen den Löwenkäfigen entbrannte. Niemand sprach. Niemand fluchte. Keiner machte auch nur den Versuch, den Gegner durch eine Drohung zu verunsichern. Allen war klar, dass dieses Gefecht allein durch den Tod entschieden würde.

Sinaida sprang mitten unter die Minister und brachte augenblicklich zwei von ihnen mit einer blitzschnellen Folge von Hieben und Stößen in Bedrängnis. Der dritte aber nutzte die Lücke zwischen ihren Attacken und vollführte einen Hieb in ihre Richtung. Sie wich ihm aus, drehte sich mit noch gebeugten Knien zu ihm um und rammte ihm das Schwert in den Unterleib. Der Angriff kam so schnell, dass eine Parade unmöglich war. Die Klinge schnitt durch schwarzen Stoff, drang in seine Eingeweide, wurde herumgedreht und wieder hervorgezogen. Die beiden anderen Männer erkannten erst, dass ihr Gefährte getroffen war, als er bereits sterbend zusammenbrach.

All dies geschah, bevor Libuse überhaupt heran war. Sie sah, wie der Wesir sich aus dem Gefecht zurückzog und mit dem Schlüsselbund an dem Käfigschloss hantierte. Libuse stieß einen wilden Schrei aus, wie sie ihn sich einst von ihrem Vater abgeschaut hatte, und zwang Abu Tahir mit ihrem Angriff, von dem Käfig abzulassen. In Sekundenschnelle waren auch sie in ein hektisches Gefecht verwickelt.

Der Wesir kämpfte mit einer Klinge, die gut doppelt so lang war wie Libuses Kurzschwert; der Stahl war gebogen, wurde nach oben hin breiter und lief in einer geschwungenen Spitze aus. Es war eine Waffe, die eher der Zierde diente als dem Kampf, mörderisch zwar, aber schwer zu handhaben. Der Wesir führte sie beidhändig, und Libuse wusste genau, dass er ihre Klinge zerschmettern würde, träfen beide Schwerter aufeinander. Es blieb ihr nichts übrig, als jedem seiner Angriffe auszuweichen, unter Hieben hinwegzutauchen oder mit einem Satz zur Seite aus der Reichweite der Klinge zu gelangen. Immer dann aber, wenn er zu einem weiteren seiner kraftvollen Schläge ausholte, versuchte sie flink nach vorn zu springen und ihrerseits mit dem Kurzschwert zuzustoßen.

Derweil bewegte sich Sinaida so schnell, dass sie kaum mehr war als ein verwischter Schemen zwischen den fliegenden Gewändern ihrer beiden Gegner. Doch auch die Minister waren erfahrene Kämpfer, und nun erwies sich, dass ihre Zeit bei Hofe sie keineswegs verweichlicht hatte. Geschickt umtanzten sie die Mongolin, und nun, da sie die Gefahr nach dem Tod ihres Gefährten einschätzen konnten, waren sie weitaus vorsichtiger und stimmten ihre Attacken aufeinander ab.

Der Wesir drängte Libuse an eines der Gitter zurück, und im selben Moment, da sie das Eisen in ihrem Rücken spürte, hörte sie ein fürchterliches Fauchen. Gerade noch ließ sie sich nach vorne fallen, haarscharf unter dem Schwertstreich Abu Tahirs hinweg, und sah hinter sich Funken sprühen, als die Klinge gegen die Käfigstangen prallte. Zugleich riss die Raubkatze hinter dem Gitter die Pranke zurück, mit der sie nach Libuses Rücken hatte schlagen wollen. Brüllend sprang das Tier zur Rückseite seines Gefängnisses.

Abu Tahir machte gleich den nächsten Versuch, sie gegen einen der Käfige zu treiben, und ihr wurde klar, dass es nur eine Frage der Zeit war, ehe er damit Erfolg haben würde. Aufgebracht vom Klirren der Schwerter und den schnellen Bewegungen tobten mittlerweile alle Bewohner der Käfige hinter den Gittern, gleitende, lauernde Bewegungen auf gewaltigen Pranken. Ab und an stieß eine der Raubkatzen einen Schrei aus, andere fauchten in die Richtung der Kämpfenden, ohne zwischen Freund oder Feind unterscheiden zu können.

»Was hat er dir über deine Mutter erzählt?«, zischte der Wesir. »Dass ich sie gezwungen habe, mir zu Willen zu sein?«

Libuse stieß einen zornigen Schrei aus, sprang über einen niedrig geführten Schlag hinweg und stieß zu. Ihre Klinge erwischte ihn an der Schulter und fügte ihm einen tiefen Schnitt zu – sie hätte sein Herz getroffen, hätte er die Attacke nicht kommen sehen und sich zur Seite gedreht. Er brüllte auf, als sich sein weißes Gewand über der Wunde dunkelrot färbte. Dann standen sie sich schwer atmend gegenüber, breitbeinig, mit pendelnden Oberkörpern und verkniffenen Gesichtern.

»Er hat dich angelogen«, brachte Abu Tahir hervor, während hinter ihm Sinaida weiter mit den beiden Ministern focht. Die drei waren ein gutes Stück entfernt, fast in der Mitte der Käfigallee, während der Wesir und Libuse am Rande des Platzes standen, nahe beim Portal des hohen Anbaus.

»Ich töte dich für das, was du meiner Mutter angetan hast«, spie sie ihm entgegen.

»Angetan?« Abu Tahir verzog das Gesicht, aber ein Lächeln wurde nicht mehr daraus. Die Wunde in seiner Schulter war wohl tiefer, als Libuse zu hoffen gewagt hatte. »Sie ist zu *mir* gekommen! Dein Vater glaubt, ich hätte sie gezwungen. Aber das war eine Lüge. *Ihre* Lüge. Sie hat ihm diese Geschichte erzählt, diese falsche Schlange! Sie hat versucht, uns gegeneinander auszuspielen, und wir sind beide ins offene Messer gerannt.«

Libuse wollte nicht auf das hören, was er da sagte. Sie versuchte, die Worte von sich abprallen zu lassen wie Schwertstreiche von einer Rüstung.

Es gelang ihr nicht.

»Ich bin hier, um mit dir zu kämpfen, Abu Tahir«, keuchte sie und versuchte, ihre Atmung unter Kontrolle zu bringen. »Nicht, um mir deine Lügen anzuhören.«

»Kämpfen sollst du«, gab er zurück, »und ich werde dich töten. Aber vorher sollst du die Wahrheit erfahren.«

»*Deine* Wahrheit!« Sie schüttelte heftig den Kopf, sodass ihr rotes Haar nur so wirbelte. »Behalt sie für dich.«

»Nive wollte mich. Sie hat gefleht, dass ich sie in mein Bett nehme. Und sie hat es genossen, diese Hexe!«

Libuse schrie auf und machte einen Satz auf ihn zu. Die Schnelligkeit, mit der sie vorstieß, überrumpelte ihn. Dennoch gelang es ihm, sein Leben zu retten – aber ihre Klinge, Zubaidas Kurzschwert, traf seinen rechten Unterarm und schnitt tief durch Muskelfleisch und Knochen. Ein gellendes Kreischen kam über seine Lippen, sein Schwert fiel. Mit einem Tritt beförderte Libuse es in die Büsche.

Abu Tahir warf sich herum und rannte über den Platz. In Windeseile war er durch das Portal verschwunden.

Von irgendwoher ertönte ein gewaltiges Donnern, und etwas erschütterte den Boden. Vögel stiegen überall aus den Bäumen auf, und das Brüllen der Raubkatzen in ihren Käfigen wurde zu einem infernalischen Getöse.

Libuse blickte zurück zu Sinaida, die einen weiteren Gegner getötet hatte. Jetzt focht sie nur noch mit dem Minister im rubinroten Gewand, dem ältesten, aber auch erfahrensten der drei Verräter. Sie würde allein mit ihm fertig werden.

Ein zweites Donnern, weiter entfernt, aber nicht weniger kraftvoll. Löwen warfen sich gegen die Gitter. Die Tiere gerieten in Panik. Was waren das für Erschütterungen?

Doch Libuse blieb keine Zeit mehr, sich weitere Gedanken darüber zu machen. Sie setzte sich in Bewegung, zögerte kurz am Tor des Gebäudes, dann folgte sie Abu Tahir ins Innere.

Albtraumhafter Gestank, dann Geschrei. Schwere, von Feuchtigkeit gesättigte Luft, die ihr den Atem raubte.

Ein offenes Gittertor. Dahinter ein künstlich angelegter Dschungel.

Der Wesir war im Unterholz verschwunden, aber sie sah die Blutspur, die er am Boden und auf fleischigen Laubwedeln hinterlassen hatte.

Das Kreischen umfing sie von allen Seiten, als sie mit dem Schwert feuchte Ranken beiseite schob und in den grünbraunen Dämmer des Dickichts vordrang.

~

Erst regnete es Feuer vom Himmel. Dann Felsbrocken.

Aelvin zog Favola an sich und schloss sie in seine Arme, als der unvermeidliche Angriff auf die Runde Stadt seinen Anfang nahm. Von der Turmbrüstung sahen sie lodernde Bälle aus dem rauchenden Ruinenfeld vor den Mauern aufsteigen, doch die Mongolen und ihre Kriegsmaschinerie blieben von hier aus unsichtbar. Jenseits der Qualmwände über den äußeren Quartieren war die Sonne vielleicht schon untergegangen, aber sicher sein konnten sie nicht – die rote Glut im Rauch mochte ebenso gut von den Feuern rühren, die auch am vierten Tag des Angriffs noch überall in Bagdad loderten. Nur die Runde Stadt war bislang von den Flammen unversehrt geblieben. Aber damit hatte es nun ein Ende.

Aelvin sah, wie eine Feuerkugel nördlich des Basra-Tors in den Irrgarten der Gassen und ehemaligen Basare einschlug. Sogleich stob ein Wirbel aus Funken auf, sprühte in alle Richtungen und setzte umliegende Dächer in Flammen. Weitere Brandgeschosse zogen hohe Bögen über den Himmel und sanken in steilem Winkel nieder, schlugen in Gebäude und die überfüllten Schneisen zwischen den Häusern. Die Vorstellung, was für Szenen sich in diesen Momenten dort unten abspielten, ließ Aelvin wie betäubt die Augen schließen. Favola schluchzte an seiner Seite auf, hatte sich aber sofort wieder unter Kontrolle.

»Wir müssen hier runter«, sagte sie und wollte ihn bereits mit sich ins Turmesinnere ziehen. Auch Angehörige der beiden arabischen Familien, mit denen sie die letzten vier Tage hier oben verbracht hatten, drängten in die trügerische Sicherheit der Mauern.

Aelvin blieb stehen und hielt Favola am Arm zurück. »Und wohin sollen wir gehen? Glaubst du wirklich, dort unten wären wir sicherer?«

Einige Bogenschussweiten entfernt ertönte ein mächtiges Grollen, dann sahen sie das Minarett einer Moschee zerbersten, als wäre es aus Ton. Die Trümmer sackten in einer gewaltigen Staubwolke in sich zusammen und begruben die Menschen in den Gassen.

»Es ist egal, wohin wir gehen«, sagte Aelvin, aber seine Stimme war so belegt, dass er selbst die Worte kaum hörte. »Die Steine und Feuerkugeln schlagen überall in der Runden Stadt ein.« Er ergriff Favola an ihren schmalen Schultern und erschrak, als er bemerkte, wie knochig sie sich unter dem groben Wollstoff ihres Mantels anfühlte. Die Reise hatte sie alle ausgezehrt, und vier Tage bei wässeriger Suppe hatten ein Übriges getan, sie abmagern zu lassen. Er musste plötzlich an ihr krankes Herz denken, und er fragte sich, wie sie sich überhaupt noch auf den Beinen halten konnte.

»Ich will nicht unter diesem Turm begraben werden«, sagte sie fest.

»In den Gassen trampeln sich die Menschen gegenseitig zu Tode«, hielt er dagegen. »Und wir könnten getrennt werden.«

Ihr Blick war verzweifelt, doch sie hatte ihre Angst gut im Griff. Unten im Turm palaverten die anderen wild durcheinander. Etwas polterte. Vier Tage lang hatten sie die Tür zum oberen Bereich des Turmes verschlossen gehalten, damit nicht noch weitere Flüchtlinge aus den Gassen heraufdrängten, aber jetzt klang es so, als würde der Durchgang geöffnet.

Sie fliehen, dachte er. Vielleicht hat Favola ja Recht. Vielleicht ist es falsch, hier oben auszuharren.

Ein weiterer Feuerball zog eine Funken sprühende Spur über den dunkelroten Himmel.

»Er kommt in unsere Richtung«, sagte Favola so tonlos, als hätte sie sich bereits damit abgefunden, dass ihr Tod kurz bevorstand.

»Nein«, entgegnete Aelvin. »Denk an deine Vision.«

Ihr Kopf ruckte herum, und während sie beide schreckensstarr warteten, ob das Geschoss den Turm wohl treffen würde, sah Favola nur ihn an. Etwas Beschwörendes lag in ihrem Blick.

»Wir werden leben«, flüsterte sie.

Sie spürten die Hitze der Feuerkugel, als sie nah an den Zinnen vorüberfegte. Funken und abplatzende Partikel sprühten über die Plattform wie ein Schwarm Glühwürmchen und prallten vom Stein ab, aber es waren zu wenige, um die beiden eng umschlungenen Menschen hinter der Brüstung zu gefährden. Das Geschoss fauchte wie ein Lebewesen, als es sie so nah passierte, dass Aelvin das Gefühl hatte, nur den Arm danach ausstrecken zu müssen. Das war Unsinn, gewiss – in Wahrheit war die Kugel mindestens einen Steinwurf weit entfernt. Als sie gleich darauf in das verschachtelte Gewirr der Dächer rammte, hatte Aelvin das durch und durch unwirkliche Gefühl, gerade etwas ungeheuer Schönes gesehen zu haben. Wie eine Sternschnuppe, die über den Himmel gezuckt war. Eine Sternschnuppe, die gerade Dutzenden von Menschen den Tod gebracht hatte.

Ihm war, als erwachte er aus einem Traum, der sich nicht entscheiden konnte, ob er ihn zum Staunen oder Schreien bringen wollte. Ihm war plötzlich noch kälter.

Als er sich abermals umschaute, war der Himmel schwarz. Keine weiteren Geschosse erhoben sich jenseits der Mauer.

»Es hat aufgehört«, flüsterte Favola.

»Das war ein Vorgeschmack«, murmelte er. »Eine Warnung. Vielleicht wollen sie mit dem Kalifen verhandeln.«

»Dann werden sie mit weiteren Angriffen abwarten, bis er ihnen einen Antwort gegeben hat, oder?« Ein zarter Hoffnungsschimmer schwang in ihrer Stimme.

»Schon möglich.«

An mehreren Stellen der Runden Stadt stieg jetzt schwarzer Rauch auf, wo durch die Einschläge der Geschosse Brände ausgebrochen waren. In Anbetracht des Wassermangels war es fast unmöglich, die Feuer unter Kontrolle zu halten oder gar zu löschen.

Aelvin löste sich vorsichtig von Favola und schaute über die Brüstung in die Tiefe. Vier Stockwerke unter ihnen wimmelten panische Menschenmassen über den Platz, der sich am Fuß des Gebäudes bis zum Tor der Palastgartenmauer erstreckte. Das weite leere Grün jenseits der Zinnen bildete einen unwirklichen Gegensatz zu dem Getümmel, und einmal mehr fragte sich Aelvin, warum der Kalif nicht endlich das Tor öffnen ließ und den Menschen Zuflucht gewährte.

»Sie würden den Palast stürmen«, sagte Favola, als sie sich neben ihm auf die Brüstung stützte.

»Kannst du nun auch noch Gedanken lesen?«

»Nur deine.« Ein Lächeln nahm ihr ein wenig von ihrer erschreckenden Blässe. Zugleich suchte sie unter ihrem Mantel nach dem Fläschchen mit Albertus' Kräutertinktur, zog sie hervor und nahm einen Schluck. Sie verzog das Gesicht, als sie die Medizin hinunterwürgte.

»Der Kalif könnte so vielen das Leben retten«, sagte Aelvin mit Blick auf die Gärten.

»Und sein eigenes aufs Spiel setzen.« Sie verkorkte die Phiole und schob sie zurück unter ihr Gewand. »Was würdest du an seiner Stelle tun?«

Aelvin schwieg. Er wusste darauf keine Antwort. Es war so leicht, irgendetwas zu behaupten, wenn es keine Möglichkeit gab, es in die Tat umzusetzen. In den letzten beiden Monaten hatte er zu viel dazugelernt, über das Leben und die Menschen, als dass er sich jetzt ein Urteil anmaßen wollte.

Er sah zu den Kuppeln und Türmen des Palastes hoch und fragte sich, was wohl aus den anderen geworden war. Wo steckte Libuse gerade? Ging es ihr gut? Er machte sich furchtbare Sorgen um sie.

»Und nun?«, fragte Favola leise und legte ihre Wange

behutsam an seine Schulter. »Warten wir auf den nächsten Angriff?«

Er deutete auf die Menge in der Tiefe, jenseits der treibenden Rauchschwaden. »Willst du immer noch da runter?«

»Nicht, solange es keinen guten Grund gibt.«

»Dann warten wir.«

Sie nickte. »Auf was auch immer.«

~

In den Bäumen saßen Teufel.

Flinke, haarige Kreaturen mit Schädeln, von denen Mähnen aus stachligen Haaren abstanden. Schnauzen mit gewaltigen Zähnen; einem zweiten Paar Hände anstelle von Füßen. Und rosafarbenen, glänzenden Hinterteilen, als wollten sie jeden verspotten, der sie erblickte.

Affen, dachte Libuse. Das müssen Affen sein.

Auch von ihnen hatte sie in den Schriften ihres Vaters gelesen, und da waren Bilder an den Rändern der Texte gewesen, grob skizzierte Gestalten, die ebenso gut verwachsene, behaarte Menschen hätten sein können. Sie hatten nicht wie Dämonen ausgesehen. Ganz im Gegensatz zu diesen hier.

Das Dickicht schloss sich hinter ihr und gab ihr ein beängstigendes Gefühl des Verschlucktwerdens. Doch sie spürte auch noch etwas anderes, die Nähe von etwas Vertrautem, das wie Balsam war für ihren aufgewühlten Verstand. Eine sonderbare Ruhe überkam sie, und es dauerte einen Moment, ehe sie begriff, woher es rührte.

Es waren die Pflanzen. Die überwältigende Größe und Dichte dieser Gewächse. Kaum eines davon hatte sie je zuvor gesehen, auch wenn es Ähnlichkeiten zu einigen Bäumen und Büschen in ihren heimischen Wäldern gab. Hier schien alles schwerer, satter, glänzender. Und doch ging von dieser Umgebung dieselbe wohlige Wärme aus wie von den alten Eichen,

Buchen und Birken daheim. Ob sie auch aus diesen Bäumen das Erdlicht beschwören könnte? Es war ein faszinierender Gedanke.

Etwas flog aus dem Blätterdach auf sie herab, ein Wirbel aus Beinen und schnappenden Zähnen.

Sie spürte es kommen, lange bevor sie es sah oder hörte, und ihr war, als hätten ihr die Blätter eine Warnung zugeraunt.

Keine Zeit. Nicht denken. Nur reagieren.

Sie riss das Schwert in die Höhe, fühlte es in einen Körper eindringen, der noch im selben Herzschlag wie ein Felsblock auf sie niederstürzte. Sie ging zu Boden, stieß sich den Kopf an einem Baumstamm, bekam einen Moment lang keine Luft mehr, spürte erschlaffende Glieder über sich und begann dann zu strampeln und zu treten, bis sie sich von dem sterbenden Tier befreit hatte. Der Affe zuckte noch, aber irgendwie wälzte sie ihn von sich herunter. Er war so schwer wie ein Mensch, kleiner zwar, aber ungeheuer breitschultrig. Seine Muskelberge unter dem rauen Pelz bebten, und das Maul mit den mächtigen Zähnen schloss sich langsam. Sein Blick war gebrochen. Die Klinge des Kurzschwertes war ihm von unten in die Kehle gedrungen. Sein Blut hatte Libuse besudelt, aber schlimmer waren die Prellungen, die sein fallender Körper ihr zugefügt hatte. Alles schmerzte, ihre Arme, ihre Beine, ihr Kopf.

Noch während sie versuchte, wieder einen klaren Gedanken zu fassen und zugleich auf der Hut vor weiteren Angreifern zu sein, spürte sie, wie ihre Kraft allmählich zurückkehrte. Die fleischigen Blätter überall um sie herum schienen zu leuchten, aber sie war nicht sicher, ob sie sich das nicht nur einbildete. Es wäre das erste Mal gewesen, dass das Erdlicht ihr ohne Beschwörung zu Hilfe kam. Es war, als spürten die Bäume das Talent, das in Libuse schlummerte, zapften es an und gaben ihr im Austausch dafür neue Stärke.

Der Schmerz ließ nach, sie fühlte sich frischer, beinahe ausgeruht. Auch ihre Sinne schienen sich zu schärfen. Die Pflanzen sprachen zu ihr, nicht in Worten, eher in Gefühlen, als erwachten in ihr vollkommen neue Instinkte. Sie sah-hörte-fühlte-witterte, wo über ihr die Affen durch das Blätterdach hetzten, von Ast zu Ast, in Aufruhr über den Tod ihres Gefährten, wutentbrannt und doch verängstigt von der Macht ihrer Gegnerin. Und womöglich spürten ja auch sie, dass dieses Menschenweibchen dort unten anders war als die Knechte, die ihnen Futter brachten und sie mit Stockschlägen bestraften.

Sie war grausam, gewiss: Sie hatte einen von ihnen getötet. Doch sie war auch ein wenig wie sie selbst, viel eher Wild als Mensch, vom gleichen Schlag, ein Kind der Wälder.

Sie ging weiter, geduckt, allerdings nicht so vorsichtig, wie sie es unter anderen Umständen gewesen wäre. Die Affen waren über ihr, hinter ihr, aber sie griffen nicht an. Manche waren ungeduldig, kreischten und raschelten in den Zweigen, doch da waren auch andere, ganz ruhig und überlegt, verwirrt und zugleich beeindruckt von dem, was da in ihr Reich eingedrungen war. Sie hielten die Zornigen zurück, mahnten zum Abwarten, zum Lauschen, Beobachten.

Jemand trat vor Libuse aus dem Dschungel. Das war nicht der Wesir. Der Mann war groß, fast ein Riese wie ihr Vater, jedoch jünger als er, kahlköpfig und in eine grobe Lederschürze gekleidet. Seine muskulösen Arme waren nackt, seine Füße steckten in Sandalen. Er musste einer derjenigen sein, die Tag und Nacht diesen künstlich angelegten Dschungel bewachten und die Affen versorgten. Seine Haut war voller Narben, Abdrücken von Affengebissen und Furchen von den Schlägen ihrer Krallen. In seiner rechten Hand trug er einen Knüppel, aus dem die Spitzen langer Eisennägel ragten.

Libuse tauchte unter seinem ersten Schlag hinweg, doch die vorüberzischenden Nägel verfingen sich in dem Schweif aus rotem Haar, den sie beim Ducken hinter sich herzog; eine

Strähne wurde ihr ausgerissen, und ihre Kopfhaut brannte wie Feuer. Sie rollte sich auf dem Rücken ab, kugelte ins Unterholz und wurde von dem Gewirr aus Ästen und Blattwedeln aufgefangen. Rasch glitt sie zurück auf die Füße, brauchte einen Herzschlag, um sich zu orientieren – und hörte das Laub von dem Schlag wispern, der in diesem Augenblick auf ihren Schädel zuraste.

Wieder Ducken, noch ein Sprung beiseite. Hinter ihr explodierte das Blattwerk unter der Wucht des Einschlags, dann prallte die Nagelkeule gegen einen Baumstamm. Die Spitzen zerfetzten die Rinde, drangen ein und blieben stecken.

Der Mann zerrte daran, aber er war zu langsam. Libuses Schwert rammte durch das Leder der Schürze in seine Seite. Er stieß einen ohrenbetäubenden Schrei aus, ließ die Keule los und versuchte, mit bloßen Händen nach seiner Gegnerin zu schlagen. Vergeblich. Er taumelte drei, vier Schritte hinter ihr her, dann krachte er der Länge nach auf den Boden und blieb auf dem Gesicht liegen. Libuse näherte sich ihm vorsichtig, bekam den Griff des Kurzschwerts zu packen und zog es aus seinem Körper. Der Mann regte sich nicht mehr.

Überall Affen, verzerrte Schemen hinter Laub. Blitzschnell vorüberzuckende Schatten. Gestalten mit viel zu langen Armen, viel zu großen Zähnen. Tückische Augen, wachsam, respektvoll. Wut, ja, aber auch Furcht – und Verstehen?

Vorsicht! Hinter dir!

Sie wirbelte herum, doch diesmal war sie nicht schnell genug. Ein breiter Ast hieb gegen ihre Schulter und warf sie von den Füßen. Ihre Finger öffneten sich in dem instinktiven Versuch, irgendwo Halt zu finden, und verloren den Schwertgriff. Die Waffe sauste neben ihr ins Gebüsch und war fort.

Als sie sich auf den Rücken rollte, sah sie, wie der Wesir mit wehendem Gewand über sie hinwegsetzte und im Unterholz verschwand – genau dort, wo das Schwert liegen musste. Sie hörte ihn in den Büschen rascheln, aber er kam nicht wieder hervor. Sie stemmte sich auf alle viere, dann zurück auf die Beine. Mit klopfendem Herzen teilte sie das Dickicht, sah aber weder ihren Gegner noch die Waffe.

Natürlich. Er hatte jetzt das Schwert.

Die Affenhorde fegte kreischend über ihren Köpfen hin und her. Die Blätter flüsterten. Über ihr, neben ihr, überall brachen Äste.

Zurück!, durchzuckte es sie. Irgendwohin, wo der Urwald lichter war.

Mit hastigen Schritten sprang sie auf die winzige Lichtung, wo der Leichnam des Knechts lag. Beinahe wäre sie über ihn gestolpert, sie machte einen kleinen Satz und stand dann einigermaßen sicher auf beiden Füßen. Bis zu den grünen Blätterwänden waren es in alle Richtungen knapp drei Schritt.

Ein Affe sprang über ihr aus einer Baumkrone und kam auf dem Rücken des Toten auf. Sein Fell war grau, sein hässliches Gesicht schien ihr faltiger zu sein als das der anderen. Aber das mochte täuschen. Trotzdem hatte sie das Gefühl, es mit einem Anführer zu tun zu haben. Vielleicht so etwas wie ein Häuptling.

Sie sind keine Menschen! Vergiss das nicht!

Der Affe beobachtete Libuse, legte den Kopf leicht schräg, dann schien er schlagartig das Interesse an ihr zu verlieren und widmete sich dem Leichnam. Mit einer seiner schwarzhäutigen Klauen stieß er den kahlen Hinterkopf des Toten an. Zweimal, dreimal, dann so heftig, dass der Kopf danach in einem seltsamen Winkel von den Schultern abstand. Libuse hätte sich Sorgen um Abu Tahir machen müssen, um das Schwert, das er jetzt trug. Und doch konnte sie nicht anders, als ganz genau hinzusehen, wie der Affe mit einer seltsamen Mischung aus Grobheit und Zuneigung versuchte, ganz sicherzugehen, dass der Knecht tot war.

Plötzlich ruckte das Gesicht des Tiers hoch. Seine Augen richteten sich auf Libuse, blickten dann an ihr vorbei.

Sie ließ sich nach rechts fallen.

Ein Reflex, der ihr das Leben rettete.

Mit einem zornigen Aufschrei sprang Abu Tahir hinter ihr auf die Lichtung, die Klinge gerade vorgestreckt. Der Stahl hätte Libuse durchbohrt, hätte der Blick des Affen sie nicht gewarnt. So aber kam der Wesir ins Stolpern, setzte ungewollt auf das Tier zu – und ritzte dessen Schulter mit der Schwertspitze. Schreiend wich der Affe zurück, blieb aber vor der Blätterwand hocken und versuchte, die Wunde mit seiner Zunge zu erreichen.

Abu Tahir fing sich noch, bevor er über den Leichnam des Knechts stolpern konnte, wirbelte herum und fixierte Libuse.

»Du kannst deinen Vater nicht mehr retten«, brachte er keuchend hervor. »Er hat sich nicht verändert, nicht in all den Jahren. Ich wusste, dass er früher oder später zur Mauer reiten würde.« Er hielt das Schwert mit der Linken, sein rechter Ärmel war blutgetränkt. Die Klinge zitterte. »Unsere Leute haben ihre Befehle längst bekommen. Sie warten nur darauf, dass er –«

Der verwundete Affe stieß ein hohes, gellendes Kreischen aus.

Überraschung legte sich über die Miene des Wesirs. Dann Begreifen. Schließlich maßloses Entsetzen.

Sie kamen von oben und von den Seiten, eine Heerschar haariger, schnappender, unglaublich flinker Gestalten, die ihn wie eine Woge zu Boden rissen und unter sich begruben. Ihr Schreien schmerzte in Libuses Ohren. Auch der Wesir brüllte aus Leibeskräften, doch es ging unter im Orkan des Affengekreischs.

Zähne wurden in seine strampelnden Glieder geschlagen und rissen rohes Fleisch heraus. Einer der Affen schwenkte etwas, das ein Unterarm sein mochte, und huschte damit ins Unterholz. Schreckensstarr sah Libuse zu, wie sich mehrere der Tiere um ein Bein balgten, ehe sie mit Bündeln aus losem Stoff und Muskelfleisch davonjagten.

Der alte Affe kauerte am Rand des Dickichts und beobachtete die Vergeltung seiner Artgenossen. Er wippte leicht auf seinen Armen und Beinen, leckte seine Wunde, und als er schließlich nach vorn hechtete, mitten unter die anderen Affen, da strömten sie auseinander und ließen ihm das Vorrecht der endgültigen, letzten Rache.

Libuse wandte sich ab, als der Affenhäuptling alle vier Klauen in die Überreste des Wesirs schlug. Mit gellenden Schreien riss er die Pranken zurück und wirbelte Eingeweide durch die Luft, vollführte inmitten des Torsos einen aufgebrachten Tanz, stampfte und sprang und schlug triumphierend die Kiefer aufeinander.

Libuse stolperte zurück ins Dickicht. Zweige und Blattwedel peitschten ihr ins Gesicht. Wurzeln schienen nach ihren Füßen zu greifen. Überall Rascheln, überall Bewegung.

Irgendwann erreichte sie das Gittertor und zog es hinter sich zu, machte sich aber nicht die Mühe, die Kette um die Eisenstangen zu schlingen.

Die Käfige lagen unter einem glutroten Himmel, erhellt von hunderten Feuern jenseits der Mauern. Libuse zählte zwei Tote, dann sah sie Sinaida aus den Büschen treten und ihr Schwert am Gras abwischen.

Libuse sank kraftlos in die Knie. Sinaida rannte auf sie zu, kam aber zu spät, um sie aufzufangen.

Der Boden kam näher, Kies scharrte unter ihrer Wange.

Die Steine waren kalt, das fühlte sie noch.

In ihrem Kopf kreischten die Affen.

Du kannst deinen Vater nicht mehr retten.

Ich muss –

Nicht –

Muss ihn –

Retten.

≈

»Aelvin!«

»Ich seh's«, sagte er, aber die Ruhe in seiner Stimme verbarg seine wahren Gefühle.

Sie standen noch immer an der Brüstung und blickten in die Tiefe. Und so schauten sie zu, wie das Tor zu den Gärten einen Spalt weit geöffnet wurde und ein Trupp Soldaten mit gezogenen Waffen auf den Platz trat. Grob trieben sie die Flüchtlinge auseinander und schufen eine Gasse.

»Ob das die Verhandlungsdelegation ist?«, fragte Favola und deutete mit einem Nicken zum Tor.

Aelvin zuckte die Achseln. »Könnte sein.«

Reiter erschienen, nachdem die Fußsoldaten genug Platz geschaffen hatten. Es waren nicht viele Männer, die da aus dem Torkastell ins Freie ritten, höchstens ein Dutzend. Sie waren zu einem Oval formiert, und in ihrer Mitte trabten zwei weitere Pferde: Auf dem vorderen saß ein einfacher Soldat, der das zweite Ross an einem langen Zügel führte; auf jenem aber ritt ein Riese von einem Mann, und selbst durch den Rauch und im Schein von Fackeln und der roten Himmelsglut erkannte Aelvin auf Anhieb, um wen es sich handelte.

»Das ist Corax!«

Sie wechselten einen Blick – und dann rannten Favola und er auch schon: durch die niedrige Tür ins Innere des Turms, die Treppen hinunter, an den Decken vorbei, auf denen sie vier Nächte geschlafen hatten, dann noch mehr Stufen hinab.

Die Halle im Erdgeschoss war noch immer voller Menschen, aber es waren weniger geworden, seit der Beschuss begonnen hatte. Alle fürchteten jetzt, in den Trümmern der einstürzenden Gebäude begraben zu werden. Aelvin und Favola waren die Letzten, die sich noch in den oberen Etagen aufgehalten hatten.

Auf dem Platz herrschte Chaos. Doch trotz des Getümmels verharrten viele Flüchtlinge weiterhin auf ihren kargen Lagern, unbeeindruckt von der Reiterschar. Wer in den Hauseingängen und im trügerischen Schutz der Mauern einen Platz ergattert hatte, gab ihn nicht auf, nur um ein paar hohe Herren vorüberreiten zu sehen.

Dennoch hatte sich um die Reiter ein Pulk gebildet. Fäuste wurden geschüttelt, Beschimpfungen geschrien. Jemand skandierte einen rhythmischen Sprechgesang, andere fielen mit ein.

Aelvin rief Corax' Namen, doch der Ritter konnte ihn in all dem Trubel nicht hören. Favola tat es ihm gleich, vergebens. Corax blickte mit seinen blinden Augen starr geradeaus. Er trug zum ersten Mal seinen Helm, das Geschenk des serbischen Königs, damit das Volk die Brandwunden nicht sehen konnte; vielleicht auch, um nicht auf Anhieb als Abendländer erkannt zu werden.

Aelvin drängte noch schneller vorwärts, eingekeilt im Pulk der zornigen Masse. Es war zum Verzweifeln. Da ritt Corax nur wenige Schritt entfernt an ihnen vorüber, und doch konnten sie ihn nicht auf sich aufmerksam machen.

Corax' Leibgarde hatte alle Hände voll damit zu tun, sich der Fäuste und Knüppel zu erwehren, die aus der Menge in ihre Richtung zielten. Sie schienen Order bekommen zu haben, unter keinen Umständen ihre Waffen gegen das eigene Volk einzusetzen, denn noch hieb kein Soldat ernsthaft mit einer Klinge nach den aufgebrachten Flüchtlingen. Dabei hätten einige allen Grund dazu gehabt, denn die zornige Menge ging nun immer grober und gewalttätiger gegen die Garde vor. Schon zeichnete sich auf den Gesichtern mancher Soldaten Panik ab, als immer mehr Menschen nach dem Zaumzeug der Pferde griffen, auf die Tiere einschlugen oder versuchten, die Männer an den Beinen aus den Sätteln zu zerren.

Aelvin schaute sich nach Favola um.

»Ich bin hier!«, brüllte sie gleich hinter ihm, aber er konnte die Worte kaum verstehen, las sie nur von ihren Lippen ab. Ihr Kopf schien zwischen den Menschenwogen auf und nieder zu hüpfen, doch sie schaffte es irgendwie, in Aelvins Nähe zu bleiben.

»Corax!«, schrie er so laut er konnte. »Corax von Wildenburg!«

Für einen Augenblick war ihm, als horche der Ritter auf. Der behelmte Kopf bewegte sich, die blinden Augen hinter den Eisenschlitzen wandten sich in Aelvins Richtung.

Dann aber schleuderte jemand einen Tonkrug, und das Geschoss traf den Kopf des Reiters, der die Zügel von Corax' Ross führte. Mit einem Schrei wurde er rückwärts aus dem Sattel geworfen, ließ die Lederbänder fahren und fiel zu Boden, geradewegs zwischen die Hufe der Pferde. Jubel brandete aus der Menge auf, und dann war es, als hätten Fluten einen Damm gesprengt. Kreischende, schlagende, tretende Menschen sprangen an den Pferden hinauf, zerrten an den Soldaten, ungeachtet der Klingen, die jetzt in ihre Richtung zielten. Blut floss, erst auf Seiten der Angreifer, dann auch auf jener der Garde. Ein Hexenkessel aus geschwenkten Fäusten, aufgerissenen Mündern und irrlichternden Blicken.

Um Aelvin wurde das Gedränge so heftig, dass er keine Luft mehr bekam, nur noch panisch um sich schlug, einem Mann die Faust ins Gesicht hieb, einem anderen den Ellbogen in den Kehlkopf. Er hörte nichts mehr, das Schreien und Toben war zu einem gleichförmigen Klangteppich geworden, zu laut, um noch irgendwelche Unterschiede oder einzelne Stimmen auszumachen. Wenn es vorhin wirklich einen Moment lang so ausgesehen hatte, als könne Corax auf sie aufmerksam werden, so war die Gelegenheit endgültig verstrichen.

Plötzlich konnte Aelvin wieder atmen, aber die Panik blieb. Kurz sah er Favola auftauchen, jetzt plötzlich vor sich, von den Strömungen der Masse an ihm vorbeigetragen, genau ins Zentrum des Aufruhrs. Statt Corax' rief er nun ihren Namen, mit demselben niederschmetternden Ergebnis. Zugleich wuchs der Druck von hinten, seine Rippen schienen zu bersten, die Luft blieb ihm abermals weg, und mehrere Herzschläge lang wurde ihm schwarz vor Augen.

Als er wieder sehen konnte, saß keiner der Reiter mehr im Sattel. Im ersten Moment glaubte er, sie wären alle tot, niedergetrampelt unter den Füßen der Masse. Dann aber hörte er die Schreie, das Scheppern von Eisen – und zugleich strömte die Menge nun von innen nach außen, genau in die umgekehrte Richtung, fort von den Gardisten, die inmitten der Masse verzweifelt um ihr Leben kämpften. Er sah Reflexe des roten Feuerhimmels auf Helmen, sah zuckende Schwertklingen über den Köpfen der Menschen. Dann wurde er nach hinten gestoßen, noch bevor er sich umdrehen konnte, um mit der Menge zu den Rändern des Platzes zu treiben.

»Aelvin!« Lang gezogen, dann zu einem Stöhnen verzerrt hörte er seinen Namen. Er bekam Favolas Arm zu packen, hatte nicht mehr das Gefühl, aus eigener Kraft zu laufen, bewegte sich dennoch mit der Menge, mochte Gott wissen, wohin.

Und dann war es, als explodiere der gesamte Platz wie ein Wasserfass. Schlagartig verlief sich der Tumult, als wäre ein Großteil der Tobenden innerhalb eines Atemzugs im Boden versickert. Die Menschenpulks in den Gassenmündungen waren auseinander gestoben, und nun ergossen sich die Männer, Frauen und Kinder in die umliegenden Durchgänge zwischen den Häusern. Die Massenpanik verlagerte sich an die Ränder des Geschehens, während das eigentliche Zentrum des Aufruhrs zur Ruhe kam.

Aelvin stolperte, riss Favola zu Boden und warf sich schützend über sie. Um sie herum sanken Menschen nieder wie von einer unsichtbaren Sense gefällt, während andere weiterrannten, über die Gestürzten hinweg und fort in die Gassen.

Aelvin hob langsam den Kopf und sah, was geschehen war.

Das Tor des Palastgartens stand offen. Zahlreiche Gardisten waren ausgerückt, und noch immer kamen weitere nach. Manche Soldaten folgten den Flüchtenden mit gezückten Klingen bis in die Gassen, andere sicherten den niedergerungenen Reitertrupp in der Mitte des Platzes. Wie es um Corax und seine Begleiter stand, konnte Aelvin nicht erkennen, denn ein Ring aus Soldaten schirmte die Gefallenen und Verletzten ab. Die Männer standen in einem engen Kreis, die Gesichter nach außen gewandt, hielten ihre Schwerter beidhändig und waren bereit, jeden, der einen weiteren Angriff wagte, auf der Stelle niederzumachen.

Rund um diesen Kern aus gezücktem Stahl war der Platz mit Verletzten übersät. Manche schleppten sich auf allen vieren davon, andere humpelten in die Richtung von Hauseingängen und Gassenmündungen. Viele aber lagen hilflos am Boden, so schwer verletzt, dass sie aus eigener Kraft nicht mehr hochkamen.

Aelvin und Favola waren etwa fünfzehn Schritt vom Ring der Gardisten entfernt. Weitere Soldaten bildeten einen Schlauch, der vom Tor bis zu den Gefallenen reichte. Zwischen ihnen eilten Männer aus dem Palast hinaus auf den Platz, nicht alle in Rüstzeug. Heilkundige, vermutete Aelvin.

Favola schob ihn sanft beiseite, dann halfen sie sich gegenseitig auf die Beine. Noch immer schwärmten Soldaten einzeln oder in kleinen Trupps über den Platz und trieben mögliche Aufrührer mit Waffengewalt davon. Inmitten des Tumults hatte noch keiner von den beiden Novizen Notiz genommen.

»Bist du verletzt?«, fragte Aelvin.

»Nein.« Sie versuchte zitternd, ihren Schleier vor dem Gesicht zu befestigen, doch das Band war zerrissen. »Wenn sie sehen, dass wir keine Araber sind, werden sie vielleicht uns für die Anstifter halten.«

Er sah sich nach einem Ort um, an den sie sich zurückziehen konnten. Überall wimmelte es von Soldaten. Nicht weit von ihnen traten zwei Gardisten auf einen gekrümmten Mann am Boden ein. Ein anderer Uniformierter näherte sich mit einer Lanze einem Jüngling, der so schreckensstarr dastand, dass er den Knüppel in seiner Hand nicht loslassen konnte; der Soldat durchbohrte ihn mit der Lanzenspitze und nagelte ihn an das Holz eines Hauseingangs.

»Wir müssen weg von hier!«, flüsterte Favola.

Aelvin packte sie an der Hand und setzte sich in Bewegung. Doch gerade als er ein letztes Mal zurückblickte, um herauszufinden, was aus Corax geworden war, sah er zwischen den Soldaten am Tor ein bekanntes Gesicht.

»Warte!«, entfuhr es ihm aufgebracht. »Dort drüben!«

Favola wollte ihn weiterziehen, doch etwas in seinem Tonfall ließ auch sie einen Herzschlag später stehen bleiben.

»Am Tor!«, rief er. »Da ist Albertus! Bei dem Hauptmann mit dem roten Umhang.« Er streckte den Arm aus, zeigte in die Richtung, hatte den Magister aber bereits wieder aus den Augen verloren.

Dafür rief nun Favola: »Ja, ich seh ihn. Da ist er! Das *ist* Albertus!«

Zwei Soldaten wurden auf sie aufmerksam, noch ein gutes Stück entfernt. Mit gezogenen Schwertern setzten sie sich in Bewegung. Aelvin sah sie auf sich zukommen, ließ sich aber jetzt nicht mehr einschüchtern. Er und Favola liefen gleichzeitig los, geradewegs auf die Stelle zu, wo die Reihe der Gardisten in den schützenden Ring aus Soldaten mündete.

Albertus eilte zwischen den Männern hindurch auf das Zentrum des Platzes zu. Aelvin sah ihn alle paar Schritt hinter den Schultern der Gardisten auftauchen wie eine Erscheinung. Es war der Magister, er war jetzt ganz sicher.

»Albertus!«, brüllte er aus vollem Hals. »Albertus von Lauingen! … Hier sind wir!«

Doch statt des Magisters schauten nun zahllose Soldaten in die Richtung jener beiden, die da halb stolpernd, halb rennend auf sie zukamen. Auch die zwei Schwertträger hatten die Novizen jetzt fast erreicht und brüllten von hinten auf Arabisch auf sie ein.

»Albertus!« Wieder und wieder schrien sie gemeinsam seinen Namen, während aus allen Richtungen Kämpfer auf sie zustürmten, mit Mienen, die keinen Zweifel daran ließen, was sie mit den beiden Aufrührern zu tun gedachten.

Der Magister blieb stehen und blickte sich um. Erkennen erhellte seine Züge, dann sah er noch einmal dorthin, wo Corax und die übrigen überfallenen Soldaten liegen mussten.

»Komm schon!«, keuchte Aelvin verbissen.

Albertus redete auf den Hauptmann ein und deutete in ihre Richtung.

Die Soldaten waren heran. Aelvin wurde gepackt, Favola von ihm fortgerissen.

Plötzlich ertönte lautstark ein Ruf. Die Männer zögerten, dann lockerte sich ihr Griff. Aelvin versuchte, sich loszureißen, während Favola abwartete. Eine Faust traf Aelvin im Magen, er schrie vor Schmerz auf, hustete, spuckte und gab seine Gegenwehr auf.

Mehr Befehle, wildes Durcheinandergerede der Soldaten. Aelvin wurde losgelassen, konnte sich einen Moment lang kaum halten, schüttelte aber die Hände ab, die ihn stützen wollten – es waren dieselben, die ihn gerade erst geschlagen hatten.

Albertus eilte herbei. Der Magister schloss Favola in die Arme und redete unablässig, aber Aelvin hatte Mühe, ihn zu verstehen. Er hörte, was er sagte, aber ihm war, als stammten die Worte aus einer fremden Sprache.

Der Magister umarmte nun auch ihn, so fest, dass Aelvin erneut der Atem stockte.

Alles wird gut, dachte er. Fast beschwörend.

»Corax«, sagte Albertus mit düsterer Miene.

»Was ist mit ihm?« Favola drängte sich besorgt neben Aelvin.

Albertus blickte zum Pulk der Soldaten und Heiler. »Sie sagen, dass er sterben wird.«

Abschied

Der Kalif hatte Corax in seine Privatgemächer bringen lassen, und dort lag er nun, gebettet zwischen feinsten Daunen in goldbestickten Bezügen, auf kunstvollen Kissen aus Seide und Damast. Man hatte die hauchdünnen Vorhänge rund um den Baldachin zusammengerafft, damit alle, die es danach verlangte, an die Bettkante treten und Abschied nehmen konnten.

Albertus und der Leibarzt des Kalifen, ein gebeugter, spitzbärtiger Alter mit gewaltigem Turban, standen ein wenig abseits, nahe der Stufen, die zu einer Terrasse an der Außenseite der Herrschergemächer führten. Die hohe Bogentür nach draußen war geschlossen, aber hinter den Fenstern tobte die Höllenglut der brennenden Stadt und tauchte die Kammer in Lavarot.

Libuse saß zu Corax' Rechten, hielt seine grobe Pranke mit beiden Händen und tupfte ihm gelegentlich Schweiß von der Stirn, bis er zum Erstaunen aller die Kraft aufbrachte, zu lächeln und sie anzubrummen: »Lass das lieber … Irgendwer könnte noch meinen, ich läge im Sterben.«

Natürlich wussten sie es alle, auch er selbst. Niemand versuchte, das Unausweichliche zu verschleiern oder abzustreiten. Der Tod stand bereit, war schon ganz nah, und Aelvin stellte ihn sich vor, wie er als Holzschnittgerippe in schwarzen Gewändern vor dem Flammenpanorama schwebte, auf heißen Feuerwinden auf und ab trieb und darauf wartete, dass man ihn endlich hereinrief.

Aelvin saß neben Libuse, wusste nicht, wohin mit seinen Händen, und fühlte sich schrecklich unnütz. Manchmal, wenn sich ihr Blick in seine Richtung verirrte – immer nur zufällig, so schien es ihm –, dann lächelte er rasch und, wie er hoffte, aufmunternd. Doch sie erwiderte das Lächeln nur ein einziges Mal, ganz kurz, und selbst da hatte er das Gefühl, dass es nicht ihm galt, sondern einer Erinnerung, einem Gedanken an Vergangenes zwischen ihr und ihrem Vater.

Es hatte kein Wiedersehen gegeben, wie er es sich während der Tage auf dem Turm ausgemalt hatte. Als Aelvin, Favola und Albertus an der Seite von Corax' Trage durch das Tor in die Gärten getreten waren, war ihnen Libuse auf einem ungesattelten Pferd entgegengesprengt. Bei ihr war auf einem zweiten Ross eine junge Frau mit langem schwarzem Haar und Mandelaugen. Weder Aelvin noch Favola hatten sie je zuvor gesehen, aber es gehörte nicht viel dazu, in ihr eine Mongolin zu erkennen. Die beiden jungen Frauen hatten Blutflecken auf ihrer Kleidung, wirkten abgekämpft, verschwitzt und schmutzig.

Libuse war neben der Trage ihres Vaters niedergesunken und hatte das Gesicht an seiner Schulter vergraben. Dann hatte Albertus sie sanft, doch mit Nachdruck von ihm fortgezogen, damit die Männer ihn so schnell wie möglich in den Palast bringen konnten.

Aelvin war zu ihr gegangen und hatte sie in den Arm genommen, fast instinktiv, ohne darüber nachzudenken. Erst da hatte sie ihn erkannt, doch gesagt hatte sie nichts. In ihren Zügen hatte sich endloses Leid mit Erleichterung gemischt, und dann war sie in Tränen ausgebrochen und hatte in seinen Armen geweint wie ein kleines Mädchen, so verzweifelt und am Boden zerstört, dass viele der umstehenden Soldaten die Häupter gesenkt und ihre Pein geteilt hatten.

Jetzt, im Gemach des Kalifen, bebten Corax' Lippen. »Was ist … mit der Karte?«

»Albertus hat sie gefunden«, sagte Libuse mit schwankender Stimme. »Es hat ein paar Tage gedauert, aber schließlich hat er sie mithilfe des kleinen Bibliothekars irgendwo aufgestöbert.«

Aelvin blickte hinüber zum Magister, der sofort das Gespräch mit dem Leibarzt abbrach und zurück zum Bett eilte. Er setzte sich auf die andere Seite und beugte seinen Mund nah an Corax' Ohr. »Ich kenne jetzt den Weg. Wir werden unsere Aufgabe erfüllen.«

»Das Teilstück …«

»Es ist das letzte. Es reicht bis zu unserem Ziel.«

Corax versuchte zu lächeln, aber es wurde nur ein Zucken seiner Wangenmuskulatur daraus. »Das … ist gut … Ist es weit von hier?«

»Nicht weit genug für uns, alter Freund.« Albertus ergriff Corax' Linke und drückte sie sachte. »Nicht nach allem, was wir gemeinsam durchgestanden haben.«

»Du wolltest, dass ich dich herbringe …«

»Und das hast du getan.«

»Mitten … in einen … Krieg.«

»Das war der Wille des Herrn. Daran trägst du keine Schuld.«

»Aber die Stadt … sie ist umzingelt.« Corax hustete Blut. Seine Lunge war gequetscht. Pferdehufe hatten seine Innereien zermalmt. »Ihr sitzt … in der Falle.«

»Noch ist nicht alles verloren«, entgegnete Albertus, während Libuse mit zitternder Hand Blut aus dem Mundwinkel ihres Vaters tupfte. »Wir werden schon einen Weg hier herausfinden.«

»Libuse.« Die Hand des Ritters bewegte sich im Griff seiner Tochter. »Du musst bis zum Ende mit ihnen gehen. Irgendwer … muss sie doch beschützen.«

»Ja, Vater.«

»Auch den Jungen.«

Aelvin sah rasch weg.

»Gib auf ihn Acht«, sagte Corax. »Er … er hat dich gern.«

Libuse streifte Aelvin mit einem Blick. »Ich weiß.«

Es war taktlos, dass Aelvin am Sterbebett eines Freundes rot wurde, aber er konnte es nicht verhindern. Da war etwas in Libuses Augen, das ihm sagte, ganz gleich was noch geschähe, es würde nichts an ihren Gefühlen für ihn ändern.

»Wie viele … sind gefallen?«, brachte Corax krächzend hervor.

»Fünf«, sagte Albertus. »Alle Übrigen sind verletzt.«

»Es war eine närrische Idee … dort hinauszugehen …«, keuchte Corax. »Abu Tahir hatte Recht.«

»Abu Tahir ist tot«, sagte Libuse.

Corax gab keine Antwort, aber sie alle sahen, wie sich seine Brust zu einem langsamen Aufatmen hob und senkte. Seine verbrannten Augenlider schlossen sich, und für einen Moment glaubte Aelvin, das Ende wäre gekommen. Dann aber bewegten sich die Lippen des Ritters erneut, schwächer als zuvor.

»Du hast ihn getötet?«

Libuse trug noch immer die besudelte Kleidung. »Ich habe mit ihm gekämpft. Aber gestorben ist er durch sein eigenes Verschulden.«

»Deine Mutter … sie wäre stolz auf dich.«

Aelvin kam es vor, als zuckte Libuse leicht zusammen, aber dann straffte sie sich und nickte. »Und auf dich.«

Nun lächelte er tatsächlich, sehr schwach nur, aber es lag eine große Wärme darin.

Die hohe Tür der Schlafkammer wurde geöffnet, und wie ein Schatten huschte die Edle Zubaida herein, schmal und zerbrechlich in ihren schwarzen Gewändern. Sie trat an das Bett, in dem sonst ihr Sohn ruhte und in dem nun ein alter Mann sein Leben aushauchte.

»Ich bin gekommen, um mich von dir zu verabschieden.«

Libuse rückte beiseite und ließ die Kalifenmutter die Hand ihres Vaters ergreifen. Zubaida beugte sich vor, hob sekundenlang ihren Schleier und berührte die Wange des sterbenden Recken mit ihren Lippen. Aelvin sah, dass sie ihm etwas zuflüsterte, und ihm war, als blitzten Tränen auf ihren Wangen. Dann ließ sie den Schleier wieder sinken und glitt ohne ein weiteres Wort aus der Kammer.

Corax' Mundwinkel bebten. »Sie hat es … nie leicht gehabt«, sagte er brüchig. »Wäre sie ein Mann, hätte sie dieses Reich in eine bessere Zukunft geführt. Aber so … musste sie zusehen, wie alles zerbricht. Alles … wird Asche …«

Libuse beugte sich über ihn, umarmte ihn vorsichtig und drückte ihr Gesicht an seines. Aelvin vernahm ihr leises Schluchzen. Auch er selbst weinte. Favola, die am Fußende saß und den Luminaschrein in ihrem Schoß hielt, wischte sich mit dem Handrücken über die Augen, und Albertus, der kühle, allwissende Albertus, musste sich abwenden und vergrub sein Gesicht in den Händen. Nur die Mongolenprinzessin, drüben an den feuerroten Fenstern, sah mit starrer Miene zum Bett herüber und verriet durch keine Regung, was in ihr vorging.

Als Libuse sich nach einer scheinbaren Ewigkeit von ihrem Vater zurückzog, war kein Leben mehr in ihm. Die verbrannten Augenlider inmitten der Narbenwüste hatten sich ein letztes Mal geschlossen, und sein Mund stand einen Spalt weit offen. Auf seiner Wange glänzten Libuses Tränen.

»Er ist jetzt bei Gott«, flüsterte Albertus.

Libuse schüttelte langsam den Kopf. »Daran hat er niemals geglaubt. Nicht, solange ich ihn kannte.«

Draußen erschallten Hörner, erst im Westen, dann im Osten, schließlich überall im Palast und in der Runden Stadt. Ihr Klang hätte ein letzter Gruß für den Toten sein können, doch sie alle wussten es besser.

Der Kalif hatte der Kapitulation zugestimmt.

~

Sie hätten sich ein Begräbnis gewünscht, das eines Mannes wie Corax würdiger war. Stattdessen sahen sie zu, wie die stummen Diener der Edlen Zubaida den Leichnam auf eine Bahre hoben und davontrugen, hinab in die rätselhaften Tiefen des Palastes. Er würde in einen Steinsarg gebettet werden und in einer geheimen Gruft seine ewige Ruhe finden.

Der Klang der Hörner nahm kein Ende, und bald wusste jeder, dass die Mongolen einmarschierten. Ein Zug aus berittenen Kriegern der Großen Horde zwängte sich durch die Gassen der Runden Stadt, und es wurde gemunkelt, Hulagu selbst führe den Trupp in den Palast, um das Gnadengesuch des Kalifen entgegenzunehmen. Die Flüchtlinge draußen in den Straßen waren viel zu verängstigt, um Widerstand zu leisten; wer aber doch gegen die Eroberer aufbegehrte, wurde ohne Zögern niedergemacht.

Die Gefährten wurden gemeinsam mit anderen Gästen des Kalifen in der Großen Halle gefangen gesetzt. Hier war Libuse dem Herrscher zum ersten Mal begegnet. Am Fuß der mächtigen Säulen standen nun keine Leibgardisten mehr, sondern die breitgesichtigen Krieger der Großen Horde, mit aufgepflanzten Lanzen und gezückten Schwertern. Mit undurchschaubaren Mienen hielten sie die Gefangenen in Schach. Dutzende Männer und Frauen aus aller Herren Länder, Botschafter, Gesandte, aber auch Fürsten mit ihrem Hofstaat, waren dazu gezwungen worden, sich auf den Boden der Halle zu setzen und dort abzuwarten. Manche kauerten da mit angezogenen Knien, andere im Schneidersitz, und einige hatten sich gar zusammengerollt und versuchten zu schlafen.

Im Palast wimmelte es jetzt von Männern des Il-Khan. Zuvor hatte in den Fluren und Sälen des gewaltigen Gebäudes stets eine ehrfürchtige Ruhe geherrscht, und man hatte minutenlang durch die Gänge streifen können, ohne einer

Menschenseele zu begegnen. Jetzt aber drangen aus allen Richtungen Stimmen in die Große Halle, und unablässlich ertönte das Getrappel marschierender Krieger.

Keiner verriet den Gefangenen, was draußen in der Runden Stadt geschah. Ob dort gebrandschatzt wurde oder Massenhinrichtungen stattfanden, wusste niemand. Albertus versuchte, die anderen zu beruhigen, indem er Hulagus Vernunft hervorhob, doch Libuse genügte ein Blick in die Augen Sinaidas, die verschleiert an ihrer Seite saß, um Bestätigung ihrer Zweifel an den Worten des Magisters zu finden.

Die Mongolenprinzessin trug über Hose und Wams nun wieder ein Kleid, violett mit silbernen Mustern. Es ließ sie wie eine arabische Edeldame erscheinen – Zubaida hatte es ihr vor dem Einmarsch gegeben –, und sie hielt das Gesicht gesenkt, damit keiner der Krieger sie als Mongolin erkannte. Libuse fürchtetet dennoch, dass es nur eine Frage der Zeit war, bis die Wahrheit ans Licht käme.

Nachdem sie mehrere Stunden in der Großen Halle am Boden gekauert hatten, bat Libuse Sinaida im Flüsterton um eine Einschätzung der Lage. Niemand kannte die Sitten der Eroberer besser als sie.

Die Mongolenprinzessin warf einen vorsichtigen Blick zu den Wächtern an der nächsten Säule, dann erwiderte sie leise: »Hulagu hat draußen vor den Toren der Runden Stadt Hunderttausende hinschlachten lassen.« Mit einem Nicken deutete sie in die Richtung von Albertus. »Was lässt deinen haarlosen alten Freund annehmen, dass der Il-Khan nach der Kapitulation anders verfahren könnte?«

Libuse warf einen Seitenblick auf Albertus. »Hoffnung vielleicht?«, schlug sie vor.

»Die Hoffnung hätte das Erste sein sollen, das beim Klang der Hörner gestorben ist«, sagte Sinaida kühl.

»Und der Kalif?«

»Hulagu spielt mit ihm. An seiner Vorgehensweise wird

sich durch al-Mutasims Aufgabe nichts ändern. Ich habe es mehr als einmal erlebt. Hulagu hat vielen seiner Männer das Leben gerettet, indem er sich zum Schein auf diese Gespräche eingelassen hat. Aber die Wahrheit ist doch, dass es gar nichts zu besprechen gibt. Dein Vater und ich, wir wussten beide, dass die Stadt kaum zu halten war. Wir hätten es versucht, aber es war aussichtslos. Das Beste, das wir hätten erreichen können, war, so viele Krieger der Großen Horde mit in den Tod zu nehmen wie möglich.«

Aelvin hatte alles mit angehört. »Dann wird man uns so oder so hinrichten lassen?«

»Vielleicht nicht alle«, sagte Sinaida. »Hulagu wird prüfen, wer von den hohen Gästen des Kalifen als Geisel taugt und womöglich Lösegeld einbringen könnte.« Ihr Lächeln war eisig. »Wer wird *dich* in Gold aufwiegen, Junge?«

Aelvin wurde blass, doch da mischte sich Favola wutentbrannt ein. »Wer gibt dir das Recht, uns Angst zu machen, Mongolin?«

Sinaida zuckte nur die Achseln. »Die Erfahrung.«

Libuse, die verhindern wollte, dass der Streit zwischen den beiden eskalierte, ging eilig dazwischen. »Was wird mit dir geschehen, wenn Hulagu herausfindet, dass du hier bist?«

»Ich vermute, er weiß es schon. Es ist nur eine Frage der Zeit, bis seine Turgauden nach mir suchen werden.« Sie blinzelte Favola zu. »Vielleicht ist es besser, wenn ihr von mir abrückt, denn die Turgauden werden euch nicht schonen, wenn sie mich bei euch finden.«

»Ja«, sagte Favola mit funkelndem Zorn in den Augen, »vielleicht sollten wir das.«

»Seid still!« Albertus sprach lauter, als nötig gewesen wäre, und erntete dafür den finsteren Blick eines Wächters und einen drohenden Wink mit dem Schwert. »Da drüben tut sich etwas«, fügte er leiser hinzu.

Alle vier verstummten und folgten seinem Blick zum Haupteingang der Großen Halle. Eine Hälfte des haushohen Portals schwang einen Spalt weit auf, und mehrere Personen traten ein. Draußen musste allmählich die Sonne aufgehen, doch das Rot am Himmel blieb dasselbe wie in der Nacht.

»Wer ist das?«, wisperte Libuse.

Sinaidas Lippen bebten. Ihre Rechte krallte sich in den Saum ihres Kleides. »Shadhan!«, zischte sie.

Libuse erinnerte sich an den Namen – Sinaida hatte ihn mehr als einmal erwähnt –, doch die drei anderen runzelten nur fragend die Stirn.

»Shadhan der Verräter«, flüsterte Sinaida. In ihrer Stimme lag die Kälte von blankgezogenem Stahl. »Er hat das Volk der Nizaris an Hulagu ausgeliefert. Auf sein Geheiß hin wurde mein Mann ermordet. Und er war es, der den Il-Khan dazu überredet hat, gegen Bagdad zu marschieren.«

Aelvin musterte den alten Mann, der da leicht gebeugt mit einem Gefolge von hoch gewachsenen Kriegern die Halle betreten hatte. »Warum hat er das getan?«

»Er will die Bibliothek«, erklärte Sinaida, ohne den Blick von ihrem Todfeind zu nehmen. Noch hatte Shadhan sie nicht bemerkt. »Darum ging es ihm von Anfang an. Er will das Wissen erlangen, wie ein lebender Mensch den Garten Gottes betreten kann – das größte und älteste Geheimnis der Alten vom Berge.« Sie hatte jetzt beide Hände zu Fäusten geballt und presste sie eng an ihre Schenkel. »Er hat Khur Shah töten lassen, weil er ihm den Weg dorthin verweigert hat. Und er weiß, dass auch ich dort war – und dafür hasst er mich umso mehr.«

Albertus musterte sie mit neu erwachtem Interesse. »Du hast den Garten Gottes gesehen?« Seine Stimme war voller Zweifel, er klang beinahe zornig.

Sie nickte. »Und es ist mein größter Wunsch, bald dorthin zurückzukehren, um Khur Shah wiederzusehen. Aber ich werde nicht sterben, solange Shadhan am Leben ist.«

Mit Entsetzen bemerkte Libuse, dass plötzlich ein schmaler Dolch in Sinaidas Hand lag, im Sitzen halb unter ihrem Bein verborgen.

»Wo hast du den her?«

»Ich bin eine Nizari.«

Auch Favola, die neben Sinaida hockte, hatte die Klinge entdeckt. »Du wirst uns alle umbringen, wenn du ihn angreifst.«

»Wir sind ohnehin so gut wie tot. Es macht keinen Unterschied mehr.«

»Tu das nicht!«, forderte Aelvin.

Wieder sah einer der Krieger von den Säulen herüber, und diesmal schien er sie nicht mehr aus den Augen zu lassen.

»Vorsicht!«, raunte Albertus durch kaum geöffnete Lippen.

Libuse warf Sinaida einen flehenden Blick zu, doch die Mongolenprinzessin beachtete sie nicht. Sie starrte nur den alten Mann in den dunklen Gewändern an, der mit seinem Gefolge aus Turgaudenkriegern zwischen den eingeschüchterten Gefangenen umherstreifte und augenscheinlich nach jemandem Ausschau hielt.

»Ich bin diejenige, die er sucht«, wisperte Sinaida.

»Weg mit dem Messer!«, presste Libuse noch einmal hervor.

Sinaidas Hand mit der Klinge schob sich tiefer unter ihre Beine. Die Waffe war jetzt nicht mehr zu sehen.

»Bei Gott!«, keuchte da Albertus.

Aelvins Blick wanderte ziellos durch die Halle. »Was meint Ihr?«

»Hinter den Kriegern! Seht!«

Noch jemand war im Gefolge des alten Mannes durch das Portal getreten. Eine gekrümmte, verschrobene Gestalt. Ein Mann, der wie ein Affe auf allen vieren lief. Um seinen Hals lag ein breites Lederband, von dem eine silberne Kette zur Hand eines der Turgauden reichte: Der Krieger führte ihn an der Leine wie einen bissigen Hund. Wo seine Haut offen lag, am Gesicht, am Hals, an den Händen und den Füßen, war sie mit Schnittwunden und Prellungen übersät. Er war mit perfider Akribie gefoltert worden.

Aelvins Kehle schnürte sich zu.

»Gabriel«, flüsterte Albertus.

Favola stieß ein helles Stöhnen aus, während Sinaida verwundert von einem zum anderen sah. »Wer ist das?«, fragte sie.

Niemand gab ihr eine Antwort.

In Libuse tobten widerstreitende Gefühle. Hass. Verwirrung. Aber auch eine gefährliche Faszination, als sie den Mann, der ihr und Corax so Schreckliches angetan hatte, wie eine gefangene Kreatur an der Kette des Kriegers dahertaumeln sah.

»Favola?« Aelvins Sorge alarmierte Libuse. »Was ist mit dir?«

Die Novizin klammerte sich an das Bündel mit dem Luminaschrein in ihrem Schoß.

»Favola?«, flüsterte auch Albertus.

»Seine Augen!« Sie sprach so leise, dass Libuse und die anderen sie kaum hören konnten. »Seht ihr denn nicht seine Augen?«

Libuse starrte angespannt in Gabriels Richtung. Zwischen ihnen und dem Kriegertrupp lagen noch gut dreißig Schritt, eine viel zu große Distanz, um Einzelheiten seiner Züge zu erkennen, geschweige denn seine Augen. Sie alle hatten zugesehen, als die Vollstrecker des serbischen Königs ihn geblendet hatten, und selbst von weitem waren die Brandwunden auszumachen, die wie ein breites Band über sein Gesicht verliefen: eine schwarzbraune Bahn aus Schorf und schwärenden Entzündungen.

»Sie sind so *kalt*«, raunte Favola.

Libuse warf Aelvin einen hilflosen Blick zu, doch auch er verstand nicht, wovon Favola sprach. Sah sie etwas, das den anderen verborgen blieb?

Die Männer kamen näher. Immer wieder packten sie einzelne Gefangene, zogen sie auf die Beine oder rissen ihnen den Kopf in den Nacken, damit Shadhan in ihre Gesichter blicken konnte. Er wurde immer ungeduldiger.

Sinaidas Körper spannte sich. Jeden Augenblick mochte sie in die Höhe federn und sich auf den alten Mann inmitten seiner Krieger stürzen.

»Sinaida«, flehte Libuse, nahm den Blick aber nicht von den Männern, »tu es nicht.«

Favola, die zur Rechten der Mongolenprinzessin saß, stellte mit bebenden Händen das Bündel am Boden ab.

Gabriels Kette rasselte, als er blitzartig auf eine junge Araberin zuschnellte, die am Rande eines Gefangenenpulks kniete. Noch ehe der Turgaude ihn zurückreißen konnte, hatte er die schreiende Frau zu Boden geworfen und kauerte auf allen vieren über ihr. Die Menschen um sie herum sprangen in Panik auseinander, Gebrüll hob an, und von den Säulen lösten sich mehrere Wächter, um die Ordnung wiederherzustellen. Gabriel warf den Kopf in den Nacken, stieß die groteske Nachahmung eines Wolfsheulens aus und schlug dann seine Zähne in die Brust seines Opfers. Sie kreischte und strampelte unter ihm, während ein zweiter Turgaude dem Kettenträger zu Hilfe kam. Erst gemeinsam gelang es ihnen, den Wahnsinnigen zurückzureißen. Fauchend und um sich schlagend wurde Gabriel auf den Rücken geworfen, und einer der Turgauden holte angewidert mit dem Schwert aus. Doch ein scharfer Befehl ließ ihn innehalten. Shadhan drückte wutentbrannt den Schwertarm des Kriegers nach unten.

Die kreischende Frau presste beide Hände auf ihre Brust, der Stoff ihres Kleides hatte sich dunkel gefärbt. Andere wichen vor ihr zurück, als fürchteten sie, die Frau sei durch den Biss vom Irrsinn des Wolfsmannes angesteckt worden. Shadhan betrachtete die Araberin mit kalter Verachtung, und als sie nicht aufhören wollte zu wimmern, gab er einem der Turgauden eine knappe Order. Das Schwert des Kriegers zuckte blitzschnell vor und bohrte sich ins Herz der Frau, scheinbar beiläufig und doch so gezielt, dass ihre Schreie auf der Stelle abbrachen. Stummes Entsetzen machte sich breit, als die Tote zusammensank.

Shadhan hatte bereits das Interesse an ihr verloren, bevor sie auf dem Marmor aufschlug. Er baute sich vor Gabriel auf, der von zwei Männern am Boden festgehalten wurde und erst aufhörte, zu treten und zu schnappen, als er Shadhans Blick auf sich spürte. Mit einem letzten Jaulen erschlafften seine Bewegungen, und Shadhan befahl den Turgauden, ihn freizugeben. Sie gehorchten nur widerstrebend. Der eine schlang sich die Kette mehrere Male ums Handgelenk.

Die Gefährten waren ebenso vor Schreck erstarrt wie alle übrigen Gefangenen in der Halle. Nur Sinaida saß noch immer da wie ein Raubtier, das auf den Augenblick zum Zuschlagen wartet. Sie hielt das Gesicht gesenkt, sodass sie gerade eben unter dem Rand des Tuchs hervorschauen konnte, das sie sich über Hinterkopf und Schultern gebreitet hatte.

»Lass es sein!«, sagte Libuse beschwörend. »Bitte!« Am liebsten hätte sie der Mongolenprinzessin den Dolch eigenhändig entrissen, doch das hätte Shadhan und die Turgauden erst recht auf sie aufmerksam gemacht.

Die Männer setzten ihre Suche fort. Gabriel schlich auf Händen und Füßen hinter ihnen her wie ein geprügelter Hofhund, unterwürfig, zugleich aber auf die Gelegenheit lauernd, es seinen Peinigern heimzuzahlen. Er schnüffelte in diese und jene Richtung, und überall wichen die Menschen mit einem furchtsamen Raunen vor ihm zurück. Der Geruch von Angstschweiß hing stechend in der Luft. Nur noch eine andere Gruppe Gefangener befand sich zwischen den Gefährten und den Mongolen.

»Seine Augen«, flüsterte Favola erneut.

Libuse war drauf und dran, sie an der Schulter herumzureißen und anzubrüllen.

Plötzlich spürte sie es.

Eine Kälte, die nichts mit der Luft zu tun hatte.

Ein unwirklicher Frost schien nach ihrem Herzen zu greifen.

In Windeseile breitete er sich über ihren gesamten Körper aus.

Als sie aufschaute, bemerkte sie, dass Gabriels Gesicht in ihre Richtung blickte, obgleich seine Augen geschlossen waren, die Lider wie festgebacken an verbranntem, verkrustetem Fleisch. Der glühende Stahl der Klinge hatte seine Haut geschmolzen wie zerlaufenes Wachs.

Und doch *sah* er sie. Sie spürte es ganz deutlich. Ein eiskaltes, animalisches Wittern, mit Sinnen, die ihr fremd waren.

Wie ein Reptil, durchzuckte es sie.

Gabriel begann zu knurren. Dann gingen die Laute in ein Zischeln über, und seine langen Fingernägel scharrten am Marmorboden der Großen Halle wie Messerklingen.

Shadhan sah erst ihn an, dann folgte er seinem Blick zu den Gefährten. Er musterte sie aus der Entfernung ohne jedes Erkennen, ehe seine Augen sich auf die Frau in Kleid und Schleier richteten. Ein feines Lächeln umspielte seinen schmallippigen Mund.

Er stieß einen Befehl aus, und sofort setzten sich die Turgauden in Bewegung. Gabriel wollte an seinem Führer vorüberspringen, doch der Mann versetzte ihm einen brutalen Tritt in die Rippen; er wurde von Händen und Füßen gefegt, rollte sich unbeholfen ab, sprang abermals auf und knurrte erneut in die Richtung der Gefährten.

»Was haben sie ihm nur angetan?«, murmelte Aelvin, starr vor Grauen.

»Ich glaube nicht, dass sie das waren«, gab Albertus zurück, und dann waren Shadhan und die Turgauden heran.

Sinaida handelte.

Ohne einen Laut federte sie empor und schnellte auf den alten Mann zu. Ihre Bewegungen waren zu rasch, um ihnen mit den Blicken zu folgen. Shadhan aber hatte jahrelang unter den Nizaris gelebt, und er kannte ihr Geschick. Er hatte einen Angriff erwartet, und die Turgauden waren vorbereitet. Wie auf ein stummes Kommando hin schloss sich ihre Reihe vor dem Alten, eine unüberwindliche Mauer aus Rüstzeug und Klingen.

Trotzdem schnitt Sinaida dem Ersten die Kehle durch. Einem Zweiten zerschmetterte sie das Gesicht. Den Dritten aber verfehlte sie, weil zugleich zwei weitere Männer nach ihr griffen. Sie ließ die Klinge noch einmal herumwirbeln, diesmal in Shadhans Richtung, doch er befand sich bereits außerhalb ihrer Reichweite. Sie fauchte fast wie Gabriel und schrie etwas in einer Sprache, die Libuse nicht verstand. Dann wurde sie zu Boden geschleudert, der Dolch wirbelte davon und verschwand irgendwo zwischen den anderen.

Vier Turgauden hielten Sinaida am Boden fest, während ein erneutes Raunen durch die Halle wogte.

Shadhan trat hinter den Kriegern hervor und blickte kalt auf die gefangene Prinzessin herab. Er sagte etwas zu ihr auf Arabisch, und sie versuchte ihn anzuspucken. Shadhan aber lachte nur, und es klang beinahe ein wenig müde.

Ein Schrei ertönte. Dann die Stimme des Magisters.

Wieder flatterte Stoff. Wieder prallten Körper aufeinander.

Libuse sah, dass Favola nicht mehr zwischen ihnen saß. Der Luminaschrein stand unbeaufsichtigt am Boden, seine Hüterin war nicht mehr an ihrem Platz.

Gabriel stieß ein hohes, anhaltendes Heulen aus. Er lag auf dem Rücken, Favola kauerte über ihm.

Der Dolch, den die Turgauden aus Sinaidas Hand geschlagen hatten, steckte in seiner Brust. Er lag ganz still, stieß nur dieses furchtbare, bemitleidenswerte Heulen aus, während Favolas behandschuhte Finger noch immer den Griff der Waffe hielten.

Selbst Sinaida vergaß für einen Augenblick ihre Gegenwehr.

Shadhans Lächeln erstarb, dann bekam er sich wieder unter Kontrolle. Ein Turgaude packte Favola von hinten und riss sie von dem Sterbenden fort. Die Wächter an den Säulen sprangen abermals vor, um die aufgebrachte Menge der Gefangenen zu bändigen.

Aelvin kauerte nur da und starrte Favola an, während Gabriel zu ihren Füßen starb. Sie hing schlaff im Griff des Kriegers und wandte langsam den Kopf zu ihnen um. »Ich habe es gesehen«, flüsterte sie. »Ich wusste, dass es so geschehen würde.«

Shadhan trat vor, betrachtete sie mit kühlem Interesse, fasziniert wie von einem exotischen Tier, dann schüttelte er stumm den Kopf und wandte sich an die Gefährten.

»Das da« – er zeigte auf das Bündel – »gehört jetzt mir.«

»Nein!« Albertus erwachte aus seiner Starre, warf sich über den Luminaschrein und presste ihn an sich.

Sie werden alle wahnsinnig, durchfuhr es Libuse benommen. Sie verlieren den Verstand, jeder Einzelne von ihnen.

Shadhan gab seinen Kriegern einen Wink. Zwei traten vor, einer hielt den Magister fest, der andere entriss ihm das Bündel, und reichte es seinem Meister. Shadhan nahm es entgegen, und ohne hineinzusehen, keifte er einen weiteren Befehl in der Sprache der Mongolen. Der Turgaude nickte, trat zurück vor Albertus und begann, seine Gewänder zu durchsuchen.

»Lasst sie los!«, brüllte Aelvin und wollte sich auf den Mann stürzen, der Favola festhielt.

Libuse nahm die Umgebung wahr wie durch einen Schleier. Wie betäubt.

Ein Schlag traf Aelvin im Gesicht und schleuderte ihn zu Boden.

Favola schrie auf.

Albertus tobte, als der Turgaude unter seinem Mantel eine lederne Rolle hervorzog. Einen Augenblick später nahm Shadhan sie entgegen.

»Die Karte des Jüngers, wenn mich nicht alles täuscht«, sagte er mit einem Lächeln, das wie eine Maske seine wahren Gedanken verbarg. »Also hat euer wölfischer Freund die Wahrheit gesagt.« Seine Hand strich über den Luminaschrein. »Die neue Saat des Gartens Gottes.«

Gabriels Wolfsheulen verebbte mit einem Krächzen. Sein Kopf fiel leblos zur Seite. Schlagartig zog sich die fremdartige Kälte aus Libuses Herzen zurück.

»Nein!«, schrie Albertus erneut. »Das ist *nicht für dich*!«

»Wir werden sehen«, sagte Shadhan.

Dann wanderte er mit Schrein und Karte zum Portal und trat hinaus in den feuergetränkten Morgen.

~

Trunken vom Tod, erschlagen vom Ausmaß ihrer Niederlage, saßen sie beieinander, nicht mehr in der Großen Halle, sondern in einem dunklen Verlies des Palastes.

Albertus stand vor der Gittertür und wandte ihnen allen den Rücken zu. Er hatte kein Wort gesprochen, seit man sie hierher gebracht hatte. Welche Gedanken ihm auch durch den Kopf gehen mochten, er war nicht bereit, sie mit ihnen zu teilen.

Favola und Aelvin saßen nebeneinander, beide mit angezogenen Knien, die Arme um die Beine geschlagen, und starrten brütend geradeaus. Zwischen ihnen war gerade genug Platz, dass sich ihre Kleidung nicht berührte. Doch da war noch mehr, das sie trennte, eine unsichtbare Wand aus Vorwürfen und dem Nachhall von Aelvins Anklage, sie habe den Verstand verloren, zuvor, auf dem Weg in den Kerker. Libuse sah ihm an, dass ihm seine Worte jetzt Leid taten, aber er brachte nicht die Kraft auf, sich zu entschuldigen. Es hätte wohl auch nichts geändert.

Auch Sinaida war bei ihnen. Zumindest ihr Schweigen verwunderte niemanden; es passte zu ihrem früheren Verhalten, ihrem berechnenden In-sich-gekehrt-Sein. Ihr Hiersein war kein gutes Zeichen. Dass man die Prinzessin hinrichten wollte, stand außer Frage. Die Tatsache, dass die anderen mit ihr zusammen festgehalten wurden, warf einen düsteren Schatten über das Schicksal aller.

Libuse fühlte sich trotz allem sonderbar klar, die Welt und ihre verzweifelte Lage erschienen in übertriebener Schärfe vor ihren Augen. Es war, als hätte sie noch bis vor kurzer Zeit alles, was geschehen war, durch eine Scheibe aus trübem Glas betrachtet.

Hier also war sie nun, ganz benommen von einer Distanz, die ihr früher vollkommen fremd gewesen wäre. Sie war *nie* distanziert gewesen. Immer hatte sie sich in alles eingemischt, war wütend auf Gott und die Welt gewesen, ob es sie nun etwas anging oder nicht. Und jetzt? Sie beobachtete die anderen, verfolgte das Spiel ihrer Mimik, ihre Bewegungen oder das gänzliche Fehlen von beidem.

Die Lumina war verloren. Die Karte gestohlen.

Ihre Mission war gescheitert.

Corax hatte es vorausgesehen. Noch auf dem Sterbebett hatte er die Ausweglosigkeit ihrer Lage heraufbeschworen, doch weil in Wahrheit sie die Blinden gewesen waren, nicht er, hatten sie es nicht einsehen wollen.

Libuse blickte auf, als aus Favolas Richtung ein Röcheln ertönte. Sie begann zu husten, bekam plötzlich keine Luft mehr, rutschte auf die Seite und krümmte sich, die Knie fest an die Brust gezogen. Ihr heiseres Keuchen erfüllte den finsteren Kerkerraum.

Aelvin kniete als Erster neben ihr, völlig verzweifelt, als trüge er die Schuld an ihrem Zustand. Albertus tauchte aus seinem eisigen Brüten auf, eilte herbei und zog Aelvin von Favola fort.

»Die Medizin!«, rief er aufgeregt. »Wo ist ihre Medizin?« Sein eigenes Bündel mit Heilkräutern und Tinkturen hatten ihm die Mongolen abgenommen.

Favola röchelte heftiger, ihre weit aufgerissenen Augen drehten sich nach oben, bis nur noch das Weiß ihrer Augäpfel zu sehen war.

»Sie ... sie hat sie immer unter ihrem Mantel getragen«, stammelte Aelvin und begann, gemeinsam mit Albertus, unter Favolas Überwurf nach dem Tonfläschchen zu suchen.

»Nicht ihre Haut berühren!«, fuhr Albertus ihn an. »Denk an die Todsicht!«

»Zum Teufel damit!«, fluchte Aelvin zurück. »Ihr habt doch gesehen, wohin sie sie gebracht hat!«

»In diesem Zustand kann jede weitere Aufregung sie töten!«

Aelvin wollte etwas Zorniges erwidern, doch im selben Moment hellten seine Züge sich auf. Triumphierend zog er die Phiole unter Favolas Gewand hervor und riss den Korken heraus. Der Magister fischte sie ihm aus den Fingern, roch daran um sich zu vergewissern, dass der Inhalt noch gut war, dann führte er die Öffnung an Favolas Lippen.

Sie wand sich jetzt in Atemnot und Krämpfen, und Libuse eilte dazu, um sie festzuhalten, während Albertus ihr die Flüssigkeit einflößte.

»Schluck es hinunter«, redete der Magister auf Favola ein. »Du musst es schlucken.«

Sie aber wollte stattdessen atmen, verschluckte sich und spie Heilmittel und Galle aus. Ihr Gesicht hatte alle Farbe verloren, das war selbst im Dämmerlicht des Kerkers zu erkennen, und Libuse wurde mit einem Mal von der Furcht ergriffen, Favola könne unter ihren Händen sterben, ohne dass irgendwer etwas dagegen unternehmen konnte.

»Ihr müsst sie festhalten!«, herrschte Albertus Libuse und

Aelvin an. Jetzt kam auch Sinaida dazu, packte Favolas Beine bei den Stiefeln und hielt sie fest. Zu dritt zwangen sie sie schließlich zur Ruhe. Albertus bedeckte seine linke Hand mit einem Zipfel seines Gewandes, fasste damit Favolas Unterkiefer, drückte ihn auf und führte mit der Rechten abermals das Fläschchen an ihre Lippen.

»Trink!«, verlangte er. Libuse bezweifelte, ob Favola ihn überhaupt noch hören konnte. Doch die Flüssigkeit lief jetzt ihre Kehle hinab. Zugleich schlossen sich ihre Lider, und nach mehreren Augenblicken erlahmte ihre Gegenwehr langsam. Sie atmete wieder, keuchend zwar und schwerfällig, doch sie bekam Luft.

Als sie sie losließen, lag ihr Körper ruhig, nur ihr Brustkorb hob und senkte sich.

Aelvin wandte sich mit schweißnassem Gesicht an Albertus. »Wie viel ist da noch drin?« Er deutete auf die Phiole.

»Nicht genug.«

»Was heißt das, nicht genug?«

»Für ein, zwei Tage«, sagte Albertus ruhig und zog Favolas Gewand über ihrem Körper zurecht, so als wäre er noch immer für ihre Keuschheit verantwortlich. »Aber ich glaube nicht, dass das überhaupt eine Rolle spielt.«

Libuse starrte ihn an. »Wie meint Ihr das?«

»Es ist die Lumina«, sagte er düster. »Favola und sie brauchen einander. Und jetzt, ohne die Pflanze …« Er schüttelte niedergeschlagen den Kopf.

»Aber das ist doch Unsinn!«, ereiferte sich Aelvin. »Das alles … das ist nichts als Aberglauben! Und ich habe es satt, immer wieder dieselben Märchen von Euch zu hören. Todsicht? Favola hat so fest an diesen Wahnsinn geglaubt, dass sie dachte, die Prophezeiung erfüllen zu müssen. Es gab keinen Grund für sie, Gabriel zu töten – außer den einen, dass sie überzeugt war, es *müsse* geschehen! Sie hat dafür gesorgt, dass die Vision bestätigt wurde. Mit dem Schicksal oder Gottes Willen hat das nichts zu tun.« Er hob eine Faust, als wollte er gegen die Wand schlagen, ließ sie dann aber hilflos wieder sinken. »Und nun kommt Ihr uns mit der Lumina? Ich *bitte* Euch, Albertus!«

Der Magister sah ihn an, als dächte er für einen Moment tatsächlich daran, sich auf einen Disput einzulassen. Dann aber schüttelte er nur den Kopf, strich Favola mit seinem Rock Erbrochenes von den Lippen und flüsterte nur: »Es ist die Wahrheit. Es ist alles die Wahrheit.«

Sinaida, die sich wieder von der Gruppe zurückgezogen hatte, sprach zum ersten Mal seit den Ereignissen in der Großen Halle. »Ihr glaubt, die Pflanze hat sie bei Gesundheit gehalten?«

»Sie und die Medizin«, bestätigte Albertus und drehte nachdenklich das verkorkte Fläschchen zwischen den Fingern. »Solange die Lumina bei ihr war, half ihr das hier zu überleben. Aber ohne sie?« Er schüttelte erneut den Kopf, und Libuse schauderte, als sie die Verzweiflung in seinen Augen sah.

Favolas Keuchen hob an, und einen Moment lang glaubten sie alle, ein neuerlicher Anfall überkäme sie. Dann aber wurden die Laute allmählich zu Wortsplittern. »Es… es geht mir… gut«, sprach sie brüchig. »Macht euch… keine Sorgen… um mich…«

Libuse musste sich abwenden. Es tat weh, Favola so zu sehen. Die Kraft, die noch immer in der jungen Frau steckte, selbst nach allem, was gerade geschehen war, beschämte Libuse.

Die Augenlider der Novizin flackerten, dann öffneten sie sich. »Ich bin nicht… so krank… wie ich aussehe.« Jetzt lächelte sie sogar. Ein wenig.

»Ganz ruhig, Kind«, sagte Albertus besänftigend. »Lieg ganz ruhig. Erhol dich erst einmal.«

»Was dachtet… Ihr denn?«, fragte sie leise. »Dass ich versuche… die Gitter… aufzubiegen?«

Aelvin wischte sich über die Augen. Ein unsicheres Lachen flackerte über seine Züge, aber es klang eher wie ein Schluchzen. Er schlug die Hände vors Gesicht und ließ sich mit dem Rücken gegen die Wand sinken.

Libuse hatte das Gefühl, als sackte das gesamte Blut in ihrem Körper nach unten. Ihr wurde schwindelig, teils vor Erleichterung, teils weil etwas in ihr an das glauben wollte, was Albertus sagte. Es passte zu allem, was bislang auf ihrer Reise geschehen war.

Favola brauchte die Lumina.

Und die Lumina brauchte Favola.

Shadhan mochte mit der Pflanze verschwinden, aber würde er am Ende noch etwas Lebendiges in dem Schrein vorfinden? Würde die Lumina nicht ebenso dahinwelken wie ihre Hüterin in diesem Kerker?

Es war in diesem Augenblick, inmitten dieses Wechselbades aus Verzweiflung und Hoffnung, dass draußen vor dem Gitter Schritte ertönten. Dann rasselte ein Schlüsselbund.

Die Kerkertür schwang auf.

~

Sinaida hatte von dem Mädchen abgelassen, als ihr klar wurde, dass sich die Lage beruhigte. Sie war zurückgetreten und hatte sich wieder aufs Beobachten, aufs Zuhören verlegt.

Was die anderen da sagten, klang aberwitzig.

Aber hatte sie nicht selbst den Garten Gottes gesehen, mit ihren eigenen Augen? Sie hatte die Macht der Alten vom Berge über das Tor zum Garten am eigenen Leibe erlebt. Sie war dort gewesen.

Und sie glaubte.

An dieses Mädchen. An die Pflanze, die sie die Lumina nannten. An die Möglichkeit des Unfassbaren.

Als sich dann das Gitter des Kerkers öffnete, rückte auch

eine Rettung wieder in greifbare Nähe. Ihre Rache an Shadhan. Sogar die Aussicht, dass sich alles vielleicht noch zum Guten wenden konnte.

Ihre Schwester Doquz betrat das Verlies. Sie trug das Prachtgewand einer Mongolenfürstin, in dunklem Türkis mit Stickereien und Überwürfen. Auf ihrem Haupt thronte ein verästelter Kopfschmuck aus Gold, wie es ihre Untertanen vom Weib des Hulagu erwarteten. Mit einer Miene, deren ernster Kummer vor ihrer aller Augen zu einem tränenreichen Lächeln zerfloss, eilte sie auf Sinaida zu und schloss ihre jüngere Schwester so fest in die Arme, dass diese für einen Augenblick vor Überraschung erstarrte.

Dann aber überkam Sinaida dieselbe Freude, und plötzlich war es ohne Bedeutung, wo sie sich befanden und unter welchen Umständen dieses Wiedersehen stattfand. Sie hielten einander fest, brachten kein Wort heraus, ehe sie sich schließlich widerstrebend voneinander lösten, einander aber weiterhin an den Händen hielten.

»Ich habe es gerade erst erfahren«, sagte Doquz und gab sich keine Mühe, das Weinen aus ihrer Stimme zu verbannen. »Shadhan hat versucht, es so lange wie möglich geheim zu halten.«

»Kannst du uns hier rausholen?«, fragte Sinaida eindringlich. Sie benutzten die Sprache der Mongolen, die keiner der anderen Gefangenen verstand. Albertus, Aelvin, Libuse und Favola blickten verwirrt von einer der beiden Frauen zur anderen.

»Euch alle?«, fragte Doquz zweifelnd.

»Alle.«

»Ich …« Sie zögerte, dann nickte sie entschieden. »Ja.«

Sinaida musste für einen Moment den Blick senken, rang um ihre Fassung, dann sah sie ihrer Schwester wieder in die Augen. »Es tut mir so Leid, was geschehen ist.«

»Nein, mir tut es Leid. Ich habe zu lange mit ansehen müssen, wie Shadhan sein Netz um Hulagu gesponnen hat. Du hattest Recht, als du fortgeritten bist, und du wirst auch heute das Richtige tun.« Sie blinzelte Tränen aus ihren Augen, ließ aber Sinaidas Hände nicht los, um sie fortzuwischen. »Hulagu ist nicht mehr er selbst, wenn Shadhan in seiner Nähe ist. Er gehorcht jedem seiner Ratschläge.« Sie betonte das letzte Wort so verächtlich, dass sogar Albertus die Brauen hob, obgleich er die Bedeutung nicht verstehen konnte. »Dieses Massaker dort draußen … und dann der Tod der Kalifenfamilie … Hulagu war nie ein gnädiger Herrscher, aber er hat früher nicht aus purer Willkür getötet.«

»Der Kalif ist tot?«

Doquz nickte. »Hulagu hat erst ein Festmahl zu seinen Ehren veranstaltet. Danach hat er ihn selbst, seine Mutter, seine Frauen und alle seine Kinder in Decken wickeln lassen und unter den Hufen der Pferde zertrampeln lassen, draußen in den Gärten. Shadhan hat behauptet, es bringe Unglück, königliches Blut von Menschenhand zu vergießen.«

Sinaida schauderte. Hulagu war ein hartherziger Mann, dem Gnade fremd war; doch eine Scheußlichkeit wie diese überstieg sogar sein Siegergebaren. Dies alles trug Shadhans Handschrift. Und es konnte nur einen Grund geben, weshalb er aus der Hinrichtung ein solches Spektakel gemacht hatte: Er wollte von etwas anderem ablenken.

»Wo ist Shadhan jetzt?«, fragte sie alarmiert.

»Fort. Seit dem Festmahl hat ihn niemand mehr gesehen. Es heißt, dass er einigen Turgauden befohlen hat, ihn zu einem Schiff im Hafen zu eskortieren.«

Sinaida schloss die Augen und atmete tief durch. Shadhan war in größerer Eile, als sie erwartet hatte. »Weiß Hulagu davon?«

»Hulagu?« Doquz' Hände zitterten. »Er ist trunken von Wein und Blutrausch. Er feiert sich als neuen Herrscher des Orients. Er wird alles daransetzen, seine Macht hier in Bagdad so schnell wie möglich zu festigen, denn sie wird ihn dem Großkhan in Karakorum ebenbürtig machen.«

»Er wäre ein Narr, ließe er es auf ein Kräftemessen mit seinem Bruder ankommen.«

»Zumindest das werde ich zu verhindern wissen.« Doquz klang jetzt willensstärker als jemals zuvor. »Er hat genug Schuld auf sich geladen ... genau wie ich, weil ich ihn nicht aufgehalten habe. Oh, Sinaida, hätte ich nur auf dich gehört! Ich habe Shadhans Einfluss nicht ernst genug genommen.«

Sinaida beugte sich vor und küsste ihre Schwester auf die Lippen. »Kannst du uns ein Schiff besorgen? Und Gold für eine gute Mannschaft?«

»Es sind nur wenige Schiffe heil geblieben. Im Hafen wüten immer noch Brände.« Doquz nahm sich den Kopfschmuck vom Haupt und sah ihn an, als wüsste sie nicht, wie er dort hingelangt war. »Aber, ja ... Wir werden ein Schiff für euch finden. Und eine verlässliche Mannschaft.« Sie blickte auf die übrigen Gefangenen und runzelte die Stirn. »Können sie dir helfen, Shadhan zu töten? Oder werden sie dir eine Last sein?«

»Lass das meine Sorge sein. Ich werde Shadhan finden und zur Rechenschaft ziehen ... für Khur Shah, für das alles hier.«

»Ich wünschte, ich wäre auch nur ein wenig wie du«, sagte Doquz leise. »Ich wünschte, ich besäße deinen Mut und deine Entschlossenheit.«

»Du wirst mehr Mut und Entschlossenheit brauchen, als ich je aufbringen könnte, um Hulagus Herrschaft in weisere Bahnen zu lenken. Wenn ich Shadhan töte, gehört Hulagu wieder dir allein.«

»Dann sei Gott mit uns beiden, Sinaida.«

»Er wird mit uns sein. Ich werde ihn um Beistand bitten, wenn ich ihm in seinem Garten gegenübertrete.«

Doquz küsste sie, und so besiegelten sie ihren Pakt und nahmen Abschied.

Manchmal drang aus den Wüstenbergen am Ufer das Echo der Hirtenrufe bis hinaus auf die offene See. Es waren wundersame, unverhoffte Laute, und sie waren das einzige Anzeichen dafür, dass überhaupt Menschen an diesen Küsten lebten.

Wo Wasser in Sand überging, endete die eine Leere und begann eine andere. Die Ödnis des Meeres schien sich an Land ohne Unterbrechung fortzusetzen, nur dass die Wogen dort erstarrten, sich manchmal zu Gebirgszügen emporreckten, anderswo aber noch flacher waren als die aufgewühlte Arabische See, ein Ozean aus weißgelben Dünen und Strudeln aus kochender Luft.

Vier Tage hatten sie auf dem Fluss von Bagdad bis zur Hafenstadt Basra gebraucht, anfangs begleitet von Schriftrollen und Papierseiten, die auf den ascheschwarzen Wogen des Tigris trieben. Shadhan hatte vor seiner Abfahrt Befehl gegeben, die Bibliothek zu vernichten – was ihm selbst nicht von Nutzen war, sollte auch keinem anderen mehr zugute kommen. Weil es für den nahe gelegenen Palast zu gefährlich gewesen wäre, die Bibliothek kurzerhand in Brand zu stecken, hatte Shadhan angeordnet, all ihre Schätze zum Fluss zu transportieren und in die Fluten zu werfen. Es war eine grausame Tat, und Doquz hatte versprochen, ihr Bestes zu tun, um zu bewahren, was noch zu retten war; Sinaida hatte ihr besonders die Rettung des Jungen Harun ans Herz gelegt.

Kurz hinter Basra hatte das Schiff, ein arabischer *Boum* mit ockerfarbenem Dreieckssegel, das offene Meer erreicht und Fahrt aufgenommen. Im Gegensatz zu abendländischen Schiffen war ein *Boum* an Bug und Heck identisch gebaut: Beide Enden ragten hoch empor, geschwungen wie eine doppelschneidige Axt. Die Planken waren nicht genagelt, sondern wurden nach althergebrachter Bauweise mit Seilen aus Kokosfasern verbunden. Auf Aelvin hatte das zu Anfang nicht allzu Vertrauen erweckend gewirkt, doch schließlich hatte er eingesehen, dass ein Schiffstyp, der offenbar seit Jahrtausenden so und nicht anders gebaut wurde, keine allzu schlechte Sache sein konnte.

Genau genommen war es ihm gleichgültig, womit sie sich über die See bewegten – Hauptsache, die Reise auf dem Wasser nahm bald ein Ende. Sein Magen, das wusste er jetzt, war eindeutig der eines Landbewohners. Sollte es je Seeleute unter seinen Ahnen gegeben haben, dann war ihr Erbe im Laufe der Generationen verloren gegangen. Die ersten drei Tage auf offener See verbrachte er an der Reling oder auf seinem Lager unter Deck. Er wollte sich zusammenreißen, wollte es wirklich, gerade angesichts dessen, was Favola durchmachte; doch es gelang ihm nicht. Er wollte bei ihr sein, auf sie Acht geben, doch sein Körper ließ ihm keine Gelegenheit dazu. Die meiste Zeit über fühlte er sich zu erbärmlich, um überhaupt einen klaren Gedanken zu fassen.

Favolas Zustand hatte sich verschlechtert. Mit jedem Tag wurde sie schwächer. Es war bewundernswert, wie sie sich dennoch aufrecht hielt und viel Zeit an Deck verbrachte, trotz der eisigen Winde, mit denen das Schiff und seine persische Besatzung zu kämpfen hatten. Favola saß am Bug, in Decken gewickelt, und starrte hinaus über die Weite des Golfs. Man konnte ihr ansehen, dass sie die Stunden zählte. Sie schien sicher zu sein, dass ihr nicht mehr viel Zeit blieb, um die Lumina zurückzugewinnen und an ihrem Ursprungsort einzupflanzen. Es war, als nähme sie Abschied von der Welt, genieße noch einmal ihre Wunder und sauge den Anblick dieser wogenden Unendlichkeit in sich auf.

Am dritten Tag auf See passierten sie die küstennahe Insel Bahrain, das fruchtbarste Stück Land weit und breit, bedeckt mit Hainen aus Dattelpalmen. Hier nahmen sie noch einmal Frischwasser, Ziegenfleisch und Ballen aus Datteln an Bord, nahmen dann Kurs nach Südosten und umrundeten die Nordspitze der Halbinsel Qatar. Die Jahreszeit war ungünstig für eine Fahrt durch den Golf von Arabien, erklärte der Kapitän, denn von Oktober bis März weht der Wind in Richtung Westen, und das bereitete den Seeleuten die größten Sorgen. Dass Shadhans Schiff zweifellos mit denselben Schwierigkeiten zu kämpfen hatte, war nur ein schwacher Trost.

Gemessen am Zeitpunkt ihrer Abfahrt hatte ihr Feind fast zwei Tage Vorsprung. Doch auf See war das kaum von Bedeutung. Eine andere Windrichtung, ein Unwetter oder eine Flaute mochten seinen Vorteil in Windeseile verringern – oder vergrößern. Zwar besaß er die Karte, doch Albertus hatte die Schrift auf der brüchigen Haut noch in der Bibliothek entziffert und ausführlich studiert; zudem hatte er sie mit anderen, neueren Beschreibungen der Gegend und den detaillierten Küstenkarten der arabischen Seefahrer verglichen. Tatsächlich war er der Überzeugung, weit besser auf das letzte Stück ihres Weges vorbereitet zu sein als Shadhan, dessen gesamtes Wissen auf dem Gefasel des wahnsinnigen Gabriel gründete.

Der Magister wusste, wo ihr Gegner an Land gehen würde. Er hatte ebenfalls vor, die Küste im Süden des Arabischen Golfs anzulaufen, ein namenloser Landstrich, der sich als endlose Sandwüste jenseits der See erstreckte. Zu Lebzeiten des Jüngers hatte dort eine Siedlung existiert, doch auf den neueren Karten, die Albertus eingesehen hatte, war davon nichts mehr zu finden. Auch der dankbare Kapitän des persischen Handelsschiffes, dem sie durch ihren Auftrag und Doquz' Freibrief die Flucht aus Bagdad ermöglicht hatten, hatte nie von einer Siedlung in dieser Region gehört.

»Da ist nichts«, hatte er unheilvoll gesagt und zum Horizont geschaut, als sähe er das Ziel bereits vor sich. »Nur die Hitze der *Gehenna.* Dort leben Scheitan und Malik und die Dämonen der Sande.«

Vier weitere Tage vergingen, ehe sie die Stelle erreichten, die der Kapitän nach den Angaben des Jüngers errechnet hatte. Weiß glühend erhob sich die Küste vor ihnen aus dem Meer, beschattet von einem Felsen, der ein Raunen durch die Mannschaft des *Boum* wandern ließ: Er sah aus wie ein haushoher Mann, der auf die Knie gefallen und zu Stein erstarrt war. Seine Oberfläche hatte die Farbe getrockneten Blutes.

»Einer der Steinernen Riesen«, murmelte Albertus und bekreuzigte sich.

Aelvin wollte es ihm gleichtun, ließ die Hand dann aber sinken. »Riesen?«, fragte er skeptisch.

Der Magister nickte. »Wir werden noch mehr davon sehen.«

»Hoffentlich alle aus Stein.« Unter anderen Umständen hätte Aelvin wohl nachgebohrt, doch im Augenblick war er nur froh, dass sie bald festen Boden unter den Füßen haben würden. Sein gebeutelter Magen bedeutete ihm mit einer ganzen Kette von Krämpfen, dass es ein trefflicher Tausch wäre, sich dafür mit Riesen, Dämonen, gar mit dem Teufel selbst anzulegen.

Vor ihnen lag das erbarmungslose Wüstenland. Jenseits des Ufers, ein, zwei Tagesmärsche landeinwärts, hatten orientalische Reisende einen Namen für diese Einöde gefunden, in der vergeblichen Hoffnung, ihr dadurch etwas von ihrem Schrecken zu nehmen.

Rub al-Khali.

Das Leere Viertel.

Die größte und trockenste Wüste der bekannten Welt. Ein einziges, unfassbares, glutumkochtes Nichts.

»Wir sind da«, sagte Albertus mit belegter Stimme, nachdem sie sich an der Reling versammelt hatten und der Kapitän den Anker werfen ließ. »Dies sind die Gestade des Landes Eden.«

~

Aelvin entging keineswegs die Ironie ihres Schicksals. Sie hatten sich auf die Suche nach dem Paradies gemacht, doch was sie vorfanden, war die Hölle selbst. Öde, leer, von der Sonne verbrannt, sogar um diese Jahreszeit. Das Einzige, was sich hier regte, waren Windhosen, die über die Kuppen der Dünen tanzten wie Seelen verschollener Reisender.

Der Steinerne Riese blickte augenlos auf ihren Landungsplatz herab. Es dauerte einen halben Tag, die sechs Kamelstuten, die sie aus Bagdad mitgebracht hatten, an Land zu bringen. Sie wurden gefesselt, mit Flaschenzügen auf Ruderboote verladen und durch das niedrige Wasser zum Ufer geschafft. Verängstigt und widerspenstig versuchten sie zu strampeln und brachten die Boote fast zum Kentern. Vermutlich hatte die einsame Küste nie zuvor so viele Flüche zu hören bekommen wie an diesem Tag.

Nach den Kamelen wurde die Verpflegung an Land gebracht und in stundenlanger Arbeit auf den Rücken der Tiere befestigt. Wieder bestand ein Großteil ihrer Nahrung aus Datteln, dazu gedörrtem Haifischfleisch, Salz, getrockneten Zwiebeln und arabischem Kaffee, den keiner von ihnen mochte, der aber rasch die Lebensgeister weckte. Dazu kamen Futter für die Kamele und zahlreiche Wasserschläuche aus Ziegenhaut; einige waren zu frisch und schwitzten Feuchtigkeit aus. Der Kapitän bot ihnen an, sie gegen einige seiner eigenen auszutauschen. Sie nahmen dankend an, aber er versicherte ihnen, das sei doch gar nichts, schließlich hätten sie ihm und seiner Mannschaft das Leben gerettet. Ganz zu schweigen von seinem Schiff, das ansonsten vermutlich von den Mongolen verbrannt oder beschlagnahmt worden wäre. Nur seine Ladung war ihm genommen worden, nicht von Hulagus Kriegern, sondern bereits zu Beginn der Belagerung, von den Soldaten des Kalifen.

»In drei Wochen werde ich erneut an dieser Küste sein und nach euch Ausschau halten«, versprach er und fügte eine ganze Reihe von Schwüren im Namen Allahs hinzu. »Und danach ein halbes Jahr lang einmal alle vier Wochen, falls ihr dann nicht hier auf mich warten solltet.«

»Das ist sehr freundlich von Euch, sagte Albertus.

Der Kapitän winkte ab. »Mit dem Gold, mit dem ihr mich bezahlt habt, können meine Leute und ich es einige Monate lang auf Bahrain aushalten.« Er verneigte sich. »Wir stehen tief in Eurer Schuld und werden Euch nicht im Stich lassen. Ihr habt mein Wort darauf.«

»Ihr seid ein Mann von Ehre, Kapitän.«

Der Perser grinste. »Noch ehrenvoller, zweifellos, wäre es mir gelungen, einen anständigen Diener Allahs aus Euch zu machen.«

Auch Albertus verneigte sich, und genauso taten es die Übrigen. Favola schwankte leicht, als sie sich vornüberbeugte, doch als Aelvin ihr besorgt zu Hilfe eilen wollte, lehnte sie mit einer Geste ab. Trotzdem ließ er sie fortan nicht mehr aus den Augen.

Alle fünf trugen über ihrer Reisekleidung die schneeweißen Gewänder der Bedu, der Einwohner der arabischen Wüsten. Sie bestanden aus bodenlangen, luftigen Hemden und Kopftüchern, die weit über die Schultern fielen und mit schwarzen Stirnbändern aus Wolle befestigt wurden. Dazu kamen weite Umhänge, die sie tagsüber vor dem Wind und des Nachts vor Frost schützen sollten.

Das Ruderboot brachte den Kapitän und seine Männer zurück zum *Boum*. Er winkte ihnen ein letztes Mal mit steif erhobenem Arm zu, als sei dies der Gruß an fünf Todgeweihte, kein Abschied mit Aussicht auf ein Wiedersehen.

Der Schatten des Steingiganten wanderte über sie hinweg, als sie sich zum Aufbruch bereitmachten. Aelvin hatte aufgehört, an böse Omen zu glauben, doch war ihm alles andere als wohl zumute, als die Sonne hinter dem bizarren Felskoloss verschwand. Aus der Nähe hatte das Gebilde nicht mehr gar so große Ähnlichkeit mit einem knienden Menschen. Dafür fiel seine sonderbare Oberfläche auf: Sie war glatt und schimmerte wie Glas.

»Der Blitz ist in den Fels eingeschlagen«, erklärte Albertus. »Er hat das Gestein zu Glas zerschmolzen.«

Libuse legte die Stirn in Falten. »Von so etwas habe ich noch nie gehört.«

»Es gibt in diesen Landen weit größere Wunder als alle, von denen du je gehört hast.«

»Warum wisst Ihr dann davon?«, fragte Aelvin.

Der Magister zögerte und warf einen Blick zu Favola, die als Einzige auf dem Rücken eines Kamels saß und so blass war wie niemals zuvor. »Nehmt keine Rücksicht auf mich«, sagte sie, ohne einen von ihnen anzusehen. Ihre Stimme drohte vom scharfen Ostwind fortgeweht zu werden. Sie hatte Mühe, sich oben zu halten, trotz der Schlingen und Schlaufen, mit denen sie gesichert war. Aelvins Herz blutete bei ihrem Anblick, und allein die Nähe Libuses bewahrte ihn davor, gänzlich verzweifeln.

»In den Aufzeichnungen des Jüngers war die Rede von diesen Felsen«, sagte Albertus nebulös.

»An Bord habt Ihr gesagt, wir würden noch mehrere davon zu sehen bekommen«, sagte Sinaida argwöhnisch. »Wie habt Ihr das gemeint?«

»Genau so, wie ich es gesagt habe. Die Steinernen Riesen sind es, die uns an unser Ziel führen werden.«

Libuse fixierte den Magister mit einem finsteren Blick. »Was genau stand da auf der Karte?«

»Nun«, sagte Albertus gedehnt und mit merklichem Widerwillen, »man muss sicher unterscheiden zwischen den verklärten Worten des Jüngers und der Wirklichkeit.«

»Bislang habt Ihr doch jedes seiner Worte für bare Münze genommen«, sagte Libuse. »Ich meine, wir sind *hier* wegen seiner Worte!«

Aelvin nickte. »Was bringt Euch auf den Gedanken, er könnte irgendetwas *verklärt* haben?«

Auch Sinaida, die es merklich zum Aufbruch drängte, stutzte.

Albertus seufzte. »Wie sonst sollte man es verstehen, wenn er nach all den genauen Landschaftsbeschreibungen der anderen Teilstücke mit einem Mal behauptet, er sei auf dem Weg vom Fundort der Lumina bis zur Küste von Riesen verfolgt worden? Und dass der Allmächtige selbst ihm zu Hilfe kam, Blitze hinter ihm zur Erde schleuderte und die Riesen zu Stein erstarren ließ?«

Aelvin, Libuse und Sinaida wechselten besorgte Blicke, und Favola murmelte einen gotteslästerlichen Fluch.

»*Das* stand auf der Karte?«, fragte Aelvin. Sein Blick schweifte über die Dünenkette, die vor ihnen einen Teil des Horizonts versperrte. Er stellte sich vor, wie ein blutfarbener Riese über die Kuppen stieg, mit viel zu langen Armen und Beinen, und mit Fäusten, die einen Menschen wie ein Insekt zermalmen konnten.

»Ich bin sicher, er hat bildlich gesprochen«, sagte Albertus beharrlich. »Die vielen Tage in der Wüste, die Sonne. Wer weiß, ob er nicht ein wenig … nun, verwirrt war.«

Libuse stemmte die Hände in die Hüften. »Wollt Ihr behaupten, wir haben den ganzen Weg bis hierher auf uns genommen, weil wir uns auf die Worte eines *Verwirrten* verlassen haben? Das kann nicht Euer Ernst sein!«

Albertus warf ergeben die Hände zum Himmel. »Bei Gott,

was erwartet ihr denn von mir? Dass ich sage, sicher, es gibt Riesen in dieser Wüste, und sie werden uns verfolgen und wahrscheinlich unter ihren Steinfüßen zertreten?«

»Ja«, sagte Sinaida ernst.

Aelvin blickte noch immer hinauf zu den öden Dünenkämmen. Ein einsamer Raubvogel flatterte dahinter empor und verschwand wieder. Am Himmel war keine einzige Wolke zu sehen. »Vielleicht verdursten wir ja vorher. Oder verhungern.«

»Oder werden von irgendwelchen Wüstenräubern erschlagen«, fügte Libuse hinzu. »Schon mal daran gedacht?«

Der Magister atmete tief durch. »Zumindest das halte ich für ausgeschlossen.«

»Ach ja?«

»Der Kapitän hat mir erzählt, dass keiner der Nomadenstämme, die hier leben, sich in die Nähe dieses Felsens wagt.« Er zeigte an dem zerklüfteten Gebilde hinauf. »Falls die Beschreibungen des Jüngers stimmen, dann führt eine lange Reihe dieser Felsen bis tief hinein in die Wüste, geradewegs zum Garten. Möglicherweise weisen die Steine uns nicht nur den Weg, sondern schützen uns auch vor den Bedu, solange wir uns nicht allzu weit von ihnen entfernen.«

~

Sinaida war die Einzige unter ihnen, die sich auf den Umgang mit Kamelen verstand. Zwar waren die Mongolen ein Volk von Pferdezüchtern, doch zu den Lasttieren der Großen Horde gehörten auch Tausende Kamele, die Hulagus Krieger in den Fürstentümern und Königreichen am Weg der *Ordu* erbeutet hatten. Sinaida wusste, wie man die wunderlichen Tiere sattelte und sie dazu brachte, einem Menschen zu gehorchen.

Jetzt war sie die Erste, die ihr Kamel am Halfter packte und aufstehen ließ. Es röhrte und brüllte, versuchte aber nicht, nach ihr zu schnappen, was die größte Sorge der anderen war. Kamelstuten beißen nicht, hatte Sinaida ihnen schon beim Entladen des Schiffes erklärt, woraufhin einer der Matrosen seinen Oberkörper entblößt und ihnen stolz die scheußlichen Narben vorgeführt hatte, die er vom Biss eines Kamelbullen während der Paarungszeit davongetragen hatte. Aber die Stuten, versicherte auch er, als ihn ein vernichtender Blick der Mongolin traf, seien tatsächlich sehr viel zahmer.

Aelvin fasste als Nächster den Mut, sein Kamel zum Aufstehen zu bewegen. Es stieß gurgelnde Laute aus, bleckte die Zähne und bespie ihn mit zerkautem Grünzeug. Schließlich aber gehorchte es. Auch Libuse und Albertus scheuchten ihre Tiere hoch, dazu noch die beiden Lastentiere, während Favola mit einem erschöpften Lächeln zusah.

Schließlich bewegten sie sich in einer langen Reihe die Düne hinauf. Favola saß nach wie vor als Einzige im Sattel, die Übrigen führten ihre Kamele zu Fuß, um die Tiere so lange wie möglich zu schonen. Sandschollen brachen unter ihren Füßen, und sie hatten noch nicht die Hälfte der Anhöhe erklommen, als Sinaida nach Süden zeigte.

»Dort!«, rief sie. »Da sind Spuren!«

Aelvin kniff die Augen zusammen, der helle Sand blendete ihn. Gleich darauf aber erkannte er, was sie meinte. Die Mongolenprinzessin ließ ihr Kamel stehen und eilte zu dem Band aus aufgewühltem Sand hinüber, fast eine Bogenschussweite entfernt. Als sie zurückkehrte, sahen ihr alle erwartungsvoll entgegen.

»Mindestens zehn Kamele, vielleicht ein paar mehr«, sagte sie. »Und ebenso viele Männer, nehme ich an.«

»Shadhan und seine Turgauden«, murmelte Albertus. »Sie müssen ein Stück weiter südlich an Land gegangen sein.«

Während sie ihren Weg fortsetzten, blickte Aelvin immer wieder zurück über die See. Das einzige Segel, winzig klein in der milchigen Ferne, war das ihres *Boums*. Shadhans Schiff dagegen war längst verschwunden. Er mochte noch immer die zwei Tage Vorsprung haben, die er ihnen bei der Abfahrt in Bagdad voraus gewesen war – oder auch mehr, falls er unterwegs günstigeres Wetter gehabt hatte als sie.

Sonderbarerweise fürchtete Aelvin Shadhan nicht. Er wollte nichts, als die Lumina zurückzugewinnen, damit ihre Nähe Favola heilen konnte. Alles andere – der Garten Eden, die mörderischen Turgauden unter Shadhans Befehl, sogar die endlose Einöde, die vor ihnen lag – beschäftigte ihn kaum. Jedes Mal, wenn er zu Favola hinüberblickte, die kraftlos und in siechen Halbschlaf versunken im Sattel ihres Kamels kauerte, fühlte er einen schmerzhaften Stich in der Brust und seine Kehle schnürte sich zusammen wie ein leerer Wasserschlauch.

Manchmal bemerkte Libuse, wie es ihm erging; dann lief sie ein wenig schneller, führte ihr Kamel neben seines und nahm seine Hand. Ihre Berührung half ihm, doch seine Sorge um Favola linderte sie nicht. Und wenn er in Libuses Augen sah, auf der Suche nach einem Lächeln, dann erkannte er darin den Schatten ihrer Furcht.

Sie erreichten den Dünenkamm – den ersten von hunderten, die noch vor ihnen lagen – und blickten auf das Land, das sich vor ihnen bis in die Unendlichkeit erstreckte. Ebenso gut hätten sie geradewegs in die lodernde Sonne starren können. Die Helligkeit war kaum zu ertragen, ein blendendes Inferno wie im Inneren eines Schmiedeofens, obgleich die Wüste heißer aussah, als sie es tatsächlich war. In den Nächten, das wussten sie von der Überfahrt, würden sie sich gegen Erfrierungen schützen müssen.

Am Fuß der Düne ging der Sand in eine Ebene aus Kalksteinscherben über. Sie sahen aus wie gefrorene, geborstene Milch. Jenseits davon, gerade noch zu erkennen, begannen die Ausläufer der Rub al-Khali.

»Das kann nicht das Land Eden sein«, murmelte Favola. Sie hatten auf dem Dünenkamm innegehalten, ihre Kamele standen in einer losen Reihe nebeneinander. »Nichts, das so aussieht, kann von Gott berührt sein.«

»Vergiss nicht, dass Gott den Menschen dieses Land entrissen hat«, gemahnte Albertus sie, aber seine Stimme hatte an Überzeugungskraft eingebüßt. »Er hat ihnen für immer den Zutritt zu seinen Freuden verwehrt.«

»Sieht aus, als hätte er ganze Arbeit geleistet«, bemerkte Sinaida.

»Welche Freuden?«, fragte Libuse.

Albertus machte eine weit ausholende Geste. »Derer gab es hier mehr, als sich aufzählen ließe.«

Sinaida nickte. »Im Garten Allahs erwartet jeden Mann, der für seinen Glauben gestorben ist, ein Harem williger Jungfrauen, die nur darauf warten, ihm zu Diensten zu sein.«

»Nicht in *Gottes* Garten!«, entgegnete Albertus energisch.

»Und was erwartet die Frauen?«, fragte Libuse spöttisch. »Wer wird uns zu Diensten sein?«

Aelvin errötete, als sie ihm einen Seitenblick zuwarf, und Albertus, dessen Maß an Geduld überschritten war, drängte zum Aufbruch. »Weiter«, sagte er. »Dort drüben! Seht ihr den Felsen? Das ist unsere Richtung.«

Entschlossen ging er voran, schlitterte die Düne hinunter und konzentrierte sich ganz auf seine Füße im weichen Sand. Aber Aelvin fragte sich, ob der Magister in Wahrheit seinen Blick aus einem ganz anderen Grund gesenkt hielt: Wollte er nicht, dass irgendwer seine Zweifel entdeckte?

~

Als sie am nächsten Morgen ihr Lager abbrachen, nach ihrer ersten Nacht im Leeren Viertel, troff die Wirklichkeit aus der Wüste wie Farbe von einem Wandgemälde.

Sie hatten am Abend einen Weideplatz für die Kamele gefunden, eine Senke am Rand des Dünenmeers, in der Büschel struppiger Halme wuchsen. Irgendwann, vor Jahren vielleicht, musste es hier geregnet haben, und dies war die Form von Leben, die die Wüste aus eigener Kraft zustande brachte: braunes, dürres Gras, das flach am Boden lag wie die Haare eines Toten. Die Kamele hatten in Windeseile alles aufgefressen, und so mussten die Gefährten ihnen am Morgen etwas von den Rationen geben, die sie für den Fall größter Not bei sich trugen. Eigentlich hatten sie gehofft, den Vorrat nicht so früh anbrechen zu müssen, sondern erst später, im Herzen der Rub al-Khali.

Gegen Mittag erreichten sie den nächsten Felsriesen, den vierten auf ihrem Weg. Er sah aus wie ein menschlicher Körper, der sich im Sand zusammengerollt hatte. Aelvin ertappte sich dabei, wie ihn beim Anblick der bizarren Gebilde eine Trauer überkam, als hätte hier tatsächlich etwas sein Leben gelassen. Es war ein groteskes Gefühl, und es widerstrebte ihm, noch tiefer in sich hineinzuhorchen. Aber er kam nicht dagegen an, und als er Libuse leise darauf ansprach, gestand sie ihm, ganz ähnlich zu empfinden.

»Das ist die Traurigkeit der Wüste«, sagte Sinaida, die ihr Gespräch mit angehört hatte. Sie musste gute Ohren haben. Die Sinne einer Nizari, dachte Aelvin. »Sie überkommt einen dann und wann angesichts dieses Nichts. Alles um einen herum scheint tot und verbrannt und ohne jede Hoffnung.« Sie hielt an, und hinter ihr kam auch das Kamel mit einem Schnaufen und Röhren zum Stillstand. »Aber der Eindruck täuscht. Seht her.« Sie bückte sich und grub die linke Hand in den Dünensand. Das tat sie zwei-, dreimal und ließ die Körner durch ihre Finger rieseln. Mehrere Käfer von wundersamer Form und Farbe fielen aus ihrer Faust zu Boden, und als sie gleich darauf mit dem Stiefel ein wenig tiefer scharrte, kam ein honiggelber Skorpion zum Vorschein und huschte aufgeschreckt davon.

»Die Wüste erweckt nur den Anschein, tot zu sein«, sagte Sinaida. »In Wahrheit ist sie voller Leben. Es erschließt sich uns nur nicht auf den ersten Blick.«

Albertus war gleichfalls stehen geblieben. »Gewürm der Erde, nichts sonst. Die Geißel Gottes für dieses Land.«

»Nein«, erwiderte Sinaida heftig. »Diese Tiere sind nicht die Geißel dieses Landes, sondern seine Zukunft. Unter der öden Oberfläche kocht diese Wüste von Leben.«

Stunden trotteten sie dahin, die Augen gesenkt oder halb zugekniffen gegen das gnadenlose Sonnenlicht. Manchmal bewegte sich etwas auf der Kuppe einer Düne, doch immer wenn Aelvin hinsah, um sich zu vergewissern, war da nichts als aufgewirbelter Sand, der in flächigen Schleiern den Hang herabwehte. Einmal entdeckte er einen Wüstenfuchs mit langen spitzen Ohren, und er sagte sich, dass es hier noch andere Lebewesen geben musste, denn kein Fuchs ernährte sich von Käfern. Und wer ernährte sich von dem Fuchs?

Die Spuren Shadhans und seiner Männer waren größtenteils vom Wind verweht worden. Nur dort, wo die Gefährten gelegentlich kleine Gipsebenen passierten, halb verborgen in Mulden zwischen den Sandbergen und von grauen, borstigen Sträuchern eingefasst, fanden sie manchmal Kerben, die die Kamele und ihre Führer im Boden hinterlassen hatten. Die Tiere nagten und kauten an den trockenen Zweigen, während Sinaida wieder und wieder versuchte, die Zahl der Männer abzuschätzen, denen sie folgten. Schließlich kam sie auf acht, weniger, als sie zu Anfang angenommen hatten. Sieben Turgauden und Shadhan selbst.

Die zweite Nacht verbrachten sie am Fuß eines Steinriesen. Aelvin hatte aufgehört, sie zu zählen, und allmählich verlor er den Respekt vor ihnen. Vor dem Einschlafen lehnte er mit dem Rücken an der glatten Oberfläche, das Gesicht vom wärmenden Lagerfeuer abgewandt, und blickte hinauf in den Nachthimmel. Nie zuvor hatte er so viele, so helle Sterne gesehen. Auch das schien eines der Wunder der Wüste zu sein. Womöglich waren sie dem Himmel hier tatsächlich näher als anderswo.

Libuse kuschelte sich an ihn. Er legte einen Arm um ihre Schulter. Das Feuer wärmte ihre rechte Gesichtshälfte und tauchte sie in goldenen Glanz. Aelvin streichelte gedankenverloren über ihr Haar, dann küsste er sie. Ihre Lippen schmeckten nach der Wüste, salzig und trocken, doch als sie sie öffnete, lag dahinter eine neue Welt.

Das Gefühl, sie küssen zu müssen, hatte ihn mit einer Heftigkeit übermannt, die ihn unter anderen Umständen überrascht hätte. Hier draußen aber, umgeben vom Anbeginn der Schöpfung, schien es die natürlichste, die selbstverständlichste Sache der Welt zu sein.

Als sich ihre Lippen voneinander lösten, dachte er keinen Herzschlag daran, sich nach Albertus umzuschauen. Ihm war gleichgültig, ob der Magister es mit angesehen hatte. Favola, so viel wusste er, schlief tief und fest einige Schritt entfernt auf der anderen Seite des Feuers. Sie schien die meiste Zeit über zu schlafen, auch am Tag. Sie alle wussten, dass es eher eine Ohnmacht war als wahrhaftiger Schlaf, doch sie sprachen niemals darüber, so als könnten sie die rapide Verschlechterung von Favolas Zustand durch ihr Stillschweigen leugnen oder gar abwenden. Es war schmerzhaft genug, ihren unaufhaltsamen Verfall mit anzusehen; darüber zu reden überstieg ihrer aller Leidensfähigkeit.

Libuse löste sich von ihm, stand auf und streckte ihm ihre Hand entgegen. Sie sagte nichts, kein Wort der Aufforderung, lächelte nur sanft. Er erhob sich, und dann gingen sie Hand in Hand zur anderen Seite des Felsriesen, wo das archaische Glasgestein sie vor den Blicken der Gefährten schützte.

Sie küssten sich erneut, und nun führte Libuse seine Hand an ihre Hüfte, raffte dabei den Saum ihres Hemdes nach oben und gewährte ihm Einlass unter ihre Kleidung, zur warmen, glatten Mulde ihrer Taille. Und als sie schließlich verschlungen beieinander lagen, öffnete sie ihm ihren schlanken, schimmernden Leib und schenkte ihm, was ihr zu schenken geblieben war.

~

Am dritten Tag in der Wüste gaben sie es auf, zu Fuß vor ihren Kamelen herzulaufen, auch wenn Sinaida davon abriet. Weil sie in einer langen Reihe hintereinander ritten, war es so gut wie unmöglich, sich zu unterhalten. Die Winde des Leeren Viertels rissen ihnen jeden Ruf von den Lippen.

Die Sonne ging bereits unter, als Aelvin die Gestalt auf einer der Dünen entdeckte: langbeinig wie ein Storch, mit Proportionen, die nur im ersten Augenblick menschlich erschienen. Sie verschwand in Windeseile hinter der Kuppe, und als Aelvins Kamel endlich gehorchte und hinterherschaukelte, war auf der anderen Seite nichts als das unendliche Dünenmeer, rosarot verschwommen vor dem Abendhorizont.

»Ein Riese«, sagte Sinaida sachlich, als Aelvin zurückkehrte und Bericht erstattete. Niemand schien ernsthaft überrascht zu sein.

»Er war fast so groß wie die Düne«, sagte er.

Libuse runzelte die Stirn. »Jedenfalls hat er so *ausgesehen.*«

»Wie meinst du das?«

»Ist euch nicht aufgefallen, dass die Wüste uns andauernd etwas vorgaukelt? Groß wirkt klein und umgekehrt. Entfernungen verkürzen oder verlängern sich vor unseren Augen.«

»Nichts ist wirklich«, flüsterte Favola tonlos. Es waren ihre ersten Worte seit fast einem Tag.

Sie ritten weiter, bis der Himmel zwischen den Sternen pechschwarz geworden war. Wieder lagerten sie am Fuß eines Felsens und entfachten ihr Feuer unter einem Vorsprung aus geschmolzenem Stein. Brennholz war das Einzige, was die

Wüste entgegen ihren Erwartungen im Überfluss bereithielt. Meist mussten sie nur eine Handbreit tief im Sand graben, ehe sie auf trockenes, brüchiges Geäst stießen, Überreste von Pflanzen, die während der seltenen Regenzeiten aus dem Boden schossen, um innerhalb weniger Wochen zu erblühen und zu verdorren.

»Albertus?«, fragte Aelvin, als alle sich an diesem Abend in ihre Decken gewickelt hatten. Libuse lag nahe bei ihm. »Darf ich Euch eine Frage stellen?«

»Sicher«, erwiderte der Magister müde.

»Falls wir es wirklich schaffen sollten, Shadhan einzuholen und ihm die Lumina abzunehmen« – er sah, wie Sinaida auf der anderen Seite des Feuers den Kopf schüttelte, ganz langsam und tief in Gedanken versunken – »wenn uns das gelingen sollte und Favola sie einpflanzt… Was glaubt Ihr, wird dann geschehen? Ich meine, *wirklich* geschehen?«

»Die Wiederkehr des Paradieses auf Erden«, sagte Albertus. »Was sonst?«

»Nein, ich meine, was werden wir *sehen*?«, fragte Aelvin bohrend. »Werden überall Blumen aus dem Boden sprießen, und Bäume und Gras und süße Quellen?«

Der Magister blickte nachdenklich ins Feuer. Bald sah es aus, als würde er keine Antwort geben.

»Er weiß es nicht«, sagte Sinaida unvermittelt.

Ein zorniger Blick des Magisters traf sie, doch sie ließ sich nicht von ihm einschüchtern.

»Er hat nicht die geringste Ahnung, was geschehen wird«, fuhr sie fort. »Aber darum geht es ihm auch gar nicht.«

Aelvin und Libuse waren jetzt wieder hellwach, und sogar Favola regte sich zu Aelvins Linken.

»Du bist nicht hier wegen des Gartens«, sagte Sinaida zu Albertus. Sie hatte ihm gegenüber nie das förmliche »Ihr« benutzt. »In Wahrheit hoffst du, dass du Gott finden wirst. Den Allmächtigen selbst. Und dass er alle Zweifel, die du über die Jahre hinweg verspürt hast, auf einen Schlag fortwischen wird.«

Der Magister sah sie schweigend an. Blickte tief, tief in sie hinein, als suche er nach einem anderen, der da aus ihr sprach.

»Albertus und Zweifel?« Aelvin brachte eine Spur von Spott zustande. Er sah den Magister an. »Falls es überhaupt einen Menschen gibt, der noch nie im Leben an Gott gezweifelt hat, dann müsst gewiss Ihr das sein, nicht wahr? Ihr habt immer auf seinen Segen vertraut. Deshalb sind wir hier, oder?«

Albertus erwiderte seinen Blick nicht. Stumm konzentrierte er sich auf den flackernden Tanz der Flammen.

Sinaida schüttelte den Kopf. »Ihr seid hier, weil er einen Beweis sucht. Er weiß nicht, was passieren wird, wenn Favola die Lumina in den Wüstensand pflanzt – er hat nicht den Hauch einer Vorstellung. Ist es nicht so, Albertus? Du suchst nach der Antwort auf die Frage, ob überhaupt *irgendetwas* geschehen wird. Ein allerkleinster Fingerzeig Gottes. Eine Bestätigung, dass dein bisheriges Leben nicht umsonst war, dass du all die Jahre keinem falschen, verlogenen Ideal hinterhergelaufen bist. Dass die Sache, der du dich von Kind an verpflichtet hast, keine einzige große Lüge ist.«

»Genug!« Albertus sprang auf, und einen Atemzug lang sah es aus, als wollte er Sinaida eine schallende Ohrfeige versetzen. Dann aber wandte er sich abrupt ab, sodass der Sand um seine Füße aufwirbelte. Ohne ein weiteres Wort stapfte er davon.

Aelvin überlegte, ob er ihm folgen sollte, doch zu seinem Erstaunen war es Favola, die den Kopf schüttelte und ihn aus ihren trübe gewordenen Augen ansah. »Lass ihn«, presste sie heiser hervor. »Er muss allein mit sich und seinen Gedanken sein.«

»Du bist ihm nicht böse?«, fragte Libuse.

Favolas Mundwinkel zuckten. »Wir suchen alle einen Beweis, oder? Dafür, dass jemand uns liebt. Oder wir uns selbst. Vielleicht sogar etwas da oben …« Sie deutete mit einer bebenden Hand zum Himmel. »Gott, vielleicht. Oder auch nicht. Möglicherweise ist dort nichts als eine andere Art von Wüste, in der es keine Skorpione und Käfer unter der Oberfläche gibt. Nur Sterne wie Sand. Und ebenso viele Wahrheiten.«

Sinaida warf einen weiteren Zweig in die Flammen. Knisternd fing er Feuer. In den Schrunden des Steinernen Riesen pfiff der Wind wie auf einem Musikinstrument.

Als die Glut hell emporflackerte, stand mit einem Mal wieder Albertus neben ihnen in der Schwärze, aus der Nacht gemeißelt wie die bleiche Statue eines Wüstenfürsten.

»Hinter den Felsen liegen Leichen«, flüsterte er schreckensstarr. »Sieben tote Männer.«

Sinaida war als Erste auf den Beinen. »Die Turgauden?«

Der Magister nickte.

»Und Shadhan?«, fragte sie.

Die Turgauden waren seit mindestens einem Tag tot, womöglich in der letzten Nacht ermordet. Das Blut ihrer klaffenden Wunden war im kalten Wind der Wüstennacht gefroren, tagsüber wieder aufgetaut, verkrustet und jetzt zu schwarzbraunem Staub zerfallen. Die Wüste beseitigte schnell, wofür sie keine Verwendung hatte.

Shadhan war nicht unter den Leichen.

Das Lagerfeuer der Männer war halb von Sandverwehungen bedeckt. Verkohlte Holzreste stakten wie Knochenfinger aus dem Boden. Die Mörder hatten alles so zurückgelassen, wie sie es vorgefunden hatten. Getier, das wagemutig seine Verstecke unter dem Sand verließ, hatte längst begonnen, die sterblichen Überreste für sich zu beanspruchen. Mindestens drei der Körper wiesen Bissspuren auf.

Sinaida und Libuse hielten brennende Holzscheite als Fackeln. Favola, die nicht allein auf der anderen Seite des Felsens zurückbleiben wollte, wurde von Aelvin gestützt. Trotz seines Schreckens über den Leichenfund war sein Entsetzen über Favolas Schwäche ungleich größer. Schon nach wenigen Schritten konnte sie kaum mehr einen Fuß vor den anderen setzen, und das letzte Stück des kurzen Weges musste er sie tragen. Wieder verlor niemand ein Wort darüber.

Sinaida untersuchte die Leichen, während Albertus tief durchatmete und hinaus in die Nacht blickte, über die eisgrauen Dünen im Sternenlicht. Der nächste Steinriese lag zu weit entfernt, um ihn in der Dunkelheit zu erkennen, doch sie kannten die Richtung, in der er sich befand. Dorthin musste auch Shadhan unterwegs sein.

»Ich dachte, die Bedu wagen sich nicht in die Nähe der Felsen«, sagte Libuse.

»Ich glaube nicht, dass es Bedu waren«, entgegnete Sinaida. Sie hatte die Umgebung nach Spuren abgesucht, doch ein Tag hatte ausgereicht, um alle Abdrücke verschwinden zu lassen. »Der einzige Grund für sie, diese Männer zu töten, wäre der, sie auszurauben. Aber dann hätten sie das Rüstzeug mitgenommen. Und die Waffen.«

Tatsächlich lagen Helme und Plattenpanzer der Mongolenkrieger neben den Toten im Sand. Bis auf zwei, die Wache gehalten hatten und ein paar Schritt weit abseits lagen, waren alle im Schlaf überrascht worden. Drei von ihnen war nicht einmal die Zeit geblieben, sich aus ihren Decken zu befreien.

Das Einzige, was fehlte, waren ihre Kamele und die Vorräte.

»Wer war es dann?«, fragte Aelvin.

Niemand sagte etwas.

Sinaida wandte sich an den Magister. »Albertus?«

Er sandte ihr einen Blick, der im Fackelschein schwer zu deuten war. Unsicherheit mochte darin liegen, beinahe so etwas wie ein Schuldeingeständnis.

Sinaida ließ nicht locker. »Du weißt, wer es gewesen ist, nicht wahr?«

»Ich habe einen Verdacht.«

»So?«, fragten Aelvin und Libuse wie aus einem Mund. Favola hob an Aelvins Schulter schwerfällig den Kopf.

Sinaida stand über einem der Toten und verschränkte die Arme. Ihre Mandelaugen schimmerten dunkel, fast schwarz.

»Es gibt möglicherweise so etwas wie … Wächter«, sagte Albertus zögernd. »Einen Stamm von Wüstenbewohnern, der das Land, auf dem sich einst der Garten Eden befand, vor Fremden schützt.«

Libuse und Aelvin wechselten Blicke. »Aber die Bedu –«

»Ich glaube nicht, dass wir es hier mit gewöhnlichen Bedu zu tun haben.«

Aelvin schnappte nach Luft. »Stand das etwa auch in der Karte des Jüngers?«

»In gewisser Weise.«

»Ihr habt es die ganze Zeit über gewusst?«, rief Libuse aufgebracht. »Hört ihn euch an!« Die Fackel wie ein Schwert in der Hand, trat sie einen Schritt auf den Magister zu. »Warum, zum Teufel, habt Ihr nicht schon früher etwas davon gesagt?«

»Warum hätte ich euch beunruhigen sollen?«, gab er wütend zurück. »Die Aufzeichnungen des Jüngers sind über tausend Jahre alt! Die Möglichkeit, dass hier noch immer dieselben Menschen leben wie damals, war verschwindend gering. In diesen Wüsten toben in einem Jahr mehr Kriege als in ganz Europa innerhalb eines Jahrzehnts. Ganze Stämme rotten sich gegenseitig aus. Ich kann mir nicht vorstellen, dass die Wächter davon verschont geblieben sein könnten.«

»Doch«, meldete sich Sinaida kühl zu Wort. »Und zwar dann, wenn alle anderen Stämme eine Heidenangst vor ihnen hätten.«

»Wieso sollten sie –«

»Riesen«, murmelte Aelvin, der zu wissen glaubte, worauf Sinaida hinauswollte. »Deshalb hat kein anderes Volk gewagt, sie anzugreifen.«

Die Mongolin deutete auf die Leichen. »Diesen Männern wurden die Kehlen durchgeschnitten und im Schlaf das Herz durchbohrt. Das sieht mir nicht nach dem Werk von irgendwelchen Riesen aus.«

»Wartet!« Libuse war blass geworden. »Warum haben sie Shadhan nicht getötet?«

»Wir wissen nicht, ob er noch lebt«, gab Albertus zu bedenken. »Sie könnten ihn verschleppt haben oder –«

»Weil er die Lumina besitzt!«, fiel Libuse ihm ins Wort. »Möglicherweise kennen sie ihre Bedeutung. Ganz bestimmt sogar! Vielleicht hat Shadhan gedroht, sie zu zerstören, wenn sie ihn nicht ziehen lassen.«

»Alles Mutmaßungen«, wiegelte Albertus ab.

»Aber so ergibt es doch einen Sinn«, sagte Aelvin. »Sie haben ihn gehen lassen, weil er die Lumina trägt. Und nun folgen sie ihm. Wenn er es geschickt anstellt, hält er sie mit der Lumina auf Abstand. Aber sie werden ihn niemals ganz ziehen lassen.«

»Dann werden sie nicht hierher zurückkommen«, sagte Libuse. »Das heißt doch, wir sind vorläufig sicher, oder?«

Sinaida schüttelte den Kopf. »Sie wissen, dass wir hier sind – egal, ob sie nun Riesen sind oder nicht. Die Gestalt, die wir auf den Dünen gesehen haben, das war sicher einer von ihnen. Und was glaubt ihr wohl, wie lange sie zusehen, wenn ein Trupp Bewaffneter in ihr Allerheiligstes eindringt?«

Ratlos blickten sie auf die Toten, und Aelvin lief es eiskalt den Rücken hinunter.

»Wir lassen unsere Waffen hier«, entschied Sinaida nach einem Moment unheilschwangeren Schweigens. »Vielleicht überzeugt sie das davon, dass wir nichts Böses im Schilde führen.«

»Wir sollen unbewaffnet durch diese Wüste ziehen?«, fragte Libuse zweifelnd.

Sinaida zeigte auf die toten Turgauden. »Ihnen haben ihre Waffen auch nicht geholfen. Ob mit oder ohne unsere Schwerter – wehrlos sind wir so oder so gegen das, was da draußen ist.«

Und uns vermutlich gerade beobachtet, ergänzte Aelvin in Gedanken.

»Wir sollten sie begraben«, sagte Albertus.

Sinaida blickte sich nervös um. Die Dünen waren menschenleer. »Sie waren keine Christen.«

»Sie waren *Menschen*«, entgegnete der Magister unbeirrt, ging in die Knie und begann mit bloßen Händen, den lockeren Sand über einen der Turgauden zu schaufeln. Nach kurzem Zögern half Libuse ihm dabei. Aelvin setzte Favola vorsichtig im Sand ab, dann machte auch er sich an die Arbeit.

Nur Sinaida beteiligte sich nicht an dem hastigen Begräbnis. Sie legte ihren Schwertgurt ab, hob die Waffe in der Scheide mit beiden Händen über den Kopf, drehte sich einmal langsam im Kreis und legte sie behutsam vor sich im Sand ab. Dann trat sie einen Schritt zurück und blickte erwartungsvoll hinaus in die nächtliche Wüste. Nirgends rührte sich Leben. Nur der Frostwind blies feine Sandwolken über die Kämme.

»Sie sind da«, flüsterte sie, sodass nur Aelvin die Worte hörte. »Irgendwo dort draußen.«

Eine halbe Stunde später kehrten die fünf zu ihrem Lager zurück. Das Feuer war fast heruntergebrannt. Die Kamele knieten in der Finsternis im Sand und röhrten leise, als sie die Menschen sahen. Aelvin hatte beinahe erwartet, dass die Tiere verschwunden sein würden, und spürte nun unbändige Erleichterung, als er die störrischen Biester vor sich sah; er hätte jedes einzelne umarmen mögen.

Vorsichtig legte er Favola auf ihrem Lager ab. Ihre Wangen waren eingefallen, obgleich es ihnen allen nach wie vor nicht an Nahrung und Wasser mangelte. Favolas Augen schienen tiefer in den Höhlen zu liegen als noch vor wenigen Tagen, und ihre Lippen waren blutleer und aufgesprungen. Als sie zu Aelvin aufblickte, schien sie durch ihn hindurchzusehen. Dennoch verirrte sich der Schatten eines dankbaren Lächelns auf ihre Züge. Sie war zu schwach zum Sprechen.

Aelvin hatte Tränen in den Augen, als er sie in ihre Decken einschlug wie ein Kind. Seine Hilflosigkeit machte ihn ebenso wütend wie traurig, doch er wollte nicht, dass sie es bemerkte;

sie hätte sich nur die Schuld an seiner Wut gegeben. Ohne die Lumina würde Favola ihnen unter den Händen eingehen wie eine Blume am Ende des Sommers.

»Hier sind Spuren«, sagte Sinaida unvermittelt. Sie war nahe des Feuers in die Hocke gegangen und untersuchte eine Stelle im Sand. »Jemand ist hier gewesen.«

Aelvin löste sich widerwillig von Favola, während die Bedeutung dieser Worte nur langsam den Weg zu ihm fand. Er traf als Letzter bei Sinaida ein und blickte hinab auf das, was sie entdeckt hatte.

Sinaida berührte mit der Fingerspitze einen von mehreren Fußabdrücken. Libuse erhob sich als Erste und folgte der Fährte bis zum Hang der nächsten Düne. Aelvin und Sinaida schlossen zu ihr auf.

Die Fußspuren endeten und gingen in eine sonderbare Reihe von handtellergroßen Abdrücken über, die in viel zu weiten Abständen an der Düne hinaufführten und dahinter verschwanden. Sie waren annähernd kreisrund, als hätte jemand sie mit Fäusten in den Sand gedrückt.

»Was bedeutet das?«, fragte Libuse.

Die anderen waren ebenso ratlos.

»Vielleicht irgendwelche Markierungen?«, schlug Aelvin vor.

Libuse ging ein Stück der Strecke ab, parallel zu den Vertiefungen. Die Schrittweite – falls man es so nennen konnte – betrug fast das Doppelte ihrer eigenen.

»Eure Waffen«, sagte Sinaida unvermittelt. »Legt sie weg! Sofort!«

»Wie sollen wir Shadhan ohne Waffen die Lumina abnehmen?«, fragte Aelvin, nestelte aber schon an seinem Schwertgurt.

»Das sehen wir, wenn es so weit ist«, gab Sinaida zurück. »Beeilt euch!«

Scheppernd landeten ihre Schwert- und Messergurte auf

einem Haufen im Sand. In der Ferne ertönte ein Laut, verzerrt vom Sausen des Windes. Eines ihrer Kamele hob den Kopf und antwortete mit einem lang gezogenen Ruf.

Aelvin wollte loslaufen, zum Kamm der Düne, hinter der die Abdrücke verschwanden. Doch Albertus hielt ihn zurück. »Warte!« Zum ersten Mal seit Tagen schien sogar Sinaida dem Magister nicht widersprechen zu wollen. »Wenn sie wollten, dass wir sie sehen, hätten sie hier auf uns gewartet. Fordern wir sie lieber nicht heraus.«

Sie ließen die Waffen, wo sie lagen, und kehrten mit klopfenden Herzen zurück zum Feuer.

Favola war bereits eingeschlafen, aber die anderen fanden in dieser Nacht keine Ruhe. Die rätselhaften Wesen dort draußen in den Weiten der Wüste und die Nähe der toten Turgauden hatten ihnen alle Müdigkeit ausgetrieben.

Die Morgendämmerung war kaum mehr als ein heller Streif am Horizont, als sie sich bereit zum Aufbruch machten. Erschöpft, wortkarg und schlecht gelaunt wickelten sie sich aus ihren Decken und erledigten die nötigen Handgriffe mit schlafwandlerischer Gleichgültigkeit. Keiner weckte Favola, bis sie alle Kamele beladen und gesattelt hatten. Die Aussicht auf einen weiteren Tag ihres Irrwegs durch das Leere Viertel und die Angst vor den unsichtbaren Mördern der Mongolen lagen wie ein Schleier um ihre Gemüter.

Schließlich ging Aelvin neben Favolas Lager in die Knie und berührte sie sanft an der Schulter.

»Aufwachen«, flüsterte er.

Sie regte sich nicht.

Er versuchte es erneut, diesmal ein wenig stärker.

Ihre Augen blieben geschlossen.

Albertus wirbelte herum, als Aelvin in Panik seinen Namen brüllte.

»Favola ... sie ... *sie wacht nicht mehr auf*!«

~

Der Magister zerrte die Decken auseinander und presste eine Handfläche auf den Wollstoff über Favolas Brust. Aelvin kauerte neben ihm, öffnete und schloss seine Fäuste und holte stoßweise Luft. Die beiden anderen standen hinter ihm, Libuse legte eine Hand auf seine Schulter.

»Sie atmet«, sagte Albertus nach einer Weile. »Ganz schwach, aber sie lebt.«

»Warum wacht sie dann nicht auf?« Aelvin starrte in Favolas Gesicht. Schneeweiß war es und seltsam verhärtet, als sähe sie hinter ihren Augenlidern Dinge, die sie verzweifelt aus ihrem Bewusstsein vertreiben wollte. Albträume, deren Griff sie nicht losließ.

Albertus suchte in seinem Heilkräuterbeutel. Doquz hatte ihn auffüllen lassen, bevor sie ihn zurückgab. Er zog ein verkorktes Tonfläschchen hervor, öffnete es und hielt es unter Favolas Nasenflügel. Aelvin roch den scharfen Odem und verzog das Gesicht, doch Favola zuckte nicht einmal.

»Ich habe gesehen, wie sie gestern Abend ihre Medizin genommen hat«, sagte er. »Ich bin ganz sicher.«

»Sie ist jetzt jenseits aller Heilkunde, fürchte ich«, entgegnete der Magister düster und ließ das Fläschchen wieder verschwinden.

»Was?« Aelvin verschluckte sich fast an diesem einen Wort. »Wie … wie könnt Ihr so etwas sagen?«

»Erst verlieren wir die Lumina«, murmelte Libuse trostlos, »und nun auch noch Favola selbst.«

»Nein!«, widersprach Aelvin energisch. »So einfach ist das nicht!« Er würde jetzt nicht aufgeben. Nicht nach solch einem weiten Weg, nicht so kurz vor ihrem Ziel. Um Favolas willen.

»Sie ist in einem Traum gefangen«, sagte Albertus, als könnte er hinter Favolas Augen blicken. »Und ich weiß nicht, wie wir sie wecken könnten.«

»Ohrfeigen?«, schlug Sinaida vor, die wie immer am sachlichsten blieb.

Albertus' Kopf ruckte hoch. »Das hier ist keine *Ohnmacht*! Du solltest Favola nicht unterschätzen.«

»Irgendeinen Weg muss es doch geben«, sagte Libuse.

»Einen, vielleicht«, antwortete der Magister nach kurzem Überlegen, doch seine Stimme klang dabei so tief und unergründlich, dass Aelvin erneut eine Gänsehaut bekam. »Wenn etwas sie innerlich derart aufwühlen würde, dass sie davon in die Wirklichkeit zurückgerissen würde … Es wäre nur ein Versuch, und ich weiß nicht – « Mit einem Kopfschütteln brach er ab. »Aber vielleicht ist das keine gute Idee.«

»Wir berühren sie!«, entfuhr es Aelvin. »Wir … wir zeigen ihr unsere Tode. Alle gemeinsam.«

Libuse und Sinaida schwand der Rest von Farbe aus den Gesichtern. Dann aber war es Libuse, die sich als Erste fasste, an Favolas Seite trat und neben ihr in die Knie ging. Sinaida folgte ihr nach kurzem Zaudern. Die beiden Frauen kauerten nun zur Linken des bewusstlosen Mädchens, die beiden Männer zu ihrer Rechten.

»Es ist gefährlich«, warnte Albertus.

»Gefährlicher, als sie ganz zu verlieren?«, gab Libuse bitter zurück.

Aelvin wartete nicht mehr auf die Entscheidung des Magisters. Er hob Favolas rechten Arm und streifte ihr den dünnen Lederhandschuh ab. Libuse ergriff die linke Hand des Mädchens und entblößte sie ebenfalls.

Albertus murmelte ein Gebet. Aelvin fiel flüsternd mit ein, dann Sinaida. Libuse, die den Wortlaut nie hatte lernen müssen, schloss die Augen und konzentrierte sich. Aelvin sah Schweißperlen auf ihrer Stirn. Er fühlte sich ihr so nah wie niemals zuvor, nicht einmal in jener Nacht vor zwei Tagen, allein mit ihr unter den Sternen. Selbst zu Albertus und Sinaida spürte er tief in seinem Inneren eine neue Art von

Bindung; da war etwas, das sie in diesem Augenblick zusammenschmiedete zu einem einzigen Wesen, einem einzigen Geist.

Zu zweit nahmen sie je eine von Favolas Händen und hielten sie fest zwischen ihren eigenen.

Schweigend vertrauten sie Favola ihre Tode an.

~

Mehrere Atemzüge lang geschah überhaupt nichts. Favola zeigte keine Regung. Ihr Gesicht blieb bleich und reglos wie zuvor, als läge sie in einem tiefen Schlaf. Aelvin löste widerwillig seinen Blick von ihr und sah Libuse an, die unsicher mit den Schultern zuckte.

»Wartet«, flüsterte Albertus.

Favolas Hand war sehr kalt unter Aelvins Fingern. Ihre Haut fühlte sich trocken und rau an.

»Da!«, entfuhr es Sinaida.

Unter den Lidern bewegten sich Favolas Augäpfel, zuckten von einer Seite zur anderen, als stürme eine solche Vielzahl von Bildern auf sie ein, dass sie nicht wusste, wohin sie zuerst schauen sollte. Ein Zittern durchlief ihren Körper, erst kaum merklich, dann immer heftiger.

Von einem Herzschlag zum nächsten bäumte ihr Körper sich auf, so stark, dass nur noch ihre Schultern und Füße die Decken berührten.

»Nicht loslassen!«, rief Albertus.

Favolas Lippen öffneten sich, ihr Mund klappte weit auf, aber es löste sich kein Schrei aus ihrer Kehle.

»Sie hat Schmerzen!«, entfuhr es Aelvin.

Sinaida war noch blasser geworden als die Novizin. Sie wollte ihre Hand zurückziehen, doch Libuse packte sie mit der Linken am Unterarm und hielt sie fest.

»Wir müssen sie loslassen!«, keuchte die Mongolin.

Albertus schüttelte den Kopf. »Noch nicht!«

Aelvin war, als spränge ein Teil von Favolas Pein auf ihn über. Ihm wurde übel. »Bitte«, flehte er in die Richtung des Magisters.

»Gleich.«

Favola bäumte sich abermals auf, noch heftiger. Sie hatten Mühe, ihre Hände festzuhalten. Und nun schrie sie, so schrill und qualvoll, dass Aelvin zurückprallte, ein, zwei Schritt weit, und rücklings im Sand landete. Auch die anderen ließen das Mädchen los, sogar Albertus.

Favola rollte sich auf der Seite zusammen wie ein junger Hund und schluchzte herzzerreißend. Tränenströme flossen über ihr Gesicht. Ihr zartgliedriger Körper wurde von Weinkrämpfen geschüttelt, aber als Albertus sie beruhigend an geschützter Stelle berühren wollte, zuckte sie zurück, als hätte er mit einem glühenden Eisen nach ihr gestoßen.

Sie redeten jetzt alle durcheinander. Jeder wollte irgendetwas tun, sie beruhigen, ihr irgendwie beistehen, doch keiner wagte, ihr zu nahe zu kommen.

Schließlich war es Aelvin, der Albertus sanft, aber bestimmt beiseite schob und sich neben Favola kniete. Ihre Augen waren rot und glänzten, aber sie wandten sich in seine Richtung und erkannten ihn. Da weinte sie nur noch heftiger, während alle starr vor Hilflosigkeit um sie herumstanden und keiner wusste, was er sagen oder tun sollte.

Es dauerte lange, ehe sie sich so weit beruhigte, dass ihr Schluchzen allmählich verebbte und die Tränen versiegten. Sie lag da, verkrampft, gequält, zu schwach zum Sprechen. In ihren Augen war das Wissen um ihrer aller Ende.

»Wir müssen weiter«, sagte Albertus. Sinaida stimmte zu. Aelvin und Libuse hätten Favola lieber mehr Zeit gegeben, doch sie erkannten die Dringlichkeit des Aufbruchs.

Wieder war es Aelvin, der Favola beim Aufstehen half, doch diesmal zeichnete sich ab, dass sie nicht mehr würde laufen können. Selbst die Distanz zum Kamel war zu groß für sie, und so trug er sie bis dorthin und hob sie mit Libuses Hilfe in den Sattel, während Sinaida und Albertus sie mit den breiten Lederbändern festzurrten. Es war, als wäre Favola eine Gefangene. Sie alle hatten Gewissensbisse, so mit ihr umzugehen, doch keiner wusste einen anderen Weg.

Schließlich saß sie dort oben zwischen den Höckern, krumm und zusammengesunken, aber noch immer wach, und in ihrem Blick lag ein solcher Vorwurf, dass Aelvin ihm nicht länger standhalten konnte. Er fühlte sich schuldig, obgleich sie doch zumindest seinen Tod schon früher gesehen hatte; es war, als hätten sie ihr Gewalt angetan und sie zu einer Art Werkzeug degradiert, das es so lange am Leben zu halten galt, bis sie das Ziel ihrer Mission erreicht hatten. Bis sie ihren Zweck erfüllt hatte. Vielleicht war das der schrecklichste Gedanke von allen.

Aelvin sah Libuse an und wusste, das sie ähnlich fühlte. Es war eine Schuld, die sie teilten und die sie in gewisser Weise verband. Aber um welchen Preis für Favola?

Während sie weiterritten, dem nächsten finsteren Steinmonument am Horizont entgegen, sprachen sie kein Wort miteinander. Beinahe war Aelvin froh über die Distanz, zu der ihr Ritt auf den schmalen Dünenkämmen sie zwang. Er hätte es nicht ertragen, über das zu reden, was sie getan hatten.

Doch auch ihr Schweigen machte es nicht ungeschehen.

~

Seit dem Morgengrauen hatte kein Wind mehr geweht. Die Stille der Wüste war vollkommen, so als hielte das Land selbst den Atem an ob der Ungeheuerlichkeit, die sich unter seiner gnadenlosen Sonne abgespielt hatte.

Zum ersten Mal entdeckten sie Spuren eines Kamels. Keiner zweifelte, dass es Shadhans Fährte war, die sich vor ihnen durch den Sand zog.

Als sie den höchsten Punkt einer Düne erreichten, die viele der umliegenden Erhebungen überragte, da sahen sie, dass sich die Landschaft vor ihnen kaum merklich wandelte.

Schon gleich nach ihrer Ankunft an den Gestaden des Leeren Viertels hatten sie festgestellt, dass der Sand bei Tage mehrfach seine Farbe änderte. Morgens und abends leuchtete er in einem satten Gelb, in das die niedrig stehende Sonne zahllose Schattierungen zauberte. Mittags und nachmittags aber war er so weiß wie ein Schneefeld, und es schmerzte in den Augen, länger als einen Moment auf denselben Punkt zu blicken.

Jetzt aber, von der Kuppe der hohen Düne aus, mischte sich etwas anderes in das Glutweiß der Mittagswüste. Überall waren kleine schwarze Punkte verstreut, und auf den ersten Blick fürchtete Aelvin, es wären Menschen, die dort zwischen den Wogen des Sandmeeres auf sie warteten. Doch nichts in dieser endlosen Weite bewegte sich. Auch Shadhan war nirgends zu sehen. Die Flecken im Weiß waren keine Lebewesen, sondern etwas Totes, Starres.

Sie ließen ihre Kamele weitertraben, und bald erreichten sie eine der Stellen im Sand. Mithilfe der Zügel befahl Aelvin seinem Tier, sich hinzulegen – nach allerlei Stürzen und Prellungen hatte er den Bogen mittlerweile recht gut heraus –, glitt aus dem Sattel, kam in einer Staubwolke am Boden auf und streckte die Hand nach dem Fragment im Sand aus.

Es war ein kindskopfgroßes Stück Stein, schwarz oder von sehr dunklem Rot, und es besaß die gleiche glasähnliche Beschaffenheit wie die Steinriesen. Die Kanten waren scharf, obgleich Sand und Wind seit einer Ewigkeit an ihnen schliffen.

»Scherben.« Aelvin wandte sich zu den anderen um. Er konnte sie kaum sehen, dort oben auf den Kamelen, so sehr blendete ihn die Sonne über ihnen am Himmel. »Es sieht aus, als hätte jemand einen oder mehrere der Riesen zertrümmert und die Bruchstücke einfach in der Wüste verstreut.«

»Vielleicht ist der ganze Garten Eden erst zu Stein erstarrt«, schlug Libuse ohne echte Überzeugung vor, »und dann zermalmt worden.«

»Unter den Füßen der Engel«, raunte Albertus, der ihren Vorschlag viel ernster nahm als sie selbst. »Bei Gott, was für Kräfte müssen hier gewütet haben! Welch ein *Zorn*!«

Aelvin hielt sich an der Mähne des Kamels fest und zog sich zwischen die Höcker, während sich das Tier vom Boden erhob.

Sie ritten weiter und passierten immer mehr der bizarr geformten Trümmerstücke, manche nur winzige Splitter, andere so groß wie ein Mensch. Vielerorts ragten Kanten und Spitzen aus dem Sand hervor, und es ließ sich nur erahnen, wie groß der Rest sein musste, der im Boden begraben lag.

Später am Tag, als sich die Sonne langsam wieder senkte, erkannten sie noch etwas anderes, und es dauerte eine Weile, ehe sie die Bedeutung dieser Entdeckung erfassten: Der Felsgigant, dem sie sich näherten, schien der letzte in der Reihe zu sein. Dahinter war bis zum Horizont kein weiterer mehr zu sehen.

»Das also ist es?«, fragte Libuse enttäuscht. »Hat der Jünger die Lumina irgendwo dort drüben gefunden?«

Aelvin hatte das Gefühl, als presste jemand einen Lehmklumpen durch seinen Hals nach oben. Etwas in ihm weigerte sich zu akzeptieren, dass dies das Ziel ihrer Reise sein sollte. Überhaupt jemals anzukommen war eine Vorstellung, die ihm seltsam fremd geworden war.

Und doch schien ihr Weg hier zu Ende zu sein. Ein Steinriese unter vielen, der aus den Dünenkämmen schaute wie ein fauler Zahn aus einem angegilbten Knochenkiefer. Und obgleich dieses Land so unwirklich erschien wie die Szenerie eines Albtraums, so wirkte der Ort an sich doch nach all den Tagen in der Wüste beinahe unspektakulär.

Hierfür also waren so viele gestorben: Corax und die Nonnen in Favolas Kloster; Gabriel und seine Männer; sogar Odo, Aelvins Freund, an den er seit Wochen kaum mehr gedacht hatte. Selbst jetzt, selbst hier, tat es weh, sich sein Gesicht vorzustellen, den Augenblick seines Todes im Pfeilhagel der Wolfskrieger.

Alles nur, damit sie diesen Ort erreichen konnten, diesen gottverlassenen Flecken Erde. Noch dazu mit leeren Händen und einer Hüterin, die selbst mehr tot als lebendig war.

Etwas in Aelvin ballte sich zusammen wie eine Faust, er krümmte sich im Sattel, verlor fast das Gleichgewicht und hielt sich nur mit Mühe und Not an den Zügeln fest.

Und plötzlich waren da Stimmen.

Überall Stimmen.

Als er wieder aufblickte, hinüber zu den Rändern der Dünen unter dem eisenfarbenen Himmel, war die Wüste zum Leben erwacht.

Libuse sah, wie Aelvin sich vorbeugte und einen Moment verharrte, als sei ihm übel geworden. Sie wollte ihr Kamel dazu bringen, an seine Seite zu traben, doch da bewegte er sich bereits wieder, setzte sich auf und sah fast ein wenig verdutzt aus, als hätte ihn unvermittelt ein Schlag getroffen, der ihn fast vom Rücken des Tiers beförderte.

Libuse folgte seinem Blick – und da entdeckte auch sie die Gestalten auf den umliegenden Dünen.

Es waren viele, und auf den ersten Blick hatten sie wenig mit Menschen gemein.

Ihre Proportionen stimmten nicht. Die Körper waren zu klein für die langen Beine, auf denen sie über den Sandkuppen aufragten. Einen Augenblick lang standen sie still dort oben, dann bewegten sich einige von ihnen merkwürdig ungelenk, jedoch ohne jede Spur von Unsicherheit. Sie gaben den Weg frei für drei Kamelreiter in weißen Gewändern. Langsam, fast gemächlich, trabten die Tiere den Hang herab, passierten die Senke zwischen den Dünen und schaukelten wieder bergan, herauf zu dem Kamm, auf dem die Gefährten sie unruhig erwarteten.

Waren dies die Bedu, vor denen man sie an Bord des Schiffes gewarnt hatte? Libuse hatte wilde, brüllende Horden erwartet, die Schwerter schwingend über ihre Opfer herfielen und sie ohne zu zögern niedermachten. Diese drei aber erschienen ihr eher wie eine Delegation.

»Rührt euch nicht!«, sagte Sinaida. »Macht ja keine Bewegung.« Von ihnen allen war sie diejenige, die am ehesten Erfahrung in derlei Dingen hatte, und so folgten sie widerspruchslos ihren Anweisungen.

»Sieht nicht aus, als würden sie uns bedrohen wollen«, sagte Libuse leise, wagte aber kaum, die Lippen zu bewegen, so als könnte selbst das von den Fremden missverstanden werden.

»*Fühlst* du dich bedroht?«, fragte Sinaida.

Libuse zögerte. »Ja, sicher.«

»Und genau das wissen sie. Sie haben es nicht nötig, mit Klingen vor unseren Nasen herumzufuchteln. Sie wissen, dass wir die Turgauden gefunden haben. Und dass wir unbewaffnet sind.«

»Wessen wunderbare Idee das wohl war?«, bemerkte Aelvin.

»Was würdest du denn tun mit deinem Schwert?«, fragte Sinaida bissig. »Sie würden dich vierteilen, ehe du die Düne hinabwärst.«

Angespannt sah Libuse von den drei Reitern hinüber zu den Silhouetten auf den Dünen. Bei den langbeinigen Gestalten musste es sich um die Riesen handeln, von denen schon der Jünger berichtet hatte. Keine tumben Ungeheuer, die durch Blitzschlag zu Stein erstarrten, sondern Männer mit verzerrten Gliedmaßen.

Die drei Reiter hingegen waren ganz normal gewachsen, und bei aller Fremdheit schien doch nichts an ihnen grotesk oder gar unmenschlich.

Ohne zu zählen, schätzte Libuse die Zahl der Gestalten auf den Dünen auf mindestens achtzig, vielleicht hundert. Wie viele sich noch jenseits der Kuppen befanden, war ungewiss.

Da plötzlich dämmerte es ihr.

Ihr Vater und sie hatten früher manchmal Gaukler im Turm beherbergt. Corax hatte stets die Nase gerümpft und ihr Treiben als kindischen Schabernack abgetan, doch Libuse war von ihren Darbietungen fasziniert gewesen. Feuerspucker und Jongleure, Musikanten und Schlangenmenschen, scharfzüngige Sänger und fingerfertige Zauberkünstler.

Und natürlich Stelzenläufer.

Männer und Frauen, die sich auf mannshohen Holzstäben so sicher bewegten wie auf ihren eigenen Beinen. Alles eine Frage der Übung, hatten sie ihr erklärt. Alles eine Frage des Willens.

Und heute, viele Jahre später, hatte sie abermals Männer auf Stelzen vor sich. Obgleich es verrückt erschien, an einem Ort wie diesem und im weichen Sand, gab es doch keinen Zweifel. Dies waren keine Riesen.

Der Reiter in der Mitte war weit älter als die beiden anderen. Die Sandstürme hatten tiefe Furchen in seine dunkle Haut gerieben. Sein linkes Auge war so weiß wie eine Marmorkugel, und seine Hand am Zügel des Kamels zitterte gebrechlich. Zweifellos war er der Wortführer der Fremden. Seine beiden Begleiter schienen Leibwächter zu sein, obgleich ihre Krummschwerter friedlich in Scheiden aus struppigem Fell steckten, die an ihren Sätteln hingen.

Wir müssen ein ziemlich armseliges Bild abgeben, dachte Libuse, wenn sie es nicht einmal für nötig halten, ihre Klingen blankzuziehen.

Die Reiter machten einen kleinen Bogen, damit sie nicht unterhalb der Gefährten im Hang, sondern auf einer Höhe mit ihnen auf der Dünenkuppe zum Stehen kamen. Der alte Mann musterte die fünf wortlos, sah mit seinem einzelnen Auge von einem zum anderen. Libuse fröstelte, als sein Blick sie traf. Es kam ihr vor, als berührte er sie mit unsichtbaren Händen und grub damit in ihrem Inneren, auf der Suche nach … ja, nach was eigentlich?

Favola war die Letzte, auf der sein Blick verharrte. Sie wurde nur noch von den Lederbändern im Sattel gehalten, ihr Kopf sackte immer wieder nach vorn. Unter dem forschenden Auge des Alten aber nahm sie noch einmal all ihre Kraft zusammen, hob das Kinn und begegnete seinem Blick ohne einen einzigen Lidschlag.

Was geschieht hier?, durchfuhr es Libuse. Ihr war, als würde unvermittelt eine Tür aufgestoßen, aus der etwas herüberwehte, das Tasten fremder Sinne. Die Luft um sie herum knisterte, und das kam nicht allein vom Sand, den der Wind vom Boden hob und raschelnd gegen ihre Gewänder trieb.

Der Alte sagte etwas auf Arabisch, und Sinaida antwortete nach kurzem Zögern. Es klang, als wiederholte sie seine Worte. Eine Grußformel, vermutete Libuse. Wahrscheinlich eine dieser ritualisierten Bitten an Allah, von denen die Araber Dutzende zu kennen schienen und die für einen Fremden doch alle das Gleiche besagten: Sei mit uns, rette uns, meine es gut mit uns.

Doch irgendetwas verriet Libuse, dass dies keine gewöhnlichen Araber waren. Und obgleich ihr die Worte, die der Alte und Sinaida wechselten, fremd waren, schien ihr »Allah« nicht darunter zu sein.

Die Kamele schnaubten ungeduldig und traten auf der Stelle.

Favola hielt sich noch immer mühevoll aufrecht.

Albertus sah von Sinaida zu dem alten Mann und wieder zurück, als könnte er die Bedeutung des Gesprächs von ihren Lippen ablesen. Auch Libuse und Aelvin beobachteten aufmerksam jede Geste und versuchten den Tonfall der einzelnen Silben zu deuten.

Schließlich trieb der Alte sein Kamel voran und kam näher. Er lenkte das Tier auf Favola zu, so als hätte er jedes Interesse an den übrigen Gefährten verloren.

Libuse hielt den Atem an.

»Was will er?«, zischte Albertus, doch Sinaida schüttelte stumm den Kopf und legte einen Finger an die Lippen.

Favola blickte dem alten Mann entgegen. Er brachte sein

Kamel neben das ihre, und für einen Moment glaubte Libuse, er wolle sie berühren. Doch dann sahen die beiden einander nur lange an, ihre Blicke versanken ineinander. Schließlich nickte der Alte bedächtig – und verbeugte sich.

Im selben Augenblick senkten auch die beiden anderen Männer die Häupter, und die Bewegung setzte sich wie eine unsichtbare Woge zu den fernen Umrissen auf den Dünenkämmen fort. Auch die Gestalten dort oben verneigten sich und verschwanden gleich darauf hinter den Sandkuppen, als hätte die Wüste selbst sie verschlungen.

Der Wind erhob sich ein weiteres Mal und säuselte leise. Sandteppiche trieben die Hänge herab. Die Tür jenseits der Wirklichkeit fiel wieder zu. Unsichtbare Fäden zerrissen.

Dann herrschte Stille.

Und in dieses Schweigen der Menschen, der Wüste, der Winde hinein sagte Sinaida: »Ihr hattet Recht. Wir haben den Garten Gottes gefunden.«

Aber es war kein Triumph in ihrer Stimme.

Nur Enttäuschung.

~

»Sie dürfen den Boden nicht berühren«, flüsterte Sinaida, während sie nah beieinander auf ihren Kamelen saßen und darauf warteten, dass der Alte seine komplizierte Zeremonie beendete. Dazu hatte einer seiner Begleiter einen Teppich entrollt und vom Sattel aus in den Sand geworfen; der alte Mann hatte sein Kamel daneben zum Liegen gebracht und war mit zittrigen Bewegungen vom Sattel aus auf den Teppich geklettert, ohne mit den Füßen den Sand zu berühren.

»Sie nennen sich selbst die *Qurana*… das ist die Mehrzahl von *Qarin*«, fuhr Sinaida fort. »Ein Qarin ist eigentlich ein Geist, der einen Menschen überallhin begleitet. So sehen sie selbst sich offenbar, als Schatten all jener, die sich dem

Herzen der Rub al-Khali nähern. Für sie befindet sich hier noch immer das Paradies, das den Menschen verwehrt bleiben muss. Darüber wachen sie, und das Gesetz gilt auch für sie selbst. Sie betreten den Boden nur an wenigen besonderen Orten – etwa am Fuß der Felsen – oder unter ganz bestimmten Voraussetzungen.«

Sinaida hatte mit einem der beiden Bewaffneten gesprochen, während die Gefährten den drei Arabern ein Stück weit nach Süden gefolgt waren, näher an das letzte finstere Felsmonument heran. Von hier aus lag es noch eine gute Stunde entfernt.

»Der Boden muss vorbereitet werden, damit ein Sterblicher seinen Fuß darauf setzen darf. Alles andere würde ihn seiner Heiligkeit berauben.«

»Entweihen«, verbesserte Albertus in Gedanken versunken. »Den Garten Eden entweihen.«

Sinaida zögerte, dann nickte sie. »So etwas in der Art, ja.«

»Deshalb laufen sie auf Stelzen?«, fragte Libuse mit gerunzelter Stirn.

»Nur außerhalb ihrer Lager«, sagte die Mongolin. »Ihre Schamanen können einen Ort für kurze Zeit für Menschen zugänglich machen.« Sie sah die anderen der Reihe nach an. Selbst Favolas Miene verriet Zweifel. Sinaida hob abwehrend eine Hand. »Das sind nicht *meine* Regeln!«

»Ein ganzes Leben auf Stelzen?« Libuse schüttelte ungläubig den Kopf. »Das ist verrückt.«

»Ungefähr so, wie ein ganzes Leben lang keine Frau berühren zu dürfen«, murmelte Aelvin düster und blieb unbeeindruckt, als Albertus ihm einen strafenden Blick zuwarf. »Oder dreimal in der Nacht aufzustehen, um in der Kirche zu beten. Oder die geheimsten Gedanken einem anderen Menschen zu offenbaren, der dich dafür verachtet und dir erklärt, Gott werde dir verzeihen, wenn du zwanzig Rosenkränze betest oder den Klosterstall ausmistest. Genauso verrückt wie –«

»Das reicht!« Albertus' erhobene Stimme ließ einen der beiden Bewaffneten herumwirbeln. Sein Blick verhieß nichts Gutes.

»Das solltest du nicht tun«, riet ihm Sinaida leise. »Nicht, wenn wir noch eine Weile am Leben bleiben wollen.«

Libuse hob spöttisch eine Braue. »War da nicht vorhin die Rede von ›Sie werden uns nichts tun‹?«

»Solange wir ihre Sitten achten. Und ich glaube nicht, dass Geschrei während eines Rituals für sie ein Zeichen von Achtung ist.«

Daraufhin schwiegen sie und warteten ungeduldig, bis der alte Qarin seine Zeremonie beendet hatte. Er kniete reglos in der Mitte des staubigen Teppichs, hatte die Augen geschlossen, die Handflächen auf das ausgebleichte Gewebe gepresst und redete unablässig in teils gemurmelten, teils gänzlich verschluckten Sätzen. Falls es Geister waren, die er sah, so zeigten sie sich keinem anderen; und falls irgendetwas ihm Antwort gab, so war es nicht für die Ohren der Übrigen bestimmt.

Nach einer Weile öffnete er die Augen, nickte bedächtig und atmete tief durch. Seine Begleiter stiegen von ihren Kamelen und gaben den Gefährten Zeichen, dass es nun auch ihnen erlaubt sei, den geheiligten Sand im Herzen der Rub al-Khali zu betreten.

Bald darauf saßen sie in einem Kreis beieinander, die Beine untergeschlagen, und wurden einmal mehr Zeugen, wie Sinaida sich mit dem Schamanen in dessen Sprache unterhielt. Es sei ein arabischer Dialekt, hatte sie ihnen während des Ritts erklärt, und sie verstehe nur die Hälfte von dem, was er sage. Libuse hoffte inständig, dass es ausreichte, um ihnen das Leben zu retten.

Albertus wurde mit jedem Wortwechsel ungeduldiger. Man konnte ihm ansehen, was er dachte, und schließlich hielt er es nicht länger aus. »Verzeih«, unterbrach er Sinaida mit gezwungener Höflichkeit, »aber könntest du ihn *bitte* fragen, wo Shadhan mit der Lumina ist?«

Einer der Bewaffneten machte einen warnenden Schritt in die Richtung des Magisters, doch der Schamane hielt seinen Begleiter zurück. Er stellte Sinaida eine Frage, die sie knapp beantwortete. An den Magister gewandt, sagte sie: »Du kannst versichert sein, dass das, was ich hier tue, keine Zeitverschwendung ist. Er hat von mir verlangt, ihm alles über Favola zu erzählen. Und ich versuche gerade mein Bestes, so überzeugend und so *überzeugt* wie möglich zu klingen.«

Favola öffnete die Augen bei der Erwähnung ihres Namens und sandte Sinaida ein flackerndes Lächeln. Aelvin kaute auf seiner Unterlippe. Er konnte mit seiner Erschöpfung umgehen, mit den Entbehrungen, den Zweifeln und den vielgestaltigen Ängsten, die ihn auf dieser Reise heimgesucht hatten – doch Favolas Leid mit anzusehen war mehr, als er ertragen konnte. Libuse ergriff seine Hand.

»Shadhan ist bereits seit einem Tag dort drinnen«, sagte Sinaida und deutete nach Südwest, dorthin, wo hinter einer Düne der letzte Felskoloss lag.

»Drinnen?«, vergewisserte sich Libuse.

Sinaida nickte. »Im Herz der Wüste. Es gibt eine Grenze, die auch die Wächter und ihre Schamanen nicht überschreiten dürfen. Nur jene dürfen diesen Ort betreten, die das Zeichen der Lumina tragen … oder sie selbst, fürchte ich.«

»Sie haben Shadhan ziehen lassen?«, fragte Albertus.

»Laut den Gesetzen des Qurana soll derjenige sie an ihren angestammten Platz tragen, der sie zurück in ihre Heimat gebracht hat.«

»Und werden sie uns erlauben, ihm zu folgen?«, fragte Aelvin.

»Nein.«

Der Magister fuhr auf. »Aber –«

»Nicht uns. Nur ihr.« Sinaida zeigte auf Favola. »Er sagt,

etwas in ihr habe zu ihm gesprochen – mit den Worten der Lumina. Und er hat gespürt, dass beide gleichermaßen schwach sind. Es bleibe nicht mehr viel Zeit, wenn wirklich sie die rechtmäßige Trägerin der Lumina sei.«

»Favola kann allein nirgends hingehen!«, ereiferte sich Aelvin, und nun war es ihm gleichgültig, was die Schwertträger von seinem Tonfall hielten.

Sinaida redete erneut auf den Schamanen ein. Sein schrundiges Gesicht blieb unbewegt. Libuse blickte von Aelvin zu Favola und schließlich auf Albertus. Seine altersfleckigen Hände hatten sich in den Sand gekrallt, doch er hielt seine Wut im Zaum.

Schließlich wandte Sinaida sich erneut den Gefährten zu. »Einer von uns darf mitgehen, um Favola zu stützen … Unbewaffnet«, setzte sie hinzu, »genau wie Shadhan.«

»Und wer soll das sein?«, fragte Libuse. »Schreibt er uns das auch vor?«

»Diese Entscheidung bleibt uns überlassen.« Sie straffte sich. »Ich bin die Einzige, die Shadhan mit bloßen Händen töten kann.«

»Glaubst du wirklich, dass es darum geht?«, fragte Aelvin. »Ums Töten?«

»Deshalb bin ich hier.«

»*Ich* werde mit Favola gehen.« Albertus erhob sich. »Ich habe diese Sache begonnen, und ich werde sie zu Ende bringen. Favola und ich waren die Ersten, die zu dieser Reise aufgebrochen sind. Wir sollten sie auch gemeinsam beenden.«

»Du glaubst tatsächlich, dass Gott dort auf dich wartet?« Sinaida sah ihn eindringlich an, aber es lag keine Streitlust in ihrer Stimme. Nicht einmal Hohn.

Für einen Moment schien es, als wollte Albertus etwas darauf erwidern. Dann aber schüttelte er den Kopf. »Es bleibt dabei. Ich werde gehen.«

Der Schamane berührte Sinaida an der Hand. Als sie sich

zu ihm umwandte, sprach er in seiner schnellen, silbenreichen Sprache zu ihr. Sie stellte eine Frage, bekam Antwort und nickte schließlich.

»Er sagt, Favola soll selbst entscheiden.«

Libuse schloss die Augen. Kälte kroch in ihr empor.

»Aelvin«, flüsterte Favola tonlos. »Ich möchte Aelvin bitten, dass er mit mir geht.«

~

Stille lag über dem Zentrum der Rub al-Khali. Der Wind schwieg, das Sandmeer war zur Ruhe gekommen. Die Sonne stand niedrig über dem Horizont und flutete den Himmel mit wabernder, violett durchaderter Glut. In spätestens zwei Stunden würde die Nacht die Wüste erreicht haben, und mit ihr kamen die Kälte und das Silberlicht der Sterne.

Es wäre sicherer gewesen, mit dem Aufbruch bis zum Morgen zu warten. Doch sie hatten keine Zeit zu verlieren. Niemand wusste, was aus Shadhan und der Lumina geworden war. Und obgleich es keiner aussprach, hegten doch alle Zweifel, dass Favola den kommenden Sonnenaufgang ohne die Nähe der Pflanze erleben würde.

Die Stelle, an der sie von den Freunden Abschied nahmen, lag an der Grenze dessen, was Sinaida das Wüstenherz genannt hatte. Es gab keinen sichtbaren Übergang. Auffällig war nur, dass die Dünen von hier an noch dichter mit den schwarzen Trümmerstücken bedeckt waren. Sie ragten überall aus dem Sand empor, mal nur eine Handbreit, dann wieder mannshoch, ein Ozean aus scharfkantigen Splittern, der für Kamele kaum zugänglich war; die Gefahr, dass sie sich an den steinernen Klingen die Fesseln und Sehnen zerschneiden würden, war groß.

Aelvin sah noch einmal über die Reihen der Stelzenläufer, die jetzt wieder oben auf den Dünen erschienen waren. Reglos und schweigend harrten die Qurana dort aus und blickten in einem weiten Halbkreis auf die Gefährten, den Schamanen und seine beiden Bewacher herab. Es gab so viele Fragen, die sich beim Anblick dieses sonderbaren Volkes aufdrängten, doch Aelvin beschäftigten jetzt andere Gedanken.

Wegen der Steinsplitter, aber auch aufgrund der undurchschaubaren Gesetze der Wächter, würden er und Favola das letzte Stück ihres Weges zu Fuß zurücklegen. Favola konnte kaum stehen, geschweige denn laufen. Er würde sie bei jedem Schritt stützen, irgendwann gewiss tragen müssen. Dabei war er selbst völlig erschöpft, sein Körper ausgezehrt und müde.

Und dann war da noch der Moment, in dem sie Shadhan gegenüberstünden und in dem … ja, was eigentlich geschehen würde? Aelvin wusste es nicht. Wie auf so vieles kannte er auch darauf keine Antwort.

»Wie werden wir die Stelle erkennen, an der der Jünger die Lumina gefunden hat?«, fragte er in die Runde, obgleich er annahm, dass dies von allen Rätseln dasjenige war, das sich am ehesten von selbst lösen würde. Sie mussten nur Shadhans Spur folgen. Er hatte noch immer die Karte bei sich.

Albertus, der sich keineswegs damit abgefunden hatte, dass ein vom Glauben abgefallener Novize statt seiner den Garten Eden betreten sollte, murmelte etwas Unverständliches. Als alle Blicke sich auf ihn richteten, seufzte er und sagte: »Auf der Karte war die Rede von mehreren Sandtälern. Im größten und tiefsten davon hat er die Lumina entdeckt.«

»Einfach so? Mitten im Sand?«

»So stand es auf der Karte geschrieben.«

Libuse blickte sorgenvoll über das schwarz gesprenkelte Sandmeer. »In dieser Wüste gibt es unendlich viele Täler. Und sie verändern sich jeden Tag.«

Der Magister schüttelte den Kopf. »Nicht *solche* Täler. Die in den Beschreibungen des Jüngers sind tiefer als alle anderen, deshalb können wir sie nicht erkennen – von uns aus gesehen müssen sie hinter dem letzten Steinriesen liegen. Sie sind rund wie manche Bergseen, und ihre Ränder bestehen aus zu Fels geschmolzenem Sand.«

»Falls die Wüste sie in den letzten tausend Jahren nicht unter sich begraben hat«, bemerkte Sinaida.

Aelvin wandte sich an Libuse. »Wir sehen uns bald wieder«, sagte er und tat sein Bestes, seiner Stimme einen energischen Klang zu geben. »Du bist mir noch eine Erklärung schuldig.«

»Was für eine Erklärung?«

»Wie du die Sache mit dem Erdlicht anstellst.«

Sie lächelte zaghaft. »Ich würde gern mit dir zusammen durch die Wälder streifen und dir alles zeigen, was ich darüber weiß.«

Der Magister hatte seinen Groll auf den Qurana-Schamanen keineswegs vergessen, aber bei den Worten der beiden verirrte sich Güte auf seine Züge. »Ich sollte euch vermählen, bevor es so weit kommt. Liebe Güte, ein Novize, der keiner mehr ist, ist schlimm genug. Aber ein Mann und eine Frau, unvermählt allein im Wald – verlangt nicht von mir, dass ich das toleriere.«

Aelvin erwiderte sein Lächeln, dann nickte er als Letzter Sinaida zu, die mit verschlossenem Gesichtsausdruck auf ihrem Kamel saß und angestrengt nach einer Möglichkeit zu suchen schien, ihre Rache an Shadhan doch noch zu vollziehen. Wären da nur nicht die Kamelreiter gewesen, die jetzt zwischen den Stelzenläufern auf den Dünen aufgetaucht waren. Die Bögen in ihren Händen waren nicht gespannt, und doch gab es keinen Zweifel, dass die Qurana jeden aufhalten würden, der versuchte, unerlaubt ins Wüstenherz vorzudringen.

Ein wenig linkisch umarmte Libuse die traumwandlerisch dastehende Favola, vorsichtig, damit sie einander nicht mit der bloßen Haut berührten. Dabei kannte sie doch ihrer aller Tode.

Als Nächste trat Sinaida vor die Novizin und senkte das Haupt zu einer Verbeugung. »Auch ich werde den Garten Gottes bald sehen«, sagte sie leise.

Etwas bewegte sich in Favolas Zügen, doch es wurde kein Lächeln und keine Erwiderung daraus. Stattdessen suchten ihre Augen den Magister, der als Letzter vor sie hintrat, sie sanft an den Schultern fasste und ihr Glück wünschte. Er sprach kein Gebet zum Abschied, was niemanden so sehr wunderte wie Aelvin. Vielleicht waren sie ja dem Antlitz Gottes bereits zu nahe gekommen, als dass Worte noch einen Unterschied gemacht hätten.

»Aelvin?«

Der trostlose Schleier hinter seinen Augen klärte sich. Libuse küsste ihn lange, fast verzweifelt, und als sie sich voneinander lösten, bemerkte er, dass die beiden Bewaffneten den Blick gesenkt hatten.

Der Schamane sprach einige Worte in seiner Sprache, und Sinaida übersetzte nach unmerklichem Zögern, dass auch er ihnen Glück wünsche. Aelvin war nicht sicher, ob dies die wahre Bedeutung seiner Worte war oder ob er ihnen nicht vielmehr eine unheilschwangere Warnung mit auf den Weg gab. Dennoch war er Sinaida dankbar für den Versuch, ihnen nicht noch mehr von ihrer schwindenden Hoffnung zu rauben.

So machten sie sich endlich auf den Weg, unbewaffnet, zu Fuß und von den Strapazen der Reise und Favolas Krankheit gezeichnet. Die ersten Schritte machte die Hüterin der Lumina noch aus eigener Kraft, dann legte Aelvin einen Arm um ihre Taille und stützte sie. Selbst durch die Gewänder spürte er ihre hervorstechenden Hüftknochen. Er verfluchte Albertus, sich selbst und die Ungerechtigkeit der Welt dafür, diesem Mädchen solch eine Prüfung auferlegt zu haben.

Prüfung?, dachte er verbittert, als die Gefährten hinter den Bergen zurückblieben. Nein, hier ging es nicht um Prüfungen, nicht um Gott, die Lumina oder ein neues Paradies auf Erden.

Jetzt ging es nur noch um Favolas Überleben.

~

Während sie sich durch die Einöde auf den letzten Felskoloss zukämpften – der einzige Wegweiser inmitten dieser Leere –, dachte er daran, Favola nach Libuse zu fragen.

Wird sie als alte Frau in meinen Armen sterben? Oder ich als Greis in den ihren? Du hast es gesehen, nicht wahr?

Dann aber schalt er sich einen Narren. Er glaubte nicht an die Todsicht, hatte es nie getan. Sonst hätte er gar nicht hier sein dürfen. Alles passte zusammen. Sie und er allein in einer Landschaft aus Sand, und ein Dritter, der ihrer beider Leben bedrohte. Noch konnte alles geschehen, wie sie es prophezeit hatte.

Der monumentale Felsriese nahm jetzt die Hälfte des Himmels ein. Die Abendsonne versank allmählich jenseits der Wüste und übergoss die Landschaft mit blutrotem Feuer. Es wurde schnell kälter, dunstige Atemwolken standen vor ihren Lippen. Zwischen den Dünen verdichtete sich die Dunkelheit, und es wurde immer schwerer, von weitem die Schatten der heraufziehenden Nacht von den Gebilden aus geborstenem Glasgestein zu unterscheiden.

Aelvin verlor jedes Zeitgefühl.

Eine ganze Weile später passierten sie das finstere Monument und waren noch immer auf keinen Hinweis gestoßen, wohin sie eigentlich unterwegs waren. Shadhans Spur hatten sie längst verloren, aber das war keine Überraschung. Der Wind und die Dämmerung taten das ihre, seine Fährte zu verschleiern.

Favola schleppte sich tapfer vorwärts, aber sie hatte nicht mehr die Kraft, zu sprechen. Schweigend erkämpften sie sich jeden Hang und jede Senke. Falls ihre Orientierung ihnen keinen Streich spielte, bewegten sie sich noch immer schnurgerade vorwärts. Hinter ihnen, wo der Himmel bereits tiefschwarz und mit dem Horizont verschmolzen war – noch hatten die Sterne zu wenig Macht, um dagegen anzustrahlen –, glaubte Aelvin ab und an ein helles Glühen zu erkennen. Wie abgesprochen hatten die anderen ein Signalfeuer entzündet, das aber nur zu sehen war, wenn die beiden Wanderer den höchsten Punkt einer Düne erreichten. Selbst dann schoben sich manchmal Erhebungen davor, so als stiegen die Sandwogen zur Nacht hin an wie das Meer beim Wechsel von Ebbe zu Flut.

Sie hatten den finsteren Koloss längst hinter sich gelassen, als sie über den Rand des ersten Tals stolperten. Aelvin konnte Favola gerade noch festhalten, beinahe hätte sie das Gleichgewicht verloren und wäre abgestürzt.

Unvermittelt öffnete sich vor ihnen ein Abgrund, der auf den ersten Blick bodenlos erschien, sich aber bei genauerem Hinsehen nur in Schatten hüllte. Die Kante war messerscharf, der Hang dahinter fast senkrecht. Erst weiter unten ging er in eine gemächliche Schräge über, die von allen Seiten sanft zum tiefsten Punkt des Bodens abfiel. Genau wie Albertus es vorhergesagt hatte, war der Rand von dunklem Gestein umgeben. Unzählige Sandstürme hatten den Grund des Tals mit einer puderigen Schicht bedeckt und jeden Hinweis auf seine ursprüngliche Tiefe getilgt; seinem steinernen Umriss im Dünenmeer aber hatten die Winde nichts anhaben können. Festgebacken wie geronnenes Blut lag der Ring aus geschmolzenem Sand um die Senke. Von einer Seite zur anderen mochte sie sechzig oder siebzig Schritt messen.

»Wer außer Gott könnte so etwas vollbringen?«, hauchte Favola ganz nah bei seinem Ohr. »Als hätte eine riesige Faust auf die Erde geschlagen.« Ihre Stimme war bar jeder Betonung, so gleichförmig wie das Säuseln des Wüstenwindes.

Der Boden der Senke war leer, soweit sich das im schwächer werdenden Licht erkennen ließ. Aelvin führte Favola an dem felskrustigen Rand entlang, dann weiter nach Südwest. Keine zwanzig Schritte später stießen sie auf das nächste Tal, kleiner im Umfang, aber ebenso tief. Danach folgte ein drittes. Aelvin stellte sich diese Landschaft aus großer Höhe vor: wie ein Schneefeld, in das der Funkenflug eines Lagerfeuers Pockennarben geschmolzen hatte.

Die Sonne war längst untergegangen, als sie das vierte Tal erreichten. Aelvin schätzte, dass mehr als drei Stunden vergangen waren, seit sie aufgebrochen waren. Gemessen an ihrer gesamten Reise erschien eine solche Strecke verschwindend klein. Inmitten dieser Wüste aber, mit der todkranken Favola im Arm, bedeutete sie eine nicht enden wollende Tortur.

Das vierte Tal war größer als die bisherigen. Die andere Seite war ebenso schwarz wie der Nachthimmel über der Wüste, doch das erste Sternenlicht brach sich als schimmerndes Band auf dem Kraterrand aus Glasgestein und erlaubte ihnen eine vage Orientierung.

Inmitten der Senke brannte ein Lagerfeuer.

Daneben saß im Schneidersitz eine einsame Gestalt, verlassen wie ein Einsiedler im Zwiegespräch mit Gott und den Geistern der Vergangenheit. Der weiße Stoff seines Gewandes spannte sich über seinen knochigen Knien.

Es war unmöglich, sich unbemerkt an Shadhan heranzuschleichen, und aus einer sonderbaren Eingebung heraus, die mit der Abgeschiedenheit dieses Ortes zu tun haben mochte, erschien es Aelvin auch nicht mehr wichtig. Stattdessen half er Favola über die Felskante und eine natürliche Rampe aus Sand hinunter. Erst schlitternd, dann immer sicherer erreichten sie den Grund des Tals.

Langsam schleppten sie sich auf den Lichtkreis des Feuers zu. Favola wurde immer schwerer in seinem Griff, aber noch ließ sie nicht zu, dass er sie trug. Am Ende ihrer Reise wollte sie auf eigenen Füßen stehen.

Shadhan bemerkte sie, als sie nur noch wenige Schritte entfernt waren. Er hob den Kopf und blickte ihnen entgegen. Flammenschein zuckte über seine eingefallenen Züge. Der Weg hierher hatte auch in dem Gesicht des alten Mannes tiefe Spuren hinterlassen. Neben ihm, am Rand dieses Tümpels aus Helligkeit, lag umgekippt und nutzlos der leere Lumina-schrein.

Stumm deutete er auf etwas neben sich am Boden. Es sah aus, als schaute dort die Hand eines Toten aus dem Sand, kraftlos zur Seite gesunken, mit gekrümmten, starren Gliedern.

Beinahe liebevoll berührte Shadhan die welken Blätter der Pflanze. Seine Finger sahen kaum lebendiger aus, ausgedorrt und krank.

»Ihr kommt zu spät«, sagte er. »Die Lumina ist gestern gestorben.«

Libuse beobachtete Sinaida und fragte sich, was sie vorhatte. Seit über einer Stunde hatte sich die Mongolin nicht bewegt. Starr stand sie an der Grenze zum Wüstenherz und blickte hinaus in die Nacht. Ihr Gesicht war verdüstert von Enttäuschung und Zorn. Bis zum Aufbruch der beiden hatte sie alles getan, damit Favola so schnell wie möglich zur Lumina gelangen konnte. Nun aber widmete sie sich wieder ihren eigenen Plänen. Ihr Schwur, Shadhan zu töten, hatte nach wie vor Bestand.

Der Schamane hatte den Lagerplatz für die Nacht entheiligt. Traumversunken hockte er am Rand des Feuerscheins, umgeben von tönernen Schalen, in denen duftende Kräuter brannten. Er versuchte, dem Weg der Auserwählten kraft seines Geistes zu folgen. Ob er tatsächlich sah, wie es Aelvin und Favola gerade erging? Vielleicht war es müßig, darüber nachzudenken, doch der Gedanke übte eine ungebrochene Faszination auf Libuse aus, überschattet nur von ihrer Sorge.

Die Qurana waren von den Dünen herabgekommen, hatten ihre Stelzen abgelegt und scharten sich nun um zahlreiche kleine Feuer. Sie trugen weite Gewänder aus gebleichter Wolle und Schnürstiefel aus Ziegenfell. Ihre Kopftücher hatten sie bei Sonnenuntergang abgenommen. Die meisten Gesichter darunter waren hager und bärtig, gezeichnet von den Entbehrungen des Lebens in der Wüste. Ihre Stelzen unterschieden sich sehr von jenen, die Libuse daheim bei den Gauklern gesehen hatte. Diese hier waren sonderbare Konstruktionen aus Holz und Tierknochen; die Gebeine schienen vor allem der Zierde zu dienen. Es musste schwierig sein, damit das Gleichgewicht zu halten und nicht im Sand einzusinken. Jenen aber, die sich auf den Umgang damit verstanden, schienen sie zu einem Teil ihres Körpers zu werden, so leichtfüßig liefen sie damit.

Hinter der nächsten Düne röhrten und brummten die Kamele des Stammes. Die Tiere der Gefährten lagen unweit des Signalfeuers im Sand, noch immer gesattelt, aber von der Last des Gepäcks und der Vorräte befreit. Die Bogenschützen hatten ihre Waffen abgelegt und wärmten sich gemeinsam mit den Stelzenläufern an den Feuern.

Libuse blickte auf, als Sinaida sich unverhofft in Bewegung setzte. Die Mongolenprinzessin ging zum Signalfeuer hinüber. Erst machte sie ein paar Schritte auf den Schamanen zu, schien ihn dann aber nicht in seiner Versunkenheit stören zu wollen. Stattdessen setzte sie sich zu einem der Schwertträger, mit dem sie sich schon während des Ritts unterhalten hatte. Die beiden Männer hockten im Schneidersitz beim Feuer und wärmten sich die Hände.

Libuses Blick suchte Albertus, der auf der anderen Seite des Feuers saß. Nur hin und wieder erkannte sie sein Gesicht jenseits der Flammen, glutbeschienen und in Gedanken versunken. Seine Wut auf die Qurana war ungebrochen, und er haderte mit dem Schicksal, nicht auf eigene Faust ins Herz von Eden vorzustoßen.

Libuse ließ sich im Sand nieder. Selbst mehrere Schritt vom Feuer entfernt war noch ein Hauch seiner Wärme zu spüren. Ihr war trotzdem kalt, doch das hatte nichts mit der frostigen Wüstennacht zu tun.

Plötzlich wurden Rufe laut.

Sinaida war von ihrem Platz am Feuer aufgesprungen. In ihrer Hand lag das blankgezogene Schwert des Qarin.

~

Sinaida handelte schnell, aber nicht unbedacht. Sie durfte jetzt keinen Fehler machen. Nichts überstürzen.

Gezielt schleuderte sie die leere Schwertscheide in das Gesicht des zweiten Wächters. Einen Augenblick lang war er abgelenkt. Beide Männer waren im Vergleich zu den anderen Qurana groß und breitschultrig, doch der Gewandtheit einer Nizari hatten sie nichts entgegenzusetzen.

Geschrei hob an. An den Feuern zwischen den Dünen entstand Bewegung.

Die beiden Qurana redeten zornig auf Sinaida ein, doch sie hörte nicht auf das, was sie sagten. Ihr Blick huschte umher, erfasste jede Regung in der Dunkelheit.

Noch zwanzig Schritt von hier bis zu der Stelle, an der sich Aelvin und Favola von ihnen getrennt hatten. Dahinter lag das Nichts des Wüstenherzens, und irgendwo in seinem Zentrum – Shadhan.

Zumindest den Bogenschützen bot sie in der Dunkelheit ein schlechtes Ziel. Sie hatte die vergangene Stunde damit verbracht, sich die Positionen der einzelnen Lagerfeuer einzuprägen. Das Signalfeuer, neben dem sie jetzt stand, befand sich auf dem Kamm der Düne. Alle übrigen lagen weiter unten, teils verborgen hinter Sandwellen. Die wenigsten Schützen hatten von ihren Plätzen aus eine ungehinderte Sicht auf Sinaida, geschweige denn ein freies Schussfeld. Sie hatten die Plätze für ihre Feuer unbedacht gewählt und würden einander im Weg sein, wenn erst alle gleichzeitig aufsprangen.

Der Qarin, dessen Schwert sie gestohlen hatte, fluchte, während der zweite seine Klinge blankzog. Die leere Scheide hatte ihn am linken Auge getroffen, das Unterlid schwoll an. Im Kampf würde das seine Sicht behindern.

Es wäre sicherer gewesen – und zweifellos ganz nach Art der Nizaris –, beiden Männern die Kehlen durchzuschneiden, bevor sie ihre Flucht fortsetzte. Aber sie wollte niemanden töten, nicht einmal ernsthaft verletzen. Selbst wenn es ihr gelänge, die unsichtbare Grenze zu überschreiten, wären Libuse und Albertus noch immer in der Gewalt der Qurana.

Ein gellender Schrei ertönte.

Für einen Augenblick war Sinaida abgelenkt. Drei, vier Atemzüge lang legte sich Schweigen über das Lager, alle Bewegungen erstarrten. Dutzende Augenpaare richteten sich auf den Schamanen, dessen Mund noch immer weit aufgerissen war, auch wenn jetzt kein Laut mehr über seine Lippen kam.

Unvermittelt begann er zu zittern und zu zucken. Unter den weiten Gewändern bebte sein dürrer Leib. Ruckartig sackte sein Oberkörper nach vorn, erstarrte für ein paar Herzschläge, dann verfiel er erneut in unkontrollierte Bewegung, so als zerrten ihn Geisterhände zugleich in alle Richtungen.

Seine beiden Bewacher blickten einen Moment lang unschlüssig von ihrem Anführer zu Sinaida. Im Dunkel zwischen den Feuern knirschten Bogensehnen, doch es war nicht zu erkennen, ob sie gespannt wurden, oder ob einige der Qurana vor Entsetzen die Waffen sinken ließen.

Wieder brüllte der Schamane, gefangen in der Geisterwelt. Was sah er, das ihn derart mit Grauen erfüllte? Geschah etwas mit Aelvin und Favola? Mit Shadhan? Gar mit der Lumina selbst?

Sinaida zögerte nicht länger und rannte los.

Der Mann mit dem Schwert schnellte ihr nach. Während sein Gefährte auf den tobenden Alten zustürmte, folgte der bewaffnete Qarin ihr den Dünenhang hinab. Sinaida war flinker als er und unter normalen Umständen sicherlich schneller. Hier draußen aber, in der Wüste, war er im Vorteil. Er kannte das Verhalten des Sandes und wusste genau, auf welcher Höhe eines Hangs er weicher wurde und einen beim Laufen behinderte.

Er holte sie am Fuß der Düne ein, auf halber Strecke zur

Grenze des Wüstenherzens. Sein zorniges Brüllen warnte sie, als er mit dem Schwert ausholte und im Lauf nach ihr schlug. Sie duckte sich unter der Klinge hinweg und wirbelte herum, denn sie wusste, dass es keinen Zweck mehr hatte, vor ihm davonzulaufen. Hatte ein Gegner erst einmal aufgeschlossen, konnte man ihn nur noch besiegen, sonst lief man Gefahr, dass einem seine Klinge den Rücken oder die Kniekehlen aufschlitzte.

Funken schlagend hieben ihre Klingen aufeinander. Er war geübter mit dem breiten Krummschwert seines Stammes. Zweimal, dreimal trafen sich klirrend ihre Schwerter, dann prallten sie auseinander und verharrten für einen Augenblick. Verbissen starrten sich die beiden Gegner an.

Sinaida wollte nicht kämpfen. Sie wollte keinem der Qurana ein Haar krümmen. Aber der Mann ließ ihr keine Wahl.

Pfeile zuckten von den nahen Dünenkämmen herüber und bohrten sich keine Armeslänge entfernt in den Sand. Der Qarin schrie wutentbrannt einen Befehl in die Nacht hinaus, und sogleich brach der Beschuss ab. Beinahe wäre der Mann von den Pfeilen seiner eigenen Leute getroffen worden.

Sinaida sprang vor, wortlos, mit aufeinander gepressten Lippen. Er wehrte ihren Schlag ab, aber genau das wollte sie. Für einen Sekundenbruchteil konzentrierte er sich ganz auf ihre Klinge – und übersah ihren Fuß, der auf sein rechtes Knie zuraste. Der Schmerz ließ ihn abermals aufbrüllen, dann brach er mit einem Keuchen zusammen. Sinaida hätte Gelegenheit gehabt, ihm den Schädel zu spalten, doch sie tat es nicht.

Erneut fuhr sie herum und rannte. Noch wenige Schritte. Vor sich sah sie zahllose Fußspuren im Sand. Hier hatten sie Abschied von Favola und Aelvin genommen. Der Weg dorthin war frei.

Aber sie hatte ihren Gegner unterschätzt. Das Leben in der Wüste, bestimmt von einer uralten Aufgabe, hatte ihn gelehrt, mit Schmerz umzugehen. Das geprellte Knie hielt ihn nicht auf, schon war er wieder auf den Beinen und folgte ihr. Auch aus anderen Richtungen stürmten jetzt Qurana mit gezogenen Schwertern herbei, zu weit entfernt, um eine Gefahr für Sinaida zu bedeuten. Aber falls es ihm noch einmal gelang, sie aufzuhalten und in ein Gefecht zu verwickeln, würden die anderen sie erreichen.

Sie verfluchte die Tatsache, dass sie keinen von ihnen töten konnte, ohne Libuse und Albertus zu gefährden. Selbst ihre Flucht bedeutete ein Wagnis und mögliche Konsequenzen für die beiden. Aber dieses Risiko musste sie eingehen.

Für Shadhan.

Für Khur Shah.

Etwas traf sie im Nacken. Als ihre Füße den Halt im Sand verloren und sie vornüberstürzte, erkannte sie, dass es der Knauf eines Schwertes war. Der Mann hatte die Waffe hinter ihr hergeschleudert.

Keuchend fiel sie vornüber. Sand drang in ihren Mund. Hände krallten sich in ihr langes Haar. Sie warf sich herum. Ein Fußtritt traf ihre rechte Hand und trat das Schwert aus ihren Fingern.

Sie knurrte ihren Gegner an, als er sie hochzerrte.

Sie hätte ihn töten können. Sie hätte sie alle töten können.

Zwei Krieger führten Albertus den Hang herab auf sie zu, mit gezogenen Schwertern, die auf die Brust des Magisters wiesen.

»Hol euch alle der Teufel!«, fauchte sie und gab ihre Gegenwehr auf.

Der Mann, mit dem sie gekämpft hatte, schob sie den Hang hinauf zurück zum Feuer. Pfeile an gespannten Bogensehnen zielten in ihre Richtung, aber niemand tat ihr etwas zuleide. Nicht einmal Beschimpfungen kamen über die Lippen ihres Gegners. Stumm ging er neben ihr her, hielt sie am Unterarm fest, trug in der anderen Hand sein Schwert.

Der Schamane war aus seiner Ekstase erwacht und erwartete sie. Er saß noch immer im Schneidersitz an derselben Stelle. Um ihn herum war der Sand zerwühlt, wo er mit den Händen gescharrt und um sich getreten hatte. Seine Miene war unergründlich, der Blick seines einen Auges getrübt; er schien sich teils in dieser, teils in der Welt der Geister zu befinden. Der Mann, dem sie das Schwert abgenommen hatte, saß noch immer bei ihm, besorgt wie ein Sohn um seinen Vater. Er schüttelte enttäuscht den Kopf, als Sinaidas Blick den seinen kreuzte.

»Setz dich«, befahl ihr Bewacher auf Arabisch. Sie gehorchte. Albertus wurde neben sie gebracht und ließ sich ebenfalls im Sand nieder, unweit des Schamanen, der sie weiterhin wortlos betrachtete.

»Tut mir Leid«, flüsterte sie dem Magister zu, aber das war nicht die Wahrheit, und er wusste es.

»Wahrscheinlich musstest du es versuchen«, gab er zurück. »Ich wünschte, ich hätte den Mut und die Fähigkeit dazu.«

»Werden sie uns töten?«

Er erwiderte den rätselhaften Blick des Schamanen. »Ich denke nicht«, sagte er leise. »Aber zumindest ein Gutes hatte die ganze Aufregung.«

Es dauerte einen Moment, ehe sie das zaghafte Lächeln um seine Mundwinkel entdeckte. Suchend blickte sie sich um.

Libuse war fort.

~

Aelvin und Favola traten in den Lichtkreis des Feuers. Es schien keine Wärme zu spenden. Die Äste, die Shadhan dafür aufgeschichtet hatte, musste er außerhalb des Talrunds ausgegraben haben, denn am Grunde des Kraters war der Boden spiegelglatt. Die einzigen Spuren waren ihre eigenen und jene des Nizariweisen, halb zugeweht im Sand.

»Ich habe sie eingepflanzt«, sagte Shadhan und sah noch

immer keinen der beiden an. »Im Laufe des Tages färbten sich all ihre Blätter braun. Eines ist abgefallen.« In einer schlafwandlerisch anmutenden Bewegung hob er ein loses Blatt vom Boden und hielt es ihnen entgegen, als gelte es, seine Worte zu beweisen.

Favola sackte in Aelvins Arm zusammen, rutschte aus seinem Griff und stürzte. Aelvin fiel neben ihr auf die Knie, rollte sie auf den Rücken und schob eine Hand unter ihren Hinterkopf.

»Favola!« Seine Stimme hätte sich überschlagen müssen, doch es kam nur ein Flüstern. Er lockerte ihr Gewand am Ausschnitt. »Du musst wach bleiben! Hörst du mich?«

Mein Herz ist zu schwach, hatte sie einmal zu ihm gesagt. *Irgendwann wird es einfach aufhören zu schlagen.*

Shadhan regte sich nicht, sah nur zu, wie jemand, der einen sterbenden Käfer im Wüstensand betrachtet. Mit gelindem Interesse, ohne eine Spur von Leidenschaft.

»Ich hätte das Mädchen mitnehmen sollen«, sagte er. »Es war ein Fehler, sie bei euch zurückzulassen.«

Aelvins Kopf ruckte hoch, und er starrte Shadhan an wie ein Kettenhund, der einmal zu oft getreten worden war. »Du hast sie umgebracht!«

Shadhan erwiderte seinen Blick mit milder Verwunderung und schwieg.

Ein Husten kam über Favolas Lippen. Aelvin berührte ihre bleiche Wange mit dem Handschuh und sah wie betäubt zu, als eine seiner Tränen in die Vertiefung über ihrem Brustbein fiel.

»Komm schon«, flüsterte er. »Favola? ... Kannst du mich hören?«

Flatternd hoben sich ihre Augenlider. »Aelvin?«

»Ich bin hier ... Ich bin bei dir!«

»Aelvin ...« Ihre Stimme verebbte wie ein Windstoß, der kurz den Sand aufwirbelt und dann im Nirgendwo verweht.

»O Gott, Favola!« Er presste eine Hand unter ihre linke

Brust und versuchte, ihren Herzschlag zu ertasten. Vielleicht lag es an der dicken Kleidung, vielleicht fand er in der Aufregung auch nicht die richtige Stelle – aber er konnte nichts spüren.

Kein Herzschlag. Gar nichts.

Hasserfüllt blickte er zu Shadhan auf. »Sie stirbt … wegen dir!«

Shadhan schüttelte sachte den Kopf. Sein verwittertes Falkengesicht verzog keine Miene. »Sie ist krank. Jeder konnte das sehen, schon in Bagdad.«

»Aber die Lumina hat sie am Leben gehalten!« Aelvin hob sie vom Boden, stolperte mit ihr zum Feuer und legte sie neben der Lumina in den Sand. Hilflos nahm er ihre Hand und schob sie an die verwelkten Blätter der Pflanze. Die Lumina war tot, daran gab es gar keinen Zweifel. Sie war die ganze Reise über geschwächt gewesen, genau wie ihre Hüterin. Nun hatte auch sie alle Kraft verlassen. Es war aussichtslos.

»Vielleicht werden wir alle bald den Garten Gottes sehen«, sagte Shadhan müde. »Ich hatte gehofft, noch einmal von dort zurückzukehren.«

Aelvin hatte sich kaum noch unter Kontrolle. »Du trägst die Schuld an ihrem Tod!«

Er war nicht sicher, ob das die Wahrheit war. Die Reise hatte begonnen, lange bevor Shadhan darin verwickelt worden war. In seinem Kopf drehten sich die Dinge, die Bilder, die Gedanken zu sehr, als dass er noch mit Sicherheit hätte sagen können, wer wirklich eine Mitschuld an Favolas Tod trug. Gabriel von Goldau? Sein Meister, der Erzbischof? Vielleicht Albertus selbst? Favolas Eltern, die sie gezwungen hatten, ins Kloster zu gehen? Der Himmel mochte wissen, wie weit sich diese Kette aus Verhängnissen zurückverfolgen ließ.

Shadhan war nur ein einzelnes Glied, das letzte.

Aber Shadhan war hier. Er saß vor ihm und tat, als ginge ihn dies alles nichts an.

»Sie ist nicht die Einzige, die sterben wird«, sagte der Weise. »Dieser Stamm dort draußen in der Wüste hat meine Männer getötet. Ich denke, er wird auch mich töten.«

»Nein«, flüsterte Aelvin und legte Favolas Kopf sachte im Sand ab. »Ich denke, nicht.«

Mit einem Knurren sprang er über das leblose Mädchen hinweg und stürzte sich auf den Alten. Er hörte nicht mehr auf die Stimme in seinem Inneren, die ihn warnte. Shadhan hatte den Tod verdient. Er war ein heimtückischer alter Mann, der zahllose Menschen auf dem Gewissen hatte.

Nicht!, schrie es abermals in ihm. *Tu das nicht!*

Aber es war zu spät.

Shadhan hatte immer nur aus der Ferne getötet, mit den Händen anderer, durch List und Verrat und arglistige Einflüsterungen. Doch er war trotz allem ein Nizari.

Zu spät realisierte Aelvin, dass sein Angriff ein Fehler war.

Er prallte gegen den Alten, doch ehe er sich's versah, hatte der ihn noch im Sprung zu fassen bekommen und schleuderte ihn in einer fließenden Bewegung über sich hinweg. Aelvin kam mit Gesicht und Schulter im eiskalten Sand auf, rollte sich rasch, aber ungeschickt ab und brach sich dabei fast das Handgelenk. Trotzdem kam er wieder auf die Beine, wirbelte benommen herum und hatte einen Moment lang Mühe, seine Umgebung klar zu erkennen. Ein öliger Schleier schien über allem zu liegen – mit Ausnahme von Shadhan, der ebenfalls aufgesprungen war und mit seinem Umriss den Schein des Feuers verdunkelte. Ihn sah Aelvin mit kristallener Schärfe, wie ein Bogenschütze, der am Schaft seines Pfeils entlang auf sein Opfer zielt.

Der Nizari bewegte sich nicht. Er wartete ab. Vielleicht wollte er sehen, ob Aelvin wirklich etwas vom Kämpfen verstand. Seine bloßen Hände öffneten und schlossen sich. Seine Waffen, falls er je welche besessen hatte, waren bei den Qurana zurückgeblieben.

»Was soll das ändern?«, fragte der alte Mann. Er bildete mit beiden Händen vor seiner Brust ein Oval, aber die gestreckten Fingerspitzen berührten sich nicht. Es war eine sonderbare Geste, beinahe wie eine Beschwörung.

Er ist kein Magier, hämmerte Aelvin sich ein.

Nein, sagte die Stimme in ihm. Das muss er auch nicht sein, um dich zu töten.

Mit einem zornigen Aufschrei warf Aelvin sich abermals nach vorn. All seine Wut lag in diesem Ansturm, der Schmerz über das, was mit Favola geschehen war, sein Hass auf jene, die die Schuld daran trugen.

Shadhan wich ihm in einer eleganten Bewegung aus, glitt wie ein Schatten beiseite und versetzte ihm mit der Handkante einen Schlag in die Rippen. Aelvin bekam keine Luft mehr. Er stolperte über das niedrige Feuer, wirbelte Glut und verkohlte Zweige auf, hielt sich aber irgendwie auf den Beinen. Augenblicklich fuhr er herum, schwer atmend, aber entschlossener denn je.

Sein Blick fiel auf Favola. Auf ihr regloses, schweigendes Gesicht. Er erinnerte sich, wie sie damals in Saphilius' Haus seine Finger geküsst hatte, die Kuppen seines Handschuhs, um sie dann an seine Lippen zu führen. Ihr erster, ihr einziger Kuss.

Er dachte auch an den Schmerz, den er ihr zugefügt hatte, als er sich für Libuse entschied. Libuse, die er mehr liebte als alles andere auf der Welt. Favola hatte es gewusst, vielleicht viel früher als er selbst. Sie hatte gelitten und geschwiegen und sich in ihr Schicksal ergeben, genau wie sie es ihr ganzes Leben lang getan hatte.

Kämpfte er wirklich mit Shadhan? Oder rang er vielmehr mit seinen eigenen Schuldgefühlen?

»Lass gut sein, Junge«, sagte der Nizari. »Es ist sinnlos.«

Aelvin wusste, dass das die Wahrheit war. Es *war* sinnlos. Doch diese Erkenntnis konnte ihm nicht den Schmerz nehmen, das Gefühl, selbst zu Favolas Elend beigetragen zu haben. Es war so viel einfacher, Shadhan zu hassen statt sich selbst.

Er umrundete das Feuer mit langsamen, angespannten Schritten. Shadhan wandte sich ihm zu, bewegte sich jedoch nicht von der Stelle. Etwas Lauerndes lag in der Haltung des Alten. Es mochte lange her sein, seit er die Kampfkunst der Nizaris zum letzten Mal angewandt hatte, aber verlernt hatte er sie nicht.

»Es war dir egal, wie viele Menschen gestorben sind«, rief Aelvin dem Alten entgegen. Er deutete auf Favola. »Selbst jetzt ist sie dir gleichgültig.«

»Glaubst du denn wirklich, du bist der Einzige hier, der für irgendetwas kämpft?«, fragte Shadhan. »Der Fall von Alamut, die Eroberung Bagdads – ich habe das alles nicht aus Willkür veranlasst. Die Alten vom Berge haben mir nie gegeben, was mir zugestanden hätte. Nicht Khur Shah und nicht sein Vater ... sie haben mir stets vorenthalten, was hätte mein sein sollen. Endlose Jahre habe ich für sie geforscht, die alten Schriften übersetzt und zu verstehen versucht, was sie bedeuten. Ohne mich hätte es längst keine Nizaris mehr gegeben, weil das alte Wissen verschollen gewesen wäre. Aber was bekam ich als Dank dafür? Nichts. Das war die Ungerechtigkeit, die alle anderen nach sich gezogen hat. Verstehst du, Junge? Nicht nur du bist im Recht.«

»Du hast Sinaidas Mann aus Rache getötet.«

»Nein.« Shadhan entfernte sich langsam vom Feuer und von Favola. Aelvin konnte sie jetzt wieder im Sand liegen sehen. Ihre Position schien verändert. Hatte sie sich bewegt? »Khur Shah musste sterben, weil er sich *an mir* gerächt hätte. Ich wollte keine Blutrache, aber er hätte sie gewollt. Alles, was ich getan habe, war, mein Leben zu verteidigen.« Shadhan schüttelte mit traurigem Lächeln den Kopf. »Und da wir von Rache sprechen – warum hast *du* mich angegriffen, Junge?

Ist es nicht Hochmut, über das Handeln anderer zu urteilen, wenn du selbst dich der gleichen Vergehen schuldig machst?«

Aelvin blinzelte in Favolas Richtung. Er war jetzt ganz sicher, dass sie sich gerührt hatte. Ihre Hand lag verändert am toten Blattwerk der Lumina, und, Gott, ja, jetzt schob sie unendlich langsam ihren dürren Körper auf die Pflanze zu, darüber hinweg – und begrub sie unter sich.

Er blickte wieder zu Shadhan. Der Nizari hatte nicht bemerkt, dass Favola noch lebte.

Allmählich gewann Aelvins Vernunft wieder die Oberhand. Sein Wunsch, den Alten zu töten, verlor an Macht.

»Aber wenn es Rache ist, um die es dir geht«, sagte Shadhan in diesem Augenblick, »dann wollen wir es eben zu Ende bringen.«

Damit stürzte er sich Aelvin entgegen, ungleich behänder, als der es dem alten Mann je zugetraut hätte. Blitzschnell und lautlos glitt der Nizari auf ihn zu. Ein Schlag traf Aelvin vor die Brust, schleuderte ihn zwei Schritt zurück und ließ ihn taumeln. Da aber war Shadhan bereits abermals heran, und diesmal machte er eine so rasche Bewegung mit beiden Händen, dass Aelvin sie nur kommen sah, den Schmerz aber erst spürte, als er bereits am Boden lag.

Wie ein Schemen, nur wehende Gewänder, rauschte Shadhan ein drittes Mal auf ihn zu. Er war über ihm und stemmte die Knie so fest auf Aelvins Oberarme, dass der einen gequälten Schrei ausstieß. Er bäumte sich auf, wollte sich wehren, doch das machte es nur noch schlimmer. Ein Ellbogen des Alten traf ihn unter der Brust, nahm ihm die Luft, und als er wieder denken konnte, spürte er die knochigen Hände des Nizari an seiner Kehle.

Er hatte das Gefühl, etwas drängte von unten in seinen Schädel und brächte ihn zum Platzen. Er konnte nicht mehr atmen, sein Mund schnappte auf und zu, seine Füße schabten im Sand. Ihm wurde schwarz vor Augen, und ein hohes

Pfeifen tönte in seinen Ohren. Sein Brustkorb schien sich auszudehnen wie ein übervoller Wasserschlauch, und immer noch hockte Shadhan über ihm, jetzt zehnmal so schwer und so unbeweglich, als wäre er mit den Händen an Aelvins Hals zu Granit erstarrt.

Noch etwas hörte er. Einen verzweifelten Schrei.

Favola!

Doch er bekam keine Luft.

Favola schrie noch immer. Weit entfernt. Zu weit.

Er erstickte.

~

Das Feuer war fast niedergebrannt, als Libuse das Wüstental erreichte. Sie sah ein winziges Glutnest in der eisgrauen Nacht, dann dunkle Umrisse, ganz in der Nähe, nur unzulänglich von den Sternen beschienen.

Nichts regte sich dort unten.

»Aelvin?«, rief sie vom Rand des Kraters aus. »Favola?«

Niemand gab Antwort.

Sie hatte lange gebraucht, viel länger, als sie gehofft hatte. Das Kamel hatte sie am Fuß des Steinriesen zurückgelassen, weil es seine Beine an den spitzen Bruchstücken im Sand verletzt hatte; den Weg zurück musste es sich allein suchen. Zu Fuß kam sie fast ebenso schnell voran, denn an einen Galopp war in diesem Gelände ohnehin nicht zu denken. Stattdessen war sie nun selbst über Felsen und Splitter gesprungen und wäre beinahe in das erste der vier Täler im Sand gestürzt. Das Blut rauschte in ihren Ohren, all ihre Sinne waren nur noch nach vorn gerichtet.

Einmal hatte sie geglaubt, noch jemanden zu sehen, eine Gestalt, die sie in einiger Entfernung passierte und in entgegengesetzter Richtung verschwand. Doch als sie stehen geblieben war und sich umgeschaut hatte, war da niemand mehr gewesen. Nur bizarr geformte Steinbrocken, die man leicht für einen Menschen halten konnte, wenn einem die Luft ausging und das Herz in der Brust zu zerplatzen drohte.

Sie kletterte über die Kante aus geschmolzener Sandschlacke, rutschte die steile Schräge hinunter und erreichte schließlich sicheren Boden. Dort rannte sie wieder, stürmte wie eine Wahnsinnige durch den Sand.

Die glimmenden Holzreste reichten gerade aus, die beiden Gestalten zu erkennen, die gekrümmt am Boden lagen.

»O nein«, flüsterte sie und sank neben ihnen auf die Knie.

Beide lagen eng beieinander, als wären sie mit letzter Kraft aufeinander zugekrochen. Favola hatte einen Arm ausgestreckt, er ruhte auf Aelvins Brust. Daneben im Sand lag ein kleiner Dolch, sehr schmal und nadelspitz, an den Libuse sich erinnern konnte: Sie hatte ihn schon einmal bei Favola gesehen, vielleicht in Bagdad oder viel früher, und sie fragte sich, warum niemand daran gedacht hatte, als sie ihre Waffen in den Sand geworfen hatten. Die Qurana hatten sie durchsucht – alle bis auf Favola, die sie nicht anzurühren wagten.

Blut hatte die Klinge geschwärzt. Der Sand war aufgewühlt, als hätte hier ein Kampf stattgefunden.

Sie war sicher, dass die beiden tot waren. Sie musste sich zusammennehmen. Irgendwie weiterdenken. Weiter handeln. Nur nicht aufgeben.

Atemwölkchen bildeten sich vor Favolas Lippen.

Und da war auch ein schwacher Hauch vor Aelvins Mund!

Libuses Bewegungen wurden fahrig. Sie zitterte und wusste nicht, womit sie beginnen sollte. Sie drehte erst Favola auf den Rücken, dann Aelvin. Berührte ihn im Gesicht, küsste ihn, hörte ihn keuchen, dann husten. Er rollte sich zur Seite und übergab sich in den Sand, nur Galle und Speichel, dann blieb er röchelnd liegen, mit flatternden Augenlidern wie Schmetterlingsflügel. Er flüsterte etwas, das Libuse nicht verstehen konnte. Alles in ihr schrie danach, sich um ihn zu kümmern, ihn in den Arm zu nehmen, ihn, wenn es sein musste, durch die Wüste zurück zum Lager zu tragen. Aber es war Favola, die im Augenblick dringender ihrer Hilfe bedurfte. Um sie stand es weit schlimmer als um Aelvin.

»Die Lumina«, krächzte er.

Libuse schaute sich aufgeregt um. Sie entdeckte die Pflanze beim dritten Hinsehen, nahe bei der Feuerstelle, braun und zusammengesunken wie welkes Gemüse.

Favola streckte zitternd eine Hand danach aus.

Libuse verstand. Sie packte die Freundin unter den Achseln und zog sie zurück zum Feuer, ganz nah heran an die Lumina. Favolas Finger krochen wie Insektenbeine auf das tote Gewächs zu. Libuse kam ihr zur Hilfe und streifte ihr vorsichtig die ledernen Handschuhe von den schneeweißen und nahezu fleischlosen Fingern. Sie alle hatten nie erkannt, wie krank Favola wirklich war. Wie schlecht es ihr ging. Und wie viel Kraft sie doch immer noch aufbrachte, um weiterzugehen, immer weiter nach Süden, einem Traum vom Paradies entgegen, der nie ihr eigener gewesen war.

Aelvins Stimme ließ sie aufhorchen. Mit dem Handrücken wischte sie sich Tränen aus den Augen, sah ihn trotzdem nur verschwommen ein paar Schritt entfernt im Sand liegen.

»Du hast das … schon einmal getan«, stöhnte er.

»Was meinst du?«

Favola stieß unter ihr heiser Luft aus. Zuckte, krampfte, bewegte die Lippen ohne Worte.

»In der Mine«, krächzte Aelvin und hob zitternd den Kopf. »Du hast das Erdlicht beschworen … aus der Lumina.«

Favolas Finger spreizten sich im Sand neben der Pflanze, krampften sich zusammen, entspannten sich wieder. Alles an ihr schien in sich zusammenzufallen, als versänke sie unter ihren Gewändern im Sand.

»Schnell!«, brachte Aelvin hervor. »Du musst es … versuchen.«

»Damals im Berg … das waren wir beide zusammen«, entgegnete Libuse zweifelnd. »Wir haben das gemeinsam getan. Du hast dich auf deine Erinnerung an Favola konzentriert.«

Er bewegte den Kopf und blickte schmerzerfüllt zu Favola hinüber, die neben der abgestorbenen Pflanze am Boden zuckte. »Versuchen wir's.«

Libuse war durcheinander, hundert Gedanken bedrängten sie gleichzeitig. Zur Beschwörung des Erdlichts aber musste sie ihr Denken bündeln, durfte keine Ablenkung zulassen. »Wo steckt Shadhan?«

»Fort.« Aelvin hob bebend eine Hand und rieb sich die Kehle. Selbst im Sternenlicht waren die dunklen Abdrücke an seinem Hals zu erkennen. »Er wollte mich töten. Aber Favola … sie hatte ein Messer. Er hat geschrien … und dann war er weg. Ich … vielleicht war ich bewusstlos, ich weiß es nicht …«

»Wenn er wieder auftaucht –«, begann sie, erinnerte sich aber dann an das Gefühl, das sie auf dem Weg hierher beschlichen hatte: dass da jemand durchs Dunkel geglitten war, nicht weit entfernt.

Sie zog Aelvin auf die Beine und half ihm auf dem Weg zur Lumina. Neben Favola sank er auf die Knie und musste sich mit einem Arm abstützen, damit sein Oberkörper nicht zur Seite wegsackte. Mit der anderen Hand berührte er sie an der Schulter. Die Krämpfe hatten nachgelassen, sie lag jetzt vollkommen still. Die Dunstwölkchen ihres Atems kamen unregelmäßig und waren fast unsichtbar.

»Sie stirbt«, flüsterte er gequält.

Libuse nickte stumm. Sie sah die Lumina an, deren Blätter wie verdorrtes Unkraut auf dem Wüstensand lagen. Favolas Hand daneben wirkte ebenso leblos.

Libuse schloss die Augen, versuchte, sich zu konzentrieren. Ihre Gedanken tasteten nach der Lumina, nach ihren nadelfeinen Wurzeladern im Sand. Aber die Angst um Favola, auch um Aelvin, baute sich immer wieder wie eine Mauer vor ihr auf. Immer wenn sie gerade glaubte, eine Verbindung zu spüren, wurde dieses Band von einem anderen Gedanken gekappt.

Einmal öffnete sie kurz die Lider und sah Aelvin an, der mit geschlossenen Augen zwischen ihr und Favola kauerte. Schweiß stand auf seiner Stirn. Er besaß keine Macht über das Erdlicht, aber damals in der Mine war etwas geschehen, das ihr geholfen hatte, den Zauber zu beschwören. Sie war nicht sicher, ob er einen echten Anteil daran gehabt hatte oder ob es vielmehr seine Entschlossenheit gewesen war, die auf sie abgefärbt und ihr neue Kraft gegeben hatte.

Sie schloss die Augen, fixierte ihre Gedanken wieder ganz auf die Lumina. Sie errichtete einen Schutzwall um ihren Verstand, klammerte alles aus, was sie hätte ablenken können: die Sorge um die beiden anderen; die Furcht, dass Shadhan zurückkehren und sie in ihrem geschwächten Zustand alle drei töten könnte. Von alldem musste sie sich lösen, wieder ganz sie selbst werden, so unbeschwert wie früher in den Wäldern, als sie allein durch finsteren Tann und lichte Birkenhaine gestreift war, auf der Suche nach Spuren des Erdlichts, auf der Fährte jener Kräfte, die tief im Inneren der Erde entsprangen und durch die Wurzeln uralter Bäume flossen, hinauf in die Welt der Pflanzen und Menschen.

Sie spürte es.

Weit, weit entfernt und unendlich viel tiefer, als die Wurzeln der Lumina reichten. Es war dort unten, irgendwo, aber auch in ihr selbst, breitete sich aus, erfüllte sie mit neuer Kraft, mit Leben, mit Licht.

Favola stöhnte leise.

»Mein Gott«, flüsterte Aelvin.

Libuse hörte es kaum. In ihr fauchte etwas empor, erfüllte sie mit dem Rauschen eines endlosen Blätterozeans, mit einer Erinnerung an Grün, an Leben, das einst auch dieses Land bedeckt und durchdrungen hatte.

Ihre Gedanken formten unsichtbare Wurzelstränge, die sich

tausendfach verzweigt durch den Sand wühlten, tiefer hinab in die Vergangenheit dieses Ortes, in das, was vor langer Zeit vielleicht hier gewesen war. Und dann –

– spürte sie es atmen.

Spürte es leben.

Ekstase erfüllte sie bis zum Bersten, drängte aus ihr hervor, umhüllte sie alle, verästelte sich als Aderwerk puren Lebens durch Aelvin, durch Favola, durch die Lumina.

»Es ist da«, raunte Aelvin auf der anderen Seite ihrer geschlossenen Augenlider.

»Libuse? Hörst du mich? Es ist da!«

~

Sinaida starrte ins Feuer und sah gegenüber das Gesicht des Schamanen. Sein unversehrtes Auge war dunkel und bodenlos, blickte durch die Flammen zu ihr herüber und ließ sie nicht mehr los. Das stumme Kräftemessen, zu dem er sie aufforderte, war ihr zuwider, doch sie musste sich darauf einlassen, ob sie wollte oder nicht. Alles andere wäre ein Eingeständnis ihrer Schwäche gewesen. So starrte sie zurück, äußerlich aus Eis, innerlich jedoch aufgewühlt bis an die Grenzen einer Panik.

Der Schamane musste spüren, was in ihr vorging. Er bohrte in ihrem Verstand, grub in ihren Gefühlen. Zugleich ging ein Sog von ihm aus, der sie nicht losließ.

Er spielt mit mir, dachte sie.

Nein, kein Spiel. Er erforscht mich. Versucht, mich zu verstehen. Er will die Wahrheit erfahren über meinen Hass auf Shadhan.

War das der Grund, weshalb er sie nicht hatte töten lassen, so wie zweifellos Dutzende andere, die im Laufe der Jahre versucht hatten, ins Wüstenherz vorzustoßen? Was hatte er in seiner Vision gesehen, bevor er schreiend aus seiner Entrückung erwacht war?

»Sinaida.«

Im ersten Moment glaubte sie, der Schamane hätte sie gerufen. Aber sie hatte ihm ihren Namen gar nicht genannt.

»Sinaida!«

Albertus' Stimme riss sie zurück in der Wirklichkeit, an ein prasselndes Lagerfeuer in der Wüste, noch immer umgeben von eiskalter Nacht.

Der Schamane schloss die Augen, schien wieder in sich selbst zu versinken. Sie verstand nichts von dem, was er tat, wie er sich verhielt, was er dachte. Er war ihr so fremd wie ein Raubtier, das eine Aura unbarmherziger Überlegenheit ausstrahlt.

»Es tut sich etwas!« Die Stimme des Magisters klang alarmiert, aufgeregt bis zur Atemlosigkeit. »Sieh dir das an!«

Sie folgte seinem Blick nur zögernd, so als hielte noch immer etwas sie fest. Die Flammen schlugen höher, ohne dass irgendwer neue Zweige hineingeworfen hätte. Sie löschten das Gesicht des Schamanen aus wie eine Kreidezeichnung.

Überall an den Feuern hatten sich die Qurana erhoben. Abermals wurden Bögen gespannt und Krummschwerter gezogen. Alle blickten in dieselbe Richtung, hinaus in die Dunkelheit. Nachdem Sinaida so lange in die Flammen geschaut hatte, erkannte sie dort drüben nichts als Finsternis. Ihre Augen mussten sich erst wieder an das Nachtlicht gewöhnen, an Sternenschein auf silbergrauen Dünen.

»Sind sie das?«, fragte Albertus. Sie konnte ihm ansehen, wie sehr es ihn drängte, aufzuspringen und den Hang hinunterzulaufen.

Die beiden Leibwächter des Schamanen – mittlerweile war sie überzeugt, dass es sich um die Söhne des Alten handelte –, erhoben sich ebenfalls. Der, mit dem sie vor wenigen Stunden gekämpft hatte, lief einige Schritte die Düne hinunter. Der Zweite ergriff das Schwert, das die ganze Zeit über auf seinen Oberschenkeln gelegen hatte. Es war dieselbe Klinge, mit der Sinaida ihren gescheiterten Fluchtversuch gewagt hatte.

Der Schamane sagte etwas zu dem jüngeren Mann, so leise, dass Sinaida es nicht verstand. Daraufhin gab dieser ihr das Signal, aufzustehen. Sie gehorchte so behände, dass er erstaunt eine Augenbraue hob; zwei Stunden im Schneidersitz ließen die Beine eines jeden Menschen erlahmen. Aber Khur Shah und Kasim hatten Sinaida gelehrt, niemals die Beherrschung über ihren Körper zu verlieren.

»Was ist geschehen?«, fragte sie ihren Bewacher auf Arabisch.

»Jemand kommt.«

»Unsere Freunde?«

»Ein einzelner Mann.«

Sinaida übersetzte die Worte für Albertus.

»Shadhan«, flüsterte er.

Der Schamane warf eine Hand voll Sand in die Flammen und stimmte einen leisen, leiernden Singsang an.

Immer mehr Qurana stiegen die Dünen hinab und bildeten an der Grenze zum Wüstenherz einen Wall, eine lange Kette aus Männern und Schwertern und gespannten Bögen.

»Da ist er«, murmelte Albertus.

Erst war er nur ein schwarzer Punkt, der langsam näher kam, so als habe sich eines der Felsstücke in Bewegung gesetzt.

Einige der Qurana hielten lodernde Holzscheite als Fackeln. Im Schein der tanzenden Flammen hob sich Shadhan aus den Schatten der Wüstennacht.

»Wo sind die anderen?« Albertus blickte von Shadhan zum fernen Horizont und dem vagen Umriss des Steinriesen, der sich kaum sichtbar im Dunkel von den Sternen abhob. Nichts deutete auf eine Veränderung hin. Hatte er gehofft, sie alle würden schlagartig inmitten eines blühenden Gartens stehen, sobald die Lumina eingepflanzt war? Dass ein neues göttliches Licht die Nacht zum Tag machen würde, so wie schon einmal beim Anbeginn der Schöpfung?

Sinaida durchfuhr beim Anblick Shadhans ein ganz anderer Gedanke, einer, der nichts mit ihren Gefährten zu tun hatte, nicht einmal mit dem Garten Gottes.

Stattdessen erfüllte sie Dankbarkeit. Gott schenkt mir eine zweite Chance, dachte sie.

Nimm ihn dir, flüsterte eine fremde Stimme in ihren Gedanken. Als sie herumfuhr, sah sie, dass der Schamane jenseits des Feuers die Augen aufgeschlagen hatte und sie anstarrte. *Ich habe durch die Augen der Hüterin gesehen. Ich weiß, was sie weiß.* Er nickte ihr kaum merklich zu. *Der Mann gehört dir.*

Sie blickte zurück zu Shadhan. Der Schamane rief etwas in seiner trockenen, brüchigen Stimme, und gleich darauf reichte ihr der Mann neben ihr sein Schwert.

Shadhan wankte gebeugt auf die Menschen zu. Reglos erwarteten die Qurana seine Ankunft. Ihre Gesichter blieben unbewegt, nur der Flammenschein ihrer Fackeln schuf die Illusion grotesken Mienenspiels.

Das einzige Geräusch waren Shadhans scharrende Füße im Sand. Der Wind hielt den Atem an, so als stünde ein großer Sturm bevor.

Die Formation der Qurana öffnete sich.

Shadhan taumelte in den Lichtschein, zögerte, stolperte dann durch die Schneise. Er war kein Gegner mehr, jeder konnte das sehen. Er war verletzt und hielt den Arm auf absurde Weise verdreht, so als habe seine Hand nach einer Stelle auf seinem Rücken getastet und sei dort festgewachsen. In gewisser Weise war er längst tot, und er wusste es.

Sinaida setzte sich in Bewegung. Mit weiten Schritten lief sie den Dünenhang hinab. Schollen aus trockenem Sand lösten sich und begleiteten sie talwärts.

Albertus hob die Hand, als wollte er sie zurückhalten, dann ließ er sie wieder sinken. Sie bemerkte es nur aus den Augenwinkeln. Ihre Umgebung kristallisierte in einem einzigen zeitlosen Augenblick.

Eine Armlänge vor Shadhan kam sie zum Stehen.

Keine Worte. Nur eine Begegnung ihrer Blicke. In seinen Augen sah sie Khur Shah. Er lächelte. Er wartete auf sie.

Ein einzelner Hieb wie ein Windstoß. Ein Fauchen, ein Schnitt.

Der Körper des Nizari brach in die Knie, kippte vornüber und besprühte ihr Gewand. Rote Tropfen öffneten sich wie Blumen im weißen Sand.

Mit einem Lächeln richtete sie die Schwertspitze gegen ihr eigenes Herz und stieß das Tor zu Gottes Garten auf.

Ich habe gelernt, dass es einen Unterschied macht, ob man etwas niederschreibt oder es ausspricht. In meinem ledernen Codex gerinnen die Worte zu Buchstaben und bilden hauchfeine Äderchen zwischen den Fasern des Pergaments, so als wollten die Zeilen einander berühren und ihre eigene Ordnung finden. Vielleicht würden sie die Geschichte auf andere Weise erzählen, als ich es vermag. Womöglich wäre ihre Schilderung glaubhafter als die meine. Ich würde sie gerne hören.

Einen besseren Lügner gibt es immer.

~

Libuse und ich brauchten lange, um aus dem Herzen der Wüste zurückzukehren. Ich hatte keine offenen Wunden davongetragen, lediglich eine Reihe schmerzhafter Prellungen und womöglich eine gebrochene Rippe. Das Durchatmen fiel mir noch immer schwer, aus vielerlei Gründen.

Libuse stützte mich den ganzen Weg über, und als wir uns der unsichtbaren Grenze des Wüstenherzens näherten und das Lager der Qurana in der Ferne entdeckten, da kroch auch schon die Dämmerung über den Himmel. Niemals sah ich einen schöneren Sonnenaufgang als diesen, ganz rosa war er und verlief tintig in das herrlichste, leuchtendste Blau.

Wir blieben eine Weile stehen und betrachteten das Spektakel dieses Morgens. Das Land Eden erstreckte sich leer und weit und öde unter diesem Himmel, doch die ersten Sonnenstrahlen färbten es rot und brachten es zum Flirren. Mir schien der Sand von innen heraus zu glühen, was Einbildung sein konnte, doch heute möchte ich glauben, dass es tatsächlich so war. Die Vorstellung macht mir Mut und lässt mich hoffen.

Schon von weitem erkannte ich Albertus zwischen den Qurana. Er erwartete uns voller Unruhe, und als wir nahe genug heran waren, um sein Gesicht zu erkennen, sah ich das Wechselspiel aus Sorge, Erleichterung und maßloser Anspannung in seiner Miene. Er begrüßte uns atemlos und voll unheilschwangerer Ahnung, und sogleich wollte er wissen, was aus Favola geworden sei. Wir versprachen, ihm alles zu berichten, doch erst bräuchten wir Wasser und vielleicht etwas vom zähen Antilopenfleisch der Qurana. Und obgleich sie unsere Worte nicht verstehen konnten, kamen eilends einige von ihnen herbei und brachten uns ihre Schläuche aus Ziegenleder und ein paar Brotfladen. Niemanden wunderte diese Fürsorge mehr als Libuse, die mit dem Schlimmsten gerechnet hatte; schließlich hatte sie gegen das oberste Gesetz der Qurana verstoßen und unerlaubt das Wüstenherz betreten.

Als aber niemand Anstalten machte, sie zu bedrohen, wollte sie wissen, was mit Sinaida geschehen war. Das Letzte, was Libuse von ihr gesehen hatte, war ihr Kampf mit dem Stammeskrieger gewesen, und sie fürchtete, dass Sinaida das Gefecht nicht überlebt hatte. Albertus senkte das Haupt und deutete auf eine Stelle am Fuß einer Düne. Er hatte aus zwei Pfeilen ein Kreuz geformt und auf den flachen Sandhügel gesteckt, der Sinaidas Grab markierte. Er erklärte uns, was vorgefallen war, berichtete von Shadhans Ende und Sinaidas Entscheidung, Khur Shah in den Tod zu folgen, und dass die Qurana keine Schuld trügen am Schicksal der Mongolin. Gewiss, er billigte ihre Tat keineswegs. Und doch war das Begräbnis, das er ihr hatte angedeihen lassen, ein christliches gewesen, was im Widerspruch stand zu ihrem Freitod, wie auch zu ihrem Glauben an ein Wiedersehen mit Khur Shah. Aber wie so manch andere Überzeugung des Magisters hatte auch die von der Unantastbarkeit des eigenen Lebens angesichts der Ereignisse gelitten. Behaupte nur keiner, mir allein seien im Laufe unserer Reise Zweifel an den Gesetzen der Heiligen Mutter Kirche gekommen.

Libuse und ich traten an das Grab unserer Gefährtin, und zum ersten Mal fragte ich mich, ob ich sie eigentlich gemocht hatte. Ich hatte zuvor nie einen Gedanken daran verschwendet, und nun überkam mich ein schlechtes Gewissen. Ich trauerte um sie, und wir vergossen beide unsere Tränen, aber mir schien, dass Libuse stärker litt als ich. Sie hatte Sinaida während der Belagerung Bagdads schätzen gelernt und Seite an Seite mit ihr gekämpft. Als ich sie später fragte, ob Sinaida für sie eine Freundin gewesen sei, sagte sie ja, und ich glaube, es war ihr ernst damit. Insgeheim fragte ich mich, was wohl die Mongolin auf die umgekehrte Frage geantwortet hätte; ich denke, ich kenne die Antwort. Nach dem Tode Khur Shahs hatte Sinaida alle Gefühle, abgesehen vom Hass, in der Schatulle ihres Herzens verschlossen.

Nach einer Weile ließ ich Libuse allein am Grab zurück, um ihr Zeit zu geben, gebührenden Abschied zu nehmen. Es war nicht der erste an diesem Tag, und mich hatte eine seltsame innere Ruhe erfasst. Es fällt schwer, um jemanden zu trauern, der einem lediglich ein treuer Begleiter war, wenn man sich kurz zuvor von einem Menschen verabschieden musste, den man geliebt hat.

Albertus konnte nicht länger warten und bedrängte mich mit Fragen. Ich wollte ihm alles erzählen, sobald sich Libuse zu uns gesellte. Dem aber kamen die Qurana zuvor, die uns gleich darauf vor ihren Schamanen führten. Sinaida war die Einzige gewesen, die die Sprache dieser Menschen gesprochen hatte, und ich war nicht sicher, was uns bevorstand. Würden uns die Qurana doch noch töten, weil wir ihnen nicht mitteilen konnten, was sich im Herzen der Rub al-Khali zugetragen hatte? Weil uns sogar in unserer eigenen Sprache die Worte dafür fehlten, erst recht aber in einer, die uns so fremd war wie die Wüstenstämme?

Es fällt mir schwer, zu beschreiben, was dann geschah. Der Schamane sah uns lange an, und mir war, als drängte sich etwas in meine Gedanken. Ob er sie lesen konnte? Ich weiß es nicht. Selbst jetzt, Tage später, während unseres Weges zurück in die Heimat, fehlt mir jede Erklärung für das, was er tat. Fest steht, dass er nach einer Weile von uns ließ und mehrere Krieger abstellte, die uns sicher zurück zur Küste führen sollten.

Blieb nur noch, Albertus alles zu erzählen.

Was aus Favola geworden war, wollte er wissen. Und aus der Lumina. Und was wir gesehen hatten. Falls wir etwas gesehen hatten.

»Nicht Gott«, sagte ich.

»Was dann?«, fragte er.

~

Die Aufgabe, ihm Bericht zu erstatten, blieb anfangs mir überlassen. Libuse hörte zu, nickte dann und wann, schwieg aber die meiste Zeit über.

Und dies ist, was ich Albertus erzählte:

Favola und ich hatten uns durch die dunkle Wüste zum vierten Tal im Sand geschleppt, und es war ein mühsamer Weg gewesen, denn meine eigene Kraft ließ nach und Favolas war gänzlich geschwunden. Schließlich sahen wir Shadhans Feuer am Grund des Sandkraters, und weil wir – soweit es mich betraf – keine Waffen besaßen und auch nicht den

Wunsch zu kämpfen hegten, gingen wir geradewegs zu ihm hin. Er benahm sich seltsam, war sehr ruhig, und dann zeigte er uns die verwelkte Lumina. Sie war eingegangen, schon am Vortag.

An dieser Stelle sanken Albertus' Züge ein, er war so grau wie das ausgebrannte Feuer des Schamanen. Wahrscheinlich sei die Pflanze schon viel früher abgestorben, sagte er, bald nach der Trennung von Favola. Doch ich widersprach, denn ich war sicher, die Qurana hätten Shadhan nicht ziehen lassen, wäre die Lumina beim Tod der Turgauden nicht noch am Leben gewesen. Darauf schwieg Albertus, und ich konnte meine Schilderung fortsetzen.

Ich berichtete ihm, wie Favola beim Anblick der welken Pflanze allen Mut und den Rest ihrer Lebenskraft verlor. Sie sank neben der Lumina zu Boden, und ich war sicher, der Zeitpunkt ihres Todes sei gekommen. Da stürzte ich mich auf Shadhan, denn die Wut, die mich überkam, überschattete alle Vernunft. Andernorts und unter besseren Umständen hätte ich wohl nachgedacht, bevor ich handelte. So aber folgte ich nur meinem Herzen und rang mit ihm und wünschte ihm den Tod. Denn war es nicht das, was er Favola angetan hatte? Auge um Auge, sagt die Heilige Schrift.

Einen Kampf konnte man es wohl nicht nennen, gestand ich dem Magister, denn der Nizari war mir trotz seines Alters überlegen. Er warf mich zu Boden und drückte mir die Kehle zu, und ich war sicher, dass auch ich nun sterben würde. Ich dachte an Libuse, wünschte mir, noch einmal ihr Gesicht zu sehen und ihre Hand zu halten.

Ein Hohn des Schicksals war es, dass im selben Augenblick, als mir der letzte Atemzug entfleuchen wollte, ein Rest von Leben sich in Favola regte. Ich sah nicht, wie sie es tat, denn da war mir längst schwarz vor Augen. Plötzlich ließ Shadhan von mir ab, und als ich wieder sehen konnte, war er fort. Favola lag bei mir und zwischen uns der blutige Dolch, den sie unter ihrem Gewand getragen und dem Nizari in den Rücken gestoßen hatte.

So lagen wir da, als Libuse uns fand. Favola regte sich, sie hatte noch immer nicht endgültig aufgegeben, doch ein weiteres Aufbäumen würde es nicht geben. Ich flehte Libuse an, das Erdlicht heraufzubeschwören, wie sie es schon einmal getan hatte, damals in den Minen der Silberfeste, als es uns den Weg gewiesen und neue Kraft gegeben hatte.

»Aber da waren doch keine Bäume im Wüstenherzen«, wandte Albertus ein. Zugleich erschien ein Hoffnungsschimmer in seinen Augen. Wenn es keine Bäume gab, dann war da nur eine einzige andere Pflanze, die zur Beschwörung des Lichts infrage kam. Und musste dafür nicht doch ein winziger Hauch von Leben in ihr sein?

Ich zögerte, bevor ich fortfuhr, sah den Magister lange an, wechselte einen Blick mit Libuse, dann wählte ich sorgfältig meine nächsten Worte.

Tatsächlich sei es gelungen, das Erdlicht aus der welken Lumina zu beschwören, sagte ich. Es sei kein großes, überwältigendes Licht gewesen, wie man es sich vielleicht am Ende eines solchen Weges erhofft hätte, gewaltig und wunderbar. Nein, ein kleines, schwaches Licht war es, doch darin verbarg sich eine Macht, wie sie nur an einem wahrhaft heiligen Ort zum Ausbruch kommen konnte.

Beinahe war mir, als sah ich das Licht, das meine Worte beschrieben, auch in des Magisters Blicken lodern. Seine Niedergeschlagenheit schwand mit jedem Atemzug, und statt ihrer wurde aus seiner Hoffnung Gewissheit.

Das Erdlicht, so fuhr ich fort, glühte aus der Lumina empor, und nun, im Nachhinein, sei ich sicher, dass es doch mehr war als nur die Kraft dieser einen Pflanze, wie wundersam sie auch gewesen sein mochte. Vielmehr sei es mir vorgekommen, als suchte sie mit ihren zarten Wurzeladern die Macht dieses Ortes und aller Gewächse, die einstmals hier gewuchert hatten.

Das Grün des Garten Eden!, entfuhr es dem Magister.

Ja, sagte ich nach einem weiteren Blick auf Libuse, das sei es wohl gewesen. Unsichtbar unter dem Sand müsse noch immer die Erinnerung an das, was einst war, fortgelebt haben. Es hatte nur darauf gewartet, durch ein Wunder erweckt zu werden.

Dann ist es also gelungen?, fragte Albertus.

Libuse ergriff nun das Wort, was mir keineswegs unrecht war. In der Tat, so sagte sie, das Erdlicht habe erst die Lumina mit neuem Leben erfüllt und dann – ja, dann auch Favola.

Aber wo –, begann der Magister und sprach nicht weiter, denn ihm dämmerte die Antwort.

Favola und die Lumina, sie wurden eins, entgegnete Libuse. Favola war gestorben, bevor das Licht sie retten konnte, aber womöglich war ihr auch nie ein anderes Schicksal bestimmt gewesen. Denn dort, wo sie lag, aus ihrem Körper selbst, rankten sich die wunderbarsten Gewächse empor, prachtvolle Ranken und Knospen, die sich vor unseren Augen zu Blüten öffneten und bald schon herrliche Früchte trugen.

Oh, ich wünschte, ich hätte es sehen dürfen, sagte der Magister berauscht von solcher Heiligkeit.

Aber es war noch immer Favola, die da vor uns lag, sagte Libuse. Und es war Leben in ihr, in gewisser Weise jedenfalls. Ihre Hand hatte sich um die Lumina geschlossen, und ihre Finger erschienen uns jetzt selbst wie Blätter, und sie schlug die Augen auf und sah uns an, so voller Glück, bevor zwei Knospen daraus wurden, und ihr Mund, er lächelte zu uns empor, und dann sprach sie zu uns, halb Mensch, halb Pflanze, ganz Saat des neuen Eden.

Was sprach sie?, fragte Albertus. Was hat sie gesagt?

Dass es ihr das größte Glück sei, mit der Lumina vereint zu sein. Dass dies ihre Bestimmung war von Anfang an, und sie dankte uns, dass wir sie herbegleitet hatten und ihr treue Freunde und Beschützer waren.

Und nach einem weiteren Blickwechsel mit Libuse fügte ich hinzu, dass sie besonders dem Magister gedankt habe, der von Anfang an das Heilige in ihr erkannt und alles getan habe, damit sie nun zu dem werden konnte, was ihr stets vorherbestimmt gewesen war.

Bei diesen Worten schienen mir einen Herzschlag lang Zweifel in Albertus' Augen zu treten, so als wäre dies mehr, als er für wahr halten konnte. Doch sein Argwohn wurde gleich ausgelöscht von derselben Überzeugung, die ihn sein Leben lang geführt und uns alle hierher gebracht hatte.

Favola habe uns gebeten zu gehen, erklärte Libuse, und die Kunde vom neuen Garten Eden hinaus in die Welt zu tragen. Das verlorene Paradies sei wiedergefunden, und irgendwann werde jedem offenbar werden, welcher Segen erneut über die Welt gekommen sei.

Die Qurana würden gut darauf Acht geben, habe Favola gesagt. Sie würden den ersten Spross bewachen, wie sie zuvor die weite Leere bewacht hatten, und er werde sich vermehren und ausdehnen, und irgendwann, wenn Gott die Zeit gekommen sähe, würde der Garten über die Grenzen des Wüstenherzens wuchern und für jedermann sichtbar werden.

Ja, sagte Albertus, so werde es wohl geschehen.

Wie sehr er glauben wollte! Wie sehr ich selbst glauben wollte.

Alles ist wahr, sagte ich.

Ich schwöre bei Gott, alles ist wahr.

EPILOG

Die Eifel
Anno domini 1258

Die Trümmer des Aquädukts hatten den Bach gestaut, der durch die Schlucht am Fuß des Klosterfelsens floss. Jetzt sprudelten ein Dutzend kleiner Rinnsale durch den zerklüfteten Ziegelschutt, fügten sich weiter unten wieder zusammen und strömten talwärts wie zuvor, als wäre ihr Lauf nie unterbrochen gewesen.

Als Aelvin nach Monaten zum ersten Mal wieder das Kloster der Zisterzienser vor sich sah, dachte er, dass sich auch hier nichts verändert hatte. Äußerlich unbeeinflusst von den Ereignissen des vergangenen Winters ging das Leben der Mönche weiter wie eh und je.

Schon von weitem hatte er die Glocken läuten hören, ihr Klang wehte weit über die leuchtenden Herbstwälder. Sie gaben ihm ein Gefühl von Heimat, das er vor seinem Aufbruch nie für möglich gehalten hätte. Er hatte sich im Kloster niemals heimisch gefühlt, er hatte nicht einmal recht gewusst, was das eigentlich bedeutete: Heimat. Jetzt aber fühlte er es sehr wohl, obgleich er es nach wie vor nicht hätte in Worte fassen können. Die Fremde verklärt sich erst, wenn man sie hinter sich lässt; der Ort aber, den man Heimat nennt, ist immer verklärt. Sonst wäre es nur der Platz, an dem man lebt.

Er erzählte Libuse von diesen Gedanken, und da schmunzelte sie, wollte aber nicht widersprechen. Sie dachte wohl an den Turm im Wald.

Im Kloster empfingen ihn die Mönche mit Verwunderung und Neugier. Jedem fiel gleich ins Auge, dass er keine Mönchstracht mehr trug und sein Haar hatte wachsen lassen. Ganz abgesehen von dem rothaarigen Mädchen an seiner Seite, das keiner von ihnen vergessen hatte.

Aelvin händigte Abt Michael ein Schreiben des Magisters aus, das dieser ihm bei ihrer Trennung am Kreuzweg gegeben hatte, bevor er weiter nach Köln gezogen war. Er sei dort sicher, hatte er beteuert. Seine Stellung im Orden schütze ihn vor Konrads Rache, und die Bürgerschaft der Stadt sei ihm wohl gesonnen.

Aelvin hatte den Brief nicht gelesen, aber er wusste, was darin stand: dass Albertus ihn seines Gelübdes enthoben und, viel wichtiger, Aelvin und Libuse auf einem Schiff im Roten Meer getraut hätte. Dass sie nun Mann und Frau waren und der Abt ihnen jegliche Hilfe zubilligen sollte. Dass beide eine Reise hinter sich hatten, die ganz im Zeichen des Allmächtigen stand, und dass sie sich verdient gemacht hatten um Gottes Ansehen und Ehre und vielleicht gar um das weitere Schicksal der Christenheit.

Eine Menge hohler Worte, vermutete Aelvin, doch auf den Abt verfehlten sie ihre Wirkung nicht. Er beköstigte sie mit allem, was das Kloster aufzubieten hatte, und machte jeden nur denkbaren Versuch, ihnen eine detaillierte Schilderung ihrer Erlebnisse zu entlocken. Ein wenig erzählten sie ihm, sprachen auch von Favolas Opfer und dem Erfolg ihrer Mission, und vergaßen nicht, die Verbrechen des Erzbischofs zu erwähnen. Der Abt nickte wissend, denn er hatte Konrad von Hochstaden nie gemocht, und er stimmte ihnen zu, dass es besser für sie sei, diese Gegend so bald als möglich zu verlassen. Der Erzbischof sei kein Mann, der schnell vergesse oder gar verzeihe. Falls es eines Beweises dafür bedürfe, müsse man sich nur vor Augen führen, wie es einst dem Leeren Ritter Ranulf ergangen sei.

Aelvin brachte eine Bitte vor, und nach einigem Für und Wider stimmte der Abt ihm zu.

So ging Aelvin nach dem Essen hinaus vors Kloster. Mithilfe einer Leiter und eines langen Steckens hob er die Rüstung des Leeren Ritters Ranulf von ihrem Platz. Scheppernd fielen Harnisch und Helm zu Boden. Der Pfahl wurde ausgegraben und hinab in die Schlucht geworfen. Das Loch im Boden aber erweiterten Aelvin und die Mönche mit Schaufeln, und sie legten das rostige Rüstzeug hinein und mit ihm alle Knochenreste, die sie fanden. Der Abt persönlich sprach ein Gebet über das Grab und erklärte es zum Mahnmal für die Grausamkeit des Erzbischofs und zum Ort der Erinnerung an die Tapferkeit Einzelner.

Es gab noch einen zweiten Besuch zu machen, und auch er führte Aelvin zu den Toten.

Auf dem Friedhof des Klosters saß er lange an Odos Grabstatt und weinte um den toten Freund. Die Mönche hatten seine Leiche aus den Trümmern des Aquädukts geborgen und am Fuß einer Birke begraben. Der Baum wirkte knöchern um diese Jahreszeit. Seine Blätter tauchten die Gräber in Bernsteinglanz.

~

Aelvin und Libuse verabschiedeten sich von den Mönchen, schlugen einen weiten Bogen um die Schlucht und tauchten ins Dunkel der Wälder. Viele Laubbäume waren bereits kahl und bildeten verschlungene Portale über dem Pfad. Tannen und Kiefern eskortierten die beiden Wanderer wie stumme Soldaten.

Sie hatten den halben Weg zum Turm zurückgelegt, als Aelvin bemerkte, dass Libuse sich immer wieder umschaute. Sie war schweigsam geworden, seit sie das Kloster verlassen hatten. Er spürte ihre Anspannung.

»Was ist los?«, fragte er.

Libuse blieb stehen und horchte.

Links von ihnen entstand Bewegung im Unterholz. Etwas Massiges, Dunkles schob sich durch die Zweige. Ein kehliges Keuchen und Schnaufen ertönte. Libuse ließ mit einem Jubelruf ihr Bündel fallen und sank vor dem mächtigen Keiler auf die Knie. Sie schlug die Arme um seinen Kopf und massierte das schmutziges Fell zwischen den Augen. Eines seiner Hinterbeine scharrte aufgeregt im Laub.

Nach kurzem Zögern streckte Aelvin die Hand aus, um Nachtschattens Kopf zu streicheln. Der Keiler schnaubte, schüttelte sich und verbarg sich im Dickicht.

»Er mag mich nicht.«

Libuse stand auf und küsste ihn.

~

Die Tür des Turms war aufgebrochen, doch im Inneren herrschte keine Unordnung. Wahrscheinlich hatte während des Winters jemand Schutz vor dem Schnee gesucht und sich gewaltsam Eintritt verschafft, nachdem sein Klopfen ohne Antwort geblieben war.

Libuse hatte dem Turm an jenem Tag den Rücken gekehrt, als Gabriel und seine Wolfskrieger sie überfallen hatten. Wer immer hier zwischenzeitlich Unterschlupf gefunden hatte, er hatte die zerbrochenen Möbel entfernt und alle Spuren des Kampfes beseitigt.

Sie verbrachten die Nacht in der Dachkammer. Bevor sie den Turm am nächsten Tag für immer verließen, packte Libuse einige Dinge ein. Erinnerungsstücke an ihren Vater, einige leichte Waffen, vor allem aber drei der Masken, die das Gebälk ihrer Kammer schmückten.

»Alte Freunde«, erklärte sie Aelvin.

Er half ihr, alles in den beiden Rucksäcken zu verstauen.

Später würden sich die Mönche nehmen, was sie gebrauchen konnten. Mit dem Rest sollten sie tun, was ihnen beliebte.

Dann waren sie wieder unterwegs und wanderten durch die Wälder nach Westen. Nachtschatten raschelte im Unterholz.

Im Mondschein legte Libuse die Masken auf ein Bett aus Tannennadeln und nannte Aelvin ihre Namen. Es sei alter Zauber darin, behauptete sie, und er glaubte ihr.

Die Blätter fielen. Es wurde kälter.

In den Nächten träumte er von zwei Gräbern im Wüstensand.

Nicht mehr lange bis zum ersten Schnee.

Nachwort des Autors

Es gibt zahllose Theorien über den »wahren« Standort des Gartens Eden. Setzt man ihn nicht mit dem historischen Erscheinen der ersten Menschen gleich, sondern nähert sich dem Thema auf religiöse, zumindest aber spirituelle Weise, mögen alle diese Spekulationen hinfällig sein. Ich habe mich für eine Variante entschieden, die meines Wissens in keiner der ernsthafteren Abhandlungen zu finden ist. Vielmehr beziehe ich mich auf die Bemerkung eines Reisenden in seinem Bericht aus dem frühen 20. Jahrhundert. Fraglos steht er damit in der Tradition unzähliger solcher Einschätzungen: Welcher Forscher in unberührten Winkeln der Erde hat *nicht* den Vergleich zum Paradies heraufbeschworen?

Auch heute noch ist das Leere Viertel ein schwer zugänglicher Ort, um den die meisten Wüstenreisenden einen Bogen machen. In seinem Zentrum gibt es eine Hand voll mysteriöser Krater und vermutlich noch einige mehr, die unter dem Sand verborgen liegen. Wissenschaftler streiten, wann sie entstanden sind; zwischen ihren Einschätzungen klaffen Differenzen von Jahrtausenden. Fest steht, dass hier einst ein Himmelskörper in niedrigem Winkel über die Wüste hinweggerast und beim Aufschlag in unzählige Teile zersplittert ist. Bildmaterial gibt es nur wenig über diesen Ort, da selbst die sonst so regen Meteoritenforscher die Reise in die Rub al-Khali scheuen. Die Überschneidungen zwischen dem Garten Eden und dem Garten Allahs liegen auf der Hand, auch wenn das moslemische Bild vom Paradies eine sexuelle Komponente besitzt, die dem christlichen zwangsläufig fehlt. Im Roman machen Sinaida und Libuse Bemerkungen darüber, darum ist es unnötig, an dieser Stelle darauf einzugehen. Streitbar ist möglicherweise, ob man den Garten der Nizaris mit jenem der Moslems gleichsetzen darf; ich habe dies im Buch zwar angedeutet, will mir aber kein endgültiges Urteil erlauben.

Die Geschichte der Nizaris ist im westlichen Sprachraum nur oberflächlich dokumentiert. Es war mühsam, fundierte und detaillierte Informationen darüber zu finden, bis ich auf Anthony Campbells ergiebige Abhandlung »The Assassins of Alamut« stieß. Etwa zur gleichen Zeit, als ich meine Arbeit am Roman gerade beendete, erschien in Deutschland eine populärwissenschaftliche Dokumentation über die Nizaris, die sich nicht immer mit Campbells Erkenntnissen deckt. Ich habe seinen Aussagen den Vorzug gegeben. Die Figur des Khur Shah habe ich ihm zu verdanken, indirekt auch Shadhan, der in Wahrheit einen anderen Namen und sicher auch abweichende Charakterzüge trug.

Wenn Doquz (gesprochen: *Dokuz*), die Frau des Il-Khan, im Buch den Vorsatz fasst, in Zukunft mäßigend auf ihren Mann Hulagu einzuwirken, so ist ihr das in der Wirklichkeit fraglos gelungen. Nach dem Untergang Bagdads und dem beispiellosen Massaker, das damit einherging – die Quellen variieren zwischen 80 000 und zwei Millionen Toten – wurde der Mongolenfürst in den wenigen Jahren bis zu seinem Tod zu einem gemäßigten, manche sagen weisen Herrscher. Der armenische Geschichtsschreiber Orbelian bezeichnete Hulagu und Doquz gar als »den neuen Konstantin und die neue Helena« des Orients. Obgleich Hulagus eigene Religion ungeklärt bleibt, förderte er die Apostolische Kirche des Ostens, pflegte Beziehungen zu buddhistischen Mönchen aus China und Tibet und ermutigte seine Untertanen zum Gedankenaustausch mit westlichen Christen. Alles in allem erstaunliche Anzeichen von Toleranz bei einem Mann, der das Blutbad von Bagdad und die Zerstörung seiner legendären Bibliothek befahl; auch der Tod der Kalifenfamilie soll sich zugetragen haben wie im Roman beschrieben.

Albertus Magnus gilt noch heute als einer der großen Gelehrten des abendländischen Mittelalters. Sein Konflikt mit dem Kölner Erzbischof Konrad von Hochstaden ist verbürgt, ebenso seine ausgedehnten Wanderungen und weit reichenden Verbindungen zu den Mächtigen, aber auch zum einfachen Volk. Wir wissen nicht, ob er den Garten Eden je mit eigenen Augen gesehen hat.

Neben Campbells »The Assassins of Alamut« waren mir vor allem »Reisen im Mittelalter« von Norbert Ohler, »The Topography of Baghdad in the Early Middle Ages« von Jacob Lassner und das neunbändige »Lexikon des Mittelalters« unschätzbare Hilfen. Des Weiteren habe ich für meine Recherchen Texte folgender Autoren verwertet: Richard Kieckhefer, Mary Edith Durham, Hans Egli, Angus Konstam, Heinz Renn, Rudolf Simek, Michael W. Weithmann, Wilfred Thesiger, Uwe George, Johannes von Plano Carpini und Felix Fabri.

Auf meiner Homepage *www.kaimeyer.com* habe ich über die Entstehung dieses Romans ein Tagebuch geführt, beginnend mit den ersten Tagen meiner Recherche sowie über das Konzipieren und Schreiben der Geschichte. Wer sich eingehender über die Arbeit an *Das Buch von Eden* informieren will, kann dies dort gerne tun.

Kai Meyer
Dezember 2003

INHALT

Dan Brown

Sakrileg

Thriller

Der Mega-Seller aus den USA »The Da Vinci Code«

Eine entstellte Leiche im Louvre ...
Rätselhafte Zeichen in den Werken Leonardo da Vincis ...
Eine mächtige Geheimgesellschaft ...
Ein Mythos, der die Grundfesten der Kirchen erschüttert ...

Der Roman über die größte Verschwörung
der letzten 2000 Jahre. Der neue Bestseller des Autors
von »ILLUMINATI«!

»Der Thriller des Jahres!« STERN

»Von der ersten Zeile an schlägt Dan Brown
seine Leser in Bann.« WELT AM SONNTAG

»Dan Brown trifft einen Ton, der für eine
Weltkarriere maßgeschneidert ist.«
FRANKFURTER ALLGEMEINE ZEITUNG

800 Seiten
Gebunden mit Schutzumschlag
ISBN 3-7857-2152-8

Gustav Lübbe Verlag